TARA DUNCAN
Le Dragon Renégat

타라 덩컨

④ 드래곤의 배반

TARA DUNCAN, Le Dragon Renégat

by Sophie Audouin-Mamikonian

Copyright©Editions Flammarion, Paris, 2006
Korean Translation Copyright©Sodam&Taeil Publishing Co., Ltd., 2007
All rights reserved.

This Korean edition was published by arrangement with Editions Flammarion,(Paris)
through Bestun Korea Agency Co., Seoul

TARA DUNCAN
Le Dragon Renégat

타라 덩컨

❹ 드래곤의 배반

펴 낸 날 | 2014년 5월 15일 초판 1쇄

지 은 이 | 소피 오두인 마미코니안
옮 긴 이 | 이원희
펴 낸 이 | 이태권
펴 낸 곳 | (주)태일소담
　　　　　서울시 성북구 성북동 178-2 (우)136-020
　　　　　전화 | 745-8566~7 팩스 | 747-3235
　　　　　e-mail | sodam@dreamsodam.co.kr
　　　　　등록번호 | 제2-42호(1979년 11월 14일)

ISBN 978-89-7381-850-1 04860
　　　 978-89-7381-830-3 (세트)

• 책값은 뒤표지에 있습니다.
• 잘못된 책은 구입하신 곳에서 교환해드립니다.
• 이 도서의 국립중앙도서관 출판시도서목록(CIP)은 서지정보유통지원시스템 홈페이지
　(http://seoji.nl.go.kr)와 국가자료공동목록시스템(http://www.nl.go.kr/kolisnet)에서
　이용하실 수 있습니다.(CIP제어번호: CIP2014013894)

www.dreamsodam.co.kr

TARA DUNCAN
Le Dragon Renégat

타라 덩컨

④ 드래곤의 배반

소피 오두인 마미코니안 지음 | 이원희 옮김

소담출판사

나의 나날을 변함없이 새록새록 즐겁게 만들어주는
사랑하는 남편 필리프, 사랑하는 딸들 디안과 마린에게 이 책을 바칩니다.

— 소피 오두인 마미코니안

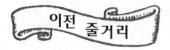

이전 줄거리

:: 『타라 덩컨 1』, 「아더월드와 마법사들」 ::

타라 덩컨은 자신의 탄생에 관한 비밀을 모른 채 프랑스의 타공 마을에서 할머니와 평화롭게 살고 있다. 어느 날 갑자기 나타난 마지스터의 공격으로 할머니 이사벨라가 중상을 입으면서 타라는 자신이 마법사라는 것과 아마존 정글에서 바이러스에 감염되어 죽은 줄 알았던 어머니 셀레나가 살아 있다는 사실을 알게 된다.

한편 마법의 세계를 지배하고, 마법 능력이 없는 인간들을 노예로 만들겠다는 야망에 불타는 마지스터는 악마의 힘을 지닌 사물들을 얻기 위해 타라를 납치하려고 혈안이다. 영문도 모른 채 마지스터의 끈질긴 추격을 받는 12세 소녀 타라는 영생하는 마법을 사용하다 잘못되어 사냥개로 변한 증조할아버지 마니투와 마법의 행성 아더월드로 피신한다.

아더월드의 랑코비트라는 나라에서 살게 된 타라는 페가수스와 정신적으로 결합되는 놀라운 경험을 한다. 아더월드는 수많은 종족의 마법사들과 수시로 풍경을 바꾸는 살아 있는 궁전, 뱀파이어, 키마이라, 하르퓌아, 유니콘 같은 전설의 동물들, 악마…… 등이 버젓이 활개를 치는 무시무시한 세계지만, 다행히 타라는 지구의 친구 파브리스, 공주의 신분인 무아노, 어린 도둑 칼리반 달 살란, 난쟁이 파프니르, 하프 엘프 로빈 등을 만나면서 신기하기 이를 데 없는 마법의 세계에 빠져든다.

데미데루스의 직계 후손인 타라와 오무아 제국의 여제 리스베스만 악마의 힘을 지닌 사물에 접근할 수 있기 때문에 마지스터는 타라를 납치한다. 그러나 소녀 마법사는 친구들의 도움으로 억류되어 있던 어머니를 구하고, '실루르의 옥좌'를 파괴한다.

마지스터는 사라지기 직전 죽은 것으로 알고 있는 타라의 아버지가 사실은 오무아의 황제 단비우 탈 바르미 압 산타 압 마루이며, 따라서 타라가 아더월드의 오무아 제국을 계승할 후계자라고 밝히는데…….

:: 『타라 덩컨 2』, 「비밀의 책」 ::

칼이 살인죄로 고소되어 감옥에 갇히자 타라는 할 수 없이 아더월드로 돌아간다. 땅신령들이 흉악한 마법사에게 억류된 식구들을 구해달라는 조건으로 칼을 탈옥시킨다. 그러나 땅신령들의 함정에 걸려든 칼이 치명적인 벌레에 감염되었기 때문에 타라와 친구들은 악당 마법사와 맞서 싸울 수밖에 없다. 마침내 문제의 마법사를 굴복시키고 땅신령들을 구하지만 칼의 무죄를 증명하기 위해서는 악마들의 세계 림보에 있는 조각상 재판관이 있어야 한다. 죽음을 무릅쓴 모험 끝에 그들은 목적을 달성하고 무사히 아더월드로 돌아온다.

그러나 이번에는 불과 며칠 사이에 아더월드를 정복한 영혼 약탈자의 기상천외한 공격에 맞서야 한다. 타라의 목숨이 위험해지자 마지스터가 그 싸움에 개입하게 되고,

드래곤으로 변신한 타라와 마지스터는 서로 협력하여 영혼 약탈자를 물리치기에 이른다. 일단 영혼 약탈자를 제거한 뒤에 마지스터는 림보로 홀연히 사라지고, 타라는 마지스터가 죽었다고 생각한다.

한편 자식이 없는 오무아의 여제는 타라가 자신의 후계자라는 걸 알게 되고, 타라를 아더월드로 데려가겠다고 주장한다. 거절하면 지구가 위험에 처하게 되는데…….

::『타라 덩컨 3』, 「저주받은 왕홀」 ::

폭탄 테러로 어머니가 부상당했다는 소식을 듣고 황급히 아더월드로 돌아간 타라는 림보로 영원히 사라졌다고 믿었던 상그라브들의 보스 마지스터가 돌아왔음을 알게 된다.

공간이동의 문 폭발 사고, 도서관의 좀비 살해 사건 등 테러 행위와 이상한 사건이 잇달아 발생하는 가운데 타라는 오무아의 궁전에서 공식적으로 여제 후계자 수업을 받기 시작한다.

여제를 함정에 빠뜨려서 악마의 힘을 지닌 사물들 중 '저주받은 왕홀'을 손에 넣은 마지스터는 아더월드에 있는 모든 마법사의 능력을 빼앗아버린 데 이어서 악마 군단을 앞세워 오무아 제국을 침략하고 드래곤들을 몰살하겠다고 선전포고한다.

여제와 황제가 포로로 잡혀 있기 때문에 타라는 여제 후계자로서 오무아 제국과 아더월드를 지키기 위해 또다시 온갖 위험을 무릅써야 한다. 할 수 없이 타라는 각자의 조국으로 돌아가 있는 친구들을 오무아로 불러들이고 의문의 사건들에 얽힌 미스터리를 하나씩 풀어나간다. 그리고 마지스터가 심복인 여자뱀파이어와 스파이를 궁전에 심어놓았음을 알게 된다.

타라는 이번에도 하프엘프 로빈, 지구소년 파브리스, 면허 받은 도둑 칼리반, 난쟁이 파프니르, 개로 둔갑한 증조할아버지 마니투, 특히 놀라운 기지를 발휘한 '야수' 무아노의 도움, 그리고 상그라브들의 감옥에서 탈출한 스너피가 전해준 정보 덕분에 마지스터와 가공할 만한 악마 군단을 물리치기에 이른다.

한편 타라는 자신의 열네 번째 생일파티를 엉망으로 만드는 것을 시작으로 말썽을 일으키고 다니는 쌍둥이 남매가 놀랍게도 친동생들이라는 사실을 알게 된다.

여러 가지 이유로 타라의 유전자가 조작되었을 거란 의혹이 제기되면서 여제는 정밀분석을 지시한다. 로빈은 마침내 사랑을 고백하기 위해 타라를 만나러 가지만 소녀의 방은 텅 비어 있다. 후계자가 사라진 것이다……

::『타라 덩컨 4』, 「드래곤의 배반」 ::

이 이야기는 이제부터 읽어야지요! 그럼 친애하는 독자 여러분, 재미있게 읽기 바랍니다. 준비하시고…… 읽기 시작!

TARA DUNCAN
Le Dragon Renégat

타라 덩컨

❹ 드래곤의 배반 | 차례

일러두기
이 책의 본문에 표시된 ＊부분은 부록 '아더월드의 용어 해설'에 자세히 소개되어
있습니다.

❹ 드래곤의 배반

드래곤

이빨이 사람 팔뚝만 한 자와 맞섰을 때
공명정대하게 이기는 방법

*

　인간인가 동물인가, 정체불명의 존재는 손가락 살갗을 뚫고 나오는 갈퀴발톱을 느끼면서 떼끼, 들어가! 하는 얼굴로 노려봤다. 갈퀴들이 마지못해 오므라들면서 손톱이 나타났다. 암…… 그래야지. 지금 변신하면 절대로 안 되는데 억제하기가 힘든지 초조한 기색이 역력했다.

　존재는 야릇한 미소를 흘리면서 머리를 쳐들었다. 유전학자 블루르 마브리는 등을 돌리고 있어서 전혀 알아채지 못하고 있었다. 온갖 실험도구로 복잡한 연구실에서 학자는 구시렁거리며 안절부절못했다. 독촉 주문에 걸린 시험관들이 부산을 떨며 찰그랑거리고, 뿔처럼 생긴 해괴한 것들이 이상한 액체를 교환하면

서 반짝이는 아라베스크 무늬를 만들고 있었다. 무언가 중요한
것, 예를 들어 팔이나 머리를 잃고 싶지 않다면 궤적을 그리며 떠
다니는 위험한 액체를 피하는 것이 상책이었다.

날아다니는 카메라 스쿠프들이 이 실험실을 비롯하여 오무아
황궁에 있는 열 개쯤 되는 비밀 연구실과 중요한 곳들을 감시하
고 있었다. 그러나 이 실험실은 일루시우스 주문에 걸려 있어서
스쿠프는 있으나 마나 했다. 동그란 램프 안의 브리양트*도 잠들
어 있고, 날개도 조는지 희미한 빛을 깜박일 뿐이었다.

존재를 향해 돌아선 유전학자는 기진맥진해 보였다. 붉은 머리
털의 유전학자가 눈을 비비면서 동그란 돋보기 안경을 고쳐 썼는
데 펑크 스타일의 부엉이가 연상되었다.

"그래서요?" 인간이 아닌 존재가 물었다.

"아연실색할 따름이오." 학자는 흥분한 어조로 말했다. "이 조
직 샘플은 정상이 아니에요. 전혀! 도대체 이걸 어떻게 해냈습니
까?"

존재는 눈살을 찌푸렸다.

"그건 당신이 상관할 일이 아니오. 그들의 마법 능력이 절정에
이르렀다는 뜻이오?"

"네." 학자는 부엉이 눈을 끔벅거리면서 단언했다. "내가 발명
한 글로비노마지코그라메르 덕분에 그들의 혈액에 함유된 마법

의 양을 측정할 수 있었지요."

"그래서요?"

"지구의 인간들이 만든 원자폭탄을 아십니까?"

"아는데 뜬금없이 원자폭탄은 왜요?"

"당신이 분석을 의뢰한 두 인간의 마법 능력과 비교하면 원자폭탄은 폭죽에 불과하지요."

존재는 기뻐서 어쩔 줄 모르는 얼굴로 한 걸음 다가섰다.

"이럴 수가! 드디어 내가 목표한 바에 이르다니!"

존재의 반응에 학자는 침을 꼴깍꼴깍 삼켰다. 툭 튀어나온 울대뼈가 마구 움직이고 있었다. 흥분한 학자의 머릿속에서 야망과 양심이 다투고 있었다. 학자는 존재에게 협력하는 대가로 젠드라의 별을 손에 넣을 수 있다. 아더월드의 마력을 지닌 석영으로 만든 젠드라의 별, 그토록 갈망하던 보물을 갖게 되면 마법의 기원을 밝히고 마법을 과학적으로 연구할 수 있다. 더 이상 불가능이란 없게 되는 것이다. 최고 마구스들이 고대의 신들과 동격이 될 수도 있다. 그러나 야망이라는 이름의 제단에 이 두 인간을 제물로 바쳐도 되는 것일까? 머릿속으로 한참을 싸운 끝에 불행인지 다행인지 양심이 간발의 차이로 이겼다.

한숨을 내쉬는 학자의 좁은 어깨가 축 늘어졌다.

"미리 알려두는데 한 가지 문제가 있습니다. 마법 잠재력이

100제곱으로 증대했어요. 이 상태로 내버려두면 결과는……."

존재는 거친 몸짓으로 유전학자의 말을 끊어버렸다.

"결과에는 관심이 없소. 나는 그들의 마법 능력이 절정에 이르렀다는 것을 확인하고 싶을 따름이오."

"엄청난 능력이지요." 학자는 하는 수 없이 손에 쥐고 있는 문서를 가리켰다.

학자는 잠시 뜸을 들이다 힘주어 말했다.

"그러나 그 능력 때문에 그들은 죽을 수도 있습니다. 극도로 쇠약해지고 있어서……."

은빛 줄무늬 마법복 두건의 그림자에 가려 얼굴이 보이지 않는 존재가 어깨를 으쓱하는데 그것은 분명히 인간의 몸짓이었다.

"그건 중요하지 않소. 그 아이들이 죽는다고 해도 내 계획에 차질이 생기는 것은 아니니까."

"사내아이는 그렇다 쳐도 타라틸랑넴 덩컨은?" 학자가 물었다. "그 아이는 사정이 다릅니다. 우리 제국의 후계자예요. 당신은 그럴 수……."

"내가 왜 그럴 수 없다는 거요?" 존재는 부드러우면서 냉기가 도는 목소리로 반문했다. "그 아이들은 하수인에 불과하단 말이오. 나는 수세기 동안 그 아이들의 게놈(생물의 생존에 필요한 기본수로 이루어지는 한 쌍의 염색체 — 옮긴이)을 배양해왔소. 그런 이유가 내 결정에 제동을 걸 수 있다고 생각하시오?"

홈, 이거 재미있군, 아주 재미있게 됐어. 그 생각을 하자 존재는 흥이 절로 났다. 그는 난감해서 어찌할 바를 모르는 블루르 마브리를 유심히 살피면서 의중을 떠보기 시작했다.

"아이들이 얼마나 더 살겠소?"

"치료를 받지 않을 경우에 말입니까? 짧으면 며칠, 길어야 2주일입니다. 예전에 폭발했던 행성 레안드라의 경우를 예로 들면……."

그러나 한 가지 생각밖에 없는 존재는 귓등으로도 듣지 않았다. 그는 학자가 듣거나 말거나 버럭버럭 소리를 질러댔다.

"두 아이에게 시간이 얼마 남지 않았다면 S지역으로 보내야 해! 의혹을 사는 일 없이 거기에 같이 있어야 해. 마침내 두 아이를 제물로 삼아 내 가족을 죽인 가증스러운 종족을 없애버리게 되었어! 수천 년의 노력 끝에 드디어 내 사랑의 원수를 갚게 되었구나!"

증오에 찬 고함을 질러대던 존재는 가까운 우리에서 야수의 울음소리가 들려오자 한순간 멈칫하면서 귀를 기울였다. 그 틈을 타서 학자는 몇 시간 전 가구 사이에 만들어놓은 비밀장소에 재빠르게 연구자료의 사본을 숨겼다.

인간이 아닌 존재가 돌아서서 손을 내밀었다.

"모든 자료가 필요하니까 나한테 전부 넘겨주시오."

유전학자는 체념한 듯한 얼굴로 감춰놓은 사본을 제외한 모든 연구자료를 내밀었다.

제목을 쭉 훑어보던 존재가 갑자기 눈살을 찌푸렸다.

"아하, 하프엘프 로빈 망질이 문제로군. 그 계집애와 아주 친하단 말야."

그 말에 약간 놀란 학자가 어깨를 으쓱했다.

"아직 어린 아이들이에요. 누구를 좋아하고 누구를 싫어하는지 어떻게 정확하게 알 수 있겠습니까? 그 아이들이 자주 어울릴 때는 다 그럴 만한 이유가 있을 텐데."

"그게 마음에 안 든단 말이오. 무슨 조치를 취해야겠소."

그 어조로 보아 결정적인 조치가 내려질 것이 틀림없었다. 하프엘프의 수명이 단축될 것은 불 보듯 뻔했다. 등골이 오싹해진 블루르 마브리는 불똥이 자기에게 튈까 봐 하프엘프를 변호할 마음이 싹 달아났다.

"그따위 풋사랑 때문에 내 계획이 망가진다는 것은 어림없는 소리!" 흥분한 존재가 중얼중얼 내뱉었다. "나의 두 아이에게 둘이서만 서로 사랑에 빠지는 주문을 걸어야겠어. 그러면 두 아이는 S지역에서 만나게 되어 있어. 나는 어린 인간들을 잘 알지. 일단 만나면 절대 헤어지려고 하지 않을 것이야."

존재가 주문을 읊었다.

"아도루스의 이름으로 내 마법은 공간을 뚫고 나갈지어다! 타라틸랑넴과 제레미렝비레는 결합하고 다른 결합은 풀릴지어다!"

그가 강렬한 보랏빛에 휩싸였다. 보랏빛 광선이 두 줄기로 갈라지더니 실험실 벽을 뚫고 어둠 속으로 사라졌다. 마법의 광선은 이제 곧 표적을 향해 날아갈 것이다.

"이제 됐군." 존재가 만족한 어조로 결론을 내렸다. "주문이 작동하는 순간부터 두 아이는 사랑에 빠져서 아무도 받아들이지 않을 것이오. 자, 이제 혈액과 조직을 채취한 샘플을 주시오."

학자가 떠오르게 한 시험관 여러 개가 사뿐히 존재의 손바닥에 내려앉았다.

"여기 있습니다."

절망적인 얼굴이 된 학자는 눈물이 글썽해서 마지막으로 강조했다.

"내 말을 귀담아들어야 합니다. 무시무시한 폭발이 일어날 겁니다. 지구가 폭발할 수도……."

조급해진 존재는 격한 손짓으로 또다시 말을 끊었다. 그는 자신의 몸이 변형되는 조짐을 느끼고 있었다. 척추에서 파동이 일고, 호흡이 가빠지는 것이…… 통제하기가 힘들어지고 있었다.

"결과에 대해서는 알아들었다니까!" 존재가 으르렁거렸다.

유전학자는 입을 열려다가…… 다물었다. 그를 쏘아보는 눈빛이 노랗게 변하고 파충류의 눈처럼 동공이 칼날 모양으로 변하는 것이 아닌가. 공포에 질린 학자는 숨이 막힐 지경이었다.

"그, 그럼 내게 주기로 한 대가는?" 학자는 어물어물 물었다.

"젠드라의 별? 그건 당신 것이오."

존재의 손바닥에 눈부시게 빛나는 보석이 나타나자 언제 두려움에 떨었냐는 듯 유전학자의 눈동자가 반짝거렸다. 마침내 그는 정당한 대가를 받는 것이었다. 그의 배신을 정당화할 수 있는 보상이었다. 젠드라의 별이 있으면 그는 아더월드의 마법과학 아카데미 최고 마구스들의 비난을 잠재울 수 있다.

젠드라의 별에 홀린 학자가 앞으로 나서다가 멈췄다. 아티팩트를 쥐고 있는 존재의 손이 변하고 있었다. 손바닥이 비늘로 덮이고 끔찍한 갈퀴발톱들이 살을 뚫고 나왔다. 마법복은 온데간데 없이 사라지고 등이 쫙 벌어지면서 날카로운 척추 뼈가 삐주룩삐주룩 튀어나오는가 싶더니…… 유전학자의 얼굴에 끔찍하게 뜨거운 입김을 내뿜었다.

무시무시한 용의 앞발에 놓인 젠드라의 별이 한없이 조그맣게 보였다. 6미터 높이의 천장에 머리가 붙어 있는 것 같은 용이 소름 끼치는 송곳니를 드러내고 있었다.

유전학자는 파랗게 질렸다. 목숨이 풍전등화와 같다는 것을 깨달았던 것이다.

"아, 아무 말도 하지 않겠습니다. 맹세합니다!"

드래곤은 잠시 머뭇거리다가 유전학자의 이마에서 뚝뚝 떨어지는 수상쩍은 땀을 노려봤다. 드래곤은 거짓말이라는 것을 느끼고 있었다.

"인간은 믿을 수가 없어. 결승점을 눈앞에 두고 위험을 무릅쓸 필요야 없지. 안됐지만 할 수 없어."

유전학자는 자신이 죽을 것이라고 생각하지 못했다. 격렬한 통증에 이어 몸속을 후비는 서늘한 바람을 느끼면서 그는 푹 고꾸라졌다.

드래곤은 유전학자의 시체를 냉담하게 응시하면서 자극적인 피비린내 때문에 코를 실룩거렸다. 그러나 자유를 갈구하는 하얀 깃털 하나가 비늘로 덮인 몸뚱이에서 빠져나와 가구 밑으로 날아드는 것을 알아채지 못했다.

드래곤은 바닥에 떨어진 젠드라의 별을 집어들고 바닥에 흥건한 헤모글로빈 웅덩이에 갈퀴발톱 자국을 남기지 않으려고 조심하면서 며칠 전에 점찍어놨던 우리로 향했다. 처음부터 드래곤은 유전학자를 살려둘 수 없으리라는 것을 알고 있었던 것이다.

드래곤이 철창 앞으로 다가섰다. 발이 여섯 개인 고양이과 야생동물, 흰빛과 금빛이 어우러진 브르리르가 피 냄새를 맡고 쩝쩝 입맛을 다시고 있었다.

드래곤을 보는 순간 브르리르는 공포의 울음소리를 내면서 잽싸게 우리 안쪽으로 뒷걸음쳤다. 브르리르는 실험실에 있는 인간을 잡아먹고 싶은 충동 때문에 제 몸을 찌르는 자해를 할 정도로 반쯤 미쳐가고 있었다. 그 인간이 브르리르의 송곳니가 닿는 곳에 연약한 목을 들이대는 실수를 저지르기를 얼마나 고대하고 있었던가.

그러나 드래곤이라면 사정은 달랐다. 오히려 브르리르 자신이 간식거리가 될 위험이 있었다.

그런데 이게 어찌 된 일인가, 거대한 파충류는 철창문을 열어주는 것으로 만족했다.

경계하면서 어슬렁어슬렁 걸어나온 브르리르는 비늘로 덮인 거대한 몸뚱이 주위를 빙 돌아서 실험실로 들어가더니 기쁨으로 포효했다. 드래곤이 브르리르에게 유전학자의 시체 처리를 맡긴 것이었다.

드래곤은 흡족해하면서 멀어져갔다. 피에 굶주린 브르리르가 갈퀴발톱 자국은 물론 피 한 방울 남기지 않고 깨끗하게 없애줄 것이었다. 지금부터 동이 틀 때까지 브르리르가 뼈만 앙상하게 남기고 먹어치울 시간은 충분했다. 학자의 죽음에 대한 책임은 브르리르에게 돌아갈 것이고, 그러면 사고로 처리될 것이다.

　이제는 덫에 걸려든 아이들, 두 모르모트를 유인해서 연쇄반응을 일으키는 일만 남았다. 드래곤의 흉측한 낯짝에 미소가 번졌다.

　그 폭발로 지구가 파괴될 것이다. 제일 좋아하는 암소를 다시는 구경 못하게 되는 것이 미치도록 아쉽지만…….

양피지
모든 이의 기억에서 잊히게 꼭꼭 숨긴 것을 찾는 방법

*

불빛이 하얗게 달군 칼처럼 어둠을 갈랐다. 그러나 그 빛으로는 어림없었다.

횃불형 손전등에서 퍼져나가는 빛의 다발, 그 빛이 미치지 않는 장애물에 정강이를 부딪쳤을 때 타라는 입술을 깨물었다. 너무 아파서 다리를 잡고 펄쩍펄쩍 뛰던 타라는 손전등의 빛으로는 안 되겠다는 판단을 내렸다.

소리 내면 안 되지만 할 수 없어!

"일루미누스의 이름으로 내가 앞을 볼 수 있게 빛이 나타나거라!"

순식간에 타라의 손에서 솟구친 마법의 파란빛이 퍼지면서 방은 대낮처럼 훤해졌다.

그래, 이 정도는 돼야지. 타라는 가슴을 졸이면서 귀를 기울였다. 아무도 들은 사람이 없는 것 같았다. 타라는 지하 박물관에 있기 때문에 바깥의 빛을 볼 수 없었다.

타라는 경계를 늦추지 않으면서 다시 전진했다. 고대의 거울에 가무잡잡한 소녀의 예쁜 모습이 비쳤다. 타라는 마법을 사용하여 이집트 여자처럼 긴 금발을 검은색으로, 피부와 쪽빛 눈을 더 짙게 바꾸는 변장을 한 것이다. 흰색 반소매 블라우스에 치마, 샌들을 신은 타라는 도둑이 아니라 얌전한 모범생의 모습이었다.

숨이 턱턱 막힐 정도로 더웠다. 등줄기를 따라 땀이 줄줄 흘러내리고 있었다. 타라는 샅샅이 뒤지기 시작했지만 찾는 시간이 길어질수록 점점 불안했다. 경비원들이 머지않아 순찰을 돌기 위해 지하실로 내려올 테고, 그러면 끝장나는데…….

타라는 아더월드 오무아의 황궁 도서관에서 책을 읽다가 우연히 이 양피지의 존재를 알았다. 제국의 모든 자료를 이용할 수 있는 신분이지만 전투 훈련과 아더월드의 풍습에 관한 수업을 번갈아 받아야 했기 때문에 타라는 원고가 있는 정확한 장소를 알아내는 데 거의 1년이 걸렸다. 신중한 아더월드 사람들이 악의를 가진 마법사가 손이나 발, 촉수로 찾을 수 있을 만한 마법의 행성에 그 양피지를 보관할 리가 없지 않은가. 아더월드 사람들은 지구 중에서도 이집트에 원고를 감춰놓았고, 물론 은폐 주문이 작동되어 있었다.

게다가 고모 리스베스 여제가 마지스터에게 납치되는 사건이 일어났다. 타라는 악마 군단과 맞서 싸우고, 음모자들과 암살자들을 소탕했다. 그리고 살아남아야 했다. 그것만으로도 다른 것은 생각할 겨를조차 없었다.

그러다 마침내 타라는 지구의 한 박물관, 관람객들의 발길이 뜸한 박물관의 지하실, 「수메르 언어로 추정되는 어원 미상의 양피지」라고 표시된 귀중한 원고 앞에 서 있는 것이다.

타라는 그 계획을 어느 누구에게도 털어놓을 수 없었다. 계획에 대한 정보가 새나가면 아더월드 사람들이 즉시 그 양피지를 다른 데로 옮길 것이 아닌가. 타라는 친구들의 의리를 알기 때문에 그들에게도 알리지 않았다. 타라 자신과 칼, 파브리스, 로빈, 무아노, 난쟁이 전사 파프니르로 이뤄지는 '매직 6총사가 나서면 귀중한 문서를 손에 넣는 것쯤은 식은 죽 먹기인데…… 타라는 이를 악물고 혼자서 몰래 아더월드를 떠났다. 그렇게 사라진 지 하루가 되었기 때문에 타라는 황궁이 발칵 뒤집혀서 모두 자신을 찾아 나서기 전에 빨리 돌아가야 했다.

아더월드를 떠날 때 타라와 갈랑은 카무플루스 주문을 걸어 투명 존재로 변신했다. 둘은 뉴욕행 공간이동의 문을 통해 두 명의 마법사 옆에 묻어서 지구로 갔다. 계속되는 이동에 지친 타라는 프랑스 타공에 있는 할머니 집으로 가서 잠시 쉬었다가 페가수스를 두고 혼자 이집트로 향한 것이다.

타라는 양피지에 정신을 집중했다. 양피지는 두꺼운 유리관 안에 들어 있었고, 정전이 된 것처럼 전류를 차단해도 지하실에 별도로 설치된 경보기가 울릴 것이 틀림없었다. 타라는 입을 삐쭉거렸다. 칼처럼 면허 받은 도둑이었다면 이런 것쯤은 눈감고도 할 텐데!

그 순간 타라는 소스라쳤다. 뒤쪽에서 사람들 소리가 들렸던 것이다. 꾸물거리고 있을 때가 아니었다. 유리관을 건드리는 순간 작동되는 계전기(어떤 회로의 전류가 끊어지고 이어짐에 따라 딴 회로를 여닫는 장치 — 옮긴이)가 설치되어 있는 것이 틀림없었다. 따라서 절대로 유리관을 만지지 말아야 했다. 타라가 주문을 읊자 다시 손가락에서 마법의 빛이 번쩍였다.

"*데플라수스의 이름으로* 양피지는 이제 내 손으로 옮겨지거라!"

비물질화된 귀중한 원고가 순순히 타라의 손바닥에 놓였다. 계속해서 타라는 조심스럽게 주문을 읊었다.

"*클로누스의 이름으로* 원고는 복사되어 복사본은 유리관 안의 제자리로 돌아가라!"

28

복사된 양피지가 유리관 안에서 다시 물질화되었다. 타라는 조심스럽게 원본을 둘둘 말았다. 지하실에서 새나오는 빛을 수상히 여긴 경비원들이 들이닥치기 전에 타라는 순간적으로 이동하는 트란스미투스를 작동했다. 마법의 빛은 꺼졌다. 휴, 이제 쥐도 새도 모르게 빠져나가면 돼!

아더월드 사람들에게 들키지 않고 공간이동의 문을 넘을 수 없기 때문에 타라는 타공으로 가기까지 트란스미투스 마법을 여러 번 이용해야 했다. 너무 자주 사용하면 에너지 소비가 많아서 위험하지만 선택의 여지가 없었다.

녹초가 된 타라는 할머니의 집, 초록빛과 장밋빛 색조의 안락한 응접실에 무사히 이르렀다. 주위가 뚜렷해지는 순간 타라는 질겁했다. 응접실 한가운데서 위협적으로 번쩍이는 기계가 광선을 쏘아대는 것이 아닌가! 깊이 생각할 겨를이 없는 타라는 무작정 레풀수스 주문을 읊었다. 마법의 광선에 얻어맞은 기계가 성난 소리를 내는가 싶더니 그 뒤로 의자 두 개와 안락의자, 옷장 하나가 둥둥 떠올라 벽을 뚫고 날아갔다.

어리둥절한 타라가 마지막으로 본 것은 안락의자 팔걸이를 물고 필사적으로 매달리는 검정 사냥개의 모습이었다.

"으아악, 사람 살려, 아니 개 살려! 타라, 살려줘!"

지구에서는
조심조심

*

　타공 하늘에 나타난 이상한 물체를 보고 헌병대 헬리콥터가 출동했다. 그러나 부서진 벽 조각, 의자 두 개, 검정 개가 아등바등 매달린 안락의자, 옷장(루이 16세 시대풍의 화려하게 조각된 가구였다)을 꽁무니에 달고 날아다니는 번쩍거리는 물체는 헬리콥터를 가볍게 따돌렸다. 조종석에 앉은 헌병 둘은 꿈이라도 꾸다 깨어난 듯 눈을 끔벅거렸다.

　게다가 뒤따라 날아오는 용의 모습은 충격이었다.

　은빛 비늘의 블루 드래곤은 요리조리 피하며 둥둥 떠다니는 것들을 한 발로 붙잡고 다른 한 발로 덜덜 떠는 개를 끌어안은 자세로 헬리콥터와 마주했다. 드래곤이 날개를 펄럭펄럭 휘저으며 회오리를 일으키자 헬리콥터가 사정없이 흔들렸다.

"어어어, 저게 뭐야?" 조종사가 중얼거렸다.

"아! 봤어요?" 조수는 안도한 어조로 대답했다. "나만 헛것을 봤는지 알고 내가 미쳤는지 알았어요. 저거 용…… 아니에요? 세상에 어떻게 이런 일이! 용……용이 우리에게 착륙하라는 신호를 보내고 있어요!"

'불을 뿜는다는…… 그 용?' 두 남자의 얼굴에서 그러한 의문을 읽었나, 드래곤은 한 줄기의 불을 내뿜는 것으로 화끈하게 답해주었다.

헬리콥터가 지상 쪽으로 하강하는 것은 번쩍거리는 물체를 박살을 낼 작정이라기보다는 조종사가 너무 놀라서 경련을 일으킨 결과였다. 사실, 조종사는 악몽과도 같은 환영을 떨치려고 애쓰면서 다시는 장교식당에서 술을 입에 대지 않겠다고 다짐하고 있었다.

드래곤이 뭐라고 고함치자, 헬리콥터가 송전탑에서 불과 몇 센티미터 떨어진 공중에 마치 끈끈이에 걸린 듯 그대로 멈췄다.

공포에 사로잡힌 조종사는 프로펠러 회전판이 멈췄을 때 심장이 멎을 뻔했다. 추락을 예상하고 눈을 감고 비명을 질러댔는데…… 어떻게 된 일이지? 헬리콥터가 멀쩡하게 정지되어 있는 것이 아닌가. 조종사는 한쪽 눈만 실눈으로 뜨다가 두 눈을 번쩍 떴다. 천사들이 받치고 있나? 헬리콥터가 공중에 떠 있다니! 조종사는 몹시 흥분해서 조종간을 작동했지만 엔진이 꿈쩍도 않더니 갑자기 앞장서는 용을 따라가면서 흔들렸다. 헬리콥터와 드래곤은 전속력으로 하강하여 저택의 손질이 잘된 잔디밭에 착륙했다.

희한한 파란색 원피스 차림의 아이들을 비롯한 여러 명이 착륙하는 광경을 지켜보고 있었다. 돌기로 우툴두툴한 초록색 괴물이 거의 창 수준의 누런 송곳니를 드러내며 비웃음을 흘렸다. 페가수스가 은빛 날개를 파닥이며 울음소리를 내는가 하면 파란 털의 매머드는 반갑다는 듯 긴 코를 흔들었다.

비칠거리며 헬리콥터에서 내린 두 헌병은 선사시대나 신화 속의 동물원에 착륙했다고 생각하는 듯한 얼이 빠진 얼굴로 동시에 권총을 빼들었다.

총을 겨누거나 말거나 아랑곳없이 드래곤은 열다섯 살쯤 되어 보이는 쪽빛 눈의 소녀에게 호통을 쳤다. 소녀는 금발에 섞인 흰 머리털을 질겅질겅 씹고 있었다. 소녀 뒤쪽으로 보이는 저택은 폭발 사고가 난 듯 한쪽 벽이 떨어져나가 있어서 초록빛과 장밋빛 응접실이 드러나 보였다. 하늘에서 헬리콥터를 따돌렸던 옷장과 같은 시대풍 가구들로 장식된 응접실이었다.

"맙소사! 타라, 마법을 통제해야지!"

"겁이 났단 말예요! 저 기계는 대체 뭐예요?" 타라는 당차게 응수했다.

"너를 찾기 위한 기계였어." 사냥개는 아직도 덜덜 떨면서 나무랐다. "다시 한번 상기시키는데 그놈의 영생 주문으로 나는 개로 변했을 뿐만 아니라 마법 능력도 잃었단 말이다. 그런 나를 그렇게 무작정 공중으로 날려버려서 안락의자에 바둥바둥 매달려 있게 하면 내 심장이 어떻게 되겠니?"

"기계가 나를 공격하는지 알았잖아요." 사실은 증조할아버지를 몹시 걱정했으면서도 타라는 내색하지 않고 대꾸했다. "아무 생각도 할 수가 없었다고요."

"어이고, 어련하겠어!" 헝클어진 머리에 천진난만해 보이는 커다란 잿빛 눈, 체구가 왜소한 칼이 낄낄거리면서 톡 나섰는데 패밀리어인 여우를 데리고 있었다. "다시 만난 게 아무리 반가워도 그렇지 의자랑 옷장 같은 걸 내던지면 되겠냐?"

샐쭉해 있던 표정이 확 바뀌면서 타라가 뜨겁게 포옹하자 칼은 얼굴이 빨개졌다.

"칼! 너무 반갑다! 오늘은 정말 네가 그리웠는데!"

징 박은 장화를 신은 빨간 머리 난쟁이 파프니르가 까치발을 하고 타라에게 인사하는데 그 목소리는 퉁명스러웠다.

"너의 망치가 맑은 소리로 울리기를!"

아, 얼마나 오랜만에 듣는 난쟁이들의 인사말인가! 그런데 왜 기뻐하는 얼굴이 아니지? 타라는 속으로 한숨을 쉬면서 화답했다.

"너의 모루가 맑은 소리로 되울리기를!"

지구의 절친한 친구, 까만 눈의 금발 소년 파브리스는 타라의 뺨에 쪽 소리가 나게 입을 맞췄다. 글로리아 공주, 일명 무아노도 똑같이 입맞춤을 했다.

마지막으로 남은 소년, 뾰족한 귀에 검은 머리털이 섞인 은빛 머리의 하프엘프 로빈은 타라를 차갑게 대했다.

헌병 둘은 그 틈을 이용해서 제압하고 나섰다.

"모두 손들어!" 하고 외치던 헌병은 드래곤의 눈길이 자신에게 쏠리자 아차, 하는 얼굴을 했다.

"어허, 그 웃기지도 않는 무기를 내려놓고 네놈들이나 손드는 것이 나을 것이다!" 거대한 파충류는 관리 상태가 아주 좋은 이빨을 드러내면서 미소를 지었다.

"무슨 소리! 손……, 발을 들어야 하는 건 너희다! 어서…… 손, 발 들어!"

헌병의 목소리가 흔들리면서 군대식 호령이 무색해졌다.

깜짝 놀라는 척하면서 드래곤이 두 발을 드는가 싶었는데 어느새 주문을 읊었는지 빛이 번쩍하면서 마법의 광선이 헌병 둘을 후려쳤다. 그들은 권총을 떨어뜨리고 쾅당, 쓰러졌다.

타라의 전 보디가드 초록색 트롤 그르룰이 구시렁거렸다.

"저 인간들, 그르름므플를! 쯧쯧!"

트롤의 세계에서 그르름므플를은 허약하다는 뜻이며, 허약하다는 것은 급사하다와 동의어로 쓰이는 말이었다.

나무에 기대고 있어서 초록색 트롤을 알아보지 못했던 타라는 깜짝 놀랐다.

"도대체 몇 명이나 온 거야?" 타라는 두 헌병이 쓰러지면서 다치지 않았는지 확인하고 나서 소리쳤다.

"다 왔어. 진짜 운 좋은 줄 알아. 어제 폐하가 군대를 파견하려는 걸 간신히 말렸으니까! 너를 찾아 나선 지 8시간이 넘었어!"

로빈이 타라 앞에 버티고 서서 볼멘소리를 했다.

"왜? 무슨 문제라도 생겼어?"

걱정스러운 표정으로 타라가 물었다.

잠깐 비운 사이에 또 무슨 엄청난 일이 제국에 닥쳤단 말인가?

로빈은 극도로 흥분한 상태였다. 하프엘프의 이글거리는 눈총에 타라는 뺨이 달아올랐다.

"왜냐고?" 피가 끓어오르는 로빈이 외쳤다. "넌 아무 말 없이 사라져버렸어! 나……, 우리가 얼마나 걱정했는지 알아?"

"아무 말 없이? 그렇지 않아!" 타라는 팔짱을 끼면서 반박했다. "난 쪽지를 남겼단 말야."

"무슨 쪽지?" 로빈이 분노를 접고 물었다. "그런 건 없었어!"

타라는 무슨 말을 하려다…… 그만두었다. 묘한 표정이 된 타라는 가문의 반지를 세 번 돌리면서 반지와 결합된 에프리트를 불러냈다.

구름 같은 붉은 연기가 유형화되면서 인간의 울끈불끈한 근육질 상체, 노랑 뿔, 살구색 매니큐어를 칠한 손, 나팔 모양으로 묶은 머리에 잘 어울리는 초록색 턱수염이 차례로 또렷해지기 시작했다. 타라에게 몹쓸 짓을 하다 쫓겨난 멜루텐리파쉬랄리반디르의 후임으로 황실의 노예가 된, 제5서클 악마들의 공주 살렌비트레두릭셸바는 누군가와 통화 중인지 허공에 대고 말했다.

"그래서 내가 놈의 튀어나온 눈알 열 개를 뽑아서 잘근잘근 씹어먹겠다고 말했지!"

살렌비트레두릭셸바는 고개를 들다가 깜짝 놀랐다.

"애고머니, 끊지 마. 급한 일이 생겼어. 마마, 부르셨어요?"

타라는 참지 못하고 발을 쿵쿵 굴렀다.

"내가 간밤에 너에게 맡겼던 메시지를 어제 폐하께 분명히 전했지?"

호박색 두 눈에 당황하는 빛이 역력한 에프리트가 다급하게 말했다.

"잠깐만. 있잖아, 브레미르? 해결할 일이 있어서 이만 끊어야겠어. 다시 통화하자. 그리고 와작와작 씹어먹든지 찢어발기든지 하고 싶은 대로 해."

그렇게 말하고 나서 에프리트는 타라를 향해 빨개진 얼굴을 숙였다.

"메시지? 즉시 전하지는 말라고 지시하셨죠."

쾅쾅……, 타라의 발 구르는 소리가 더 커졌다.

"그때는 한밤중이었으니까 그렇지! 9시가 되는 즉시 전하라고 했잖아."

"아, 하지만 아직 9시가 안 됐어요." 에프리트는 거만한 몸짓으로 자신의 손목에 나타나는 크로노미터로 시간을 확인하면서 만족스런 얼굴로 말했다. "이 행성의 시간이 훨씬 빠른 건 아니겠죠? 5시, 아니 6시쯤 된 거 맞잖아요?"

"당연히 아더월드 시간으로 아침 9시였지!" 화가 난 타라가 소리쳤다. "내가 또 납치된 걸로 생각하고 행성이 발칵 뒤집혔다고 하잖아. 정말 미치겠군!"

에프리트는 관심 없다는 듯 어깨를 으쓱했다.

"그럼 더 이상 내가 필요 없는 거죠? 다행이네요. 해결할 일이 많은 데다 사지를 부러뜨려야 할 적들이 있어서 바쁘던 참인데……. 시체들이 당신들의 발밑에서 썩기를……."

그렇게 마지막으로 악마 특유의 인사말을 하고 살렌비트레두릭셀바는 사라졌다. 타라는 머쓱한 얼굴로 친구들을 향해 돌아섰다.

"정말 미안해. 너희가 얼마나 불안해했을지 짐작이 가고도 남아!"

"그 정도의 말로는 너무 약하지!" 드래곤이 으르렁거렸다. "우리는 네가 또 납치되었다고 생각했으니까!"

'또'라는 어조에 지겹다는 뜻이 담겨 있었다.

"이제 오해가 풀렸으니까 하는 말인데 나를 어떻게 찾았어요?" 타라는 호기심이 가득한 얼굴로 물었다. "나는 발각되지 않을 것이라고 생각했거든요."

"너는 그럴 수 있지." 로빈이 설명했다. "하지만 너의 마법은 쉽게 포착할 수 있거든. 그래서 우리는 네 마법을 이용했어. 네가 클릭을 아더월드에 두고 갔잖아."

타라는 한 손으로 귀를 만졌다. 정말로 타라의 위치를 로빈에게 알려주는 신기한 귀걸이가 없었다.

"후계자가 행방불명된 것을 알고 데미데루스께서는 잿빛 시간으로 돌아가는 걸 연기하셨어." 로빈이 말을 이었다. "네가 없어진 뒤로 계속해서 거의 신경발작을 일으키는 네 고모님 여제 폐하는 말할 것도 없고. 여제께서 얼마나 초조했으면 황제가 그렇게 말리는데도 더없이 귀중한 메우스의 도자기 소장품을 모조리 박살을 냈을까. 기발한 마법 기구를 발명하는 연구소의 도움을 받아 데미데루스께서 직접 네가 아까 망가뜨린 기계를 발명했어. 중요한 마법 덩어리들의 위치를 알아내기 위한 일종의 '탐지기'였는데……."

기분이 상한 타라는 눈을 부릅뜨면서 발끈했다.

"마법 덩어리? 어떻게 '덩어리'라는 표현을 쓸 수 있어?"

"에이, 까칠하기는! 그 말은 네가 뚱뚱하다는 뜻이 아니라 너의 마법 능력이 어찌나 강력한지 들키기 쉽다는 뜻이야."

칼이 우스워 죽겠다는 얼굴로 끼어들었다.

"그래, 그 말이었어." 칼의 개입으로 난처한 상황을 모면한 로빈이 얼른 누그러진 목소리로 말했다. "여러 가지 가능성을 생각하다가 최종적으로 우리는 네가 지구로 떠났다고 추정했어. 네가 응접실에 불쑥 나타나자 위치 탐지기가 너를 포착하고 신호를 보낸 것이었는데 네가 마니투와 이 집의 벽을 날려버린 거라고."

사냥개는 후회가 막심하다는 눈길로 흘겼다. 아더월드에 남아 있을 걸 괜히 쫓아왔다가 이게 무슨 봉변이냐는 얼굴이었다.

타라는 크레디트-무트 금화에 교차하는 검 문양이 각인된 메달을 톡톡 치면서 말했다. 빌랭의 남작들이 장사할 목적으로 만든 발명품, 드라크였다.

"난 드라크를 목에 걸었기 때문에 마법을 감춰줄 거라고 생각했는데……."

"너의 능력은 너무 강력해서 드라크로는 추적을 따돌릴 수 없었어. 다행히도!" 로빈이 말했다. "쪽지에 뭐라고 썼는데? 왜 오무아를 떠났어?"

"조용히 쉬고 싶었어." 타라는 로빈을 속이는 것이 정말 싫지만 거짓말을 했다. "악마 군단과의 전쟁, 있는지도 몰랐던 쌍둥이 동생들…… 감당하기 힘든 일이 많았잖아. 그래서 아무도 간섭하지 않는 지구로 돌아가고 싶었어. 아더월드에 있으면 나를 죽이려고 하는 괴물들 때문에 하루도 편히 쉴 수가 없으니까. 그래서 어떤 위협도 받지 않는 곳에서 며칠 쉬는 것이 좋겠다고 생각했어."

칼이 재미있다는 듯 미소를 지었다.

"잘했어, 타라. 아무리 위대한 영웅이라도 쉴 권리는 있으니까!"

타라는 얼굴이 빨개졌다.

"칼, 나는 위대한 영웅이 아냐!"

"아, 내가 잘못 말했구나!" 칼이 진지하게 수정했다. "너는 남자가 아니니까 정확하게 말하면 위대한 여자 영웅이지!"

구불구불한 긴 머리에 가무잡잡한 피부, 금빛 눈의 예쁜 무아노가 은빛 표범 쉬바를 데리고 서서 끼어들었다.

"내가 얼마나 겁이 났는지 모를 거야, 넌! 어쨌든 괜한 걱정이었다니까 정말 다행이다. 안 그래, 나의…… 파브리스?"

파란 털 매머드를 데리고 서서 파브리스가 보내는 미소에 답하는 무아노의 눈빛을 보면서 파프니르는 닭살이 돋았다. 사랑이라는 것이 뇌에 좋지 않은 결과를 낳은 것이 틀림없어. 자기들 외에 다른 사람은 없다고 생각하는 거야, 뭐야!

"흥!" 사랑에 빠져서 눈짓을 보내는 두 친구가 아니꼬운 난쟁이는 귀여운 초록빛 눈을 찡그렸다. "타라는 2년 넘게 뛰어난 마법 능력을 보여주고 있기 때문에 아더월드에서는 어른이나 다름없어. 그러니까 타라는 자기가 원하는 것을 해도 되지. 나는 타라를 이해해. 여기 생활이 다 마음에 드는 것은 아니지만 난 그런 대로 견딜 만해. 하지만 다른 종족들은 난쟁이 종족만큼 강하지 않단 말이지! 타라, 잘 쉬었으니까 이제는 아더월드로 떠날 수 있지?"

파브리스는 아무 말 하지 않았지만 의심쩍은 눈으로 타라를 관찰하고 있었다. 타라의 설명이 차림새와 맞지 않았다. 타라는 교복 같은 것을 입고 있었다. 그런데 타공에는 교복을 입는 학교가 없었다. 타라는 무슨 일을 꾸미고 있는 것이 틀림없었다. 파브리스는 피식, 미소를 흘리면서 나중에 타라를 유도 심문하기로 마음먹었다.

타라는 파브리스의 눈길을 느끼면서 또다시 한숨을 삼켰다. 이런, 복장을 바꾸지 못했네! 친구들이 알아채지 못하면 좋으련만!

셈 선생님은 타라에게 버럭버럭 소리를 질렀다. 이번 기회에 다시는 멋대로 행동하지 못하도록 따끔하게 야단을 쳐야 한다고 생각한 모양이었다.

"갈랑을 데리고 지구로 온다는 것은 경솔한 짓이다! 아무도 보지 않았어야 하는데! 타라, 넌 정말이지 조심성이 없어!"

타라는 용의 모습을 드러내고 있는 것도 신중하지 못하다는 말이 튀어나오려고 했지만 꾹 참았다. 이 정도의 꾸지람으로 난처한 상황을 벗어난다면 운이 좋다고 봐야지.

타라와 결합되어 있는 영혼의 동반자 패밀리어는 자기 이름이 들리자 히이잉거렸다. 은빛 페가수스는 불안하다는 표시로 푹신한 잔디밭에 날카로운 발톱을 쿡쿡 박으면서 다가왔다. 페가수스가 어깨에 코를 대자 타라는 이마를 다정하게 쓰다듬어주었다.

"갈랑은 개로 변신하는 것을 싫어해요. 히이잉 대신에 멍멍 짖는 걸 질색하거든요. 게다가 우리는 저택에서 날마다 마법을 사용했지만 마을 사람들은 아무도 알아채지 못했단 말예요."

타라가 걸핏하면 혼자 지구로 가는 버릇을 고쳐주리라 작정한 듯 셈 선생님은 냉랭하게 말했다.

"지구에 살면서 임무를 수행하겠다는 네 할머니의 요청을 받아들인 것은 패밀리어였던 호랑이가 죽었기 때문이야. 두 조수 타쉴과 망구스에게는 패밀리어가 없고, 너의 보디가드이자 마지스터에게 매수당한 배신자 데리아는 숨기기 쉬운 데다 눈에 띄어도 의혹을 사지 않을 까치를 데리고 있었어. 지구인에게 마법사들의 존재를 감추는 것이 우리의 의무라는 걸 잊지 말아야지!"

타라는 뾰로통한 얼굴로 돌아섰다. 인간이든 아니든 수많은 마법사가 지구 곳곳에 흩어져 있었다. 페가수스는 뱀파이어나 촉수가 달린 카흠보움보다 이상하지도 않은데 셈 선생님은 말도 안 되는 것을 들먹이며 화풀이를 하고 있었다.

썰렁해지는 분위기를 깰 겸 화제를 돌리기 위해 마니투는 주둥이로 기절한 헌병들을 가리켰다.

"저 멍청이들은 어쩌지?"

트롤은 그 질문에 대한 나름의 생각이 있었다.

"그르름므플를들을 잡아먹을 것임?"

"아니다, 그르룰! 나는 인간을 먹지 않아!" 드래곤이 면박을 주었다. "난 암소를 훨씬 좋아하지. 심줄이 더 적고 살은 더 쫄깃쫄깃한 게 씹는 맛이 그만이거든."

타라는 침을 꼴깍 삼켰다. 아, 그런가? 근데 그걸 어떻게 알지? 뭐야, 그럼 둘 다 먹어봤다는 뜻인가?

"민투스 주문을 걸어서 기억을 지워야겠어. 그리고 저들을 기지로 돌려보내야지."

잠시 후, 헬리콥터에 앉은 두 헌병은 무언가를 잊어버린 것 같은 이상한 느낌을 갖고 군비행장으로 향했다.

그들은 헬리콥터를 착륙한 뒤에 기억하고 있는 것보다 훨씬 많은 거리를 비행했다는 것을 확인했다. 그들의 삶에서 15분이란 시간이 없어진 것이었다.

그중 한 명은 외계인에게 납치됐던 것이라고 확신하고 그들이 비행했던 지역을 조사하기로 마음먹었다. 그러나 수많은 마법사를 찾아다니며 탐문조사를 벌인다면 몰라도 이사벨라가 사는 작은 마을 타공에 있는 공간이동 문의 존재에 대해 알아낼 턱이 있을까.

다른 한 명은 술만 보면 이상하게도 불을 내뿜는 거대한 도마뱀이 떠올랐기 때문에 술을 입에 대지 않았다.

타라는 멀어져가는 헬리콥터를 바라봤다. 벽에 뻥 뚫린 구멍으로 지는 햇살이 비쳐들고 있었다. 타라는 한숨을 내쉬었다.

타라는 무한정으로 들어가는 체인지라인의 주머니에 재빨리 양피지를 집어넣었다. 목에 부착한 마법의 체인지라인은 보석, 구두, 가방, 화장에 맞춘 우아한 드레스에서부터 캠핑용 반바지에 이르기까지 어떤 복장으로든 변신시킬 수 있었다. 체인지라인은 거품이 나오는 욕조가 딸린 욕실, 찜질을 할 수 있는 터키식 하맘도 주머니에 흡수할 정도의 마력이 있었다.

갑자기 타라는 눈살을 찌푸렸다. 다른 사람들은 머리를 숙이고 있어서 하늘에서 저택을 향해 돌진하는 검은 점들을 보지 못하고 있었다.

확신이 없기 때문에 타라는 머뭇거렸다. 새 떼라고 하기에는 좀 이상한데……. 타라가 입을 열려고 할 때 걱정되는 얼굴로 관찰하고 있던 로빈이 예리한 눈을 쳐들었다. 그 정체를 대번에 알아본 로빈이 고함을 질렀다.

"맙소사, 이럴 수가! 하르퓌아다! 지구에 하르퓌아가 떼를 지어 나타나다니!"

살아 있는 무기 릴란드릴의 활이 로빈의 등을 떠나 팔에서 유형화되고, 화살집이 열리면서 화살을 내보낼 채비를 하고 있었다. 로빈이 화살을 시위에 메기는 순간 하르퓌아들이 달려들었다. 새의 몸뚱이에 여자 상반신, 끈적거리는 꾀죄죄한 잿빛 깃털, 하르퓌아의 갈퀴발톱에는 해독제가 존재하지 않는 치명적인 독침이 있었다.

"발톱을 조심해!" 드래곤이 소리쳤다. "새를 건드리면 절대 안 돼!"

초록 트롤 그르룰이 몽둥이를 휘두르는데 근육이 울끈불끈 튀어나왔다. 칼은 이미 나이프를 뽑아들고 던질 기세로 팔꿈치를 구부리고 있었다. 무아노는 키가 3미터나 되는 털북숭이 야수로 변해 있었고, 주문을 외우면서 두 손에 마법의 불을 번쩍이는 파브리스, 그 옆에서 파란 매머드 바룬도 다가오는 적을 짓뭉개버릴 듯 벼르고 있었다.

무아노의 표범 쉬바는 아주 침착하게 발톱을 세우고 있는데 주인이 나무라지만 않는다면 새 한 마리쯤은 갈가리 찢어발길 기세였다.

파프니르는 즐거운 숨소리를 내며 도끼를 움켜잡았다. 파프니르는 타라를 좋아했다. 같이 있을 때마다 신명나게 싸울 일이 생기기 때문이었다. 드래곤은 마른기침을 하면서 올 테면 와봐, 아주 새까맣게 태워줄 테니! 하는 기세로 콧구멍에서 불길을 내뿜고 있었다.

함께 싸우는 것이 어디 한두 번인가, 그들은 순식간에 철벽에 가까운 방어 태세를 갖추었다. 그러나 친구들이 자기 때문에 목숨을 거는 것을 더 이상 원치 않는 타라는 공중에서 하르퀴아들을 상대하기로 했다. 체인지라인은 눈 깜짝할 사이에 전투 갑옷을 만들고, 땋은 머리에 은빛 켈트릴 투구를 씌우는가 하면 무술에서나 쓰일 것 같은 으스스한 검까지 허리춤에 걸어주었다. 타라가 올라앉자 페가수스는 한 번의 날갯짓으로 힘차게 날아올랐다. 타라의 손에서 번쩍이는 마법의 광선이 어찌나 강렬한지 순간적으로 햇빛을 가렸다. 격분한 소녀의 흰 머리털이 찌지직거리면서 눈빛이 새파랗게 변했다.

이미 하르퓌아들은 돌진하고 있었다. 입에 거품을 물고 끔찍한 욕설을 내뱉으며 급강하하는 새들의 발톱에서 독극물이 스며나오고 있었다.

"갈랑, 가자." 타라가 외쳤다. "저것들을 꼬치구이로 만들어버리는 거야!"

타라는 2년 전 하르퓌아에게 공격을 받았을 때의 끔찍한 기억이 생생했다. 상그라브들의 보스 마지스터의 지시를 받은 하르퓌아에게 타라는 거의 죽을 뻔했다. 타라는 이를 악물고 아주 독하게 마음먹었다. 다시는 함부로 까불지 못하게 하려면 제일 먼저 달려드는 하르퓌아에게 확실하게, 마지스터만큼 잔혹하게 본때를 보여줄 필요가 있었다.

"그라비투스의 이름으로 하르퓌아는 으스러지고 결코 살아서 돌아가지 못한다!"

타라의 손에서 발사된 마법의 광선을 얻어맞은 하르퓌아가 날카로운 비명을 지르더니 회오리처럼 피 묻은 깃털을 휘날리며 초록 잔디밭으로 툭, 떨어졌다. 타라는 잠시 가책을 느꼈지만 이내 냉정함을 되찾았다. 이건 어쩔 수 없는 정당방위야. 아더월드의 괴물들은 호시탐탐 타라를 없애려고 했다. 살아남기 위해서는 싸워야 했다.

불시에 당한 하르퓌아들이 욕지거리하면서 흩어졌다. 그중 하나가 뒤로 물러서더니 죽을상을 하면서 크리스털 볼에 대고 빠르게 시부렁거렸다. 타라는 길게 말할 시간을 주지 않고 가차없이 쓰러뜨렸다.

마법의 광선을 다시 발사했지만 이번에는 하르퓌아들이 믿을 수 없을 정도로 민첩하게 피했다. 그 순간 타라는 깜짝 놀랐다. 여자-새들이 타라를 아랑곳하지 않고 로빈을 공격하는 것이 아닌가! 포위당한 하프엘프가 첫 번째 공격을 용케 막아내는 것을 보면서 그를 보호하러 모두 달려갔다.

"어쭈구리!" 칼이 얼굴을 찢을 기세로 달려드는 하르퓌아의 발톱을 잽싸게 피하면서 소리쳤다. "이것들이 너를 죽이려고 하는 것 같아. 로빈, 너 얘들한테 뭐 잘못한 거 있냐?"

초인적인 민첩함으로 공격을 피하면서 하프엘프는 우아하면서도 강력하게 싸우고 있었다. 춤을 추는 것처럼 우아하면서 날렵한 몸놀림을 보이면서 마침내 로빈이 대답했다.

"칼, 헛소리하지 마! 이 하르퓌아들은 누군가가 고용한 용병들이야! 그러니까 무슨 일이 있어도 한 놈은 산 채로 잡아야 해!"

"잘난 척하기는!" 칼이 얼른 몸을 숙이면서 투덜거렸다. "근데 말야, 얘들은 그럴 생각이 없는 것 같거든!"

공중에서 공격하는 타라를 보면서 하르퓌아들은 두 무리로 갈라졌다. 한 무리는 타라를 향해 집결했고, 또 한 무리는 마법사들

중에서도 로빈을 표적으로 삼았다.

하르퓌아보다 더 날렵하지 못하기 때문에 갈랑은 훨씬 강한 힘으로 그 약점을 보완하고 있었다. 분명히 갈랑이 더 빠르게 날고 있었다. 타라의 마법이 어쩌다 표적을 빗나가더라도 페가수스의 갈퀴발톱이 하르퓌아들을 살벌하게 해치웠다.

고래 싸움에 새우등 터지는 격으로 공중전이 벌어지는 바로 밑에 있던 수령이 백년 넘은 아름드리 나무들이 봉변을 당했다. 그중 하나는 초록빛이 선명해지는가 싶더니 아주 조그맣게 줄어들다가, 어어…… 저건 개구리? 질겁한 나무는 개굴개굴 울면서 달아났다.

이런 추세라면 하르퓌아들은 오래 버티지 못할 것이다.

이윽고 타라 위에서 달려들던 하르퓌아들이 없어졌다. 다른 하르퓌아들은 친구들과 싸우면서 사악한 까마귀 떼처럼 로빈을 덮치고 있었다. 타라가 꼼짝없이 당하고 있으려니 믿는 하르퓌아들은 오히려 자기들이 거센 공격을 받을 줄은 전혀 예상하지 못하고 있었다. 타라가 한 놈을 즉사시키는 사이에 드래곤은 강력한 꼬리 공격 한 방으로 두 번째 놈을 날려버렸고, 야수로 변한 무아노는 날카로운 갈퀴발톱으로 세 번째 놈의 다리를 찔렀고, 그르룰은 광기에 찬 괴성을 지르면서 닥치는 대로 대가리를 으스러뜨렸다. 로빈은 빗발치는 화살 세례로 하르퓌아들을 바늘꽂이로 만들었고, 쉬바도 질세라 그 긴 송곳니로 다 죽어가는 여자–새의 목덜미를 물고 마구 흔들어대고 있었다.

"한 놈은 내게 넘겨, 로빈!" 키가 너무 작아서 하르퓌아를 향해 펄쩍펄쩍 제자리 뛰기로 도끼를 휘두르는 파프니르가 소리쳤다.

"하나는 내게 넘기라고!"

그러나 지구에서는 마법의 힘이 약한데 로빈은 활을 과대평가하는 실수를 저질렀다. 하르퓌아 하나가 화살을 피했고, 로빈은 다른 화살을 시위에 메길 시간이 없었다. 바로 그 순간 슝, 귓가를 스치듯 날아온 파프니르의 도끼가 여자–새의 빈약한 가슴에 꽂히자 로빈은 안도의 숨을 내쉬었다.

로빈이 난쟁이에게 고맙다는 뜻으로 엄지를 치켜드는 순간이었다. 비칠비칠 일어난 하르퓌아가 자기 가슴에 꽂힌 도끼를 뽑아들고 달려들었다. 로빈은 믿을 수 없는 힘으로 덮치는 하르퓌아를 피할 겨를이 없었다. 로빈은 눈 깜짝할 사이에 치명적인 깃털 더미에 묻히고 말았다.

"로빈!"

타라가 공포에 사로잡힌 비명을 질렀다.

전속력으로 하강한 페가수스가 착륙하자, 친구에게 달려간 타라는 심장이 터질 것 같았다. 무아노의 도움을 받아 로빈을 덮친 채로 죽은 하르퓌아를 들어내고 보니 땅바닥에 쓰러진 로빈은 이미 의식을 잃은 상태였다.

발톱에 갈기갈기 찢긴 로빈의 가슴에 치명적인 독이 잿빛 광채
를 번뜩이고 있었다.

하르퓌아

날개가 있는데 왜 천사와는 딴판일까

*

흰 머리털이 찌지직거리면서 타라의 마법이 순식간에 로빈을 에워쌌다. 몸에서 떨어져나온 독이 작은 알갱이로 응축되어 유리병으로 들어가자 타라는 체인지라인에 집어넣은 다음 로빈을 향해 레파루스 주문을 읊었다.

쩍 벌어져 있던 상처가 아물었다. 그러나 로빈은 깨어나지 않았다. 의식을 잃은 채 잔디밭에 쓰러진 로빈의 창백한 얼굴이 땀으로 번들거리고 팔다리에서 경련이 일고 있었다. 치명적인 독이 이미 온몸에 퍼지고 있는 것이었다.

타라는 공포에 사로잡혔다. 하르퓌아의 독이 혈관 속으로 번지면 피가 끓으면서 절로 비명이 나올 정도로 고통이 심했다. 처음에는 몇 시간 동안 통증이 계속되다 갈증에 시달려야 하는데 해독제가 없을 경우 심한 경련을 일으키며 죽게 된다는 것을 타라는 경험상 누구보다 잘 알고 있었다.

기적의 해독제를 갖고 있는 사람은 단 한 사람밖에 없었다.

하얗게 질린 타라는 결연한 표정으로 셈 선생님을 향해 돌아섰다.

"로빈을 치료하려면 해독제가 필요해요. 마지스터를 만나러 가야겠어요."

마지스터란 이름을 말하면서 타라는 토할 것 같았다. 야욕에 미치고, 증오와 분노, 권력에 굶주린 상그라브들의 보스 마지스터는 철천지원수가 아닌가. 악마들로부터 세상을 구한 타라의 조상, 역사책에 위대한 최고 마구스로 칭송되는 데미데루스가 수세기 전에 감춘 악마의 힘을 지닌 아티팩트 13개를 손에 넣기 위해서라면 마지스터는 무슨 짓이든 할 최악의 적이었다.

그 아티팩트들만 있으면 마지스터는 아더월드를 지배할 수 있었다. 그런데 그걸 손에 넣으려면 데미데루스의 직계 후손을 이용하여 지킴이들과 심판관들을 속여야 했다. 마지스터는 타라의 혈통을 알게 된 뒤로 호시탐탐 타라를 납치할 기회를 엿보고 있었다.

마지스터는 타라가 친구의 목숨이 걸려 있는데 장난치지 않으리라는 걸 알 것이었다. 이제 타라가 항복하지 않을 수 없게 되었으니 그는 절호의 기회를 잡은 셈인가.

파브리스는 벽 옆에 서서 주문을 읊었다. 땅바닥에 단단히 고정된 수갑에 채워진 하르퀴아가 서서히 깨어나고 있었다.

"꼴 좋군. 해독제는 어디 있고, 마지스터가 원하는 것이 무엇이냐?" 타라는 분노로 이글거리는 눈빛으로 여자–새를 내려다보면서 소리쳤다.

하르퀴아는 깍깍거리는 웃음소리를 터뜨리다가 금세 후회했다. 머리통이 북처럼 쿵쿵 울리면서 욱신거렸던 것이다.

"크르르르, 크라블 드리보우올루 키르르 드르쿠!"

하르퀴아가 시부렁거렸다.

지구에서는 아더월드처럼 통역 주문이 통하지 않으니 뭐라고 하는 소리인지 전혀 알아들을 수가 없었다.

"인터프레투스의 이름으로 서로의 말을 알아듣고 대화할 수 있게 하라!" 타라가 얼른 주문을 읊었다.

주문이 모두에게 닿는 순간 그들은 하르퀴아가 하는 말을 알아들을 수 있었다. 그런데 그는 밑도 끝도 없는 헛소리를 지껄이고 있었다.

"B……1! 드래곤의 주문? 빌어먹을, 또 당했어!"

타라는 하르퀴아들이 욕설에만 대답한다는 것을 깜빡 잊고 있었다.

"병든 트라둑의 똥 같은 것! 간을 씹어먹기 전에 대답해!"

거친 말을 듣고서야 비로소 하르퓌아가 내뱉는 욕지거리에 무아노는 진저리를 쳤다. 이어서 질문에 대한 대답을 쏟아냈는데 타라와 친구들은 경악했다.

"우리를 고용한 아무개가 누구인지 내가 어떻게 알겠냐? 흑백 크리스털 전광판을 통해 모습을 보이지 않고 목소리로만 지시를 내렸는데! 그리고 이튿날 특수우편을 통해 두 가지 임무를 완수하는 대가로 약속한 돈의 절반을 보내왔단 말야. 우리는 '하얀 머리 크리스털 눈' 이란 놈을 죽이라는 지시를 받았다, 어쩔래. 빌어먹을! 너희의 수가 이렇게 많고 강한지 알았다면 '크리스털 눈' 이 혼자 있을 때를 기다리는 건데! 그리고 아무개는 너, 너같이 독한 계집애가 있다는 말은 입도 뻥끗하지 않았어. 알았다면 금액을 3배로 받았어야 하는 건데!"

드래곤들의 나라 부근에 위치한 행성 크르르르레부르르르가 원산지인 하르퓌아는 약탈을 일삼는 여자-새로 악명이 높았다. 하르퓌아들은 나라가 없기 때문에 난쟁이나 뱀파이어도 결코 발을 들여놓지 않는 히플리아와 크라살비의 황량한 산에 둥지를 틀고 살면서 돈을 받고 살해, 납치, 강탈, 약탈 같은 짓을 하는 전문 용병이었다.

"그 아무개가 누구냐고?"

"누구긴 누구냐? 너희를 죽여 없애라고 우리를 보낸 뭐시깽이지! 그런데 우리가 되레 당하게 될 거란 설명은 하지 않았다고!"

로빈을 지키지 못한 것에 성질이 나 있는 파프니르가 포로에게 다가갔다. 의례적인 욕설을 내뱉은 뒤에 파프니르는 여자–새의 가늘댕댕한 모가지에 도끼를 들이대면서 야무지게 물었다.

"하얀 머리 크리스털 눈, 그러니까 그게 로빈을 말하는 거지?"

"그래, 어린 엘프다 어쩔래? 즙이 질질 흐르는 노란 골, 음, 냠냠…… 정말 맛좋았을 텐데…….." 하르퓌아가 비웃었다. "놈의 배때기를 찢어서 죽이려고 했는데."

그때였다. 하르퓌아를 관찰하고 있던 칼이 번개처럼 빠르게 털로 덮인 젖가슴 사이에 늘어진 가죽주머니를 낚아챘다. 하르퓌아는 꺅꺅 소리를 질러댔지만 수갑 때문에 옴짝달싹할 수가 없었다.

칼은 주머니에서 끈적끈적한 것들을 꺼내면서 오만상을 찌푸리더니 그중 양피지 하나를 집어들고 손가락 끝으로 조심스럽게 펼치면서 말했다.

"'두 가지 임무'라고 했단 말야. 그 말은 로빈만 위험한 것이 아니라는 뜻이잖아. 이것 좀 봐!" 칼이 더러운 양피지를 흔들면서 말했다. "이렇게 적혀 있어. **하프엘프 로빈 망질을 죽이고, 마법사 제레미렝비레**…….**를 찾아서 납치할 것.** 피가 묻어서 나머지 이름은 보이지 않고, 사는 곳은 음…… 글씨를 알아보기 힘든 데…… 스톤헨지? 아더월드의 도시 같기도 하고……. 파브리스, 다른 하르퓌아들도 같은 지시를 받았는지 확인해볼래?"

파브리스가 재빨리 확인해본 결과 놀랍게도 하르퓌아들이 하나같이 똑같은 양피지를 지니고 있었다.

"납치라는 공통점이 있지만 이건 마지스터의 수법이 아냐." 파브리스가 지적했다. "게다가 하르퓌아들이 로빈을 공격하면서 타라도 가차없이 죽이려고 했어. 하마터면 치명상을 입을 뻔했잖아. 그런데 마지스터는 타라를 해치지 않고 생포할 필요가 있거든."

파브리스의 날카로운 지적에 친구들이 왜 그걸 생각하지 못했을까, 하는 얼굴로 서로를 쳐다보고 있자 드래곤이 말했다.

"하르퓌아는 거짓말하지 않았다. 이들을 보낸 사람은 마지스터가 아냐!"

"그리고 스톤헨지는 아더월드의 도시가 아니야." 마니투가 말했다. "스톤헨지는 영국이라는 나라에 있는 지구의 유적이야!"

잘나가다가 김이 팍 샜다는 듯 칼이 입을 비죽거렸다.

"정리해보자. 정체불명의 X는 로빈을 죽이고, 지구에 있는 제레미라는 마법사를 납치하려고 해. 무슨 속셈일까? 우리도 작전을 짜야 하는 것 아닌가?"

파브리스는 무아노와 랑코비트 궁전의 여자들을 쓰러지게 한 그 매혹적인 까만 눈을 찡그렸다.

"우리는 포로로 붙잡은 한 놈만 빼놓고 하르퓌아를 모조리 죽였어. 따라서 또 하나의 표적인 제레미라는 마법사가 현재는 위험하지 않아. 우선 로빈을 치료한 뒤에 안전한 곳으로 옮기자."

털썩 주저앉은 타라의 눈에서 눈물이 하염없이 흘러내렸다.

"얼마나 걸릴까?" 타라가 울먹이는 소리로 물었다. "로빈이……."

마음속 생각을 전부 털어놓을 수 없는 타라가 말을 흐리는 사이에 로빈은 여전히 깨어나지 못한 채 덜덜 떨면서 신음하고 있었다.

"엘프는 인간보다 생명력이 강해." 셈 선생님이 말했다. "6시간, 길어야 8시간이면 깨어날 거다."

그들은 놀란 토끼눈이 되었다. 그럼 굉장히 빠른 건데!

"로빈을 옮기자, 집 안으로." 공포에 사로잡혀 있으면서도 상황 판단이 빠른 무아노가 침착하게 말했다.

그들은 레비투스 주문을 사용하여 하프엘프를 조심스럽게 들어올렸다. 둥둥 떠오른 로빈의 몸이 저택으로 향했다.

"타라? 너 괜찮은 거니?" 창백한 얼굴로 눈물에다 땀까지 흘리는 타라를 보고 놀란 마니투가 물었다.

"왜 이런지 모르겠어요." 타라가 비칠거리면서 대답했다. "온 힘을 기울여 마법을 사용해서 그런지 힘이 점점 빠지는 것 같아요."

마니투는 눈살을 찌푸렸다. 필요 이상으로 마법 능력을 사용해서 힘이 소진된 마법사들의 사례를 잘 알고 있었다. 그런데 타라가 보이는 증상은 아무래도 심상치가 않았다. 마법을 너무 많이 쓴 나머지 관절이 굳고 연골조직이 부식되어 치료받지 않으면 몸이 완전히 마비되는 녹아웃 병의 수준이 아닌 것은 틀림없었다. 그보다 훨씬 심각한 증상이었다.

로빈의 상태가 너무 걱정돼서 불안한 마음을 억누를 수 없는 타라가 벌떡 일어났다. 용에서 늙은 마법사의 모습으로 변신한 셈 선생님이 그 뒤를 따랐고, 파브리스는 집 안으로 들어갈 수 있게 패밀리어들을 축소했다. 마니투도 그들을 뒤따르면서 증손녀를 주의 깊게 살피고 있었다.

키가 큰 백발의 카리스마 넘치는 타라의 할머니 이사벨라 덩컨이 검은색과 흰색 대리석으로 바둑판 무늬를 이룬 현관에서 그들을 맞았다.

"타라, 왜 내 집에 구멍이 뚫리고, 나무들이 숯 덩어리가 되었는지 설명해주겠니?" 이사벨라는 나무라는 어조로 언성을 높였다. "지난번에 집을 파괴했을 때는 네가 정신이 나갔을 때였어.

따라서 두 가지를 물어보마. 내 이름이 뭐지? 그리고 이 손가락이 몇 개로 보이니?"

이사벨라는 손가락 셋을 흔들어 보였는데 타라가 무슨 이상한 짓이라도 하면 마법을 쓸 태세가 분명했다.

"집을 이렇게 만들어놔서 죄송해요, 할머니." 타라는 배시시 웃으면서 대답했다. "그게…… 내가 오해를 하는 바람에 이렇게 됐어요. 근데 할머니 언제 돌아오셨어요?"

이사벨라는 긴장을 풀었다.

"지금 막 왔다. 마을에 있는데 강한 마법이 방출되는 것이 느껴지더구나. 2차 세계대전이 또 일어나는 줄 알고 부리나케 트란스미투스를 작동해서 돌아왔는데…… 대체 무슨 일이니?"

타라는 할머니에게 로빈을 죽이고 어떤 마법사를 납치하라는 임무를 받은 하르퓌아들이 공격해왔다고 간략하게 설명하면서 응접실로 향했다. 이사벨라가 주문을 읊자, 벽에 난 구멍이 메워졌고, 공중에 떠다니던 가구들도 제자리를 되찾았다.

희귀한 고가구를 수집하는 이사벨라는 곡선미가 뛰어나고 꽃무늬를 새긴 루이 15세 시대풍의 소파, 의자, 탁자, 외발 원탁, 안락의자로 초록빛과 장밋빛 응접실을 우아하게 꾸며놓았는데 몇 년 전 타라가 서재에서 타고 올라갔던 것과 똑같이 생긴 벽난로도 보였다.

그들은 쿠션을 치우고 소파에 로빈을 눕힌 뒤 그 머리맡에 자리를 잡았다. 그들은 걱정이 가득한 얼굴로 경련을 일으키며 꿈틀거리는 몸을 지켜보고 있었다. 온몸이 땀에 젖은 로빈을 보면서 타라가 주문을 외우자, 물이 담긴 대야가 유형화되었다. 타라가 펄펄 끓는 이마를 적셔주었지만 로빈은 미동도 하지 않았다. 두려움이 엄습한 타라는 금방이라도 눈물을 쏟을 듯한 얼굴이었다.

"파브리스, 그 하르퓌아들은 아더월드에서 어딘가를 거쳐서 지구로 왔을 것이 틀림없어." 마니투가 말했다. "빨리 네 아버지에게 가서 이동의 문에 이상이 없는지 확인해보거라."

그 순간 파브리스의 얼굴이 파랗게 질렸다. 파브리스의 아버지 브주아 지롱 백작은 800년 동안 집안 대대로 타공에 있는 이동의 문을 지키는 비마 문지기였다. 혹시 아버지도 위험에 처해 있는 거 아냐?

더 물어볼 것도 없이 파브리스가 쏜살같이 뛰쳐나가자 바룬도 부리나케 따라나갔다. 야수의 몸을 하고 있는 무아노도 바람같이 달려나갔다. 타라는 미소를 머금었다. 사랑에 빠진 뒤로 두 친구는 강력 접착제로 붙여놓은 것처럼 떼어놓기가 힘들었다. 무아노는 파브리스가 그들 중에서 마법 능력이 제일 약하기 때문에 불안해하고 있었다.

로빈이 펄펄 끓는 열 때문에 흐리멍덩한 눈을 번쩍 뜨자, 타라가 얼른 몸을 숙였다.

"어, 어떻게 된 거야?" 로빈이 중얼거렸다.

"네가 하르퓌아에게 착륙 활주로가 되어주었지, 뭐." 칼이 사 뭇 진지한 얼굴로 대답했다. "충고하는데 다음에는 하늘에서 떨 어지는 여자를 보게 되면 제발 피해라, 받지 말고!"

로빈은 참지 못하고 웃음을 터뜨리다가 너무 아파서 몸을 비비 틀었다. 통증이 가라앉자 로빈이 말했다.

"칼, 부탁인데 웃기지 마, 아파 죽겠어! 내 몸에 독이 퍼진 거지? 그럼 이제 죽는 건가?"

"절대 안 죽어! 우리가 방법을 찾을 거야!" 타라는 단호하게 말 했다.

절망에 빠진 로빈의 곁에 주저앉아 있던 타라가 벌떡 일어났 다. '독이 퍼져 있다'는 말에 타라는 퍼뜩 떠오르는 것이 있었다. 해독제? 아, 그게 있었지! 타라는 체인지라인의 주머니를 뒤져서 셈 선생님이 생일선물로 주었던 귀한 것을 꺼내면서 희망이 반짝 이는 눈빛으로 외쳤다.

"용의 이빨! 용의 이빨은 어떤 독이든 해독할 수 있어! 이걸 사 용했으면 스너피를 살릴 수 있었는데 그땐 시간이 없어서……. 로빈을 살릴 수 있어!"

셈 선생님이 침울한 얼굴로 타라를 쳐다봤다.

"이런, 타라, 내 이빨을 모조리 뽑아주고 틀니를 할 수도 있지만 그런다고 달라지는 것은 없을 거다. 용의 이빨이 모든 병을 치료할 수 있다는 것은 맞는데…… 정말 애석하게도 하르퓌아의 독은 예외란다. 특별한 사용법이 있는데 아무리 찾아도 알 수 없어서 그냥 이빨만 네게 준 것이란다. 미안하구나."

그 말에 무거운 침묵이 흘렀고, 실망한 타라는 귀하지만 쓸모가 없게 된 이빨을 주머니에 도로 집어넣었다.

"지난번에는 타라를 치료하기 위해 림보의 마왕에게 도움을 청하지 않았던가요?" 이사벨라가 가자미눈으로 참견했는데 창 밖으로 보이는 쑥대밭 정원 때문에 몹시 속이 상해 있었다.

"그런데요, 덩컨 부인, 마왕에게 간청하기가 이제는 힘들게 되었다는 것이 문제거든요." 칼이 건방진 어조로 대꾸했다. "처음 악마들의 행성에 갔을 때는 타라가 마왕을 모욕한 데 이어 그 마왕이 포로로 가두고 있던 색깔들까지 자유롭게 풀어줬어요. 그 다음에 갔을 때는 셈 선생님이 마왕을 끽소리 못하게 깔아뭉개버렸죠. 게다가 해독제를 갖고 있는 것은 악마가 아니라 마지스터예요. 그리고 우리는 마지스터에게 연락할 방법이 없어요. 우리가 만나게 된다고 해도 마지스터가 우리를 도와주려고 하겠어요? 우리를 철천지원수로 생각하는데. 골치 아픈 로빈이 제외되었다는 걸 알면 좋아 죽을 게 뻔하다고요."

"그런 임무를 내린 자가 누군지 하르퓌아에게 물어봤을 거 아니니? 해독제는 당연히 공격을 지시한 자가 가지고 있을 텐데!"

"물어봤죠. 하르퓌아는 의뢰인의 신원을 모른다고 딱 잡아뗐어요." 타라가 말했다.

"하르퓌아들은 용병이에요." 칼이 덧붙였다. "만약 하르퓌아들이 의뢰인의 신원을 폭로한다면 다시는 아무도 고용하지 않을 텐데 설사 알고 있다고 해도 당연히 모른다고 하겠죠. 절대 실토할 리가 없어요!"

"이런 위협에 맞서는 것이 처음이 아냐." 이사벨라는 한숨지었다. "물론 네 말이 맞다만 그래도 내가 직접 그 하르퓌아에게서 몇 가지를 캐내야겠다. 비명소리가 나도 불안해하지 말거라. 별일 아니니까."

이사벨라는 손가락 마디를 으드득 꺾으면서 결연한 표정으로 응접실을 나갔다.

타라와 마니투는 눈길을 주고받았다. 이사벨라는 필요할 경우에는 인정사정없이 냉혹할 수 있었다. 그들은 하르퓌아가 죽는 것을 원치 않았다. 잠시 후, 귀를 찢을 듯한 비명소리…… 으윽, 생각만 해도 끔찍했다.

마니투는 침을 꼴깍 삼켰다. 딸이지만 이사벨라에게는 그가 이해하기 힘들 정도로 독한 면이 있었다. 비명소리가 점점 커지자,

그들은 얼굴을 찌푸렸다.

타라는 로빈을 향해 돌아섰지만 하프엘프는 다시 의식을 잃은
상태였다. 타라는 로빈의 뜨거운 손을 잡으면서 자신에게 친구
들이 얼마나 소중한지 다시 한번 느꼈다. 로빈을 살릴 수 있다면
목숨을 내놓을 수도 있었다.

어쨌든 내가 의식을 잃었다면 친구들도 나를 걱정했을 거잖아!

셈 선생님은 타라와 강력한 마법을 합하면서 로빈의 혈관을 정
화하기 위해 여러 종류의 주문을 시도했지만 허사였다. 소파에
깔아놓은 태피스트리 색깔만 선명해질 뿐 로빈의 상태는 점점 악
화되었다.

그들의 무력한 눈길을 받으면서 로빈은 죽어갔다.

파브리스가 정신 나간 사람처럼 뛰어들어왔다. 이어서 야수 모
습의 무아노는 의식이 없는 사람을 안고 들어왔고, 매머드도 숨
을 헐떡이면서 울음소리를 냈다.

"타라!"

파브리스가 외쳤다.

타라는 가슴이 철렁해서 일어났다.

"왜 그래? 무슨 일이야?"

무아노가 조심스럽게 안고 온 사람을 소파에 내려놓는 순간 타
라는 아더월드와 지구를 잇는 이동의 문을 지키는 파브리스의 아

버지 알퐁스 브주아 지롱 백작의 대머리와 코를 알아봤다.

　"하르퓌아들이 그 문으로 침입한 거였어!" 파브리스가 오열했
다. "아버지도 당했어!"

5

금빛 고리무늬

원하지 않고도 하프엘프와 결합되는 방법

*

백작의 몸이 꿈틀거렸다.

"살아 있잖아!" 의식이 없는 남자의 목에 촉촉한 코를 들이대던 마니투가 소스라쳤다.

"내가 언제 돌아가셨다고 했어요? 아버지는 로빈처럼 강하지도 않고, 나처럼 마법 능력도 없잖아요!" 파브리스는 울먹이는 소리로 말했다. "상처를 치료하려고 내가 레파루스 주문을 실행했지만 아버지의 상태가 급속히 나빠지고 있어요. 셈 선생님, 제발 아버지를 살려주세요. 방법이 있으면 알려주세요, 네? 제발, 제발!"

셈 선생님은 소년의 애절한 눈길을 피했다.

"나도 정말 그러고 싶다. 안됐지만, 악마의 마법을 사용하는 마지스터를 제외하고는 아무도 하르퓌아에 대한 해독제를 구하지 못했어. 그래서 하르퓌아들이 아더월드에서 그렇게 두려운 대상이 된 거야."

깊은 생각에 잠긴 칼이 혼잣말처럼 중얼거렸다.

"빌어먹을, 그 영화 제목이 뭐였더라…… 박테리아? 아니, 그게 아닌데…… 세균이었던가? 아니, 그것도 아닌데……."

칼이 느닷없이 손가락 마디를 우드득 꺾으면서 외쳤다.

"아, 맞다! 〈아웃브레이크〉였어! 더스틴 호프만과 르네 루소 주연의 그 무시무시한 영화!"

무아노가 눈을 흘겼다.

"로빈과 파브리스의 아버지는 지금 사경을 헤매고 있어, 칼. 이런 때에 여기서 꼭 영화 얘기를 해야 되겠니, 너?"

칼은 무아노의 말에 아랑곳없이 드래곤 앞에 버티고 섰다.

"선생님," 칼은 심호흡을 하면서 시작했다. "아더월드에 들여온 지구의 영화를 내가 무지무지 좋아하는 거 알고 계시죠?"

셈 선생님은 이게 무슨 자다가 봉창 두들기는 소리를 하느냐는 얼굴로 칼을 쳐다봤다.

"음, 그래, 그런데?"

"〈아웃브레이크〉에서 에볼라 바이러스에 감염된 원숭이 때문에 한 마을의 전 주민이 전염돼요. 그래서 감염된 원숭이를 잡아 그 피로 백신을 만드는 데 총력을 기울이게 되죠. 그 백신으로 치료하면 바이러스를 박멸할 수 있으니까요. 그것은 백신이 해독제가 될 수 있다는 뜻이죠."

"칼, 우리는 원하는 만큼 하르퓌아를 잡아서 죽일 수 있지만 그런다고 달라지는 것은 없어. 수천 년 동안 수백 명의 학자가 노력했지만 헛수고였다." 셈 선생님이 유감스러운 어조로 말했다.

"짜자자짠! 바로 여기서 〈오메가 맨〉 등장!"

칼이 영악한 얼굴로 말했다.

셈 선생님이 이건 또 무슨 말이냐는 얼굴로 눈을 홉떴다.

"찰턴 헤스턴이 주연한 영화인데 거기서는 바이러스에 감염되면 사람들이 백발의 하얀 눈 좀비로 변하죠. 그런데 마지막까지 감염되지 않은 단 한 사람이 자신의 피를 이용하여 바이러스에 끄떡하지 않는 해독제를 만드는 데 성공하죠. 그런데요, 우리에게도 '오메가 맨'이 있단 말이죠!"

지구의 문화에 익숙하지 않은 친구들은 물론이고 지구인인 파브리스까지 처음 들어본다는 듯이 멍한 눈으로 칼을 응시했다.

"그게 누구냐 하면 바로 타라예요! 타라는 마지스터의 해독제 덕분에 하르퓌아의 발톱에 찔렸는데도 유일하게 살았잖아요. 그러니까 타라의 피에는 하르퓌아의 독과 싸울 항체가 만들어져 있을 가능성이 있다는 거죠!"

타라는 확신을 갖지 못하는 얼굴로 일어났다.

"와 칼, 다시 봐야겠다, 너!" 무아노가 활짝 웃으면서 말했다. "타라의 혈액을 채취해서 거기서 추출한 해독제를 채혈하려면 로빈과 파브리스의 아버지의 혈관에 주사해야 되는데…… 셈 선생님? 어떻게 하는지 방법을 아시죠?"

"그런데 말이다, 타라의 피를 누군가의 혈관에 수혈하는 것이 그리 좋은 생각은 아닌 것 같구나." 셈 선생님이 말했다. "유전자 조작 사건에 대해 아직 알아낸 것이 없기 때문에."

그들은 흠칫 놀라서 서로의 얼굴을 쳐다봤다. 그 문제를 새까맣게 잊고 있었다니! 누군가가 타라를 더 강력하게 만들기 위해 유전자를 조작한 것으로 추정하고 있었다. 그런데 불행하게도 그들은 타라의 DNA를 조작한 사람이 누구인지, 또 그 목적이 무엇인지도 아직 모르고 있었다.

"하지만 두 사람의 목숨을 구할 수는 있잖아요."

무아노는 물러서지 않았다.

"죽을 수도 있어!" 셈 선생님이 냉정하게 대꾸했다. "타라가 면역되어 있는 것이 확실하다면 뭘 망설이겠니? 하지만 그 점도 우리는 전혀 모르고 있어!"

"그럼 확인해봐야지요." 타라가 딱 잘라 말했다. "로빈과 파브리스의 아버지가 위태로운데 가만히 있을 수는 없어요. 아까 로빈이 하르퓌아의 발톱에 찔렸을 때 내가 독을 약간 채취해놨어요."

타라가 무언의 지시를 내리자, 체인지라인이 주머니에서 시커먼 액체가 담긴 유리병을 내보냈다. 타라는 유리병을 흔들면서 말을 이었다.

"이 안에 나를 감염시킬 독이 들어 있어."

할 말이 없어진 칼은 뒷걸음쳤고, 파브리스는 파랗게 질렸다.

"어림없는 소리!" 셈 선생님이 한 발 앞으로 나서면서 언성을 높였다. "네가 면역이 되어 있지 않으면 너도 죽을 수 있어. 나는 그런 위험을 무릅쓸 수 없다."

타라는 활짝 웃어 보이면서 친구들이 미처 말릴 사이도 없이 단검을 꺼내 팔뚝에 칼자국을 내더니 그 상처에 독을 흘렸다.

"타라!" 셈 선생님이 외쳤다. "안 돼!"

어깨를 으쓱하던 타라는 독이 들어가면서 혈관이 화끈거리는 순간 얼굴을 찌푸렸다.

"이미 늦었어요. 이제 곧 답을 알게 되겠죠."

"맙소사!" 칼은 어이가 없는 얼굴로 쏘아붙였다. "네가 실패하면 해독제를 어떻게 해결하라고?"

그들은 아연실색해서 지켜보고 있지만 타라의 얼굴은 생기가 넘쳤다. 땀 한 방울 흘리지 않고, 미열조차 없었다. 백작의 신음소리만 들릴 뿐 무거운 침묵의 순간이 5분쯤 지났을 때 드래곤이 휴, 하고 안도의 한숨을 내쉬었다.

"아직도 면역이 되어 있구나, 타라. 그러나 한번만 더 이런 짓을 저지르면 그때는 너를……."

"다시는 안 그럴게요." 타라는 말을 잘랐다. "이제 치료할 수 있는 거죠?"

충격을 받았나? 갑자기 셈 선생님이 허리를 구부렸다.

"아이고…… 손, 아니 발이 덜덜 떨리는 게 나는 영…… 안 되겠다." 셈 선생님이 중얼중얼했다. "무아노, 네가 해주겠니?"

무아노는 질겁하는 눈길을 던졌다.

"네? 내가요? 진담이세요?"

"물론. 필요할 경우에는 내가 도와주마."

수줍은 무아노는 감히 거절하지 못하고 마지못해 자리를 잡고 섰다.

그들은 안락의자에 앉은 타라와 마주보게 소파 두 개를 옮겼다. 타라가 손목을 내밀자, 무아노는 로빈과 알퐁스 브주아 지롱의 웃옷을 벗긴 뒤에 주문을 읊었다.

장난꾸러기 칼이 왜 타라의 옷은 벗기지 않느냐고 물었다가 하마터면 따귀를 맞을 뻔했다.

"트란스포르무스의 이름으로 하르퀴아에 대한 해독제를 채취하고 거기서 혈장과 피를 추출하여라!"

정식으로 주문 교육을 받은 무아노가 읊조렸다.

타라의 손목에서 가는 핏줄 두 개가 불끈 섰다. 혈액에서 반짝이는 마법의 입자가 빨간빛의 다발로 변하는 것을 맨눈으로도 볼 수 있었다.

"*레파루스의 이름으로* 타라의 피는 두 환자의 혈관으로 들어가서 치료하여라!"

응결된 액체가 둘로 나뉘어 의식이 없는 두 사람에게 달려들었다. 브주아 지롱 백작은 반응이 없는 반면에 피가 혈관으로 들어오자마자 의식을 찾은 로빈이 하얗게 질려서 벌떡 일어났다.

"안 돼애애애! 안 돼, 타라! 안 돼!"

로빈은 피를 되돌려 보내려고 했지만 허사였다. 그 공격을 피해서 타라의 혈액이 로빈의 혈관으로 흘러들고 있었다. 로빈의 몸에서 경련이 일어났다.

바로 그 순간 로빈의 몸에서 핏줄이 불거지더니 고리 모양이 되어 타라의 팔에 닿는 것이 아닌가! 액체 색깔이 변하는가 싶더니 놀랍게도 금빛을 띠었다. 갑자기 하프엘프가 정신적으로 보내는 수많은 이미지와 감정에 휩싸이면서 타라는 현기증을 느꼈다. 타라는 로빈이 갖고 있는 혼혈인의 슬픔, 자신을 걱정해주는 변함없는 마음 그리고…… 사랑을 느꼈다!

이 뜻밖의 반응에 질겁한 무아노는 주문을 중단했다. 피의 흐름도 이미지의 흐름도 멈췄다.

"타라, 너 무슨 짓을 했는지 알아?" 로빈이 팔뚝을 내밀면서 말했다. "잘 봐."

팔뚝에 나타난 빨간색 무늬, 점과 선으로 이뤄진 두 개의 고리……. 타라의 손목에 박힌 인식패스 바로 위에도 똑같이 생긴 금빛 고리가 나타났다. 오무아와 랑코비트에서는 인식패스가 있어야 자유롭게 돌아다닐 수 있지만 지구에서는 일루시우스 주문 때문에 지구인들의 눈에는 인식패스가 보이지 않았다.

"어머…… 어머, 이게 뭐야?" 타라는 무의식적으로 팔뚝을 문질렀다.

"엘프 글자야." 무아노는 눈살을 찌푸리면서 글자를 해독했다. "에스틸 제오발 센실……. 이건 '영혼의 남매로 영원히 결합되었다' 는 뜻이야."

기진맥진한 로빈이 소파에 털썩 주저앉았다.

"네 피가 내 몸에 들어왔어. 피의 일부가 네게 되돌아갔을 때 마법으로 결합되면서 우리는 나오울디아르가 된 거야!"

"맙소사! 이걸 어쩌면 좋아!" 무아노는 탄식했다.

6

임무

죽을지도 모를 위험천만한 모험에
나서지 않을 수 없게 하는 기술

*

타라는 친구들이 하는 말을 전혀 알아듣지 못했다.

"뭐, 뭐라고?"

무아노가 아차, 했다는 얼굴로 설명했다.

"나오울디아르는 엘프들의 말로 피를 나눈 형제라는 뜻이야."

"정확해." 로빈은 얼굴이 벌게져서 말했다. "타라와 피를 나눈 남매, 나오울디아르가 되느니 나는 차라리 죽는 쪽을 택하겠어!"

타라는 눈살을 찌푸렸다. 저 말은 무슨 뜻이지?

"나와 피를 나눈 형제가 되는 것이 싫어?" 로빈의 노골적인 거절에 상처를 받은 타라가 물었다.

"이유가 있거든. 그걸 뭐라고 하더라…… 아, 잘렌마릴 맞지?"

타라가 돌이킬 수 없는 말을 내뱉기 전에 무아노가 얼른 끼어들었다. "피를 나눈 남매는 서로 사랑할 수 없어."

타라는 그제야 이해하고 얼굴이 빨개졌다. 타라도 마음속 깊이 비밀로 간직하고 있었기 때문에 로빈의 심정을 이해할 수 있었다.

"잘렌마릴이 방해하기 때문에." 무아노가 기억을 더듬으면서 계속했다. "피를 결합하면 주요 유전자 변이 현상이 일어나기 때문에 피를 나눈 남매 사이의 사랑은 금지되어 있어."

"그럼 타라가 엘프로 변한다는 뜻인가?" 칼이 물었다. "와우, 지금도 대단한데 타라가 그럼 더 막강해지는 거잖아!"

타라는 얼굴을 찡그렸다. 진담인지, 농담인지 칼의 말은 이따금 종잡을 수가 없었다.

"글쎄, 뭐…… 그럴 수도 있고. 어떻게 될지는 나도 모르지만 꼭 그렇게 될 거라고 생각하지는 않아. 로빈은 절반이 인간이고, 또 타라의 마법은 잘렌마릴보다 더 강력하기 때문에."

"타라, 뾰족 귀가 돋아도 놀라지 마." 칼이 진지한 어조로 말했다. "네가 엘프가 되었다고 박쥐로 변하기야 하겠냐."

기력을 잃은 로빈이 다시 기절했기 때문에 타라는 더 이상 이야기를 나눌 수 없었다.

"다행히 해독제의 효과가 나타나는구나." 셈 선생님이 진찰을 하고 나서 말했다. "방으로 옮겨서 푹 자게 둬. 지금은 그게 제일 나아."

"그런데 아버지는 왜 이래요?" 파브리스는 아무런 반응이 없는 백작을 보면서 불안해서 죽을 것 같은 얼굴이었다.

셈 선생님이 백작을 들여다보면서 능숙한 손놀림으로 눈꺼풀을 들춰보고 나서 이마를 토닥였다.

"괜찮을 거다. 열이 떨어지고 있어. 타라처럼 강력한 마법사의 피가 네 아버지에게 어떤 결과를 줄지 모르겠다만. 어쨌든 깨어나는 대로 무슨 일이 일어났는지 설명해주고 뭔가 비정상적인 것이 느껴지면 즉시 알려야 한다."

"비정상적인 것이라면?" 파브리스가 되물었다.

"그게 말야." 장난꾸러기 칼이 천연덕스럽게 말했다. "타라처럼 벽에 구멍을 낸다든가, 사람들을 개구리로 둔갑시킨다든가 하면 비정상으로 간주할 수 있지."

파브리스는 칼에게 불안한 눈길을 던졌다. 아버지는 성격이 불같고 고약한 면이 있었다. 그런 아버지가 하룻밤 새에 마법 능력을 갖게 되어 정든 성을 떠나 아더월드로 가지 않을 수 없게 된다고 생각하자 파브리스는 멀리, 아주 멀리 떠나고 싶은 충동이 일었다. 셈 선생님의 지시에 따라 로빈과 아버지를 공중 부양해서 이층 방으로 인도하던 파브리스는 지구라서 그런가 마법이 잘 들지 않자 더 이상 능력이 강해지지 않는 것이 새삼 씁쓸했다.

파브리스는 로빈을 침대에 눕히고 나서 아버지가 있는 옆방으로 갔다. 무아노가 따라다니고 있었다.

흐리멍덩한 눈을 뜨던 백작이 꽃무늬 태피스트리를 보고 깜짝 놀랐다.

"여기가 어디지?"

"가만히 누워 계세요, 아빠. 하르퓌아의 공격을 받고 정신을 잃으셨는데 우리가 가까스로 목숨을 구했어요. 그리고 제 애인을 소개할게요."

백작과 무아노는 파브리스에게 어안이 벙벙한 눈길을 보냈다. 아직 정신이 몽롱한 상태라서 백작은 제대로 이해하지 못한 것 같았고, 무아노는 전혀 예상하지 못한 눈치였다.

"너의 뭐라고?"

"애인이요." 애인이 애인이지 무슨 다른 설명 필요 없잖아요, 하는 식으로 파브리스는 얼른 말을 이었다. "어떻게 된 거냐 하면요. 우리를 공격해온 하르퓌아들을 때려눕히긴 했는데 신원불명의 마법사가 위험에 빠져 있는 것이 틀림없어요. 그래서 우리는 놈들을 찾으러 떠나야 해요. 아빠, 괜찮은 거죠?"

"너의 뭐라고?"

휴, 생각했던 것보다 충격이 심한 것이 분명해. 아버지의 뇌는 아들의 말을 이해하지 못하고 있었다.

"그런 말을 할 때가 아닌 것 같아, 파브리스." 하는 수 없이 무아노가 애써 미소를 머금은 얼굴로 말했다. "그런 얘기가 귀에 들어오겠어, 이런 상태의 아버지에게?"

파브리스는 얼굴을 찌푸렸다. 모르면 가만히 있어! 바로 그래서 이 순간을 택한 거니까! 무서운 아버지가 아직 상태가 불안정하고 기운이 없기 때문에 이때야말로 무아노를 소개할 절호의 기회였다.

백작은 고개를 갸웃하면서 무아노를 뚫어져라 쳐다봤다.

"애, 애인이라?"

"네, 지구에서는 그렇게 표현하는 것 같아요. 아더월드 말로는 벨로리라고 해요(약혼자를 의미하는 벨로리의 정확한 뜻을 안다면 파브리스는 아마 신경이 좀 쓰일걸). 저는 글로리아 다아빌이라고 합니다."

"랑코비트 왕과 왕비의 조카인 글로리아 다아빌 공주예요. 강력한 마법사고 야수로 변신할 수 있어요." 파브리스가 얼른 덧붙였다.

눈살을 찌푸리는 백작의 눈이 갑자기 반짝했다.

"아, 기억납니다. 작년에 내 소유지에서 반디우 대군이 사망했을 때 만난 적이 있지요. 안녕하세요, 공주님?"

무아노는 미소를 지었다. 파브리스의 아버지는 아주 정중했다.

"기억해주셔서 감사합니다. 괜찮으세요?"

"보다시피 그리 괜찮지 못합니다. 삭신이 쑤시고, 개미들이 돌아다니면서 온몸을 뜯어먹는지 스멀스멀, 따끔따끔 영 기분이 나쁘군요. 파브리스, 너 몇 살이지?"

"열네 살인데요?"

"열네 살인데 애인이 있다고?"

파브리스는 얼굴이 빨개졌다. 아이, 미치겠네, 아버지가 또 무슨 말을 하려고 이러시나?

"네, 진심으로 사랑하고 있어요, 아버지."

무아노는 눈시울이 젖어오고 코끝이 찡했다.

"나도 진심으로 사랑해, 너를." 무아노는 어찌할 바를 모르는 얼굴로 말했다.

그러고 나서 감정에 치우치고 싶지 않기 때문에 무아노는 새치름하게 말했다.

"네가 늑대인간으로 변신해서 타라에게 프러포즈했을 때는 빼고!"

백작은 인상적인 눈살을 찌푸리고 나서 공주가 방금 한 말이 무슨 뜻인지 이해하기를 포기하고 도로 누워서 다리를 쭉 뻗었다. 지금은 정말 너무 피곤해서 나중에 자세히 물어보기로 결정한 모양이었다.

"그럼 각별히 신경을 써주거라. 예쁜 데다 용감하기까지 한 소녀로구나. 아주 적절하게 잘 섞였어. 이제 나는 좀 자야겠다. 나중에 다시 얘기하자."

백작이 눈을 감았다 싶었는데 어느새 코 고는 소리가 들렸다.

다리에 힘이 빠진 파브리스는 주저앉아서 이마에 송송 맺힌 땀을 닦았다. 파브리스는 아버지와 마주하고 있으면 아직도 심장이 벌렁거리고 무릎이 후들거렸다.

"곁에서 지켜드려." 아버지 앞에서 사랑을 고백한 파브리스의 마음을 가슴속에 소중히 간직하면서 무아노가 충고했다. "나는 타라에게 가볼게."

무아노는 파브리스의 볼에 입을 맞추고 방을 나갔다.

친구들이 백작과 로빈을 이층으로 옮기는 동안, 로빈이 자신도 모르게 정신적으로 보냈던 사랑의 고백에 몹시 놀란 타라는 생각에 잠겨 있었다. 온갖 괴물이 동맹이라도 맺은 듯 물어뜯으려고 달려드는 세상에서 살아남기 위해 정신없는 나날을 보내는 것만으로도 버거워서 타라는 사실 친구의 감정에 신경 쓸 시간이 없었다.

이제는 의심의 여지가 없었다. 로빈이 사랑에 빠져 있어! 타라는 가슴이 두근거렸다. 어떻게 행동해야 하지? 로빈이 절반은 인간이라고 해도 서로 인종이 다른데! 로빈도 내가 자기에 대해 느끼는 감정을 알 텐데……. 그래서 타라는 마음이 아팠다.

주머니에서 양피지가 구겨지는 소리에 정신이 번쩍 든 타라는 심호흡을 했다. 하프엘프의 사랑 때문에 마음속으로 세우고 있는 계획에 차질이 생긴다면? 로빈에게만 비밀을 얘기해주고 다른 친구들에게는 말하지 않는다면? 절대 알려지면 안 되는 비밀인데!

머리가 복잡해진 타라는 깊은 침묵을 지키고 있었다. 무아노는 방으로 들어오자마자 응접실을 정리했다. 무슨 일인지 궁금해서 미칠 지경이지만 무아노는 차마 타라에게 말을 건네지 못했다. 군침을 흘리면서 무화과나무에 눈독 들이고 있는 트롤 그르룰은 무화과를 몰래 따먹다가 이사벨라에게 들키면 얼마나 화를 낼지 생각하느라고 타라는 안중에도 없었다. 파프니르는 피 묻은 도끼를 꼼꼼히 닦으면서 타라의 얼굴을 피하고 있었고, 오지랖 넓은 칼조차 입을 꾹 다물고 있었다. 칼이 제일 재미있어하는 것 중 하나가 로빈을 놀려먹는 건데 절망에 빠진 친구를 보니 말문이 막혔던 것이다.

웬만한 일에는 자신의 심장이 끄떡없다는 자신감 때문인가, 마니투는 하늘에서 운석이 떨어진다고 해봐라, 내가 놀랄까? 하는 얼굴로 태연하게 검정 털 속에 수를 놓은 듯 점점이 박힌 은빛 털을 내려다보고 있었다.

한편 속에서 불이 나는 셈 선생님은 지겨웠다. 타라는 오랜 세월 기다려왔던 인간이었다. 그의 계획을 실행하는 데 결정적인 역할을 할 수 있는 존재였다. 그러나 어린 마법사를 원하는 대로 다루지 못하면 그가 수천 년 동안 꾸며왔던 모든 일이 수포로 돌아갈 위험이 있었다. 실패란 도저히 있을 수 없는 일이었다. 타라는 원하든 원치 않든 제 운명대로 생을 마치게 되어 있어! 하프엘프는 오랫동안 문제가 되지 않을 거야. 목적을 달성하면 드래곤들의 힘은 막강해지는 거야! 드래곤의 동공이 변하면서 인간의 눈길이 아니라 뱀의 노란 눈으로 노려보고 있지만, 생각에 잠긴 타라는 알아채지 못하고 있었다.

이사벨라가 돌아왔는데 얼굴이 어두웠다.

"나쁜 소식을 알리기에 앞서 하프엘프와 문지기가 어떻게 됐는지 그 얘기부터 들어야겠다."

타라는 눈살을 찌푸렸다. 이름을 사용하지 않는 것은 할머니의 단점이었다. 대인관계가 원만하지 않은 것도 타인에 대한 절대적인 무관심 때문이었다.

"아직까지 내 혈관 속을 흐르는 마지스터의 해독제 덕분에 로빈과 알퐁스 드 브주아 지롱 백작을 치료했어요."

타라는 일부러 그들의 이름을 힘주어 발음하면서 말했다.

할머니는 아마 백년이 지나도 두고두고 이 일을 들먹일 텐데,

할 수 없지 뭐! 타라는 할머니가 폭발하기 전에 얼른 자신이 면역되어 있다는 것을 확인했다고 안심시키면서 덧붙였다.

"이번만은 그 혐오스러운 상그라브도 쓸모가 있더라고요. 우리가 자기 덕분에 목숨을 구했다는 걸 알면 아마 화가 나서 펄펄 뛰겠죠. 부상자들은 이층 방에서 쉬고 있어요. 할머니는 어떻게 됐어요? 정보를 얻으셨어요?"

"내가 너희보다 더 설득력이 있었던 모양이다." 할머니는 수수께끼 같은 얼굴로 말했다. "그 대단한 여자-새가 나한테 다 불었거든. 너희를 공격한 놈들이 전부가 아니었어. 지구에 스무 마리의 하르퀴아가 들어왔고, 몇 마리가 왔는지 그 수를 숨기기 위해 문지기를 공격했던 거야!"

칼의 눈이 똥그래졌다.

"스무 마리요? 우리는 열 마리만 제거했는데! 그럼 나머지 열 마리가 우리를 다시 공격할 거라고요?"

"그건 아니지. 너희가 하르퀴아들에게서 알아낸 것, 놈들이 두 가지 임무를 받았다는 것은 사실이었어. 나는 어쩐지 셈샤나쉬 마법사(모든 마법사와 최고 마구스는 심의회에 복종하며 그 법칙은 나라의 법 위에 있다. 셈샤나쉬 마법사는 심의회의 강압적인 법칙을 거부한다. 아더월드와 지구의 주민들에게 해를 끼치지 않고 조심하는 한 하고 싶은 대로 생활할 수 있다. 그렇지 않

을 경우 엘프 사냥꾼과 아더월드의 경찰이 끝까지 추격하여 무력
화한다. 엘프 사냥꾼들은 셈샤나쉬들에게 관대하지 않다)의 짓
이라는 의심이 들어. 지구에 전설 속의 동물이 나돌아다니는 것
을 금하고 있는데 감히 그런 짓을 저지른 걸 보면! 아마 아더월드
의 방어 시스템에 대해 엄청난 비난이 쏟아질 거다!"

마니투는 그래도 마법사들이 직접 존재를 드러내는 것보다는
동물 쪽이 문제를 해결하기가 훨씬 쉽다고 생각했다. 그래서 주
둥이를 흔드는 것으로 이사벨라의 추론을 반박했다.

"그건 중요한 문제가 아니다. 민투스 주문을 사용하면 기억이
지워져서 하르퀴아들은 생각도 안 날 테니까. 제레미 뭐라고 하
는 마법사에 관한 두 번째 임무는 뭐였는데?"

"그래서 그 제레미라는 마법사가 누군지 확인해봤죠." 이사벨
라가 어두운 얼굴로 대답했다.

"그랬더니?"

"제레미는 타라나 파브리스처럼 신고되지 않은 마법사였어요.
아무도 그런 이름을 들어본 적이 없다는 거예요. 게다가 더 놀라
운 것은 최근에 스톤헨지에서 아주 사소한 사건도 보고 받은 일
이 없었다는 점이에요. 그것은 그 마법사가 마법을 사용하지 않
거나 비밀리에 행동하고 있다는 건데……. 그 마법사는 왜 우리
를 피하고 있을까요? 이유가 뭘까요?"

그들은 멀거니 서로를 쳐다봤다.

"그럼 하르퓌아가 두 가지 지시에 대한 이유도 털어놨어요?"

"아니. 그들의 임무는 로빈을 죽이고 그 제레미를 납치하는 것까지야. 하르퓌아들은 두 무리로 갈라져서 한 무리는 너희를 공격했고, 또 한 무리는 스톤헨지로 떠났어."

"그럼 영국 공간이동의 문을 이용한 건가요?"

이사벨라는 냉기가 도는 미소를 지었다.

"아니, 그럴 수는 없지. 마지스터의 공격이 있고 난 후로 밀입국자들을 함정에 빠뜨리기 위해 드래곤들이 공간이동의 문에 마비 주문을 걸어놨거든. 아주 복잡한 주문인데 오늘도 몇 개의 문에 그 주문이 작동하고 있었지."

칼은 이마에 주름을 잡았다. 그건 면허 받은 전문 도둑도 전혀 모르고 있는 정보였다.

"그럼 영국에 이르는 이동의 문들에 그 주문이 작동하고 있었다는 거예요?"

"그래, 맞아. 타라가 지구로 오는 데 이용했던 우리 마을의 문과 미국의 문과는 달리 주문에 걸려 있었지. 하르퓌아들은 그걸 알고 있었던 것이 틀림없어. 런던의 문을 이용하지 않았던 걸 보면. 이동의 문을 이용하면 단 몇 초면 런던에 갈 수 있는데 놈들은 하늘을 날아가는 최악의 방법을 택했단 말야. 특히 지구에서는 트란스미투스를 작동해도 마법이 약해서 빨리 날 수도 없고 힘을 쓸 수가 없는데도……."

"근데 그게 왜 최악의 방법이에요?"

"하르퓌아들이 이동의 문을 택했다면 오히려 우리는 절대 붙잡지 못할 테니까. 눈 깜짝할 사이에 이동하기 때문에. 그러나 하늘을 날아서 스톤헨지에 이르려면 적어도 이삼일은 걸리기 때문에 그것은 우리에게 뒤쫓을 시간을 주는 셈이지. 하여튼 뭔가 아주 이상한 냄새가 나."

그때 갑자기 밖이 소란스럽더니 타라의 어머니 셀레나가 구불구불 흘러내리는 아름다운 머리를 휘날리며 불쑥 나타났다. 패밀리어인 퓨마 셈보르에 이어 타라가 못마땅해하는, 어머니의 약혼자 최고 마구스 메델루스까지 나타났다. 타라는 아버지가 이제는 유령으로서만 존재할 뿐인데도 아버지 자리를 노리는 그 남자를 여전히 용납하지 않고 있었다.

많은 사람이 모여 있는 것을 보고 깜짝 놀랐는지 셀레나가 멈춰 섰다.

"타라, 괜찮은 거니, 내 딸? 잔디밭에서 하르퓌아 한 마리가 욕설을 퍼붓고 있던데……? 그리고 쓰러져 죽은 하르퓌아들, 잔디는 엉망이 되어 있고…… 이게 다 무슨 일이니?"

어머니와 다정하게 포옹하고 메델루스를 향해서는 쌀쌀맞게 인사를 한 뒤에 타라는 자신의 여행과 일어난 사건에 대해 짤막하게 설명했다. 타라는 나중에 어머니를 기쁘게 해줄 마음에 아버지를 유령의 세상에서 돌아오게 해줄 수 있는 양피지를 찾으러 지구로 떠난다는 것을 어머니에게도 털어놓지 않았다. 셀레나는 딸을 꼭 끌어안으면서 탄식했다.

"도저히 막을 수 없단 말인가! 너뿐만 아니라 이제는 네 친구들까지 공격하다니! 도대체 내가 무슨 죄를 지었다고 하늘이 이런 벌을 준단 말인가!"

"잘은 모르지만 끔찍한 죄라는 것은 틀림없어요." 장난꾸러기 칼이 입이 근질근질해서 못 참겠다는 듯 톡 나섰다. "전생에 아주 사악한 마법사였던 모양이죠, 뭐. 그래서 딸인 타라까지 벌을 받는 게 아닐까요? 푸하하하……."

"칼, 너 계속 그렇게 까불면 두꺼비로 둔갑시킨다!" 타라가 쏘아붙였다.

타라는 키도 조그만 것이, 하는 얼굴로 칼을 째려봤다. 키가 작아야 어디든 슬쩍 들어갈 수 있기 때문에 자신의 왜소한 신체조건에 불만이 없는 칼은 한술 더 떴다.

"이왕이면 아주 작은 두꺼비로 부탁해!"

타라는 어머니를 향해 돌아섰다.

"엄마, 걱정하지 마요. 다 잘될 거예요."

셀레나는 고개를 끄덕였지만 안심이 되지 않는 얼굴이었다. 사냥꾼의 공격으로 부상당했던 메델루스는 셀레나를 위로하듯 다정하게 안아주었다. 그 순간 타라는 메델루스의 눈에 스치는 공포의 빛을 봤다. 왜 갑자기 공포에 질리는 거지?

"너는 여기 무슨 일로 온 거니?" 이사벨라는 메델루스를 본 척도 않고 셀레나에게 물었다. 오무아 제국 전 황제의 미망인인 딸에 비해 메델루스의 조건이 너무 기운다고 생각하는 이사벨라는 대체 뭐 때문에 이런 형편없는 생명공학자를 달고 다니느냐는 얼굴이었다.

"타라가 좀 쉬겠다고 나한테 말하고 지구로 떠났다고 하는데도 후계자가 있는 곳을 대라고 여제가 어찌나 들볶는지 정말 견딜 수가 없을 지경이었어요. 그래서 브래드와 나는 크리스털 볼을 아예 꺼버리고, 엘프들의 나라 셀렌다에서 하루를 보낸 다음 이리로 온 거예요. 그러니까 우리가 여기 온 것을 아무도 모를 거예요."

그럴 줄 알았어, 내가! 이래서 다른 사람들에게 알리지 않은 거라니까! 어머니나 에프리트나 도움이 안 되기는 마찬가지라는 사실에 타라는 얼굴이 일그러졌다.

"그럼 이제 우리가 뭘 해야 하지?"

타라는 결정을 못하고 주저했다. 볼이 쏙 들어갈 정도로 비정상적인 피로를 느끼고 있었다. 타라가 무엇을 하든 늘 난처한 일이 벌어졌다.

"이번에는 우리만 문제되는 것이 아니에요. 하르퓌아들은 또 다른 마법사를 찾고 있어요. 일단 영국인 마법사부터 구조해야 해요. 나머지는 그때 가서 생각해요."

"그래, 맞는 말이야. 하르퓌아들이 지구를 멋대로 돌아다니게 둘 수는 없다." 드래곤이 찬성했다. "마법과 지구인들의 접촉을 최대한 줄이는 것은 이사벨라, 당신의 의무요. 하르퓌아들의 위치를 추적해서 무력화하시오. 놈들을 죽이지 말고 아더월드로 보내야 됩니다. 달리 방법이 없으면 제거하고 시체를 흔적도 없이 처리해야 합니다. 구덩이를 너무 깊이 파서 아마추어 고고학자가 빠지는 일이 없도록 주의하는 것도 잊지 말고!"

타라가 깜짝 놀랄 정도로 하얗게 질린 할머니가 하나 마나 한 질문을 했다.

"나…… 나더러 스톤헨지에 가라는 겁니까?"

"예. 통북투(아프리카 사하라사막 남쪽 니제르 강 연안 도시—옮긴이)가 아니라 스톤헨지에 가라는 겁니다!"

드래곤이 고개를 끄덕이면서 대답했다.

할머니의 성질을 잘 알기 때문에 타라는 눈살을 찌푸렸다. 저러다 셈 선생님을 숯 덩어리로 만들어버릴 텐데, 물론 용은 불에 견디는 것쯤이야 식은 죽 먹기겠지만.

그러나 예상과 달리 할머니는 "오!" 하고 외마디 소리를 내고는 의자에 털썩 주저앉았다. 그 이상한 반응에 모두 놀라서 쳐다보고 있을 때 이사벨라가 말했다.

"당장 하르퓌아들을 추격하면 프랑스를 빠져나가기 전에 잡을 수 있지 않겠소?"

"지금 어디에 숨어 있는지도 모르는데…… 적을 과소평가하지 마시오. 하르퓌아들은 어리석지 않아요. 눈에 띄지 않게 위장하는 카무플루스 주문을 작동한 것이 틀림없소. 그 주문은 마법의 에너지를 거의 소모하지 않기 때문에 육안으로도, 마법으로도 감지할 수 없단 말이오. 한 가지 다행인 것은 하르퓌아들이 어디로 갈지 우리가 알고 있다는 것이오. 지금 이렇게 시간을 낭비하지 않는다면 당신이 먼저 그곳에 도착할 것이오."

이사벨라는 부아가 치밀었지만 드래곤의 주장을 반박할 만한 말을 찾지 못했다. 이사벨라는 손녀를 향해 돌아섰다.

"타라?"

"네, 할머니."

"너도 같이 가자."

"네? 제가요? 왜요?"

어쩔 수 없이 아더월드로 돌아갈 생각을 하고 있던 타라는 뜻밖의 말에 당황했다.

"여긴 안전하지 않아. 새롭게 나타난 적이 누군지 그리고 그자가 왜 로빈의 목숨을 노리는지 이유를 모르기 때문에 아더월드도 안전하지 않아. 차라리 너를 눈앞에 두는 편이 낫겠다. 그러니까 아무래도 스톤헨지까지 같이 가는 것이 더 마음이 놓이겠구나."

마법사가 된 이후로 타라는 일종의 제6감각⋯⋯, 마법을 여섯 번째 감각으로 간주한다면 제7감각을 발전시켜왔다. 제7감각으로 타라는 할머니가 몹시 불안하고 초조해하고 있음을 느꼈다. 평소에 보이던 할머니의 기질과 맞지 않는 태도였다. 게다가 이제껏 타라를 데리고 나간 적이 없었다. 타라는 속으로 한숨을 내쉬었다. 할머니는 정말이지 비밀이 많았다. 할머니의 태도나 뭔가를 간파한 것 같은 셈 선생님의 태도에도 무슨 꿍꿍이가 있는 듯 보였다. 호기심이 동한 타라는 군소리 없이 따라가기로 마음먹었다.

게다가 여러 가지 정황상 좋은 점도 있을 것 같았다. 당분간은 내 목을 노리려고 달려드는 자가 없을지도 몰라!

"갈게, 나도!" 무아노가 불쑥 말했다. "지금은 특히 혼자 가게 둘 수 없어. 타라, 너를!"

"나도." 방으로 들어오던 파브리스가 그 말을 들었는지 대뜸 말했다. 뒤따라오는 매머드는 긴 코가 계단에 걸릴까 조심조심 내려오고 있었다.

아무리 위험한 곳이라도 마다 않고 타라와 동행해왔던 칼은 친구를 배신하는 것 같아서 마음이 불편했다. 속이 상한 칼은 눈물이 그렁그렁했다. 칼이 친구들에게 말하려고 하는 핑계가 부분적으로 거짓이기 때문에 더욱 그랬다. 그러나 지구로 떠나기 직전 예전에 목숨을 구해주었던 자이언트 거미 드르르르가 우연히 엘레아노라의 흔적을 발견했다고 크리스털 볼을 통해 알려주었다. 면허 받은 도둑 엘레아노라는 스몰컨트리에 있었다. 아더월드의 사냥꾼들이 엘레아노라를 추적하고 있었다. 타라에 대한 우정에도 불구하고 칼은 자신을 죽이려고 했지만…… 자신의 마음을 빼앗았던 엘레아노라를 구하러 갈 생각이었다.

"아, 이걸 어쩌지! 난 너희와 함께 갈 수 없어." 칼은 몹시 난처한 얼굴로 말했다. "도둑대학의 그린슈르 지도교수님이 사르도인 선생님에게 내가 결석이 너무 많아서 학년말 시험에 응시하지 못할 우려가 있으니 빠진 수업을 채워야 한다고 알렸대. 아더월드로 돌아가지 않으면 나는 학위를 딸 자격이 없어져. 그러면 나는 부모님에게 맞아죽을 거야, 틀림없어!"

재빠른 임기응변, 추론과 날랜 몸놀림, 칼의 뛰어난 재능이 아쉽지만 타라는 곤란한 상황에 처한 친구를 이해했다.

"그르룰 가겠음!" 트롤도 덩달아 나섰다.

"안 돼, 그르룰." 이사벨라가 선언했다. "너는 이제 자르와 마라의 보디가드가 되었잖아. 셈 선생이 너를 지구로 데려오지 말았어야 했는데……."

은연중에 내비치는 비난에 기분이 상한 드래곤은 숨을 몰아쉬었다. 이사벨라는 농담 삼아 한 말이었건만, 행방불명된 옛 주인이 걱정돼서 지구까지 따라왔던 트롤은 자신의 사촌에게 쌍둥이들의 경호를 맡기겠다며 막무가내로 따라가겠다고 고집을 피웠다. 트롤을 떼어낼 궁리를 하던 셈 선생님은 머리통만 한 몽둥이를 들고 이거, 말로 해서는 안 되겠군, 하는 얼굴로 눈을 부릅떴다.

이사벨라도 만만치가 않았다. 트롤은 온갖 죽는소리를 다하면서 졸라봤지만 이사벨라의 단호한 의지를 꺾을 수 없었다. 그르룰은 하는 수 없이 굴복하고 오무아로 돌아가기로 했다.

"나도 동행할 수가 없소." 드래곤이 유감스럽다는 투로 말했다. "마지스터와 악마 군단이 습격한 뒤로 아더월드에서는 안보회의가 계속 열리고 있어서 참석해야 합니다. 타라를 안전하게 지켜주리라 믿소, 이사벨라 부인."

셀레나가 따라가겠다고 말하려는 순간, 메델루스가 갑자기 얼굴이 새파래져서 안락의자에 픽 쓰러졌다.

"브래드, 괜찮아요?" 걱정스런 얼굴로 셀레나가 소리쳤다.

메델루스는 한참 기침을 하다가 초췌한 얼굴을 들었다.

"샤먼이 처방해준 물약만 먹으면 소화가 안 돼서 말이오. 게다가 가끔씩 참을 수 없는 위경련이 일어나는 바람에……."

지난번 타라와 마지스터가 맞서 싸울 때 여자뱀파이어 사냥꾼에게 중상을 입었던 메델루스는 계속 치료를 받고 있었다.

"셀레나, 너는 메델루스와 남아 있어야겠다." 짐스럽게 병든 마법사를 데려갈 생각이 전혀 없는 이사벨라가 지시를 내렸다.

셀레나가 꼭 가야 한다고 우겼지만 타라는 한술 더 떴다.

"그 하르퓌아들은 할머니와 내가 맡을 테니까 엄마는 걱정 마세요. 나보다는 메델루스에게 엄마가 더 필요한 것 같네요. 자주 소식 전할게요."

마지스터에게 납치되어 10년 동안 타라와 같이 살지 못했던 셀레나는 딸의 독립심에 아직 적응이 되지 않았다. 그녀는 서운하기도 하고 미안하기도 한 얼굴로 고개를 끄덕였다.

"그래, 알았어. 우리는 여기 머물고 있을게. 우리가 지구에 있으면 문제가 생겼을 경우 연락하기도 쉽고 또 달려가기도 쉬우니까. 그럼 우리가 원정대의 후방 기지가 되는 셈이구나."

메델루스는 셀레나 몰래 이맛살을 찌푸렸다. 그는 기술공학이 발달했는데도 불구하고 원시적이라고 생각하기 때문에 지구를 싫어했고, 타라 때문에 하마터면 죽을 뻔했다는 이유로 셀레나의 딸을 별로 좋아하지 않았다. 그렇다고 타라를 드러내놓고 싫어할 수 없기 때문에 그는 선택의 여지가 없었다. 어쨌든 셀레나가 딸을 따라 위험천만한 모험을 하러 가지 못하게 막는 데는 성공한 셈이었다.

"나도 같이 갈래." 힘없는 목소리가 말했다.

"로빈!" 방으로 비칠비칠 들어오는 하프엘프를 부축하려고 얼른 뛰어가면서 타라가 외쳤다. "왜 내려왔어? 넌 푹 쉬어야 하는데!"

"엘프는 청각이 발달해 있어. 하프엘프지만 내 귀도 순종 엘프 못지않게 예민해." 로빈은 신음소리를 내지 않으려고 이를 악물면서 의자에 무겁게 앉았다. "모두가 하는 말이 들렸어. 나만 두고 떠나지 마!"

이사벨라는 단칼에 자르려고 했다. 그러나 죽은 사람같이 창백하게 누워 있던 로빈이 걸어다닐 정도로 많이 좋아진 것을 보고 기뻐하는 타라를 보면서 입을 다물었다.

"물론 우리랑 같이 그놈의 하르퓌아들을 잡으러 가야지. 이제는 너도 나처럼 면역이 되었으니까 위험하진 않을 거야! 하지만 너는 우선 기력을 찾아야 해. 우리는 내일 아침에나 떠날 거야, 그렇죠, 할머니?"

"그래. 준비할 것이 많아. 타쉴과 망구스에게 몇 가지 지시를 내려야 하고, 또 런던 이동의 문에 우리가 간다는 것도 알려야 하고."

"그럼 됐으니 서두릅시다." 셈 선생님이 결론을 내렸다. "브주아 지롱 백작은 타쉴과 망구스가 그의 집으로 옮기면 되고, 백작에게 아무 문제가 없다는 확신이 들 때까지 내가 지켜볼 것이오. 그다음에 아더월드로 갔다가 회의가 끝나는 대로 가능한 한 빨리 돌아올 것이니 무슨 문제가 생기면 그 즉시 크리스털 볼로 연락해요."

파브리스는 곧 회복될 것이라고 확신하면서 아버지를 성으로 옮기게 했다. 자신에게 마법 능력이 있다는 것을 알게 된 이후로 파브리스는 그 능력이 가져올 결과를 두려워해야 하는 건지, 기뻐해야 하는 건지 알 수가 없었다. 더 강력한 마법사가 되기 위한 마지막 시도에서 털이 짧은 늑대인간으로 변했던 파브리스는 아버지까지 타라의 마법에 전염되었을까 걱정이 태산이었다. 그러나 친구를 혼자 가게 둘 수는 없었다. 무시무시한 함정에 빠졌다가 이번에도 간신히 위기를 모면했는데……. 지금은 그런 친구를 저버릴 때가 아니었다.

백작이 마법에 전염된 징후를 전혀 보이지 않는 것을 확인한 뒤에 셈 선생님이 성에서 돌아오자 그들은 안도했다. 타라는 자신의 팔뚝에 생긴 금빛 고리무늬와 로빈의 팔뚝에 생긴 진홍빛 고리무늬를 번갈아 쳐다봤다. 그리고 그 무늬들이 같은 리듬으로 펄떡펄떡 뛰는 것을 확인했다.

마니투는 개의 얼굴로 나타낼 수 있는 범위 내에서 초조한 표정을 지으며 슬그머니 다가왔다.

"타라, 너한테 할 말이 있어."

타라는 검은 털이 보송보송한 머리를 내려다봤다.

"말씀하세요, 증조할아버지."

"오! 타라, 증조할아버지라고 부르지 말라고 내가 그렇게 부탁했건만! 백 살쯤 먹은 파파노인이 된 느낌이란 말이다!"

"하지만 백 살이 훨씬 넘은 건 사실이잖아요."

"그냥 할아버지라고 불러다오, 제발 부탁이다."

타라는 생글거리면서 순순히 따랐다.

"네, 할아버지, 무슨 말을 하시고 싶은데요?"

"여기서는 곤란해. 아무도 모르게 나를 따라와."

타라는 '나 화장실 가는 거니까 관심들 끄세용' 하는 얼굴로 일어나서 태연하게 응접실을 빠져나왔다. 페가수스가 따라나서려고 했지만 타라는 가만히 있으라는 손짓을 했다. 페가수스는 말할 수 없지만 정신적으로 보내는 감정과 이미지로 알겠다는 신호를 보냈다.

"무슨 일이에요?"

호기심이 가득한 얼굴로 타라가 마니투에게 물었다.

"나는 네 할머니가 너를 보살피기 위해 데려가는 거라고 생각하지 않아."

"네? 그럼 뭐 때문에 할머니가 나를 데려가려고 하는데요? 또 오무아 제국에서 교육받는 걸 막으려는 것이라는 말씀이라면 하지 말아요."

"그게 아냐! 네 할머니도 그 문제는 이미 단념했어. 내 생각에는……." 마니투는 차마 입이 떨어지지 않는다는 듯 심호흡을 했다. "너를 보디가드로 삼으려는 것이 분명하다!"

타라의 얼굴을 보니 정말로 깜짝 놀란 모양이었다.

"농담이시죠? 할머니는……."

"너보다는 강력하지 못해. 한 살 한 살 나이를 먹을수록 너의 능력은 점점 커지고 있어. 네 할머니는 그걸 잘 알고 있다."

"하지만 할머니가 왜 보호를 받아야 하는데요? 할머니의 능력이면 하르퓌아쯤은 쉽게 제압할 수 있어요. 내가 필요할 정도는 아니에요."

"그러나 네가 필요하지. 두렵기 때문에. 네 할머니의 태도로 봐서 완전히 겁에 질려 있는 것이 틀림없다."

타라는 눈을 동그랗게 떴다. 겁에 질린 할머니? 그 말은 아무리 생각해도 할머니에게 어울리지 않는 표현이었다. 타라는 다시 물었다.

"겁에 질려요? 왜요?"

"스톤헨지 때문에."

이건 또 무슨 소리지?

"거긴 우리가 가려는 곳이잖아요. 스톤헨지가 왜요?"

"왜냐하면 네 할머니의 남편이 거기서 행방불명되었거든!"

7

과거의 그림자

어떻게 없어졌기에 몇십 년이 지나도록 못 찾고 있을까

*

자신의 귀가 믿어지지 않았다. 타라는 흑백 타일이 바둑판 모양으로 깔린, 넓은 거실 입구에 놓인 베이지 소파에 주저앉았다. 마니투는 앞발을 들어 거실 문의 손잡이 버튼을 눌렀다. 방 안에 햇살이 쏟아져 들어오고 있었다.

"그럼 할아버지가…… 실종되신 거였어요? 그 말은 납치되었을 수도 있고 살해당했을 수도 있다는 뜻인가요?"

"그래, 맞아. 이사벨라는 입 밖에도 내지 않고 있지만 나는 그렇게 추측하고 있어. 네 할아버지 이름은 메넬라스 트리 브란릴이란다."

아직도 비밀이 있단 말야? 할머니의 지긋지긋한 비밀……. 할머니는 돌아가셨다는 할아버지를 '존'이라는 이름으로 지칭했는데 메넬라스라는 이름과 비슷하기는커녕 아주 딴판이잖아.

"메넬라스라면? 트로이 전쟁, 헬레네, 파리스, 아킬레우스, 아가멤논이랑 무슨 관계라도 있나요?"

불신하는 얼굴로 타라가 물었다.

허허, 애 좀 보게, 아는 것은 많아 가지고……. 마니투는 혀를 내두르는 시늉을 했다.

"그렇게 옛날 이야기가 아니야! 메넬라스를 만난 것은 아더월드에서 불법 결투가 벌어졌을 때였지. 이사벨라는 메넬라스를 상대로 싸우는 자기 친구를 보조하고 있었어."

타라는 아더월드의 옛날 이야기는 대부분 잔혹한 전쟁 이야기라는 인상을 갖고 있었다. 아더월드에서 결투는 불법이지만, 오무아만 예외적으로 결투가 계승되는 것으로 알고 있었다.

결투 원칙은 간단했다. 결투를 벌이기로 한 두 사람은 각각 보조 두 명과 증인 두 명을 동반하며, 결투하다 쓰러진 자가 요청하면 보조가 대신 싸울 수 있었다. 마법의 광선으로 맞서는데 더 빠르거나 더 강력한 광선을 발사한 쪽이 승리하는 것이었다.

타라는 결투를 야만적이고 위험하다고 생각하지만, 오무아 제국의 여제는 결투를 금지하지 않고 있었다.

"'불법'이라고 하신 걸 보니 오무아에서 일어난 일은 아니네요."

"수세기 동안 결투를 금지해온 랑코비트에서 벌어졌어. 메넬라스는 빌랭의 용병 출신이었고, 그의 아버지 트리 브란릴은 남작 영지를 다스리면서 심의회를 주관하는 권력자였다. 그런데 이사벨라의 친구인 그라비르가 메넬라스의 여동생 보이로디아에게 반해버렸지."

"그게 어때서요? 그러면 안 되는 건가요?"

"안 되지, 보이로디아는 현재 왕의 아버지 디어 왕의 아들 메오브릴 왕자와 결혼하기 위해 랑코비트에 막 도착한 것이었으니까. 그런데 왕자는 보이로디아가 자기와 결혼하고 싶어 하지 않는다는 걸 전혀 모르고 있었지. 그녀는 페가수스와 말을 돌보며 사는 생활이 더 좋은 데다 왕자비가 될 생각이 추호도 없었거든. 그래서 그녀는 공식적인 상견례가 있기 직전에 도망치고 말았어."

"시시하네요." 이런 주제의 영화를 많이 봤기 때문에 타라는 한숨을 내쉬었다. "성벽을 넘다가 미끄러지면서 쾅당! 보초를 서던 그라비르는 도둑이라 생각하고 달려들었다가 같이 나뒹굴게 되었는데 이게 웬일, 찌리릿, 전기가 왔으니! 둘은 그만 사랑에 빠지고, 여자는 자기 의사와 관계없이 어른들이 억지로 결혼시키려 하는 것이라고 고백한다는, 뭐 그렇고 그런 사랑 얘기잖아요."

"설마! 이사벨라가 그 얘기를 다해줬단 말이니?"

마니투가 어리둥절해서 외쳤다.

"아뇨. 그게 아니라 '결혼할 남자를 피해 도망치던 여자가 우연히 만난 남자와 사랑에 빠지는' 스토리는 시나리오 작가들이 자주 써먹는 것이거든요. 트리스탄과 이졸데의 신화도 그런 내용이잖아요. 아더월드로 떠나기 전에 학교에서 배웠는데 신화와 전설이 대부분 실화라는 걸 알았어요. 나는 개인적으로 뱀파이어와 하르퓌아처럼 사실성이 좀 떨어지는 이야기가 더 재미있지만…… 아까 얘기로 돌아갈게요. 그리하여 그라비르는 여자를 구해 자기 방에 숨겨놓고 창 밑을 지키고 서서 이룰 수 없는 사랑에도 불구하고 가슴이 선택한 사람을 위해 의무를 이행하기로 결심하죠."

"너는 연애소설을 너무 많이 읽었구나." 마니투는 미소를 지었다. "어쨌거나 네 말이 틀리진 않아. 다음 날 보이로디아는 자신도 모르게 왕자비의 운명을 면하게 되었으니까."

"그녀가 비밀통로라도 찾아서 도망쳤나요?"

"아니! 궁정식구들과 빌랭에서 사절단으로 온 남작들이 지켜보는 가운데 그녀는 그라비르를 사랑하기 때문에 왕자와 결혼하지 않겠다고 선언했지."

"우와! 너무 경솔하지만 그래도 꽤 용감했네요. 그래서 메넬라스가 그라비르에게 결투를 신청했나요?"

"메넬라스는 메오브릴 왕자가 결투 신청을 할 것이라 예상했지. 하지만 정략결혼이라서 왕자는 보이로디아에 대해 잘 모르는 데다 결혼에 대해서도 별로 관심이 없었어. 빌랭의 사절단은 개망신을 당한 셈이었지. 그날 저녁, 메넬라스는 그라비르에게 비밀리에 결투를 신청했지. 비밀이라는 것이 다 그렇듯 그 소문은 삼시간에 퍼졌어."

"아, 눈에 선해요. 메넬라스가 장갑 한 짝을 그라비르의 얼굴에 던지면서 꼭두새벽에 성 뒤편의 풀밭에서 검으로 결투를 하자고 했죠?"

"조금 비슷하긴 해. 정오에 숲 속 빈터에서 마법으로 결투를 벌이기로 했지. 그라비르는 자신의 마법이 메넬라스보다 강력하지 않다는 걸 알고 있었어. 빌랭에서는 어려서부터 싸움을 예찬하면서 성장하기 때문에 그곳의 마법사들과 최고 마구스들은 마법이 강력하고 잔혹하기로 유명하지."

"그래서 그라비르는 결투에서 패할 경우 메넬라스와 맞서 싸울 마법사로 할머니를 선택했나요?"

"음…… 조금 달라. 그 시절에 네 할머니는 아주 고집불통이었다. 자기 마법이 세상에서 가장 강력하다고 생각하는 이사벨라는 그라비르에게 자기가 대신 메넬라스와 싸우겠다고 했지."

"어휴, 할머니가 잘난 척이 좀 심했네요. 그래서요?"

"물론 그라비르는 거절했지. 하지만 이사벨라를 보조로 받아들였어. 다음 날 정오, 메넬라스, 그라비르, 보조들, 증인들, 치료사 샤먼이 약속한 장소에 모였지. 그라비르와 메넬라스가 맞섰는데, 메넬라스는 과연 대단한 실력을 보였어. 그라비르의 마법 방패를 뚫는 것만으로도 일루전이 사라졌거든."

타라는 혼란스러웠다.

"일루전이요?"

마니투는 우거지상을 했다.

"너의 고집불통 할머니가 그라비르에게 마법을 걸어놨던 거야. 그라비르가 개입하지 못하게 최면을 걸어놓고서 자기가 그라비르의 모습으로 대신 나섰던 거지. 메넬라스는 기겁했어. 쓰러뜨렸다고 생각하던 그라비르 대신 나타난 사람은 미모의 여인이었으니! 아주 오래전이었다는 걸 잊지 말거라. 네 할머니가 한창 눈부시게 아름다웠을 때였지."

"메넬라스가 할머니의 아름다운 초록빛 눈에 홀려서 그만 사랑에 빠지고 말았군요."

"이사벨라를 뚫어져라 쳐다보던 메넬라스가 갑자기 푹 쓰러지는 거야. 잠시 후 깨어난 메넬라스는 사랑에 빠졌다는 걸 알았지. 이사벨라도 메넬라스가 자기를 이길 수 있는 유일한 마법사였기 때문에 홀딱 반하고 말았지. 두 사람은 누가 더 강력한지 가리기 위해 계속 싸웠어. 보다보다 진저리가 난 디어 왕은 거의 무력으로 두 사람을 결혼시키기로 했지. 두 사람의 싸움과 화해, 그리고 사랑에 대한 이야기는 왕국에서 모르는 사람이 없을 정도로 유명했단다. 셰익스피어의 『헛소동』과 『말괄량이 길들이기』는 어쩌면 그들의 싸움에서 영감을 얻은 것일지도 몰라."

"와, 할머니가 그렇게 로맨틱한 분인지 정말 몰랐어요." 정열적인 사랑에 빠진 할머니를 상상하면서 타라는 열광했다. "그래서 어떻게 됐어요?"

"두 사람은 빌랭에 가서 살았지. 메넬라스는 아버지를 계승하여 남작 영지를 다스렸고, 30년 후 이사벨라는 네 어머니 셀레나를 임신하게 되었단다."

타라는 마법사들의 믿을 수 없이 긴 수명에 도무지 적응이 되지 않았다.

"하지만 어머니는 랑코비트 사람이잖아요? 빌랭에서 태어나지 않았나 보죠?"

"여러 가지 사정이 겹친 탓에 네 할머니는 달이 차기 전에 아기를 낳았지. 분만전문 샤먼이 조산할 가능성이 있으니 몸조심하라고 그렇게 주의를 줬건만 그 고집불통이 말을 들어야지. 랑코비트에 있는 내 집에 왔다가 궁전에 들어가서 왕에게 빌랭 용병들의 활동에 관해 보고할 때 진통이 시작되었거든. 그리고 몇 시간 후에 네 어머니가 태어났다. 이사벨라가 미처 빌랭으로 돌아갈 겨를도 없이."

타라는 날카롭게 지적했다.

"보고요? 그럼 할머니가 랑코비트를 위한 스파이 역할을 했다는 거예요?"

마니투는 난처하다는 듯 몸을 비비 꼬았다.

"그 시절에 빌랭의 용병들이 문제를 많이 일으켰거든. 그들은 닥치는 대로 공격하고 파괴하고 약탈을 일삼았어. 그래서 네 할머니는 랑코비트를 위해 그들의 동태를 살피고 있었지. 이사벨라의 결혼으로 트리 브란릴 남작 영지는 랑코비트의 동맹국이 되었지만, 다른 영지들은 그렇지가 않았거든. 메넬라스는 전혀 모르는 일이었지만 네 할머니는 위험천만한 일들을 마다하지 않고 임무를 수행했어. 오죽하면 조산을 했겠니."

"휴, 우리 가족에 대해 14년 동안 알았던 것보다 이 짧은 5분 동안에 더 많은 걸 알았어요. 그럼 할아버지는?"

"네 어머니가 열여섯 살 되던 해에 스톤헨지를 중심으로 비정상적인 움직임이 있다는 소문이 들려왔다. 메넬라스와 이사벨라는 빌랭의 용병들이 사용할 다이너마이트를 구입하기 위해 마침 지구에 와 있었어. 스톤헨지의 움직임이 마법과 관련된 음모일 경우, 지구에 출장 중인 마법사들과 드래곤들, 최고 마구스들이 지체 없이 스톤헨지로 떠나야 했지. 그런데 영국의 최고 마구스 두 명은 뉴욕 회의에 참석 중이었어. 그래서 랑코비트는 다이너 마이트 구입을 마친 이사벨라와 메넬라스에게 스톤헨지로 가서 진상을 조사해달라고 부탁했어. 그들은 가장 가까운 이동의 문을 통해 출발했는데 나중에 이사벨라만 돌아온 거야."

"무슨 일이 일어났는데요?"

"그건 우리도 몰라. 스톤헨지 거석들의 원 부근에 의식을 잃고 쓰러져 있는 이사벨라를 발견했는데 기억상실증에 걸려 있었거든. 네 할아버지는 사라지고 없었어. 남편의 죽음을 믿지 않는 네 할머니는 몇 년 동안 미친 듯이 찾아다녔지. 그때 이사벨라의 나이가 서른여덟이었으니까 소식을 듣지 못한 지 어느덧 21년이 되었구나. 지금 메넬라스는 공식적으로 사망신고가 되어 있는 상태야. 그 지역을 엄중히 감시하고 있지만 아무런 흔적도 발견하지 못했다. 그리고 너의 외종조부는……."

"종조부요?" 타라는 깜짝 놀랐다. "할머니에게 남자형제가 있었어요? 근데 왜 저한테는 아무도 말해주지 않았어요?"

"내가 지금 하고 있잖니! 너의 종조부, 다시 말해 내 아들 레벤탈 덩컨은 죽었다만 그 아이에게도 아들 하나가 있었어. 내 손자지, 너는 나의 증손녀고. 보이로디아와 그라비르가 남작 영지를 거부하고 멘탈리르 평원에 정착하여 말과 페가수스를 사육하며 살았기 때문에 내 손자 바리우스가 새로운 트리 브란릴 남작으로 선출되었지. 언제고 아더월드에서 은신할 곳을 찾는 날이 오면 네 어머니의 외사촌 바리우스가 너를 반갑게 맞아줄 거다."

타라는 입이 다물어지지 않았다. 존재도 몰랐던 종조부, 어머니의 외사촌…….

"그때부터 네 할머니는 스톤헨지란 말만 들어도 부들부들 떨어. 그런데 너의 마법이 자기보다 강력하게 되었기 때문에 너를 데려가려는 거야."

"그러면 할머니가 다른 마법사를 보내면 되잖아요? 할머니만 그 하르퓌아들을 제거할 수 있는 건 아니잖아요!"

"셈 선생과 벌이는 자존심 싸움이야. 네 할머니는 목숨이 날아갈지라도 절대 지고는 못 사는 사람이니까!"

"필요하면 마법을 사용해서라도 내가 해야 할 일은 하겠지만 좋은 생각이 아닌 것 같아요……."

그 순간 창백한 로빈이 비실비실 거실 문으로 들어섰기 때문에 타라는 말을 맺지 못했다.

"혼자서는 이층으로 올라갈 자신이 없어서 그러는데……." 로빈이 눈짓으로 계단을 가리키면서 말했다.

"알았어! 내가 도와줄게." 타라가 얼른 뛰어갔다.

마니투는 송곳니가 드러나는 개다운 미소를 지으며 외쳤다.

"이따 보자, 타라."

"네? 네에." 타라는 건성으로 대답했다.

타라는 로빈의 어깨에 팔을 두르고 한 계단 한 계단 발을 맞춰 올라갔다. 할머니의 사연 때문에 머릿속이 부글거려서 타라는 로빈이 힐끔힐끔 곁눈질로 살피는 것을 알아채지 못했다.

꼭 집어서 말하기는 어렵지만 무슨 할 얘기가 있는 눈빛이었다. 로빈이 마침내 사랑을 고백하기로 결심한 것일까? 하르퓌아의 공격을 받는 바람에 오랜 시간 침대에 누워 있게 된 로빈은 그 기회에 곰곰이 생각할 시간을 가질 수 있었다. 잘렌마릴은 엘프에게만 관련되는 것이었다. 자기는 절반만 엘프의 피를 타고 난 인간이고, 타라는 엘프와 아무런 상관이 없어. 무슨 일이 있어도 타라에게 고백해야 돼. 이번에는 그 무엇도, 그 누구도 막을 수 없어! 피를 나눈 것이 좋은 점도 있었다. 그 덕분에 타라의 감정을 감지할 수 있었으니! 타라의 감정이 어느 정도로 강렬한지 그건 알 수 없지만 그 마음을 감지한 것만으로도 용기가 생기면서 소심함을 떨칠 수 있었다.

로빈은 흰색 수를 놓은 밤색 커버를 씌운 침대에 누웠을 때 숨을 헐떡거리지 않을 수 없었다. 어쨌든 명색이 전사라면서 약한 모습을 보이는 것이 창피해서 로빈은 오만상을 찌푸렸다.

"넌 환자야. 이렇게 아프면서 그냥 누워 있지 뭐 하러 내려왔어!"

대꾸할 말을 궁리하던 로빈이 입을 열려고 했지만, 상상도 하지 못했던 가족사 때문에 머릿속이 복잡한 타라가 더 빨랐다. 어쨌든 증조할아버지가 비밀에 부쳐야 한다는 말은 하지 않았잖아!

"할머니가 왜 나랑 스톤헨지에 가려고 하는지 이유를 알았어! 할머니의 남편, 그러니까 나의 할아버지 때문이었더라고!"

엘프의 청각은 아주 예민하기 때문에 거실에서 마니투와 타라가 나누는 얘기를 전부 다 들었지만, 로빈은 타라의 기분을 생각해서 잠자코 있었다. 타라는 로빈이 절반만 인간이라는 것을 항상 잊었다. 타라가 이야기를 끝냈을 때 로빈은 생각에 잠긴 얼굴로 고개를 끄덕였다.

"그것은 스톤헨지에 정체를 알 수 없는 위험이 도사리고 있다는 뜻이야. 하르퓌아들이 납치하려는 그 신고되지 않은 마법사와 관련이 있을까?"

"모르겠어. 스톤헨지에서 나의 할아버지가 실종되었다는 것이 내가 아는 전부야. 그래서 그 사건과 연루된 자를 만나면 그 일에 대해 추궁할 생각이야!"

아주 흥미로운 사건이지만 로빈은 이러다 고백은커녕 입도 벙긋 못하게 될까 봐 초조했다.

"타라, 할 말이 있는데……."

"타라!" 낭랑한 목소리가 외쳤다. "너의 할머니가 빨리 내려오래! 하르퓌아가 레파루스 주문으로 상처를 치료해주면 그 대가로 새로운 정보를 주기로 했대. 하르퓌아가 자기 알이 삶은 달걀이 되기 일보 직전이라면서 살려달라고 생난리를 치고 있어."

기척도 없이 들어온 칼이 짓궂은 미소를 흘리면서 로빈을 훑어보고 있었다.

"괜찮아, 친구? 좀 자야지! 너, 꼭 좀비 같단 말야. 비실비실해가지고!"

맥이 쭉 빠진 로빈은 방을 나가면서 부드러운 미소를 지어 보이는 타라를 그저 바라만 보고 있어야 했다. 이것도 재주라면 재주랄까, 칼은 로빈이 타라에게 진지하게 고백하려는 순간마다 어김없이 나타나서 방해했다. 어쩌면 그렇게 귀신같이 냄새를 잘 맡는지. 로빈이 던진 베개에 배를 정통으로 맞은 칼은 잽싸게 줄행랑쳤다. 쾅, 하고 닫히는 방문소리에 이어 깔깔대는 칼의 웃음소리가 들렸다.

끊임없이 놀려먹고 괴롭히긴 했지만 둘도 없이 절친한 친구 로빈…… 내가 없는 사이에 로빈의 생명이 위태로워지면 어쩌지? 칼은 로빈도 걱정되고, 친구들과 함께 스톤헨지로 떠나지 못하는 것도 정말 유감스러웠다. 칼은 고개를 절레절레 저으면서 타라를 따라 내려갔다. 엘레아노라와 타라를 어떻게 화해시키지? 도둑대학에 지체 없이 돌아가서 시험을 쳐야 한다고 말한 것이 새빨간 거짓말은 아니었다. 엘레아노라를 찾는 문제와 시험 문제를 해결하고 나면? 내가 그렇게 멍청하진 않지! 두뇌회전이 빠른 영리한 머릿속으로 칼은 이미 어떤 계획을 세우고 있었다.

가을 단풍잎 색깔의 방에서 로빈은 엘프에게는 전혀 필요 없는 크림색 깃털이불을 걷어내고 침울한 얼굴로 베개에 기대고 앉았다. 로빈은 소녀의 그 눈부신 쪽빛 눈을 똑바로 쳐다보려면 엄청난 용기가 필요할 정도로 타라에게 쩔쩔맸다. 열린 창문을 통해 아더월드의 나무들과는 확연하게 다른 초록빛 나무들을 응시하면서 로빈은 지구에서 받은 타라의 교육 때문에 둘 사이에 가로 놓인 장벽이 얼마나 높을지 생각하고 있었다.

로빈은 결심했다. 다음번에 타라에게 사랑을 고백할 때에는 껄렁대며 끼어드는 불청객을 차단하는 주문을 작동하여 방해꾼의 남은 인생을, 보기만 해도 밥맛이 뚝 떨어지는 구더기로 살게 하겠어!

로빈은 이사벨라가 무슨 말을 하는지 들으려고 귀를 곤두세웠지만 타라 일행이 잔디밭으로 이동하는 소리밖에 들리지 않았다. 침대에서 일어난 로빈은 절뚝거리면서 창가로 갔다. 거기서는 훤히 내다보였다.

칼이 경계하면서 하르퀴아에게 다가서고 있었다.

"야, 비계 덩어리, 무슨 정보를 주겠다는 거냐?"

하르퀴아는 피 거품을 물고 악을 쓰듯 소리쳤다.

"이런, 빌어먹을! 나를 치료해주면 다 말해준다니까!"

이사벨라가 노려보면서 외쳤다.

"정보부터 말해! 어서!"

절망적인 눈길로 이사벨라를 올려다보던 하르퀴아는 인정사정 없는 얼굴과 마주치면서 선택의 여지가 없다는 것을 깨달았다.

"약속하세요." 입만 열었다 하면 욕설을 퍼붓는 평소의 대화법을 버리고 하르퀴아가 덧붙였다. "약속하지 않으면 나는 아무 말도 하지 않아요."

"마법사의 이름을 걸고 약속하는데 그럴 만한 가치가 있는 정보가 아닐 경우 치료는 꿈도 꾸지 말거라."

이사벨라가 엄숙하게 대꾸했다.

"물론, 가치가 있고말고요! 놀라 자빠질 일인데! 우리가 이 역겨운 세상에 오면서 설마 아무 짓도 하지 않았을까요? 당신들이 더 이상 이용하지 못하게 공간이동의 문을 폐쇄해놓았죠."

파브리스는 가자미눈으로 다가섰다.

"문을 어떻게 폐쇄해놓았는데? 내가 의식을 잃은 아버지를 발견했을 때 이동의 문은 멀쩡했어!"

"문도, 너의 늙다리 아버지도 지금은 당연히 그렇지! 폭탄을 설치해놨으니까 한 시간 내에 폭발할 거야!"

"폭탄? 도대체 왜?" 타라가 외쳤다.

"안전조치 때문이라고 뭐시껭이가 우리에게 말해줬어. 뒤탈이 없으려면 비밀을 지켜야 하지만…… 너무 강력한 마법사 계집애의 파란 눈을 보는 순간, 우리가 속았다는 걸 깨달았어. 그래서 말해주는 건데 성에서 우리의 보고를 기다리는 다른 하르퓌아 무리에게 아까 너희와 싸울 때 크리스털 볼로 연락했어. 걔들이 폭탄을 설치해놓고 기다리고 있었거든. 째깍째깍, 째깍째깍!"

타라는 소스라쳤다. 하르퓌아가 크리스털 볼을 사용한다고? 패거리와 연락하고 있었다니!

파브리스는 아연실색했다.

"하지만 우리 집을 왜 폭파하려고 하지?"

하르퓌아는 거만한 눈길을 던졌다.

"머리에 피도 안 마른 애송이야, 우리는 너의 둥지에 관심이 없어. 우리의 표적은 그 성이 아니니까. 내 동생들이 태피스트리들을 불태우려고 했지만 불연물질이라서 타지 않더군. 그래서 특수장치를 이용해 폭탄이 터지는 순간 그 파동이 이동의 문에 전해지면 이 시시껄렁한 행성에 있는 모든 이동의 문이 폐쇄되는

116

거란 말이다. 어떤 놈도 우리를 쫓아올 수가 없다 그 말이지!"

하르퓌아는 소름 끼치는 웃음을 터뜨렸다.

"폭탄이 설치된 위치를 알기 위해 나를 고문해봐야 소용없어. 내가 너희와 싸우고 있을 때 내 동생들이 설치했으니까!"

아더월드의 폭탄

폭탄이 터지지 않게 달래는 방법

*

그들은 얼이 빠진 얼굴로 서로를 쳐다보았다. 로빈은 전력질주를 시도했지만 웬걸, 관절염 걸린 달팽이가 무색할 정도로 저택의 층계를 느릿느릿 내려갔다.

로빈이 잔디밭에 이르렀을 때, 이사벨라는 약속대로 하르퓌아를 치료하고 있었다. 축소한 매머드를 품에 안은 파브리스와 야수의 모습이지만 뚱보 개처럼 보이는 무아노는 브주아 지롱 성으로 향하고 있었다. 야수의 몸이라 걸음이 빠른 무아노를 쫓아가느라 마니투는 혀를 늘어뜨리고 헉헉 숨을 몰아쉬었다. 여우 블롱딘은 시무룩한 칼을 달래주려는 듯 앞질러가면서 재주를 피웠다. 파프니르와 타라가 그 뒤를 따르고 있었다. 셈 선생님은 마법복 자락을 걷어올린 채 노인의 모습과는 어울리지 않게 질주하는데 피스톤처럼 빠르게 움직이는 깡마른 다리가 볼 만했다.

로빈은 툴툴거렸다. 도저히 따라잡을 수 없겠어! 그 순간 로빈은 등을 떠미는 느낌에 깜짝 놀랐다. 본래의 크기로 돌아온 갈랑이 올라타라는 신호를 했다. 타라의 생각이 틀림없어! 타라가 보내준 것이었다. 조심해야 하지만 로빈은 페가수스를 숨길 겨를이 없었다.

농네 사람들은 입을 악 벌린 채 질풍처럼 달려가는 이상한 무리를 바라봤다. 그 뒤를 이어 은빛 날개를 퍼덕이며 날아가는 페가수스에 올라탄 크리스털 눈의 엘프, 그나마 하늘을 쳐다보는 사람이 없어서 천만다행이었다.

갈랑 덕분에 로빈은 무아노와 동시에 성에 이르렀다. 고용된 사람들이 일손을 멈추고 눈이 동그래져서 쳐다보거나 말거나 그들은 획, 지나쳐서 일행을 기다리지 않고 곧장 이동의 문이 있는 탑으로 돌진했다. 아더월드의 신화적인 종족들과 멋진 풍경을 묘사한 태피스트리로 장식한 방은 텅 비어 있고, 탄내가 진동했다. 그들은 군데군데 하르퓌아들이 문을 파괴하기 위해 불을 지르려고 했던 흔적을 발견했다.

야수의 후각을 믿는 무아노는 재채기가 날 정도로 메케한 연기에도 불구하고 침입자들이 태피스트리에 감춰놓았을 폭탄을 찾아다녔다. 발이 네 개인 덕분에 3등으로 도착한 마니투는 하르퀴 아들이 뭔가 단서가 될 만한 것을 흘렸을 가능성이 있다면서 사냥개의 예리한 코를 킁킁거리고 다녔다. 로빈과 표범 쉬바도 예리한 눈으로 샅샅이 살폈지만 폭탄을 찾아내지 못했다.

그때 칼과 여우, 파브리스와 매머드(여간해선 나서지 않는 바룬까지 사뭇 진지한 표정으로 그 투실투실한 몸뚱이를 흔들며 여기저기 어슬렁거렸다), 타라, 파프니르, 셈 선생님이 숨을 헐떡이면서 들이닥쳤다. 드래곤 마법사의 손에서 물결을 이루며 퍼져나가는 붉은 보랏빛 마법 광선이 지하실에서 다락방까지 구석구석 훑었지만 마법 방지 주문이 걸려 있는지 폭탄은 감지되지 않았다. 그들은 하는 수 없이 눈, 코, 뇌를 이용하는 원시적 방법을 총동원해야 했다.

"파브리스!" 셈 선생님이 지시했다. "성에서 사람들을 대피시켜라. 폭탄이 터져도 우리는 마법 능력이 있어서 괜찮지만 비마들은 위험해. 어서 서둘러! 시간이 없어!"

파브리스는 고개를 끄덕이면서 후닥닥 뛰어나갔다. 다행히 성에 기거하는 고용된 사람은 많지 않았다. 아버지를 비롯하여 요리사와 그의 조수, 무슨 일이든 못하는 것이 없는 집사 거스는 다른 곳으로 피신해야 했다. 수시로 마법사들이 들락거리기 때문에 비밀로 하기 어려운 이동의 문과 아더월드에 대해서는 그들도 알고 있었다. 절대 발설하지 않겠다고 맹세한 사람들이었다. 그러나 하르퓌아들이 공격했을 때 알 수 없는 이유로 부엌에 갇히는 바람에 화를 면했지만 그들은 불안에 떨고 있는 상태였다. 각자 집으로 돌아가게 되자 그들의 얼굴에 안도하는 기색이 역력했다.

"이해할 쭈 없는 게 있쩌." 삐죽 나온 송곳니 때문에 혀 짧은 소리가 나오자 무아노는 주문을 읊었다. "*레둑투쯔의 이름으로* 내가 제대로 말할 쭈 있게 쫑곳니들은 줄어들어라!"

송곳니들이 줄어들자, 무아노는 발음연습을 해봤다.

"살쾡이가 살랑살랑 살쾡이 꼬리를 살래살래…… 아, 됐다. 왜 타임스위치를 설치했을까? 자기들이 출발하자마자 폭탄이 터지는 게 더 간단하잖아?"

셈 선생님이 치를 떨면서 말했다.

"영악한 것들! 로빈을 죽인 다음 하르퓌아들이 아더월드로 돌아갈 때까지는 문이 작동해야 하니까 그 소요 시간을 한 시간 정도로 잡았겠지. 근데 한 가지는 의문이란 말야. 지구에 있는 이동의 문들을 폐쇄하면 다른 놈들은 전리품을 데리고 어떻게 아더월드로 갈 생각이었을까?"

"전리품이요?"

"하르퓌아들이 납치 의뢰를 받은 마법사 말이다."

"아, 네."

타라는 어이가 없었다. 인간의 목숨이 걸린 문제인데 말하는 것 좀 봐! 마법사를 전리품이라고 하다니, 아무리 용이지만 저렇게 말할 때는 정이 뚝 떨어진다니까.

"일시적인 폐쇄가 틀림없어요." 로빈이 말했다. "공간이동의 문들이 다시 작동할 때까지 숨어 있다가 몰래 떠날 생각이었겠죠."

"그 문제는 나중에 생각하고 지금은 그 빌어먹을 폭탄을 찾아야 할 것 아냐!" 조바심이 난 파프니르가 쏘아붙였다.

"음…… 나라면 이동의 문을 파괴하려고 할 때 폭발물을 어디에 설치했을까. 어디다 설치하면 완전 쑥대밭을 만들어놓았다고 소문이 날까……." 이런 종류의 일에서는 가장 전문가라고 할 수 있는 칼이 생각에 잠긴 얼굴로 중얼거렸다.

칼은 주위를 둘러보다가 미소를 흘렸다.

"당연히 지하실이지! 건물의 기반을 폭파하면 성이 와르르 무너진단 말이지. 바로 그거야!"

그사이에 파브리스가 숨 넘어가는 얼굴로 돌아왔다.

"됐어. 모두 자기 집으로 돌아갔어. 간신히 걷는 아빠를 부축해서 동네에 있는 거스의 집에 모셔다놨어. 내막을 모르는 이웃 사람들에게는 가스 누출 사고가 있어서 회사에 연락했으니까 나는 성에 가봐야 한다고 말하고 돌아온 거야. 어떻게 됐는데? 폭탄은 제거했어?"

"아니, 지하실에 있다는 것이 칼의 생각이야."

파브리스의 표정이 시큰둥했다.

"지하실? 나는 거기는 아니길 바란다. 고양이와 개가 있는데도 지하실에 쥐랑 벌레가 우글거리거든."

"블롱딘과 쉬바를 데리고 가면 쥐들은 줄행랑칠 테니까 걱정 마라." 칼이 깔깔대고 웃었다. "지하실로 출발! 거기서부터 시작하자!"

야호! 칼은 속으로 쾌재를 불렀다. 거미랑 뾰족뒤쥐는 기본일 텐데. 우헤헤헤. 여자아이들이 얼굴은 웃고 있지만 께름칙한 기색이 역력했다. 야수 모습의 무아노는 오만상을 찌푸렸다. 파프니르는 눈도 깜짝하지 않았다. 아더월드의 광산에는 그보다 무시무시한 벌레가 얼마나 많은데 그까짓 것쯤이야, 하는 얼굴이었다.

파브리스는 지하실 입구에 놓인 랜턴을 친구들에게 나눠주었다. 계단 부근의 복도는 훤하고, 비교적 깨끗했다. 그러나 구불구불한 지하실로 들어서자 조명이 흐려지는 것이 곤충들의 세상이었다. 표범 쉬바가 먼지 때문에 재채기를 하면서 울음소리를 내자 여우 블롱딘도 캥캥거렸다. 무아노도 예민한 후각 때문에 참기 힘든지 인간으로 변신했다. 대부분 포도주 저장고로 사용하는 지하실은 어두컴컴해서 랜턴을 켜야 했다. 두 소녀가 은근슬쩍 소년들에게 다가섰다. 타라가 축소한 갈랑은 세월의 때가 덕지덕지 않은 문에 은빛 날개가 닿으면서 더러워지자 항의하는 울음소리를 냈다.

"에이 씨, 무슨 집이 이렇게 크냐!" 칼이 투덜거렸다. "이런 집은 거저 줘도 난 안 살아! 마법도 안 되고! 40분도 안 남았다는데 미치겠네!"

"우리 조상들이 지은 성이야. 세대가 바뀔 때마다 확장하고 단장해서 그래." 파브리스가 설명했다. "여기는 뭔가를 감추는 데는 정말 이상적인 곳이지!"

갑자기 통로가 여러 개로 갈라졌다. 그들은 거기서 흩어지기로 결정했다. 도둑이라 경험이 많은 칼은 혼자 움직이기로 했고, 로빈과 타라, 무아노와 파브리스, 파프니르와 마니투가 각각 조를 이루었다. 위에 남은 드래곤은 마법을 사용하여 하르퓌아들의 흔적을 찾고 있었다.

이때부터 칼은 정신없이 불려다녔다. 아더월드의 폭탄은 전지와 전선을 이용하여 전자공학기술로 만든 상식적 수준의 폭탄이 아니었고, 그 생김새를 아는 사람은 칼밖에 없었다. 그래서 그들은 수상쩍은 물건을 발견하면 일일이 칼에게 확인해야 했다. 파브리스의 조상들은 이상한 물건을 왜 그렇게 많이 모아놨는지!

"칼! 이리 와서 이것 좀 봐!" 타라가 발로 바닥을 탁탁 치는 것으로 쥐 두 마리와 왕거미 세 마리를 쫓으면서 말했다.

칼이 뛰어가서 타라가 찾아낸 상자를 보고는 고개를 흔들며 돌아갔다.

"엄마야, 칼! 이거 아냐?" 무아노가 소리쳤다.

무아노는 황급히 기어가는 지네를 떼어내고 검은색 망치 같은 것을 흔들었다.

칼은 고개를 내저었다.

"칼! 이상한 게 있어!" 파브리스가 외치면서 흉측하게 조각된 상자를 가리켰다.

칼이 또다시 고개를 설레설레 저었다.

그렇게 이리 뛰고 저리 뛰어다닌 지 10분쯤 지나자 칼은 숨을 헐떡였다. 이제는 지하실에서 가장 안쪽에 있는 방만 살피면 되었다. 그들은 다시 모였다.

"들어가자." 파브리스는 마지막으로 남은 문을 밀면서 말했다.

문은 열리지 않았다.

"어쭈! 얘는 또 왜 이래!" 파브리스가 투덜거렸다.

"밀지 않고 잡아당긴 거 아니냐?" 칼이 물었다.

"내가 바보냐? 문이 꿈쩍도 안 해. 문짝이 밀리지가 않아."

"열쇠로 잠근 거 아냐?"

"이상하네." 파브리스는 눈살을 찌푸리면서 대답했다. "여긴 귀중품이 없는데 뭐 때문에 잠갔겠어? 습기 때문이라면 자물쇠에도 녹이 슬었을 텐데……."

"그럼 이제 슬슬 전문가가 나서 볼까." 칼이 씨익 웃었다.

칼이 카나리아에게 눈독을 들인 고양이 같은 얼굴로 마법복에서 연장을 꺼내더니 만지작거리고 당기고 밀고 발로 차고 주먹으로 치고 별짓을 다해봤지만 문은 꿈쩍도 하지 않았다.

"어때?" 로빈이 조바심쳤다.

"열쇠로 잠겼어. 정말 이상해. 왜 안 열리는지, 귀신이 곡할 노릇이네."

"너 도둑 전문가가 되고 싶은 거 확실하냐?" 파브리스가 비아냥거렸다.

"이거 왜 이러시나. 내 손이 닿으면 어떤 자물쇠든 못 여는 게 없다고. 보여줘?"

그렇게 말하면서 칼이 열려 있는 맞은편 방문을 향해 돌아섰다. 칼은 그 문을 소리 나게 닫고 자물쇠 쪽으로 몸을 숙였다. 찰칵, 하는 소리가 나자 칼이 허리를 세웠다.

"자, 네가 한번 열어봐." 칼이 파브리스에게 제안했다.

파브리스가 손잡이를 돌렸지만 문은 완전히 잠겨 있었다. 칼은 빙긋이 웃으면서 눈 깜짝할 사이에 문을 다시 열었다.

"봤냐? 이건 기술이 문제가 아니라 뭔가 다른 이유가 있는 거야. 타라!"

"응?"

"만능열쇠 갖고 있지?"

"물론이지. 그걸 깜빡했네."

타라는 체인지라인의 주머니를 뒤져서 칼이 선물로 주었던 만능열쇠를 꺼냈다. 타라는 몸을 숙이고 금빛 막대기를 자물쇠 구멍에 집어넣었다. 타라의 손에서 만능열쇠가 돌아가는 듯하다가 꿈쩍하지 않았다. 열쇠를 돌려봤지만 마찬가지였다.

"에이, 할 수 없네." 얼굴이 일그러진 칼이 구시렁거렸다. "마법으로 해보자, 이 정도는 간단하게 열려야 정상인데."

칼은 물러서서 주문을 읊었다.

"데베루일루스의 이름으로 열쇠 없이도 문은 열리거라!"

비협조적인 문은 삐걱거리는 소리조차 나지 않았다.

"비정상이야." 시간은 자꾸 흘러가는데 성과가 없기 때문에 점점 초조해진 로빈이 말했다. "내가 해볼게. 데베루일루스의 이름으로 마법은 문을 여는 능력을 보이거라!"

문은 그들을 비웃듯 두 개의 주문에 아랑곳하지 않았다.

"잠깐!" 무아노가 불쑥 외쳤다.

칼에게 다가선 무아노는 손가락으로 문짝을 만지면서 주문을 외웠다.

"미니아투루스의 이름으로 칼은 내가 마음대로 데리고 다닐 수 있게 줄어들어랏!"

"야, 너 뭐야?" 칼이 따지듯 항의했다.

그러나 놀랍게도 칼은 눈곱만큼도 작아지지 않았다. 안심한 칼은 여기저기 몸을 만져보면서 무아노를 째려봤다.

"너, 돌았냐? 왜 이러는데?"

"까칠하기는, 주문이 작동되지 않는다는 걸 확인해보려고 그랬어." 무아노는 배시시 웃으면서 대답했다. "이 문 부근에서는 마법이 통하지 않는다는 뜻이야. 여기 폭탄이 있는 것 같아, 칼. 엄청나게 강력한 방어 주문이 걸려 있어서 문을 절대 열지 못할 거야, 이런 식으로는."

"그래?" 타라는 물러서면서 성난 어조로 말했다. "좋아, 그럼 어디 한번 해보자. 살아있는 돌?"

"잠깐, 타라!" 파브리스는 질겁한 어조로 말했다. "낡은 성이라서……."

"시간이 없어!" 타라는 친구의 말을 잘랐다. "네 힘을 빌려줘, 살아있는 돌! 박살 내야 할 문이 있어."

살아있는 돌은 타라와 함께 뭔가를 산산조각 내는 것이 정말 즐거웠다. 오랫동안 힘을 쓰지 못했던 살아있는 돌은 몹시 반가

위했다.

"내 힘을 원해? 줄게, 줄게!"

타라의 손에서 파란 광선이 번쩍이면서 눈도 새파래지고 흰 머리털이 찌지직거리자, 친구들과 증조할아버지는 슬금슬금 옆방으로 피신했다.

타라는 광선을 축소하기 위해 마법에 집중했다. 튀어나가고 싶어 안달이 난 광선이 윙윙거리더니 차츰 손을 에워싸는 후광까지 파랗게 변했다. 멀거니 쳐다보는 친구들은 여차하면 바닥에 엎드릴 자세였다.

그러나 그럴 필요는 없었다. 타라가 마법의 광선을 놓아주자 박차고 나오는가 싶더니…… 이게 어찌 된 일인가, 문 바로 앞에서 광선이 눈 녹듯 사라지는 것이 아닌가.

뜻밖의 현상에 깜짝 놀란 타라는 멀쩡한 문짝을 뚫어져라 쳐다봤다.

친구들도 믿기지 않는 얼굴로 나왔다.

"타라! 믿을 수 없어!" 무아노가 외치면서 문짝을 만져봤다. "스친 흔적도 없어!"

"어럽쇼!" 칼이 고개를 갸웃했다. "이건 믿을 수 없는 정도가 아니라 중대 사건이다! 네가 이 성을 색종이 조각처럼 날려버릴 거라고 생각했는데!"

"이 정도의 능력은 없어, 하르퓌아들은." 무아노는 손가락으로 구불구불한 머리털을 돌돌 말면서 지적했다. "우리의 적이 누구 인지는 몰라도 이건 아더월드의 마법 기술이야. 하르퓌아들이 그 기술을 사용하고 있잖아. 포로의 말이 거짓이 아니었어."

자신의 강력한 마법에 익숙해 있는 타라는 실패했다는 것에 어안이 벙벙했다. 갑자기 현기증을 느낀 타라는 로빈이 아프다는 걸 까맣게 잊었는지 너무나 자연스럽게 몸을 기댔다. 아직 성치 않은 몸으로 엉겁결에 타라를 안게 된 로빈은 행여 쿵쾅쿵쾅 두 방망이질 치는 가슴을 들킬까 조마조마했다.

"마법이 모든 문제를 해결해줄 거라고 기대하지 말라는 교훈 인가 봐." 타라는 마지못해 로빈에게서 몸을 떼며 중얼거렸다.

하프엘프에게서 초목과 들꽃 냄새가 뒤섞인 싱그러운 향기가 났다.

"이제 어떡하지?" 타라는 냉정함을 되찾았다. "폭발하기 전에 걸음아 날 살려라 도망쳐야 되나?"

"아니지, 내가 아직 안 해봤는데." 파프니르는 도저히 자존심 이 허락지 않는다는 얼굴로 내뱉었다. "그놈의 마법이 듣지 않으 니 이번에는 내가 솜씨를 보여주지."

파프니르가 벽에 다가서서 손을 대면서 난쟁이 종족의 특별한 능력으로 돌을 뚫고 들어갈 준비를 했다. 칼은 난쟁이가 그럴 때마다 온몸에 소름이 쫙 돋았다.

그러나 난쟁이의 능력도 통하지 않았다. 파프니르가 있는 힘을 다해 밀었지만 손은 벽을 뚫지 못했다. 얼굴이 벌게질 정도로 화가 난 파프니르는 도끼를 쳐들고 문을 내리찍었다.

콰과가아아앙! 헛쳤을 때 나는 소리가 맥빠지게 울리자, 약 먹은 벌처럼 부르르릉 떠는 도끼에 난쟁이가 매달렸다. 보기만 해도 소름이 끼치게 날카로운 날이건만 문짝은 찍히기는커녕 긁힌 흔적도 없었다.

도끼에 매달려 같이 덜덜거리던 파프니르가 발딱 내리더니 인상을 팍 쓰면서 문 앞에 버티고 섰다. 그리고는 목에 핏대를 세우면서 말했다.

"타라?"

"왜, 파프니르?"

"내 장갑 아니, 네 장갑 갖고 있지? 내가 선물했던 초강력 장갑 말야."

"물론이지!"

"이리 줘봐."

타라는 얼른 장갑을 꺼냈다. 파프니르는 장갑을 끼고 펄쩍 뛰어오르면서 문에 강편치를 날렸다. 상상을 초월하는 충격에 성 전체가 흔들리고 먼지가 눈 오듯 휘날렸다.

그들은 문을 쳐다봤다. 문이 비웃는 시선을 보내는 것 같았다.

"다른 방법 없을까? 빨리 해야 돼. 20분도 안 남았어."

"와, 얘가 내 성질을 건드리네." 장차 면허 받은 도둑이 될 사람의 명예에 대한 도전으로 받아들이는 듯 칼이 문을 노려보면서 말했다. "어머니는 어떤 문제든 한 가지 해결책은 있는 법이라고 늘 말씀하셨어. 이 방에 폭탄이 있다고 가정하고 생각해보자. 이 방은 앞면과 바닥, 두 면은 확실히 방어가 되어 있어. 그런데 방은 육면체잖아. 하르퀴아들이 한 면쯤 빠뜨리지 않았을까?"

"잠깐!" 파브리스가 외쳤다. "맞는 말이야! 내가 올라가서 천장을 확인해볼게."

"좋아." 로빈이 말했다. "내가 오른쪽 면을 확인할 테니까 타라와 무아노는 왼쪽 면을 살펴봐."

그러나 잠시 후 그들은 어깨가 축 늘어져서 돌아왔다. 영악한 것들…… 천장과 좌우측면은 방어가 되어 있었다.

"그럼 뒷면은?" 타라는 희망을 잃지 않고 물었다.

파브리스는 생각에 잠겼다.

"설계도에 따르면 지하실에 있는 방들의 뒷면은 성벽과 맞닿아 있어. 하지만 아버지가 오래전에 벽을 깨끗이 청소하고 습기를 방지하기 위해 틈새를 막아버렸단 말야."

후닥닥 뛰어나간 그들은 셈 선생님에게 실패할 경우에는 성을 나가야 한다고 알렸다. 건물의 뒤쪽으로 멋지게 펼쳐진 잔디밭은 지하실에서 4미터 위에 있었다.

"그래서 어떡하자고?" 입을 실룩거리며 땅을 살피던 로빈이 물었다.

"선택의 여지가 없어." 타라가 대꾸했다. "폭탄을 제거하는 수밖에."

"하지만 저 땅을 파는 데만 며칠은 걸릴 텐데." 무아노는 실망한 기색이 역력했다. "그리고 마법을 써서 벽을 뚫으면 엄청난 결과를 초래할 수도 있어. 내가 야수로 변신하면 땅을 더 빨리 파낼 수는 있겠지만……."

타라는 흰 머리털을 움켜잡고 질겅질겅 씹으면서 말했다.

"잠깐, 좋은 생각이 있어! 원소들은 아더월드에만 있는 것이 아니라 지구에도 있어. 불의 원소가 우리 집을 파괴하려고 했고, 파란 땅신령들을 구하기 위해 우리가 물의 원소와 싸웠던 적도 있잖아. 흙의 원소도 있겠지?"

"그래, 맞다!" 칼은 자기가 먼저 그 생각을 하지 못한 것에 화가 난 얼굴이었다. "흙의 원소를 부르자. 이 정도의 흙은 눈 깜짝할 사이에 먹어치울 거야."

"흙의 원소를 어떻게 부르는지 알아?" 타라가 물었다.

칼은 천연덕스럽게 대답했다.

"나? 나야 모르지."

"음, 저기, 내가 알아." 모든 형태의 원소를 연구해온 무아노가 말했다. "기억나는 대로 한번 해볼게."

무아노는 주문을 읊었다.

"엘레멘투스 아플리카투스 테라 테라 테라!"

콰르릉, 이상한 소리가 나더니 반짝이는 운모, 모래, 흙, 뿌리로 이뤄진 거대한 진흙 덩어리가 불쑥 유형화되었는데 그 표면에 지렁이와 풍뎅이같이 생긴 온갖 벌레가 바글거렸다. 머리에는 초록색 풀 왕관을 쓰고, 갈고리 같은 손가락들은 말라죽은 삭정이였다. 몸뚱이에서 작은 진흙 덩어리들이 뚝뚝 떨어지고 있었다. 무아노는 새파랗게 질렸지만 뒷걸음치지 않았다.

"이야아아얍!" 흙의 원소가 기지개를 켜면서 화강암 송곳니들이 번쩍이는 입을 쫙 벌렸다. "아, 잘 잤다. 무슨 일이냐, 꼬마야?"

찍소리도 내지 못하게 깔아뭉개고도 남을, 키가 10미터가 넘는 존재와 마주선 무아노는 정중하게 예를 표하기로 했다.

"위대한 흙의 원소여, 하르퓌아들이 이곳을 파괴하려고 폭탄을 설치했습니다. 당신의 도움을 받아 성을 파괴하지 않고 폭탄이 숨겨져 있는 장소까지 터널을 파려고 합니다. 부탁을 들어주시겠습니까?"

"기꺼이 해주마, 꼬마야. 그리고 그 대가는?"

전혀 예상하지 못한 요구에 무아노가 당황하자, 파프니르가 재빨리 나섰다. 물의 원소와 싸울 때 익사할 뻔했던 경험 때문에 이 이상한 종족의 취향을 파악하고 있었던 것이다.

"흙의 원소여, 터널을 파면서 그 흙과 성 주변에 있는 장미나무를 실컷 먹을 수 있는데…… 마음에 들어요?"

파브리스가 끄응, 신음소리를 내면서 째려봤지만 난쟁이는 못 본 체했다.

흙의 원소는 몸을 숙이고 흙의 맛을 보더니 흡족한 어조로 말했다.

"음, 아주 맛있어. 꼬마야 만족스런 대가로구나. 모두 비켜 있거라, 너희의 연약한 몸이 다치는 건 원치 않으니까."

그들은 두말없이 수락하고 황급히 물러섰다.

순식간에 회오리로 변한 흙의 원소가 성벽을 따라 흙을 빨아들이기 시작했다.

그런데 그들은 요란한 소리가 난다는 걸 미처 생각하지 못하고 있었다.

우르르릉 콰쾅쾅, 회오리바람 소리가 요란하게 울리자, 마을로 피신해 있던 성의 고용된 사람들과 마을 사람들이 현관 밖으로 머리를 내밀고 저 멀리서 벌어지고 있는 광경에 어리둥절했다.

그사이에 셀레나와 메델루스와 함께 도착한 이사벨라는 급한 대로 무작정 마을 사람들에게 망각의 민투스 주문을 날렸다. 마을 사람들은 어머, 내가 왜 이러고 있지? 하는 머쓱한 표정을 지으면서 집 안으로 들어갔다. 셈 선생님도 다가왔다.

"또 무슨 일이니?" 셀레나가 외쳤다. "타라?"

"폭탄이 어디 있는지 알았는데 접근할 수가 없어요." 칼이 말했다. "그래서 방법을 궁리하던 끝에……."

아무 말도 듣지 못한 메델루스는 불안한 얼굴로 다가와서 쉰 목소리로 물었다.

"흙의 원소가 왜 땅을 파고 있는 거니?"

칼은 인내심을 가지고 반복했다.

"저 아래 지하실에 폭탄이 숨겨져 있어서 흙의 원소가 터널을 파는 거예요."

메델루스는 잠시 생각에 잠기더니 칼을 뚫어져라 쳐다보면서 말했다.

"글쎄, 잘 모르겠지만 지하실에서부터 시작하는 것이 더 간단할 텐데?"

칼은 눈이 똥그래져서 천연덕스럽게 말했다.

"아, 옳은 말씀이네요! 그럼 선생님이 내려가서 그 방문을 여는 즉시 우리를 부르세요!"

메델루스는 미심쩍은 시선으로 쳐다봤지만 칼은 시치미를 뚝 떼고 아주 천진난만한 표정을 지었다. 메델루스가 성을 향해 돌아서자 칼이 킥킥거리면서 외쳤다.

"농담이었어요! 사실은 주문이 통하지 않는 문이라서 아주 위험해요. 폭발하기까지 시간이 얼마 남지 않았으니까 내려가지 않는 게 좋을 건데요."

메델루스는 눈을 부릅뜨면서 물었다.

"얼마나 남았는데?"

"길어야 12, 13분이요."

셀레나의 약혼자는 폼 나게 망토를 걸치면서 말했다.

"시도해보는 것이 내 의무야!"

셀레나에게 멋진 모습을 보여주고 싶은 허세였을까, 메델루스는 성의 현관을 향해 멀어져갔다.

"그가 죽어도 내 잘못이라는 말은 아무도 하지 마라, 뭐." 칼이 투덜거렸다.

"얼마나 걸리면 끝날까?" 파프니르는 칼의 말을 잘랐다. "원소들의 습성과 능력을 생각해봤는데 난쟁이들은 왜 저들을 이용하지 않을까? 광산에 흙의 원소들이 있으면 정말 편리할 텐데. 왜 난쟁이들이 그 생각을 안 했는지 모르겠어."

"지구에 있는 원소들과는 달리 아더월드의 원소들은 노동의 대가를 금으로 받기 때문이겠지. 난쟁이들은 금을 내주기 싫어하는 걸로 아는데 아닌가?"

"진짜 웃기고 있어." 칼의 짓궂은 답변이 정확했기 때문에 기분이 더 상한 파프니르는 숨을 몰아쉬었다. "그러니까 오래 걸리느냐고?"

"아니, 흙이 부드러우니까 금방 끝날 거야. 째깍째깍 시간은 흘러가고, 폭발하기 직전에 폭탄의 뇌관을 제거하는 것은 내 취향이 아닌데 잘됐지, 뭐."

흙의 원소는 부지런히 움직였고, 이내 그들이 기다리던 내벽이 드러났다. 파브리스의 신호를 보면서 무아노가 이제 됐다고 소리쳤다.

먹어도, 먹어도 맛있는 흙을 아귀아귀 삼키던 흙의 원소는 못내 아쉬운 듯 입을 쩝쩝거리다가 일을 멈췄다.

"장미나무 맛이나 좀 보고 나서 떠나겠다. 다음에 또 도움이 필요하면 주저치 말고 나를 부르거라. 내 이름은 부르비에야."

무아노와 파브리스는 허리를 숙여 인사했다.

"고마워요, 부르비에 원소."

그때였다. 갑자기, 흙의 원소가 머리 역할을 하는 것을 감싸면서 고통스런 비명을 질렀다.

"아이고, 아파라! 아이고 아파라!"

흙의 원소가 몸을 홱 돌리더니 칼과 타라를 향해 어마어마한 주먹을 날렸다.

그러나 타라는 경계하고 있었다. 키가 10미터가 넘고 무시무시한 송곳니까지 있는 존재와 마주하면 조심해야 한다는 것을 타라는 경험상 알고 있었다. 그래서 타라는 만반의 준비를 한 채 체인지라인의 주머니 안에 손을 집어넣는 것으로 마법의 광선을 감추고 있었다.

바로 그 순간 느닷없이 그들의 머리 위로 나타난 번쩍거리는 마법의 방패에 주먹은 여지없이 빗나갔다. 그러나 흙의 원소가 언제 날렸는지 모를 또 다른 주먹 한 방에 타라와 칼은 그대로 나가동그라지고 말았다. 갈랑이 투레질을 하면서 쉬바와 함께 부르비에에게 달려들었다. 흙의 원소는 페가수스와 표범을 잡으려고 갈퀴 손을 마구 휘두르기 시작했다.

고개를 쳐들던 타라는 성난 얼굴로 지하실에서 돌아오는 메델루스를 보았다. 메델루스가 한 손을 뒤로 감추고 나직한 소리로 중얼거리고 있었다.

"무아노, 빨리 메델루스를 때려눕혀!"

타라는 부르비에의 위협적인 공격을 피하면서 외쳤다.

윙크 한 번으로 야수로 변신한 무아노가 메델루스를 향해 돌진했다. 무아노가 거칠게 날린 발차기에 메델루스는 땅바닥에 고꾸라졌다.

안 돼! 셀레나는 무아노가 이성을 잃었다고 생각하면서 약혼자에게 달려갔다. 그러나 무아노는 이미 비켜서서 네 발을 꼬아 털북숭이 몸에 딱 붙인 다소곳한 자세로 기다리고 있었다.

결과는 즉각적이었다. 부르비에는 타라와 칼에 대한 공격을 뚝 멈추고 몸을 털면서 진흙과 뿌리를 사방으로 뿌렸다.

"아니, 이게 어떻게 된 거지? 아이고, 머리통이야! 머리통이 욱신거려!"

"우리를 박살 내려고 했잖아요!" 칼이 쏘아붙였다. "타라에게 그러는 것은 이해한다고요! 하지만 나한테는 왜 그랬느냐 말예요? 내가 뭘 어쨌다고!"

진흙을 뒤집어쓴 타라는 힘겹게 일어났다. 체인지라인이 소리가 들릴 정도로 구시렁거리면서 더러운 것을 사라지게 했다.

타라는 칼과 함께 메델루스가 쓰러져 있는 데까지 절뚝거리며 걸어갔다. 셀레나는 레파루스 주문을 읊었고, 메델루스의 턱에 생긴 파란 멍이 사라졌다. 메델루스는 눈을 끔벅거리더니 몸을 일으켰다.

"흙의 원소가 우리를 공격한 거요?"

"아뇨." 셀레나가 어두운 표정으로 대답했다. "당신을 공격한 것은 무아노였어요. 그렇지 않아도 납득할 만한 설명을 지금 들을 참이에요."

거대한 야수는 난처한 듯 몸을 흔들었다.

"타라가 시키는 대로 한 건데 적중했어요. 즉시 흙의 원소가 공격을 멈췄으니까요!"

셀레나는 어이가 없다는 얼굴로 무아노를 쳐다보다가 일어났고, 타라를 멀찍이 데려가면서 나직한 소리로 물었다.

"왜 그랬어? 메델루스를 의심하는 거니?"

"네, 나를 죽이려고 했어요." 타라는 냉큼 대답했다.

가슴이 철렁한 셀레나는 한 걸음 뒤로 물러섰다.

"타라! 너 어떻게 메델루스가 너를 해치려 한다고 생각할 수 있니? 나와 오래전부터 아는 사이야! 온화하고 다정하고 점잖은 신사란 말야!"

"예전에 부디우 부인도 그랬죠! 다정하고 친절하고!" 흙의 원소가 자기도 죽이려고 했기 때문에 격분한 칼이 나섰다. "사람은 변해요. 10년 동안 저분을 만나지 않았잖아요. 그동안 무슨 일이 있었는지 누가 알겠어요? 상그라브가 되었을 수도 있고, 또 우리가 모르는 이유 때문에 타라의 적이 되었을지도 모르죠. 그리고 왜 나까지 공격했는지 그 이유를 알아야겠어요!"

타라는 어머니의 눈에서 순간적으로 스쳐 지나가는 의혹의 빛을 읽었다.

"정말 무슨 소린지 모르겠구나." 메델루스는 어처구니가 없다는 표정으로 천천히 일어나면서 물었다. "랑코비트의 글로리아 공주가 나를 공격한 이유에 대해 뭐라고 설명했지?"

파프니르는 단도직입적으로 대답했다.

"선생님이 타라를 죽이려 한다고 생각했대요."

"나도 죽이려고 했어요." 칼도 한마디했다. "타라와 칼을!"

"세상에, 타라와 칼을!" 파프니르는 웃음기라고는 없는 뻐딱한 얼굴로 가시 돋친 말을 내뱉었다. "무아노가 착한 애니까 그 정도로 끝냈지 나였다면 도끼를 썼을 거예요."

메델루스는 눈살을 찌푸렸다.

"난 그런 짓을 하지 않았어!"

"하지만 주문을 읊었잖아요!" 타라가 받아쳤다.

"천만에!" 메델루스는 반박했다. "흙의 원소를 제압하려고 주문을 읊으려는 순간 글로리아 공주가 나를 공격했어. 대체 내가 왜 너와 칼을 죽이려고 하겠니?"

"나는 사람들이 왜 나를 죽이려 할까, 하는 의문을 집어치운 지 이미 오래되었어요. 미치광이들의 세상에서 살아남으려고 나는 안간힘을 쓰고 있다고요!" 타라는 신랄하게 응수했다.

"너무 어이가 없군!" 메델루스는 신경질적으로 외쳤다. "너는 내가 사랑하는 여자의 딸이야!"

물론 표면적으로만 보면 메델루스에게 타라를 공격할 이유는 없었다.

메델루스를 관찰하고 있던 셈 선생님이 사태에 대한 결론을 내렸다.

"그 폭탄에 함정이 있을 가능성이 있어. 문을 건드리는 순간 메델루스를 점령한 주문이 흙의 원소를 조종한 것이라고 봐야지. 그래서 메델루스가 영문을 모른 채 주문을 읊자 흙의 원소가 공격한 거야. 문을 건드리는 사람이 위험 인물인지 신원을 확인해 두는 장치가 있었겠지. 흙의 원소가 칼과 타라를 공격한 것은 그때문이야."

"그럴 쭈 있쩌요." 아직 흥분한 상태인 무아노는 다시 혀 짧은 소리로 말했다. "그게 흉악한 폭탄의 방어장치인 것이 틀림없어요. 그러니까 이 쩡이 박짤 나기 전에 당장 폭탄의 뇌관을 제거해야 돼요!"

흙의 원소는 으르렁거렸다. 허락도 받지 않고 자기를 갖고 놀다니, 씩씩거리던 흙의 원소는 메델루스의 사지를 부러뜨릴 수 없다는 걸 알고 몹시 실망하는 것이 역력했다.

타라는 자신이 지나쳤다는 것을 인정하고 메델루스에게 정중하게 사과했다.

그러나 파프니르는 아니었다. 파프니르는 메델루스를 감시하기로 마음을 굳혔다. 메델루스는 난쟁이의 따가운 시선을 느꼈다.

"범인을 잡으면 놈을 내게 넘겨주겠는가?" 흙의 원소 부르비에가 기대에 차서 물었다.

"음, 그건 안 된다." 셀레나가 대답했다. "살인미수죄와 의식을 가진 존재를 멋대로 조종한 죄를 처벌하는 법이 따로 있으니 범인은 법의 심판을 받게 된다. 그러니 걱정하지 말거라, 부르비에."

흙의 원소는 반박했지만, 셀레나는 확고했다.

영리한 칼이 나서서 장미나무를 가리키며 대가로 약속한 두 번째 몫을 상기해주었다.

흙의 원소는 커다란 진흙 혀를 날름 내밀고 입맛을 다시더니 걸음을 뗄 때마다 쿵쿵, 땅을 뒤흔들면서 멀어져갔다.

"맛있게도 냠냠!"

칼은 울상이 되는 파브리스를 보면서 소리쳤다.

그들은 파브리스가 뭐라고 중얼거리는지 정확하게 이해하지는 못했지만 "아버지", "이제 난 죽었다", "장미나무"라고 하는 말은 또렷이 들렸다.

그들은 구덩이를 향해 돌아섰다. 흙의 원소가 공격하는 바람에 그들은 귀한 시간을 허비하고 있었다.

돌이킬 수 없는 실수였다. 이제 남은 시간은 6분.

이대로 물러날 그들인가, 칼과 로빈은 서둘러서 구덩이로 내려가는 계단을 만들었다.

엄숙한 침묵이 흐르는 가운데 칼이 다가서서 조심스럽게 내벽에 손을 대고 중얼거렸다.

"*우베르투스의 이름으로 벽은 벌어지되 성에는 피해를 입히지 말거라!*"

칼 바로 앞에서 여러 개의 돌이 빙그르르 돌면서 작은 통로가 생겼다. 칼이 지르는 환호성에 모두 소스라치게 놀랐다.

"그러면 그렇지! 하르퓌아 주제에! 우리가 뒤로 들어올 줄은 생각도 못했을 거다! 멍청한 것들! 기막혔어! 내가 생각해도 나는 놀라운 아이야!"

"알았어, 알았다고!" 보다 못한 로빈이 재촉했다. "그 자화자찬을 언제까지 들어야 하는데? 이러다가 언제 들어가서 폭탄을 제거하겠어?"

"내가 들어갈 거니까 걱정 마셔." 칼이 딱 잘라 말했다. "도둑인 내가 들어가야지 어떻게 하는지도 모르는 너희가 들어가서 뭐해? 너희는 벽이 무너지지 않게 보강이나 하고 있어. 3분이면 되니까. 내가 나오지 않으면 누구든 들여보내. 기왕이면 우리 중에서 가장 강력한 사람이 좋겠지. 알았지?"

"가장 강력한 사람은 왜?" 무아노는 질겁했다.

"이 폭탄은 일종의 보물인데 허술할 리가 없어. 폭탄에 다른 주문을 걸어놓았을 가능성이 백 퍼센트야. 내가 나오지 않는다는 것은 무슨 일이 일어났다는 뜻이니까."

"여럿이 들어가는 건 어때?"

로빈이 안심이 안 되는 표정으로 물었다.

"그건 안 돼. 함정이 있을지도 모르니까 내가 일단 알아내야지. 너희는 내벽을 튼튼하게 하면서 기다려."

무아노와 파브리스는 순순히 말을 들었다. 파브리스는 성이 손상되지 않도록 마법의 강도를 높였다. 칼은 구멍을 넓힌 다음 블롱딘을 데리고 내려갔다.

타라는 몹시 불안했다. 영화 속에서는 뇌관을 제거해야 하는 폭탄 주위에 항상 함정이 있었다. 모든 예상을 깨고 느닷없이 펑!!! 폭탄이 터져버리면? 혹시라도 그들이 뒤쪽으로 들어오리란 것을 하르뤼아가 예측했다면 얘기가 달라지는 것이 아닌가!

하얀 머리털이 찌지직거리기 시작했기 때문에 타라가 마법의 광선을 발사할 만반의 준비를 하고 손톱을 쳐다보고 있을 때였다. 의기양양하게 나타난 칼이 사람 머리만 한 크기에 빨간 가시 같은 것들이 박힌 검은 덩어리와 번쩍번쩍 빛나는 돌을 휘둘렀다.

"해냈어! 아주 간단하더라고!" 칼이 소리쳤다. "그리고 살아있는 돌도 발견했어! 살아있는 돌이 폭탄을 터뜨리게 되어 있었는데 내가 설득했지. 우리가 같이 뇌관을 제거했으니까 이젠 위험하지 않아."

그 순간 타라의 주머니에서 살아있는 돌이 꿈틀거리더니 칼이 들고 있는 울퉁불퉁한 돌을 향해 빛의 촉수를 뻗었다.

잠시 후 타라의 살아있는 돌이 말했다.

"굉장히 지쳐 있어. 하지만 구해준 것에 대해 몹시 고마워하고 있어! 칼이 친절하고 사랑스럽고 매력적인 소년이래!"

칼의 얼굴이 홍당무가 되었다.

"고맙다고 전해줘. 별것도 아닌데!"

"아니, 아니, 네가 나이프, 데스트룩투스 주문, 독침, 목 조르는 그물들을 아주 잘 피했대!"

파브리스는 어이없어하면서 칼을 쳐다봤다.

"간단했다면서?"

"아, 그러니까 그게 아주 위험하진 않았다는 거지. 굳이 말할 필요가 없는 일이었어. 저기 말야, 살아있는 돌, 네 친구에게 이제 다 끝난 일이니까 그렇게 시시콜콜 말할 필요는 없다고 전해줘, 제발!"

하지만 너무 늦었다. 제2의 돌은 칼이 비밀리에 넘어가려고 하는 것을 폭로했다.

"장애물을 통과하기 위해 발가벗은 것은 아주 기발한 생각이었대. 옷을 입었다면 거치적거려서 폭탄의 안전 장치가 벗겨졌을 거라면서!"

푸하하하, 파프니르가 웃음을 터뜨렸다.

"홀딱 벗고 폭탄을 집어드는 모습…… 와 아깝다, 그건 꼭 봤어야 하는 건데!"

"됐어, 됐으니까 그만해. 아이 참, 더 말할 필요 없다니까. 와, 진짜 도와주질 않네."

동시다발로 터지는 친구들의 웃음소리 때문에 칼은 툴툴거리면서 구덩이에서 올라왔다.

"거참, 알 수 없는 일이네!" 영혼 약탈자의 속박에서 살아있는 돌을 구해냈던 마니투가 지적했다. "마법의 돌은 아주 희귀하단 말야. 내가 알기로 타라의 돌은 의사소통이 되는 유일한 돌이야. 우리가 흑장미 섬을 나온 뒤로 언어의 질이 많이 떨어진 이유는 이해되지 않지만. 이 제2의 살아있는 돌은 어떻게 여기 있는 걸까? 그리고 강력한 힘이 있어서 쓰임새가 많은 귀중한 돌을 이 정도의 일에 이용한 이유가 뭘까? 이 돌을 폭탄의 타임스위치로 만든다는 것은 돌의 가치를 떨어뜨리는 건데."

옳소, 지당한 말씀! 타라의 살아있는 돌이 동의한다는 표시를 했다.

셈 선생님과 무아노가 벽을 튼튼하게 보강하면서 구덩이를 메우자, 그들 모두 그 위에 올라서서 흙을 다졌다.

파브리스는 씁쓸한 얼굴로 구덩이가 잘 메워졌는지 확인했다.

매머드는 불만이 가득한 얼굴로 투덜거렸다. 나한테는 장미나무는커녕 작은 꽃잎 하나도 먹지 못하게 하더니 이건 너무 불공평하잖아!

"아버지한테 맞아죽을 거야!" 파브리스는 매머드의 불평이 귀에 들어오지 않았다.

"그 대신 수영장을 지어드리겠다고 해." 칼이 대꾸했다.

"모르는 소리 하지 마!" 파브리스는 절망적인 얼굴로 말했다. "아름다운 장미정원을 저 꼴로 만들어놓은 걸 보면 나를 그 수영장에다 빠뜨려 죽일 거다."

"성을 새로 짓는 것보다는 장미나무를 다시 심는 것이 더 쉽다고 말씀드리면 되지!"

누가 그걸 몰라서 이러냐? 파브리스는 칼에게 내가 너하고 무슨 말을 더 하냐는 얼굴로 고개를 설레설레 저었다.

"자, 해결됐으니 이제 떠날 채비를 하자." 이사벨라가 말했다. "예정대로 내일 떠날 거니까. 안전 조치로 이동의 문을 일시적으로 닫고, 오늘 밤은 타월과 망구스가 성을 지킬 거다."

"이 폭탄에 대해 수사를 좀 해야겠어." 셈 선생님이 혼잣말하듯 중얼거렸다. "아, 맞아, 이 방식으로 봐서 어쩌면……."

그들은 잠자코 기다렸지만 드래곤은 자신의 추론을 그들에게 말해줄 생각이 없는 눈치였다. 그는 입을 다물고 더는 아무 말도 하지 않았다.

타라는 순간적으로 어머니와 메델루스가 아니라 할머니 이사벨라와 드래곤을 결혼시키는 것이 나을 것 같다는 생각이 들었다. 의뭉스럽고 비밀이 많은 것에 대해서는 두 사람의 취향이 딱 맞지 않은가!

갑자기 찰카닥 소리가 나더니 제2의 살아있는 돌이 강렬한 빛을 번쩍였다. 그들은 어리둥절해서 칼의 손을 떠나 둥둥 떠오르는 검은색과 빨간색 폭탄을 쳐다봤다.

칼의 얼굴에서 5센티미터 떨어진 지점에서 터지도록 조작되어 있었단 말인가!

펑!!! 폭탄이 터졌다.

살아있는 돌의 죽음
어쩌다 드래곤이 다갈색으로 놀았을까

*

불덩어리 폭탄이 터지면서 칼날처럼 예리한 불꽃 파편이 사방으로 튀어나가고 있었다. 이글거리며 솟구치는 불꽃 파편 중 하나가 칼의 바로 코앞에서 멈췄다.

하마터면 지글지글 태워버렸을 불꽃 파편에 시선이 꽂혀서 사팔눈이 된 칼의 심장이 쿵쾅쿵쾅 엄청난 속도로 뛰고 있었다. 강력한 마력을 지닌 힘의 장막 때문에 불꽃 파편이 그대로 얼어붙은 것이 분명했다.

힘의 장막이 잘 버텨주기를 기도하면서 칼은 뒷걸음질쳤다. 친구들은 본능적으로 잔디밭에 납작 엎드렸고, 불덩이는 그들의 바로 머리 위에 있었다.

셈 선생님이 엄청난 힘을 쏟고 있는지 얼굴과 입매가 묘하게 일그러졌다. 지옥의 불을 얼음처럼 멈춰놓은 것이 바로 셈 선생님이었던 것이다.

폭탄이 떠오르는 것을 보는 순간 셈 선생님은 이미 주문을 읊고 있었던 모양이다. 파괴력이 엄청난 폭발을 제때에 막아준 덕분에 칼이나 다른 친구들은 무사할 수 있었다.

이제 남은 문제는 불덩어리를 제거하는 것이었다.

충격을 받아서일까, 셈 선생님은 드래곤으로 변해 있었다. 이어서 은빛 무늬가 아롱진 파란 날개를 활짝 펼친 용이 불덩어리를 뒤따라 마을 상공을 날고 있었다.

타공 마을 위로 불쑥 나타난 미니 태양이 진짜 태양과 잠시 경합을 벌이면서 부딪치는 소리에 땅이 흔들렸다. 그들은 한순간 드래곤이 죽었다고 생각했다. 그러나 갈색으로 그을리기는 했지만 두꺼운 가죽과 비늘 덕분에 드래곤은 잘 버텨냈다. 가볍게 착륙한 드래곤이 입버릇처럼 욕설을 내뱉었다.

"제기랄, 제기랄!"

칼은 어디 다친 데가 없는지 확인하기 위해 자기 몸을 구석구석 더듬었다. 충격을 받은 친구들이 칼을 에워싸고 있었다. 무사한 것을 보고 칼을 얼싸안고 기뻐할 만도 한데 친구들은 슬그머니 돌아섰다. 칼이 특히 여자친구들이 껴안아주는 것을 너무 표나게 좋아하기 때문이었다.

그 순간 애 끓는 소리가 들렸다. 살아있는 돌이 슬피 울고 있었다. 처음에는 이유를 모르다가 그들의 눈길이 제2의 살아있는 돌에 머물렀다. 제2의 살아있는 돌에서는 더 이상 빛이 나지 않았다. 이제는 의식도 생명도 없는 잿빛의 투박한 돌에 지나지 않았다.

"돌이 죽었어." 타라의 살아있는 돌이 분통을 터뜨렸다. "하르퓌아를 잡아서 회를 만들어버리겠어!"

"내 힘도 합치겠네." 드래곤은 살아있는 돌의 마력이 자신을 능가한다는 걸 알아차린 뒤로 조심스럽게 대하고 있었다. "그 소름 끼치는 폭탄을 설치하게 지시한 자는 년이든 놈이든 응분의 대가를 받을 것이니 그때까지 참게."

약간 얼이 빠진 칼이 드래곤을 빤히 쳐다보면서 말했다.

"도무지 이해할 수가 없어요." 칼은 목청을 돋우면서 말했다. "분명히 폭탄의 뇌관을 제거했는데!"

"이중 장치가 된 폭탄이었어." 마침내 폭탄의 종류를 파악한 로빈이 설명했다. "너는 뇌관을 제거했다고 생각했지만 사실은 아니었어. 두 번째 장치는 첫 번째 장치가 무력화된 뒤 10초에서 26시간 사이에 폭발하게 조작되었던 거야."

"그럼 미리 알려줬어야지!"

"그 장치를 만든 사람이 지구인들이라서 잘 몰랐어." 로빈이 미안해했다. "가공할 시스템이지. 첫 번째 폭탄이 터지고 구조반이 개입하면 그때 두 번째 폭탄이 터지는 거야. 그러니까 네가 폭탄의 뇌관을 제거했다고 생각하게 두었다가 주위에 사람들이 모여 있을 때 터지게 만든 장치지."

모두의 얼굴에서 미심쩍어하는 빛이 역력했다.

"정말 우리 지구에서 만든 폭탄이라는 거야?" 아연실색한 파브리스가 물었다.

"응, 마법의 영역이 아니라 기술 부분에서는 그래. 비마들은 파괴에 대한 욕망이 굉장해. 아더월드에도 지구의 것에서 아이디어를 얻은 무기들이 있어. 랑코비트에는 없지만 오무아에서는 시제품을 여러 개 만든 것으로 알고 있어. 오무아의 군사전략연구실에서 훔쳤…… 아, 미안! 말이 잘못 나왔어! 확인은 못했지만 그 원리는 알고 있었는데 폭탄이 공중 부양할 때에야 비로소 알아차렸어. 그래서 셈 선생님이 폭발을 막고 있다는 걸 너한테 알려줄 겨를이 없었어."

"저를 살려주셨으니 이제부터는 선생님께 제 목숨을 바치겠습니다." 칼이 엄숙하게 선언했다.

"에헴, 그렇게 말해주니까 내가 어찌할 바를 모르겠구나, 칼. 다음에는 더 신중해야 한다. 나는 안보회의에 참석해야 되고, 오무아에서 만든 폭탄이라는 것을 이제 알았으니 고도의 기술로 만든 무기가 어떻게 하르퓌아들의 수중에 들어갔는지 빨리 가서 조사를 해야겠다. 파브리스, 너는 이사벨라와 타라를 따라 스톤헨지로 떠나야 하니까, 대신 타쉴과 망구스가 네 아버지를 지킬 것이야. 문제가 생기면 타쉴과 망구스가 내게 연락할 것이다. 그러면 내가 즉시 치료사 샤먼을 보낼 테니 너무 걱정하지 말거라. 그러나 현재 상태로 보아 네 아버지는 괜찮을 거다."

그렇게 말하고 나서 셈 선생님은 질풍처럼 빠르게 달려갔다. 그제야 그들은 죽음의 문턱에서 살아남았다는 것을, 그리고 그들의 적은 어떤 위험도 무릅쓴다는 것을 깨달았다.

살인과 음모

어쩌다 목숨을 내놓아야 하는
수사에 뛰어들게 되었을까

*

오무아 제국의 7호 실험실, 난감한 표정의 친위대장 크산디아
르는 장갑 낀 손으로 머리를 긁적이고 있었다. 실험실을 얼마나
이 잡듯이 뒤지고 살피고 다녔는지 크산디아르의 주홍빛과 금빛
군복이 꾀죄죄하고 구깃구깃했다.

친위대장이 여제에게 제국의 후계자가 행방불명되었다는 보고
를 하고 있을 때였다. 드래곤 셈샤오비로다인트라쉬부가 타라를
찾았다는 메시지를 황궁에 보내왔다.

여제의 얼굴이 대번에 밝아졌다. 그러나 후계자가 즉시 돌아오
지 않는다는 걸 알았을 때 몹시 진노했다. 여제의 사촌동생 옥시
아 부인은 재빨리 깨지기 쉬운 도자기들에 보호 주문을 날렸다.

그러나 예상과 달리 여제는 용케 분노를 억제했다.

하필 그 순간에 유전학자가 사망했다는 보고가 들어오면서 친위대장은 얼떨결에 7호 실험실 사고에 관한 수사를 맡게 되었다. 처음에는 때마침 그 자리에 있다는 이유로 수사를 맡는 것은 부당한 처사라는 생각에 탐탁지 않았다. 그러나 예사롭지 않은 사건이라는 냄새를 맡은 지금은 달랐다. 정황상 납득이 가지 않는 미심쩍은 점들이 있었다.

첫째, 시신의 상태. 브르리르가 유전학자를 갈가리 찢어놓고 반으로 토막을 냈다는 점이 석연치 않았다. 브르리르의 습성을 조사한 결과 고양이과 동물이 다 그렇듯 학자의 목뼈를 부러뜨리거나 목을 물어뜯은 뒤에 내장과 나머지 살점을 뜯어먹는 것이 정상이었다. 그런데 학자의 몸은 완전히 두 동강이 나 있었다.

둘째, 피. 브르리르의 입에는 피가 묻어 있지만 털에는 묻어 있지 않았다. 학자의 몸이 두 동강이 났을 때 브르리르의 털에 피가 튀어 있어야 정상이었다. 그런데 전혀 그렇지가 않았다.

셋째, 브르리르의 철창우리. 어디 한 군데도 부서지지 않은 멀쩡한 상태로 활짝 열려 있었다는 것이 납득이 가지 않았다. 브르리르가 유유히 우리를 나온 것이 분명했다. 크산디아르는 사망한 유전학자 블루르 마브리를 잘 알고 있었다. 신중하고 꼼꼼한 사람이라 우리를 열어두었을 리 없었다. 부주의하거나 실수를 저지를 사람이 아니었다.

마지막은 결정적인 실마리를 제공했다. 실험실에 안티-템푸스와 안티-레벨루스 주문이 걸려 있어서 무슨 일이 일어났는지 시각화할 수 없었다. 무슨 이유로 실험실에 그런 주문들을 걸어놨을까? 크산디아르는 탐문수사를 벌였다. 7호실은 비밀 실험을 하는 곳이 아니었다. 그래서 안티-템푸스/레벨루스 주문을 걸어야 할 이유가 전혀 없었다. 그런데 이 사건이 일어나기 불과 일주일 전, 한 학자(블루르 마브리)가 비밀 실험실에서 실수로 폭발 사고를 내는 바람에 후미진 이 실험실로 옮겨서 위험한 연구를 진행했다는 정보를 입수했다. 만약 수사관들이 전혀 의심하지 않을 거란 생각에서 범인이 안티-템푸스/레벨루스 주문을 걸어놓았다면 큰 실수를 저지른 것이었다.

크산디아르는 미소를 지었다. 직관을 믿고 있는 그의 머릿속에서 '사고'가 '피살'이라는 단어로 방금 변했던 것이다.

그는 실마리를 쥐고 있었다. 이제부터는 그 이유뿐만 아니라 살해한 방법을 찾아야 했다. 몇 주 전 마지스터가 오무아 군대의 장군 좀비를 제거한 뒤로 크산디아르는 모든 사람을 의심의 눈초리로 살피는 편집증에 걸려 있었다. 악마 군단 사건을 획책한 주범이 아직 궁전에 있다는 것을 알고…… 아니, 느끼고 있었다.

크산디아르의 예리한 눈길이 실험실을 샅샅이 훑고 있었다. 시신이 쓰러진 현장 뒤쪽에 놓인 가구들에 핏방울 하나 묻지 않았다는 것은 학자가 살해될 때 그보다 키가 큰 무엇인가가 가로막고 서 있었다는 것인데……. 점점 호기심을 자극하고 있었다.

크산디아르는 시신 옆에 쭈그리고 앉아 유심히 살폈다. 장갑 낀 손으로 척추 뼈를 만져본 뒤에 메스로 표본을 추출하여 시험관에 집어넣자, 아까부터 그를 따라 얌전하게 둥둥 떠다니는 다른 시험관들과 합류했다. 그가 예상한 대로였다. 뼈는 엄청난 힘에 잘려나간 것이 분명했다. 브르리르가 힘이 세도 인간의 뼈를 이런 식으로 절단할 정도는 아니었다. 아더월드에서 그럴 수 있는 동물은 드물었다. 드래코-티라노사우루스라면 모를까. 그러나 드래코-티라노사우루스들은 엄중한 감시를 받고 있어서 우리를 도망쳐나올 수 없었다. 소름 끼치는 송곳니에 갈퀴발톱, 거기에다 키가 8미터나 되는 험악한 동물이 궁전을 돌아다녔다면 대번에 눈에 띄었을 것이다. 그럼 악마? 하지만 악마가 왜 학자를 죽이며, 또 죽였더라도 왜 그 범행을 숨기겠는가? 악마는 악행을 자랑삼아 떠벌리면 떠벌렸지 비밀에 부칠 존재가 아니었다. 용도 충분히 그럴 가능성이 있었다. 게다가 변신 능력이 있어서 여차하면 어떤 모습으로든 변신하여 감쪽같이 빠져나갈 수 있었다. 용의자의 범위는 좁혀졌다. 악마와 용, 둘 중 하나였다. 이제부터 흥미진진해질 것 같았다.

눈알을 열심히 돌리던 크산디아르는 하얀 점에 눈길이 꽂혔다. 허리를 숙이고 살펴보니 하얀 털이었다. 실험실에 새들이 있었으니 그중 하나에서 떨어진 털일 가능성이 있었다. 그러나 사고 현장에 있는 털이기 때문에 그는 일단 시험관에 집어넣었다. 시험관은 또다시 크산디아르의 등 뒤로 둥둥 떠올랐다.

크산디아르 수하의 수사관들은 유전학자의 문서를 살피고 있었다. 학자는 여러 가지 연구를 하고 있었기 때문에 책상에는 파일이며 서류가 잔뜩 쌓여 있었다. 크산디아르는 책상 앞에 앉아서 컴퓨터를 켰다.

컴퓨터에 눈 하나가 나타나더니 그를 뚫어져라 쳐다봤다. 이어서 입과 귀가 나타났다.

"친위대장!" 컴퓨터가 외쳤다. "알고 싶은 것은?"

"블루르 마브리가 진행하던 마지막 연구가 무엇인가?"

"스파슌과 녹음기의 결합. 학자는 아무도 꾸룩꾸룩 울어대는 스파슌을 경계하지 않는다는 점에서 착안하여 몇 마리를 살아 있는 스파이로 만들 계획이었음."

크산디아르는 회의적인 얼굴로 눈살을 찌푸렸다. 동물 보호단체가 스파슌을 악용하는 자들을 몰살하기로 결정한 것이라면 몰라도 그런 정도의 대수롭지 않은 연구 때문에 학자를 공격한다는 것은 아무리 생각해도 이해가 되지 않았다. 그건 아니었다.

"다른 연구는 없었는가?"

"나에게 마지막으로 입력된 자료는 5014년 파이초 27일로 기록되어 있음."

이런, 그렇다면 한 달도 넘었다는 건데…… . 거 참, 이상하군. 크산디아르는 뇌에서 연기가 풀풀 날 지경이었다.

"하지만 매일 이곳으로 출근했는데 마지막 작업이 한 달 전이라는 것은 이상하지 않은가?"

"그가 내 프로그램으로 작업을 한 뒤로 나는 아무것도 삭제하지 않았음. 따라서 그가 직접 자료를 삭제한 것이 틀림없음. 나중에 필요할 경우를 대비하여 비밀 데이터나 위험한 데이터를 따로 보관하려고 할 때 이따금 그랬음."

"그걸 뭐라고 하더라…… 아, 그래, 휴지통에는 남아 있겠지? 예를 들어 그가 무슨 작업을 했는지 알 수 있을 만한 것, 이를테면 읽기 전용 메모리라도 남아 있을 것 아닌가?"

"없음!" 기분이 상한 컴퓨터가 항의했다. "나는 지시를 받으면 정확하게 시행함. 삭제하라는 지시를 받으면 나는 아무런 정보도 남기지 않고 완전 삭제함. 그리고 나는 삭제하라는 지시를 받은 적이 없음. 나의 청렴결백한 프로정신을 의심하는 것임?"

"아니, 그게 아니다!" 컴퓨터의 격한 항의에 당황한 크산디아르는 얼른 뒷걸음쳤다. "혹시나 해서 그냥 물어본 것뿐이다!"

"그럼 이상 답변 끝."

크산디아르가 기이하고 난해한 모티브들이 떠 있는 화면을 살피는 동안 컴퓨터의 눈은 냉랭하게 쏘아보면서 아주 불쾌하다는 표시로 눈살을 찌푸렸다.

"하지만 나중에 그 데이터가 필요할 경우 사용하기 위해 그는 어떻게 했지?"

"콤팩트디스크나 디스켓에 저장해서 집으로 가져갔음."

크산디아르는 학자의 집을 수색해야겠다고 속으로 말했다.

"고맙다! 컴퓨터, 기분 상하게 할 생각은 아니었는데 나의 무례한 질문을 용서하기 바란다."

"알았음, 친위대장, 즐겁기도 했음." 컴퓨터의 기분이 누그러졌다. "어떤 것이든 내 도움이 필요하면 주저하지 말 것. 이제 접속을 끊겠음!"

눈, 귀, 눈썹, 입이 희미해지면서 컴퓨터가 꺼졌다.

크산디아르는 생각에 잠겼다. 그렇다면 학자가 비밀리에 어떤 연구를 하고 있었다는 것인데 그 일이 죽음과 관계가 있을까?

갑자기 어른거리는 거대한 그림자 때문에 크산디아르는 소스라치게 놀랐다.

그는 머리를 쳐들다 위로, 위로, 좀 더 위로 고개가 뒤로 꺾어질 듯이 뽑고 뽑았다. 아니, 이게 누구야, 잘 아는 드래곤이 우뚝 서 있는 것이 아닌가. 랑코비트에서는 늙은 마법사의 모습으로 다니는 것과 달리 오무아에만 오면 여봐란듯이 용의 모습을 드러내놓고 다니는 드래곤이었다. 용이라면 싫어하던 오무아 사람들이 팅가푸르와 제국을 위해 싸워준 뒤로 용에 대한 태도를 바꾸자, 능란한 정치가답게 드래곤은 그 점을 철저히 이용하고 있었다.

친위대장은 마치 폭발 사고를 당한 듯 드래곤의 온몸에 검댕이 앉은 것을 눈여겨봤다. 게다가 노란 눈빛은 우울하고 피곤해 보였다.

크산디아르는 몰골이 왜 저 모양이지? 하고 생각하면서 정중하게 인사했다.

"셈 선생님! 오무아에 돌아오신 걸 모르고 있었습니다. 후계자의 건강은 어떻습니까(목소리에서 후계자를 힘주어 발음하는 것이 느껴졌다)? 곧 돌아옵니까? 갑자기 떠난 이유가 뭐였습니까? 무슨 문제라도……."

드래곤은 따발총처럼 쏟아지는 질문에 정신이 하나도 없는 얼굴로 대답했다.

"자, 그럼 차례대로 대답하지요. 건강은 좋고, 나도 그러길 바라고 있고, 너무 지쳤기 때문인 것 같소. 근데 궁전에 무슨 일이 있습니까? 당신과의 면담을 청했더니 사고가 있었다고 하던데?"

크산디아르가 얼굴을 붉혔는데 군복과 어찌나 잘 어울리는 색깔인지 신기할 정도였다.

"그렇게 질문을 퍼부은 것을 용서하십시오!" 크산디아르는 정중하게 사과했다. "제국의 후계자가 행방불명되는 바람에 얼마나 마음을 졸였던지…… 우리 안기부의 부주의로 또 후계자가 납치된 것이라고 생각하고 초조와 불안에 떨었습니다. 그래서 선생님이 후계자는 무사하며 스스로 떠난 것이라는 소식을 보내왔을 때는 정말이지……."

"당신 손으로 타라의 목을 졸라버리고 싶었겠지요." 드래곤이 대신 말했다. "나도 동감이오."

"아니, 그런 말을 하려던 것이 아닙니다." 친위대장이 얼른 손사래쳤다.

"하지만 우리 모두의 생각이오. 지키기 쉽지 않은 아이지요. 걸핏하면 납치되거나 사라져버리니! 제발 좀 조용히 지내기를 바라고 있소. 나도 지칠 대로 지쳐서 극도로 신경이 날카로워져 있는 상태요."

크산디아르는 아무 말도 하지 않고 있었지만 드래곤의 말에 동의하고 있는 것이 느껴졌다. 그는 심호흡을 하면서 어깨를 추썩였다.

"그런데 무슨 일로 나를 만나려고 하셨습니까?"

"먼저 한 가지 묻겠소. 당신을 찾다가 칼리 부인한테 들었는데 무슨 수사를 하고 있다면서요?"

"네." 크산디아르는 학자의 시신이 있는 곳으로 드래곤을 안내하면서 대답했다.

바닥에 떨어지는 것이면 무엇이든 집어삼키고 먹어치우는 푸프푸프*와 벌레들을 차단하는 빛의 장막이 보호막처럼 시신을 에워싸고 있었다. 크산디아르는 웅크리고 앉았고, 드래곤은 몸을 숙였다.

"일단 블루르 마브리 유전학자는 우리에서 탈출한 브르리르의 공격을 받고 사망한 것으로 추정하고 있습니다."

드래곤의 예민한 귀에 '일단' 이라는 말이 꽂혔다.

"그 말은?"

"내 판단으로는 사고가 아니라 살인 사건입니다!"

드래곤은 흠칫 놀라는 것 같았다. 이어서 두 동강이 난 시신과 뼈의 절단면을 자세히 살피면서 눈살을 찌푸렸다.

"거, 이상하군. 학자를 죽이기 위해 누군가가 브르리르를 풀어놓았단 말이오?"

"아니요, 이 궁전에 사는 브르리르가 사람을 죽였다고는 생각하지 않습니다. 살인을 사고로 위장하기 위해 브르리르를 이용한 거죠. 누가 이런 짓을 했는지, 이유가 뭔지 반드시 밝혀낼 겁니다."

갑자기 드래곤의 얼굴이 굳어지면서 크산디아르 뒤쪽을 응시했다. 뭔가 켕기는 듯한 저 알쏭달쏭한 표정은 뭐지? 뭘 봤기에? 섬뜩해진 크산디아르는 벌떡 일어났지만 돌아볼 용기가 나지 않았다. 그 순간 크산디아르는 둥둥 떠서 따라다니고 있을 시험관들이 기억났다. 드래곤은 애써 태연한 체하고 있지만 의심의 여지없이 그 안에 들어 있는 내용물을 보고 있는 것이었다.

"그래서 수사에는 진전이 있습니까?"

마침내 드래곤이 크산디아르를 내려다보면서 물었다.

드래곤만 청각이 예민한 것이 아니었다. 그 못지않게 귀가 밝은 크산디아르는 드래곤의 음성에서 불안해하는 낌새를 간파했다. 오감이 발동한 크산디아르는 암시적으로 돌려서 말하기로 했다.

"아시다시피 이런 사건은 시간이 걸리지요. 그런데 나를 왜 만나려고 하셨는지 아직 말씀하지 않았습니다."

드래곤은 대답을 회피하는 친위대장의 발언에 기분이 상한 듯 콧김을 내뿜으면서 퉁명스럽게 대꾸했다.

"폭탄 때문이오."

이번에는 크산디아르의 얼굴이 굳어졌다.

"폭탄이요?"

폭탄이라는 말 한마디로 드래곤의 온몸에 앉은 검댕과 피곤한 기색이 설명되었다. 후계자가 또 무슨 짓을 꾸몄단 말인가?

"하프엘프 로빈 망질의 말에 따르면 오무아의 최첨단 군사전략 연구실에서 특수무기 분실 사고가 있었다고 하더군요. 블루르 마브리가 어떤 연구를 하고 있었는지 모르겠으나 이 두 사건에 어떤 연관이 있을지도 모르겠소."

드래곤은 폭탄의 모양과 폭발하는 방식을 자세히 묘사했다. 크산디아르는 눈살을 지렁이처럼 꿈틀거렸다. 애초에 불순한 동기로 만들어진 무기인 것 같았다. 크산디아르는 그런 종류의 살상무기를 좋아하지 않았다.

"문제는 그 폭탄이 어떻게 하르퀴아들의 수중에 들어갔는지 알아내는 것이오. 무엇이든 단서를 찾으면 내게 알려주시오."

드래곤의 말에 친위대장은 불안했다.

"그 폭탄이 우리의 최첨단 무기 중에서 분실된 것이란 말입니까? 그건 있을 수 없는 일입니다. 무기를 만드는 1호, 2호, 3호 실험실은 엄중한 감시하에 있습니다. 누군가 훔쳤다고 해도 즉시 발각되고야 맙니다."

"물론 그렇겠죠." 드래곤이 크산디아르의 흥분을 가라앉혔다. "하지만 그 폭탄이 복제되었다면 시험용 폭탄을 훔칠 필요가 없지요. 폭탄의 사용법만 복사하면 되니까."

크산디아르는 드래곤을 매서운 눈초리로 쳐다보면서 발끈했다.

"마법도 통제되어 있습니다. 복사나 사진 주문을 시도하면 경보가 울리게 되어 있단 말입니다."

"비마들이 만든 지구의 사진기로 찍었다면? 아날로그나 디지털 방식의 카메라로 찍었다면?"

친위대장은 불쾌한 표정이었다.

"우리를 아마추어로 보는 겁니까?"

"당신이 생각지도 못했던 허점을 이용한 아주 교활한 도둑일지도 모르지요. 어쨌든 수사상황을 내게 알려주시오. 이건 아주 중대한 사건입니다. 나는 여제에게 고한 다음 랑코비트로 다시 떠나지만 필요하다면 며칠 후 오무아로 돌아와서 당신을 돕겠소."

그렇게 말하고 나서 드래곤은 그 육중한 몸치고는 눈이 돌아갈 정도로 쏜살같이 달려나갔다.

크산디아르는 드래곤의 뒷모습을 멍하니 쳐다보고 있다가 획 돌아서서 시험관 안의 표본들을 살폈다.

점점 더 흥미진진해지고 있었다. 크산디아르는 다시 한번 실험실을 이 잡듯 샅샅이 뒤지기 시작했다. 학자가 뭔가를 감춰놓았다면 분명히 나올 것이었다.

이제 이 사건은 시간문제였다.

11
런던 여행
안개에 적응하는 방법

*

마법사들이 민투스 주문을 많이 사용하면서 드래곤의 비행과 폭발 사고를 들키지 않고 넘어갔기 때문에 타공 주민들의 기억에는 커다란 구멍이 나 있었다. 마법사들은 디지털 카메라로 사진 촬영을 하면서 위험한 이미지를 지우기 위해 온 마을을 뒤져야 했다.

그들이 원정을 나가 있는 동안 셀레나와 메델루스는 저택에 남아 있기로 했다. 이날 밤, 파브리스는 타쉴과 망구스와 함께 아버지 곁을 지켰고, 친구들은 이사벨라의 집에서 잤다. 그리고 다음 날 그들은 런던으로 출발했다.

타라는 템스 강이 관통하고 바다와 면해 있어 범죄와 은총의 온

상이자 매연을 내뿜는 안개로 관광객을 홀리는 신화적인 도시 런던에 처음 오는 것이었다. 그러나 코난 도일의 셜록 홈스나 애거서 크리스티의 에르큘 푸아로 같은 명탐정들의 모험을 통해 자주 접했던 도시라서 그런지 낯설지 않게 느껴졌다. 게다가 공간이동의 문을 통해 이른 빨간 벽돌 건물에서 파란색 곰 인형 무늬 수영복 차림의 남자와 마주했을 때는 호기심이 동했다. 여름인데도 창고 안이 어찌나 추운지 남자의 살이 푸르뎅뎅했다.

남자는 천천히 돌아보다가 두 팔을 쳐들었다.

"제기랄! 여행객들이잖아!" 그는 당황해서 뒷걸음치다 어안이 벙벙한 손님들을 뚫어져라 쳐다봤다. "이렇게 일찍 오실 줄 몰랐습니다!"

"문지기?" 이사벨라가 휘파람을 불었다. "지금 뭐 하는 겁니까?"

그는 딱딱 마주치는 치아를 악물면서 허겁지겁 밤색 가운을 걸쳤다.

"타공 문지기의 아들 파브리스가 이동의 문을 통해 전염되어 마법 능력을 얻었다고 들었습니다. 나에게도 그것이 통하는지 시험하기 위해 마법의 광선에 몸을 노출하고 있었던 겁니다."

이사벨라는 어이가 없었다. 평소에는 남을 배려하는 무아노조차 문지기의 피골이 상접한 장딴지가 어찌나 우스꽝스러운지 깔깔대고 웃지 않을 수 없었다.

"우리 집안은 800년 넘게 노출되어 있었어요. 사실은 어머니가 그 영향을 받으셨던 거죠." 파브리스가 말했다.

문지기의 눈알이 튀어나올 뻔했다.

"그럼 네가 바로……."

"네, 이 친구가 바로 그 유례없는 마법사 파브리스 드 브주아 지롱이에요." 무아노는 재미있어 죽겠다는 얼굴로 대답했다.

"어떻게 한 건데?" 문지기는 대답 안 해주면 잡아먹을 기세로 물었다. "어떻게 갑자기 마법 능력을 얻게 되었는데?"

"그게 말이죠." 파브리스는 대답했다. "무게가 반 톤쯤 되는 쇠 파이프로 만든 다리가 내 위로 무너져내리고 있었는데…… 얼마나 겁이 나는지, 세상에 태어나서 가장 두려웠다는 기억밖에 안 나요. 아, 아니다, 아더월드에서 자이언트 거미가 내는 수수께끼의 답을 풀지 못해서 독이빨에 물리기 직전에 덜덜 떨 때가 더 무서웠으니까. 여하튼 나는 본능적으로 내 몸 위로 떨어지는 그 철근 더미를 확 떠밀었어요. 그런데 세상에! 기적이 일어난 거예요. 철근 더미가 내 몸 위에 둥둥 떠 있는 거예요. 어쨌든 나에게 마법 능력이 생긴 이유가 뭔지는 몰라요. 이동의 문에서 발산하는 마법 광선에 전염되었다는 것은 아버지의 추측일 뿐이에요!"

"바로 그거야." 자이언트 거미의 끔찍한 모습이 뇌리에서 떠나지 않는지 문지기는 몸서리를 치면서 대꾸했다. "무엇 때문인지 전혀 모르니까 이동의 문이 마법 능력을 주었을 가능성도 배제할 수 없다는 거지."

"그런데 수영복은 왜 입었어요?" 터져나오려는 웃음을 꾹꾹 누르면서 타라가 물었다.

"옷을 입고 있으면 광선을 방해할 거라고 생각했지." 파브리스의 매머드가 뿌우뿌우, 하고 울음소리를 냈기 때문에 비마 문지기가 말했다. "쉿! 패밀리어를 조용히 시켜!"

"왜요?" 이사벨라가 물었다. "여긴 아무도 없지 않소?"

"모르시는 말씀!" 문지기가 한숨을 내쉬었다. "여기가 버려진 곳이라서 화물창고를 선택한 것인데 멋쟁이들이 하나둘 와서 정착하자 시장이 이 구역을 재개발했거든요. 패밀리어들의 울음소리와 문을 작동할 때의 빛이 이목을 끌기 때문에 몇 달 이내에 이동의 문을 다른 데로 옮기게 생겼단 말입니다."

"그만!" 이사벨라가 문지기의 말을 잘랐다. "당신의 고충은 잘 들었으니 내가 심의회에 알리겠소. 지금 우리는 이동 중에 들른 것이지 시찰을 나온 것이 아니오. 호텔에 예약은 하셨소?"

"런던 시내에 있는 마법 호텔에 예약해놨습니다." 자신의 고충을 대수롭지 않게 여기는 것이 서운한 문지기는 떨떠름한 얼굴로 말했다.

"이제 우리 중 몇몇은 변신을 해야 된다." 이사벨라는 고갯짓으로 파프니르, 로빈, 패밀리어들을 가리키면서 말했다. "타라?"

"네, 할머니?"

"지구에서는 우리의 마법이 약해진다. 그래서 타임스퀘어 한복판에서 우리의 변신이 들통나면 큰 낭패야. 그러니까 네가 로빈과 갈랑을 변신시켜주겠니? 바룬과 쉬바, 파프니르는 내가 맡으마."

파프니르는 이마에 주름을 잡았다.

"내 모습이 뭐가 어때서요? 난 도끼가 없으면 안 된단 말예요."

이사벨라는 난쟁이의 빨간 머리, 거의 네모난 통나무에 가까운 몸매, 울퉁불퉁 근육질 때문에 터질 듯 팽팽한 초록색 타이츠를 훑어봤다. 난쟁이들의 나라 히플리아에서 엑소르드라는 성인 선서식을 치른 뒤로 수염을 없앴기 때문에 온갖 무기를 허리춤에 잔뜩 매달고 징 박은 군화를 신었는데도 훨씬 여성스러워진 파프니르는 샐쭉해져 있었다.

"너는 옷만 바꾸면 쓸데없이 주렁주렁 달고 있는 것들을 보이지 않게 가릴 수 있어." 이사벨라가 설명했다. "지구에도 난쟁이들이 있기 때문에 네가 눈길을 끌지는 않을 거다."

쓸데없이 주렁주렁 달고 있는 것들이라니! 난쟁이가 항의하기 전에 이사벨라는 재빨리 주문을 읊었다.

"아빌루스의 이름으로 파프니르에게 최신 유행 의상을 입힐지어다!"

물결처럼 흘러가는 마법의 광선에 휘감긴 난쟁이는 금빛 뱃살이 드러나는 골반바지에 몸에 딱 맞는 티셔츠, 장밋빛 가죽 재킷 차림이 되었다.

"저기, 할머니, 장밋빛은 좀 그러네요."

발끈한 파프니르가 성질을 부리기 전에 타라는 선수를 쳤다.

그러나 어두컴컴한 광산의 주위환경에 대한 반작용인지 의외로 난쟁이들은 화려한 색을 좋아했다. 난쟁이들이 히플리아의 도시를 노래하는 꽃과 식물로 단장하는 것도 그런 이유였다. 파프니르는 재킷 색깔을 아주 마음에 들어했다.

"아주 좋아요." 파프니르는 싱글벙글했다. "근데 이 바지는 왜 골반에 걸쳐지죠? 이걸 입고서는 달리기도 못하고 싸움도 못하겠어요."

털북숭이 뚱보 개로 변한 매머드는 몸이 가벼워서 기쁜지 창고 안을 껑충껑충 뛰어다녔다. 더 이상 파란색이 아니었다. 명견 래시로 바뀐 표범은 컹컹, 짖는 것으로 심히 불쾌하다는 표시를 팍팍 냈다.

"자, 이젠 네 차례야, 타라!"

이사벨라는 만족스런 얼굴로 말했다.

도시의 절반에 가까운 시민을 개구리로 둔갑시킬까 두려워서 지구에서는 마법을 쓰지 않겠다고 다짐했던 타라는 반대했다.

"내 마법이 통제되지 않는다는 걸 할머니도 아시면서!"

"그래, 네가 지구에서는 사용하지 않으려고 한다는 걸 알아." 이사벨라는 손녀를 구슬렸다. "하지만 네가 원하든 원치 않든 필요할 때는 써야 해. 수많은 구경꾼 앞에서보다는 지금 여기서 시험해보는 것이 낫지 않겠니? 살아있는 돌이 마법을 조절하게 도와줄 거다."

타라는 한숨을 쉬면서 복종했다. 이번에는 할머니의 말이 옳았다. 화가 나 있지 않거나 위급한 상황이 아닐 때 지구에서는 마법이 아주 약하기 때문에 타라는 마법 능력이 정말 약해지는지 일단 시험해볼 필요가 있었다.

살아있는 돌의 힘을 진정시키면서 타라는 마법을 걸었다. 날개가 사라지고 몸뚱이가 줄어드는 걸 느낀 페가수스가 툴툴거리는 순간 어느새 갈랑은 늑대 비슷한 하얀 개로 바뀌었다.

"살아있는 돌, 내가 '검은색과 밤색 털'이라고 했잖아." 타라가 엄하게 말했다. "왜 하얀 개야?"

"밤색은 미워. 흰색이 훨씬 예뻐!" 고집쟁이 마법의 돌이 퉁명스럽게 대답했다.

타라는 동의의 한숨을 내쉬었다. 살아있는 돌이 제멋대로 한 것이지만 타라는 페가수스의 새로운 모습이 아주 근사하다는 것을 인정해야 했다. 그리고 다른 사람은 누구도 개로 둔갑시키지 않았다는 것에 안도했다.

"이번에는 내 차례야." 로빈이 말했다. "자, 이 엘프의 귀를 사라지게 해봐."

안색은 아직 창백하지만 부축을 받지 않고 설 수 있는 로빈은 잠시나마 인간이 되는 것이 기뻤다. 하프엘프로 사는 것이 괴로웠던 로빈은 새로운 모습이 되면 타라가 자기를 사랑할 수 있지 않을까 정말 궁금했다.

타라는 미소를 지어 보였다. 피를 나눈 남매가 되었을 때 로빈이 괴로움을 호소하면서 속마음을 밝힌 뒤로 타라는 그의 말을 진지하게 생각해보기로 마음먹고 있었다.

'살아있는 돌, 해보자.' 타라는 정신적으로 말했다.

그러고는 큰 소리로 읊었다.

"트란스포르무스의 이름으로 엘프는 사라지고 인간이 그 자리를 대신하라!"

엘프의 이미지가 뿌옇게 흐려지고 긴 은발이 짧아지더니 금발로 변했다. 크리스털 눈은 파란빛으로 변하고 호리호리하게 잘 빠진 몸에 살이 약간 붙었다. 작은 코, 하얀 치아, 각진 턱, 이상하게 낯익은 모습의 미남청년이 나타났다.

타라는 눈살을 찡그렸다. 어, 아는 얼굴인데! 멋진 가슴받이를 착용한 전사의 모습이 눈앞에서 어른거렸다.

"살아있는 돌! 로빈을 브래드 피트로 바꿔놓으면 어떡해?"

타라가 소리쳤다.

무아노는 그 이상형의 미남에게서 눈을 떼지 못한 채 슬그머니 파브리스의 손을 났다.

"와우! 정말 잘생겼다. 브래드 피트가 누구야?"

"지구에서 아주 유명한 배우야." 타라는 얼굴이 빨개져서 대답했다. "얼마 전에 살아있는 돌이랑 브래드 피트가 주연으로 나오는 영화 한 편을 봤는데 그때 아마 홀딱 반했던 모양이야. 로빈은 이 모습으로 돌아다닐 수 없어. 런던의 소녀 팬들이 눈 깜짝할 사이에 구름 떼처럼 몰려올 거야."

타라가 몇 가지를 바꿔야 한다고 정중하게 부탁하자 살아있는 돌은 마지못해서 복종했다. 로빈은 여전히 멋진 모습이지만 더 이상 오빠부대를 몰고 다니는 영화배우의 얼굴이 아니었다. 타라는 완전한 인간이 된 것을 기뻐하는 하프엘프를 보면서 마음이 아팠다. 로빈의 심정을 다 헤아릴 수는 없지만 혼혈이라는 신분을 생각보다 훨씬 힘들어하고 있는 것이 틀림없었다.

로빈의 어깨에 메어져 있는 것을 자랑스러워하는 릴란드릴의 활이 못마땅해했지만 타라는 그 멋진 활도 투명하게 만들었다.

'타라, 그 힘으로 뭘 할 거야?' 살아있는 돌이 불쑥 머릿속으로 보내는 질문에 타라는 소스라쳤다.

'뭐라고?'

'모든 사람을 둔갑시킬 정도로 마법이 강력해져 있어…… 왜지?'

'내가 아주 어렸을 때 누군가가 나의 마법을 더 강력하게 만들기 위해 내 유전자를 조작했던 것 같아.'

'저런!' 살아있는 돌이 미심쩍은 어조로 말했다. '좋지 않아, 그건 너무 심했어!'

타라는 이동의 문 맞은편에 있는 거울을 보다 깜짝 놀랐다. 야윈 얼굴, 눈가에 생긴 거무스레한 다크서클, 로빈의 얼굴 못지않게 안색이 나빴다.

타라는 살아있는 돌을 내려다봤다.

'지금 우리를 노리는 강력한 적들이 있는데 일단은 이 힘으로 놈들을 제거해야지. 그렇지만 이 힘을 조절하는 방법을 알려줘. 이 힘을 이용하면 할수록 너무 피곤해. 이러다 녹아웃 병에 걸릴까 봐 겁이 나!'

살아있는 돌은 반응이 없었지만, 타라는 마법의 돌이 깊은 생각에 잠겨 있다는 것을 느꼈다.

타라와 살아있는 돌이 아주 빠르게 대화를 나누는 사이에 할머니와 친구들은 거의 준비가 끝나 있었다.

"음, 완벽해. 이제는 마법복만 바꾸면 나갈 수 있겠구나." 이사벨라는 그들을 하나하나 점검하면서 말했다.

"체인지라인, 지구의 옷으로 바꿔!" 타라가 명했다. "그리고 나를 홀랑 벗기지는 마, 제발!(지난번에 친구들 앞에서 알몸이 되었던 적이 있지 않은가! 아더월드의 아이디어 제품이라는 것이 그렇지 뭐!)"

마법 능력을 지닌 체인지라인은 지시를 실행했고, 타라는 짧은 원피스에 샌들 차림이 되었다.

"오무아의 문장은 필요 없어." 타라가 원피스 가슴 부분에서 거의 살아 있는 듯 꼬리를 펼쳐 보이는, 100개의 금빛 눈을 가진 주홍빛 공작을 내려다보면서 지적했다.

체인지라인은 복종했고, 공작 이미지는 사라졌다.

"조심, 또 조심해야 합니다." 문지기가 당부했다. "몇 년 전부터 마법에 관한 책이 점점 많아지고 있습니다. 사람들의 머릿속에서 마법에 대한 믿음을 지우기 위해 우리가 걸어놓은 주문이 힘을 잃고 있지요. 비마들이 경계하고 있어요. 올해는 특히 여러분의 모험에 관련된 책이 출간되면서 기억을 지우는 민투스 주문을 걸어야 하는 횟수가 배로 늘어났습니다. 비마들이 이동의 문들을 찾기 시작했고, 요즘은 청소년들이 어찌나 눈치가 빠른지 지구에서 활동하는 마법사들이 발각되는 것은 시간문제입니다."

"우리는 선택의 여지가 없소." 이사벨라는 입술을 질끈 깨물면서 대꾸했다. "그 가증스런 소피 오두인 마미코니안은 마법을 전혀 이해하지 못하고 있어요. 자신의 소설에 우리를 소재로 삼아서 아더월드에 관한 것을 낱낱이 폭로하고 있어요. 그 작가를 제거할 생각도 했지만 내 의견에도 불구하고 심의회에서 거부당했지요. 그 작가가 픽션 형태로 타라의 생활을 상세하게 묘사하면서 즐거워하고 있는데도 말이오!"

"글쎄, 말입니다. 그래서 지금 영국은 경계경보 오렌지가 발령되었지요. 최고 마구스 심의회는 비상사태가 아닌 한 트란스미투스 주문을 일체 금지했습니다. 따라서 스톤헨지로 가시려면 평범한 인간들과 마찬가지로 여행해야 합니다."

이사벨라는 코를 찡그렸다.

"알고 있어요. 일단 호텔까지 간 다음에 기차를 타고 스톤헨지가 위치한 윌트셔 주로 갈 겁니다."

"마법 호텔 주인에게 여러분의 기차표를 마련하라고 연락하겠습니다."

문지기에게 고맙다는 인사말을 하고 그들이 멀어져가자 후닥닥 가운을 벗는 문지기를 보면서 타라는 미소를 지었다. 아직 몰라서 저러지, 마법이 얼마나 위험한지 안다면 즉시 옷을 도로 입

180

을 텐데!

길쭉한 모양의 검정 롤스로이스 두 대가 화물창고 입구에 대기하고 있었다.

"몰래 이동해야 하는 거 아니에요?"

멋진 차에 눈이 동그래진 타라가 물었다.

할머니는 손사래를 쳤다.

"이 왕국에는 롤스로이스가 워낙 흔해서 이목을 끌지 않을 거다."

제복 차림의 운전기사 두 명이 모자를 벗고 뛰어와 트렁크에 짐을 싣는 모습을 관찰하면서 타라는 그들이 안심해도 되는 사람들이라는 것을 알아차렸다.

"부인이 차에 오르시면 바로 출발합지요."

운전기사가 억양이 이상한 오무아 언어로 말했다.

이사벨라는 고개를 끄덕이면서 첫 번째 롤스로이스에 올랐다. 폭신한 소파, 샴페인 잔들이 놓인 나무원탁, 유리컵에는 땅콩과 캐슈너트(강낭콩 모양으로 생긴 견과 — 옮긴이)가 가득 담겨 있었다. 이사벨라를 위한 알코올 음료 외에도 소다수와 과일주스가 준비되어 있었다. 타라와 로빈이 올라타자 차가 약간 흔들렸다. 운전기사는 몸을 쑥 내밀고 가식적인 어조로 말했다.

"무엇이든 필요한 것이 있으면 말씀만 하십쇼, 부인. 기꺼이 들어드럽지요."

"우리가 추격하는 하르퓌아들이 모조리 죽어서 즉시 타공으로 돌아갈 수 있길 바라오."

운전기사는 잠시 침묵을 지키다가 말했다.

"우리의 힘닿는 대로 여러분을 편안하게 모시겠습니다."

괜히 말 한번 잘못 꺼냈다가 곤혹스러워진 운전기사는 이사벨라가 도저히 불가능한 또 다른 요구를 할까 부리나케 자동차 문을 닫았다. 타라와 로빈은 웃음을 참느라 숨이 넘어갈 지경이었다. 눈짓으로는 대화를 못할까, 그들은 잠자코 눈짓을 주고받으면서 소다수를 홀짝거렸다.

타라는 할머니의 말이 옳았다는 것을 확인할 수 있었다. 차가 런던 시내로 향할수록 거리는 활기가 넘쳤고, 수많은 인파는 점심 먹을 생각에 정신이 팔려 있는지 그들을 태운 롤스로이스에는 눈길도 주지 않았다.

선팅 유리창 밖으로 런던을 관찰하는 것은 흥미로웠다. 아담한 정원이 딸린 작은 집들이 조용한 골목길과 요란한 대로 쪽으로 나 있었다. 그 대조적인 모습이 도시에 묘한 매력을 연출하고 있었다. 유리창에 비친 달걀만 한 크기의 에메랄드를 보고 가슴이 철렁한 타라는 체인지라인에게 색깔들이 선물로 목에 박아넣은 보석을 가려달라고 부탁했다. 팔뚝에 생긴 금빛 고리무늬는 문신으로 보일 수 있지만, 흑단, 금, 다이아몬드, 루비, 사파이어, 에메랄드로 이뤄진 보석 목걸이는 이목을 끌 우려가 있었다. 차는 템스 강을 따라가다 하이드파크에 접어들었고, 잔디밭 둑을 따라 멋쟁이들이 승마를 즐기는 서펜타인 호수를 거쳐 마침내 마법 호텔에 이르렀다.

호텔 정문을 넘어서면서 마법의 파동에 민감한 타라는 자기력이 작용하는 영역을 뚫고 들어가는 느낌을 받았다. 밖을 내다보니 거리의 사물들과 행인들이 흐릿하게 보였다.

"마법 보호구역이란다." 이사벨라가 설명했다. "마법사, 최고 마구스, 드래곤들이 몰려들 때가 있거든. 비마들은 호텔에 들어올 수 없어. 수백 년이 된 이 호텔은 아무도 선뜻 들어올 생각이 들지 않도록 일부러 지저분한 술집처럼 위장해놓은 거야. 그러나 지구에서는 마법이 약하기 때문에 이 위장술이 오래 유지되지 않았지. 그래서 마치 건물을 다시 사서 개축한 것처럼 꾸며놓고, 아더월드와 관련이 없거나 마법 능력이 없는 이들을 밀어내는 척력(두 개의 물체 사이에서 서로 떨쳐버리려고 하는 힘 — 옮긴이)이 작용하는 영역을 설치해놨지. 물론 이동의 문을 지키는 문지기들은 제외하고, 비마지만 그들에게는 특별 통행허가증이 있으니까."

제복 차림의 체격 좋은 도어맨이 무뚝뚝한 얼굴로 자동차 문을 열어주었다. 그는 촉수도 없고, 집게발도 없고, 눈이 세 개 달린 것도 아닌 정상적인 인간의 모습이었다. 그는 이사벨라를 보자 허리를 굽혀 인사했다.

"덩컨 부인, 찾아주셔서 영광입니다."

이사벨라는 고개를 끄덕이면서 말 없이 호텔 안으로 들어갔다. 할머니의 쌀쌀맞은 태도가 무안한 타라는 얼른 도어맨에게 미소를 지어 보였다.

그도 미소를 보냈는데…… 어, 뭐야, 입이 두 갠가?

첫 번째 입 바로 아래, 목에서 두 번째 입이 벌어지면서 뻐드렁니들을 드러내는 사이, 얼굴에서 눈이 사라지더니 그 위의 더듬이 끝에 매달린 채로 다시 나타나 다정한 눈짓을 보내는 것이 아닌가.

이런 또 속았네. 무늬만 인간이었어.

타라는 할머니를 뒤쫓아갔다. 호텔 내부는 바깥의 서늘한 기온에 비교하면 쾌적하게 포근했다. 근사하게 조각된 회색 대리석 기둥으로 에워싸인 홀은 빛이 쏟아지고 있었다. 아더월드의 태양? 타라는 마법의 행성을 비추는 노란빛 거대한 태양과 빨간빛 작은 태양을 대번에 알아봤다.

화려한 요정들이 벽에 늘어진 덩굴식물을 가꾸고 있었다. 일행이 안내 데스크 앞에서 멈춰 서자, 식당 한가운데 연못에서 장난치는 파란 사이렌들의 노래에 빨간 꽃들이 화음을 넣으며 찬가를 불렀다. 뿔을 뽑은 유니콘(유니콘은 성질이 포악하기 때문에 어떤 장소든 들어가기에 앞서 뿔을 뽑아야 한다) 두 마리가 호의적인 소리를 내며 인사했다. 촉수들로 책을 한아름 안은 카흠보움이 공 모양의 노란 몸뚱이를 스케이트보드에 싣고 바삐 지나갔다. 줄지은 유리문 밖으로 랑코비트의 파란빛과 은빛 옷, 오무아의 주홍빛과 금빛 옷을 입은 마법사들이 패밀리어를 데리고 사설 공원을 산책하는 모습이 보였다. 타라의 눈이 휘둥그레졌다. 런던 도심에 이런 규모의 공원이 있다는 것이 말이 되는가! 저 멀리 아더월드의 동물상도 보였다. 지구상 어디에도 형형색색의 현란한 동물들은 존재하지 않았다. 아더월드에서처럼 자유롭게 움직이지 못하는 나무들은 멋모르는 비둘기 한 마리가 가지에 앉자 푸르르 떠는 정도로 그쳤다. 불연성 둥지 주위에서 춤추는 불의 새들, 털이 곱슬곱슬한 양 베에들에게 둘러싸여 유유히 풀을 뜯어먹는 유니콘들, 포식동물의 입맛을 떨어뜨리려고 악취를 풍기는 트라둑을 뒤쫓는 약빠른 크레크레크레들, 머리 두 개를 흔들거리는 모오오오우우우들, 피를 빨아먹으려고 달려드는 피크크크*와 흡혈파리 떼를 쫓으면서 울어대는 브르르르아아아들, 삽시간에 모든 동물을 얼어붙게 하는 드래코-티라노사우루스의 소름 끼치는 울음소리까지 멀리서 들렸다. 타라는 소름이 끼쳤다. 오, 이건 너무 싫다, 싫어!

물방울 속 사이렌 마법사를 따라 양철통들이 신 나게 몸을 흔들며 지나가는데 필시 소금물 호수에서 헤엄치는 주홍빛 발분의 풍만한 젖통을 짜러 가는 것이 분명했다. 발분의 버터와 크림은 맛이 아주 좋아, 이를 좋아하는 마법사들이 신선한 젖을 원하기 때문이었다. 예쁜 요정들의 꾐에 빠져 소포르와 아스토펠, 칼로르나 군락지로 날아든 비즈즈즈들이 콧노래를 흥얼거리며 크림을 많이 함유한 꿀을 모으고 있었다.

마법의 힘을 지닌 장막이 공원을 에워싸고 있어서 밖에서는 지구의 나무와 잔디, 꽃으로 보였다.

"여기 종업원들의 일부는 아더월드 출신이야." 마니투가 설명했다. "지구의 추운 기후를 힘들어하는 우리를 위해 건축가들이 아더월드의 환경과 공기를 재현해놓은 것이란다. 지구에서 활동하는 이들이 신경쇠약증에 걸리지 않도록 마법사들이 거주하는 보호구역들은 어디나 이렇게 해놓았지."

동그란 코안경을 쓴 뚱보 대머리 남자가 안내 데스크에 서 있는데 남자의 눈은 인간의 눈이 아니었다. 초록빛과 금빛의 눈은 고양이나 뱀의 눈처럼 갈라져 있었다. 그가 무지갯빛 유리알 너머로 손님들을 쳐다보는데 사팔눈이었다.

마니투가 다가서서 인사했다.

"브루빌렌디르그레샤릴바르 선생! 당신을 다시 만나다니 정말 반갑소! 아름다운 부인의 건강은 어떻습니까?"

"고맙습니다, 아내는 잘 지내고 있습니다, 마니투 선생." 용의 이름인 것으로 보아 인간으로 변신해 있는 남자가 대꾸했다. "선생의 가족은 다들 안녕하십니까?"

"스톤헨지 쪽으로 달아난 하르퀴아들을 잡아야 하기 때문에 내 딸과 손녀, 그리고 지원병들을 데려왔지요. 지금 이 호텔에 아더월드인과 지구인이 몇 명이나 있습니까?"

"한산한 편입니다. 아더월드 거류민 열 명, 휴가 중인 인도 이동의 문 문지기가 묵고 있지요. 대사관도 만원이 아니라서 편히 머무시도록 제일 좋은 스위트룸을 예약해놨습니다.

"호텔이라고 하지 않았어요?" 타라가 속삭였다.

"이 건물은 두 가지 기능을 겸하고 있단다." 이사벨라가 설명했다. "아더월드, 산티보르, 타딕스, 마딕스에서 온 관광객들이 이동의 문을 잘못 조작하거나 의도적으로 지구에 왔다가 길을 잃고 헤매는 경우가 가끔 있거든. 마법사들에게 지구에 가지 말라고 엄중하게 경고하였는데도 불복하는 일이 일어나지(이사벨라의 목소리에서 무례한 자들에게는 철창감옥에 가두는 딱 한 가지 벌밖에 없다는 단호함이 느껴졌다!). 지구 연수를 위해 대학 교수들이나 수석 조수들, 최고 마구스들도 와 있고. 모두 지구에 있는 마법사들의 대사관 주소를 알고 있어. 그래서 지구에 있다가 문제가 생기면 대사관에서 즉시 책임을 지고 귀국조치를 내리지."

"사고가 일어난 적이 있었어요?"

마니투는 껄껄, 웃었다.

"한 20년 전쯤에 유명한 강도가 미국의 시카고 마법 호텔로 숨어든 적이 있었지. 척력 마법으로는 경찰에 쫓겨 죽기살기로 도망치는 자를 막기에 역부족이었어. 그가 난입하면서 은폐 주문이 깨지고 말았지. 그날 호텔에는 뱀파이어 사절단과 켄타우로스 두 마리, 카흠보움, 용이 있었거든."

"와, 얼마나 충격이었을까! 그래서요?"

"강도는 용과 뱀파이어들을 향해 총을 쐈지. 그까짓 총에 눈 하나 깜짝할 용이 아니잖아, 용이 성큼성큼 다가서자 강도는 걸음아 날 살려라 줄행랑쳤지. 경찰에 쫓기는 강도가 제 발로 그것도 발에 땀이 나도록 경찰서로 달려갔으니! 우리는 그에게 민투스 주문을 날릴 겨를이 없었어. 경찰서에서 강도는 독방을 요구하고 자기가 저지른 모든 죄를 비롯하여 자기가 하지 않은 것까지 자백했고, 얼마 후 모범수로 감형을 받았지만 그는 감옥을 나가지 않겠다고 버텼다는 거야."

파브리스는 웃음을 터뜨렸다.

"갑자기 용과 마주치면 정말 그 순간은 사시나무 떨 듯 부들부들 떨리죠. 나는 미리 귀띔을 받았는데도 막상 용과 맞닥뜨리는 순간에는 오금이 저려서 옴짝달싹 못했는데."

"흠흠!" 브루빌렌디르그레샤릴바르 선생님이 말했다. "인간들이 왜 그렇게 우리를 무서워하는지 도무지 이해가 안 갑니다."

"키가 자그마치 6미터나 되는 데다 불을 내뿜죠, 이빨은 장검보다도 더 길죠, 그게 어떻게 안 무섭겠어요?" 파브리스는 기회를 잡았다는 듯 비난했다. "게다가 완전히 미친 용들이 많은 인간을 집어삼킨 전적이 있잖아요. 그런 일은 수백 년이 지나도 잊히지 않는 법이죠."

"그건 오해에서 비롯된 불행한 사건이었어." 드래곤이 아주 점잖게 응수했다. "너희 인간들도 그만큼의 용을 죽였어!"

"아, 죄송한데요!" 악마와 용이 지구를 침략했을 당시의 역사를 열심히 공부했던 무아노가 반격했다. "그 말은 틀렸거든요. 용이 하나 죽었다면 인간은 수백 명이 불에 타죽었어요. 암소들에 대해서는 말하지 않겠어요!"

드래곤의 눈이 흐려졌다.

"아아, 암소!" 드래곤이 군침이 도는 것처럼 미소를 지었다.

"나는 우리가 지구를 구했던 것은 무엇보다도 암소 때문이라고 생각한다. 음, 얼마나 맛이 좋은지! 지구말고는 어디에도 암소가 존재하지 않는다는 걸 아니? 나는 지구인들에게 관심이 없어. 광활한 초원에 우글거리는 암소들, 이 행성에 인간들이 없다면 정말 이상적인 곳이라는 생각을 이따금……."

그 순간 드래곤은 자기를 노려보는 열두 개의 눈길을 발견하고 공상을 멈췄다.

"흠흠!" 드래곤이 목청을 가다듬었다. "그러니까 6인 6침실 1박으로 예약해놨습니다. 저녁은 여기서 드실 겁니까?"

타라가 런던 시내를 관광할 겸 레스토랑으로 가자고 제안하려는 순간 이사벨라가 대답했다.

"그게 좋겠소. 밖에 나갔다가 쓸데없이 마법을 쓰게 돼서 사람들 이목을 끌고 싶진 않으니까."

"죄송한데요." 무아노가 끼어들었다. "우리가 런던에 간다는 소식을 듣고 어머니가 앤드류 로이드 웨버 경의 뮤지컬 〈오페라의 유령〉 좌석 여섯 개를 예약해놨대요. 어머니는 우리가 호텔에만 있어야 한다는 걸 모르고 그러셨나 봐요. 정말 죄송해요. 정 안 된다고 하시면 취소할게요."

잠시 무아노를 쏘아보던 이사벨라는 천성적으로 수줍음이 많은 성격이라 표를 내지 않아서 그렇지 랑코비트 왕의 조카딸이라는 점이 마음에 걸렸다. 이사벨라는 아무래도 뮤지컬을 관람하게 하는 편이 뒤탈이 없을 것이라는 판단을 내렸다.

"너희가 조심하겠다고 약속하면 그 외출은 문제가 없겠지. 아, 그리고 로빈은 나와 함께 호텔에 남아야겠다. 완전히 회복되지 않아서 휴식을 취해야 해."

훌륭한 작품이라고 소문이 자자한 뮤지컬을 보고 싶은 마음이
굴뚝같지만 타라는 이런 때에 어떻게 처신해야 하는지 잘 알기
때문에 냉큼 말했다.

"저도 남을게요. 하지만 파프니르, 무아노와 파브리스, 너희끼
리 이렇게 좋은 기회를 놓치면 두고두고 후회할 테니까 꼭 가서
봐!"

로빈은 이사벨라에게 못마땅한 눈길을 던졌다. 로빈은 자기 때
문에 타라가 뮤지컬을 단념하는 것이 찜찜했다. 그러나 어차피
현재 상태에서는 타라를 보호할 수 없기 때문에 안전한 곳에서
타라의 면면에 대해 차분히 생각할 시간을 갖게 된 것이 내심 기
뻤다. 로빈은 단점을 찾기 힘든 타라의 여러 가지 면이 마음에 들
었다.

물론, 타라는 고집이 셌다. 성격도 그리 좋은 편은 아니었다. 얼
마 전에 갑자기 종적을 감춰버리는 경우처럼 지나칠 정도로 제멋
대로 행동했다. 아, 그리고 로빈이 자기에게 홀딱 빠져 있는데도
타라가 전혀 알아채지 못한다는 것은 관찰력이 뛰어나지 않다는
걸 입증하는 것이었다.

이런 몇 가지 면을 제외하면 타라의 유머감각, 용기, 커다란 쪽
빛 눈, 멋진 금발(여제가 후계자가 가능한 한 자신과 닮은 모습이

되도록 머리를 빨리 자라게 하는 주문을 걸었다고 의심하고는 있지만)은 아주 마음에 들었다.

타라가 조금만 나이가 많으면 아무 문제가 없을 텐데. 아더월드에서는 무의미한 수치지만 두 살이라는 나이 차이가 걸림돌이 되고 있었다.

타라가 로빈을 오빠 정도로 여기고 있다는 것은 생각만 해도 소름이 끼쳤다. 타라가 그에게 관심이 없는 것은 바로 그런 이유에서였다. 얼마나 끔찍한 일인가! 로빈은 주먹을 불끈 쥐었다. 정말이지 괴로운 일이었다. 엘프들은 화가 나 있을 때 주위에서 얼씬거리는 것을 모조리 죽이는 것으로 화풀이를 하는 경향이 있기 때문에 로빈은 이성을 잃기 전에 타라에게 사랑을 고백하기로 마음먹었다.

만약 타라가 거절한다면 실연의 아픔을 견디면서 더 이상 필요 없을 때까지 곁에 있을 거야. 그러고는 안개 대양의 해적과 싸우는 평화부대에 지원하여 장렬한 죽음을 맞으리라.

팔뚝에서 살아 있는 심장처럼 팔딱팔딱 뛰는 고리무늬를 보는 순간 로빈은 낯빛이 어두워졌다. 타라에게 입을 맞출 경우 잘렌마릴은 어떻게 되는 거지? 나오울디아르, 피를 나눈 남매가 뽀뽀를 할 수 있을까?

타라를 위험에 빠뜨리지 않으려면 멀찍이 떨어져 있어야 하는 것인가? 로빈은 곰곰이 생각에 잠겼다. 안 돼, 타라를 계속 멀리해야 한다면 미치고 말 거야. 나는 하프엘프야. 무슨 일이 일어난다고 해도 나에게만 해당될 거야. 타라는 인간이니까 전혀 위험하지 않아. 그렇지만 머릿속에 스치는 의문 때문에 로빈의 생각은 엉망이 되어버렸다.

괴로워하는 표정을 오해한 이사벨라는 로빈을 잠자리에 들게 했다.

지구인들과 달리 마법사들은 높은 데를 좋아하지 않기 때문에 스위트룸은 모두 4층에 있었다. 첨단 기술제품들이 갖춰져 있어 아주 쾌적했다. 로빈이 눕자 침대가 꿈틀거렸다. 아픈 몸인데도 벌떡 일어났지만 로빈은 침대가 공격하려는 것이 아니라 마사지를 해주려는 것이었음을 알았다. 로빈은 그 장치를 정지시키고 나서 다시 드러누웠다.

하프엘프로 사는 것은 매순간 고통이었다. 절반의 엘프가 주위 사람들의 행동 하나하나에 공격적 반응을 보이는 통에 로빈은 자나깨나 경계하는 데 힘을 쓰느라 녹초가 되기 일쑤였다. 반면 절반의 인간은 폭력보다는 신중한 태도와 대화로 갈등을 해결하려고 노력했다. 그런데 절반의 엘프와 절반의 인간이 타라를 향한 사랑에 대해서만은 의견이 일치하고 있었다.

마음이 선택한 사람에게 입을 맞추는 순간 나오울디아르가 점액질로 뒤덮인 미물, 가령 두꺼비나 개구리로 둔갑시켜버린다면, 로빈은 자신이 타라에게 결코 친구 이상이 될 수 없다는 것을 잘 알고 있었다.

아더월드에서는 두꺼비로 둔갑한 왕자들에 대한 전설이 비극적인 현실로 나타나는 경우가 종종 있어서 누군가 마늘을 곁들인 개구리 넓적다리 요리를 먹고 싶다고 하면 주의해야 한다는 것이 문제였다.

고뇌에 찬 로빈의 잘생긴 얼굴이 흉하게 일그러졌다. 설사 잘 렌마릴이 그를 두꺼비로 둔갑시키지 않는다 해도 여제는 하프엘프를 후계자의 부군으로 절대 승낙하지 않을 것이었다. 타라의 고모는 대놓고 이방인을 혐오했다. 팅가푸르에는 아더월드의 피조물보다 인간이 훨씬 많았다. 여제와 황제는 드래곤을 좋아하지 않았고, 엘프는 기껏해야 제국을 지키는 데 필요한 병기 정도로 여기고 있었다.

로빈은 한숨을 내쉬었다. 모든 것이 잘되기를 희망하면서도 로빈은 그렇게 되지 않을 거라고 속삭이는 엘프의 통찰력 때문에 괴로웠다.

로빈은 부모를 결합시켜서 자신을 혼혈로 만든 주문을 저주하고 또 저주했다.

12
라인의 황금
어떻게 하면 난쟁이 전사가 픽션을 이해할까

*

맥박 뛰듯 팔뚝에서 박동 치는 고리무늬를 어렴풋이 느끼면서 타라는 로빈의 존재를 의식했다. 오무아의 색깔 주홍빛과 금빛으로 꾸며진 방에서 짐 정리를 하던 타라는 문득 스치는 생각에 우뚝 멈춰 섰다. 로빈은 같이 나가고 싶어 하는데 자신이 질겁했다는 것을 깨달았던 것이다. 그 일로 그들의 관계에 변화가 일어날까? 우정보다 더 진한 관계로 로빈과 결합하는 경우에도 목숨을 노리는 자들과 자유롭게 싸울 수가 있을까? 마지스터, 영혼 약탈자, 반디우 대군, 마왕에게 대항했던 내가 로빈의 사랑에 의연히 대처하지 못할 이유가 있을까!

달빛 아래 평온한 사막을 배경으로 모래언덕에 올려놓은 침대,

그렇게 방의 분위기를 바꿔놓은 뒤에 방을 나온 타라는 복도를 지나 로빈의 방문을 두드렸다. 문에 나타난 눈이 뚫어지게 쳐다보더니 입이 말했다.

"여제 후계자는 자유롭게 출입할 수 있습니다. 어서 들어가십시오."

문이 활짝 열렸다. 마법을 사용하면 누구나 변신할 수 있는데 예고 없이 찾아오는 사람은 누구든 방에 들이지 말라는 명을 내렸던 타라는 약간 겸연쩍었다.

방으로 들어서던 타라는 어리둥절했다. 사막을 좋아하는 타라와 대조적으로 로빈은 숲 속의 아늑한 공간을 좋아했다. 침대는 나무꼭대기에 올라가 있고, 양탄자 위에서 파란 풀을 뜯어먹는 하얀 사슴들도 보였다. 타딕스와 마딕스, 은색 달빛이 쏟아지는 방은 대낮처럼 훤했다. 얼마나 목가적인 풍경인가!

잠을 자려고 나무를 타고 오르던 로빈은 느닷없이 타라가 들어오는 것을 보고 어찌나 놀랐는지 그만 나뭇가지를 놓치면서 바닥에 코방아를 찧고 말았다. 벌떡 일어난 로빈이 풀잎을 퉤퉤 뱉는 사이에 타라는 반사적으로 터져나오는 웃음을 참느라 이를 악물었다.

"타라! 생각도 못하고 있다가…… 깜짝 놀랐잖아!"

"그래, 미안해." 타라는 웃음이 튀어나올까 봐 입 안쪽 살을 악물었다.

"내가 나무에서 떨어지다니, 독의 여파라고 봐야겠지. 어쨌든 엘프들은 그렇게 쉽게 죽지 않아."

짜증이 담긴 로빈의 목소리에 타라의 얼굴에서 웃음기가 싹 달아났다. 타라는 아름드리 나무들을 향해 고개를 들었다.

"와, 아름답다!" 타라는 화제를 바꾸려고 감탄사를 연발했다.

"풍경이 좀 불안정해 보이지만 지구에서는 마법이 오래가지 않으니까 할 수 없어." 로빈이 인상을 쓰면서 몸을 털었다.

"그러니까 나라면 언제 사라질지 모를 나무꼭대기에 침대를 올려놓진 않겠어."

타라의 말에 로빈이 미소를 지었다.

"네가 실용주의자라는 건 진작에 알고 있었어, 타라!"

"나는 네 뼈를 접합해야 하는 수고를 피하고 싶은 것뿐이야!"

로빈의 미소가 사라졌다.

"얘기 좀 해야겠어, 타라."

타라가 두려워하면서도 바라던 순간이 성큼성큼 다가오고 있었다. 타라는 심호흡을 했다. 몸을 숙이는 로빈의 얼굴이 점점 가까워지고 있어서 가슴이 콩닥콩닥 뛰는 타라는 눈을 감았다.

1초가 흘렀다. 2초, 3초. 아무 일도 일어나지 않았다. 이상한 느낌이 든 타라는 눈을 떴다.

로빈이 의아한 얼굴로 쳐다보고 있었다.

"어디 아파?" 로빈이 물었다.

타라는 얼굴이 화끈 달아올랐다. 그러니까 뭐야, 로빈은 입을 맞출 생각이 없었다는 거잖아! '이런' 하면서 실망해야 하는 건가, '휴' 하면서 안도해야 하는 건가? 지구의 소년이라면 알아차렸을 테지만, 풍습이 다른 엘프들에게 눈을 감는다는 것은 아프다는 의미였다. 오케이, 졌다, 졌어! 비상수단을 쓰는 수밖에!

"응? 아니, 괜찮아." 타라는 대답을 기다리는 하프엘프를 보면서 대답했다. "나한테 할 얘기가 뭔데?"

"엘프들의 관습을 설명해주려고(그래, 이러면 타라도 지구의 관례를 알려주겠지!). 나오울디아르는 위험한 거야." 로빈이 타라를 초록색 꽃무늬 안락의자로 이끌면서 말을 이었다. "이제 우리는 결합되어 있기 때문에 우리 둘 중 한 사람이 위험에 처할 경우 대번에 그걸 느끼게 돼."

"그거 편리하네." 타라는 거리낌이 없는 표정으로 대꾸했다.

그러나 입으로 말하지 않은 무엇인가를 호소하는 듯한 타라의 눈에 로빈은 잠시 빠져 있었다.

"응…… 그렇지. 나오울디아르는 우리가 잘 때도 우리의 정신을 결합하면서 간섭할 수 있어. 우리 둘 중 한 사람이 악몽을 꾸면 그것도 알게 돼."

"와, 정말 멋지다!" 타라는 친구의 새 얼굴을 쳐다보느라고 건성으로 들으면서 탄성을 질렀다.

인간으로 변신해도 얼마나 미남인가! 게다가 진지하기까지! 로빈의 멋진 모습에서 칼날처럼 예리한 전사의 남성미가 넘쳤다. 타라는 잔잔한 수면 밑에서 아더월드인의 에너지가 끓어오르는 느낌이 들었다.

"……." 말을 끝낸 로빈이 물었다. "어떻게 생각해?"

"응? 뭘?"

로빈은 인내심 있게 되뇌었다.

"꿈이 결합되면 위험할 수도 있어. 하지만 우리를 보호하기 위해서 그 결합을 약하게 할 수는 있어."

내가 어떤 꿈을 꾸고 있는지 읽는 순간 타라가 비명을 지르면서 도망치면 어떡하지? 로빈은 타라를 뚫어지게 쳐다보면서 열정적인 어조로 고백했다.

"슬릴 엠브리 샬 바리. 슬릴 제옴실리 멜 샬란드리. 샬 슬리 스스 에오불. 록 에샬 테올 에샬 마릴."

꿀이 흘러내리듯 부드럽게 전해져오는 언어……. 타라는 등줄기를 따라 전율이 이는 것 같았다.

"엘프의 시야."

로빈은 타라에게서 눈을 떼지 않은 채로 말했다.

로빈은 무릎을 꿇은 자세로 타라의 두 손을 잡고 시를 번역해 주었다.

"너의 아름다움은 내 영혼을 삼켜버리는 부드러운 액체. 너의 정신은 내 피의 잉크에 잠겨 있는 깃털 펜. 너 없는 나는 그림자. 네 눈물은 내가 빠지는 우물……."

얼마나 아름다운지! 말은 더 이상 필요 없었다. 답변은 한 가지 방법밖에 없었다. 타라는 하프엘프의 비단결처럼 보드라운 입술에 입을 맞추었다.

아, 입을 맞추지 않았으면 좋았으련만! 그 순간 며칠 전 인간이 아닌 존재가 걸어놓은 마법의 주문이 타라를 덮쳤다. 타라가 공격을 받기 쉬운 가장 취약한 순간이었다. 타라가 눈을 뜨고 있었다면 마법을 보고 즉각 대응했겠지만 타라는 로빈에게 입을 맞추고 있었고 눈꺼풀은 닫혀 있었다.

마법의 주문은 살을 꿰뚫고 불타는 화살처럼 타라의 등에 꽂혔다. 비단과 꿀이 피와 금속으로 바뀌었다. 그 순간 떨리던 가슴은 진정되었고, 타라가 몸을 뒤로 빼면서 결합은 깨졌다. 천국에서 헤매다 깜짝 놀라서 눈을 뜬 로빈은 몽롱한 얼굴로 자신을 응시하는 타라를 보았다.

"로빈…… 나…… 나는……."

"오! 타라! 이거 꿈 아니지?" 로빈이 외쳤다. "잘렌마릴도 우리를 막지 못하는 거야!"

로빈이 타라의 입술을 향해 다시 몸을 숙였다. 어떻게 하면 친구에게 상처를 주지 않고 빠져나갈지 궁리하면서 타라는 겁먹은 사슴처럼 팔딱 일어났다.

"나는…… 책임이 막중한 사람이야." 타라는 이런 말을 하고 있는 자신이 믿어지지 않았다. "그래, 네 말이 맞아. 우리 집안은 하프엘프를 쉽게 받아들이지 않을 거야."

충격을 받은 로빈이 이해할 수 없다는 듯 타라를 뚫어져라 쳐다봤다.

"하지만 나는 그런 말을 한 적이 없는데!"

"너는 그럴 필요가 없었어." 타라는 말을 잘랐다. "우리가 나오울디아르가 되었을 때 너의 머릿속에서 그걸 읽었으니까. 너의 신분과 혼혈이라는 것 때문에 여제에게 멸시받을 거라는 두려움, 고통, 괴로움…… 다 읽었어. 우리는 잘되지 않을 거야. 로빈, 정말 미안한데 나는 너를 친구로 좋아해. 그 이상은 아냐."

타라의 눈에서 이유를 알 수 없는 눈물이 흘러내렸다. 날벼락 같은 소리에 아연실색한 로빈을 두고 타라는 방을 뛰쳐나갔다. 절망에 빠진 로빈의 머릿속은 복잡했다. 타라가 어떻게 이토록 매정하게 나를 내칠 수 있을까? 나오울디아르와 무슨 관련이 있는 걸까? 아냐, 그럴 리 없어!

화가 치민 로빈의 피는 분노와 실망으로 부글부글 끓었다. 하프엘프가 싸우고 싶어 한다고 생각한 릴란드릴의 활이 유형화되었지만 로빈은 살아 있는 무기를 거부했다. 로빈은 검을 움켜잡았다. 로빈의 눈에 나무와 사슴들이 들어왔다. 지금 같은 심정에 필요한 것은 바로 검이었다. 로빈은 고개를 젖히고 고함을 지르면서 검을 휘둘렀다.

방문에 기대고 선 타라는 로빈의 고함소리가 울렸을 때 몸을 부르르 떨면서 눈물을 펑펑 쏟았다. 타라도 어떻게 된 영문인지 알지 못하고 있었다. 머리를 두들겨 맞은 것처럼 정신이 멍한 타라는 자신의 방으로 들어갔다. 로빈에 대한 감정이 분명히 아주 강렬했는데 입을 맞추는 순간 펑! 산산이 깨지고 말았으니!

아직 충격 상태에 있는 타라는 친구들, 할머니와 증조할아버지를 들여보내라는 지시를 방문에 내렸다.

페가수스가 기다리고 있었다. 타라는 손으로 눈물을 닦고 코를 훌쩍거리면서 갈랑에게 괴로운 마음을 털어놓았다.

그런데…… 타라는 갈랑의 반응에 깜짝 놀랐다. 푸르릉, 하품을 하다니! 그러고는 갈랑이 자기의 느낌을 다시 전했다. 인간들은 뭐가 그렇게 복잡한지! 페가수스들의 세계에서는 예쁜 이성을 만나면 깃털을 헝클어뜨려서 유혹하거나 으스대면서 포근한 둥지를 지어주면 그냥 게임 끝이야!

202

그 이미지들이 어쩌나 우스운지 타라의 얼굴에 미소가 번졌다. 뭐, 나더러 로빈 앞에서 머리를 휙 헝클어뜨리면서 유혹의 윙크라도 보내라는 거야? 으윽, 닭살!

패밀리어는 정신적으로 미소를 지어 보였다. 잠깐 동안에 타라의 울적한 기분을 바꾸는 데 성공했다.

타라는 욕실로 들어갔고, 뜨거운 물로 샤워하면서 눈물을 씻었다. 몰려오는 피로와 슬픔을 억제하면서 한숨을 내쉬었다. 또다시 비정상적으로 녹초가 되는 느낌이 들었다.

그때 갑자기 호텔-대사관이 소란스러워졌다. 방음 주문에도 불구하고 버럭버럭 질러대는 분노의 고함소리가 쩌렁쩌렁했다. 타라는 대번에 누구의 목소리인지 알았다. 파프니르! 어? 아직 올 시간이 아닌데…… 친구들이 생각보다 빨리 극장에서 돌아오고 있었다.

타라가 욕실에서 나오자 체인지라인이 목욕가운을 청바지에 티셔츠, 컨버스 운동화 차림으로 바꿔주었다. 타라는 후닥닥 복도로 뛰어나갔다. 로비 쪽 발코니 난간을 통해 파프니르가 보였는데 광분한 난쟁이는 마치 벌겋게 달아오른 쇠막대기 같았다. 그런데 이상하게도 그 분노의 대상이 파브리스와 무아노로 보였다.

또 무슨 일이 일어난 거지? 바구니 안에서 코를 골면서 자는 마니투 옆에서 꾸벅꾸벅 졸던 갈랑이 그냥 있으라는 신호를 보냈지만 타라는 층계를 뛰어내려갔다.

"하지만 그건 오, 페, 라였어, 파프니르!" 무아노가 소리쳤다.

"작가의 상상 속에서만 존재하는 픽션이었단 말야!"

"첫째, 그 난쟁이들은 엉터리야!" 파프니르는 막무가내였다.

"우리는 신을 위해서 무기를 만들지 않아. 신들은 무기가 필요 없으니까! 둘째, 마법의 황금반지를 만들 생각 따위는 하지 않아. 우리는 마법을 사용하지 않으니까! 도저히 용서할 수 없는 잘못이야! 셋째, 그 누구도 우리에게 강제로 금을 만들어라 마라 할수 없어! 감히 그런 걸 시키는 자가 있다면 그 낯짝에 도끼가 날아가니까!"

"이게 웬 소란이니?" 이사벨라는 위엄 있게 층계를 내려오면서 물었다.

"날짜를 착각하셨어요, 어머니가." 무아노는 파프니르를 흘겨보면서 설명했다. "오늘 저녁에 공연하는 작품은 〈오페라의 유령〉이 아니라 바그너의 오페라 〈라인의 황금〉이었어요. 지그프리트와 애꾸눈 신 보탄의 딸 브룬힐데의 이야기, 황금반지에 얽힌 에피소드를 그린 작품 말예요. 그런데 난쟁이들이 반지를 만들고, 지그프리트가 용을 죽이고 그 반지를 빼앗는 장면을 보더니 갑자기 무대로 뛰어올라갔어요, 파프니르가 글쎄!"

"어머머!" 울적한 기분이 싹 달아난 타라는 눈까지 생글거리면서 외쳤다. "설마 그랬을 리가!"

"그 말도 안 되는 오페라가 난쟁이들을 우롱하고 있었던 말야! 난 가만히 보고 있을 수 없었어! 또 노래는 그게 뭐야, 도저히 들을 수가 있어야지!"

"그래서 어떻게 됐단 말이니?" 이사벨라가 물었다.

"파프니르가 지그프리트 역의 배우를 때려눕히고 나서 그 반지를 난쟁이 역 배우들에게 돌려주면서 이방인에게 복종하면 안 된다고 설명했어요. 비록 키는 비정상으로 작지만 중요한 것은 겉모습이 아니라 정신이라면서. 무대 위의 배우들이 달려들어 제압하려고 하자 파프니르가 몇 명을 관객석으로 집어던지고는 남은 사람들을 훈계했어요. 그래서 민투스 주문만 간신히 걸어놓고 황급히 도망쳐나왔어요. 무대 위에 쓰러져 있는 지그프리트와 관객 속에서 질겁해 있는 난쟁이들을 내버려둔 채로."

"흥! 약해 빠져서! 한 주먹거리도 안 되는 것들이 어디서 까불어! 나는 남아서 그들이 내 말을 제대로 이해했는지 확인하고 싶었지만 무아노가 못하게 했어."

파프니르는 머리끝까지 화가 나서 씩씩거렸다.

이사벨라는 아더월드의 별이 총총한 하늘과 두 개의 달을 복제한 천장을 쳐다보면서 한숨을 쉬었다.

"어째 이 여행길은 고생문이 훤할 것 같구나. 어서들 가서 자거라. 상황은 종료되었으니까."

이사벨라는 돌아서서 지친 걸음으로 터덜터덜 층계를 올라갔다.

뒤이어 파프니르가 징 박은 장화발로 값비싼 대리석 층계를 쿵쿵 밟으면서 올라갔다. 난쟁이의 발밑에서 대리석 바닥이 삐걱거리는 소리를 낼 때마다 가운 차림에 희한하게 생긴 모자를 쓴 호텔 지배인이 신음소리를 냈다.

타라는 고개를 설레설레 저으면서 방으로 돌아갔다. 성깔을 부리는 난쟁이 때문에 로빈과 있었던 일을 잠깐 잊었지만, 불안이 엄습했다. 타라는 자신에게 엄하게 말했다.

'그만둬! 밤새도록 그 생각만 할 거야? 자야 돼, 자야 돼!'

타라는 이를 닦고 나서 잠옷을 입었다. 그러고는 체인지라인의 주머니를 뒤졌다. 양피지가 있었다. 이제야 읽을 시간이 생긴 타라는 양피지를 펼쳐보다가 깜짝 놀랐다. 박물관의 희미한 빛에서는 알아채지 못했는데…… 뜻밖의 상황이 일어났다.

타라는 한 글자, 단 한 문자도 읽을 수 없었다. 오무아 언어도, 아더월드 어느 나라의 언어도 아니었다. 타라는 트라둑투스 통역 주문을 시도했고, 마법이 물결처럼 흘러나왔지만 양피지는 반응하지 않았다. 헛된 시도를 한 지 30분 후 타라는 한숨을 내쉬었다. 도움을 청해야 했다. 타라는 단념하고 양피지를 돌돌 말아서 침대 밑에 밀어넣었다. 빛이 약해지고 사막의 미풍에 침대의 하얀 커튼이 나풀거렸다. 별빛이 반짝이기 시작했고, 눈꺼풀이 스르르 닫히고 있을 때 방문이 열렸다. 바짝 긴장한 타라는 마치 잠이 든 것처럼 고른 숨소리를 내면서 이불 안에서 마법을 작동했다. 타라는 감상에 젖어서 문에 패밀리어들이 들락거릴 수 있게 지시한 것을 후회했다.

"타라, 공격하지 마, 제발. 나야, 무아노!"

내가 깨어 있다는 것을 무아노가 어떻게 알지? 게다가 마법의 광선을 발사할 준비가 되어 있다는 것까지? 물어보려는 순간 타라는 방을 밝혀주는 빛이 복제한 달들의 은은한 달빛이 아니라는 것을 깨달았다.

타라 자신이 발산하는 빛이었다.

손이 아니라 온몸에서 빛이 번쩍이고 있었다. 질겁한 타라는 이불 속에서 팔을 꺼냈다. 반딧불처럼 살갗이 파란빛을 내는 것이 아닌가.

무아노는 은빛 표범 쉬바를 데리고 다가왔다.

"맙소사! 타라, 뭐 하는 거야, 너?"

"나? 아무것도 안 해. 이 고약한 마법의 짓이지 뭐. 나 좀 봐, 꼭 전기스탠드 같지?"

무아노는 깔깔대고 웃으려다가 친구의 목소리에서 분노하는 기미를 알아차리고 재빨리 정신을 차렸다.

"이건 정상이 아냐! 지체 없이 이사벨라 부인을 깨워야겠어!"

이사벨라가 자신의 목적을 위해 타라를 이용하는 점에서는 여제나 마지스터와 다를 바가 없다고 생각하기 때문에 무아노는 타라의 할머니를 그리 좋아하지 않았다. 그렇지만 이사벨라의 마법 능력은 인정하고 있었다. 이사벨라라면 타라를 치료할 수 있을 것이었다.

"아니, 그냥 주무시게 둬. 내가 잠들어 있을 때 이따금 이런 일이 일어난다고 갈랑이 말해줬어."

"하지만 지금은 깨어 있잖아!"

불안한 얼굴로 무아노가 말했다.

타라는 무아노의 관심을 딴 데로 돌리기 위해 얼른 화제를 바꿨다.

"그래, 깨어 있어. 그래서 말인데 얼마나 궁금했는지 몰라. 네가 파브리스를 따라나간 뒤로 우리 얘기할 시간이 없었잖아. 그래서 어떻게 됐어?"

타라는 지금까지 무아노에게 파브리스와 잘돼가는지 입도 벙긋하지 않고 있었다. 친구들의 크리스털 볼을 도청할 수 있는 칼 때문에 조심하는 차원에서였고, 칼은 헛고생을 하다다 약이 잔뜩 올라 있었다.

무아노는 내가 속을 줄 알아? 하는 눈길을 보내면서도 어깨를 으쓱하면서 대답했다.

"파브리스는 정말 놀라워. 관리하기가 벅찬 애야. 완전히 강박 관념에 빠져 있어."

"강박관념? 너랑…… 그걸 하고 싶어 한다는 뜻이야?"

무아노의 얼굴이 토마토처럼 빨개졌다.

"뭐? 아니, 아니, 그건 전혀 아니야!"

"아, 그래? 나는 남자애들이 그것만 생각하는 걸로 아는데?"

"아냐. 그런 애들하고는 달라. 랑코비트에서 파브리스를 쫓아 다니는 소녀가 얼마나 많은지 상상도 못할 거야, 너는. 그 애들이 어찌나 짜증스러운지 하마터면 여러 명을 개구리로 둔갑시킬 뻔 했어. 파브리스는 아직 그런 생각 안 해, 그냥 장난치는 거지."

"말도 안 돼!"

"맞아! 확실해, 타라. 사랑이라는 건 정말 복잡해. 네가 궁금해 하는 것에 대해 우리도 얘기를 나눴어. 하지만 우리는 너무 어려. 파브리스도 나도 모든 걸 망치고 싶지 않아. 그래서 우리는 천천 히 여유를 갖기로 했어. 이제 열네 살이잖아! 강박관념은 그 문제 가 아니라 마법 능력에 대한 것이었어."

"에이, 그것도 좋은 소식은 아니네. 아직도 더 강력한 마법사가 되려고 애쓰고 있다는 거야?"

무아노는 유감스러운 표정을 지으며 신경질적으로 구불구불한 갈색 머리털을 배배 꼬았다.

"웅. 표지만 봐도 구토가 일어나는 아주 혐오스러운 책들을 읽고 있어."

"예를 들어서 악마들이 쓴 금지된 책 같은 거?"

"웅. 마법은 아주 위험할 수도 있다는 걸 부모님은 항상 강조하셨어. 아마 마법을 싫어하는 난쟁이들을 자주 접하기 때문일 거야. 가끔 파브리스는 나에게 화를 내. 내가 여자친구가 아니라 어머니처럼 잔소리가 많다고!"

타라는 얼굴을 찌푸렸다. 그건 좀 심했다! 어머니를 아무리 좋아한다고 해도 무아노를 그런 식으로 비유했다는 것은 전혀 마음에 들지 않았다.

"단념하질 않아. 나를 사랑하는 것은 확실한데! 하지만 마법 능력에 대한 욕심 때문에 가슴이 삭막해지고 있어."

타라는 아연실색했다. 타라는 자신의 운명만 한탄하고 있다가 절친한 친구를 잊고 있었던 것이다.

"결국은 마지스터처럼 될 위험이 있다는 걸 아는 거야, 모르는 거야? 파브리스도 권력을 탐할 거 아냐?"

"나도 그렇게 말했어."

"그랬더니?"

"자기는 언제 멈춰야 하는지 안다고 했어. 그리고 자기가 멈추지 않을 경우 내 능력으로 충분히 자기를 저지할 수 있다는 거야. 그러면서 자기가 마법 능력을 원하는 것은 오직 나를 보호하기 위해서라고 했어."

"다스 베이더처럼? 사랑하는 파드메를 위하여! 네가 파브리스에게 〈스타워즈〉 시리즈 여섯 편을 다 보여줘야겠다. 그 말로가 어떻게 되는지 깨닫게 말야. 그리고 내 도움이 필요하면……."

"아니, 그건 안 돼." 무아노는 말을 잘랐다. "이 문제는 나 혼자서 해결해야 돼."

무아노는 타라에게 미소를 지으면서 화제를 바꿨다.

"그건 그렇고 로빈과 너는 어떻게 되어가니? 마침내 너에게 사랑을 고백했어, 로빈이?"

"응? 너…… 알고 있었어?"

"오무아와 랑코비트에서 로빈이 너에게 홀딱 빠졌지만 고백하지 못하고 있다는 걸 모르는 사람이 아마 거의 없을걸!"

이번에는 타라의 얼굴이 빨개졌다. 뭐, 랑코비트 사람들이 거의 다 알고 있다고? 그럼 어머니, 할머니, 증조할아버지도?

"로빈이 시를 하나 읊어줬어." 타라가 고백했다.

"와, 굉장히 로맨틱하다! 어떤 시였는데?"

사악한 주문의 영향으로 달콤한 말들이 싹 지워졌나? 아무리

기억을 더듬어도 타라는 생각나지 않았다. 주문에 걸린 타라의 머릿속에서 시는 희미한 메아리로만 남아 있었다.

"기억이 안 나! 부드러운 액체, 영혼, 우물…… 그런 표현이 있었던 것 같아."

무아노는 황당한 표정을 지었다.

"우물? 무슨 연관이 있는지 상상은 안 되지만…… 그래서 너도 시를 읊었어?"

타라의 얼굴이 더 빨개졌다. 빨간 얼굴에 파란빛이 더해지니 정말 요상했다. 자홍색인가?

"그래서 우리는 입맞춤을 했어."

"와, 멋지다! 그래서 어땠어?"

"난 아무 느낌도 없었어. 모든 매력이 사라지는 것 같았어. 그러고는 친구 이상으로 느껴지지 않았어."

무아노는 두 귀를 믿을 수가 없다는 얼굴로 타라를 빤히 쳐다봤다.

"농담이지?"

타라의 우울한 표정을 보고 무아노가 말했다.

"어떻게 그런 끔찍한 일이! 난 네가 로빈을……."

"나도 그렇게 생각했는데 정말 이해할 수가 없어."

"너도 사랑한 거 맞지?"

타라는 솔직하게 말했다.

"사랑? 그건 모르겠어. 로빈에 대해 강렬한 감정을 느끼고는 있었지. 너, 파프니르, 칼, 파브리스, 갈랑에 대해 느끼는 것과 똑같은 감정, 사랑과 우정이 섞인 감정이랄까. 로빈과 입을 맞추는 것은 내가 느끼는 감정을 정확하게 보여주는 것이라고 생각했어. 그런데…… 그게 끔찍했어, 무아노. 그건 사랑이 아니라 그냥 우정이었어!"

그 장면을 떠올리면서 타라는 심장이 빠르게 뛰는 걸 느꼈다. 마법의 빛이 강렬해졌다. 바로 그때 문이 열리고 무아노를 찾아다녔는지 파브리스가 바룬을 데리고 들어오다가 파란빛에 휩싸인 타라를 보고 우뚝 멈춰 섰다.

"안녕 타라! 너 꼭 스머프 같은 거 알아?"

파란빛에 휩싸인 타라는 하얀 치아를 드러내면서 환하게 미소 지었다.

"응, 알아. 갈랑도 그러더라고. 내가 잘 때 가끔 이러는 모양이야. 글로리아를 찾아온 거야?"

무아노라는 별명을 싫어하는 파브리스는 이름으로만 부르고 있었다. 토가를 걸친 파브리스가 달빛 속으로 다가왔다. 온몸에 룬 문자가 가득한 파브리스는 기분이 나빠 보였다. 맙소사, 룬 문자는 마법과 점술에도 사용된 옛날 신비문자잖아? 게다가 죽은

지 한 달은 지난 짐승이 썩는 것 같은 악취까지 진동했다.

"파브리스, 너 뭐 하는 거야?"

타라는 코를 틀어막으면서 물었다.

"아, 잘됐다. 오랜만에 한번 맞혀볼래?"

한동안 잠잠하더니 파브리스가 수수께끼를 내고 싶은 충동이 이는 모양이었다.

무아노가 눈을 흘기면서 한숨을 쉬었다.

"그건 그렇고, 파브리스, 더 강력한 마법사가 되고 싶은 너의 욕망에 대해 이제 결정을 내렸어?"

파브리스는 맨발을 휘적거리며 어기적어기적, 몸을 흔들었다.

"왜 위험해서? 그게 그렇게 해서는 안 될 일이야? 그렇게 어리석은 짓이야?"

"금기사항이야. 지난번에 늑대인간으로 변신해서 우리 둘 다에게 프러포즈를 했잖아, 너! 내가 아무리 타라를 좋아해도 다시는 그 꼴 못 봐!"

파브리스는 무아노에게 다정한 미소를 지어 보였다.

"나의 글로리아, 나는 너만 사랑해."

달콤한 말에 넘어간 무아노가 멍해 있는 틈을 타서 파브리스는 실험을 그만두겠다는 지키지도 못할 약속을 하게 될까 봐 얼른 화제를 돌렸다.

"타라, 무아노를 찾아온 건 맞는데 너랑 할 얘기도 있어. 자, 빨리 고백하시지!"

밑도 끝도 없는 말에 타라는 파브리스를 뚫어져라 쳐다봤다.

"뭘 고백해?"

무아노도 깜짝 놀라서 쳐다봤다.

"로빈과 타라에 대해 너도 알고 있었어?"

"로빈에 대해서 뭐? 아니, 전혀. 어쨌든 로빈에 대해 할 얘기가 뭔지는 몰라도 그건 이따가 해. 타라가 어제 우리에게 했던 그 말도 안 되는 거짓말에 대해 이실직고하는 게 먼저니까. 다른 사람들에게는 통할지 모르지만 세 살 때 자기 인형 바르비와 결혼시키려고 나의 무사 조를 훔치려고 했을 때부터 타라를 알아온 나한테는 안 통하지! 자, 어서 불어, 타라. 설명해. 아더월드를 몰래 도망친 직후에 지구에서 뭘 했는지?"

타라는 눈살을 찌푸렸다.

"난 바르비를 너의 무사 조와 결혼시키려고 하지 않았어. 내가 똑똑히 기억하는데 그 근육질의 무사에게 입히려고 바르비의 드레스를 훔친 건 너였어."

당황한 파브리스는 무아노를 흘낏거리다 점잖게 대답했다.

"그때 난 세 살이었어. 페티코트에다 리본장식이 요란한 드레스를 입고서도 내 무사가 싸움을 할 수 있는지 알고 싶은 것뿐이었단 말야. 말 돌리는 솜씨는 아주 훌륭했는데 그 정도로는 안 되지. 자, 어서 대답해."

무아노는 코를 틀어쥐면서 숨 막히는 소리로 말했다.

"제발 부탁인데 네 몸에 있는 그 문자 좀 없애줄래? 냄새 때문에 도저히 못 참겠어!"

파브리스는 심호흡을 했다가 숨이 턱 막혔고 그 바람에 룬 문자와 냄새가 사라지자 금세 후회했다. 그러나 후각이 예민한 매머드는 살았다는 표시를 했다.

"타라, 이제 말해!"

선택의 순간. 타라는 계획의 첫 단계를 혼자서 해결하기로 결정했기 때문에 거짓말로 초지일관하든지, 진실을 말하든지 둘 중의 하나를 선택해야 했다. 폭탄 때문에 칼이 죽을 뻔했는데도 변함없는 우정을 보여주었던 친구들이 떠올랐다. 친구들은 그랬는데 이렇게 중요한 일을 어떻게 숨긴단 말인가!

"내가…… 온 건…… 양피지를……." 타라는 입속말로 중얼거렸다.

"뭐라고?"

"양피지를 훔치러 왔어!" 타라는 큰 소리로 내뱉었다.

파브리스와 무아노는 별의별 생각을 다하고 있었다.

"양피지?" 무아노는 또다시 깜짝 놀랐다. "무슨 양피지? 누가 뭘 쓴 건데?"

타라는 머뭇거리다가 항복했다.

"유령의 육신을 되살리는 방법을 설명한 양피지!"

무아노는 타라의 의도를 대번에 파악하고 펄쩍 뛰었다. 타라와 파브리스보다 아더월드의 사정을 훤히 아는 무아노는 그 계획이 얼마나 위험천만한 것인지 잘 알고 있었다.

"뭐? 너 미쳤어? 그건 엄청나게 위험하고 금지된 일이야!"

타라는 눈물이 왈칵 쏟아질 것만 같았다.

"너는 몰라! 엄마가 메델루스와 결혼하려고 한단 말야!"

"맙소사! 타라, 네 어머니가 살아 있는 사람과 결혼하고 싶어 하는 건 당연한 일이야! 네 아버지는 돌아가셨어!"

"아니, 유령이야." 타라는 물러서지 않았다. "난 아버지를 되살리기로 결심했어. 난 포기하지 않을 거야, 무아노. 넌 반대해도 돼. 지금부터 이건 내 일이니까. 아버지에게 육체와 생명 그리고 가족을 돌려줄 거야!"

"와우! 그거 진짜 멋진 생각이다!" 메델루스를 별로 좋아하지 않는 파브리스는 기뻐했다. "내가 도와줄게!"

"파브리스, 정말 도움이 안 된다, 너는!" 무아노가 쏘아붙였다.

"한 가지만 너희가 나를 좀 도와줘!" 흥분한 타라는 무아노가 하는 말에 신경 쓰지 않았다. "카이로에서 훔쳐온 양피지를 해독할 수가 없어서 그래. 난생처음 보는 문자로 쓰여 있어!"

타라는 계속할 수 없었다. 숨 쉬기가 힘들어지는 느낌이 들었던 것이다.

"근데 너희는 방이 너무 덥다고 생각하지 않아?"

친구를 살펴보던 무아노는 섬뜩했다. 빛의 아우라에 휩싸인 타라의 얼굴이 땀으로 번들거리고 있었다. 무아노는 타라의 파란 살을 만지는 순간 깜짝 놀랐다. 친구의 이마가 펄펄 끓고 있었다. 침대에 앉아 있던 무아노는 벌떡 일어났다.

"타라! 너 마법을 과다 사용하고 있는 거야! 지금 당장 마법을 중단해!"

타라는 중단하려고 했지만 한계에 이른 것 같았다.

"아, 안 돼. 마법이 말을 듣지 않아!"

실제로 마법의 광선에 온몸이 휩싸인 타라는 이제 땀에 흠뻑 젖어 있었다.

"살아있는 돌, 도와줘!" 무아노가 외쳤다. "체인지라인, 타라의 몸을 차게 해!"

마법 능력을 지닌 사물들이 복종했다. 타라의 잠옷이 땀과 열을 흡수하는 냉각 천으로 바뀌는 동안 살아있는 돌은 방에 퍼지고 있는 마법의 물결을 진압하려고 애쓰고 있었다. 그 바람에 잠든 마니투와 갈랑을 보호하는 방음막이 깨졌고, 소스라치게 놀라서 달려왔다. 갈랑은 페가수스의 모습을 되찾았다.

"방! 북극 기후!" 무아노가 명령했다.

말이 끝나기가 무섭게 얼음처럼 차가운 공기가 솟구치더니 사막 풍경이 바뀌었다. 펭귄과 바다표범이 잠들어 있는 빙산이 나타나면서 기온이 뚝 떨어졌다.

"너 뭐 하는 거야?"

파브리스는 이를 딱딱 마주치면서 소리쳤다.

"타라가 마법을 과다 사용했어. 어떻게 해서든 체온을 떨어뜨려야 해."

"타라!" 밖에서 외치는 소리가 들렸다.

문이 벌컥 열리고 공포에 사로잡힌 로빈이 뛰어들어왔다. 얼마나 급했으면 옷을 입다 만 것 같은 로빈은 엘프의 모습으로 돌아와 있었다.

"팔뚝의 무늬가 화끈거리더니 내가 엘프로 돌아왔어! 무슨 일이야?"

파브리스가 상황을 설명하는 사이에 무아노는 방을 냉각하면서 파브리스와 로빈의 옷차림도 마법복으로 바꿨다. 이어서 마법복이 두꺼운 모피로 변하는가 싶더니 그들의 머리에 털모자까지 씌워졌다. 개와 매머드, 표범, 페가수스를 보호하기 위해 로빈이 재빨리 주문을 읊었다. 이제 방의 온도는 영하 20도로 내려갔지만 의식이 거의 없는 타라는 아무런 반응을 보이지 않았다. 타라의 몸에서 구름 같은 수증기가 올라오고 있었다.

"로빈!" 무아노가 외쳤다. "이사벨라 부인과 브루빌렌디르그 레샤릴바르 선생님에게 가서 샤먼 치료사를 빨리 불러달라고 해. 아더월드의 대사관은 어디나 샤먼이 한 명씩은 있어."

군말 없이 쏜살같이 튀어나간 하프엘프는 1분도 채 안 돼서 이사벨라와 드래곤과 함께 돌아왔다. 그런데 드래곤은 그 거대한 용의 몸뚱이를 어떻게 한번 구겨 넣어보겠다고 낑낑대는 눈뜨고 못 봐줄 광경을 연출하더니 결국은 방문 입구를 넓혀야 했다.

그 단단한 비늘껍질에도 불구하고 드래곤은 부르르 떨었다. 강풍을 동반한 폭설이 무섭게 몰아쳤고, 이제는 꿈쩍도 않는 타라의 몸에서 발산되는 강렬한 파란빛이 하얗게 쌓이는 눈에 반사되고 있었다.

"오, 맙소사! 마법의 강도를 낮춰라!" 드래곤이 외쳤다. "대사관은 이렇듯 엄청나게 방출되는 에너지를 견디지 못해!"

"그럴 수 없어요!" 무아노는 바람소리 때문에 악을 쓰듯 소리를 질렀다. "타라는 이제 능력을 조절할 수 없단 말예요! 샤먼은 어디 있어요?"

드래곤은 듣도 보도 못한 욕설을 정말 길게도 내뱉었다.

"지금 여기 없어. 지구의 암소들 때문에 샤먼이 정말 오랜만에 처음으로 외출이라고 한 건데 하필이면 오늘! 에이, 재수가 옴 붙었지. 이제 어떡하지? 대사관의 보호장막이 파괴되면 민투스 주문으로는 우리의 존재를 숨길 수 없어! 런던은 물론이고 비마들의 위성통신을 통해 지구 전체가 알게 될 텐데 정말 큰일이네!"

그 순간 파프니르가 도끼를 휘두르면서 들이닥쳤다.

"뭐야? 또 무슨 일이야? 놈들이 어디 있어? 나 말리지 마!"

난쟁이는 도저히 믿기지 않는 아찔한 광경에 그대로 멈춰 서버렸다.

"진정해, 그러다 누구 다칠라!" 이사벨라가 엄하게 말했다. "누가 우리를 공격한 게 아니라 타라가 마법을 과다 사용해서 이 지경이 되었다."

자신의 빨간 머리털이 하얀 성에로 뒤덮이자 난쟁이의 두 눈이 핑핑 돌아갔다.

"또! 정말 돌아버리겠군. 아유, 추워! 금방 돌아올게요!"

1분 후에 돌아온 파프니르는 두꺼운 모피로 감싸고 있는데 털을 뒤집어쓴 통나무 같았다.

이사벨라는 걱정이 가득한 얼굴로 손녀딸을 내려다보았다.

"타라, 내 말 들리니? 타라?"

그러나 타라는 의식이 없었다.

이사벨라는 마법의 흐름을 느끼기 위해 타라의 몸 몇 센티미터

위에서 두 손을 이리저리 움직여봤다. 몸을 일으킨 이사벨라의 얼굴은 어두웠다.

"무아노, 뭘 어떻게 했는지 정확하게 설명해봐!"

"타라의 이마가 펄펄 끓고 있었어요. 그래서 열을 내리려고 강풍을 동반한 폭설을 불렀어요."

"그 정도가 아니에요!" 로빈이 외쳤다. "내 팔뚝의 무늬가 불에 타는 것처럼 화끈거린다는 건 타라가 지금 산 채로 타고 있다는 뜻이에요!"

"안 돼! 이 행성이 또다시 내가 사랑하는 사람을 해치게 내버려 두지 않겠어. 모두 물러서!"

이사벨라는 두 팔을 뻗고 쩌렁쩌렁한 목소리로 주문을 읊었다.

"바람 원소와 얼음 원소! 콘젤루스의 이름으로 내 손녀를 얼음 관으로 보호할지어다!"

눈 깜짝할 사이에 만들어진 흡사 누에고치같이 생긴 얼음관에 갇히자 타라는 부르르 떨면서 격한 반응을 보였다. 타라의 눈과 입, 두 손에서 치솟는 강렬한 광선이 주위에 있는 것을 모조리 파괴했다. 스위트룸이 있는 4층이 마침 꼭대기 층이라서 천만다행이었다. 다락방의 쥐들과 거미들만 불바다의 무고한 희생양이 되었고, 하얗게 달군 칼에 그대로 녹아버리는 버터처럼 호텔에 작용하고 있는 척력마저 흐물흐물 깨졌다. 그 순간 대사관 위 상공을 날던 비행기 조종사는 갑자기 날개의 일부가 사라진 이유를 전혀 모른 채 히스로 공항에 비상 착륙했다. 파란빛을 본 승객들이 샴페인을 너무 많이 마신 탓이라고 여기고 별다른 의심을 하지 않았기에 망정이지…… 게다가 비행기가 그 광선을 가로막고 밤낮으로 지구를 살피는 첩보위성의 눈, 그 수많은 카메라들을 가리지 않았다면 하마터면 들통이 날 뻔했다.

타라의 광선이 치솟는 순간 마법사들은 납작 엎드렸지만 드래곤은 어이가 없다는 듯 멀뚱멀뚱 쳐다보고 있었다.

"뭐 하는 겁니까?" 드래곤이 물었다.

"내 손녀의 마법은 조절할 수가 없소." 덜덜 떨면서 바닥에 배를 깔고 납작 엎드린 마니투는 옛정을 생각해서 봐준다는 듯 친절을 베풀었다. "내가 당신이라면 몸을 움츠리기라도 하겠소. 다리든, 날개든 뭐가 없어져도 괜찮다면 뭐, 그냥 그렇게 서 있으시든가!"

또다시 방출되는 강력한 마법의 에너지에 낯짝이 그을리자 그제야 장난이 아니라는 걸 깨달은 호텔 지배인은 작은 용으로 몸을 축소해서 의자 뒤에 엎드렸다. 이렇게 질서가 잡히기까지 얼마나 공을 들여서 가꾼 대사관인데! 의자에 몸을 바짝 붙인 채 한 발짝도 움직이지 않기로 결심한 드래곤은 눈알을 굴리면서 이사벨라의 행동을 지켜봤다. 구운 스테이크로 생을 마감하고 싶은 생각은 추호도 없었던 것이다.

이사벨라는 바닥에 누워서도 주문을 중단하지 않았다. 처음에는 타라의 마법이 워낙 강력해서 여러 번 얼음관이 깨졌다. 그러나 살아있는 돌과 마법사들, 드래곤이 이사벨라의 마법에 협력하면서 차츰 타라의 마법이 약해지다 완전히 제압되었다. 이제 더 이상 얼음관은 꿈쩍하지 않았다. 투명한 관을 통해 여전히 파란빛을 내면서 죽은 듯이 옴짝달싹 않는 타라가 보였다.

로빈의 고리무늬는 얼어붙었고, 결국 페가수스마저 콰당, 쓰러졌다.

그들은 여차하면 잽싸게 엎드릴 자세로 조심조심 일어났지만 얼음이 타라의 마법 방출을 제지하기에 이르렀다. 무아노가 폭설을 그치게 하자 마니투는 살았다는 표정을 지었다.

"오, 맙소사! 그럼 타라가⋯⋯." 로빈이 눈물을 쏟을 듯한 얼굴로 중얼거렸다.

"죽었냐고?" 피로에 지쳐서 볼이 쏙 들어간 이사벨라는 적나라하게 말을 받았다. "아니, 내가 타라의 생체 기능을 정지시켜놓았지만 에너지는 여전히 존재한다. 코마 상태에 빠져 있어. 점점 더 깊이 빠져들 거다. 타라를 이 상태로 오래 내버려둘 수는 없어. 임무를 취소하고 즉시 아더월드로 돌아가야겠다. 샤먼들만 치료할 수 있어."

"갈랑도 타격을 받았나 봐요!" 페가수스를 살펴보던 무아노가 소리쳤다. "의식을 잃었어요."

"페가수스를 축소해라!" 이사벨라가 지시했다. "살아있는 돌과 함께 바구니에 넣어서 데려가야겠어. 타라가 의식을 되찾으면 갈랑도 깨어날 거다."

그들은 각자 방으로 돌아가서 지체 없이 짐을 싸고 옷을 갈아입었다. 마법복이 마르자 대사관 홀로 내려간 그들은 얼음관을 에워싸고 서서 불안을 떨치기 위해 이런저런 얘기를 나누기 시작했다.

"세상에!" 파브리스는 눈살을 찡그리면서 말했다. "꼭 백설공주 같네!"

"백설공주?" 로빈이 풀죽은 어조로 물었다.

"못된 계모가 준 독이 든 사과를 먹고 죽은 소녀가 유리관 속에 누워 있다가 멋진 왕자님의 입맞춤을 받고 깨어나지."

"그렇구나. 그러니 왕자가 될 가능성이라곤 없는 나야 턱도 없겠지!" 또다시 상처를 받은 로빈이 씁쓸해했다.

파브리스는 입술을 깨물었다. 무아노가 귓속말로 로빈이 몹시 낙담해 있는 이유를 살짝 귀띔해주었던 것이다. 예전에는 타라에 대한 애정을 두고 로빈과 경쟁관계였지만 현재 무아노와 사귀고 있는 파브리스는 친구가 얼마나 괴로울지 짐작할 수 있었다.

"그래, 네 말이 맞다." 파브리스가 사과했다. "내가 바보 같은 말을 했어. 이럴 때 칼이 있었다면 이렇게 말했을 텐데. 타라가 백설공주였다면 관에 가만히 누워서 멋진 왕자님이 나타나 입맞춤해주길 기다리겠냐? 벌써 계모를 박살 내도 냈지."

"이런 말을 하게 될 줄은 몰랐는데 오늘은 정말 칼이 보고 싶다." 오지랖 넓은 칼에게 번번이 놀림을 당하고 골탕을 먹었던 로빈이 맥없이 말했다.

"나도 그래." 무아노가 인정했다. "그 뚱딴지같은 유머 때문에 짜증스러운 적도 많지만, 공포에 떨고 있을 때는 그래도 칼이 있으면 웃을 일이 생겨서 좋았는데. 빨리 돌아왔으면 좋겠어."

"모두 준비됐니?" 떠날 채비를 끝낸 이사벨라가 물었다. "로빈, 이리 와, 너를 인간의 모습으로 바꾸고, 갈랑과 바룬, 쉬바를 개로 다시 둔갑시켜야겠다. 그러고 나서 출발하자."

고양이, 고양이가 훨씬 좋은데! 표범이 야옹, 하고 울었다. 그러나 이미 개로 결정한 이사벨라의 단호한 얼굴을 보고 표범은 단념해야 했다.

대기하고 있는 차에 타라가 들어 있는 얼음관과 갈랑이 들어 있는 바구니를 실었다. 침통한 정적이 흐르는 가운데 그들은 불안한 기색이 역력한 이사벨라를 따라 공간이동의 문으로 향했다.

"그럼 하르퓌아들은 어떡하고?" 마침내 마니투가 물으면서 얼음관에 턱을 댔다가 재채기를 했다.

"털을 홀랑 뽑아서 지옥으로 보내버려야 하는데! 내 손녀딸을 살리는 게 먼저니까 할 수 없죠." 이사벨라가 대답했다.

"그거야 물론이지. 내 말은 누군가에게 맡겨서 그것들을 처치해야 하는 것 아니냐는 뜻이었다."

"그렇지 않아도 브루빌렌디르그레샤릴바르 선생에게 스톤헨지로 파견할 만한 사람을 부탁했어요. 문제는 혼자서 하르퀴아들과 맞서 싸울 만한 용기와 마법이 강력한 인물이 없다는 거예요. 그래서 어떻게 될지 모르겠어요. 우선 타라부터 살려놓고 봐야지요."

사실 마니투는 하르퀴아들에게 관심이 있는 것이 아니라 한 마법사의 목숨이 위험하다는 것을 잊지 않고 있었다. 이사벨라는 자신과 직접적인 관련이 없는 것에는 관심이 없었다.

"타라, 예쁜 마법사, 아파?" 자세한 상황을 몰라서 답답했는지 살아있는 돌이 모두가 들을 수 있게 물었다.

"응, 많이 아파." 무아노는 부드럽게 대답했다. "하지만 너와 우리 모두의 능력 덕분에 위험한 고비는 넘겼어. 치료하러 갈 거니까 걱정 마."

"이 행성 이제 싫어." 살아있는 돌이 불평했다. "내 친구 돌이 죽었어. 펑, 폭발, 정신이 떠났어. 타라도 아프고……. 좋지 않아!"

"아더월드로 돌아갈 거야." 파브리스도 안심시켰다. "너에게 익숙한 마법의 환경으로 돌아갈 거야."

"좋아!" 살아있는 돌이 기뻐했다. "빨리 가! 타라를 치료하고 나쁜 놈들을 죽이자."

파프니르의 얼굴에 미소가 번졌다. 살아있는 돌의 단순 명료한 사고방식이 마음에 든 난쟁이는 듣던 중 반가운 말이라는 표시로 돌을 토닥였다. 살아있는 돌과 몇 달만 더 같이 지내면 환상의 콤비를 이루면서 난쟁이의 영예를 만방에 떨칠 것 같은 생각이라도 든 것일까?

그들은 마침내 음울한 정적이 감도는 화물창고에 도착했다. 그러나 비마들의 눈을 피해 자칫 들통이 날 얼음관을 옮기는 것은 보통 일이 아니었다. 그들은 진땀을 빼면서 가까스로 아더월드 행 이동의 문 중앙에 얼음관을 내려놓기에 이르렀다.

"임무를 벌써 끝내셨습니까?"

잠이 덜 깬 문지기가 어리둥절한 얼굴로 물었다.

수영복 차림이었던 문지기가 이번에는 장밋빛 코끼리 무늬 회색 잠옷을 입고 있었다. 무아노는 문지기가 기혼자며 아내의 취향이 유치하다는 것을 알아차렸다. 무아노는 소름이 끼쳤다. 미래에 파브리스와 이런 모습으로 살게 된다면? 오, 그건 안 돼! 언제 폭발할지 모를 폭탄 같은 삶이 아니라 난 파브리스와 친구처럼 살 거야! 불평불만이 많고, 심각한 난쟁이들과 오랫동안 생활한 탓에 유머감각이라곤 없지만 무아노는 잔소리 많은 괴팍한 늙은이처럼 굴며 산다는 것은 생각만 해도 진저리가 쳐졌다.

"아니오." 이사벨라는 퉁명스럽게 대답했다. "이동의 문을 작동하시오. 지금 즉시 트라비아의 살아 있는 궁전으로 떠나야 해요."

알쏭달쏭한 답변이 썩 마음에 들지는 않지만 문지기는 순순히 복종했다. 그들은 얼음관을 에워쌌고, 이사벨라가 이동의 왕홀을 태피스트리에 갖다대면서 외쳤다.

"아더월드, 랑코비트 왕국 트라비아의 살아 있는 성으로!"

문지기가 지켜보는 가운데 다섯 장의 태피스트리가 무지갯빛 광선을 번쩍이는가 싶었는데…… 아무 일도 일어나지 않았다.

몇 초 후, 이사벨라가 눈을 매섭게 치켜떴다.

"문지기?"

"저도 이해를 못하겠습니다, 부인. 확인해보지요."

문지기는 중앙에 서서 다시 읊었다.

"아더월드, 랑코비트 왕국 트라비아의 살아 있는 성으로!"

역시 오색찬란한 빛만 번쩍할 뿐이었다.

문지기는 무슨 말인지 입을 달싹달싹하면서 태피스트리들을 주물럭거렸다. 그러나 온갖 노력에도 불구하고 결과는 변하지 않았다.

　그들은 어디에도 갈 수 없었다. 공간이동의 문이 작동하지 않
다니!

13
비밀 문서
죽은 자의 입을 여는 방법

*

크산디아르는 실험실을 이 잡듯이 뒤졌지만 뭔지 알 수 없는 다량의 발명품 외에 학자의 죽음과 관련된 것은 아무것도 발견하지 못했다. 그래서 신경이 몹시 날카로워져 있었다.

크산디아르는 여제에게 사고사가 아니라 살인 사건이라고 보고했다. 그 증거를 제시하지 못하면 무능하다는 낙인이 찍힐 판이었다. 그렇게 되면 여제의 눈에 들기 위해 적어도 몇 달은 초조한 나날을 보내게 될 것이었다. 일개 친위대원으로 강등되었다가 다시 여제의 신임을 받게 된 이상 이제부터는 여제의 안전을 위해 전력을 기울이는 모습으로 확실한 인정을 받고 싶었다.

모든 군주가 그렇듯 여제는 사람들을 이용했다. 그런데 여제가 납치되어 있는 동안 국사를 책임졌던 타라를 접하면서 크산디아르는 신하들을 강압적으로 지배하는 절대군주인 여제와는 달리 장관들의 의견에 귀를 기울이고 국민의 일상생활까지 세심하게 배려해주는 후계자에게 감탄을 금치 못했다. 그 차이점 때문인지 자신도 모르게 여제보다는 후계자에게 점점 마음이 기울고 있었다.

여제를 섬겨야 하는 크산디아르는 그 생각을 떨치기 위해 어린 후계자의 면면을 찬찬히 떠올렸다. 처음에는 후계자가 별로 마음에 들지 않았다. 예측이 불가능한 데다 가는 곳마다 사건을 만드는 사고뭉치로 보였다. 그런데 자신의 목숨을 맡기는 것으로 체면을 살려주질 않나 친위대장으로 복귀시켜주었다. 그때부터 그는 후계자에게 무한한 고마움을 느끼고 있었다. 통치한 기간은 짧았지만 특히 마지스터가 악마 군단을 이끌고 쳐들어왔을 때는 궁전 앞에서 두려움에 떨며 항복하라고 시위하는 비마들을 무력으로 진압하려는 수상을 정당하고 효과적인 방법으로 막았다.

이복오빠인 황제 산도르의 지지를 받으면서 리스베스는 이따금 자폐증 환자처럼 제국을 냉혹하게 지배했다. 아더월드는 서서히 그러나 확실히 변화하고 있었다. 새로운 기술이 도입되면서 비마들은 차츰 마법 없이도 지내는 방법을 터득하고 있었다. 지구에서 만든 기계는 에너지만 공급하면 아더월드에서도 간단하게 사용할 수 있었다.

여제는 이런 변화를 탐탁지 않게 여기고 있었다. 여제는 최근에도 지구에서 수입한 자동차를 사용하는 비마들을 비난했다가 비밀단체 '안티매직'의 분노를 샀다. 크산디아르는 소리도 요란하고 냄새도 역한 지구의 자동차가 달갑지 않으면서도 그 배후에 교통수단용 양탄자 길드가 있다는 것을 알고 상인들이 현정권에 행사하는 압력에 반대했다.

흥분한 크산디아르는 휙 돌아서다 등 뒤에서 둥둥 떠다니던 시험관들과 부딪쳤다. 그는 거칠게 그것들을 치워버렸다.

좋아, 어디 누가 이기나 해보자. 처음부터 다시 시작하는 거야! 크산디아르는 사고현장으로 돌아갔다. 시신이 발견된 곳에 버티고 서서 마치 자신이 학자인 듯 고개를 쳐들었다. 그러고는 뭔지 모를…… 키가 큰 존재와 마주하고 있다고 가정했다.

친위대원들이 놀란 눈으로 쳐다보거나 말거나 크산디아르는 머리 위의 보이지 않는 무엇인가에게 말을 걸 듯 허공에 대고 입을 달싹거렸다.

"블라 블라 블라, 블라 블라 블라."

"저기, 저한테 말씀하시는 겁니까, 대장님?"

그중 가장 용감한 친위대원이 물었다.

"아니야. 몇 초 후에 나를 죽이려 하는 자와 대화하는 것이다."

부하들이 즉각 검을 잡았다.

"누군가가 대장님을 노리고 있단 말씀입니까?"

그들은 깜짝 놀랐다.

"그래, 자네! 내 앞에 와서 음…… 악마로 변신해."

"제가요? 하지만……."

"자, 어서! 실시!"

다른 대원들은 일제히 뒷걸음치면서 갑자기 천장을 올려다보면서 대장의 눈길을 피했다. 지명된 대원은 제발 누가 나 좀 구해줘! 하는 눈길로 주위를 둘러봤지만 빠져나갈 구멍이라곤 없었다.

"저기, 대장님, 저는 변신에 능하지 않습니다."

"괜찮아, 내가 도와줄 거니까."

대원은 용감한 척 나섰던 것을 후회하면서 크산디아르가 가리키는 곳으로 어기적어기적 걸어갔다.

잠시 후, 대원의 몸뚱이가 여기저기 빵빵하게 부풀어오르고 친위대 군복을 뚫고 촉수들이 삐죽삐죽 나오더니 입술 밖으로 튀어나온 송곳니 때문에 혀 짧은 소리로 말했다.

"이건 너무 무섭쭙니다!"

"내가 시키는 대로 해! 자, 나를 향해 몸을 숙이고 위협해봐."

엉? 이건 또 무슨 소리냐는 얼굴로 대원이 대장을 멀거니 쳐다봤다. 크산디아르는 명령을 반복해야 했다. 자포자기한 대원은 갈가리 찢길 거라고 예상하면서 무기력하게 촉수를 휘둘렀다. 그러나 크산디아르는 공격은커녕 피하면서 중얼거렸다.

"이건 아닌데! 공격을 받았다면 나는 방어하려고 애를 썼겠지. 그런데 이 실험실에는 방어 마법을 사용한 흔적이 없단 말야. 그렇다면 그들은 대화를 하고 있었다는 건데……. 그리고 학자가 고개를 숙인 자세로 죽은 것으로 보아 마치…… 그래, 그거야! 악마가 학자에게 뭔가를 줬다는 거야. 자, 나한테 뭔가를 내밀어봐."

악마로 변신해 있는 대원이 질겁해서 열두 개의 눈알을 핑글핑글 굴렸다.

"뭘 내밀까요, 대짱님?"

친위대 모집 기준을 높여야겠다고 생각하는 것처럼 크산디아르는 부하를 한심하게 쳐다봤다.

"아무거나! 검이라도 내밀어보든가!"

대원은 얼른 무기를 내밀었다.

"아하, 고개를 숙이고 있었으니까 공격하는 걸 보지 못했을 것이고, 따라서 방어할 겨를도 없었을 거란 말야. 내가 알고 싶었던 것이 바로 이거야. 범인은 의도적으로 다가서서 학자를 죽인 거야. 그런데 시신에서는 아무것도 발견되지 않았단 말야. 어쨌든 단서가 될 만한 것은 아무것도. 마지막으로 하던 연구, 그 작업이 흔적도 없다는 것은 따라서 누군가에게 대가를 받고 넘겼다는 것인데……. 그렇다면 범인은 그걸 손에 넣은 다음 학자를 죽이고 사고로 위장한 거야. 내가 알고 있는 블루르 마브리는 신중하고, 세심하고, 꼼꼼한 사람인데…… 그런 성격의 소유자는 절대로……."

크산디아르는 검을 돌려주면서도 혼잣말을 계속했고, 잔뜩 긴장한 부하들은 대장을 주의 깊게 살피고 있었다. 생각에 잠겨서 성큼성큼 걸어다니던 크산디아르가 파란색 금속 달팽이 앞에서 멈춰 섰다. 달팽이의 껍데기 입구에서 작은 관처럼 생긴 것들이 들어갔다 나왔다 했다. 그 옆에 설명서가 있었다.

"흠흠, **글로비노마지코그라메르**, 학자들이란! 이게 뭐야 대체! 무슨 이름이 이래! 어디 뭐라고 썼는지 읽어나 보자. **마법사의 피에 함유된 마법의 양, 마법의 힘을 측정하는 데 사용함.** 내 마법의 양도 알고 싶어지는군. **검사기에 손을 집어넣고**…… **움직이지 말 것.** 어디 한번 해보자."

크산디아르는 구멍 속에 손을 집어넣었다. 그는 얼굴을 찡그리면서 얼른 손을 **뺐다.** 손가락에 핏방울이 맺혀 있었다. 글로비노라는 검사기에서 진동음이 나더니 가볍게 흔들리고 부르르 떨다가 옆에서 얇은 종이가 톡 튀어나왔다. 크산디아르는 구시렁거리면서 종이를 집어들었다.

"흠흠. **마법의 양, 중: 0.35/g .** 이게 뭐야, 그러니까 나는 중간 수

준이란 말이지? 이런 빌어먹을 놈의 기계! 0,01/g (하)~1,00/g (상). 쳇, 이 따위 기계를 발명하는 데 돈을 쳐들이다니!"

크산디아르는 무심코 책상 위로 종이를 집어던졌는데 책상과 그 옆에 놓인 서랍장 사이로 빠지고 말았다. 그는 종이를 집으려고 몸을 숙였다. 손가락이 종이에 거의 닿는 순간 반짝거리는 것이 손에 잡혔다.

크산디아르는 그 물체를 들고 조심스럽게 뒷걸음치다가 화들짝 놀랐다. 한 얼굴이 나타났던 것이다. 그는 본능적으로 검을 잡았다.

아니, 이건? 살해된 학자의 얼굴이 아닌가! 얼이 빠진 크산디아르는 무릎을 꿇고 아더월드의 수많은 신에게 학자가 제발 만약의 경우를 대비해놓았기를 빌었다. 기도가 통한 것일까.

"당신이 이 녹음을 듣는다는 것은 내가 죽었기 때문입니다." 이미지가 부엉이 눈을 끔벅거리면서 차분하게 설명했다. "유감스러운 일이지만 당신은 나를 죽인 살인자의 정체를 밝힐 수 있을 것입니다. 나는 그자의 이름을 모릅니다. 내가 죽은 지 26시간 후에 작동되는 이 물건 안에 문서를 감춰놓았습니다. 젠드라의 별과 교환하기로 약속했던 내 연구는 마법과 과학의 결합에 관한 실험을 완성할 수 있는 것입니다. 따라서 젠드라의 별을 가진 자를 찾으면 당신은 나를 죽인 자를 찾는 것입니다."

학자의 얼굴이 잠시 입을 다물었고, 냉정한 목소리에 슬픔과 무력감이 배어들었다.

"젠드라의 별을 회수하면 내 아들 블루르 마브리에게 그 별을 유산으로 물려주어 내 연구를 이어가기를 바랍니다. 이 녹음이 국가기밀로 분류되어 내 아들이 들을 수가 없게 된다면 내가 사랑했다고, 마브리 집안의 명예를 걸고 떳떳하게 살라고 전해주십시오."

목소리가 그치자, 공중에 디스켓과 분석표를 포함한 문서가 둥둥 떠올랐다.

재빨리 그것들을 낚아챈 크산디아르는 문서를 읽으면서 동시에 복사했다. 혈액과 조직검사를 곡선과 직선 그래프로 표시한 분석, 그가 방금 시험했던 검사기, 글로비노마지코그라메르의 분석표가 있었다. 갑자기 크산디아르는 숨이 넘어갈 듯 잿빛이 된 얼굴로 덜덜 떨기 시작했다.

"112/g! 어떻게 이럴 수가!"

점점 창백하게 질리는 대장을 보며 대원들은 소스라쳤다. 쏜살같이 뛰쳐나간 크산디아르의 목소리가 복도에 쩌렁쩌렁 울렸다.

"여제 폐하에게 당장 보고해야 해! 제국이 위험에 빠졌어!"

14
파괴된 세상

'노 터치' 라고 말할 때는 정말로 건드리지 말아야 한다

*

크산디아르가 날아가지 않는 것은 날개가 없기 때문이기도 하고 혜성 꼬리처럼 줄줄이 따라다니는 시험관들 때문이기도 했다. 놀람의 딸꾹질에다 분노의 고함을 버럭버럭 지르며 달려가던 그는 마침 공간이동의 문에서 쏟아져나온 사람들로 혼잡한 복도를 헤치며 미친 듯이 질주했다.

그는 여제가 집무 중인 접견실로 불쑥 들어갔다.

여제는 오무아의 상징인 100개의 금빛 눈을 가진 주홍빛 공작 문양을 새긴 옥좌에 앉아 있었다. 그 옆에는 여제의 어린 조카들이자 타라의 쌍둥이 동생들인 자르와 마라가 왕족 수업을 위해 참관하고 있었다. 황제는 마지스터가 숨어 있는 지역을 조사하

느라고 자리를 비운 상태였다.

마라는 주의 깊게 경청하는 반면에 데미데루스 후손들의 특징인 흰 머리털이 눈썹 위로 흘러내린 자르는 지겨워 죽겠다는 얼굴로 몸을 비비 틀고 있었다. 오무아 제국의 후계자 신분을 입증해주는 흰 머리털이 마지스터 때문에 감춰져 있다가 마법의 염색이 지워지면서 다시 드러나 있었다.

쌍둥이들의 보디가드 초록 트롤 그르룰과 자르는 활짝 웃으면서 친위대장을 반겼다.

오무아의 문장이 또렷한 노란 드레스로 화사하게 차려입은 여제는 한 고소인의 하소연을 듣고 있었다. 샌들까지 내려오는 아름다운 머리가 시냇물처럼 구불구불 흘러내리고 있었다. 이날은 갈색 머리였는데 그 흰 머리털이 성에가 낀 것처럼 반짝였다. 평소에 눈부시게 아름다운 여제 앞에만 서면 똑바로 쳐다보지도 못하고 몇 초 동안 목소리도 나오지 않던 친위대장이 이번에는 달랐다.

"폐하! 비상사태 5호 발령을 요청합니다."

비상사태 5호가 무엇을 의미하는지 누구나 잘 알고 있었다. 거의 드문 일이지만 5호 발령을 요청할 경우 여제는 모두 물러가게 하고 즉시 요청한 사람과 독대하는 것이 원칙이었다. 몇 분 전에도 최고 마구스 셈나샤오비로다인트라쉬부가 느닷없이 비공식

면담을 요청하는 바람에 회담이 지연되었는데 같은 상황이 또 벌어지자, 참석자들이 벌레 씹은 얼굴로 툴툴거리면서 접견실을 나갔다.

자르와 마라는 남아 있고 싶었지만 크산디아르는 그들이 나가주기를 바랐다. 자르가 못마땅한 얼굴로 지나치면서 눈을 희번덕거렸지만 크산디아르는 못 본 체했다. 여제의 친위대도 마지못해서 따라나갔고, 육중한 황금 문이 닫혔다.

친위대장이 입을 열려는 순간 여제가 명했다.

"잠깐 기다리시오! 세네?"

여제 옆에서 유형화되는 팔이 넷 달린 가냘픈 존재를 보면서 크산디아르는 질겁했다. 카멜레온처럼 주위환경에 섞여 거의 눈에 띄지 않는 능력을 지닌 오무아의 비밀정보국 카무플레의 국장 세네 센스사스를 알아보고 크산디아르는 이를 으드득 갈았다. 센스사스와 크산디아르는 오래전부터 경쟁하고 있었다. 여제는 크산디아르의 라이벌에게 말했다.

"아까 드래곤의 말 들었나? 누가 그 폭탄을 훔쳤는지 그리고 어떻게 하르퀴아들이 그걸 갖고 있었는지 가서 알아내게."

센스산스는 여제에게 허리를 굽혀 정중하게 인사한 다음 크산디아르를 향해 비웃음이 섞인 윙크를 날리더니 엉덩이까지 흔들며 퇴장했다. 속을 뒤집는 행위에 당장이라도 한판 붙고 싶지만 상황이 상황이니만큼 크산디아르는 무시했다.

"친위대장, 또 무슨 큰일이 났기에 5호를 요청하는 것이오?"

여제는 탐색하는 듯한 눈초리로 물었다.

"이걸 보십시오, 폐하." 크산디아르는 블루르 마브리의 문서를 흔들어 보이면서 대답했다. "폐하의 혈통에 대한 끔찍한 범죄가 저질러졌습니다. 폐하의 후계자가 전염되었습니다!"

"뭐요?"

충격을 받은 여제는 옥좌의 계단을 내려와서 문서를 잡아챘다.

"이 문서에 모든 것이 기록되어 있습니다, 폐하. 정체불명의 누군가가 강력한 마법사로 만들기 위해 후계자의 유전자를 조작했던 겁니다. 후계자가 적정한 나이가 되기도 전인 아주 어린 나이에 이미 마법을 사용할 수 있다는 것이 밝혀졌을 때부터 의혹을 갖고 있었는데…… 이 문서가 그 끔찍한 일이 사실이었음을 증명하고 있습니다. 그자는 그렇게 하면 후계자의 목숨이 위태로워진다는 걸 몰랐던 것 같습니다. 빨리 치료받지 않으면 후계자는 목숨을 잃습니다! 마법 때문에 후계자의 몸이 불타고 있습니다. 최대량이라고 해도 피 1그램당 마법의 양이 1이 정상인데 후계자는 피 1그램당 마법의 양이 112입니다! 따라서 후계자는 점점 더 격렬한 발작이 일어나고, 발작 간격도 점점 짧아질 것입니다. 그러다 최고조에 이르면 후계자의 힘은 불가항력이 됩니다."

"그러면 어떻게 된단 말이오?"

"폭발합니다! 후계자가 있는 세상을 파괴할 정도의 초강력 폭발입니다!"

여제는 당황하는 것 같더니 잠시 후 냉정함을 되찾았다.

"그런 일은 있을 수 없소!"

"가능한 일입니다! 폐하, 유전학자 블루르 마브리가 살해된 것은 바로 이 문서 때문입니다!"

크산디아르는 디스켓을 흔들면서 주문을 읊었다. 여제의 눈앞에 어지럽게 흩어진 별들이 유형화되었다.

"이 도표에 따르면 우주는 150억 년 전 빅뱅이 일어났을 때 생성되었습니다. 여기에 우리의 은하와 페가수스의 은하가 있고, 또 이것은 지구인들이 은하수라고 부르는 은하, 그리고 이 별 주위를 도는 태양계의 행성들이 있습니다. 이 별을 시작으로 여기가 수성(크산디아르는 반짝이는 점을 가리켰다), 금성, 50억 년 전에 형성된 지구, 화성, 목성, 토성, 천왕성, 해왕성, 명왕성(국제천문연맹은 2006년 8월 24일 태양계 9번째 막내 행성인 명왕성을 태양계에서 퇴출했다. 덩치나 특성 면에서 다른 8개 행성과 너무 큰 차이를 보여 행성으로 인정할 수 없기 때문이라며 '134340'이라는 숫자를 부여했다 — 옮긴이)입니다."

크산디아르는 심호흡을 하고 나서 화려한 빛깔의 환에 에워싸인 커다란 행성을 가리켰다.

"블루르 마브리는 은하수 속의 토성 주위에서 일어나는 현상을 연구하고 있었습니다. 토성 주위에는 약 35억 년 전에 생성된 또 다른 행성이 7개 있었습니다. 그 행성들에 우리처럼 두 발 달린 강력한 마법사들이 살았는데 토성은 태양에서 멀리 떨어져 있기 때문에 추위에 적응하는 유전자를 지니고 있었습니다. 레벨루스 와 템푸스 마법 덕분에 그 7행성을 연구한 결과 그중 레안드라 행성이 주변의 행성들과 전쟁에 돌입했다는 걸 알게 되었습니다. 레안드라 행성은 방어를 위해 주민들의 유전자를 조작하여 엄청 난 마법 능력을 주었습니다."

"그래서요?"

"너무 엄청난 나머지 주민들에게서 새나간 마법 능력이 레안드 라 행성을 파괴했고, 주변의 6행성에 연쇄반응이 일어나면서 생 명체는 완전히 소멸되었습니다. 그 과정에서 7행성의 파편들이 은하를 뚫고 흩어졌고, 토성이 그 파편의 대부분을 끌어모으면서 환을 이루게 되었습니다. 일부는 우주공간으로 흩어지다 몇 조 각은 지구에 떨어졌습니다. 당시에 지구는 불모지였습니다. 지 각 대변동은 잠잠해지고 있었고, 지구는 물과 한 개의 대양 판탈 라사(지금의 태평양에 해당)에 둘러싸인 단일대륙 판게아로 이 루어져 있었습니다. 마법의 폭발로 파괴된 행성 조각들은 바다 와 땅 속 깊이 박혔습니다. 폭발하는 순간에 갈라진 암석 속에 갇혀 있던, 원핵세포를 가진 단세포 미생물 박테리아만 살아남았지요. 박테리아의 마법 잠재력은 약해졌지요. 지구는 알맞은 환경이 아니었기 때문에 20억 년 동안 박테리아는 진화하다가 마침내 세포핵을 가진 진핵생물로 변하게 되었습니다."

초조한 기색이 역력한 여제를 보면서 크산디아르는 박차를 가했다.

"요컨대 최초의 다세포생물이 출현하면서 바다에서 생명체가 나와 지구로 퍼지게 되었습니다. 판게아는 두 개의 초대륙, 곤드와나(지금의 남아메리카, 아프리카, 인도, 호주, 남극대륙이 갈라지기 전의 대륙 — 옮긴이)와 라우라시아(지금의 북아메리카, 그린란드, 유럽, 아시아 일부 지역이 갈라지기 전의 대륙 — 옮긴이)로 나뉘고 다시 재분할되어 오늘날의 5대륙이 형성된 것입니다."

"강의 잘 들었소." 여제는 떨떠름한 어조로 말했다. "따라서 우리의 조상과 지구인들의 조상은 레안드라에서 온 것으로 추정되는데 예외적으로 우리만 마법 잠재력을 지니고 있었다는 말이군요. 그리고 그대의 조상들은 크손발루르 행성에서, 엘프는 를리바릴에서, 드래곤은 드란보우글리스펜쉬르에서 온 것이고요."

여제의 굳은 얼굴과 말이 일치하지 않았다.

"그러니까 타라의 그 초능력이 우리의 행성, 아니 타라가 있는 행성을 위험에 빠뜨릴 수 있다 그 말이오?"

"예, 폐하, 폭발할 위험이 있습니다. 정말로 위기 상황입니다."

여제가 크산디아르를 물끄러미 쳐다보는데 비웃어주어야 할지 말아야 할지 알 수가 없다는 듯한 표정이었다.

"타라의 치료를 위해 지금 당장 나서야겠소." 여제는 마침내 결정을 내렸다. "덩컨 부인에게 연락해서 내 후계자를 팅가푸르로 데려오라고 하겠소. 단 이 이야기는 함구하시오. 절대로 그 누구도 알면 안 되오, 알아듣겠소? 그 누구에게도 발설하지 마시오!"

여제의 격한 반응에 놀랐지만 친위대장은 복종의 표시로 허리를 숙였다.

"분부대로 하겠습니다, 폐하."

"좋소. 나는 합법적 권한을 지닌 사람에게 알려야겠소. 지금부터 그대는 뭘 할 생각이오?"

"이 문서를 접하는 즉시 폐하께 보고하러 달려왔습니다. 무엇을 하면 좋을지 분부를 내려주십시오, 폐하."

놀랍게도 여제는 뜻밖의 답변을 했다.

"아무것도 없소. 이 일은 내가 처리할 테니 그대는 일상 업무에 전념하시오."

반박의 여지를 주지 않는 어조였다. 크산디아르는 이의를 제기할 생각이었지만 여제의 얼굴 표정에 기가 꺾였다.

"분부대로 하겠습니다, 폐하. 저는 곧장 실험실로 돌아가서 블루르 마브리 살인 사건에 관한 수사를 계속하겠습니다."

"그렇게 하시오, 크산디아르." 여제는 충성스럽지만 성가신 강아지에게 상을 주듯 건성으로 대답했다.

친위대장은 발뒤꿈치를 따닥! 소리가 나도록 부딪치며 절도 있게 돌아서서 접견실을 나왔다. 경직된 얼굴로 문서를 탁, 덮는 여제를 뒤로하고 문을 밀고 나오기 직전에 그가 마지막으로 본 것은 커다란 쪽빛 눈이었다. 저 눈빛은? 절망에 찬 눈빛?

문 밖에서 이제나저제나 기다리고 있던 궁인들이 우르르 몰려드는 바람에 크산디아르는 발을 밟기도 하고 팔꿈치로 가격도 하면서 간신히 빠져나왔다.

그는 올 때보다는 천천히 돌아갔다. 여제의 태도에 뭔가 석연치 않은 구석이 있었다. 대체 뭐 때문이지?

막연한 불안을 느끼면서 크산디아르는 블루르 마브리에 관한 보고서를 작성하면서 '살인 사건' 스탬프를 찍었고, 학자에게서 추출한 샘플들과 자신의 의견서를 '진실의 입'들에게 넘겼다. 텔레파시 능력이 있는 식물성 존재들이 수사에 착수하여 뇌를 탐색할 것이다. 그렇지만 범인이 생각을 은폐할 수 있는 악마나 드래곤이라면 진실의 입이라도 별 소득이 없을 가능성이 있었다.

크산디아르는 마침내 실험실로 돌아왔다. 그는 비밀을 발설할 생각은 전혀 없었다. 코안경을 끼듯 돋보기 한 쌍을 코 위로 걸었다. 현미경처럼 빛의 파장을 간파하고, 파란빛을 투사하는 램프가 달려 있어서 크산디아르의 모습은 디스코텍의 부엉이 디스크 자키가 연상되었다. 궁전에서 감히 살인을 저질러? 그는 한숨을 내쉬고 나서 범인의 정체를 기필코 밝히고 말겠다는 각오를 다지며 실험실 바닥을 기어다니기 시작했다.

친위대장이 단서를 찾기 위해 먼지 구덩이를 기어다니는 동안, 여제는 남은 일정을 모두 취소한 뒤에 집무실로 들어가서 비밀번호를 눌렀다. 그 순간 크리스털 볼이 띠링, 띠링 신호음을 내면서 부재중 수신 표시가 나타났다. 그러나 이미지는 뜨지 않았다. 그건 필요 없었다. 그녀는 익명으로 전화를 걸어왔던 자가 누군지 알고 있었다.

"또 당신이었군요." 여제는 극도로 흥분해 있었다. "당신은 타라가 어디 있는지, 내 동생이 뭘 하고 있었는지 다 알고 있으면서 동생이 살아 있다는 것도, 동생에게 자식, 내 후계자가 있다는 것도 알려주지 않았소!"

"당신과 단비우의 관계는 내가 관여할 일이 아니오." 냉랭한 목소리가 차분하게 응수했다. "내가 보기에 단비우는 당신과 궁전, 숨이 막힐 것 같은 막중한 책임을 벗어던지기 위해 도망친 것이었소. 나는 평범하게 살고 싶은 단비우의 바람을 존중했을 뿐이오. 그렇지만 당신과 당신의 조상들에게 했던 대로 나는 당신의 후계자에 대한 실험을 계속해왔소. 그리하여 유전자 조작으로 인해 엄청나게 강력해진 능력으로 당신의 후계자는 악마들의 공격을 막아낼 수 있었던 것이오. 그 능력 덕분에 여러 번 목숨을 구했던 것이오. 이래도 내가 잘못한 것이오?"

"알 수 없는 이유로 자식이 없어서 내가 절망하고 있다는 걸 당신은 알고 있었소. 그리고 우리 제국의 유일한 후계자가 될 수 있는 타라의 존재를 나한테 숨겼어요. 그건 용서할 수 없는 일이오! 드래곤, 당신은 우리의 목숨을 가지고 장난치면서 농락하고 있소. 당신의 그 실험이라는 것이 정말 우리를 위한 것인지 점점 의혹이 생긴단 말이오! 타라의 능력이 지구를 폭발시킬 수 있을 정도로 엄청나게 강력해졌다는 것을 알고 난 뒤로는 더욱 더! 당신은 그 아이를 치료해야 합니다!"

"치료를 하라고요? 최후통첩이오?"

여제는 물러서지 않았다.

"제대로 알아들었군요, 드래곤. 내 후계자를 치료하고 지구를 파괴하지 못하게 능력을 약화하시오. 아니면 드래곤 심의회에 당신을 고발하겠소. 얼마 전부터 당신이 그 아이 모르게 무슨 짓을 꾸미고 있다는 의심을 하고 있었소. 당신은 추방될 것이고, 그러면 당신이 계획하고 있는 음모, 무엇이 되었든 당신의 모든 계획은 물거품이 되는 것이오!"

숨막히는 침묵이 흐르고 있었고, 여제는 등줄기를 따라 식은땀이 흘러내리는 걸 느꼈다.

"알겠소." 견딜 수 없는 침묵 끝에 드래곤이 마침내 받아들였다. "당신의 후계자를 치료하는 것에는 동의하겠소. 그러나 이 모든 일은 비밀에 부쳐야 합니다. 조금이라도 누설하면 우리의 계약을 파기하고, 후계자를 없애버리겠소."

여제는 소스라쳤다. 우직할 정도로 정직한 성격의 크산디아르가 비밀을 지켜줄지 마음이 놓이지 않았다. 방법은 한 가지밖에 없었다.

"아무도 의심하지 않게 하겠소. 나는 덩컨 부인에게 연락해서 내 후계자를 궁전으로 송환할 것이오."

"안 됩니다! 그 여자는 부르지 마시오. 당신의 후계자를 치료하겠다고 말했으니 약속은 지키겠소. 내가 지구로 가서 직접 치료할 것이오. 아더월드에서는 마법의 강도가 너무 세기 때문에 여기서는 위험해요. 상황 보고를 하겠소."

대답할 겨를도 주지 않고 드래곤은 크리스털 볼을 껐다. 두려움이 엄습한 여제는 털썩 주저앉았다. 불안에 떨다가 드래곤에게 폭탄에 대해 말한다는 것을 깜빡 잊었는데…… 혹시 그 사건도 드래곤이? 이 일로 위험에 빠지는 것은 아닐까? 드래곤이 황가의 유전자를 조작하는 걸 여제가 묵인했다는 것을 국민이 알면 국가 수장의 자리를 보존할 수 있을까? 마지스터의 공격과 안티매직과의 갈등만으로도 제국이 불안정해지고 있는 때에.

국가를 다스리는 것말고 그녀가 할 수 있는 일이 무엇인가?

리스베스는 누구든 자신의 음모와 황실의 음모를 파헤치게 내버려둘 수 없었다. 그녀는 크산디아르가 자신의 태도에 몹시 놀라고 있다는 것을 모르지 않았다. 드래곤이 후계자를 위험에 빠뜨리고 있다는 사실에 당황한 그녀는 초조하고 공포에 질렸다. 친위대장은 바보가 아니었다. 그는 면담하는 동안 여제가 보인 반응에서 석연치 않은 구석을 간파했을 것이고 곧 상황을 알아챌 것이다. 그녀는 선택의 여지가 없었다.

리스베스는 심호흡을 하고 나서 전 친위대장 크사릴을 불렀다. 크사릴은 크산디아르가 친위대장으로 복귀했을 때부터 이를 부득부득 갈고 있었다. 그녀는 크사릴에게 명을 내렸다. 너무나 기쁜 크사릴은 교활한 미소를 흘리면서 여제에게 충성을 다하겠다는 표시로 머리를 조아렸다. 여제가 두 사람 다 제거할 생각이라는 것을 꿈에도 모른 채.

스톤헨지행 기차

기차표를 갖고 있지 않을 때 검표원을 따돌리는 방법

*

이사벨라 일행은 아연실색했다. 공간이동의 문이 작동하지 않다니!

"문지기, 어떻게 된 일이오?" 이사벨라가 물었다.

"마법의 빗장을 걸어놓은 것 같습니다." 문지기는 어떤 파장이든 감지할 수 있는 돋보기로 이동의 문을 세밀하게 살펴본 뒤에 설명했다. "그런 얘기를 들어는 봤지만 한번도 본 적이 없어서……."

문지기는 모자에 파이프까지 갖추고 셜록 홈스의 단짝 왓슨 박사 흉내를 내고 있었다.

"네? 문에 빗장을 걸어요? 그게 사실이라면 정말 이상한 일이네요." 파브리스가 빈정거렸다. "그럼 이제 어떡하죠?"

"모두 물러서!" 이사벨라가 명했다. "내가 한번 시도해보겠다. 데베루일루스의 이름으로 여행자들이 통과할 수 있게 이동이 이루어질지어다!"

이사벨라의 손에서 보랏빛 섬광이 번쩍하더니 마법의 광선이 이동의 왕홀을 후려쳤지만 아무 반응이 없었다. 성난 이사벨라가 다시 시도하려고 할 때 태피스트리들에서 빛살이 퍼져나오고, 왕홀이 윙윙거리기 시작했다.

"아하!" 이사벨라는 흡족한 표정을 지었다. "그럼 그렇지, 내 마법을 감히 어떻게 견뎌!"

"나오세요, 빨리! 이동의 원 밖으로 나오세요!" 문지기가 고함쳤다. "문을 작동한 사람은 부인이 아니라 다른 사람이 도착하는 겁니다!"

이사벨라가 후닥닥 뛰어나오는 순간 문에서 거대한 몸집의 블루 드래곤이 나타났다.

"셈나샤오비로다인트라쉬부 선생님!" 모든 드래곤의 이름을 훤히 알고 있다는 듯 문지기는 자신만만하게 외쳤다. "지구에 오신 걸 환영합니다!"

블루 드래곤이 깜짝 놀라는 눈길을 던지자 이사벨라는 분노의 눈초리로 훑어보면서 쪽 찐 머리를 매만졌다.

"안녕하시오, 문지기!" 셈 선생님이 점잖게 대꾸했다. "덩컨 부인? 그런데……."

"스톤헨지에 가 있어야 할 우리가 여기서 뭘 하고 있냐고요?" 이사벨라는 섬세한 손놀림으로 쪽 찐 머리에 핀을 다시 꽂으면서 뒷말을 이었다. "타라가 마법을 과다 사용해서 하마터면 목숨을 잃을 뻔했지요. 타라의 체온을 떨어뜨리는 것으로 간신히 위험한 고비를 넘기고 아더월드로 데려가려고 했으나 지구에서 출발하는 이동의 문이 작동하지 않아요!"

드래곤은 타라가 들어 있는 얼음관을 발견하고 눈썹에 해당하는 것을 찡그렸다.

"마법의 관에 넣고 꽁꽁 얼려놓은 것이오? 이게 얼마나 위험한지 모른단 말이오?"

이사벨라는 참을 수 없다는 듯 경멸조로 내뱉었다.

"네, 모르니까 좀 가르쳐주시지요, 셈! 위험한 걸 아니까 타라를 치료하기 위해 긴급히 아더월드로 돌아가려고 했던 겁니다. 그런데 여기서 발이 묶여 오도 가도 못하고 있으니!"

이사벨라의 말에 어이가 없는 드래곤은 확인하는 차원에서 다시 물었다.

"이동의 문을 작동할 수가 없단 말이오? 하지만 나는 방금 통과했는데!"

"그럼 선생님이 직접 한번 해보시든가요!" 파프니르가 톡 나섰다. "꼭 필요한 순간에는 빌어먹을 놈의 마법이 말썽을 부리는 게 어디 한두 번인가, 뭐!"

드래곤이 숨을 내쉬면서 작은 불꽃을 뿜었는데 엄청나게 성질이 났다는 표시였다.

"공간이동의 문, 아더월드, 랑코비트 트라비아의 살아 있는 궁전!"

왕홀이 치직, 소리를 내고, 태피스트리 다섯 장의 주위를 빛이 맴돌다가 맥없이 꺼졌다. 블루 드래곤은 멀거니 아가리를 벌리고 있었다.

"아, 또 시작인가. 정말 지긋지긋하군!"

블루 드래곤이 구시렁거렸다.

1초, 2초, 시간이 흐를수록 점점 더 흥분하고 거칠어진 두 최고 마구스는 그들을 지구에 붙잡아두는 주문을 깨뜨리려고 했지만 허사였다. 이사벨라가 크리스털 볼로 랑코비트에 연락했지만 아더월드의 외눈 거인 문지기 맑은시냇가수줍은꽃도 문제가 생긴 이동의 문에 손을 쓸 수 없었다.

"그래봐야 아무 소용없소." 드래곤이 마침내 인정했다. "여기서 타라를 수술해야겠소."

"네, 수술이요?" 파브리스가 불길하다는 어조로 외쳤다. "메스를 사용하는 그 수술 말예요? 피? 심장 모니터에서 삑 삑 삑 하다 가 삐이이이이이이……로 끝나는?"

드래곤은 하, 요 녀석 봐라, 무슨 뚱딴지같은 소리야? 하는 얼굴로 파브리스를 쳐다봤다.

"네가 비마들의 원시적인 의술을 연상하나 본데…… 아니, 우리는 달라. 타라는 굉장히 위험한 상태야." 드래곤이 얼음관의 매끄러운 표면에 비늘 덮인 발을 댔다가 얼른 떼면서 설명했다. "타라를 깨어나게 해서 강력한 마법을 저지하려면 우리는 힘을 합해야 한다."

드래곤이 뾰족뾰족한 돌기로 가득한 등을 구부리면서 옆구리를 북북 긁었다.

"내가 너무 늙어서 혼자서는 안 될 것 같으니……."

너무나 어이없는 말에 무아노는 저절로 눈살이 찌푸려졌지만 잠자코 있었다. 드래곤의 나이를 인간의 나이로 계산하면 기껏해야 서른 살쯤 된다는 것을 모두 알고 있는데……. 그건 결코 늙은 게 아닌데!

"모두 얼음관 주위에 둘러서시오." 셈 선생님이 지시를 내렸다. "따뜻하고 부드러운 일종의 보호막이 타라의 몸을 에워싼다고 상상하시오. 타라의 마법이 이곳과 우리를 함께 파괴하지 못하게 나는 보호막을 강화하겠소. 타라가 순순히 말을 들으면 내

가 이 장소에서 자유롭게 마법을 사용할 수 있게 천장 쪽을 뚫어
놓아주시오. 문지기!"

"네, 선생님?" 그 장면을 하나도 놓치지 않으려고 얼음관을 뚫
어져라 쳐다보고 있던 문지기가 얼른 대답했다.

"당신은 다칠 수 있으니 여기 있으면 안 돼요. 가구 뒤로 가든
지 어디든 가서 숨어 있어요!"

"하지만……!"

"어허, 말 들으시오, 문지기! 우리가 시도하는 것은 이 소녀에
게나 우리에게나 똑같이 위험한 일이란 말이오!"

문지기는 발을 질질 끌면서 옆방으로 피신하는 척하다가 드래
곤의 충고를 무시하기로 하고 방긋이 열린 문틈으로 머리를 들이
밀었다.

나중에 문지기는 1미터쯤 떨어진 강철금고에 갇힌 상태로 발견
되었는데 걷지도 못할 정도로 오들오들 떨고 있었다. 걱정해줄
때 말을 들었으면 좋았으련만! 그는 결국 마법을 포기하고 죽는
날까지 정신 나간 사람처럼 멍하니 공상에 빠져서 보내는 신세가
되고 만다.

타라의 마법이 무시무시하게 위협적이었기 때문이다. 친구들
이 만든 보호막이 얼음을 녹이면서 타라의 마법이 자유로워진 것
이었다. 타라의 몸 밖으로 기세 좋게 몰려나온 마법의 광선이 보

호막과 충돌하면서 약해지는 것 같았다. 흔들흔들하면서 우지끈 거리는 소리가 났지만 보호막은 잘 버텨내고 있었다. 타라의 필사적인 노력에도 불구하고 마법은 빠져나가지 못했다. 그러나 대가는 엄청났다. 친구들, 이사벨라, 드래곤은 하나같이 이마에 땀방울이 송송 맺힌 채 눈뜨고는 못 봐줄 가지각색의 표정을 짓고 있었다.

"더는 못 버틸 것 같아요." 파브리스는 악물고 있는 이를 으드득 갈았다.

"그래, 맞는 말이야." 드래곤이 말했다. "모두 마법의 강도를 낮추시오!"

아연실색한 마법사들과 사냥개의 입에서 외마디가 동시다발로 터져나왔다.

"네?"

"나 혼자서 상대할 것이니 시키는 대로 하시오! 마법의 강도를 낮추는 즉시 잊지 말고 마법 능력이 없는 이들을 보호하시오. 타라의 마법이 다가온다고 느껴지면 한 치의 틈도 주지 말아야 합니다. 자, 내 신호에 따라 시작하시오. 다섯, 넷, 셋, 둘, 하나⋯⋯ 지금!"

보호막이 사라졌다. 마법사들과 드래곤은 일제히 페가수스, 파프니르(도끼를 움켜잡은 난쟁이는 불안해서 눈이 등잔만해져 있

258

었다), 쉬바, 바룬과 마니투를 위한 다섯 개의 방패를 만들었다.
파브리스는 짜증스런 눈길로 이사벨라를 살폈다. 마법을 강화하
는 것이 낫다고 판단하고 마법 능력에 대한 욕심을 낼 텐데…….

자유로워진 타라의 마법이 광풍소리를 내면서 폭발했다. 숨어
있지 않은 것은 모조리 변했다. 벽은 흐물흐물 녹아 끈끈한 마그
마처럼 되었고, 지붕은 날아갔고, 들보는 도토리 모양의 나무로
변했고, 의자는 커다란 새나 뚱보 강아지로 변해서 뒤뚱뒤뚱 돌
아다녔다. 문지기가 숨어서 얼굴을 내밀고 있던 문짝이 괴물 같
은 식물로 둔갑했다. 질겁한 문지기는 뒷걸음쳤다. 어어! 창날처
럼 뾰족한 잎들이 갈고리처럼 단단해지더니 성성한 살에 굶주린
듯 독침이 가득한 입을 쩍 벌리는 것이 아닌가.

괴물 같은 문이 집어삼키려는 순간 문지기는 산소마스크(아더
월드나 타딕스에서 가끔씩 악취가 심한 수증기가 올라오기 때문
에 아버지에게서 물려받은 것이었다)를 움켜잡고 금고 안으로
도망쳤다. 여행자들을 통과시키는 것이 본분이지만 미치광이 식
물에게 잡아먹힐 수야 없지!

마법사들은 방패로 방어하면서 얼빠진 얼굴로 아수라장을 멀
뚱멀뚱 쳐다보고만 있었다. 드래곤이 성난 목소리로 주문을 읊
었다.

"스스스블레르, 스스비르 칼리 스스스굴 브스스스 텔렌르스스

스 에칼리부스스스스스!"

그 순간 놀랍게도 마치 드래곤의 목소리를 알아들은 듯 마법의
파란 물결이 멈칫했다. 이어서 마법의 물결이 거대하지만 온순
한 동물처럼 타라의 몸속으로 들어갔다. 녹아내리던 벽이 멈췄
고, 의자-새들도 정지하면서 묘한 정적이 흘렀다.

무아노는 꺼림칙한 생각에 드래곤을 뚫어져라 쳐다봤다. 드래
곤이 방금 사용한 언어를 알지는 못하지만 그 억양을 듣는 순간
무아노는 문득 오래전에 강력한 마법사가 되기 위해 파브리스가
열심히 탐독하던 책 중 하나가 떠올랐다. 위험천만한 해로운 책
이었는데…….

드래곤이 방금 읊은 주문은 악마들이 만든 것이라서 전염될까
봐 감히 만지지도 못하는 금서에 기록된 사악한 마법이 틀림없었
다. 이건 반칙이었다. 수천 년 동안 사용하지 않는 언어라는 것은
확실했다. 과거에 그 언어를 사용했던 이들은 드래곤 전사들이
나 마법사들이 숭배하던 고대인들이었다.

드래곤이 흡족한 얼굴로 일어나서 방패를 사라지게 했다. 그러
고는 타라가 완전히 치료되지 않았을 경우를 대비하는 듯 조심스
럽게 다가갔다. 드래곤이 몸을 숙이자, 타라가 한쪽 눈을 뜨고 혀
가 잘 안 돌아가는 목소리로 말했다.

"젬 선쟁님? 여기저 뭐 하제요?"

타라가 입을 열자마자 발사된 마법의 광선이 털이라곤 없는 드래곤의 낯짝을 후려쳤다. 타라는 정신이 번쩍 들었다.

"이게 대체 무슨 일……!"

또다시 파란 광선이 솟구쳤다.

"타라!" 이번에는 가까스로 광선을 피한 셈 선생님이 소리쳤다. "말하지 마! 특히 입을 열지 마!"

말도 하지 말라고? 타라는 황당한 얼굴로 말똥말똥 눈동자만 굴렸다.

"와우! 그 빛, 되게 예쁘다!" 파프니르가 말했다. "근데 타라가 왜 저래요?"

파프니르가 "또"라는 말만 안 했지 거의 그런 뜻이었다.

드래곤은 이마에 주름을 잡았다.

"타라의 마법을 약하게 했을 뿐 아주 없앤 것은 아니니까. 타라가 말하려고 입을 여는 즉시 마법이 새어나오는 거야."

마법사들은 어쩌면 좋을지 모를 얼굴로 타라를 바라봤다.

"하지만 너무 짜증스럽군요, 셈!" 이사벨라는 발끈했다. "타라를 저대로 둘 수는 없어요!"

타라는 할머니를 향해 눈을 흘겼다. 내 문제를 짜증스럽게 생각한단 말이지! 꼭 그렇게 표현해야 되나?

"모든 것이 잘될 거요." 드래곤은 쪽빛 눈동자만 뙤록뙤록 굴리는 타라를 진찰한 뒤에 단언했다.

"이건 일시적인 현상일 뿐이오."

"셈? 자신 있는 겁니까?"

"물론이오." 이사벨라가 자신의 능력을 의심하는 것에 불쾌해진 드래곤이 볼을 부풀리면서 언성을 높였다. "좋아질 겁니다. 이제 우리에게 남은 일은 하르퓌아 문제를 해결하는 것이오!"

이번에는 이사벨라가 볼을 부풀릴 차례였다. 그 저주받은 곳을 피하는 데 성공했다고 생각했건만!

"그래도 우리가 스톤헨지로 가야 한다는 겁니까?"

드래곤은 깜짝 놀라서 쳐다봤다.

"물론이오! 타라는 이제 더 이상 위험하지 않으니까 이 행성에서 하르퓌아들이 발각되지 않게 막아야지요!"

"으으으으음음음!" 타라가 입술을 꼭 다문 채로 분개했다.

하르퓌아고 뭐고…… 나부터 빨리 낫게 해주어야 하는 것 아닌가!!? 까딱 잘못하면 마법 능력 때문에 내가 죽는다면서! 타라와 동시에 깨어난 갈랑이 비칠비칠 다가와서 소녀의 목덜미에 얼굴을 들이밀었다. 타라는 페가수스를 쓰다듬어주면서 드래곤에게 성난 눈길을 던졌다.

"타라는 동의하지 않는 것 같은데요." 무아노가 당돌하게 끼어들었다. "타라가 하고 싶어 하는 말을 내가 제대로 이해했다면

262

요."

타라는 고개를 세차게 끄덕였다.

드래곤은 신경질적인 어조로 말했다.

"타라, 내 말 들어. 네 상태가 불안정한데 나라고 마음이 편하겠니? 하지만 신화 속에서나 존재하는 동물이 지구에서 활개치고 돌아다니는 것이 마법사들에게 아주 위험한 일이라는 것은 너도 잘 알잖아. 조금만 참아. 이제 곧 네 문제는 저절로 사라질 거라고 확신한다. 지금은 하르퓌아들을 무력화하는 것이 중요해. 이게 교활한 함정인지 우리는 아직 그것도 파악하지 못했다. 이동의 문 가까이 있으면 네가 폭발할 수도 있어. 그러면 우리 모두 살아서는 나올 수 없는 곳으로 날아갈 수도 있단 말이다. 문을 수리해서 확인 시험을 할 때까지 나는 어떤 위험도 무릅쓰고 싶지 않아."

침묵이 흘렀고, 마법사들은 두려운 표정으로 태피스트리들을 주시하면서 뒷걸음쳤다.

"맞는 말이다." 마니투는 타라보다 이사벨라가 더 스톤헨지로 가고 싶어 하지 않는다는 것을 뻔히 알면서도 인정했다. "가장 중요한 것은 너를 치료하는 것이지만 그놈의 하르퓌아들이 제레미라는 마법사를 납치하려 하고 있어. 우리는 그를 구해야 할 의무가 있다."

모두들 자명한 사실을 잊고 있었다.

타라는 한숨을 내쉬면서 어깨를 으쓱했다. 제국의 후계자가 된 뒤로는 자신이 원하는 것보다는 국민이 원하는 것이 우선이라는 것을 배웠다. 아버지를 돌아오게 해야 한다는 의무만 제외하고 타라는 범죄를 막을 권리는 있어도 범죄가 저질러지게 내버려둘 권리는 없었다.

"으음음음!" 타라는 체념했다.

"그건 동의한다는 뜻이니?" 타라가 웅얼거리는 소리를 간신히 해석한 마니투가 확인했다.

타라는 시무룩한 얼굴로 고개를 끄덕였다.

"자, 그럼 꾸물거릴 시간이 없다!" 드래곤이 결정을 내렸다.

"타라의 상태가 정상이 아니기 때문에 트란스미투스를 사용할 수 없어. 비마들의 이동수단을 이용하면 스톤헨지로 갈 수 있지?"

"호텔로 돌아가야 해요." 지구인이기 때문에 길잡이 역할을 맡은 파브리스가 대답했다. "지금이 밤 11시니까 기차가 없을 거예요. 스톤헨지는 런던에서 기차로 1시간 정도 떨어진 윌트셔 주의 솔즈베리 평야에 있어요. 솔즈베리 역에서는 13킬로미터 떨어진 곳에 위치한 유적이죠. 호텔 지배인에게 인근 마을까지 데려갈 택시를 예약해달라고 부탁해야 돼요."

"알았다!" 드래곤이 동의하면서 익숙한 이미지를 되찾기 위해 늙은 마법사로 변신했다. "이사벨라, 호텔로 가려면 누군가에게 연락해야 되는 거 아니오?"

"아, 셀레나한테도 알려야지!" 마니투가 말했다. "셀레나도 딸에게 무슨 일이 일어나고 있는지 알고 있어야 해!"

이사벨라는 망설이는 표정으로 고개를 저었다.

"그건 좋은 생각이 아니에요. 셀레나가 당장 달려오려고 할 텐데 그러면 복잡해져요. 지금은 모르게 하자고요. 일단 하르퓌아들을 해치운 뒤에 말해도 늦지 않아요."

그렇게 말하고 나서 이사벨라는 크리스털 볼을 꺼냈다. 그녀가 리무진 2대를 부르는 사이에 파브리스와 파프니르, 마니투, 로빈, 무아노는 친구를 배려하는 마음에서 타라를 에워쌌다.

"빌어먹을 마법!" 난쟁이가 쫑알거렸다. "너도 나처럼 해야 돼, 타라. 마법 사용을 거부해버려!"

"멍청하기는!" 파브리스가 쏘아붙였다. "타라의 능력은 아주 유용해! 마법 능력 때문에 벌써 여러 번 목숨을 구했어. 더 강력한 능력을 가질 수만 있다면 나는 내 오른팔이라도 내주겠어!"

격한 반응에 놀란 난쟁이는 파브리스를 빤히 쳐다봤다. 이어서 초록빛 눈을 찡그리면서 부드러운 목소리로 지적했다.

"그 말은 어째 강력하지 않아서 싫다는 말로 들린다? 하지만 나를 봐, 나는 마법을 사용하지 않아도 사는 데 아무 지장 없어!"

이번에는 파브리스가 깜짝 놀랐다. 파브리스는 파프니르를 뇌가 없는 근육 덩어리로 여기는 경향이 있었다. 다부진 체격의 난쟁이는 생각했던 것보다 훨씬 영리했다.

"내 말은 그게 아냐." 파브리스가 얼른 말했다. "난쟁이들은 마법을 싫어해. 그래서 너는 개의치 않는 거야. 하지만 랑코비트와 오무아에서는 날마다 마법을 사용해. 나는 날마다 무력감을 느끼면서 살아. 나는 절대로 최고 마구스가 되지 못할 거야! 그 심정이 어떤지 알아?"

마법사라는 것만으로도 이미 충분하다고 대꾸하려던 난쟁이는 무아노의 애원하는 듯한 눈길과 마주쳤다. 그래, 알았다 알았어, 입 다물어주지! 속으로는 비현실적인 꿈에 매달리는 어린 인간을 어리석다고 생각하면서.

"저기 리무진이 왔구나!" 이사벨라가 가리켰다. "자, 갑시다. 타라, 입을 열지 말거라. 네 마법 때문에 사고를 치면……."

"사람들을 숯 덩어리로 만드는 사고라도 일어날까 걱정되시나 보죠?" 파브리스는 빈정거리는 어조로 말했다. "덩컨 부인, 타라는 우리가 맡을 테니까 염려 놓으세요. 야, 너 걸어갈 수 있겠어? 아니면 업혀서 갈래?"

타라는 눈살을 찌푸렸다. 아주 어릴 적부터 친구인 파브리스는 타라가 "야!"라고 부르는 걸 끔찍하게 싫어한다는 걸 잘 알고 있었다. 그래, 좋아. 어쭈, 이 기회에 놀려먹겠단 말이지? 타라는 입을 너무 크게 벌리지 않으려고 조심하면서 혀끝을 쏙 내밀고 시간을 좀 끌다가 도로 집어넣었다. 파브리스는 파랗게 질려서 뒷걸음쳤다. 그러나 타라는 겁만 줄 생각이었기 때문에 당연히 입에서는 아무것도 나오지 않았다.

"타라!" 눈치가 빠른 무아노가 얼른 말했다. "내 남자친구가 인간의 모습을 잃지 않길 정말 바라거든, 나는? 제발 부탁이야. 그러니까 파브리스에게 장난치지 마, 응?"

타라는 대답할 수가 없었지만 그 정도면 따끔한 맛은 충분히 보여준 셈이었다. 파브리스도 더는 타라를 자극하지 않았다.

황당해하는 운전기사들의 눈길을 받으면서 그들은 두 대의 차에 올랐다가 얼마 후 호텔에 이르자 재빠르게 내렸다. 호텔-대사관을 관리하는 드래곤은 오랜 세월 공들여 꾸며놓은 건물을 하루 아침에 반쯤 허물어뜨린 이들이 불쑥 들어오는 것을 보고 벌레 씹은 얼굴이 되었다.

무아노는 타라를 지키기 위해 같이 잤고, 밤에는 아무 일 없이 무사히 지나갔다. 아침을 먹을 때, 타라는 일행을 소시지 구이로 만들지 않기 위해 조심하면서 먹어야 했다. 마침내 호텔 지배인이 솔즈베리로 떠나는 다음 기차 좌석 예약권과 승차권을 부랴부라 만들어주었다.

그들은 아침식사를 끝내고 떠날 채비를 했다. 셈 선생님은 여행을 떠나도 준비할 것이 전혀 없었다. 파브리스는 부러운 눈으로 쳐다봤다. 마법 능력이 강력한 드래곤은 갑옷이나 다름없는 비늘껍질만 있으면 필요한 것이 없었다.

호텔 지배인은 영어를 모르는 마법사들에게 그 언어를 구사하고 알아들을 수 있는 주문을 걸어주었다. 그들은 마법을 혐오하는 파프니르를 설득하기 위해 거의 애걸복걸할 정도로 진땀을 빼야 했다.

빅토리아 역은 난쟁이에게 가혹한 시련이었다. 사람들의 눈길을 받는 데 익숙하지 않은 파프니르는 놀림받는 느낌 때문에 투명 도끼가 손에 자꾸 잡히는 것도 신경이 쓰이지만, 사람들이 큰 나무처럼 앞을 가로막고 서서 비웃듯 내려다보는 것도 불쾌하기 짝이 없었다. 가만히 당하고만 있을 파프니르인가! 난쟁이는 징 박은 군화로 사람들의 발을 은근슬쩍 밟으면서 "누구야!", "아야!" 하는 비명소리가 나거나 말거나 시치미를 뚝 떼고 심술궂은 미소를 흘렸다.

패밀리어들을 위한 좌석도 예약되어 있었다. 그들은 마법을 사용하여 열차 한 량을 독차지하고서 빈자리가 있어도 다른 승객들이 와서 앉겠다는 생각을 아예 하지 못하게 역겨운 냄새를 피웠다.

목적지까지는 1시간이 걸릴 예정이었다. 이사벨라는 셈과 마법의 본질에 대해 토론을 벌이기 시작했다. 그녀는 마지스터의 수련생들은 어떻게 주문을 읊지 않고 마법을 실현할 수 있는지 의문을 던졌다.

"당신의 교육법이 너무 구식인 거 아닙니까?" 이사벨라는 노골적으로 물었다. "수천 년 동안 당신은 우리의 생각을 마법으로 실현하려면 주문을 읊어야 한다고 주입시켰어요. 그런데 마지스터는 마법의 단계를 혁신적으로 업그레이드한 것 같더군요. 그자에게 억류되어 있던 포로들이 알려준 바에 따르면 그들은 주문을 읊지 않고서도, 마법을 유형화하는 시도를 하지 않고서도, 불똥 하나 튀지 않고서도 마법을 실현하기에 이르렀다는데! 어떻게 그럴 수 있지요?"

자존심을 건드리는 말에 셈 선생님은 발끈했다.

"그자는 수련생들의 능력을 통제하기 위해 악마의 마법을 이용한 것이 틀림없습니다. 수련생들은 감염되어서 마법의 수준을 끌어올린 것이오. 게다가 본래 악마에 속하는 에프리트들은 마법을 사용하기 위해 주문이 필요 없는 존재들이란 말이오."

이사벨라는 생각에 잠겼다.

"글쎄요. 타라의 말로는 두 마법사의 결투 장면을 목격했는데 그들은 감염되지 않았는데도 주문을 읊지 않고 마법을 실행했다는군요. 그 점에 대해서는 어떻게 생각하시오?"

드래곤이 도끼눈을 떴지만 이사벨라는 눈썹 하나 깜짝하지 않았다.

"악마의 마법에 감염이 되었든 아니든, 그 파렴치한 자가 수련생들을 조종하고 있다는 것이오. 악마들과 전쟁이 일어났을 때 나는 내 목숨보다 소중한 존재들을 잃었소. 조종을 받아 움직이는 그들의 마법이 얼마나 위험한지 충분히 체험했단 말이오. 나를 믿으시오, 이사벨라. 자, 논쟁은 이것으로 끝냅시다."

이사벨라가 고개를 끄덕이긴 했지만 믿기 어렵다는 얼굴이었다. 그 대화를 듣고 있던 타라도 불신하는 표정으로 눈살을 찌푸렸다. 드래곤의 설명은 설득력이 없었다. 마지스터의 간섭이 없었는데도 두 마법사가 서로 다른 방식으로 자신의 능력을 사용하는 것을 타라는 똑똑히 보았다. 타라 자신도 한 예가 아닌가? 주문을 읊지 않은 경우, 마법이 복종도 하고 불복하는 때도 종종 있지 않은가.

타라의 머릿속에서 드래곤들에 대해 느끼는 본능적인 불신이 고개를 들었다. 드래곤들이 뭔가를 속이고 있다면? 드래곤들의 마법 교육이 혹시 마법사들의 능력을 무력화하여 지배하려는 속셈이라면?

"음, 이상한 냄새가 난단 말야……." 파프니르가 불쑥 말했다.

"난 아냐. 룬 문자를 깨끗이 지우고 샤워까지 했다, 뭐!" 도둑이 제 발 저리는 격으로 당황한 파브리스는 코를 킁킁거렸다.

"뭐? 아니, 너를 두고 한 말이 아냐! 돌아가는 상황이 너무 이상해." 뜬금없이 룬 문자는 또 무슨 소리냐는 얼굴로 파프니르가 말했다. "갑자기 우리가 행성으로 돌아갈 수 없다는 것이 이해가 안 돼. 하르퓌아들이 자기들의 임무는 우리를 스톤헨지로 끌어들이는 것이라고 하지 않았어? 그런데 왜 그것들이 하나같이 지령이 적힌 쪽지를 목에 매달고 있었을까?"

"멍청하기 때문이겠지?"

"아냐, 하르퓌아들이 말을 상스럽게 하고 공격적이긴 해도 멍청하지는 않아."

"속임수라면 좀 더 복잡해야 되는 것 아닌가?" 무아노가 반박했다.

"하지만 우리를 이곳으로 유인하기 위해서 이보다 좋은 방법이 있을까? 위험에 처한 정체불명의 소년, 지구를 휘젓고 돌아다니는 하르퓌아들. 어쩐지 잘 쓰인 시나리오라는 생각 안 들어?"

"네 생각에는 함정이란 말이지?"

"음음음음!" 타라가 전적으로 동의한다는 뜻으로 고개를 끄덕였다.

"그치? 누가 쪽지를 매달았을까? 이유는 또 뭘까?" 난쟁이는 계속 의문을 던졌다.

갑자기 파프니르가 말을 중단하더니 허탈한 웃음을 터뜨렸다.

"지금 내가 무슨 말을 하고 있는 거야! 신 나게 싸움만 하면 그만이지! 함정이면 어때, 그럼 스릴이 넘쳐서 더 좋은데. 타라를 죽이려고 하는 정체불명의 X를 잡아서 아더월드에서 멋진 파티를 열면 그만이야!"

파브리스는 웃음을 터뜨렸다.

"파프니르, 네 말을 듣고 있으면 가끔 『아스테릭스』(르네 고시니의 『아스테릭스』 시리즈는 프랑스를 대표하는 만화로 전 세계 42개국에서 번역 출간되었고, 영화로도 소개되었다 — 옮긴이)의 주인공, 낙천적 성격의 오벨릭스가 생각나. 그런데 말야, 모든 일이 그렇게 간단하면 얼마나 좋겠냐! 하지만 이번 일은 아주 위험해! 우리는 이미 졌단말야, 로빈이 당했잖아!"

"그래도 놈들에게 없는 것이 타라에게는 있잖아!"

"그게 뭔데?"

"행운…… 그리고 우리!"

난쟁이의 확신에 찬 말에 파브리스는 손을 들 수밖에 없었다.

로빈은 뚫어져라 타라를 쳐다보고 있었다. 사랑을 고백했다가 매정한 거절 때문에 깊은 상처를 받은 로빈은 이제 타라의 마음을 알 수 없었다. 시선을 피하는 타라를 관찰하면서 로빈은 가슴이

미어졌다. 나오울디아르 때문에 타라의 생각을 읽을 수 있어야 하는데 어찌 된 영문인지 아무런 효과가 없었다. 바보같이 하필이면 여제 후계자에게 반해 가지고! 로빈은 창 밖으로 펼쳐지는 방목장을 향해 시선을 돌렸지만 아무것도 눈에 들어오지 않았다.

타라는 그 틈에 로빈을 쳐다봤다. 하프엘프의 심정을 짐작하지만 어떻게도 할 수가 없었다. 마음은 있어도 알 수 없는 무엇인가가 못하게 막고 있어서 얼마나 괴로울지 알지만 로빈의 아픈 마음을 달래줄 수가 없었다.

여행은 순조로웠다. 검표원 때문에 모습을 바꾼 것만 제외하고. 코가 막혀서 냄새를 못 맡는지 검표원이 불쑥 들어와서 경쾌하게 외쳤다.

"신사숙녀 여러분, 기차표를 보여주십시오!"

지구에서는 마법이 약해진다는 걸 알지만 스톤헨지 지역은 유독 이상할 정도로 마법의 변덕이 심했다. 기차표와 마법의 척력 작용도 그 영향을 받았다. 검표원이 기차표를 확인하는 순간 원래의 백지로 변하고 말았으니.

"이건 기차표가 아니라 백지입니다, 부인." 검표원이 혀를 굴리면서 이사벨라에게 말했다. "벌금을 내십시오!"

이사벨라는 눈살을 찌푸리면서 거만하게 답변했다.

"이런, 내가 표를 분실한 모양이군요. 잠깐 기다리세요."

이사벨라는 대비하고 있었는지 핸드백을 들여다보는 체하면서 주문을 읊고 또 하나의 표를 꺼냈다.

검표원은 모자를 머리 위로 젖히면서 가짜 표를 꼼꼼하게 살폈다. 마법이 변덕을 부리는 바람에 검표원이 손에 들고 있는 표가 또다시 백지로 변했다.

"이게 뭐야!" 검표원은 깜짝 놀랐다. "아니, 이게 무슨 귀신이 곡할 노릇이지?"

할머니를 유심히 관찰하던 타라는 이상한 조짐을 느꼈다. 할머니가 뭐라고 중얼거렸고, 갑자기 불쌍한 검표원의 몸이 점점 불어나더니 이마에 뿔이 난 털북숭이가 되었다. 맙소사, 할머니가 유니콘으로 둔갑시킨 것이었다! 마법사들은 눈이 휘둥그레졌다. 마니투는 곯아떨어져 있었다.

"이사벨라, 귀찮게 하는 사람이라고 무작정 마법을 쓰면 뒷감당을 어떻게 하려고 이럽니까? 5분마다 계속 동물로 둔갑시킬 생각이요?" 셈 선생님이 한마디했다.

"쯧쯧!" 이사벨라는 들은 척도 않고 중얼거렸다. "칠면조로 둔갑시키려고 했는데 이놈의 행성에서는 마법이 제멋대로라니까!"

유니콘은 성질이 포악했다. 성난 낯짝으로 돌변해서 이사벨라를 향해 머리를 들이대는 것을 보면 검표원—유니콘의 경우도 예외는 아니었다. 이사벨라는 아슬아슬하게 피했지만 유니콘의 뿔이 좌석 등받이를 꿰뚫는 바람에 바로 뒤에서 자던 마니투의 옆구리를 찔렀으니!

아닌 밤중에 홍두깨를 만난 격으로 쿨쿨 자다 봉변을 당한 사냥개는 꺅! 하는 비명을 지르면서 펄쩍 뛰어올랐다. 좌석에 처박힌 유니콘은 몸을 마구 흔들어댔다.

"오, 조상들이시여!" 얼른 옆구리를 살펴보고 무사한 것에 안심한 마니투가 고함쳤다. "또 무슨 일이야!"

"하도 멍청한 인간이라 칠면조로 둔갑시키려고 했는데 실패했어요." 이사벨라가 구시렁거렸다. "뾰족한 수가 없다면 그냥 저렇게 둬야겠어요."

"이사벨라," 마니투가 다가오면서 나무랐다. "네가 어렸을 때 고약하게 굴 때도 볼기를 때린 적이 없었다만 오늘은 도저히 못 참겠구나. 유니콘이 우리를 꼬치구이로 만들기 전에 원래대로 돌려놓겠니, 아니면 나한테 물어뜯기겠니? 선택을 해!"

"에이, 왜 이러세요? 못하실 거면서." 이사벨라는 농담으로 받아들였다.

"하나 못하나 볼래?" 마니투는 삐죽삐죽한 개 이빨을 드러내면서 응수했다. "내가 작정을 했을 때는 어떻게 되는지 똑똑히 보거라!"

"진정하세요. 제가 처리할게요!" 보다 못한 로빈이 얼른 나섰다. "먼저 좌석에 박힌 뿔부터 뽑아야겠어요."

로빈은 조심스럽게 뿔을 뽑았다. 아더월드의 모든 궁전에서 유니콘은 뿔을 뽑아야 어디든 들어갈 수 있었다. 잠시 후 로빈이 유니콘을 좌석에서 구해주자 무아노는 레두스 주문으로 마비시켰다. 이사벨라는 검표원을 원래의 모습으로 돌려놓은 뒤에 조심스럽게 비켜섰다.

"……!" 검표원은 입만 달싹거릴 뿐 아무 말도 하지 않았다.

"어디 아프세요?" 파브리스는 시치미를 뚝 떼고 공손하게 물었다. "괜찮으세요?"

그는 어리벙벙한 얼굴로 눈알만 데굴데굴 굴렸다.

"이상하네." 그가 마침내 대답했다. "내가 왜 건초 생각이 간절하지?"

모두 못 들은 척 입을 꾹 다물었다. 검표원이 비칠거렸다.

로빈은 재빠르게 뿔을 감췄다. 이상하게도 뿔은 변하지 않았던 것이다.

"내 모자 본 사람 없습니까?" 검표원이 물었다.

모두 고개를 내젓자, 검표원은 멍한 얼굴로 나갔다.

"내가 갖고 있어." 로빈이 말했다. "뿔이 모자로 바뀌지 않았거든. 이 상태로 오래가지는 않겠지만."

"보여다오." 이사벨라가 명했다.

로빈이 뿔을 내밀었다.

"언제든 원래의 상태로 돌아올 거다. 하지만 혹시 모르니까 잘 간직하고 있어."

"으으음음?" 타라가 물었다.

타라의 의문을 이해한 무아노가 설명했다.

"유니콘이 살아 있는 한 뿔에는 아주 강력한 마법이 있어. 유니콘이 죽으면 아무 짝에도 소용없는 것이 되지만. 그러나 사용해 보기 전에는 어디에 써먹을지 알 수가 없어. 위기의 순간이나 위급하게 필요한 경우에만 사용하니까."

타라는 미소를 지어 보였다. 그럼 지금 같은 경우에 꼭 필요한 것이 아닌가!

도착한 지 1시간 10분 후, 그들은 정체불명의 마법사가 있는 곳에서 아주 가까운 솔즈베리에 도착했다.

16
비마들의 성
프랑켄슈타인의 신화를 재현할 수 있을까

*

택시 세 대가 기다리고 있었다. 그들을 대하는 운전기사들의 태도를 보면 대사관의 드래곤이 이사벨라를 특히 조심하라는 주의를 준 것이 틀림없었다. "조심해! 언제 폭발할지 모를 괴팍한 부자 관광객이니까!" 숙소가 예약되어 있는 에임스버리까지 15분밖에 걸리지 않았다. 가는 동안 내내 그들은 정신을 집중해서 하르퀴아들의 낌새가 있는지 살폈지만 털끝도 보이지 않았다. 도로를 어기적거리고 다니는 개구리들을 피하기 위해 택시가 지그재그로 운전하는 것을 제외하고는 별탈이 없었다.

과학기술도, 자동차도 좋아하지 않는 파프니르는 택시가 세 번째 커브를 돌았을 때 얼굴빛이 푸르뎅뎅했다. 파브리스는 재빨

278

리 택시 창문을 열고 난쟁이의 머리를 밖으로 떠밀었다. 평소 같으면 파브리스의 거친 행동에 화를 냈겠지만 멀미가 너무 심한 난쟁이는 가만히 얼굴을 내밀고 있었다. 날씨는 덥지 않았고, 신선한 바람을 쐰 덕분에 금세 생기를 되찾은 난쟁이는 머리카락을 바람에 휘날리면서 그냥 그렇게 있기로 했다. 난쟁이의 품위가 있지, 토한다는 것은 말도 안 돼!

셈 선생님은 군침이 돌아서 미치겠다는 눈길로 들판의 암소들을 바라보고 있었다. 당장 날아가서 잡아먹지 않으려고 용의 욕구를 참고 또 참는 것이 느껴졌다. 식탐을 누르는 용의 노력이 너무나 눈에 뻔히 보여서 타라는 웃음이 터져나오려고 했지만 택시 지붕을 날려버리는 멍청한 짓을 저지를까 봐 간신히 꾹꾹 눌렀다.

숙소로 예약된 모텔은 마을에서 떨어져 있었다. 택시가 돌담으로 둘러싸인 마당으로 들어섰을 때 타라는 갑자기 거북한 느낌이 들면서 소름이 돋았다. 구름이 낮게 깔린 하늘 아래 을씨년스러운 시커먼 건물이 또렷이 드러나 보였다.

"랜스드라이 저택에 예약했으면 좋았을 텐데요." 택시 운전기사가 사투리가 심한 억양으로 말했다. "여기보다는 거기가 등급이 높아서 투숙객이 많지요."

"여기 주인을 아세요?" 호기심이 많은 무아노가 물었다.

"좀 이상한 사람들이지요." 운전기사가 대답했다. "무슨 일인가 하고 있다는데 말이 없는 사람들이라 뭘 하는지는 몰라요. 손님을 받는 것은 집을 비워둘 수 없기 때문이죠. 예전에는 성이었는데 유지비 때문에 숙박업을 하고 있는 겁니다."

운전기사는 모텔 주인을 좋게 여기지 않는 것 같았다. 이사벨라는 마음에 안 들면 더 고급 호텔을 골라주겠다는 제안을 들은 척도 않고 택시요금을 지불했다. 이사벨라는 호텔-대사관의 드래곤을 믿고 있었다. 그들에게는 투숙객이 적은 것이 여러모로 안전하기 때문이었다.

그들은 B급 공포영화에서나 볼 법한 삐걱거리는 문을 열고 들어갔다. 삐거덕삐거덕, 음향효과를 극대화하기 위해 일부러 만들어놓은 것 같은 느낌이 들었다.

안으로 들어가니 사람들이 멍한 눈길로 쳐다봤다. 동물 죽이는 것이 취미인 사람이 사는지 꽤 많은 박제 동물이 성을 장식하고 있었다. 볼품없는 묵직한 가구들은 중세풍이었고, 햇빛을 가리는 초록색 벨벳 커튼 때문에 홀의 분위기는 무겁게 가라앉아 있었다. 또다시 삐걱거리는 소리가 나서 그들은 섬뜩했다. 갑자기 옆문이 열리더니 기형으로 혹이 달린 곱사등이가 나타나서 파프니르는 탄성을 지르고 말았다.

"어머나! 지구에는 미니 트롤이 사나 보지?"

무아노는 팔꿈치로 파프니르의 옆구리를 툭 쳤다가 난쟁이의 단단한 근육에 부딪친 팔꿈치가 찌릿, 전기가 오는 듯 아파서 오만상을 찌푸리면서 속삭였다.

"쉿! 초록색이 아니잖아. 트롤이 아니라 인간이야."

천만다행으로 그 사람은 듣지 못한 것 같았다. 그는 작은 문으로 들어가서 접수계 앞의 의자에 기어올랐다.

"어서 오십쇼, 내 이름은 이고르입니다. 유령의 성에 오신 걸 환영합니다요!"

눈이 동그래진 타라는 얼른 한 손을 입에 대면서 나오겠다고 아우성치는 웃음을 틀어막았다. 와, 흉내를 내는 건 좋은데 너무 심하다! 으스스한 성에다 곱사등이 이고르까지, 프랑켄슈타인 복사판이잖아!

파브리스가 먼저 너스레를 떨었다.

"정말 이름이 이고르예요?"

이고르의 눈빛을 보니 유머라고는 눈곱만큼도 없었다.

"그래, 내 이름 맞아. 애약(예약)했니?"

"네, 뭐라고요?"

"방을 애약했냐고?" 이고르는 사람들이 '사투리 억양'이 심한 자신의 말을 알아듣지 못하는 것에 이골이 났는지 태연하게 반복했다.

"이 모텔을 통째로 예약했소이다." 이사벨라는 퉁명스럽게 대답했다. "다른 손님을 받지는 않았겠지요?"

"네. 이방인은 별로 오지 않습니다요. 여기는 당골(단골)손님들이 찾아오시는 곳이라서. 분위기가 쫌 으스스해서…… 이해하시겠습니까요? 『프랑켄슈타인』의 저자 메리 셸리에게 경의를 표하는 뜻에서 비스무리하게 꾸몄습죠. 하지만 안심합쇼, 죽은 사람이 돌아다니지는 않으니깝쇼!"

파브리스는 만족한 미소를 지었다. 그러면 그렇지, 내가 제대로 본 거잖아!

이사벨라는 한 발 두 발 물러섰다. 이고르가 침을 팍팍 튀기며 말하는 통에 마주하려면 우산이 필요할 지경이었다.

"뭐 별로 놀라운 일은 아니군!" 개의 몸이라서 말하면 안 된다는 것을 깜빡 잊은 마니투가 중얼거렸다.

그 순간 바로 개에게 눈길이 꽂힌 이고르가 침을 꼴깍 삼켰다.

"월! 월!" 마니투는 꼬리를 흔들면서 짖어대는 것으로 당혹스런 순간을 넘겼다.

이고르는 꾀죄죄한 손가락을 귓구멍에 쑤셔넣고 귀를 털면서 말했다.

"음매, 이상한 거. 분명히 들었는데……."

"좀 피곤하니까 어서 방으로 안내해주시오." 이사벨라는 얼른 말을 자르고 나서 마니투에게 따가운 눈총을 보냈다.

"직원을 불러서 짐을 옮겨드리겠습니다요. 여러분은 셋, 넷, 다섯, 여섯, 일곱, 여덟, 아홉, 열, 열하나, 아! 모두 열한 개의 방이 필요하군요. 오실 손님이 계시면 말씀합쇼. 방은 또 있습니다요."

그는 객실 열쇠들을 건네준 다음 초인종을 눌렀다. 딩동, 딩동!

"지금 가요, 이고르!" 경쾌한 목소리가 들렸다. "손님이 오셨나요? 택시가 나가는 걸 봤어요. 아, 안녕하세요? 유령의 성에 오신 걸 환영합니다!"

목소리의 주인공이 마법사들을 향해 뛰어왔다. 이고르가 잘못 구운 이무기 돌을 닮았다면 청년은 미켈란젤로의 그림 속 모델 같았다. 잘생긴 금발 청년의 등장으로 음침한 분위기의 홀이 밝아졌다. 무아노와 타라가 턱이 빠져라 입을 벌리고 있자, 파브리스와 로빈이 눈살을 찌푸렸다. 그러나 미남청년은 여자들이 얼이 빠져서 쳐다보는 것을 전혀 알아채지 못하는 것 같았다. 청년이 가까이 있는 가방을 가볍게 들어서 강력한 근육질의 팔로 굴리는 모습을 보면서 웬만한 힘에는 눈도 깜짝하지 않는 파프니르까지 탄성을 내지를 정도였다. 청년이 따라오라는 손짓을 하자 그들은 백조를 따라다니는 새끼오리들처럼 줄지어 졸졸 따라갔다.

"와, 어쩌면 저렇게 잘생겼을까!" 무아노가 속삭였다.

파브리스의 눈초리를 보고 무아노가 얼른 말했다.

"물론 너보다는 못생겼지, 파브리스."

파브리스는 미소를 지었다.

휴, 애인이 있다는 것이 이럴 땐 정말 신경 쓰이네! 무아노는 남자친구를 안심시킨 뒤에 다시 물었다.

"넌 어때?"

"음으으으음, 음으으으으음!" 타라는 자신의 마법을 원망하면서 고개를 힘차게 끄덕였다.

"어머, 미안해. 말을 못한다는 걸 깜빡 잊었어! 저기요, 뭐라고 불러야 할지……."

"조던이라고 불러요, 어린 아가씨." 청년이 활짝 웃는 얼굴로 말했다.

"아, 네, 고마워요!" 무아노는 얼굴이 빨개져서 말했다. "어머머, 저것 좀 봐! 진짜 아름답다!"

복도 끝에 놓인 장식대 위에서 희한하게 생긴 것이 번쩍거리고 있었다.

조던은 날카로운 눈초리로 무아노를 쳐다봤다.

"저게 보여요?" 조던이 목구멍에 뭔가가 걸린 것 같은 소리로 물었다.

마법사들이 동시에 고개를 끄덕였다.

"꼭 커다란 다이아몬드가 번쩍거리는 것 같네." 파브리스가 말했다. "저게 뭐 하는 물건이에요? 속에 전구가 들어 있나요?"

파브리스의 시시한 지적 때문에 감탄해서 바라보던 마법사들은 김이 샜다.

"아니요." 조던이 굳은 얼굴로 말을 돌렸다. "여깁니다. 내려가서 다른 가방을 가져오겠습니다."

그들에게 대답할 겨를도 주지 않고 그는 바람같이 사라졌다.

"이상해." 로빈이 말했다. "생글생글 웃던 사람이 갑자기 얼굴이 굳어져서 도망치듯 가버렸어."

"맞아," 파브리스는 한술 더 떴다. "우리가 반짝거리는 돌을 알아본 순간부터야."

"하여튼 비마들은 모든 면에서 이상하다니까." 파프니르는 기지개를 켜면서 미소를 지었다. "이제 뭐 해요?"

이사벨라는 한숨을 내쉬었다.

"하르퓌아들이 제레미라는 마법사를 공격하지 못하게 막아야지. 20분 후에 내 방으로 집합!"

"으으으음음음." 타라가 자신의 입을 가리키면서 끙끙거렸다.

"아, 네 문제를 잊고 있었구나, 타라. 셈, 타라가 정상적으로 말할 수 있게 회복 속도를 앞당길 수 있겠죠?"

셈 선생님이 고개를 설레설레 저었다.

"지금으로서는 나도 더 이상 해줄 것이 없소. 내가 이미 말했던 대로 시간이 문제요. 그사이에 하르퓌아 문제부터 해결합시다.

여자–새들보다 먼저 그 마법사를 찾아야 해요. 그 마법사의 성(姓)을 알고 있으니까…….”

“렝비레는 아더월드의 이름인데 지구에서도 그 이름을 쓰고 있다는 게 놀라워요!”

파브리스가 한마디했다.

파브리스의 지적에 드래곤이 눈살을 찌푸렸다.

“아! 그걸 생각 못했군……. 이름이 제레미였지? 지구에서는 흔한 이름이니?”

“네.” 파브리스가 대답했다.

“모텔 주인, 아니 조던에게 물어볼게요. 아유, 입을 열 때마다 튀는 침을 뒤집어쓰고 싶지는 않으니까요. 조던이 제레미를 안다면 그가 사는 집도 찾을 수 있을 거예요.”

조던이 다시 올라오자마자 그들은 가방을 들고 방에 들어갔는데 어둡고, 무겁게 가라앉은 홀의 분위기와 다를 바가 없었다. 벽에는 습기가 차 있질 않나 들보에 떡 하니 집까지 짓고 있는 거미들을 보면서 무아노는 속이 뒤집어졌다. 무아노가 방을 말리는 세슈스 주문에 이어 거미들을 향해 레풀수스 주문을 읊자, 거미들이 방금 열어놓은 창문으로 줄행랑쳤다. 무아노는 진저리를 치면서 창문을 닫았다. 살만 투실투실 찐 것들, 아이, 징그러워! 이제 쇼푸스 주문으로 방의 온도만 높이면 돼!

무아노는 타라의 방으로 가면서 스웨터를 하나 더 껴입었다. 지금이 여름 맞아? 지구는 왜 이렇게 추운 거야!

로빈의 섬세한 배려 덕분에 타라의 방은 따뜻했다. 파브리스와 마니투, 파프니르는 잠시 후 들어왔다.

"조던에게 그 마법사에 대해 물어봤는데 이 동네에 제레미라는 사람은 없다면서 휙 가버렸어." 파브리스는 고개를 갸웃하면서 말했다. "조던…… 정말 이상한 사람이야! 그러니까 다른 방법으로 찾아야겠어."

"타라는 방에 있는 게 좋겠어. 어차피 마법을 쓰면 큰일 나니까." 무아노가 말했다.

"으으으으음음음!" 타라는 분노의 눈빛을 이글거리면서 싫다는 뜻의 몸부림을 쳤다.

"이성적으로 생각해, 타라." 로빈이 무아노의 말에 찬성했다.

"너는 지금 싸울 수 있는 상태가 아니라서 우리가 너를 지켜야 하는데 그러면 너나 우리나 다 위험해져."

분노를 폭발할 것이라고 예상했던 로빈은 타라가 보내는 그야말로 은밀하다고 말할 수 있는 미소에 깜짝 놀랐다. 타라에게 매몰차게 거절당한 뒤인데도 로빈은 평소와 마찬가지로 무릎에 힘이 빠지고 가슴이 두근거렸다. 잠시 후, 셈 선생님이 타라를 성에 두고 가는 것은 말도 안 된다면서 하르퓌아들이 지령을 받은 스톤헨지 유적부터 수색해야 하니까 무슨 일이 있어도 타라를 데려가야 한다고 단언했다. 로빈은 비로소 그 미소의 이유를 깨달았다. 타라가 보내는 승리의 눈빛을 뭐라고 표현해야 할까, 순진하다고 해야 할까? 영특하다고 해야 할까?

그들은 을씨년스런 성을 나와 스톤헨지로 향했다.

"방심하지 말고 주위를 잘 살피거라." 드래곤이 말했다. "하르퓌아들은 만만한 것들이 아냐. 불시에 공격받아서 상처를 입으면 절대 안 돼!"

걸어서 15분이면 거석 건조물로 이르는 언덕을 넘을 수 있었다.

그 유적에서 받은 첫 인상은 장관이었다. 구름을 뚫고 햇살을 뿌리던 해가 뉘엿뉘엿 지고 있었고, 거석 건조물이 환상적인 광채를 발하면서 솔즈베리 평야를 굽어보고 있었다. 타라는 거석의 수를 세었다. 서른 개. 대부분 평평한 돌을 얹은 3석탑 형상을 하고 있었다. 높이가 4미터에서 7미터에 이르는 거대한 돌이 이중의 동심원을 이루고 있었다.

거석 건조물을 바라보던 파프니르가 툭 내뱉었다.

"비마들은 저걸 뭐 하려고 세워놓았지?"

"정확한 것은 아무도 모른다. 태양력으로 사용했을지도 모르지." 셈 선생님이 대답했다.

"그렇다면 이상하네요." 무아노가 지적했다. "아더월드인이

288

쓴 책을 읽었는데 저걸 세운 것은 드래곤들이라고 쓰여 있었어요. 유적을 건조한 것으로 추정되는 5000년 전에 도르래는 존재하지 않았어요. 그런데 저 거석들의 무게를 합하면 무려 20만 톤이에요. 그중 '블루 스톤'은 무게가 50톤이 넘는 것들이에요. 게다가 채석장에서 380킬로미터나 떨어져 있어요. 마법을 사용하지 않고서는 당시 원주민들이 거석 건조물을 세운다는 것은 절대 불가능해요."

셈 선생님은 당혹스러운 미소를 지었다.

"그 시기에 우리는 악마와 싸우고 있었다. 한창 전쟁 중이었어. 내 동족들이 뭘 했는지 몰라. 스톤헨지가 드래곤의 건축물일 수도 있겠지. 하지만 맹세코 나는 아니야. 돌덩어리들을 세워서 뭐에 쓰겠니?"

무아노는 드래곤에게 미심쩍은 눈길을 보냈다.

그때 갑자기 파프니르가 내지르는 소리에 그들은 깜짝 놀랐다.

"맙소사, 저기 하르퀴아들이 나타났다!"

환상열석(거대한 선돌이 둥글게 줄지어 놓인 거석 기념물 —옮긴이)이 가까워질수록 점점 더 불안해하던 이사벨라가 멈춰 섰다.

"어디?"

"저쪽이요! 저기 마을 상공이요!"

난쟁이의 예리한 눈은 정확했다.

"릴란드릴의 혼령들이여!" 로빈이 크리스털 눈을 찡그리면서 외쳤다. "저기 있다!"

주문이 필요 없는 드래곤만 빼놓고 그들은 이미지를 확대하는 주문을 읊어야 했다. 이윽고 저 멀리 몇 킬로미터 떨어진 지점에서 맴도는 실루엣을 알아볼 수 있었다.

"달리 방법이 없다." 이사벨라가 선언했다. "모두 보이지? 트란스미투스를 작동해야겠다!"

"그럼 타라는?"

"음음음음!" 타라가 자기는 신경 쓰지 말고 빨리 공격하라는 표시를 했다.

"나는 특수한 힘의 장막으로 타라를 에워싸겠다." 드래곤이 말했다. "이사벨라, 어서 작동하시오!"

위기 상황이라는 것을 알고 있기 때문에 마니투와 패밀리어들까지 모두 복종했다. 지구에서는 마법이 약하고 변덕스럽기 때문에 트란스미투스를 한꺼번에 작동하지 않고 몇 명씩 무리를 지어서 따로 이동했다.

"내 마법을 너의 마법에 합치겠다." 셈 선생님이 힘의 장막으로 타라를 보호한 뒤에 말했다. "자, 간다!"

"트란스미투스의 이름으로 우리를 당장 하르퓌아들이 있는 곳으로 이동시킬지어다!"

그들은 아담한 농가 앞에서 유형화될까 걱정할 겨를이 없었다. 이미 농가의 일부가 불타고 있었다. 농가 상공에서 하르퓌아 열 마리가 약간 떨어져 있는 실루엣을 향해 돌진하고 있었고, 실루엣은 가공할 마법 광선으로 맞서고 있었다.

마법사들이 합세하여 발사한 광선에 맞아 새까맣게 탄 하르퓌아 네 마리가 픽, 픽, 픽, 픽 떨어졌다. 다섯 번째 놈은 날아오는 도끼에 놀랄 사이도 없이 가슴을 정통으로 맞았다.

하르퓌아들은 타라를 경계하지 않고 있었다. 그건 실수였다. 소녀는 미소를 지었다. 그러고는 입을 열었다.

하늘 높이 있어서 안전하다고 믿던 하르퓌아들은 단번에 깃털이 홀랑 빠져서 땅바닥에 으스러졌다.

뜻밖의 도움 때문에 한순간 당황한 탓일까, 맹렬하게 싸우던 실루엣이 놀라운 것을 보여주었다. 그가 발사한 마법 광선은 직선으로 날아가는 것이 아니라 정말 특이하게도 원을 이루며 퍼져 나갔으니! 듣도 보도 못한 강력한 공격력 앞에서 하르퓌아들은 속수무책이었다. 하늘에 남아 있던 하르퓌아들은 지우개로 지운 듯 흔적도 없이 사라졌다.

실루엣이 땅바닥에 쓰러져 있는 형체들 옆에 주저앉아서 흐느꼈다. 가까이 다가서던 그들은 마법사가 타라와 거의 같은 또래의 소년이라는 것을 알았다. 소년은 두 어른을 끌어안고 오열하고 있었다.

타라는 너무 딱해서 가슴이 조이는 듯 아팠다.

그들이 너무 늦게 도착한 것이다.

17

제레미

어떻게 마법 능력을 갖게 되었을까

*

"아빠, 엄마! 제발, 깨어나세요! 눈을 떠요, 제발!"

무아노가 다가섰지만 두 사람은 한눈에 봐도 손을 써볼 수 없는 상태였다. 두 사람의 목이 참혹하게 찢겨 있었고, 하르퓌아의 독이 퍼지기도 전에 이미 목숨이 끊어진 상태였다.

"미안해. 부모님이야?"

무아노는 부드럽게 물었다.

소년이 무아노를 향해 초췌한 얼굴을 들었다. 갈색 머리에 키가 큰 소년의 검은 눈이 공포에 사로잡혀 있었다.

"뭐가 뭔지 모르겠어. 젖소들을 몰고 들어오는데 저 동물들이 갑자기 나타나서 우리를 공격했어. 아빠가 쓰러지는 것을 보고 달려간 엄마까지 공격을 받고 고꾸라지셨어. 달려드는 놈들과 싸우는데 내 손에서 파란 불이 나오는 거야. 그 불에 한 놈이 죽자 다른 놈들이 물러서긴 했지만 계속 나를 죽이려고 했어!"

"너를 죽이려는 것이 아니었어." 무아노는 차분하게 설명했다. "그랬다면 너는 이미 죽었을 거야. 놈들의 목적은 너를 납치하는 것이었어."

"그게 무슨 소리야?" 소년은 이해할 수 없다는 얼굴로 무아노를 쳐다보다가 주위에 둘러선 사람들을 보고 깜짝 놀랐다. "뭐 하는 사람들이에요? 부모님을 살려주세요, 빨리!"

레파루스 주문으로는 그들을 살릴 수 없었다. 그러나 확인해야 할 것이 있었다. 이사벨라는 몸을 숙이고 능숙한 손놀림으로 두 사람의 몸 위를 쭉 훑었다.

"어떻소?" 셈 선생님이 물었다.

이사벨라는 고개를 내저었다.

"마법사들이 아니에요. 마법의 기운이 전혀 느껴지지 않아요. 완전 비마들이라서 이렇게 쉽게 죽었던 겁니다. 이상한 일이야! 도대체 비마들인데 왜 공격했지?"

소년의 얼굴이 파랗게 질렸다.

"죽어요? 안 돼!"

이사벨라는 정신적 충격을 받은 사람에게 동정심이나 인정을 베풀 줄 모르는 사람처럼 어떤 때 보면 매정하기 짝이 없었다.

"그래, 죽었어." 이사벨라는 냉정하게 말했다. "하르퓌아들이 너를 생포하기 위해 훼방꾼들을 제거한 것이지. 네 이름이 제레미지? 우리는 너를 찾아온 것인데 제때에 도착해서 너를 구한 것이다."

그렇게 말하고 나서 얼른 덧붙였다.

"좀 더 일찍 오지 못한 것에 대해서는 유감스럽게 생각한다."

갑자기 부모를 잃은 소년의 심정을 전혀 배려하지 않은 채 이사벨라는 계속했다.

"너는 마법을 쓸 수 있어. 마법사야. 신고되지 않은 마법사가 있다는 것은 아주 드문 일이지. 어쨌든 지구에서는 마법이 약하기 때문에 마법사는 모두 아더월드로 떠나야 해. 여기는 여러 가지로 조건이 불리해서 마법사들이 살 곳이 못 되니까. 자, 이제 임무를 완수했으니 우리는 돌아가자. 지금쯤은 공간이동의 문이 작동해야 하는데!"

이사벨라의 냉담한 말에 소년은 찬물을 뒤집어쓰는 것 같았다. 이제 소년의 분노는 이사벨라에게 돌아갔다. 소년이 벌떡 일어났다.

"거짓말! 부모님은 죽지 않았어요! 치료하면 깨어나실 거예요! 금방 뭐라고 했죠? 내가 마법을 사용해요? 해리포터처럼? 그럼 어떻게 치료하는지 시범을 보여주시죠! 내가 마법사라면 그것도 할 수 있는 거 아네요? 영화에서 봤다고요!"

"하지만 이건 영화가 아냐." 소년의 절규를 나 몰라라 듣고만 있을 수 없는 파브리스가 나섰다. "너의 부모님을 위해 아무것도 해줄 수가 없는 것이 우리도 정말 마음 아파. 하르퓌아의 독은 치명적이기 때문에 이사벨라 부인의 말대로 두 분은 돌아가셨어."

"아아아아아아냐!" 소년이 울부짖었다.

소년이 하늘을 쳐다보면서 가녀린 두 팔을 뻗자 즉각적으로 발사된 마법이 불에 달군 칼처럼 구름을 갈랐다. 자신이 뭘 하는지 의식하지 못하는 소년이 두 팔을 내리자, 마법의 불이 이번에는 마을 쪽으로 향했다. 깜짝 놀란 무아노가 뒷걸음쳤다. 소년에게서 느껴지는 마법의 힘! 어? 이 정도면 타라가 마법을 과다 사용했을 때와 맞먹는 것인데!

이사벨라와 드래곤이 동시에 반응했고, 그들의 마법이 소년을 후려치면서 집이 완전히 무너지는 참사를 막았다. 소년은 꽈당, 쓰러졌다.

"무아노!" 이사벨라는 소년의 상태를 확인하고 나서 지시를 내렸다. "어서 가서 불을 꺼! 소방수들이 출동해서 사사건건 우리 일에 참견하게 되면 골치 아프니까. 셈, 하르퓌아들을 축소하시오. 놈들을 데려가야겠어요. 파브리스, 너는 무아노를 도와서 집을 원래의 모습으로 돌려놔. 타라, 우리는 이 소년을 안으로 옮기자. 몇 가지 물어봐야겠어. 로빈, 너는 소년의 부모님을 맡아."

군소리를 허용하지 않는 단호한 어조였다. 얼떨결에 드래곤까지 모두 복종했다.

이사벨라가 주문을 읊자, 의식을 잃은 소년이 지상 1미터 위로 둥둥 떠올랐다. 이사벨라가 두 번째 주문을 읊자 이번에는 소년의 부모가 상처를 입기 이전의 온전한 모습을 되찾았다. 타라는 놀라지 않았다. 무정한 할머니가 겉으로는 인정을 보이는 데 서툴지만 속정 깊은 진가를 발휘하고 있었다. 할머니는 갈기갈기 찢겨서 죽은 흉측한 몰골이 아니라 원래 모습의 부모님을 소년에게 돌려주고 싶었던 것이다.

집이 복구되자마자 그들은 공중 부양시킨 세 사람을 집 안으로 들여보냈다. 거실의 벽은 황토색이고, 두 개로 나뉜 커다란 방에 벽난로가 보이고 빨간색 보드라운 담요를 씌운 푹신한 소파가 여러 개 있었다. 그들은 시신 둘을 소파에 눕혔다. 타라는 여전히 의식이 없는 소년을 침대의자에 눕혔다.

타라가 몸을 숙일 때 소년이 눈을 떴다. 소년이 타라의 손을 건드렸다. 살갗이 닿는 순간 스파크 같은 것이 일어서 타라는 소스라쳤다. 망치로 가슴을 얻어맞은 것 같다고 할까, 몽둥이로 머리를 얻어맞은 것 같다고 할까. 타라의 쪽빛 눈과 마주치면서 소년의 까만 눈이 부드러워졌고, 그들은 몽환적인 세계로 빠져들었다.

"누구……?"

소년이 홀린 듯한 얼굴로 마침내 입을 열었다.

"내 이름은 타라야."

입을 열지 말아야 한다는 것을 잊고 타라가 대답했다.

"타라, 안 돼!"

뒤에 서 있던 로빈의 외침에 깜짝 놀란 타라는 황급히 손으로 입을 막았다.

타라와 로빈이 불안한 얼굴로 쳐다봤지만 소년은 눈 하나 깜짝하지 않았다. 마법의 기미라고는 없었다.

"타라, 천장에 방벽을 만들 테니까 내가 신호하면 머리를 들고 입을 열어." 로빈이 말했다.

타라는 고개를 끄덕였다.

로빈의 손에서 발사된 마법의 불이 집의 들보를 에워쌌을 때 소년은 어리둥절한 얼굴로 침대의자에서 몸을 웅크렸다. 잔뜩 긴장한 하프엘프가 신호를 보내자 타라는 초강력 마법에 맞설 각오를 단단히 한 얼굴로 로빈에게 미소를 지어 보이고 나서 천장을 올려다보면서 입을 열었다.

아무 일도 일어나지 않았다.

"어떻게 되는지 보게 무슨 말이든 해볼래?" 로빈이 말했다.

"개굴개굴 개구리 노래를 한다······."

"너 치료가 된 것 같아! 아까는 하르퀴아를 쓰러뜨렸잖아. 정말 이해할 수가 없네."

"이상한 일이 있긴 했지." 타라는 혼란스러운 얼굴로 털어났다. "제레미의 손을 건드리는 순간 전기가 오는 것처럼 스파크가 일었어."

로빈이 눈을 찡그렸다.

"제레미의 살에 닿는 순간 네 마법이 약해지고 마법을 통제할 수 있게 되었다는 뜻이야?"

로빈은 내색하지 않으려고 애를 썼지만 목소리에서 질투심이 고스란히 느껴졌다.

"모르겠어." 타라는 솔직하게 대답했다. "어쨌든 내 마법이 우려했던 것만큼 위험하지는 않은 것 같았어. 마법을 작동했는데 갑자기 말을 듣지 않더라고. 그래서 그 틈을 이용해서 말해본 거야."

로빈은 잠자코 눈살을 찌푸렸다. 결코 가볍게 넘길 일이 아닌데······. 마법은 하찮게 여길 것이 아니었다. 잘못 사용하면 상처를 낼 수도, 죽일 수도 있는 칼날처럼 위험했다.

이사벨라는 반신반의하는 얼굴로 얼른 타라를 진찰한 뒤에 판결을 내렸다. 타라의 몸에 여전히 마법이 있지만 억제되어 있는 것 같았다. 일단 검사가 끝났기 때문에 타라는 돌아섰는데, 소년은 아직 정신이 돌아오지 않은 것 같았다.

"음, 저기…… 내 이름은 타라 덩컨이야."

소년은 여전히 홀린 얼굴로 타라를 쳐다봤다.

"안녕, 타라 덩컨, 내 이름은 제레미 블랙스미스야. 어떻게 된 일이지?"

소년은 예상했던 대로 지구인이 사용하는 가명을 쓰고 있었다.

"얼마나 슬플지 알아. 할머니가 너를 기절시켰던 것은 네가 마법으로 큰 사고를 내지 못하게 막기 위해서였어."

기억을 더듬던 소년은 생각이 나는지 눈물이 글썽했다.

"그 괴물 같은 새들에게 당해서 내 부모님이 정말 돌아가신 거야?"

"응, 미안해."

아더월드에서 살아남기 위해 별의별 고생을 다 했던 타라인데 이상하게도 소년의 슬픔이 피부로 느껴지면서 엉엉 울고 싶어졌다.

"저기 계셔."

타라는 소년이 부모님을 볼 수 있게 비켜섰다.

무거운 걸음을 떼며 비칠비칠 걸어간 소년은 시신 옆에 주저앉아서 하염없이 눈물을 흘렸다.

"난 믿을 수가 없어. 왜 부모님을 죽였지?"

"그건 우리도 몰라." 셈 선생님이 부드럽게 말했다. "하르퓌아들이 너와 로빈(셈 선생님이 제레미에게 하프엘프를 가리켰다)을 공격하기 위해 파견되었다는 것만 알고 있다. 그걸 지시한 자는 너와 로빈을 노리고 있었는데 일이 잘못되어 네 부모님이 무고하게 희생된 것이야."

소년의 눈빛에서 슬픔이 분노로 바뀌더니 마법의 강도가 세지는 것이 역력했다. 마법사들은 당황했고 패밀리어들과 마니투도 덩달아 털이 곤두섰다. 갈랑이 타라를 보호하기 위해 다가섰다. 쉬바는 발톱을 세우고 무아노 앞을 가로막았다.

"이런, 마법이 질질 새고 있잖아." 이사벨라가 지적했다. 그 말에 마치 정말 기저귀라도 차고 있다가 들킨 듯 제레미의 얼굴이 빨개졌다. "아주 불쾌하군. 자, 제레미, 마법을 통제해야지 그렇게 새나가게 하면 실례야."

창피를 당한 소년의 마법이 그 순간 끊어졌고, 마법의 강도가 현저하게 약해졌다.

"이상해요." 무아노가 말했다. "타라도 마법을 작동할 때마다 저랬는데…… 과정이나 마법의 힘이 타라와 너무 똑같아요."

드래곤이 입술을 깨물고 나서는 놀랍게도 흡족한 어조로 선언했다.

"그래, 좀 전에 이 소년의 능력이 대단하다는 것은 확인되었다.

나도 여러 명을 동시에 상대하기 위해 마법이 원으로 퍼지는 것을 보기는 처음이야. 아주 충격적이고 아주 효과적이었어."

이사벨라는 묘한 표정으로 무아노를 쳐다봤다.

"무아노, 너는 이 소년의 마법 능력이 타라 못지않게 강력하다고 생각하니?"

"이 소년도 타라와 마찬가지로 유전적으로 조작되었을지도 모른다는 것이 제 추측이에요."

무아노의 대담한 말에 모두 어안이 벙벙했다. 드래곤은 너무 표가 나게 짜증스러워했다.

"범인은 흔적을 없애려고 했어요. 아주 비열하게!"

로빈도 한마디했다.

"당신들이 무슨 얘기를 하는지 나는 전혀 모르겠어요." 제레미가 또다시 정신 나간 사람처럼 항의했다. "내가 두려워서 누군가가 부모님을 죽였다는 거예요? 무슨 말도 안 되는 소리예요?"

셈 선생님은 제레미에게 마법사라는 의미와 타라의 상태, 그리고 마법 능력이 서로 비슷하기 때문에 공격을 받게 된 것이니 이제는 그들을 따라 마법의 행성으로 떠나야 한다고 설명했다.

그 말에 소년의 눈이 휘둥그레졌다.

"어림없는 소리예요! 나는 어디로도 가지 않아요. 내 집은 여기예요!"

"하지만 지구에서는 우리가 너를 지켜줄 수 없어." 무아노는 다정하게 말했다. "이건 시작에 불과해. 또 다른 놈들이 공격해 올 거야. 우리가 범인을 잡기 전에는 너는 계속 위험해!"

"아주 흥미진진한 경우라서 내가 너를 가르치려고 하는데……." 셈 선생님이 덧붙이자 제레미는 생각에 잠겼다.

드래곤이 말끝을 흐렸는데 어조가 위협적인 것 같기도 하고, 최종 결론 같기도 했다.

눈앞에서 둥둥 떠다니는 짚자리 위에 해부된 개구리들의 모습에 질겁한 소년이 뒷걸음쳤다. 드래곤을 째려보는 타라의 얼굴이 이렇게 말하고 있었다. 그런 이미지까지 곁들이면 어떡해요? 그래서야 어떻게 소년을 설득하겠어요? 제레미는 이상한 사람들에게 끌려가지 않겠다고 다짐하는 얼굴로 이를 악물고 있었다. 마음에 드는 사람이라고는 타라라는 이름의 금발 소녀밖에 없었다. 타라가 원하는 곳이면 어디든 따라갈 수 있을 것 같았다. 예쁜 미소와 쪽빛 눈, 타라는 다정하고 사랑스러웠다.

극도로 예민해진 소년이 현관을 향해 걸어가더니 문 앞에 버티고 섰는데 마법사들이 붙잡으려고 하면 냅다 도망칠 기세였다.

그 순간 거실을 점령한 이방인들이 갑자기 소년의 등 뒤를 쳐다보면서 뻣뻣해졌다. 함정이라고 생각한 소년은 돌아보지 않고 쏘아붙였다.

"내 인생은 내가 선택해요! 나는 지구에 사는 인간이에요. 내게는 농사를 지어야 할 책임과 의무가 있어요. 내가 이 지구와 내 부모님과 형을 떠난다는 것은 있을 수 없는 일이에요!"

그때 갑자기 등 뒤에서 들려오는 소리에 제레미는 소스라치게 놀랐다.

"아니, 넌 떠나도 돼! 넌 내 동생이 아냐!"

조던

필요한 것만 꾸려서 집을 떠날 수 있을까

*

호텔에서 가방을 옮겨주었던 미남청년 조던이 뒤에 서 있었다. 제레미는 흐느끼면서 조던을 부둥켜안았다. 조던은 그 포옹에 냉담했다. 조던이 미동도 없는 부모님을 힐끗 쳐다보자 마법사들이 난처한 얼굴로 비켜섰다.

"결국 이렇게 된 건가? 내가 이런 일이 일어날 줄 알았지. 받아들인 게 잘못이었어……."

한마디, 한마디가 신랄했다. 그는 거실을 가로질러서 부모님 앞에 무릎을 꿇고 앉았다. 기도를 하는 것일까, 용서를 비는 것일까.

당황한 제레미는 어찌할 바를 모르고 있었다. 형은 늘 바위처럼 땅처럼 강건하고 굳건했다. 학교에서 동생을 못살게 구는 친구들이 있으면 어김없이 나타나서 구해주는 사람도 형이었다. 그런데 지금 서릿발같이 차가운 표정으로 부모님의 얼굴을 쓰다듬고 있는 형은 낯선 사람 같았다. 형이 외쳤던 말 때문에 제레미는 혼란에 빠져 있었다.

"왜 내가 동생이 아니라고 했어?"

제레미가 울먹이는 목소리로 물었다.

조던은 고개를 홱 돌리고 쏘아붙였다.

"사실이니까! 넌 양자였어. 아니, 위탁받았다고 하는 것이 더 정확한 표현이겠지. 비밀리에 키워달라는 부탁까지 받으면서. 우리는 언젠가 비굴한 대가를 치르게 될 날이 올 거라고 생각하고 있었어. 결국 그날이 왔을 뿐이야."

"무슨 말인지 모르겠어요." 파브리스는 감정을 주체할 길이 없어서 입도 뻥긋 못하는 제레미를 대신해서 냉큼 나섰다. "무슨 대가요?"

"할 말이 있으니까 모두 앉으세요." 조던이 대꾸했다.

청년의 말을 단칼에 묵살해버릴 수도 있을 텐데 웬일인지 드래곤과 이사벨라는 군소리 없이 자리에 앉았다. 그 나이의 청년에게서는 볼 수 없는 범상치 않은 위엄 같은 것이 느껴져서일까.

조던은 유창한 언변으로 이야기를 시작했다.

"14년 전이었어요. 내가 네 살 때였죠. 부모님은 적자 운영을 하고 있었고, 보건복지부가 인정하는 젖 짜는 신형 유축기를 구입할 돈이 필요할 때였어요. 우리 농장은 파산할 위기였고, 고심 끝에 부모님은 농가와 방목장 일부를 임대한다는 광고를 내게 되었죠. 그리고 얼마 후 아더월드의 최고 마구스라는 두 사람이 찾아왔는데 협박을 받고 쫓기는 사람들이었어요."

셈 선생님과 이사벨라는 동시에 깜짝 놀랐다. 이 비마들은 마법의 행성을 알고 있다는 말이잖아! 제레미는 형의 말을 한마디도 놓치지 않고 있었다.

"협박을 받아? 누구에게?"

"그들의 이름이 뭐였나?"

드래곤과 이사벨라가 또 동시에 물었다.

"그들을 쫓는 사람이 누군지, 이유가 뭔지 우리는 전혀 몰랐어요. 여자 이름은 알리아, 남자 이름은 델렝비레 발 드레구스였어요. 몇 개월밖에 안 된 아기의 이름은 제레미였고요."

"오, 대장장이 조상들이시여!" 파프니르는 호기심으로 눈을 반짝이면서 중얼거렸다. "델렝비레 발 드레구스라면 오무아 사람의 이름 아니에요?"

"발 드레구스 집안은 오무아의 귀족 가문이에요." 아더월드의 나라들에 대해서라면 거의 모르는 게 없는 무아노가 말했다. "유서 깊은 가문인데 누가 실종되었다거나 물의를 빚었다는 소문은

들은 적이 없어요. 알리아와 델이 왜 지구로 도피했을까요?"

"몰라요. 어쨌든 굉장히 부자 같았어요." 조던이 계속했다. "그들은 부모님이 요구한 금액보다 많은 돈을 냈으니까요. 자기들이 여기 살고 있지 않은 것처럼 행동해달라면서 자기들의 이름도 언급하지 말라고 당부했죠. 2년치 임대료를 선불로 계산했고, 추가로 2년치를 더 냈어요. 돈에 대한 개념이 없는 사람들 같았죠. 우리는 그들을 도피 중인 외국인이라고 추측했어요. 그리고 몇 달 후 제레미가 상상도 할 수 없는 행동을 했을 때 깨달았죠. 거실에 있었는데 파리 한 마리가 아기에게 자꾸 달라붙었어요. 그러자 아기가 손을 흔들었는데 그 순간 솟구친 파란 광선이 파리를 즉사시킴과 동시에 천장을 뻥 뚫어버렸거든요!"

셈 선생님이 벌떡 일어났다.

"그건 도저히 있을 수 없는 일이야! 아기는 마법을 쓸 수 없어!"

"그렇지만 타라도 아기로 변했을 때 마법을 썼어요!" 파브리스는 날카롭게 지적했다. "제레미의 유전자를 조작했다면 가능한 일이에요!"

드래곤이 노려봤지만 지구소년의 말은 일리가 있었다. 드래곤은 흥분을 가라앉혔다.

"오, 지구의 암소들이여! 젊은이, 얘기를 계속하게!"

"델과 알리아는 아연실색했어요. 그들은 그 장면을 잊게 하려고 당신들이 '민투스'라고 부르는 마법을 우리에게 쓰려고 했어요. 그런데 무슨 이유인지 마법이 듣지 않았죠."

"맙소사!" 조던에게 같은 주문을 날릴 생각이던 이사벨라는 흠칫했다. "마불통들이군!"

"네, 뭐라고요?" 타라는 처음 들어보는 용어에 의아한 얼굴로 물었다.

"마법이 통하지 않는 사람들을 약자로 마불통이라고 하지. 타인의 마법에 끄떡없는 마법사들이나 비마들을 가리키는 용어야. 이런 사람들의 기억은 우리의 능력으로 바꿀 수 없어. 너의 전기를 쓰고 있는 소피 오두인 마미코니안이 바로 마불통이야. 지구와 아더월드에 마불통이 그리 많지 않아서 다행이지만 꽤 성가시고 골치 아픈 일이지."

"우리를 죽일 것인가, 모든 걸 밝히고 도망칠 것인가, 우리를 매수할 것인가, 이 세 가지 선택을 놓고 그들은 고민했어요." 조던이 말을 이었다. "그들은 결국 우리를 매수하는 쪽을 택했죠. 비밀을 지키는 대가로 부모님에게 생전 구경도 못했던 금과 보석을 주었으니까요. 부모님은 나에게 최고의 교육을 시키고 안락한 환경을 만들어주고 싶어 하셨어요. 부모님은 나를 위해, 나 때문에 그들의 제안을 받아들였던 거예요. 그날 부모님은 비밀을 지키겠다고 맹세하셨어요. 그리고 1년 동안은 특별한 일이 일어나지 않았어요. 제레미와 나는 탈 없이 자랐고, 평온한 일상이 이어지면서 부모님이 느끼는 두려움도 차츰 사라졌죠. 강력한 마법사 알리아는 제레미의 능력을 제압하는 데 성공했고, 그 이후로 제레미는 마법을 쓰지 않았으니까요."

"마침내 그 빌어먹을 마법이 돌아온 오늘까지는!" 파프니르가 지적했다. "하르퀴아를 대부분 쓰러뜨린 사람이 제레미였거든요. 우리는 약간 도와주기만 했어요."

조던의 역겨운 표정은 그 어떤 비난보다 제레미에게 깊은 상처가 되었다.

"그들의 마법이 우리에게 유익했다는 것은 인정해요. 부모님은 두 마법사와 사이가 좋았어요. 그러던 어느 날 두 마법사는 크리스털 볼로 누군가의 연락을 받았고, 부모님은 그들 부부에 대한 추격이 다시 시작되었다는 걸 알아차리셨어요. 그들이 적에게 발각되었던 것이죠. 그들은 다음 날 바로 제레미를 데리고 떠나야 했어요. 아침에 일어나보니 그들이 아기를 두고 떠나버렸더군요. 우리에게 아기를 맡긴다면서 곧 데리러 돌아오겠다는 쪽지를 남긴 채. 그 이후로 소식 한 자 없어요. 우리는 고민 끝에 그 쪽지와 함께 놓여 있던 여러 개의 돌을 인근 호텔에 갖다놓았죠. 그 돌들이 마법사들의 눈에만 휘황찬란한 보석으로 보이기 때문에 우리는 아더월드 사람들을 알아볼 수 있었어요. 그래서 나는 당신들이 마법사라는 걸 알았죠. 성을 나가는 당신들을 미행하고 있었는데 갑자기 당신들이 사라지는 마법을 사용했기 때문에 놓쳤고……, 농가에 문제가 생겼다는 걸 알고 달려왔지만 너무 늦었어요."

"이분들이 나의 아빠, 엄마가 아니라니! 난 이해할 수가 없어!"

제레미는 절규했다.

"복잡하게 생각할 것 없어!" 조던은 여전히 냉정하게 말했다.

"부모님의 말씀을 존중하기 위해서 아주 어릴 적부터 너를 돌보고 보호했지만 넌 내 동생이 아냐. 부모님은 언제고 너의 친부모나 적이 다시 나타날 거라고 예상하고 있었어. 너에게는 강력한 사람의 도움이 필요해."

그 말에 제레미의 눈빛이 잠간 반짝였다.

"전술, 훈련, 무술!"

"너의 친부모는 쪽지와 마법의 돌 외에도 가족의 생활비로 쓰라고 꽤 많은 금과 보석을 남기고 떠났어. 내 부모님은 먹고사는데 그걸 다 써버릴 수 없다는 결론을 내리셨지. 잘 지켜야겠다는 생각에서 나를 일종의 보디가드로 만들었으니까. 그런데 정작 부모님에게 절실히 내가 필요한 순간에 나는 없었으니!"

얼음장같이 차가운 청년의 얼굴에서 슬픔이 엿보였다. 그러나 청년은 표정 하나 흐트러지지 않았고, 눈물 한 방울도 흘리지 않왔다.

감동한 마니투는 훌쩍거리면서 머리를 저었다.

"선량한 마음씨를 가진 자네 부모님을 어떻게 그까짓 금 조각이나 그까짓 루비에 비하겠는가! 조던 군, 자네 부모님과 자네는 좋은 사람들이네. 아더월드 마법사들을 대표해서 사의를 표하네. 그리고 너무 자책하지 말게. 자네가 경기관총으로 무장했어도 부모님이 돌아가시는 걸 막지 못했을 걸세. 그건 어쩔 수 없는 운명이었네. 제레미, 너는 형의 말을 들어야 해. 비록 형이 피를 나눈 형제는 아니라도 가슴으로 맺어진 형제니까. 우리가 하는 말을 귀담아듣고 우리를 따라 아더월드로 가야 해. 불행하게도 너에게는 선택의 여지가 없어."

제레미는 어안이 벙벙했다.

"개가 말을 해요?"

"그래, 나는 개야. 놀랐겠지만 마법을 연구하다 실수하는 바람에 이 신세가 되었지. 자, 어쩌겠니?"

이제는 형이 아니라는 청년, 친부모로 알고 사랑했던 두 분의 시신을 응시하다가 제레미는 애통한 한숨을 내쉬었다.

"네, 옳은 말씀이에요. 나의 친부모를 찾아야겠어요. 그분들이 아더월드 어딘가에 살고 계실 거라고 생각해요. 지구에 계신다면 오래전에 나를 데리러 오셨을 거예요."

"우리는 여기 좀 더 머물러야 해." 드래곤이 끼어들었다. "이 지역에서 이상한 일이 일어나고 있다는데……. 그래서 거석 유적 주위에서 급변하는 마법 현상에 대해 조사를 할 생각이야."

이사벨라는 갑자기 뒤통수를 얻어맞은 얼굴로 드래곤을 쳐다봤다.

"무슨 말을 하는 겁니까, 셈? 여기서 더 지체한다는 것은 어림없는 소리요! 이미 결정한 대로 우리는 떠납니다!"

드래곤이 반박하고 나섰지만 이사벨라는 눈 하나 깜짝하지 않았다. 불꽃 튀는 기 싸움이 벌어졌지만 타라의 고집쟁이 할머니가 승리했다. 셈 선생님은 도끼눈으로 째려봤지만 항복할 수밖에 없었다.

"이미 결정하셨다니까 시간 끌지 말고 빨리 떠나세요." 조던이 일어나면서 말했다. "택시를 불러드리죠. 여러분을 모텔로 태우고 왔던 택시가 올 겁니다. 부모님은 신경 쓰지 마세요. 여러분이 농가를 떠나는 즉시 내가 알아서 할 겁니다. 제레미! 필요한 물건을 챙겨. 다시는 여기 올 일이 없을 테니까."

"하지만……!"

"여러 소리하지 마! 괜한 고집 피우다 네가 죽으면 너를 위해 목숨을 버린 내 부모님의 죽음이 너무 헛된 것 아니니? 떠나! 내가 원하는 것은 그것뿐이야."

청년은 제레미에게 눈길도 주지 않고 거실을 나갔다.

제레미는 조던의 뒷모습을 쳐다보고 있다가 얼굴이 굳어졌다.

"금방 돌아올게요. 옷만 싸면 돼요."

타라는 소년이 방을 나가기 직전에 팔을 잡고 멈춰 세웠다.

"형을 원망하지 마. 아직은 충격 상태라서 그래. 며칠 지나면 너에게 작별 인사를 하지 않은 걸 후회할 거야. 다시 만나게 되겠지. 그리고 시간이 지나면 상처는 치유돼."

"네가 그걸 어떻게 알아?" 소년이 팔을 빼면서 중얼거리듯 말했다. "분명히 나를 미워하고 있어! 귀찮은 짐짝처럼 나를 빨리 치워버리려는 거야. 마치 내가 형만큼 부모님을 사랑하지 않았다는 것처럼! 너무 억울해!"

타라가 무슨 말을 하려고 했지만 소년은 뛰쳐나갔다. 질투를 느끼는 로빈은 제레미를 대하는 타라의 이상한 태도를 눈여겨보고 있었다. 제발 다른 어떤 감정이 아니라 동정심이기를 바라는 수밖에!

타라가 돌아섰다. 로빈이 다가가려고 했지만 생각에 잠긴 타라는 못 본 듯이 지나쳤다. 로빈은 이를 악물었다. 타라의 입맞춤을 받은 뒤로 두 가지 일이 일어났다. 로빈은 타라에게 마음을 다 바치는 반면에 타라는 알 수 없는 태도를 보이고 있었다. 지구여자들의 심리에 대해 잘 아는 파브리스에게 도움을 청할 필요가 있었다. 파브리스가 타라의 이상한 행동을 설명해주지 않을까?

제레미는 무거운 가방을 끌면서 이내 돌아왔다.

"준비됐어요."

"택시가 왔어요!" 밖에서 조던이 소리쳤다.

제레미는 형이었던 조던을 쳐다보지도 않고 택시 안으로 들어갔다. 타라는 할머니가 조던과 잠시 이야기를 나누면서 무언가를 주는 것을 보았다. 이윽고 이사벨라가 오르자 차는 출발했다. 가는 동안 내내 제레미는 창 밖 풍경을 응시하면서 침묵을 지켰다. 그들은 정든 것들과 작별을 고하는 소년을 잠자코 지켜보았다. 몇 분 후, 그들은 모텔에 이르렀다.

홀에 들어간 그들은 이고르의 아내를 만나게 되었다. 남편 못지않게 털이 많은 거인여자는 왜소한 체구에 곱사등이인 남편과 달리 체격이 우람하고 번듯했다. 못생긴 것도 잘생긴 것도 아닌 얼굴은 아무런 특징이 없었다. 2미터에 이르는 큰 키만은 가히 볼 만했다.

"오, 내 조상들이시여!" 거인여자를 쳐다보느라고 목을 빼고 있던 파프니르는 툴툴거렸다. "지구에 트롤이나 거인이 없다는 말은 하지 마!"

"안녕하세요!" 거인여자가 우아하게 인사했다. "에스메랄다라고 합니다. 남편에게서 말씀 들었습니다. 유령의 성에 오신 걸 환영하며 여러분을 모시게 되어 기쁩니다. 불편한 것은 없으세요?"

파브리스는 놀랍기만 했다. 『프랑켄슈타인』에 이어서 이번에는 『노트르담 드 파리』(노트르담 성당의 꼽추 종지기 콰지모도와 집시여인 에스메랄다의 이야기를 다룬 빅토르 위고의 소설로 우리나라에서는 『노트르담의 꼽추』란 제목으로 번역되었다 — 옮긴이)가 연상되잖아? 이 다음은 또 무슨 주인공을 흉내내려나? 정말이지 여러 가지 면에서 흥미로운 곳이었다. 그 순간 파브리스의 공상이 깨졌다.

"작별 인사를 해야겠소!" 이사벨라는 엄숙하게 말했다. "우리는 지금 떠납니다."

"네? 무슨 말씀이십니까? 일주일을 예약하셨는데요!"

"물론 숙박비는 전부 계산하겠소!" 이사벨라가 응수했다. "여기서 더 이상 할 일이 없기 때문에 이제 짐을 쌀 겁니다."

타라는 에스메랄다가 왜 그렇게 당황하는지 의문이 들었다. 예약한 날까지 방 값을 전부 내겠다는데?

그들은 가방을 풀지도 않았기 때문에 떠날 채비를 하는 데 그리 오래 걸리지 않았다. 그들은 이내 내려왔고, 에스메랄다와 이고르가 기다리고 있었다.

"쩌기에 짐을 내려놓고 기다리십쇼." 이고르가 로비를 가리켰다. "즉시 계산서를 올립죠."

그들은 걸음을 옮겼다. 로비 역시 습하고 어두컴컴했다. 벽난로 옆의 벽면에 이고르 부부와 포즈를 취하고 찍은 손님의 사진들이 가득 붙어 있었다. 가방을 내려놓으려고 몸을 숙이던 이사벨라의 얼굴이 갑자기 창백해졌다. 많은 사진 중에서 이사벨라 정면의 사진 속에 한 무리의 사람들이 있었다.

미친 사람처럼 뛰어간 이사벨라가 그 사진을 떼어냈다.

"할머니? 왜 그래요?" 타라가 물었다.

이사벨라는 이성을 잃은 눈초리로 사진을 들여다보면서 중얼거렸다.

"이럴 수가!"

이사벨라는 그대로 뛰어가서 이고르의 멱살을 잡아 번쩍 들어올렸다.

"당신 누구요? 함정이라면 가만두지 않겠소! 이 사람을 어떻게 한 거요?"

벌벌 떠는 이고르는 침을 사방으로 튀기며 말했다.

"저는 이고르 보르뒤르입니다. 함정이라닙쇼? 뭔 말씀인지 모르겠습니다요. 나를 내려놓으십쇼!"

이고르의 아내 에스메랄다가 이사벨라를 내려다보며 애원했다.

"제발 남편을 내려놓으세요! 남편을 괴롭히지 마세요, 제발!"

이사벨라는 이고르를 툭 떨어뜨렸다.

"나는 허튼수작을 부리는 걸 아주 싫어하는 사람이오!" 그녀는 눈을 희번덕거리면서 씩씩거렸다. "그러니까 이 사진에 대해 당장 설명하시오(이사벨라는 거인여자의 얼굴 앞에서 사진을 흔들었다). 모두에게 유감스러운 일이 생기기 전에! 특히 당신!"

"뭐가 문제입니까?" 에스메랄다는 놀란 토끼눈이 되었다.

"이게 작년에 찍은 사진이라니…… 절대 있을 수 없는 일이오!"

"맙소사!" 인내심을 잃은 이고르는 외쳤다. "대체 뭔 말을 하는 겁니까요?"

"이 남자!" 이사벨라는 손가락으로 멋지게 콧수염을 기른, 사진 속의 남자와 사진 밑에 표시된 작년 날짜를 가리켰다. "이 사람은 21년 전에 행방불명된 내 남편이란 말이오!"

19
거미의 수수께끼
자이언트 거미의 게임을 영리하게 피하는 방법

*

칼은 진땀을 흘리고 있었다. 점점 가까워지는 무시무시한 턱, 거미는 끈끈한 거미줄로 칼을 더 세게 옥죄었다. 칼이 빠져나가려고 버둥거리자 털북숭이 거미는 전갈 꼬리를 위협적으로 흔들었다.

"죽고 싶지 않으면 얌전히 있어야지!" 거미는 멜로디 같은 목소리로 으름장을 놓았다. "수수께끼를 풀면 놓아주지. 내 이름은 스르르."

칼은 고개를 끄덕였다. 엘레아노라가 숨어 있다는 마을로 향하던 중 칼은 숲 속에서 거미에게 붙잡혀 오도 가도 못하고 있었다.

엘레아노라를 만나면 무슨 말을 할까 생각하느라고 칼은 머리

위에서 빨간 자이언트 강철나무가 바스락거리는 소리에 주의를 기울이지 않았다. 어쩌자고 방심했을까, 칼은 자신이 한심스러웠다.

아더월드에 있는 마법의 야생 숲에서는 한순간도 방심하지 말아야 했다. 패밀리어 블롱딘이 끈적거리는 거미줄을 날렵하게 피하면서 날카로운 울음소리로 위험 신호를 보냈건만. 거대한 거미에게 맞설 수 없는 여우는 칼의 지시에 따라 도망쳐야 했다. 그래서 지금 거미줄에 칭칭 감긴 칼은 전갈과 교잡된 자이언트 거미의 간식거리가 될 위기에 처해 있었다.

스르르가 갑자기 수수께끼를 내겠다는 말에 칼은 눈살을 찌푸렸다.

"그럼 정상적인 문자 수수께끼를 내! 이상한 속임수 따위 쓰지 말고!"

거미는 아래턱을 흔들었고 꼬리의 독침이 소름 끼치는 소리를 냈다.

"좋아하시네! 거미들이 유행에 얼마나 민감한데!"

그건 사실이었다. 안개 대양의 사이렌들도 울고 갈 아름다운 목소리 덕분에 R&B 그룹, 소울 그룹, 로큰롤 그룹을 결성하고 아더월드에서 대성공을 거둔 거미들까지 있었다. 특히 '수다쟁이 털북숭이 그룹'에 군중은 열광했다. 그러나 칼은 이 거미는 제발 최신 유행을 따르지 않기를 바랐다. 거미들이 보석은 좋아해도 거추장스럽게 뭔가를 걸치지 않는다는 것도, 배에 두른 초록색과 새빨간 모포가 눈에 띄는 색깔 조합이긴 해도 털을 매끈하게 면도한 등과는 색깔이 징그럽게 어울리지 않아서 좀 촌티가 난다는 걸 제발 알아야 할 텐데!

"하여튼 독창적이라서 스릴이 있네! 이럴수록 내 인생이 정말 파란만장해지는 거니까 좋지, 뭐(칼은 한숨을 내쉬었다). 그래, 시작해, 어차피 나는 선택의 여지가 없으니까!"

스르르는 초록 눈 여덟 개를 끔벅였다.

"내가 백을 셀 때까지 풀어야 한다. 바보가 아니라면 쉽게 알 수 있는 문제다. 나는 꼭 있어야 하는 땅의 소금이다. 나는 가루이기도 하다. 나는 미친 듯이 갈망한다, 시간을 재면서. 나는 누구게?"

칼은 파브리스의 도움을 받을 수 없는 것이 정말 유감스러웠다. 진짜 돌겠네! 문자 수수께끼, 수수께끼, 스무고개…… 수수께끼 전문은 지구소년 파브리스지 내가 아닌데! 칼이 머리를 쥐어짜는 사이에 거미는 아래턱을 딱딱 마주치면서 천천히 수를 셌다.

"땅의 소금? 땅의 소금은 의인을 뜻하는데……. 근데 가루이기도 해? 혹시 건드리면 부서져서 가루가 되는 미라? 미친 미라가 뭔가를 심고 시간을 잰다……?!"

거미는 비웃음을 흘리면서 수를 셌다. 예순셋까지 세는 동안 칼이 말한 답은 모두 틀렸다. 자이언트 토끼도, 가루 먹는 벌레도, 돌연변이 식물도 아니었다. 칼이 팔뚝에 붙여서 감춰놓은 칼날이 흘러내리게 팔을 흔들자, 영악한 거미가 눈치를 챘는지 좀 더 옥죄었다. 심장이 벌렁거리지만 아직은 버티고 있었다. 운명의 시간이 점점 다가오고 있건만 칼은 아무리 머리를 굴려도 정답의 근처에도 접근하지 못하고 있었다.

"수수께끼를 풀지 못했어. 이제 너를 잡아먹겠어!"

"잠깐, 잠깐, 알았어!" 칼이 외쳤다.

거미의 아래턱이 칼의 바로 코앞에서 멈췄다.

"알았다? 정말 의외다!"

"그게 뭐냐 하면…… 어? 드르르르!"

거미는 대가리를 흔들었다.

"틀렸다. 죽어야겠다!"

칼은 거미 뒤에 있는 누군가를 턱으로 가리키면서 탄성을 내질렀다.

"그게 아니라 인사한 거야. 안녕, 드르르르!"

사로잡은 먹이를 곤혹스럽게 만드는 데 정신이 팔린 나머지 거미는 블롱딘의 안내를 받아 누군가가 와 있는 것을 알아채지 못하고 있었다. 거미는 공격할 기세로 턱과 독침을 세우고 몸을 휙 돌렸다.

"여긴 내 영역이다! 이건 내 밥이다!"

칼과 친구가 된 드르르르가 의젓하고 위엄 있는 모습으로 꾸벅 인사를 하는데 가슴과 긴 다리에 주렁주렁 걸고 매단 보석들이 찰그랑거렸다.

"칼은 친구다. 네 저녁밥은 아니다!"

"어림없다. 네 친구는 내 밥이다!"

"우리의 법에 따라, 나에게 덤벼라!"

거미는 상대를 훑어보면서 뒷걸음쳤다.

"얘 대신 알아맞혀보든가! 네 목숨을 내놓든가! 나는 싸우지 않을 거니까!"

"드르르르!" 칼이 외쳤다. "알아듣기 쉽게 말해줘!"

"네가 알아듣게 말하려면 언어를 바꿔야 한다. 너네 말투로 바꿔야 한다!"

드르르르는 목청을 돋우면서 뭐라고 중얼거리더니 가능한 한 운을 맞추는 거미들의 말투를 버리고 말했다.

"배가 고프대." 드르르르가 칼을 위해 해독해주었다. "너를 대신해서 내가 수수께끼를 풀 생각이야. 쟤와 싸울 수도 있지만 그 대신 쟤가 수수께끼 시합을 제안할 경우 나는 선택의 여지가 없어. 그게 우리의 법이야. 너를 구하려면 나는 받아들여야 해!"

"그건 말도 안 돼!" 칼이 버둥거리면서 소리쳤다. "그럴 수는 없어!"

"너는 내 친구고, 피를 나눈 내 형제야. 너 아니었다면 알레르기 때문에 나는 벌써 죽었어. 너는 내 생명의 은인이야, 칼. 지금 그 빚을 갚을 절호의 기회가 온 거야."

칼이 안 된다고 고함을 지르는데도 드르르르는 칼을 칭칭 감은 거미줄을 어이없이 쉽게 끊어버리고 자기가 대신 감겼다. 성질이 난 칼이 스르르를 태워 죽이려고 했지만, 드르르르가 막으면서 다시 운을 맞춰서 말했다.

"칼, 참아. 난 겁나지 않아. 네가 날 구해주면 난 배반자로 낙인찍힐 거야, 나의 종족에게 배척될 거야, 너의 종족에게 멸시받을 거야. 어떤 문자 수수께끼든 난 풀 수 있을 거야!"

"아니, 그게 아니니까 이러지!" 칼이 반박했다. "문자 수수께끼가 아니란 말야!"

거미줄에 결박된 드르르르가 놀라움의 표시로 부르르 몸을 흔들었다.

"그건 비겁한 짓! 속임수는 나쁜 짓!"

"속임수가 아니라니까. 수수께끼나 풀라니까! 기발한 수수께끼라니까!"

성난 드르르르가 거미줄을 단번에 끊을 듯 서슬이 시퍼레지자 질겁한 스르르는 슬금슬금 꽁무니를 뺐다.

"심의회에 알리겠다." 드르르르는 분노한 어조로 소리쳤다.

"어디 수수께끼를 내봐! 두고 봐, 내가 이기면……."

"흥, 난 겁나지 않아!"

"네 심장을 아작아작 씹어먹겠다!" 드르르르가 못 다한 말을 잇는데 붉으락푸르락했다.

기세등등하던 스르르는 한풀 꺾여서 수수께끼를 읊었다.

"내가 백을 셀 때까지 풀어야 한다. 바보가 아니라면 쉽게 알 수 있는 문제다. 나는 꼭 있어야 하는 땅의 소금이다. 나는 가루이기도 하다. 나는 미친 듯이 갈망한다, 시간을 재면서. 나는 누구게?"

드르르르는 눈 여덟 개를 감고 희한한 수수께끼를 생각했다. 스르르가 수를 세기 시작했는데 칼에게 낼 때보다 더 빨리 세고 있었다. 마침내 백이 다가오는 아찔한 순간 드르르르는 눈을 번쩍 뜨고 스르르를 응시했다.

"그만 멈춰도 된다. 너의 같잖은 수수께끼를 풀었다."

"네 친구도 그렇게 말했지!" 스르르가 비아냥거렸다.

"꼭 있어야 하는 땅의 소금, 가루……, 땅에 심어놓고 기다리다가 수확해서 얻는 가루, 답은 인간들의 주식인 밀!"

스르르는 흠칫하더니 시무룩하게 대답했다.

"유감스럽네. 멍청이가 수수께끼를 풀었네! 정답이네!"

칼은 엄지를 치켜들고 펄쩍펄쩍 뛰었다.

"오 예에에! 아싸! 해냈어, 최고야, 최고! 드, 르, 르, 르, 드르르르!"

자이언트 거미 둘이 승리의 춤을 추는 칼을 쳐다봤다.

"미친 녀석이었네! 아이고, 잡아먹었으면 큰 실수할 뻔했네."

스르르는 드르르르를 풀어주고 나서 조심조심 뒷걸음쳤다.

"이제 끝났으니까 꺼져!"

끈끈이로 가슴팍을 더럽혀놓은 거미줄에서 벗어난 드르르르는 스르르에게 다가갔다.

"그런데 나는 약속을 지켜야겠다. 이제 네 명줄을 끊어야겠다!"

눈 깜짝할 사이에 달려든 드르르르는 스르르의 머리통을 댕강 베어버렸다.

피를 뿜어내는 몸뚱이가 움찔움찔 경련을 일으키다 천천히 쓰러졌다. 그러고는 이미 숨이 끊어진 뒤에도 다리를 파르르 떨었다. 그 광경을 보면서 칼이 춤을 그쳤다. 얼음, 땡! 놀이를 하듯 한 발을 든 채로 서 있던 칼이 슬그머니 발을 내렸다.

"드르르르, 아무리 화가 나도 앞으로는 지금처럼 폭발하지 않겠다고 약속해."

"이놈은 우리 공동체의 규칙을 지키지 않았어. 사실 나는 우리 자치령을 위해 몰래 살피고 다니는 감찰관이야."

"아, 그래? 그랬구나. 너희 종족에 대해 아는 것이 좀 더 많았다면 네 말을 훨씬 이해하기가 쉬웠을 텐데……."

드르르르는 불쾌한 표정을 지으면서도 인내심 있게 설명했다.

"거미들은 살아 있는 존재를 많이 사로잡았어. 문자 수수께끼는 우리 영토를 침략하려고 하는 인간들과 전쟁을 벌이던 옛날에 써먹던 것이지. 우리는 문제를 내고 정답을 말하지 못하면 잡아먹었어. 그러다가 우리는 협약을 맺게 되었지. 문자 수수께끼를 낼 권리는 우리에게 있지만 답을 찾지 못해도 잡아먹지는 않기로. 일종의 게임이지."

칼은 전율이 일었다.

"게임이라고? 드르르르, 이놈은 나와 게임을 하려는 것이 아니었어. 정말 나를 잡아먹을 생각이었거든!"

"그래, 맞아. 이놈은 규칙을 위반했어. 그렇게 짧은 시간에, 더군다나 문자 수수께끼도 아니라서 풀기가 아주 힘든 문제를 냈어. 이놈은 너희 종족을 수도 없이 죽였고, 그 탄원이 우리 정부에 들어왔어. 그래서 정부에서 수사하기로 결정했는데 마침 숲에서 날카롭게 짖어대는 블롱딘을 발견하고 쫓아왔던 거야. 너의 여우가 나를 알아보고 따라오라는 신호를 보냈거든. 그런데 우리 지역에는 무슨 일로 왔어? 엘레아노라를 찾으려고?"

"물론이지. 나를 죽이려고 했던 엘레아노라가 스몰컨트리에 있다는 연락을 너한테서 받은 뒤로 면허 받은 여자도둑을 찾기로 결심했거든."

"아! 그래서 엘레아노라를 추적하는 거야?"

칼은 방금 목숨을 구해준 드르르르에게 솔직하기로 했다.

"사실은 엘레아노라를 여친으로 만들 생각이야. 물론 나를 죽이겠다는 마음을 바꿔놓은 다음에."

"여친이 무슨 뜻인지 설명해줘, 내 친구 칼."

이런, 이런! 괜히 말했네. 그냥 입 다물고 있을걸!

"음, 궁지에서 구출하여 입맞추고 싶어." 칼은 쑥스러운 얼굴로 말했다. "엘레아노라를 사랑하고 있거든!"

자이언트 거미 드르르르는 더 이해하지 못하겠다는 눈치였다. 칼은 인간의 사랑에 대해 열심히 설명했다. 드르르르는 급기야 황당함에 가까운 표정을 짓고야 말았다.

"암컷에게 아름답다는 신호를 하면 되잖아? 너희 종족은 그렇게 안 한단 말야? 페로몬(같은 종 동물의 개체 사이에서 신호 전달에 작용하는 체외 분비성 물질로 암컷이 수컷을 꾀어내는 호르몬 — 옮긴이)을 분비한다든가, 털을 세운다든가 하지 않아? 미쳤군! 그런데 어떻게 너희 종족이 지금까지 살아남았지?"

"여기서 그 질문에 전부 대답하느라고 꾸물거리다 또 다른 네 종족의 간식이 되고 싶지 않거든? 숲 기슭까지 같이 가줄래, 드르르르?"

"물론 같이 가줄게, 내 친구! 그럼 가면서 너의 작전과 '여친'에 대해 말해줘."

칼은 기꺼이 응했고, 드르르르는 꼬치꼬치 캐물었다. 자신을 죽이려고 하는 여친의 마음을 사로잡기 위해서 칼이 세웠다는 시나리오에 드르르르는 감동했다.

칼이 이야기를 하는 동안 아더월드의 파랗고 빨간 숲의 다채로운 풍경이 전개되었다. 그들은 아더월드에서 흔히 쓰레기통으로 사용하는 식충식물 블루룹스 군락을 피하고, 며칠 동안 후각을 잃지 않기 위해 아스토펠 군락을 빙 돌아서 갔다. 샤트릭스 두 마리가 군침을 흘리면서 칼을 노리고 있다가 드르르르를 발견하고는 줄행랑쳤다. 드래코-티라노사우루스의 울음소리가 들렸지만 진홍색 점박이 초록 육식동물은 그들을 가만 내버려두었다. 그들이 다가오는 냄새를 맡은 노란 프르루트*가 유인한답시고 썩은 고기냄새를 풍겼다. 썩은 고기를 좋아하는 동물인 줄 알고 잘못 짚은 멋모르는 식충식물이었다.

그들은 마침내 엘레아노라가 숨어 있다는 마을 어귀에 이르렀고, 드르르르는 다시 만나자는 약속을 하고 칼과 작별했다. 칼은 첫 번째 여인숙 아니, 구석진 곳에 외떨어져 있는 여인숙으로 들어갔다.

스몰컨트리는 오무아만큼 큰 대륙이 아니지만 땅신령, 꼬마도깨비, 요정, 헤아릴 수 없이 많은 자이언트 곤충, 식충벌레들이 살기에는 충분했다. 여인숙 홀에는 난쟁이 둘과 엘프 하나가 뭔지 모를 음료수를 마시고 있었고, 땅신령 여섯이 다양한 색깔의 요정들 덕분에 화려해 보이는 식탁 주위로 슬금슬금 다가가고 있었다. 바닥에 깐 짚자리는 지저분했지만 접시는 깨끗했다. 여인숙의 살테렌스 종족 뚱보 주인이 계산대를 닦으면서 칼에게 물었다.

"자네의 마법이 빛나기를! 무엇을 마시겠는가?"

"마법으로 세상을 지키기를! 마시는 것말고 씹을 것을 주세요. 부정확한 것말고 정확한 정보를 원해요."

이런, 어째 내 말투가 좀 이상하잖아! 운을 맞추는 거미와 두 시간을 보냈더니 그새 전염이 되었나!

살테렌스는 호박색 눈을 찡그리면서 누런 틀니를 드러냈다.

"그것도 돈을 내야 하네. 무엇을 알고 싶은가?"

"내 또래의 면허 받은 도둑인데 키가 큰 여자를 찾고 있어요."

"이 마을에 이방인은 노파밖에 없네. 이층 방에 묵고 있고 일주일 숙박비를 미리 냈지."

"그 사람은 아닌 것 같네요."

"크레디트—무트를 보여주면 추가 정보를 주겠네."

칼은 조심스럽게 마법을 작동해서 숙박비의 절반에 해당하는 크레디트—무트 은화 한 닢을 꺼냈다.

살테렌스는 날쌔게 은화를 낚아채서 깨물어본 뒤에 몸을 숙이더니 칼의 얼굴에 대고 악취를 훅 뿜었다.

"나는 그 여자가 노파라고 생각했네. 어제 저녁 싸움이 벌어졌는데 그 여자를 쉽게 생각한 술꾼들이 희롱하려고 했지. 그래서 내가 망치를 꺼내는 사이에 그 여자는 가볍게 두 놈을 때려눕혔고, 한 놈은 도망쳤어. 노파라고는 믿어지지 않을 정도로 힘이 세고 날렵하던데……."

칼은 한 발짝 물러서면서 윙크를 날렸다.

"내가 찾는 여자가 맞으면 이 크레디트—무트 하나를 더 주겠어요. 금방 돌아올게요."

칼은 층계를 후다닥 뛰어올라갔고, 방문을 두드리지도 않고 불쑥 들어갔다. 칼은 엘레아노라를 보는 순간 눈앞이 아찔했다. 노파로 변장한 복장을 벗고 있던 엘레아노라는 펄쩍 뛰어서 리볼버 권총을 겨누고 있었다. 방아쇠에 걸고 있는 검지에 10분의 1의 힘만 더 주면 돌이킬 수 없는 일이 벌어지는 것이었다.

엘레아노라는 끈적거려서 역겨움이 느껴지는 주문을 연이어 날리는가 하면 온갖 모양의 흰색 무기와 치명상을 입힐 수 있는 둔기로 공격을 퍼부었다. 각양각색의 존재들이 칼을 쫓아내려고 생난리를 쳤다. 그러나 칼은 지구의 무기로 공격세례를 받기는 처음이었다.

칼은 한순간 마법이 총알보다 더 빠를 텐데 하는 의문이 들었다. 얼음장같이 차가운 얼굴을 힐끗 보니 마법을 사용할 것 같지는 않았다.

그렇다면 엘레아노라가 머리에 총을 쏘기 전 10여 초를 이용해야 했다. 그 시간이면 충분한데…….

"난 너를 용서했어." 칼이 빠르게 말했다. "널 원망하지 않아."

효과 만점……. 엘레아노라의 회색 눈이 놀라움으로 커지고 방아쇠에서 손가락이 떨어졌다.

"뭐가 어째? 네가 뭔데 나를 용서해? 넌 내 사촌을 죽인 놈이야!"

칼은 엘레아노라를 유심히 살피면서 흔들리는 마음을 읽었다. 일주일 전만 해도 한순간의 머뭇거림도 없이 죽일 기세였다. 지금 여인숙의 너저분한 방에 서 있는 엘레아노라는 칼을 향해 권총을 겨누고 있지만 경멸하는 표정이나 살기등등한 기색이라곤 없었다. 엘레아노라는 지난번에 봤을 때보다 많이 달라져 있었다. 피로에 지쳤는지 안색이 나쁜 데다 눈가에는 다크서클이 생기고 광대뼈가 두드러져 보였다.

때마침 엘레아노라 등 뒤에 있는 크리스털 전광판이 칼의 목숨을 구해줄 소식을 전했다. 칼은 엘레아노라를 구제하기 위해 엄청난 위험을 무릅쓰고 터무니없는 일을 시도했던 것이다.

칼은 오무아 제국의 여제를 협박했다.

여제에게 협박? 좀 과장해서 표현하자면 그 일은 분명히 협박이었다. 칼은 여제 후계자와 절친한 친구의 자격으로 정중하게 알현을 청했다.

오무아 궁전에서 칼을 비롯하여 타라의 친구들은 언제든 환영받는 귀빈으로 대접받았다. 칼리 부인은 타라의 목숨을 여러 차례 구해주었다는 이유로 칼을 아주 좋아했다.

접견실에 들어선 칼은 500미터에 이르는 미끄러운 대리석 바닥을 걸어가면서 여제의 기분을 살필 수 있었다. 타라가 돌아오지 않는다는 생각에 여제가 실망한 것도 간파할 수 있었다.

칼의 알현 요청을 받고 여제는 깜짝 놀랐다.

"엘레아노라의 고소로 저는 억울하게 살인 누명을 쓰고 있습니다." 칼이 설명했다. "제가 브란디스의 죽음에 책임이 있다고 주장하는 사람도 있을 것입니다. 하지만 저의 정보원을 통해 타라와 부디우 부인이 대적할 당시의 장면, 특히 부디우 부인이 브란디스 죽음의 직접적인 원인이 되었던 소용돌이는 타라를 죽일 목적으로 기도한 것이었다고 자백하는 장면을 스쿠프(날아다니는 고성능 카메라 스쿠프들이 타라와 부디우 부인이 싸우는 장소에 우연히 있었다. 불법행위나 부정행위를 도모할 때 항상 어딘가에서 녹화하기 때문에 궁인들은 스쿠프를 싫어한다)들이 녹화해 놓았다는 것을 알았습니다(실제로 살아 있는 궁전이 칼에게 그 필름을 보여주었다). 그 녹화 필름이 텔레크리스털의 모든 채널로 방송되어 살인 혐의를 벗고 싶습니다. 아울러 진실의 입들이 저의 무죄를 확인하지 못하도록 누군가가 저에게 주문을 걸었던 사실과 폐하의 감옥에 갇혀야 했던 전 과정을 담은 필름도 공개되기 바랍니다."

칼은 도박을 하는 심정이었다. 그 모든 일이 왕권을 노리는 삼촌을 제거하기 위해 여제가 꾸몄던 일이 아닌가.

여제가 망설이는 것을 느낀 칼은 조커를 꺼냈다.

"물론 작고하신 반디우 대군에 대해서는 입도 벙긋하지 않겠습니다, 여제 폐하. 그 일로 저는 괴로움을 겪을 만큼 겪었으니 이제는 살인 혐의에 대한 누명을 벗고 싶습니다."

이 말이 암시하는 뜻은 명확했다. '반역자를 제거하기 위해 우리를 이용했다는 것, 아무것도 모르고 우리가 대신 그 대군을 죽였던 사실을 입 다물 테니 혐의를 벗겨주시죠.'

여제가 매서운 눈길을 던지는 순간 칼은 등줄기에 소름이 쫙 끼쳤다. 제국의 안전을 위협하는 자는 누구를 막론하고 탈옥이 불가능한 것으로 이름난 감옥에 갇혔다. 그러나 타라가 얼마나 칼을 좋아하는지 알고 있는 여제는 그렇지 않아도 자신과 조카 사이가 불안정한데 그 상태를 더는 악화하고 싶지 않았다. 여제는 울며 겨자 먹기로 할 수 없이 칼의 청을 수락했다.

랑코비트 왕국에서 오무아 제국에 비디오 테이프를 빌려주었고, 곧바로 녹화 필름이 크리스털 볼과 전광판을 통해 공개되었다. 화면 속에서 모든 일을 꾸민 사람은 리스베스 여제가 아니라 마지스터였다. 여제는 단순하게 도움을 주려는 것이지 모든 사람 앞에서 잘못을 인정하고 싶지는 않았던 것이다.

결국 엘레아노라는 방아쇠를 당기지 않았다. 자신의 실수를 깨달았고, 사촌을 죽인 진범 부디우 부인은 생각했던 것보다 훨씬 끔찍한 방법으로 이미 벌을 받았다는 것을 알았던 것이다. 여자 뱀파이어에게 피를 다 빨아먹혔으니!

"내가 브란디스를 죽이지 않았다는 걸 이젠 알았지!" 칼은 힘주어 말했다. "그러나 살인 혐의를 완전히 벗으려면 증인이 필요해. 네가 증인을 서주면 좋겠는데……."

엘레아노라의 강렬한 눈빛에서 부드러운 빛을 보게 되길 희망하면서 칼이 활짝 웃어 보였지만 헛수고였다. 까만 머리에 검은 옷차림의 엘레아노라는 바퀴벌레…… 아니, 그보다 최악의 벌레를 보듯 칼을 쳐다보고 있었다.

"나는 면허 받은 도둑들이 쓰는 술책을 다 알아. 상기시키는데 나도 면허 받은 도둑이야. 그리고 너의 유창한 화술에 나는 넘어가지 않아. 내 생각은 바뀌지 않아."

"유창하다고 말해줘서 고마워." 칼은 싱긋 웃었다. "하지만 이건 술책도 함정도 아냐. 엘레아노라, 왜 나와 화해하지 않으려고 하는데?"

엘레아노라는 한숨을 내쉬었다.

"이봐, 도둑, 네가 무고하다고 해도 그것으로는 설득력이 없어. 나는 여제 후계자를 살해하려고 했어. 내가 한 짓은 사형을 받아야 하는 죄야. 지금 이 시간에도 아더월드의 모든 경찰이 나를 찾고 있는 것이 틀림없어. 그런데 너는 어떻게 나를 찾았지?"

칼은 낄낄거렸다.

"그건 어렵지 않았어. 어머니의 날이 어제였잖아. 평화주의자이신 너의 어머니는 딸이 면허 받은 도둑이 된 것을 괴로워하셨어. 네가 선물을 보낼 거란 생각이 들더라고. 발각되지 않으려고 트란스미투스 주문을 많이 사용했더군. 영리했지만 나의 정보원인 자이언트 거미 덕분에 스몰컨트리의 이 마을에 네가 있다는 걸 알았지. 아래층에서 내 또래의 여자를 찾고 있다고 말했을 뿐인데 네가 숨어 있는 방을 가르쳐줬어. 물론 권총은 예측하지 못했지만. 아더월드에서는 그 무기 사용을 금하는 것으로 아는데?"

엘레아노라는 입술을 실룩거렸다.

"글쎄! 어쨌든 너는 죽을 뻔했어. 그러게 누가 내 방에 불쑥 들어오래?"

"그래, 그건 내 잘못이지. 근데 정말 너 엄청 빠르더라!"

엘레아노라는 거만하게 얼굴을 쳐들었다.

"나도 너 못지않거든."

칼은 두 손을 들었다.

"그렇겠지. 난 너와 경쟁관계가 아냐. 네가 나를 친구로 생각하면 좋겠어. 적이 아니라!"

"왜지?"

칼은 얼굴이 빨개졌다. 난생처음으로 칼은 선뜻 대답을 못하고 있었다. '너에게 반했으니까' 라고 말하기에는 좀 이른 것 같고, '너를 구해서 죽는 날까지 보호해주고 싶으니까' 하고 말하면 너무 잘난 체하는 것 같았다. 엘레아노라는 혼자서도 완벽하게 방어할 능력이 있기 때문이었다. 그래, 중간쯤으로 가자.

"음, 너를 아주 좋아하니까!"

엘레아노라는 믿기지 않는 얼굴이었다.

"넌 여기까지 나를 쫓아왔어. 그리고 랑코비트와 오무아 간에 외교 문제를 일으킬 뻔한 부디우 부인 사건을 아더월드의 모든 채널에서 방송하게 했어. 목숨을 걸고 위험을 무릅쓴 이유가 고작 나를 아주 좋아하기 때문이라고? 그 말을 믿으라는 거야? 너 나한테서 바라는 게 뭐야?"

"바라는 것이 있긴 해."

"그러면 그렇지! 야, 도둑, 이제 조건을 말해보시지!"

"첫째, 그 권총 좀 치워줘. 누군가를 해칠 수 있는 무기야. 그 사람이 내가 될지도 모르고, 그러면 우리 둘 다 후회하게 될 거야. 둘째, 나를 칼이라고 불러줘. 도둑은 경멸의 뜻이 담겨 있으니까. 마지막으로 이제는 집으로 돌아가서 갑자기 오무아 제국에서 공공의 적이 되어버린 딸 때문에 괴로워하시는 네 어머니에게 용서를 빌면 좋겠어."

엘레아노라는 칼을 빤히 쳐다봤다.

"그게 다야?"

"물론이지." 칼은 '너에게 입맞춤을 할 수 있다면 더욱 좋겠지!' 라는 말을 하지 않으려고 입술을 깨물었다. 칼은 따귀 아니, 총알에 맞고 싶은 마음은 추호도 없었다.

그 짧은 순간에 엘레아노라는 만감이 교차하는 얼굴이었다. 의혹, 불안, 희망……. 피로가 몰려왔다. 엘레아노라는 권총을 내리고(칼은 안도의 숨을 내쉬었다) 침대에 앉았다.

"너를 믿어도 될지 모르겠어. 문 뒤에 엘프 경찰대가 대기하고 있을지도 모르지만 이제 나도 지쳤어. 네가 진짜 범인이었다면 너를 가만두지 않았을 거야. 하지만 방송을 보면서 브란디스의 행동이 정상이 아니었다는 걸 똑똑히 봤고, 마법 주문이 있었다는 걸 확인했어. 그래서 네가 나처럼 이용당했다는 결론을 내렸어."

칼의 눈초리가 날카로워졌다.

"그게 무슨 말이야?"

"네가 범인이라는 결론을 내렸던 건 내가 아냐. 나를 부추긴 사람이 있었어."

이번에는 칼이 침대에 앉았다.

"이건 또 무슨 얘기야?"

"내 앞으로 소포가 왔어. 오무아 도둑대학에서 집에 막 돌아왔을 때였지. 네가 간교하게 살인죄를 면했다는 서류가 들어 있었어. 브란디스의 죽음을 몹시 슬퍼하고 있던 때라서 나는 그 낚시에 달린 미끼를 덥석 물었지. 그러고는 분노가 치밀고, 걷잡을 수 없는 복수욕에 사로잡히게 되었어. 그래서 고모 집으로 이사하고 너를 죽일 계획을 세우기 시작했던 거야."

칼은 생각에 잠겼다.

"우리가 받고 있는 도둑 교육으로 모든 행동을 냉철하게 분석해볼 때 너의 반응은 극단적이었어. 소포 꾸러미 안에 격분하게 만드는 주문이 걸려 있던 게 틀림없어. 아직 그 서류를 갖고 있지?"

"읽은 다음 없애버리라고 적혀 있어서 그렇게 했어."

누군가가 자신을 죽이려고 한다는 사실에 칼은 깜짝 놀랐다.

"이상하네, 죽음의 위협을 받는 쪽은 항상 타라인데……. 갑자기 왜 나를 공격했을까?"

"정말 너를 미워하는 사람이 없어?"

칼은 고개를 갸웃하면서 몸을 비비 틀었다.

"여기저기서 자질구레한 것들을 두세 번 훔친 적이 있으니까 나를 원망하는 정부가 있을 수는 있겠지. 하지만 그만한 일로 그렇게 복잡한 일을 꾸밀 필요는 없을 텐데! 마지스터도 그러지는 않아. 조사해봐야겠어."

"어림없는 소리!" 엘레아노라가 벌떡 일어나면서 반박했다. "농락당한 것은 나니까 내가 잡겠어. 그 일을 꾸민 자가 놈이든 년이든 쓴맛을 보게 될 거야."

칼은 그 말을 믿고 싶었다. 엘레아노라는 영리하지만 성미가 고약했다. 아름답기도 했다. 정말 죽여주게 아름다웠다. 칼은 침을 삼켰다. 엘레아노라가 이성을 잃기 전에 그 생각을 단념하게 해야 했다.

"하지만 그건 너무 위험해. 네가 음모자의 정체를 밝히려고 하면 그자는 너를 죽이려고 할 거야!"

"그렇겠지. 그러니까 내가 더 빨리 움직여야 해. 그리고 너에게

340

할 말이 있어."

칼은 심장이 멎을 뻔했다. 엘레아노라는 칼을 향해 허리를 숙였는데 몸이 닿을 정도로 다가섰다. 그러고는 그 멋진 회색 눈으로 칼의 회색 눈을 응시했다.

"후회하고 있어." 엘레아노라는 중얼거리듯 말했다.

칼은 침을 꼴깍 삼켰다.

"뭘 후회하는데?"

"스너피를 죽인 것에 대해. 너무 순식간에 일어난 일이었어. 아무것도 모르고 너만 원망했으니…… 미안해."

칼은 기습적으로 입을 맞추고 싶은 마음을 억누르면서 고개를 끄덕였다.

"아주 착하고 용감하고 충성스런 스너피였는데……. 마지스터와 너를 함정에 빠뜨린 자의 희생양이었어. 나도 애석하게 생각해."

엘레아노라의 눈빛이 달라졌다.

"내가 꼭 그 원수를 갚아줄 거야. 그러니까 날 막을 생각은 하지 마."

"너는 여제의 은총을 받게 되었어. 그걸 증명하는 서류를 내가 갖고 있어. 다만 내가 신호를 보내야 해."

"누구에게? 왜?"

"모든 것이 잘되고 있다는 신호를 보내면 너를 용서한다는 발표를 모든 채널에서 방송하기로 했어. 나는 아더월드의 모든 사냥꾼이 너를 추적하는 걸 원치 않아!"

엘레아노라는 경계를 늦추지 않고 다시 노파의 모습으로 변장했다. 엘레아노라는 여인숙 주인에게 숙박비를 이미 계산했고, 칼은 약속한 크레디트-무트를 냈다. 그들은 함께 오무아로 출발했고, 무사히 야생 숲을 통과할 수 있었다. 드르르르의 지시를 받았기 때문에 어떤 자이언트 거미도 그들을 집적거리지 않았다. 땅신령, 꼬마도깨비, 요정들의 나라 스몰컨트리의 수도 스몰빌에 이르자 그들은 랑코비트 대사관에 있는 이동의 문을 이용했고, 얼마 후 오무아 황궁에 도착했다.

그들이 유형화되자마자 경비들이 에워싸면서 창을 세웠다. 날카로운 창이 배꼽 바로 앞에서 멈추자 엘레아노라는 침을 꼴깍 삼켰다. 궁정 감독관 칼리 부인은 여섯 개나 되는 손을 허리에 붙인 채 경멸하듯 소녀를 쏘아봤다.

"아니, 이게 누군가! 후계자를 죽이려고 했던 반역자잖아?"

칼은 의아했다. 어, 엘레아노라는 변장을 하고 있는데……?

"네, 맞아요. 그런데 어떻게 아셨어요?"

"정보기관에서 최신 발명품인 마법 탐지렌즈를 공급받았지. 특히 변장주문을 간파하기 때문에 문지기들에게 아주 유용하거든."

칼은 여제의 은총으로 엘레아노라는 용서를 받았다고 재빨리 설명했다.

"엘레아노라 만티코르는 이용당했던 겁니다. 여기 그걸 증명하는 서류가 있어요. 여제 폐하께서 엘레아노라를 용서한다는 방송을 내보냈는데 못 보셨어요?"

"응. 아니, 방송을 했을지도 모르지. 내가 크리스털 전광판을 볼 시간이 없었거든."

"엘레아노라는 조사할 것이 있어서 궁전에 돌아온 거예요. 나와 마찬가지로 누군가에게 이용당했던 것 같아요."

엘레아노라는 칼을 노려봤다. 아무에게나 그런 정보를 흘릴 때가 아닌데! 아직은 범인이 누구인지도 모르는데……. 옥시아 부인의 지시를 받는 감독관 칼리 부인도 충분히 그런 음모를 꾸밀 수 있었다. 궁정 내의 사람은 누구를 막론하고 혐의 선상에 놓을 수 있는데 얘가 대체 무슨 꿍꿍이지? 칼은 엘레아노라의 눈을 피하면서 계속했다.

"엘레아노라는 면허를 받은 아주 뛰어난 도둑이에요. 나는 믿어요. 실패하지 않을 거예요."

칼리 부인 못지않게 놀란 엘레아노라는 당혹스런 얼굴로 칼을 쳐다봤다. 방금 들은 말을 제대로 이해한 것이라면 칼이 엘레아노라를 어딘가 숨어 있는 암살자를 유인하기 위한 미끼로 삼는다는 것이고, 그것은 곧 엄청난 신뢰를 표시하는 것이었다. 엘레아노라의 능력을 인정하고 성공을 확신한다는 의미였다. 엘레아노라는 계획대로 전략을 이행하면 되는 것이었다.

칼리 부인은 서류를 읽어본 뒤에 말했다.

"그래, 틀림없구나. 경비대, 모두 물러서라!"

경비병들이 일사불란하게 창을 거두었다. 오무아의 문장, 주홍빛 공작을 새긴 빨간색과 금색 정복 차림의 경비병들이 한 걸음 뒤로 물러섰고, 칼과 엘레아노라는 이동의 문 대합실을 나올 수 있었다.

칼은 엘레아노라와 이렇게 헤어지는 것이 섭섭했지만, 자신이 무한한 신뢰를 보여야만 엘레아노라가 믿으리라는 걸 알고 있었다. 칼이 할 수 있는 것이면 엘레아노라도 할 수 있었다. 어쩌면 그보다 더 잘해낼지도 몰랐다.

"이제 너와 나 사이에 오해는 없는 거지?" 칼은 쪽지를 주면서 말했다. "내 크리스털 볼 번호야. 정보 입수하는 대로 연락해줘."

칼은 더 이상 아무 말도 덧붙이지 않았다. 아더월드에서는 벽에도 귀가 있기 때문이었다.

"부모님이 계신 집으로 갈게." 엘레아노라가 말했다. "필요한 물건만 챙겨서 궁전으로 돌아올 거야. 단서를 찾으면 알려줄게. 안녕."

그렇게 말하고 나서 엘레아노라는 휙 돌아서서 멀어져갔다. 칼은 구시렁거렸다.

　"오, 조상들이시여! 목숨을 구해주었는데 고맙다는 표시라도 해주면 어디가 덧나나? 가벼운 입맞춤 정도는 괜찮은데! 와, 진짜 쌀쌀맞다! 아, 여자들이란!"

　엘레아노라의 뒷모습을 지켜보고 섰다가 다시 대합실로 들어서던 칼은 칼리 부인의 무서운 눈초리와 마주쳤다.

　"무슨 할 말이라도, 어린 도둑?"

　"아뇨, 특별히 할 말은…… 없어요. 그냥……."

　칼은 얼굴이 빨개져서 어물어물 답했다.

　칼은 말을 마칠 수 없었다. 폭발 같은 것이 일어났고, 누군가에게 확 떠밀렸다. 그 순간 불빛이 꺼지면서 칼은 이동할 때의 멀미를 느꼈고, 어딘가에 이르렀다.

20

살인미수

불리한 증언을 하지 못하게 증인을 제거하는 방법

*

크산디아르는 꿈을 꾸고 있었다. 오무아의 정보국 국장 세네 센스사스, 그 매서운 카멜레온만 보면 독침에 쏘이는 것 같았다. 매혹적이면서 치명적인 독이라고 할까. 숲 속에 숨은 세네와 숨 바꼭질하는 꿈이었다. 한 나무가 짓궂은 윙크를 보내면서 슬그 머니 가지를 들추는 것으로 세네가 숨은 곳을 가리킨다. 붙잡으 려고 팔을 내미는 순간 세네가 얼굴을 향해 확 뿌리는 나뭇잎을 피하려고 허리를 숙이다 넘어지는 바람에…… 그는 잠을 깼다. 크산디아르가 일어난 줄 알고 방이 불을 켰다. 침대에서 떨어졌 지만 두꺼운 양탄자 덕분에 다친 데는 없었다. 시트에 돌돌 말린 몸을 비비 틀면서 간신히 일어난 크산디아르는 발을 떼다가 다시 넘어졌다. 그 바람에 그는 목숨을 건졌다. 치명적인 마법의 불이 그의 머리 위로 휙 지나갔던 것이다.

다시 일어나는 크산디아르를 보고 마스크를 쓴 실루엣이 두 번째 주문을 날리려는 찰나였다. 매트 밑에 칼을 넣고 자는 습관이 있는 크산디아르는 몸을 날렸고, 움켜잡자마자 날린 칼은 괴한의 가슴에 꽂혔다. 깜짝 놀란 괴한은 머리를 숙이면서 크산디아르가 반격하지 못하게 카르보누스 주문을 읊었다. 뜨거운 열기 때문에 크산디아르는 손으로 얼굴을 가리면서 지시를 내렸다.

"방! 화재경보! 물의 소용돌이!"

방은 복종했고, 천장이 열리고 물이 쏟아지면서 불길은 금세 잡혔다.

크산디아르는 칼리반과 똑같은 말을 중얼중얼 내뱉었다.

"내 조상들이시여! 죽음의 위협을 받는 것은 항상 여제 후계자인데…… 누가 나를 공격했을까? 이유가 뭐지?"

크산디아르는 빨간 버튼을 눌렀고, 궁전에 경보 사이렌이 울렸다. 친위대원들이 침대에서 벌떡 일어났고, 순식간에 궁전의 모든 문이 닫히면서 궁인들은 방에 갇혔고, 이동의 문들도 봉쇄되었다. 여제를 비롯한 전 가족, 궁전에 들어와 있던 고관들은 모두 안전하게 대피했다. 친위대장의 방에 설치한 감시 카메라 화면에 여제의 모습이 나타났다.

"내 조상들이시여!" 여제는 노발대발했다. "무슨 일인데 한밤중에 경보를 울린 거요?"

크산디아르는 자신의 등 뒤에 쓰러져서 연기가 폴폴 나는 실루
엣을 가리켰다.

"괴한이 저를 죽이려고 했습니다, 폐하. 친위대장으로 판단하
건대 이 공격은 저를 표적으로 한 것이 아니라 궁전의 방어 시스
템을 무너뜨리고 폐하를 해치려는 의도라고 결론을 내렸습니다.
그래서 비상경보를 울린 것입니다."

여제는 눈이 휘둥그레져서 괴한을 유심히 살폈다.

"음, 알겠소."

크산디아르는 허리를 굽혔다.

"고맙습니다, 폐하."

"즉시 경보를 해제하시오."

"예, 폐하, 예? 뭐라고 하셨습니까?"

크산디아르는 귀가 믿어지지 않는다는 얼굴로 허리를 세웠다.

"못 알아들었소? 나는 방어할 수 있고, 이 습기 찬 벙커에서 밤
을 보내고 싶지 않소. 내 가족과 수행원들에 대한 경비를 강화하
시오. 나는 그만 가서 자야겠소. 아, 그리고 크산디아르?"

"예, 폐하?"

"휴가를 갖지 않은 지 아주 오래되었지요? 그러니까 휴가를 갖
도록 하시오."

"예?" 너무 놀란 나머지 크산디아르는 여제에게 칭호를 사용하는 걸 잊고 말았다.

여제의 얼굴이 굳어지면서 표정이 돌변했다.

"내가 반복해야 되겠소, 크산디아르?"

친위대장은 아차, 하는 얼굴로 재빠르게 차려 자세를 했다.

"아닙니다, 폐하. 이해했습니다, 폐하. 이삼일 후 상황이 종료되는 대로 휴가를 떠나겠……."

"크산디아르, 지금 이 순간부터 그대는 휴가요. 내일 아침 일찍 궁전을 떠나시오, 알겠소? 크사릴 크실라르에게 대장 배지를 넘기시오."

크산디아르의 얼굴이 군복의 색깔만큼 벌겋게 상기되었다.

"크사릴은 부대장이 아닙니다, 폐하. 친위대장 부재 중 저를 대신해야 하는 사람은 크세오룔입니다."

"그러나 테러 사건이 밝혀질 때까지 그대를 대신할 사람은 크사릴이오. 이상 끝!"

격분한 크산디아르는 인사도 없이 대화를 마쳤는데 친위대장으로서 그런 불경한 태도는 대역죄나 다름없었다.

여제의 명에도 불구하고 크산디아르는 야간정찰을 돌았다. 여제가 테러에 대한 수사를 지시하기는커녕 경보를 해제하면서 궁전의 모든 문이 열렸으니 공범들이 아무런 제재 없이 빠져나갈 텐데. 정당함을 증명하기 위해서라도 내심 여제의 거처를 공격하는 사건이 일어나길 바랐지만 여제에 대한 테러는 일어나지 않았다.

아침, 은빛 촉수가 달린 카흠보움 종족의 법의학자가 크산디아르에게 보고했다.

"아주 훌륭한 공격이었습니다. 대장의 칼 솜씨가 그렇게 대단한지 미처 몰랐습니다!"

"매일 훈련합니다." 크산디아르가 설명했다. "폐하를 모시려면 모든 무기를 완벽하게 다룰 줄 알아야 하니까요."

"물론 그래야 하겠지요. 이자는 전문 테러범이었습니다. 티그 종족이며 치아 카드는 소지하지 않았어요. 마지막으로 먹은 음식은 타딕스 원산의 빨간 머리 보라색 문어를 등심 스테이크처럼 구운 것인데 아주 비싼 최고급 요리지요. 혼령을 불러봤지만 방어 마법으로 보호를 받고 있더군요. 새까맣게 탄 손의 표피 안에 굳은살이 있는 걸 확인했습니다."

"전사라고 생각합니까?"

"전사지만 용병은 아닙니다. 레파루스 주문에도 불구하고 몸은 상처투성이였고, 흉터는 없었거든요. 크산디아르 대장에게 원한을 품은 자라고 봐야겠지요."

"나는 여제가 걱정입니다."

"내가 당신이라면 자신을 걱정하겠습니다. 여제는 철통같은 보호를 받고 있어요."

"나는 친위대장이오!" 크산디아르는 퉁명스럽게 응수했다. "고맙소, 플를므플 박사, 당신의 기술이 늘 정확하다는 걸 확인할 수 있어서 기쁩니다."

"천만의 말씀입니다. 아, 한 가지 조언을 하겠습니다."

"뭡니까?"

"사체를 부검할 때에 참석하지 않도록 주의하세요."

그렇게 말하고 나서 법의학자는 크산디아르에게 대답할 겨를도 주지 않고 방을 나갔다. 잠시 후, 크사릴이 친위대장의 배지와 열쇠를 받으러 왔다.

기고만장한 크사릴이 눈꼴사나운 크산디아르는 기를 꺾어놓기로 작정했다.

"며칠 간이니까 너무 잘난 척할 것 없어!" 크산디아르는 마지못해서 배지와 열쇠꾸러미를 내밀면서 으름장을 났다.

"그건 모르는 일이죠!" 크사릴이 빈정거렸다. "내가 더 유능하다고 생각하면 여제께서 최종적으로 나를 임명할지도 모르는데!"

"무슨 헛소리!" 크산디아르는 근엄하게 말했다. "두고 봐, 그런 일은 일어나지 않을 테니!"

그렇게 말하고 나서 크산디아르는 돌아섰다. 그는 조금도 불안하지 않았다. 크사릴은 분명히 자격미달이었다. 2인자이자 충성스런 군인인 크세오룰이 사소한 사건까지 일일이 그에게 보고하기로 되어 있었다.

숙소로 돌아간 크산디아르는 왔다 갔다 방을 서성이면서 옷깃을 여며보기도 하고, 검을 토닥여보기도 했지만 좀처럼 진정이 되지 않았다.

크산디아르가 여제의 친위대장이 된 것은 황제 다음으로 빼어난 전사이기 때문이지만 두뇌회전이 빠르고, 대처 능력이 뛰어나기 때문이기도 했다.

죽이고 싶어 할 정도로 누군가에게 원한 살 만한 일을 했는지 그는 하나하나 돌이켜봤다. 유전학자에 대한 수사 외에 여제 후계자를 둘러싼 유전자 조작에 관한 조사를 했다. 여제가 반드시 지켜야 한다고 명했던 극비사항, 궁전의 벽을 경계해야 했는데……, 여제에게 사건을 보고할 때 누군가 들었을 가능성이 있었다. 학자의 죽음에 연루된 누군가가 그의 입을 막기 위해 죽이기로 결심한 것일 수도 있었다. 친위대가 밤낮으로 지키는 여제보다는 접근하기가 훨씬 쉽지 않은가.

크산디아르는 이를 갈았다. 뜬금없이 휴가를 가라는 이유는 부당했지만 여제의 판단이 옳은 것일 수도 있었다. 어쨌든 궁전에 있는 건 위험해!

해결책은 한 가지밖에 없었다. 후계자를 만나서 얘기해야 했다. 그러나 먼저 그는 랑코비트로 가서 타라가 태어난 곳을 조사하고 무슨 일이 있었는지 알아내야 했다.

유전자 조작에 대한 확실한 증거를 확보하면 범인은 더 이상 그와 여제를 죽일 이유가 없어질 것이 아닌가. 어두운 색 사복으로 갈아입은 크산디아르는 주홍빛 마법 망토를 걸치고 편안한 장화를 신었다. 그러나 군인 이미지가 강하게 박혀서인지 크산디아르는 뭘 입어도 군복을 입은 느낌이 났다.

크산디아르는 검을 축소하고 가방을 꾸린 다음 이동의 문을 향해 서둘러 나갔다.

그러나 괴한들이 그의 일거일동을 감시하면서 함정을 놓았을 줄이야! 이동의 문이 있는 대합실에서 200미터 떨어진 지점이었다. 놈들은 셋이었다. 광선에 따라 색이 변하는 카멜레온 복장에 복면으로 얼굴을 가린 괴한들이 불시에 공격했고, 뛰어난 본능 덕분에 크산디아르는 즉사를 면했다. 보석 박힌 황금 벽에서 형체를 발견하고 무작정 달려들었던 것이다. 단검이 머리 바로 위를 슝, 지나가면서 머리카락이 잘렸다.

아무리 둘러봐도 경보를 울려서 궁전의 방어 시스템을 작동할 만한 친위대원이 한 명도 보이지 않기 때문에 괴한들은 맘놓고 검을 뽑아들었다. 크산디아르가 선호하는 무기였다.

그러나 축소한 검을 원래의 크기로 미처 돌려놓지 못한 상태에서 공격을 받는 바람에 크산디아르는 팔 하나에 부상을 입었다. 이어지는 공격을 가까스로 피하면서 궁인들이 가득한 방으로 뛰어들어갔다. 크산디아르는 그들 중 누구라도 마법을 사용하여 테러범들을 공격하거나 경보 사이렌이라도 울려주길 내심 기대했지만 허망하게도 궁인들은 비명을 지르면서 도망쳤다.

크산디아르는 이제 궁인들이 친위대에 알리길 기도하는 수밖에 없었다. 그는 뒤로 펄쩍 뛰어서 공격을 피했다.

크산디아르와 두 괴한이 칼싸움을 하는 사이에 나머지 한 놈은 친위대장을 죽일 기회를 엿보고 있었다. 그 순간 크산디아르의 머리에 결정적인 의문이 스쳤다. 이놈들이 어떤 주문을 사용해서 궁전에 들어온 거지?

크산디아르는 옆구리를 찔리는 순간 신음소리를 내면서 번개처럼 반격했고, 가슴을 찔린 놈이 푹 쓰러졌다. 질겁한 두 놈이 조심스럽게 다가와서 허공에 대고 칼을 휘둘렀다.

크산디아르는 거칠게 받아치면서 두 번째 놈의 목을 베어버렸다. 그러나 남은 한 놈의 검술이 제일 뛰어난지 크산디아르는 그만 칼에 찔리고 말았다. 이동의 문 대합실이 가까이 있었다. 힘을 낸 크산디아르가 거칠게 밀어붙이자 놈은 슬금슬금 뒷걸음쳤다.

크산디아르는 그 틈을 타서 대합실의 문을 열고 조명등을 향해 검 하나를 휙 날렸다. 픽! 갑자기 조명등이 꺼지면서 방은 어둠에 잠겼다. 경비병들이 반응할 겨를이 없었기 때문에 크산디아르는 도움을 기대할 수 없었다. 그는 제발 몸의 일부가 한계선 밖으로 비죽 나가지 않기를 바라면서 뛰어들다 물컹한 것과 부딪쳤지만 무작정 소리쳤다.

"랑코비트 트라비아의 살아 있는 왕궁으로!"

몇 초 후, 그는 무사히 트라비아에 이르렀고, 옆에 있다가 덩달아 도착한 칼은 어리둥절한 얼굴이었다.

"내 조상들이시여! 왜 이래요?" 칼은 발끈해서 외쳤다.

칼은 피투성이가 된 크산디아르를 보고 얼른 어조를 바꿨다.

"다치셨어요?"

크산디아르는 피를 보면서 고통으로 얼굴이 일그러졌다.

"그래, 내가 당하긴 했지만 그렇다고 놈들이 성공한 것도 아니지!"

"레파루스로 치료하기에는 상처가 너무 깊습니다. 당장 샤먼을 부르겠습니다." 머리 위에서 차분한 목소리가 말했다. "움직이지 마십시오."

트라비아의 살아 있는 궁전 이동의 문을 지키는 외눈 거인 플뢰르티미도보르드둔뤼소렝피드, 일명 맑은시냇가수줍은꽃이 한

참 위에서 내려다보고 있었다.

"이걸로 우선 상처를 압박하겠습니다."

외눈 거인이 압박붕대를 감자 대번에 피가 멈췄다.

"오무아 궁전에서 반역자들의 공격을 받았어요." 크산디아르
는 애써 단호한 목소리로 설명했다. "선택의 여지가 없었지요.
조심하시오, 놈들이 뒤에 있을지 모르니까."

"제대로 맞혔소." 빈정거리는 목소리가 말했다. "정말로 당신
뒤에 놈들이 일부를 남겨놓았으니."

칼은 온몸이 뻣뻣해졌다. 어디서 많이 듣던 이 목소리는? 빨간
눈에 하얀 송곳니의 뱀파이어, 은빛 줄무늬 군청색 마법복 차림
의 드라고쉬 선생님이 바닥에 있는 뭔가를 살펴보고 있었다. 칼
도 쳐다보다가 못 볼 걸 본 얼굴로 입술이 일그러졌다.

크산디아르는 바닥에 뒹구는 피투성이 다리들을 쳐다보면서
혼잣말처럼 중얼거렸다.

"내가 이동할 때 따라오려다가 다리만 이동의 원 안에 있었던
거로군. 이왕 들어오는 거 통째로 들어왔으면 좋았을걸! 어떤 놈
이 시켰는지 알아낼 기회를 놓쳐서 유감이군."

"궁전에 사소한 문제가 생긴 모양이군요, 오무아 친위대장?"

뱀파이어가 부드러운 목소리로 물었다.

"네, 그렇게 말할 수도 있겠죠. 금방 해결할 문제라고 생각하고

있으니까요. 평소보다 더 강한 레파루스 주문으로 치료하면 될 것 같으니 부탁드리겠소."

"공식적인 방문이면 전하께 알현을 청할까요?"

맑은시냇가수줍은꽃이 물었다.

"아닙니다, 나는 지금 휴가 중이오."

크산디아르는 힘겹게 허리를 곧추세우면서 대답했다.

침묵이 흘렀다.

"아, 네." 외눈 거인이 대꾸했다. "그럼 좋은 휴가 보내십시오. 그러나 먼저 크산디아르 친위대장을 우리 샤먼에게 인계하겠습니다."

그렇게 말하고 나서 눈치가 빠른 외눈 거인은 괴한의 신원 파악을 위해 잘린 다리를 검사실로 보냈다.

크산디아르는 칼에게 고갯짓을 한 뒤에 막 도착한 샤먼을 따라갔다. 칼은 한숨을 내쉬었다. 예상보다 빨리 랑코비트로 돌아오게 된 칼은 집에 가서 몇 가지 연장을 챙긴 다음에 타라와 친구들을 만나러 스톤헨지로 떠날 생각이었다. 여제가 개입해준 덕분에 도둑대학의 시험은 해결했지만 결석으로 채우지 못한 수업일수에 관한 문제는 아직 남아 있었다.

그러나 잘 빠져나갈 것이라고 생각하던 칼은 실망했다. 사르도인 선생님은 수석조수와 해야 할 일이 얼마나 많은지 거듭 강조했다. 면담 결과는 좋지 않았다. 사르도인 선생님은 칼이 조수 역할을 하는 것보다 아더월드를 싸돌아다니면서 이상한 사건에 에너지를 쏟는 것을 탐탁하게 여기지 않고 있었다.

"계속 이런 식이면 최고 마구스가 되겠다는 꿈 따위는 접어! 가장 장래가 유망한 내 조수가 나를 보좌할 시간이 없을 정도로 딴데 정신이 팔려 있다는 것에 아주 실망했다."

"네. 대학의 지도교수님들도 그렇게 말씀하셨어요. 제 친구들과 부모님도 그러셨고요."

사르도인 선생님은 칼이 그런 대답을 할 것이라고 예상하지 못하고 있었다.

"뭐라고?" 선생님이 눈썹을 치켜뜨면서 물었다.

"아니, 아니에요!" 칼은 재빨리 꼬리를 내렸다.

선생님은 반시간 더 훈계를 하고 나서야 칼을 놓아주었다. 그대화를 들으면서 친구의 일그러진 표정을 보게 된 살아 있는 궁전이 방을 어둡게 만들었다. 이어서 폭풍이 일기 시작했다. 비를 실은 먹구름이 사르도인의 머리 위로 몰려왔다. 사르도인은 천장을 쳐다보면서 호통쳤다.

"오, 이런! 네가 좋아하는 칼을 미워하는 것이 아니라 잘되라고 야단친 거야. 먹구름을 걷어라, 어서!"

머뭇거리던 살아 있는 궁전은 최고 마구스가 농담이 아니라는 표정을 짓자, 유니콘과 요정들이 보이는 아름다운 풍경으로 바꾸었다.

"음, 훨씬 낫군!" 사르도인 선생님이 핀잔을 주었다. "가서 다른 사람이나 방해해, 어서!"

살아 있는 궁전은 돌로 이루어진 자신의 몸체가 아닌 다른 데로 가지 못한다고 응수할 수도 있지만 자기 대신 페가수스에게 꾸벅 인사를 시키고 사라졌다.

칼은 웃음을 참았다. 칼과 아주 친한 살아 있는 궁전은 짓궂은 장난을 칠 때 도와주기도 하고 바보 같은 짓을 모른 체하기도 했다. 칼은 살아 있는 궁전이 심심하던 참에 기분을 푼 것이라고 생각하면서 집으로 가기 위해 궁전을 나왔다.

칼은 엘레아노라에 대한 생각에 정신이 팔려서 몰래 뒤를 밟고 있는 실루엣을 보지 못했다. 집에 들어서자 머리가 일곱 개 달린 히드라가 칼을 보고 부담스러울 정도로 애정 공세를 펴면서 생난리를 부렸다. 칼은 필요한 연장을 챙겼다.

이번에는 부모님이 집에 있었다. 칼은 언제나 그랬듯 엘레아노라와 있었던 일을 모두 털어놓았다.

어머니 레안드린 달 살란의 회색 눈에 미소가 번졌다. 어머니는 아들을 끌어안았고, 아버지 데오르는 흐뭇한 얼굴로 어깨를 토닥여주었다.

"생각보다 나를 많이 닮았구나." 아버지가 말했다. "나 역시 나를 죽일 뻔한 여자와 사랑에 빠졌거든!"

칼의 눈이 등잔만 해졌다.

"무슨 말씀이에요? 그럼 엄마와 결혼하기 전에?"

"아니, 네 엄마 얘기야."

"네? 엄마가 아빠를 죽이려고 했어요?"

얼굴이 빨개진 레안드린이 난처한 얼굴을 했다.

"네 아버지가 내 임무를 망쳤거든."

"난 잘한 거요! 당신이 계속했으면 그 엘프가 당신을 제거했을 테니까!"

"그럴 수도 있고 아닐 수도 있어요. 어쨌든 나는 네 아버지를 배신자라고 생각했어."

"와우! 그래서요?"

"네 어머니가 나를 고발했지." 아버지는 미소를 지었다.

"난 임무에 충실했어! 확실한 증거도 갖고 있었고!"

어리둥절한 칼의 눈이 똥그래졌다.

"아니죠, 아빠? 문학 선생님이 아니었단 말예요? 그게 위장이었어요? 그런데 왜 저한테 한 번도 말하지 않았어요?"

"위장은 아니었으니까 말할 필요가 없었다. 목에 칼을 들이대니까 정신이 하나도 없더라고. 그래서 그 순간 직업을 바꾸기로 결정했던 거니까."

"엄마! 아니죠? 엄마가 정말 아빠의 목을 베어버릴 작정이었어요? 그런데 왜 못했어요?"

레안드린은 부드러운 미소를 지어 보이며 남편을 껴안았다.

"다행히 네 아버지는 임기응변이 뛰어나고 설득력이 대단했지. 배신자가 아니라는 증거로 내게 청혼을 했거든! 우리는 진짜 배신자의 정체를 밝혀냈는데 애석하게도 도망쳐버렸지. 그자는 나에게 접근했고, 내가 자기를 사랑한다는 걸 이용했던 거야. 네 아버지를 믿는 데 시간이 좀 걸렸지만 인생의 배우자는 자기라면서 어찌나 집요하게 설득하는지 나는 결국 항복하고 말았어."

칼은 진지한 얼굴로 말했다.

"엘레아노라와 당장 결혼할 건 아니지만 좋은 정보를 주셔서 고마워요."

"이제는 너도 이해할 나이가 되었으니까. 그리고 네 아버지가 얼마나 특별한 분인지 너에게 알릴 수 있어서 아주 기쁘구나. 아버지가 직업을 바꾼 것은 내가 임무를 수행하는 동안 너를 돌보기 위해서였단다."

칼은 아버지, 어머니와 포옹했다. 진실을 알게 된 것이 기뻤다.

칼은 이제부터 하려는 일을 부모에게 설명하고 나서 살아 있는 궁전으로 출발했다. 거머리 같은 그림자가 계속 칼을 미행하고 있었다.

칼은 곧장 이동의 문 대합실로 갔다. 현재 이동의 문은 출국만 가능하다는 문지기의 말에 칼은 불안이 엄습했다. 지난번에 이런 일이 발생했을 때, 마지스터는 그 기회에 악마 군단을 이끌고 행성을 침략하려고 했다. 칼은 주저하지 않고 런던으로 향했다. 타라가 위험에 처해 있을지도 몰랐다. 영국의 수도에 도착한 칼은 친구들이 이미 스톤헨지로 떠났다는 것을 알았다. 대사관-호텔 지배인은 마법사들을 위해 예약해주었던 모텔의 연락처를 알려주었다. 시간을 많이 허비한 것을 후회하면서 칼은 명을 무시하고 빨리 가기 위해 여러 차례 트란스미투스를 작동했다. 그가 없는 사이에 타라가 부상을 당했거나 최악의 상황에 처해 있다면? 마침내 칼은 스톤헨지로 가기 위한 마지막 트란스미투스를 작동했다.

조금만 기다려, 타라! 위험에 빠진 공주를 구하러 흑기사 칼이 가신다!

구구, 구구구

연애박사 파브리스 브주아 지롱의 작업 기술

*

위험에 빠진 공주? 타라는 위험에 빠져 있기는커녕 할머니가
이고르를 햄버거 스테이크로 만들까 봐 조마조마해하고 있었다.
이사벨라가 바닥에 내려놓자 아뿔싸, 이고르는 하지 말아야 할
말을 내뱉고 말았다.

"남자한테 이따구 짓을 하니 어떤 서방이 붙어살고 싶겠냐고!
누군지 몰라도 잘 도망쳤지!"

타라는 팽팽하게 맞선 두 사람을 중재할 기회를 엿보고 있었
고, 셈 선생님은 이사벨라가 이고르를 박살 내기 전에 개입했다.

"오, 내 조상들이시여! 이사벨라! 우리가 지금 어디 있는지 생
각해야지요!"

"나는 이 행성이 어찌 되든, 비마들이 어찌 되든 관심이 없소.

내 남편이 이 사진에 찍힌 연유에 대해 설명을 들어야겠소!"

"남편이 확실해요?" 에스메랄다는 사진을 살펴본 뒤에 물었다. "솔직히 말해서 이 남자는 기억나지 않는데……. 혹시 많이 닮아서 잘못 본 거 아니에요?"

이사벨라는 사진을 다시 한번 보고 나서 고개를 끄덕였다.

"아니, 메넬라스가 분명해요. 틀림없단 말이오!"

"21년이면 많이 변했을 텐데……." 에스메랄다는 중얼거렸다.

마법사는 적어도 백 년이 지나기 전에는 변하지 않는다고 대꾸하고 싶었지만 이사벨라는 꾹 참았다. 그녀는 사진 속의 남자가 메넬라스라는 것을 확신하고 있었다. 누구도 이사벨라의 확신을 꺾을 수 없었다.

따라서 이사벨라는 출발을 연기했다. 그녀는 타라에게 셈 선생님을 따라 친구들과 아더월드로 떠나라고 했지만, 손녀는 단호하게 거절했다. 이미 할아버지를 잃은 스톤헨지에 할머니를 두고 간다는 것은 생각할 수 없는 일이었다.

그 사진을 누가 갖다놨는지, 특히 그 이유가 뭔지 알아내기로 작정한 이사벨라는 로비 응접실을 떠나지 않고 수사를 시작했다. 일행은 방으로 돌아가서 짐을 다시 풀었다. 로빈은 타라가 이제 말할 수 있게 되었으니 이 기회에 타라의 생각을 분명히 알아볼 생각이었다. 그렇지만 타라를 만나기에 앞서 신중하게 계획을 세웠다. 타라의 절친한 친구 파브리스에게 도움을 받을 수 있을 거야.

파브리스는 무아노의 방에 있었다. 소파에 누비이불을 뒤집어 쓰고 앉은 무아노는 악취를 풍기는 룬 문자가 가득한 몸으로 이상한 춤을 추는 파브리스를 슬픈 눈으로 쳐다보고 있었다.

"오, 내 조상들이시여!" 로빈이 외쳤다. "너 뭐 하는 거야?"

금발 소년이 다리 하나를 공중에 든 채로 춤을 멈췄다.

"이건 힘을 부르는 의식이야." 파브리스는 당황한 얼굴로 설명했다. "타라에게는 도움을 줄 수 있는 사람이 필요해."

로빈은 룬 문자와 방바닥에 그려진 원을 유심히 살폈다. 로빈의 눈이 번득였다.

"파브리스, 그 의식의 주문을 누구한테 받았어?"

"랑코비트에서 한 상인한테 샀어. 왜?"

"꽃시장 근처에 있는 가게지? 보라색 살빛의 뚱보 마법사?"

파브리스는 허공에 들고 있던 맨발을 내렸다.

"그래, 맞아. 묘약, 마법 주문, 별의별 걸 다 갖고 있었어. 아무튼 대단한 사람이야."

"음, 그 사람이 주문을 팔면서 정확하게 뭘 하는 데 쓰는 것이라고 설명했는데?"

"내 잠재력이 증가할 거라고 했어."

"잠재력이 증가한다고 볼 수는 있는데 네가 생각하는 의미는 아냐." 로빈이 재미있다는 듯 미소를 지었다.

그 순간 파브리스의 얼굴이 살짝 굳어졌지만 실망한 표정은 아니었다.

"네가 추는 춤은 타트리스 종족의 다산을 위한 의식이거든!"

"뭐?" 무아노와 파브리스가 동시에 외쳤다.

"걱정하지 마." 로빈은 무아노를 쳐다보면서 말했다. "타트리스 종족에게만 작용하는 의식이니까. 설마 네가 10분 만에 여섯 명쯤 되는 아기를 줄줄이 낳기야 하겠어?"

웃어야 할까, 화내야 할까? 무아노는 혹시라도 그런 일이 일어나면 어쩌나 두렵기도 하고 화가 치밀기도 했다.

무아노는 벌떡 일어나서 누비이불을 휙 집어던졌다.

"이젠 지긋지긋해. 뭐, 출산을 위한 의식? 정말 한심하다! 언젠가는 누군가를 해치고 말 거야, 너! 미리 말하겠는데 네가 계속해서 더 강력한 능력을 원할 경우 내가 여친으로 남을 거란 기대는 하지 마!"

그렇게 말하고 무아노는 방을 나가면서 문을 쾅, 닫았다.

"어휴!" 파브리스는 우거지상을 했다. "화가 많이 났네."

로빈은 웃음을 참느라고 심호흡을 했다. 친구를 놀리는 것은 좋은 생각이 아니었다. 더군다나 타라의 심리를 파악하려면 지금은 파브리스의 도움이 절대적으로 필요한 때인데.

엘프들은 특히 후각이 발달해 있기 때문에 숨을 들이쉬던 로빈은 딸꾹질이 나왔다. 파브리스의 몸에서 나는 악취는 아주 지독했다.

"부탁인데 샤워 좀 하고 나오면 안 되겠니?" 눈물까지 글썽이면서 로빈이 말했다. "얼마나 독한지 트라둑이 울고 가겠어!"

파브리스는 로빈을 흘겨보고 나서 의연하게 욕실로 들어가더니 문을 쾅, 닫았다. 소리가 들리지 않을 것이라고 확신한 로빈은 손으로 입을 틀어막으면서 배꼽을 잡고 웃었다.

"맙소사, 다산을 위한 춤을 추다니!"

어찌나 웃었던지 로빈은 하마터면 숨이 막힐 뻔했다. 바룬이 쓰다듬어달라고 다가오자 로빈은 보드라운 귀를 문질러주었다.

"불쌍한 매머드, 네 주인이 이상한 짓을 많이 하는구나! 나는 패밀리어가 없어서 다행이야. 내 모든 감정을 공유할 필요가 없잖아."

"그건 잘못 생각하는 거다." 바지만 입은 파브리스가 윗몸을 수건으로 닦으면서 말했다. "바룬 같은 동반자가 있으면 얼마나 위안이 되는지 네가 몰라서 그래. 자, 그만 놀리고, 나한테 무슨 할 말이 있어서 온 거 아냐?"

"타라에 대해 뭐 좀 물어보려고." 로빈은 좀 전에 무아노가 쪼

그리고 있던 소파에 앉으면서 말했다. "너는 제일 오래된 타라의 친구잖아. 지구인인 너의 의견이 필요해."

파브리스는 티셔츠를 입고 로빈 옆에 앉았다.

"글로리아의 말로는 네가 입맞춤을 했고, 그다음에 타라가 너를 떠밀었다는데 맞아?"

"좀 생략되긴 했지만 대충 맞아. 그걸 넌 어떻게 생각해?"

"내 말 잘 들어, 로빈. 여자는 꽃이랑 비슷해. 예쁘고, 좋은 향기가 나지만 아주 비싸게 구는 이상한 족속이야. 여자를 이해하려고 노력한다는 것은 난이도가 높은 수학을 푸는 것과 같아. 까다롭고, 복잡하고, 어휴, 비위 맞추기가 정말 힘들지."

로빈은 회의적인 얼굴을 했다.

"너도 도움이 안 되는구나."

"우리가 여자를 선택하는 것이 아니라 여자가 우리를 선택한다는 걸 깨닫게 되면 모든 게 이해가 될 거다."

"내가 사랑을 고백한 것이 잘못이라는 뜻이야? 타라가 고백하길 기다렸어야 하는 건가?"

"아니, 넌 잘했어! 여자나 남자나 텔레파시 같은 건 없으니까. 사랑을 고백한 건 잘한 거야. 그래야 좋아하는지 아닌지 알 수 있으니까. 타라는 너에게 입맞추는 걸 거절했지만, 어쨌든 너는 입을 맞추었고, 그리고……."

"그리고 타라는 도망쳤어."

"음, 그건 좀 예상 밖의 반응이긴 하다. 혹시 너 침을 흘리거나 방귀를 뀌거나 뭐 이상한 짓 했어?"

"아냐!" 로빈은 버럭 소리를 질렀다. "입맞춤만 했어."

"그렇다면 구구, 하고 속삭이면서 '너를 사랑해'라든가…… 뭐 그런 말을 했어야 하는데."

"구구, 하고 속삭여?"

"아이, 답답해서 안 되겠다. 네가 어떻게 했는지 보여줘봐."

"너한테 입을 맞추란 말야?"

그 말에 파브리스는 얼른 몸을 뒤로 뺐다.

"워워, 너 미쳤냐? 어떻게 했는지 몸짓으로만 보여달라고."

로빈은 키스를 하려는 듯 허공에 입을 쑥 내밀면서 말했다.

"내 입술을 갖다댔어. 그게 다야."

"정말 입술만 갖다댔어?"

"그럼 뭐가 또 있는데?"

"아이, 글쎄…… 대답이나 해."

"응, 입술만. 그건 우리의 첫 키스였어. 어쨌든……."

"어쨌든 뭐?"

"시간이 없었어. 그리고 타라가 먼저 뒷걸음쳤으니까."

"이런, 이런!"

"뭐가 이런, 이런이야?"

"좋은 징조가 아냐."

"그래, 거의 그 순간에 타라가 도망치는 걸 보면서 나도 알아차렸어."

"방법은 한 가지밖에 없어."

파브리스는 부드러운 어조로 말했다.

로빈이 눈을 반짝였다.

"그게 뭔데?"

"가서 물어봐!"

로빈은 믿기지 않는 얼굴로 쳐다봤다.

"그게 다야?"

"응."

"너, 정말 도움이 안 된다."

"제발 부탁인데 뭐가 되었든 궁금하면 망설이지 말고 그냥 직접 물어봐."

로빈이 뚫어져라 쳐다봤지만 파브리스는 진지했다. 로빈은 고개를 설레설레 저으면서 일어났다. 그러고는 쿵쿵, 발소리를 내면서 방을 나갔다. 복도에서 로빈은 공교롭게도 타라와 마주쳤다. 하필이면 분노와 짜증으로 머릿속이 혼란스러운 때라 로빈은 단호한 목소리로 말했다,

"타라! 얘기 좀 해야겠어!"

타라는 깜짝 놀라서 쳐다봤다.

"아, 그래? 그러지 뭐."

주위에 아무도 없어서 얘기하기는 좋았다.

"우리는 입맞춤을 했어. 그런데 너는 구구, 하고 속삭이지 않았어. 왜지?"

타라는 눈이 똥그래졌다.

"구구?"

"응, 파브리스가 지구여자는 입맞춤할 때 구구, 하고 속삭인다고 했어."

그 순간 타라의 얼굴에 번지는 미소에 로빈은 어리둥절했다. 타라는 깔깔대고 웃었다.

"파브리스가 그런 말을 했어? 비둘기처럼 구구, 구구구! 하고 속삭인다고?"

"그래, 비둘기처럼, 스파슌처럼."

타라는 구구, 시늉을 해보다가 폭소가 터져나왔다. 놀림을 당하는 것 같았지만 로빈은 인내심을 가지고 기다렸다. 눈물까지 흘리면서 웃던 타라는 진정하려고 애를 썼다.

"구구, 하고 속삭이기는커녕……." 타라의 얼굴이 일그러지는 것을 보면서 로빈은 말을 멈추었다가 계속했다.

"내게 입맞춤을 하기는커녕 넌 혐오하는 표정을 지으면서 나가 버렸어. 난 그 이유를 알고 싶어."

로빈의 얼굴이 어찌나 진지한지 타라는 뭐라고 대답해야 할지 당혹스러웠다.

"모르겠어. 나…… 나도 모르겠어. 더 이상은."

로빈은 더 답답해졌다. 파브리스의 말이 맞았어. 전혀 깨닫지 못한 뭔가가 있었던 거야.

"더 이상 뭐?"

그 느낌을 설명할 수가 없는 타라는 짜증이 났다.

"아무것도 아냐. 간단하게 말해서 너는 그냥 친구야."

"그냥 친구!"

"말꼬리 잡지 마, 짜증나니까."

최선의 수비는 공격이라는 말이 있지 않나. 로빈은 목소리가 나오지 않았다. 타라는 "대답할 수 없는 질문은 하지 마!"라는 말을 끝으로 로빈의 반응을 기다리지 않고 자기 방으로 들어가버렸다.

로빈은 입을 다물지 못한 채 멍하니 닫힌 문을 쳐다봤다. 그 순간 파브리스가 방긋이 열린 문틈으로 얼굴을 쏙 내밀었다. 그 장면을 하나도 빠뜨리지 않고 엿보고 있었던 것이다.

"사랑을 고백할 때가 오면 난 너처럼 하지 않겠어! 내가 꿈을 꾸는 거냐, 아니면 우리 둘 다 여친을 잃어버리는 거냐? 아냐, 그래도 난 아직 내 여친을 지킬 희망은 있어."

"아더월드의 금은 보석, 마법을 다 준다고 해도 난 타라를 포기하지 않아!" 유머에 둔감한 로빈이 면박을 주었다.

부글부글 끓는 엘프의 성질을 이기지 못한 로빈이 있는 힘을 다해 주먹으로 문짝을 쳤다. 그 충격에 문짝이 좍 갈라졌다. 로빈은 아픈 주먹을 살펴보고는 고개를 저으면서 저벅저벅 걸어갔다.

방문에 기대고 서서 그 소리를 듣고 있는 타라는 마음이 아팠다. 저토록 사랑하는데 나는 왜 로빈을 사랑할 수 없는 걸까? 타라는 심호흡을 했다. 우선 할머니를 도와야 했다. 나와 로빈의 미래는 그다음이야. 살그머니 복도를 내다봤지만 로빈은 사라지고 없었다.

타라는 할머니가 옴짝달싹하지 않은 채 사진만 쳐다보고 있던 로비 응접실로 내려갔다. 할머니가 떼어냈던 사진이 벽에 다시 붙여져 있었다. 응접실은 텅 비어 있었다. 사진을 가져다놨던 사람의 정체를 밝히려다가 실패한 후에 이사벨라는 사진 속 이미지의 시공간 이동 경로를 표시하는 마법의 라인을 시각화하는 데 성공했다. 이사벨라는 낚시에 걸린 물고기처럼 셈 선생님과 함께 라인을 따라나가고 없었다.

그래서 응접실에는 타라와 갈랑 외에 아무도 없었다. 갑자기 페가수스가 소스라치게 놀라더니 발톱을 세웠다.

경계를 하던 타라는 피시시식거리는 소리를 간파했다. 누군가가 트랜스미투스를 사용하여 옆방에 유형화한 것이다! 마법을 작동하려다가 일단 참고 문을 살그머니 열던 타라는 칼과 맞닥뜨렸다. 이동 때문에 털이 엉망으로 헝클어진 여우를 데리고 온몸을 살피던 칼은 질겁했다.

"아이, 놀라라, 이래서 트랜스미투스는 싫다니까! 도착할 때 몸의 한 부분이 없어지는 것 같은 느낌이 든단 말야. 안녕, 타라!"

"칼! 네가 어떻게…… 여기 있어?"

칼은 입을 비죽거리면서 이를 드러냈다. 칼은 진실의 일부만 말하기로 했다.

"이동의 문들이 또 봉쇄되었더라고. 지난번에 악마 군단이 기습했을 때처럼. 그래서 내 도움이 필요할 거라고 생각했지."

타라는 미소를 짓다가…… 눈살을 찌푸렸다.

"시험 때문에 여기 올 수 없다고 했잖아?"

칼은 손톱을 내려다보면서 시치미를 뗐다.

"시험을 미리 봤어. '국가 안보'와 관련된 임무를 받았다고 핑계를 댔지, 뭐."

"그게 가능해?"

"여제를 만나서 위기 상황을 맞을 때마다 같이 있어본 경험으로 미루어 내가 없으면 너는 곤경에서 벗어날 수 없다고 주장했거든. 그랬더니 여제가 몹시 불안해하면서 랑코비트의 왕에게 그 사실을 전했고, 왕은 도둑대학의 최고 마구스들에게 메시지를 보냈어. 그래서 테스트 시험을 미리 봤지."

"감히 고모를 만나러 가다니! 와, 너 진짜 용감하다! 하지만 공부할 시간도 별로 없었는데 네가 벌써 시험을 봤단 말야? 하지만 칼, 나 때문에 시험을 대충 봤다면 절대로 용서하지 않을 거야!"

"그런데 내가 합격했거든?" 칼이 깔깔대고 웃으면서 타라를 안심시켰다. "브레그리르 교수님과 트로우그라브 교수님이 아주 힘든 테스트를 했고, 사르도인 선생님에게 심한 꾸지람을 듣긴 했지만. 그건 그렇고 어떻게 아직까지 여기 있지? 하르퀴아들을 제거하지 못했구나? 이래서 내가 있어야 한다니까!"

"하르퀴아들은 제거했어. 우리가 떠났으면 널 못 만났을 텐데 어쨌든 다행이다. 우리는 지금 문제가 생겨서 떠나지 못하고 있어."

타라는 마법을 과다 사용했다는 것과 제레미와 조던의 사연, 양부모와 마법사들인 친부모, 그리고 뜻밖에도 할머니의 실종된 남편 메넬라스가 찍힌 사진을 발견하게 된 사연을 얘기했다.

"워워! 어떻게 그런 일이! 그래서 이제 어떡할 건데?"

"지금 할머니는 제정신이 아냐. 마치 땅에서 꺼진 듯 스톤헨지 부근에서 사라진 할아버지가 사진에 찍혀 있는데 어떻게 안 그렇겠어? 어쨌든 할아버지를 찾기 전에는 돌아가지 않기로 결심하셨어."

"마법 과다 사용으로 네가 위태로운 걸 알면서도?"

"할머니는 나를 걱정할 정신이 없어. 할머니 입장이라면 나도 똑같이 했을 거야. 셈 선생님이 와서 나를 치료했어. 얼마나 있게 될지 모르겠지만 우리는 여기 더 머물러야 해."

타라는 좀 전에 칼이 단언했던 얘기로 돌아갔다.

"너 시험에 합격했다고 말했지?"

"그렇다니까." 칼은 잘난 체를 하면서 미소를 지었다. "학위까지……"

칼은 말을 끝내지 못했다. 피시시식! 귀에 익은 소리가 뒤에서 났다. 올림포스의 신 제우스 석고상 옆으로 휙 내려서는 시커먼 형체가 휘청거리다 석고상과 부딪치기 일보 직전이었다. 어어, 안 되는데! 눈이 뚱그래져서 쳐다보는 타라의 눈앞에서 형체는 쿵, 하고 나동그라지고 석고상은 흔들흔들하다 박살이 나고 말았다.

타라는 너무 놀라서 말문이 막혔지만, 칼은 아니었다.

"오, 미치겠다! 저건 왕재수 안젤리카잖아?"

22
안젤리카
적이라고 생각하면 악착같이 물고 늘어지는 꺽다리

*

랑코비트의 갈색 머리 안젤리카는 발딱 일어나서 우아하게 차려입은 파란 옷을 탁탁 털었다.

"이럴 줄 알았지, 내가!" 안젤리카는 칼을 쏘아보면서 말했다.

"슬그머니 사라지기에 뒤를 밟았더니 내 생각이 맞았어! 사르도인 선생님에게 네가 허락 없이 랑코비트 궁전을 떠났다고 이를 거야!"

타라가 변호하려고 했지만 칼이 빨랐다.

"에이, 그러지 마!"

"내가 왜?" 안젤리카는 의기양양해서 응수했다. "네가 내 인생을 망친 그때부터 복수할 기회가 오기를 얼마나 기다렸는데!"

"선생님에게 뭐라고 말할 건데?" 칼은 한풀 꺾인 목소리에 시무뚝한 얼굴로 고개를 떨어뜨리고 입술까지 잘근잘근 깨물었다.

"너를 쫓아내라고! 잔머리만 굴리면서 딴 짓거리 하는 데 정신이 팔려 있다고, 그리고 너만 특혜를 누리는 건 정당하지 않다고! 너는 허가 없이 두 번이나 이동의 문을 이용했고, 지구에서 트란스미투스를 여러 차례 작동했어. 그건 위반이야!"

칼은 두 손을 들었다.

"네가 입 다물어주는 대가로 뭘 해줄까?"

껑다리 소녀는 잠시 생각하다가 교활한 미소를 지었다.

"1년 동안 내 노예가 돼. 내 심부름을 하고 내 방을 청소해, 마법을 쓰지 말고!"

타라는 말도 안 되는 협박을 하는 안젤리카를 두꺼비로 둔갑시키는 것이 좋을지, 거짓말을 한 칼을 지렁이로 둔갑시키는 것이 좋을지 둘을 지켜보고 있었다.

"잠깐! 우리 내기하자. 어쨌든 이 상황을 해결하면 되는 거잖아. 그런 기회를 가질 권리는 내게도 있으니까. 내가 사르도인 선생님에게 내 마음대로 나갔다 들어왔다 해도 된다는 허락을 받으면 대신 네가 내 노예가 되는 거야."

껑다리 소녀는 의심쩍은 얼굴로 눈을 찡그렸다.

"허락을 받지 못하면?"

"2년 동안 너의 노예가 될게." 칼이 얼른 덧붙였다.

"2년? 사르도인 선생님은 냉정해. 네가 시험에 합격하지 않으면 선생님은 절대 허락하지 않을걸. 교만한 계집애랑 그렇게 싸돌아다녔는데 합격할 리가 없지! 그럼 얘기 끝난 거다!"

칼과 안젤리카는 악수를 했고, 내기는 이루어졌다.

칼은 안젤리카가 1분 동안 승리감을 만끽하게 두었다. 이래야 충격이 더 크지.

"타라, 안젤리카가 나타났을 때 나는 올해의 자격증까지 땄다고 말하려던 참이었어."

칼이 사인과 도장이 찍힌 양피지를 흔들어 보이자, 꺽다리는 놀라서 쓰러질 것 같았다.

"그럴 리 없어!" 꺽다리는 숨넘어가는 소리로 외쳤다. "이건 가짜야. 말도 안 돼!"

"천만에!" 칼은 희희낙락했다. "선생님은 내가 나가는 걸 허락하셨거든? 올해의 자격증을 두 달 미리 땄지. 자격증을 다섯 개 땄으니까 여섯 개만 더 따면 나는 면허 받은 도둑이 되는 거야. 푸하하하!"

"사기꾼!" 꺽다리가 소리쳤다.

"아이고, 너 분해서 어떡하냐?" 칼은 비웃었다. "이제 나한테 까불면 안 되지, 넌 1년 동안 내 노예니까……."

다음 말은 성난 고함에 묻히고 말았다.

타라는 그냥 지켜보기만 했다. 입가에 미소를 머금은 채 말싸움을 구경하면서 산산조각이 난 석고상에 정신을 집중했다. 모텔 주인이 생난리를 칠 텐데……. 위험한 상황을 대비하여 조심스럽게 마법을 시험해볼 기회였다.

"레파루스의 이름으로 석고상은 감쪽같이 원상 복구되어라!"

타라의 마법 광선이 조각들을 휘감자마자 석고상이 금세 복원되었다.

"꺄아아아악!"

뒤에서 나는 분노의 고함소리에 타라는 소스라치게 놀랐다. 안젤리카와 칼이 껴안고 있는 이상한 자세인데 꺽다리의 가슴에 칼이 얼굴을 들이대고 있는 것이 아닌가!

안젤리카는 칼을 떼어내려고 발버둥치고 있었다. 그 모습에 타라는 폭소가 터졌다.

내가 칼과 안젤리카를 붙여놓다니!

놀라움이 가시자 칼은 코밑에 있는 것에 관심을 보였다.

"안젤리카, 궁금했는데 너 공갈 브래지어하고 있지?" 칼은 아주 천진한 어조로 말했다. "두 달 전부터 네 가슴이 희한하게 빵빵했단 말야!"

"타라!" 안젤리카가 쏘아붙였다. "이 거머리 같은 놈을 빨리 떼어놓지 않으면 당장 죽여버리겠어!"

"하지만 난 어떻게 하는지 몰라." 타라는 당황한 얼굴로 말했다. "너희의 팔이나 다리를 떼어낼 위험이 있어서……."

"괜찮으니까 한번 시험해봐!" 칼이 얼른 말했다.

"이 기생충 같은 놈의 다리를 잘라버리면 될 거 아냐!" 안젤리카는 빽빽 소리를 질렀다. "아니면 내가 지금 당장 부러뜨린다!"

안젤리카는 당장이라도 일을 낼 기세였다. 타라는 조금씩 둘을 떼어내면서 석고상이 부서지지 않게 조심했다. 다행히 마법이 통했고, 그들은 무사히 떨어졌다.

"나를 귀찮게 굴지 않고, 선생님에게 일러바치지 않겠다고 약속하면 네가 공갈 브래지어하고 있다는 걸 아무에게도 말하지 않지롱." 칼은 약을 바싹 올렸다.

안젤리카는 불꽃이 팍팍 튀는 눈초리로 칼을 노려봤다. 정통으로 맞으면 그대로 즉사할 것 같은 강력한 눈총이었다. 그러나 꺽다리는 선택의 여지가 없었다.

"좋아." 안젤리카는 싸늘한 목소리로 대답했다. "어쨌든 여기서는 내가 할 일이 없으니까 아더월드로 돌아가겠어."

"글쎄, 그렇게는 안 될 텐데." 타라는 담담하게 말했다. "네가 모르고 온 모양인데 아더월드행 이동의 문은 작동하지 않아. 우리는 여기서 꼼짝 못해."

"뭐라고?" 안젤리카는 깜짝 놀랐다. "농담하지 마! 난 이 불결한 행성에 있지 않을 거야!"

"그런 식으로 말하면 여기 사는 사람 기분 나쁘지, 아가씨!"

이건 또 뭐야? 박살 내버릴 기세로 휙 돌아서던 안젤리카는 멀거니 입을 벌린 채 아무 말도 하지 못했다. 조던의 잘생긴 외모가 또 한번 영향력을 발휘한 것이다. 안젤리카가 얼이 빠져서 쳐다보거나 말거나 미남청년은 남성적 매력을 내뿜으면서 다가왔다.

"내 말은 그게 아니라…… 그런데 누구……세요?"

"불결한 행성의 불결한 사람. 그러는 아가씨는?" 조던이 점잖게 대답했다.

"나요?" 무안해진 안젤리카는 쩔쩔매고 있었다. "저기…… 만나서 기뻐요."

"마법사치고는 정상이군." 조던은 냉정하게 지적했다. "더 이상 다른 희생자가 생기는 걸 원치 않는데 빨리 가겠다니 듣던 중 반가운 소리네. 제레미가 여기 있으면 안 돼."

안젤리카는 이게 무슨 소리냐는 얼굴로 쳐다봤다.

"떠나요? 왜 떠나요? 어디로? 그리고 제레미는 누구예요?"

타라는 웃음을 꾹 참았다. 와우, 안젤리카가 한눈에 뿅 갔네!

"마법과 악마들이 가득한 너희의 사악한 세계로 데려갈 마법사지. 우리나라에 너희가 머무는 걸 더는 원치 않으니까 빨리 떠나!" 조던이 거칠게 말했다.

"하지만 나는 떠나고 싶지 않은데요." 안젤리카는 1분 전과는 완전히 반대되는 말로 대꾸했다. "그런데 누구세요?"

"마법을 사용하면 귀머거리가 되나?" 조던이 경멸조로 내뱉었다. "나는 너희가 비마라고 부르는 정상적인 인간이야. 너희처럼 괴물이 아니라!"

그렇게 말하고 조던은 홱 돌아서서 나가버렸다.

어안이 벙벙한 안젤리카는 타라를 쳐다봤다. 안젤리카는 멋지고 섹시하게 꾸미는 것을 무기로 삼고 있어서 아더월드에서는 남자들이 줄줄 따라다니면서 애정 공세를 폈다. 그런데 괴물 취급을 받다니, 그것도 첫눈에 반한 미남청년에게 그런 소리를 듣다니 안젤리카로서는 도저히 있을 수도 믿기지도 않는 일이었다.

안젤리카는 이글거리는 눈초리로 두 주먹을 허리에 딱 붙이고 앙칼지게 말했다.

"저 미남이 왜 마법사들을 싫어하는 거야?"

"하르퓌아들이 그의 부모님을 죽였어." 타라가 설명했다.

안젤리카는 입술을 실룩거렸다.

"끔찍한 일이 벌어졌군. 그런데 왜 나를 싫어해? 이해할 수가 없네. 너를 미워하는 거야 당연하지만. 비마들 중에 누가 또 우리를 아는 사람이 있는 거야?"

"글쎄, 누가 또 죽었는지 알고 싶으면 쫓아가서 까놓고 한번 물어보든지!" 칼이 놀렸다.

꺽다리는 칼을 쏘아보면서 못 들은 척했다.

"아니, 그 농가는 외딴곳이라서 사건에 대해 아무도 알아채지 못했을 거야." 타라가 말했다. "하지만 조던이 마법사들을 싫어하는 건 당연해. '마불통'이기 때문에 더욱 더."

"큰일 났네, 우리들에 대한 소문이 나면 안 되는데. 조던이 비밀을 지킬 거라고 생각해?"

"모르겠어."

"내 부모님이 너희 때문에 돌아가셨다면 나는 너희를 가만두지 않았을 거야." 안젤리카가 말했다. "그런데 그 미남은 냉정하고 침착하단 말야. 정말 이상해."

"타라에게 책임이 없으니까 그렇지." 등 뒤에서 목소리가 말했다. "괴로워서 미칠 지경이지만 조던이 그 정도로 멍청하진 않아."

키워준 부모의 죽음, 누군지도 모르는 친부모에 대한 생각으로 혼란에 빠진 제레미는 방에 틀어박혀 있었다. 얼마 후, 제레미는 냉정함을 되찾고 방을 나온 것이었다.

타라는 돌아서서 소년의 검은 눈을 뚫어져라 쳐다봤다. 가슴속에서는 희망과 슬픔으로 가득한 크리스털 눈을 더 좋아한다고 외치고 있지만 운명이 본능을 눌렀다. 타라는 제레미에게 칼과 안젤리카를 소개하고 나서 다가갔다.

제레미가 먼저 타라의 손을 잡았다. 타라는 그 손을 놓을 수 없었고, 운명도 허락하지 않았다. 제레미는 타라를 의자에 앉혔다.

"아까 거칠게 말했던 거 미안해. 네가 날 도와주려고 했다는 건 알아. 조던은 너희가 그 공격의 주모자가 아니라는 걸 알고 있어. 조던은 부모님을 죽인 자들을 계속 찾으려고 할 거야. 지금은 충격에 빠져 있지만 며칠 지나면 범인들을 추적할 방법을 모색할 거라고 확신해."

그 순간 로빈이 들어오다가 제레미와 손잡고 있는 타라를 보고 얼굴이 하얘졌다. 칼은 로빈의 반응을 눈여겨보고 있다가 중얼거렸다.

"어휴, 내 인생만 복잡한 줄 알았더니!"

타라는 아연실색한 로빈을 봤지만 제레미의 손을 놓지 않았다.

"타라?" 로빈이 주저하는 목소리로 불렀다.

"왜, 로빈? 무슨 일 있어?" 타라는 덤덤한 어조로 대꾸했다.

"밖에서 바람을 쐬고 있는데(사실 울화가 치민 로빈은 정원을 돌아다니며 애꿎은 꽃대를 똑똑 부러뜨리는 것으로 화풀이를 하고 있었다) 네 할머니가 돌아오셨어. 크리스털 볼로 통화하고 계셨는데 내가 더 빠르니까 얼른 너에게 갖다주라고 하셨어. 무슨 일이 생긴 것 같던데…… 금방 오실 거야."

질겁한 타라가 제레미의 손을 놓자, 로빈은 안도의 숨을 내쉬
었다.

"뭐? 무슨 일이 일어난 거야? 엄마에게?"

로빈이 부드럽게 말했다.

"응, 네 어머니한테서 걸려온 거야. 저택에 무슨 일이 생긴 것
같아!"

23
친위대원들의 싸움
가슴에 꽂히는 칼을 피하는 방법

*

부상당한 크산디아르는 기분이 좋지 않았다. 랑코비트의 샤먼이 레파루스 주문으로 치료했지만 싸울 때 입은 상처가 아주 깊어서 얼마 동안은 고생을 좀 해야 될 상황이었다. 크산디아르는 한숨을 쉬었다. 선택의 여지가 없었다. 어떻게 해서든 지구로 가야 했다. 그러나 정체불명의 자객들이 따라올까 걱정돼서 결정을 내리기가 쉽지 않았다.

랑코비트에서 후계자의 출생지를 수사할 생각은 일단 접고 가능한 한 빨리 타라의 어머니 셀레나를 만나야 했다. 그의 입을 틀어막는 것이 자객들의 목적이라면 긴급 메시지라도 보내서 참사를 막아야 했다.

지구에 있는 브주아 지롱의 성, 이동의 문을 통과했을 때 크산디아르는 병색이 도는 백작을 보고 깜짝 놀랐다. 비록 성실하게 자리를 지키고는 있지만 백작은 당장이라도 침대에 눕고 싶은 얼굴이었다.

"안색이 아주 안 좋아 보입니다."

크산디아르는 직설적으로 말했다.

"그건 당신도 만만치 않은데요." 백작은 언짢은 기분으로 응수했다. "짐승이 잡아먹었다가 맛없다고 토악질하게 생겼네요!"

"테러를 당했지요." 크산디아르는 점잖게 대꾸했다.

"나도 당했어요, 하르퀴아한테. 당신은?"

"나는 동족인 티그족에게 당했지요. 하르퀴아에게 당했다고 했습니까? 하르퀴아 발톱에 찔렸는데 아직 살아 있단 말입니까?"

백작은 친위대장을 놀리고 싶은 충동이 일었다.

"네. 왜요, 살아 있으면 안 됩니까? 내게 무슨 일이 생겼어야 하는 건가요?"

그런데 크산디아르는 유머라고는 눈곱만큼도 없고, 또 이해하지도 못했다.

"네." 크산디아르는 진지하게 설명했다. "맹독성 발톱이라 치명적이죠. 그 발톱에 찔렸으면 당신은 죽어야 합니다. 시간이 얼마 되지 않았으면 몇 분 후에 죽을 겁니다. 해독제가 없거든요."

"사람을 불안하게 하는 것이 당신의 재주라면 성공하셨소." 백작이 비아냥거렸다. "그런데 어쩌나, 어린 타라가 당신보다 훨씬 영리했으니. 나를 치료하는 방법을 찾아냈거든요."

크산디아르는 눈이 휘둥그레졌다.

"불가능한 일입니다!"

"아! 내 아들이 마법사가 된 뒤로 내 사전에 불가능이란 말은 없소이다. 타라는 자기 피를 이용했어요."

크산디아르는 뒷걸음쳤다.

"피? 후유증은 없습니까?"

"두통이 일고 졸려서 죽겠더니 금방 괜찮아졌어요. 이제는 정상으로 돌아온 것 같소. 그러니까 내가 안전핀 뽑은 수류탄이라도 되는 듯 그런 눈으로 쳐다보지 마시오!"

"뭐라고 했습니까?"

"아, 됐습니다. 그래 이 행성에는 무슨 일로 오셨소?"

"긴급한 일로 후계자를 만나야 합니다. 후계자의 어머니도."

"타라의 어머니는 바로 만날 수 있습니다. 이사벨라 덩컨의 저택에 머물고 있으니까. 타라를 만나는 건 좀 복잡할 겁니다. 스톤헨지로 떠났으니."

크산디아르는 잠시 머뭇거리다 먼저 셀레나를 만나서 얘기하기로 결정했다. 얄궂은 눈인사를 보내는 백작에게 고개를 숙여 인사하고 나서 크산디아르는 일루전으로 팔 네 개를 감춘 뒤에 저택으로 향했다. 그는 얼굴을 찌푸렸다. 지난번 저택에 왔을 때는 장미 꽃밭에 떨어졌다가 수영장에 빠지는 수모를 당하지 않았던가. 이번에는 환대를 받게 되길 희망하면서 발길을 옮겼다.

정원으로 들어서던 크산디아르는 아름다운 셀레나를 발견했다. 여제보다는 덜 화려해도 타라의 어머니도 한번 보면 잊히지 않는 미모였다. 얼굴 윤곽을 도드라지게 하는 구불구불한 갈색 머리, 아름다운 눈, 간결한 흰색 드레스 차림의 셀레나는 꽃다발을 한아름 안고 있는데 꽃가루에 홀린 나비들이 그 주위를 파닥파닥 날아다니는 모습이 동화 속의 한 장면 같았다.

그러나 목가적인 장면은 몹시 화가 난 메델루스의 등장으로 무참히 깨졌다.

"난 당신을 이해할 수가 없소. 지금으로서는 당신이 딸을 위해 해줄 게 아무것도 없단 말이오. 몇 분밖에 걸리지 않는데 아더월드로 갔다가 무슨 일이 생기면 곧바로 이 행성(행성을 발음할 때의 억양에서 '형편없는' 이란 형용사가 생략된 느낌이 들었다)으로 돌아오면 되는데…… 대체 여기 머물러야 한다고 고집부리는 이유가 뭐요?"

"안녕하세요, 크산디아르!" 셀레나가 인사하는 사이에 친위대장은 정중하게 허리를 굽혔다.

그렇게 말하고 나서 메델루스를 향해 돌아선 그녀는 자연스럽게 대화를 계속했다.

"타라에게 일어나는 일은 그 아이의 목숨은 물론 행성의 운명이 걸려 있는 중대한 문제예요! 내 딸에게 무슨 일이 생길지 모르는 상황인데…… 나는 떠나고 싶지 않아요. 브래드, 우리는 그 점에 대해 충분히 얘기했고, 그게 당신 마음에 안 든다는 것도 알아요. 가고 싶으면 당신은 아더월드로 돌아가도 돼요. 나는 여기서 내 딸과 어머니, 할아버지가 돌아오길 기다려야 하니까!"

셀레나는 아주 온화한 여자였다. 그러나 이 순간 그녀의 단호한 목소리는 이사벨라의 단정적인 목소리에 뒤지지 않았다.

메델루스의 얼굴에 불만이 가득했지만 더는 주장하지 않았다.

갑자기 셀레나가 멈춰 서서 크산디아르를 유심히 쳐다보더니 뜻밖의 행동을 했다.

그녀는 꽃다발을 떨어뜨리고 얼굴이 일그러졌다. 크산디아르에게 방어할 겨를도 주지 않고 그녀는 마법의 불을 발사했다.

크산디아르는 가까스로 몸을 숙였다.

격분한 크산디아르가 반격하려는 순간 뒤에서 고통의 비명소리가 들렸다. 오무아에서 그를 공격했던 자와 똑같은 모습의 티그족 한 명이 불타고 있었다. 테러범은 지글거리는 불꽃 속으로 사라졌다. 풀밭에 떨어진 창도 번쩍거리다가 증발했다.

땅바닥에 엎드려 있던 크산디아르는 한 나무 뒤로 데굴데굴 굴

러갔다. 그는 테러범을 증발시킨 주문을 잘 알고 있었다. 포로로 붙잡혀서 심문을 받게 될 경우를 아예 차단하는 주문이었다. 범인이 입었던 옷이며 무기, 시체까지 아무런 흔적도 남기지 않고 모조리 없애버리는 것이니 가혹하지만 가장 효과적인 수법이었다. 용병들도 꺼리는 방법이었다. 크산디아르의 목숨을 노리는 자가 비싼 대가를 치르면서까지 상상도 하지 못했던 방법을 사용한다는 것은 정말 최악의 상황이었다.

겁에 질린 메델루스는 나무 뒤에 숨어 있는 반면에 완벽한 전사의 모습을 보여준 셀레나는 일단 집 쪽으로 피신했다. 그녀는 주위의 자연과 혼동이 되는 초록색과 흰색으로 드레스 색깔을 바꾼 다음 공격하기 힘들게 계속 움직였다.

노력은 가상하지만 헛수고였다. 표적은 그녀가 아니라 크산디아르였기 때문이다. 키가 큰 크산디아르는 나무 뒤에 보기 딱한 자세로 쪼그리고 있었다. 그를 없애기 위해 사용하는 방법은 단순한 개인의 능력을 넘어서는 것이었다. 배후 인물은 권력자가 틀림없었다. 소름 끼치는 의혹이 크산디아르의 머릿속을 스쳤다.

그때였다. 슝, 화살 하나가 날아와 크산디아르의 발치에 꽂혔다. 그는 몸을 좀 더 웅크렸다. 숨을 곳을 찾으려고 두리번거리던 그의 눈길이 화살대에 감긴 하얀 것에 머물렀다. 그는 잽싸게 낚아챘다. 쪽지였다! 내용은 간단했다.

내가 휘파람을 불면 왼쪽으로 굴러라. 내가 뒤에서 엄호한다.

이건 세네 센스사스의 사인인데…… 그는 입속말로 중얼거리며 메시지를 찬찬히 다시 읽었다. 이걸 어떻게 믿지? 나를 나오게 하려는 테러범들의 함정이라면? 함정이 아니라 진실이라고 해도 의문이 들었다. 아름다운 비밀요원 세네 센스사스는 적군일까 아니면 아군일까?

숲 속에서 번쩍번쩍하는 일제사격은 테러범들의 공격에 대한 반격이었다. 그 순간 날카로운 휘파람소리가 불붙은 나무들이 내는 요란한 아우성을 갈랐다. 크산디아르는 선택의 여지가 없었다. 함정이든 아니든 허술한 나무 뒤에 더는 숨어 있을 수 없었다.

그는 왼쪽으로 구르기를 실시했는데 놀랍게도 죽음의 광선은 날아오지 않았다. 눈 깜짝할 사이에 그는 정원에 있는 오두막의 단단한 벽 뒤편 안전한 곳에 와 있었다. 어디서 나타난 것일까, 불쑥 모습을 드러낸 세네는 그 어느 때보다 아름다웠다. 미소를 보내는 그녀의 뺨에 보조개가 패였다.

"깜짝 놀랐잖아요! 친위대장이 지구에서 뭘 하는 겁니까? 원한을 품은 자들의 공격인가요?"

"내가 묻고 싶은 질문입니다, 카무플레 국장! 당신이 어떻게 여기 있는 겁니까?"

"우리 연구실에서 도난당한 폭탄을 수사하고 있어요. 폭탄의 뇌관으로 사용된 살아있는 돌에 관한 흔적을 찾기 위해 지구에 온 겁니다. 이사벨라 부인의 저택이 공격받은 것을 확인하고 도우러 왔는데 내가 당신의 목숨을 구해준 것 같군요."

크산디아르는 입을 실룩거리며 나무 사이로 보이는 복면 티그족들을 가리켰다.

"글쎄요, 궁지를 벗어나기가 힘들 것 같은데…… 당신의 요원들로 교란작전을 펼 수 있겠습니까? 몇 명이나 됩니까?"

"다섯, 나를 포함해서 여섯 명이죠."

"내가 제대로 셌다면 놈들은 적어도 열두 명은 되는 것 같습니다. 일곱 명으로 싸우기에는 수적으로 열세인데……. 무엇보다도 저들은 전문 테러범이라서 실수를 저지르지 않을 것입니다."

"아홉." 숨찬 목소리가 속삭였다. "메델루스와 내가 도울게요. 또 내 딸과 관련된 일이겠죠?"

테러범들이 쫓아오지 않는 것을 알아차린 셀레나와 메델루스는 그들과 같은 곳으로 피신하기 위해 되돌아온 것이었다. 친위대장은 심각한 얼굴로 고개를 끄덕였다.

"애석하게도 그렇습니다. 여제께서 책임지고 후계자를 치료하겠다고 말씀하셨지만 후계자의 목숨이 위험에 처해 있습니다. 후계자는 빨리 아더월드로 돌아가야 합니다. 아니면 후계자의 마법이 이 행성을 파괴할 우려가 있습니다!"

그들은 멀거니 서로를 쳐다봤다.

"내 딸이? 아파요?"

"유전자 조작으로 인해 지구의 모든 생명체를 위협할 정도로 마법의 잠재력이 커져 있습니다."

"과장이 심하군요." 셀레나는 마법의 광선으로 공방전을 벌이는 세네의 요원들과 테러범들을 살피면서 반박했다. "행성 하나를 파괴할 정도의 힘을 가진 마법사는 없어요."

"그런데 불행히도 가능한 일입니다. 내가 꾸며낸 얘기가 아니라는 증거가 여기 있습니다, 덩컨 부인." 크산디아르는 피살된 학자의 문서를 복사한 종이를 내밀었다. "읽어보십시오, 그동안 세네와 나는 동태를 파악해서 놈들을 꺾어놓겠습니다."

크산디아르는 테러범들이 셀레나와 메델루스에게는 광선을 쏘지 않으려고 애쓰고 있다는 것을 알아챘다. 크산디아르는 내심 테러범들이 자기보다 덜 강력하기를 바라면서 방패를 만들었다.

"뭐 하는 거예요?" 세네가 물었다.

"이 방패를 세우고 내가 나가면 뒤에 숨어 있다가 놈들을 공격하세요."

"그리 좋은 계획이 아니네요." 세네는 차분하게 말했다. "그러다 놈들이 당신보다 더 강하면 어쩌려고? 나랑 같이 해요!"

크산디아르가 돌아서는데 눈빛이 이글거렸다.

"아니, 나는 덩컨 부인과 당신을 지킬 것이오. 나는 끄떡없을 테니 나를 믿으세요!"

세네는 크산디아르를 빤히 쳐다보다가 고개를 끄덕였다. 그녀는 마법을 작동했다.

"오케이, 그럼 시작합시다."

그들은 테러범들을 불시에 공격했다. 마법의 방패를 앞세우고 거세게 몰아붙이는 공격에 테러범들이 우왕좌왕하는 사이에 검은 옷차림의 세네는 모두 태워죽일 기세로 카르보누스 광선을 발사했다. 사기가 떨어진 테러범들은 나무 사이로 슬금슬금 사라지기 시작했다.

"한 놈을 생포하라." 세네가 외쳤다. "산 채로 잡아와! 부상이 너무 심하지 않게 주의해, 증발해버리니까!"

부하요원 중 한 명이 티그족 한 명을 때려눕혔는데 그 무리의 대장인 것 같았다. 목숨이 끊어질 정도의 중상은 아니었다. 결박해놓은 티그족이 깨어나자 크산디아르는 복면을 벗기기 위해 다가갔다. 공포에 사로잡힌 포로는 발버둥쳤지만 검은 천을 벗기는 손을 피하지 못했다. 그가 올려다보는 순간 친위대장은 아연실색했다.

"맙소사, 크사릴!"

"아는 자예요?" 셀레나가 물었다.

"네, 애석하게도!"

크산디아르의 어조는 씁쓸했다.

"친위대원 크사릴입니다. 나를 죽일 계획까지 세우면서 내 자리를 노리다니, 이건 보통 심각한 사건이 아닙니다. 더구나 친위대를 이끌고 왔다는 것은 있을 수 없는 일입니다."

영리한 세네는 머리가 잘 돌아갔다. 그녀는 한 손을 입에 댔다.

"당신도 내 생각과 같은 거죠?" 질겁한 세네가 중얼거렸다.

크산디아르는 고개를 끄덕였다.

"지시를 따른 것일 텐데……. 누구의 지시를 받았는지 그걸 알아내야 합니다."

모든 정황에도 불구하고 크산디아르는 자신이 좋아하지 않는 티라니크 수상이 이 테러의 배후 인물이기를 진심으로 바랐다. 그러나 크사릴은 착각하게 내버려둘 생각이 없었다.

"어차피 당신은 곧 죽을 사람이야, 크산디아르! 여제께서는 당신이 국가 안보를 해칠 수 있는 정보를 가지고 있기 때문에 제거하라고 명하셨다!"

그들은 멀거니 서로를 응시했다. 특히 셀레나가 충격을 받았다. 뭔가를 알고 있다고 사람을 죽이려고 하다니! 너무 야만적이야. 셀레나는 이런데도 딸에게 오무아의 후계자 교육을 받게 하는 것이 옳은 일인지 의문이 들었다. 여제가 타라를 자기만큼 양심의 가책이 없는 후계자로 만들어버린다면?

"타라와 여제의 사이가 어떤지, 그리고 유전자 조작에 대해 자세히 얘기해주겠어요?"

"여제는 내게 후계자에게 일어난 일에 대해 함구하라고 명을 내렸습니다. 그런데 의아한 건 내가 그 문서를 보고했을 때 여제는 놀라는 것 같지 않았습니다." 크산디아르는 그 순간을 다시한번 떠올리는 얼굴을 했다. "이미 알고 있었던 것처럼……."

"당신이 문서를 넘겨주었을 때 여제가 정확하게 뭐라고 했죠?"

"책임지고 후계자를 치료할 것이니 나에게 물러가라고 했습니다. 그리고 몇 시간 후 친위대원 중 하나임에 틀림없는 복면 괴한이 나를 공격했는데 정보를 누설하지 못하게 막으려는 것이었겠죠. 나는 아무에게도 말할 생각이 없었는데, 그 같은 공격은 정말 어리석은 짓이었습니다. 하지만 그 바람에 나는 유전자를 조작한 범인이 그 대화를 엿듣고 나를 제거하려는 것이라고 생각하게 되었습니다. 그 순간 후계자의 생명이 위험하다는 생각이 들어서 개인적으로 수사를 하기 위해 랑코비트로 떠났습니다. 그런데 공간이동의 문에서 또다시 테러를 당했고, 이곳에 와서 세 번째 테러를 당했던 겁니다."

"나는 리스베스를 잘 알아요!" 셀레나가 말했다. "자신이 법 위에 군림한다고 생각하기 때문에 자기가 한 일이 알려지는 것에 개의치 않는 사람이죠. 타라의 유전자가 조작되었다는 걸 당신이 알고 있다는 것 때문에 당신을 죽이라고 하진 않았을 거예요. 내 딸이 아기로 둔갑한 상태에서 마법을 사용했을 때 우리도 이미 의혹을 갖고 있었어요. 분명히 다른 이유가 있을 거예요. 리스베스가 연루되어 있는 무언가 훨씬 끔찍한 일, 당신을 제거할 수밖에 없는 일이 있을 거예요. 그게 그녀의 방식이니까."

크산디아르는 어깨가 축 늘어졌다.

"내가 무엇을 할 수 있겠습니까?" 그는 체념한 얼굴로 한숨을 내쉬었다. "여제께서 아무 말도 못하게 하는 이유를 모르겠습니다. 타라의 유전자 조작에 대해 책임이 있다면 여제가 어떻게 후계자의 존재를 모르고 있을 수 있었겠습니까?"

세네는 눈이 동그래졌다.

"여제가 크산디아르를 제거하기로 결정했다면 그 비밀을 알게 된 우리를 가만둘까요?"

"바로 그거예요. 나는 우리를 함부로 건드릴 수 없게 할 방법을 알고 있어요." 셀레나는 미소를 지었다.

크산디아르가 못하게 말리기 전에 셀레나는 문서를 재빨리 복사해서 그들에게 나눠주었는데, 그것은 모두를 위험에 빠뜨리는 것이었다.

메델루스는 즉시 깨달았지만 너무 늦었다. 그는 하얗게 질려서 셀레나를 비난했다.

"뭐 하는 거요? 당신 미쳤소?"

메델루스가 펄쩍 뛰자 셀레나는 어안이 벙벙할 수밖에 없었다.

"뭐라고요? 하지만……."

"당장 그만둬요! 우리가 알고 있다는 걸 여제가 알아서는 안 돼요. 아니면 크산디아르처럼 우리를 쥐도 새도 모르게 죽일 거란 말이오! 이 문서를 갖고 있으면 우리는 끝장이오!"

"바로 그래서 문서를 복사한 거예요!" 셀레나는 단호하게 응수했다. "여제는 우리가 이 음모의 배후를 밝혀내기 전에는 우리를 죽이지 못해요. 이렇게 해야 크산디아르와 세네 그리고 이 테러 사건을 목격한 이들을 모두 보호할 수 있어요. 게다가 나는 오무아 제국 후계자의 어머니예요. 까딱 잘못하면 타라가 등을 돌릴 텐데 리스베스는 절대로 그런 위험을 무릅쓰지 않을 겁니다."

"옳으신 말씀입니다, 부인." 크산디아르는 안심한 목소리로 동의했다.

그는 무릎을 꿇고 머리를 조아렸다.

"부인의 관대한 보호에 깊이 감사드립니다. 마법으로 세상을 비추시기를 기원합니다, 덩컨 부인!"

"마법으로 세상을 지키길!"

셀레나도 의례적인 인사말로 답했다.

공식적으로는 여제의 명을 받드는 신하지만 크산디아르는 이제 후계자의 어머니라는 막강한 권위를 가진 셀레나의 보호를 받게 된 것이었다. 아무도 없는 것보다는 낫지 않은가.

"자, 그럼 부인이 이기셨군요!" 크사릴이 빈정거리면서 얼굴을 일그러뜨렸다. "이제는 내가 당신들을 모두 죽이겠다! *테온쇼바르!*"

그건 주문이 아니라 처음 들어보는 욕설이라고 생각한 그들은 아무런 대응도 하지 않고 있었다. 손을 사용할 필요도 없이 마치 요술을 부리듯 그 이상한 주문에 크사릴의 손발을 묶은 끈이 끊어졌을 때 그들은 깜짝 놀랐다. 그사이에 날쌔게 장화 안에서 칼을 꺼낸 크사릴이 세네의 부하 요원의 목을 찌른 다음 메델루스에게 달려들었다.

메델루스는 비명을 지르면서 셀레나를 움켜잡고 자기 앞에 방패막이로 세웠다. 크사릴이 아연실색한 셀레나의 심장을 겨누었지만 크산디아르가 번개같이 칼을 휘두르면서 그 칼날을 막았다.

칼에는 칼, 크산디아르와 크사릴이 맞붙었다. 키와 체격은 비슷했지만 크산디아르가 크사릴보다 나이가 많기 때문에 반사 동작이 약간 느렸다. 그러나 크산디아르는 상대의 빠른 공격을 노련미로 보완했다. 이상하게도 세네는 개입하지 않고 있었다. 그녀의 부하들도 끼어들지 않았다.

"크사릴을 공격하지 않고 뭐 하는 겁니까?" 셀레나가 외쳤다.

"두 사람의 공격이 너무 빠릅니다, 부인." 세네는 눈을 반짝이면서 대답했다. "크사릴을 공격하려다 자칫 크산디아르가 다칠 수 있어요. 우리 친위대장이 이길 겁니다. 걱정하지 않으셔도 됩니다, 부인."

싸움에 열중하고 있으면서도 그 말을 들었는지 크산디아르는 입을 비죽거렸다. 세네의 판단이 잘못된 것은 아니었다. 그러나 그는 내심 불안했다. 몇 시간 전에 중상을 입었다는 것이 마음에 걸렸던 것이다. 크사릴은 미치광이처럼 칼을 휘두르는데 살아 있는 장벽 같았다. 크산디아르는 속으로 말했다. '계속 이렇게 후퇴하면 이길 수 없어. 실수를 하게 만들어야 해.'

크산디아르는 비틀거리다 정신을 차리는 시늉을 했다. 가차없이 날아오는 칼날에 상체를 찔리면서 커다란 칼자국이 났다. 윽! 칼날이 목을 약간 빗나갔다. 그러나 상대가 지쳐 있다고 확신한 크사릴은 과감해지고 있었다. 크산디아르는 또다시 발을 헛디뎠고, 그 순간 기회를 잡은 크사릴은 어깨에 칼끝을 들이대고 관절에 닿을 정도로 칼을 깊숙이 찔렀다. 격렬한 통증에도 불구하고 크산디아르는 주먹을 쳐들었고 그의 단검이 크사릴의 심장에 꽂혔다.

크사릴은 믿을 수 없다는 얼굴로 가슴에 꽂힌 칼을 보면서 뒷걸음쳤다. 그러고는 신음소리를 내며 푹 쓰러졌다.

세네가 얼른 뛰어갔지만 크사릴의 몸은 이미 번쩍거리다 사라지고 말았다. 이어서 크산디아르가 쓰러지려는 순간 세네가 얼른 잡아주었다.

"부탁인데 이 칼을 뽑아줘요."

크산디아르는 처음으로 부드러운 어조로 말했다.

"오, 나의 자랑스러운 전사! 얼마나 멋진 싸움인지!"

세네는 감탄하는 눈길로 속삭였다.

그녀가 어깨에서 칼을 뽑을 때 크산디아르는 신음소리 같은 비명을 질렀다.

"으으으윽……."

잠시 후 크산디아르는 의식을 잃었다.

불안해진 세네는 주문을 읊었고, 레파루스로 상처는 아물었다.

세네가 치료하는 동안, 셀레나는 메델루스를 냉랭하게 쳐다봤다. 그녀의 반응에 놀란 메델루스는 하얗게 질려 있었다. 그는 셀레나를 보호하기는커녕 본능적으로 그녀를 방패로 삼지 않았던가! 그는 약혼녀를 향해 다가가면서 두 손을 내밀었지만 셀레나는 싸늘한 얼굴로 뒷걸음쳤다.

"제발, 내 사랑, 제발!" 메델루스는 나직한 소리로 중얼거렸다.

"내가 어쩌다 그런 멍청한 짓을! 정말 생각 없이 저지른 짓이었소!"

셀레나는 고개를 숙였고, 아름다운 눈에서 눈물이 떨어졌다.

"당신의 반응은 아주 당연한 것이었어요. 당신은 사냥꾼에게 끔찍한 부상을 당했고, 이번에도 나 때문에 또 죽을 뻔했어요."

메델루스는 용서를 받은 것으로 생각하고 포옹하려고 했지만, 셀레나는 몸을 건드리지 못하게 한 발짝 더 물러섰다.

"그런 이유로 우리 사이는 이제 끝났어요."

메델루스는 어안이 벙벙해서 걸음을 멈췄다.

"그게 무슨 말이오? 그건 안 되오!"

"내가 당신을 위험에 빠뜨렸어요. 나를 다시 만나기 전엔 당신의 생활은 평온했어요. 이런 상황에서 살아야 할 아무런 이유가 없는 사람에게 위험을 감당하라고 요구할 권리가 내게는 없어요. 그건 부당한 일이죠."

메델루스는 냉정함을 잃고 소리를 지르기 시작했다.

"하지만 그건 당신 때문이 아니오! 당신의 어리석은 딸 때문이지! 그 아이는 늘 당신의 목숨을 위협하고 있소! 이러다 당신은 죽게 될 거란 말이오. 그럴 만한 가치가 없는 아이 때문에! 그 아이는 오무아의 후계자니까 당신의 시누이에게 맡겨요! 둘 다 권력과 잔혹성을 위해 태어난 사람들이니까 둘이서 잘해보라고 해요. 당신은 사랑을 위해 태어난 사람이니까 우리는 자식 낳고 행복하게 살 수 있어요. 괴물이 아니라 진짜 우리의 아이들을 키우면서."

셀레나의 아름다운 얼굴이 하얗게 질렸다.

"내 딸을 그렇게 말하다니……." 그녀는 침착하게 말했다. "내 딸을 괴물이라고 생각하고 있었군요. 미안하지만, 브래드포드, 나는 이해하지 못하겠어요."

재빨리 발치에 꿇어앉은 메델루스는 거부의 몸짓을 보이는 셀레나의 다리를 부여잡았다.

"아니, 내 말은 그게 아니었소. 용서해요, 내 사랑. 내가 무슨 말을 했는지 모르겠소. 난 다만 죽을 때까지 곁에서 당신을 사랑하겠다는 말을 하고 싶었는데……. 당신의 딸도 사랑해야 한다면 두렵지만 그렇게 하겠소. 당신을 지키기 위해서라면 뭐든 하겠소!"

메델루스는 승리를 거두는 듯했다. 그러나 한순간 그의 갈색 머리를 어루만질 듯 움직이던 셀레나 손이 멈추고 얼굴이 차가워졌다. 좀 전에 심장을 겨냥해오던 칼날이 떠올랐던 것이다. 만약 그 칼에 찔려 죽었다면 내 딸은 누가 돌보지? 약해지는 마음을 용납할 수 없었다.

"미안해요, 브래드."

아직은 사랑을 느끼지만 그녀는 잡힌 다리를 뺐다.

메델루스 브래드포드는 잠시 멍한 얼굴을 하고 있었다. 잠시 후, 그의 얼굴이 서서히 분노로 일그러지더니 벌떡 일어났다.

"그 맹랑한 계집애를 죽였어야 했어!" 분노 때문에 그는 흉측한 괴물로 변해 있었다. "내가 장담하는데 그 계집애가 우리를 오랫동안 갈라놓지는 못할 거요. 부르비에의 힘을 빌려 거의 없애버릴 수 있었는데……. 아더월드의 금은보석을 다 준다고 해도 난 당신을 절대로 포기하지 않을 거요."

충격을 받은 셀레나는 손을 입에 가져갔다.

"뭐라고요? 부르비에? 흙의 원소? 그럼 당신이……."

"그래, 나였소!" 그는 비열한 미소를 지으면서 자백했다. "무슨 일이 생길 때마다 늘 똑같았어. 당신은 딸이 부르면 미친 듯이 달려가서 목숨을 걸었고, 난 부상을 당했소. 아주 진저리가 났지. 그런데 그 아이는 대번에 그걸 눈치 챘고, 친구란 계집애까지 나를 때려눕혔소. 나는 놀라는 척 연극을 했고, 하르퀴아들이 걸어놓은 주문이라고 모두들 믿는 바람에 들통이 나지 않고 넘어갈 수 있었지!"

그는 계속 독설을 내뱉으려고 했지만 냉랭한 목소리가 말을 잘랐다.

"한 가지 묻겠습니다." 그사이에 깨어난 크산디아르가 말했다. "지금 여러 증인 앞에서 오무아 제국의 후계자를 죽이려고 했다고 자백한 거 맞습니까?"

메델루스는 휙 돌아봤다. 친위대장이 칼을 든 위협적인 자세로 바로 뒤에 서 있었다. 메델루스는 침을 삼켰다. 그는 허겁지겁 마법복 자락을 걷어올리더니 숲 속으로 걸음아 날 살려라 도망쳤다.

셀레나는 세네가 불의 광선을 날리기 직전에 막았다.

"아니, 그냥 내버려둬요. 아무 짓도 못할 위인이에요."

"아, 맞아요, 부인. 용기가 없는 사람이죠. 비겁한 인간! 브라보!"

'브라보'는 가능한 한 메델루스에게 위협적으로 보이기 위해 있는 힘을 다했던 크산디아르에게 보내는 것이었다. 위기를 넘기고 나자 힘이 소진된 크산디아르는 비틀거리고 있었다. 세네는 얼른 친위대장을 부축했다.

"메델루스가 나에게 달려들지 않았기에 망정이지……." 크산디아르는 중얼거렸다. "턱받이를 찬 세 살배기 아기가 덤벼도 지금 내 상태론 싸울 수가 없었는데!"

"그러게요." 세네는 키득거렸다. "나에게 기대요, 일단 저택으로 들어가서 논의합시다. 이 사건이 점점 흥미로워지네요!"

크산디아르는 그녀의 어깨에 무거운 몸을 기댔고, 그들은 흑백 바둑무늬 대리석이 깔린 현관으로 들어갔다. 셀레나는 그들을 장밋빛과 초록빛 응접실로 안내했고, 크산디아르는 신음소리를 내면서 소파에 주저앉았다.

이사벨라를 보좌하여 신고되지 않은 마법사들을 색출하고, 지각단층을 감시하는 두 마법사 타쉴과 망구스가 두 손에 마법의 광선을 번쩍이면서 뛰어들어왔다.

저택의 주방을 맡고 있는 땅딸막한 타쉴은 마법복 차림이었다.

"부인? 불의 광선과 폭발하는 소리를 들었어요. 후계자가 돌아왔습니까?"

세네는 눈살을 찌푸렸다.

"이런 일이 평소에도 자주 일어나는 모양이군요. 아니, 오지 않았어요. 행성이 파괴될 거란 알 수 없는 이야기 때문에 크산디아르가 공격을 받았어요."

"아더월드의 신들이시여!" 브래드포드의 배신 때문에 충격을 받아 딸에게 닥친 위험을 잠시 잊고 있던 셀레나가 외쳤다. "어머니와 타라에게 알려야 해요! 리스베스가 타라를 치료하겠다고 말했다지만 괜찮은지 내가 확인하는 것이 낫겠어요."

"옳으신 말씀입니다, 부인." 크산디아르는 결정을 내렸다. "스톤헨지로 가서 후계자를 만나 아더월드로 돌아가서 치료를 받으라고 설득해야 합니다."

셀레나는 고개를 끄덕였다.

"지체 없이 연락하겠어요."

"부인, 통화는 안전하지 않을 수도 있습니다." 크산디아르는 불안한 얼굴로 말했다. "우리가 어디로 움직일지 알리는 것은 좋은 생각이 아닌 것 같습니다. 제가 공격을 받았다는 얘기만 하십시오. 제가 납득할 만한 설명을 하면 적들도 그렇게 믿을 겁니다. 사건을 수사 중이라고 덧붙이고 우리는 여기 남아서 공간이동의 문을 지킬 거라고 말씀하세요. 만약 도청을 당하고 있다면 우리가 움직이지 않기로 결정했다는 정보를 흘리게 되는 겁니다."

셀레나는 망설였다. 가능한 한 빨리 상태를 알려서 딸을 보호해야 한다고 가슴에서 외치고 있었다. 그러나 크산디아르의 말에도 일리가 있었다.

"오늘 밤 당신이 회복하는 대로 비밀리에 떠납시다. 세네, 같이 갈래요?"

세네는 반기는 미소를 지었다.

"여제께서 폭탄복제 사건을 수사하라는 임무를 내리셨어요. 그런데 오늘 이 사건도 그 수사와 관련이 있는 것 같아서 기꺼이 동행하겠습니다."

"이리 와요, 세네." 셀레나는 한숨을 쉬었다. "시커멓게 검댕이 앉았으니 얼굴부터 좀 씻고 나서 딸에게 연락해야겠어요."

세네는 깜짝 놀라서 거울을 봤다. 정말로 얼굴이 온통 시커메졌다. 그녀는 크산디아르에게 미소를 지어 보이고 나서 셀레나를 따라갔고, 그녀의 부하들은 친위대원들이 다시 공격해올 경우를 대비하여 창가에 서서 망을 봤다.

서서히 어둠이 내리는 숲 속에서 이글거리는 눈 두 개가 저택을 노려보고 있었다. 메델루스는 도망친 것이 아니라 사랑하는 여자를 엿보고 있었다.

어둠 속에서 그는 이를 악물고 중얼거렸다.

"셀레나, 너는 반드시 내 여자가 될 것이다!"

24
이사벨라의 분노
자극하지 않는 편이 더 나은 사람들

*

기겁한 타라는 로빈이 내미는 크리스털 볼을 받았다. 하얀빛의 화면에 셀레나의 아름다운 얼굴이 나타났다.

"다 괜찮아졌어, 사랑하는 내 딸." 어머니는 타라를 안심시켰다. "크산디아르와 그의 자리를 노리는 친위대원 사이에 문제가 좀 있었는데 지금은 다 해결됐어."

타라의 눈이 휘둥그레졌다. 어머니 뒤로 안색이 좋지 않은 크산디아르와 검은 옷차림의 티그족 여자가 보였다. 고모의 집무실에서 여러 번 봤던 비밀정보국 카무플레 국장 세네 센스사스였다. 황궁의 최고 비밀요원이 지구의 할머니 집에 무슨 일로 왔지?

셀레나는 차분하게 설명했다.

"승진에 관련된 단순 사건이야. 여제께서 크산디아르가 휴가를 떠나 있는 동안 임시 친위대장으로 크사릴 크실라르를 임명했는데 자리에 욕심이 나서 머리가 돌았나봐. 라이벌 크산디아르를 제거하여 그 자리를 차지하려고 크사릴이 일을 벌인 것이었어."

여제에 대한 충성심이 거의 편집증세에 가까운 친위대장이 어떻게 휴가를 받고 궁전을 비울 생각을 했을까?

"엄마는 별일 없는 거죠?"

셀레나는 딸의 불안을 감지했다. 꼬치꼬치 캐묻기 전에 빨리 화제를 바꿔야 했다.

"그럼 아무 일도 없지!" 셀레나는 쾌활하게 말했다. "나는 아주 잘 지내고 있어, 너는?"

이번에는 타라가 당황해서 얼른 미소를 지었다. 마법에 문제가 생겼다는 말을 해서 어머니를 걱정시킬 필요는 없었다.

"아주 건강해요, 엄마. 하르퀴아들은 처치했고, 마법사 제레미도 찾았는데 불행하게도 그 마법사의 식구들은 구하지 못했어요. 자세한 얘기는 나중에 만나서 말씀드릴게요. 두세 가지 사소한 일을 해결하는 즉시 돌아갈 거예요."

타라는 잠시 망설이면서 속으로 말했다. '나는 돌아가신 아버지를 산 사람들의 세상으로 돌아오게 하려고 애쓰면서 어쩌면 어머니의 아버지 메넬라스를 찾을지도 모른다는 얘기를 해야 되는 것

412

이 아닐까?' 그러는 사이에 셀레나는 바쁜 것처럼 결론을 내렸다.

"그럼 됐다! 할머니께 안부 전해다오. 저택에서 곧 만나게 되겠지. 사랑한다, 내 딸."

"나도 사랑해요, 엄마!"

서로를 보호하기 위해 거짓말을 하고 나서 안심한 어머니와 딸은 크리스털 볼을 끊었다. 타라는 할머니의 크리스털 볼을 로빈에게 돌려주었다.

"도저히 믿어지지가 않아서 확인하는 건데…… 너 방금 뭐라고 했냐?" 칼이 빈정거렸다. "뭐, 두세 가지 사소한 일을 끝내고 돌아갈 거라고? 네 할머니가 작년에 찍은 사진에서 21년 동안 실종되었던 남편을 봤다고 하지 않았어?"

"이제 얘기 다 끝났니?" 대화를 지켜보던 안젤리카가 역겹다는 얼굴로 쏘아붙였다. "너의 가족사는 재미없거든? 내가 지금 원하는 건 이 행성을 떠나는 거야!"

"떠나는 건 안 말릴 탱께 숙박비나 내놓지, 아가씨!"

뒤에서 누군가가 침을 팍팍 튀겼다. 돌아서던 안젤리카는 도무지 어울리지 않는 왜소한 이고르와 거구의 에스메랄다 부부를 보면서 어이가 없는 얼굴을 했다. 그들 뒤로 조던, 이사벨라, 셈 선생님이 다가오고 있었다. 안젤리카는 얼굴을 찌푸렸다. 칼을 궁지에 몰아넣으려다 실패한 것도 분한데 하필이면 여기서 셈 선생님과 맞닥뜨리다니! 드래곤 때문에 그토록 끔찍하게 싫어하는 시골로 석 달이나 추방되었다가 돌아왔는데! 게다가 아더월드 정복을 시도하던 영혼 약탈자와 손잡고 랑코비트를 배반하지 않았던가. 드래곤은 복수심이 강한 종족인데! 안젤리카는 난처한 표정을 지으면서 허리를 숙여 인사했다.

"안녕하세요, 선생님, 부인."

"안젤리카? 칼?" 이사벨라가 외쳤다. "너희가 여기 웬일이니?"

칼은 우스꽝스럽게 굽실거렸다.

"여행하다 불빛을 보고 들어왔죠, 뭐. 안녕하세요, 부인, 편안하시죠?"

칼의 인사말에서 이사벨라는 이방인이 있다는 것을 알아차리고 설명은 나중에 듣기로 했다.

"잘 지내고 있다, 고맙구나. 어머니는 어떠시니?"

칼은 못마땅한 얼굴을 했다. 어머니와 달리 아버지가 랑코비트 정부를 위해 일하지 않는다는 이유로 아버지의 존재를 아예 무시하는 이사벨라가 야속했던 것이다.

"아버지와 어머니, 두 분 다 아주 잘 지내십니다. 고맙습니다, 부인." 칼은 아버지를 힘주어 발음했다.

그 순간 이고르가 사투리 억양으로 거칠게 내뱉었다.

"그런 멍청한 대화는 집어치우쇼! 당신들이 누군지 알고 있으니까! 당신들이 최고 마구스와 마법사들이라는 걸 알고 있단 말요! 그리고 당신! 서방인지 뭔지 다시 만나고 싶거들랑 숙박비나 빨리 내놓으시지!"

이사벨라는 도끼눈을 떴다.

"비마인 당신이 지금 나를 협박하는 거요?"

"협박이라기보다는 강탈할 생각인 것 같은데요."

칼은 한술 더 떴다.

이사벨라가 주먹을 불끈 쥐자 갑자기 보랏빛 광선이 번쩍였다.

"딸보, 당신이 지금 무슨 짓을 하고 있는지 몰라도 한참 모르는 모양인데?"

"할망구," 기분이 상한 이고르도 지지 않고 응수했다. "내 승질 건드리면 어떻게 되는지 한번 볼텨? 당신은 선택의 여지가 없을 터인데. 나도 '마불통'이오. 당신의 마법은 내게 안 통한다 그 말이지!"

'딸보' 대 '할망구', 호칭이 무례하기는 피장파장이었다. 타라와 로빈은 불안한 눈길을 주고받았다. 평소에도 이사벨라는 성질이 불같았다. 남편을 되찾을 수 있다는 희망을 갖게 되면서부터 그녀의 인내심은 제로 상태에 가까웠다. 그녀는 싸늘한 미소를 지었다.

"정확하게 알고 있구려. 마불통에게 민투스 주문이 통하지 않는다는 것은 맞소. 그러나 경솔한 자들이 끽소리도 못하게 하거나 비명을 지르게 할 방법은 얼마든지 있지! 이미 작은데 어디 얼마나 쪼그라뜨릴 수 있는지 한번 봅시다. *데스트룩투스의 이름으로 이자의 다리를 으스러뜨릴지어다!*"

마법의 물결이 솟구쳤다. 타라의 반응은 본능적이었다. 할머니가 모텔 주인을 작살내게 둘 수는 없어! 타라의 마법과 이사벨라의 마법이 충돌하면서 사방으로 튀는 불꽃 때문에 모두 납작 엎드렸고, 가구와 태피스트리들이 눌어붙었다. 로빈은 재빠른 대응으로 화재가 일어나기 일보직전에 불을 껐다.

뻬죽뻬죽 곤두선 머리에 희한한 왕관을 쓰고 일어난 이사벨라의 얼굴은 검댕이 앉아 시커메졌고, 옷은 갈가리 찢어지고 눈은 왕방울 같았다. 그녀는 발음이 불분명한 소리를 지르면서 주먹을 휘둘렀다.

"타라! 공격하지 마! 그러다 우리가 다쳐! 모두 숨어라!"

마니투가 튼튼한 서랍장 뒤로 피하면서 외쳤다.

안젤리카를 움켜잡은 조던은 몸부림치는 소녀를 몸으로 보호하면서 소파 뒤로 숨었다. 제레미는 조던과 안젤리카를 보호하기 위해 서툴지만 단단한 방패를 만들었다. 파브리스는 매머드를 위해, 무아노는 표범을 위해, 칼은 여우를 위해 방패를 만드는 사이에 파프니르는 후닥닥 옆방의 벽을 뚫고 들어갔다.

겁먹은 이고르와 에스메랄다는 뱀에게 쫓기는 두 마리 새처럼 바들바들 떨고 있었다. 타라는 그들 부부와 페가수스와 마니투를 보호했다. 이사벨라의 마법이 절정에 이르고 있는 몇 초 사이에 일어난 일이었다. 그러자 오랜 세월 꾹꾹 누르고 있던 이사벨라의 욕구불만이 폭발하고 말았다.

성의 지붕이 병마개처럼 펑, 튀어나갔다. 그들이 있는 방은 허물어지고 상상할 수 없을 정도로 온도가 높이 올라갔다. 나무들은 성냥개비처럼 줄어들고, 부속건물들은 온데간데없이 사라졌다. 파편이 비 오듯 쏟아지자 안젤리카와 마니투, 매머드는 비명을 질렀다. 한없이 길게 느껴지는 시간이 흐르고 있었다. 이윽고 이사벨라의 분노가 가라앉으면서 손에서 마법의 물결이 멈췄다. 그들이 하나둘 고개를 들었다. 사방이 잿더미가 되어 있었다. 이사벨라가 일부러 그랬는지 메넬라스의 사진이 있는 벽만 온전했다.

"맙소사!" 마니투는 한숨을 내쉬었다.

시커멓게 타버린 벽에서 뛰쳐나온 파프니르가 침착한 어조로 물었다.

"이제 끝났어요? 화풀이는 다 하셨어요?"

이사벨라는 들은 체도 않고 에스메랄다에게 딱 달라붙어 있는 이고르를 노려봤다.

"딸보, 이래도 또 나에게 도전하겠소? 다음번에는 내 손녀가 없을 때 그림자처럼 따라다니면서 기회를 엿볼 테니 명심하시오."

"부인의 남, 남편에게 일어난 일은 저, 정말 모릅니다요!" 제대로 겁먹은 이고르는 얼른 어물어물 말했다. "내가 어리석었습니다요, 죄송합니다요. 하지만 이해해줍쇼. 오래전에 우리는 런던 마법 호텔에서 보내는 사람들만 손님으로 받기로, 한 남자와 협정을 맺었습니다요. 그 사람이 마법사에 대해 설명하면서 항상 마법사들을 위한 방 몇 개를 비워두라는 조건으로 돈을 줬습니다요. 그러나 성을 유지하기에는 턱없이 부족한 돈이었습니다요. 스톤헨지를 찾는 마법사들이 별로 없어서 우리는 차츰 일반 관광객들을 받기 시작했는데 오래된 성이라 습기도 차고 불편한 것도 많아서 그나마 사람들의 발길이 끊어졌습니다요. 근데도 보수할 돈이 없어서 이러고 사는 불쌍한 사람들입니다요. 그러니 제발 부인의 마법으로 우리 집을 쾌적한 모텔로 고쳐주십쇼. 하지만 우리 집의 벽에 그 사진이 붙어 있는 이유는 정말 모릅니다요. 이틀 전만 해도 그 사진은 없었습니다요!"

이사벨라는 더 흥분했다.

"지금 또 협박하는 거요?" 할머니의 어조가 어찌나 날카로운지 타라는 가슴이 철렁했다. "내 남편에게 일어난 일을 전혀 모른다? 어디 있는지도 모른다? 내가 그 사진에 찍힌 사람을 찾으려고 샅샅이 뒤지고 수소문했지만 스톤헨지 부근에서 흔적이 사라졌단 말이오."

"죄송합니다요, 부인. 하지만 정말 모릅니다요. 우리는 아무 짓도 하지 않았습니다요."

"한 남자와 협정을 맺었다고 하셨죠?" 로빈이 물었다. "어떻게 생긴 사람인지 기억나세요?"

"그건 힘드네." 이고르가 대답했다.

이사벨라가 주먹을 쥐자 이고르가 얼른 말을 이었다.

"제발 화내지 마시고 진정합쇼. 대답하기 싫어서가 아니라 대답할 수가 없어서입니다요. 그리고 마법사들이 존재한다는 걸 알게 된 것도 그 남자 때문입니다요."

로빈은 당혹스런 얼굴로 눈살을 찌푸렸다.

"그럼 어떻게 생겼는지 대답할 수 없다는 말은 무슨 뜻입니까?"

"과학이 발달했지만 지구에서는 그런 일이 불가능하기 때문입죠. 그 남자는 얼굴이 없었습니다요!"

25
단비우의 그림
앨리스가 아닌데도 거울 속으로 들어가는 방법

*

"마지스터!" 두뇌회전이 빠른 로빈과 칼, 무아노와 타라가 동시에 외쳤고, 조금 둔한 파프니르와 이사벨라는 한 박자 늦었다.

안젤리카는 파랗게 질렸다. 타라와 그 친구들에게는 덤벼보겠는데 마지스터는 안 돼! 안젤리카는 여전히 조던의 품에 안겨 있는 것을 알아차렸지만 그는 놓아줄 기색이 없어 보였다. 충격을 더 받은 듯 안젤리카는 얼른 몸을 뺐다. 겁먹었을 때 늘 그렇듯이 안젤리카는 공격적인 태도를 보였다.

"고마워요! 하지만 나 혼자서도 방어할 수 있어요!"

안젤리카의 목소리는 서릿발이 내릴 것같이 차가웠다.

금발 미남도 만만치 않게 뻣뻣했다.

"물론 그렇겠지! 다음번에는 마술사들도 똑같은 인간이라는 걸 확인하는 의미에서라도 죽든 말든 상관 안 하지."

"나는 마술사가 아니라 마법사예요!"

"마술사나 마법사나 마녀나 괴물이나 다 똑같아." 조던이 이사벨라를 향해 불쾌한 어조로 물었다. "우리 집을 파괴한 것으로도 모자라서 이 불쌍한 사람들의 성까지 이 지경으로 해놨으니 이제 어떻게 할 겁니까?"

"마지스터가 배후에 있다면 이건 보통 문제가 아니에요." 칼이 조던에게 알려주었다. "그자의 목적은 지구인들을 모두 노예로 만드는 거예요. 풍비박산 난 집을 원상 복귀하는 것쯤은 식은 죽 먹기니까 걱정 마요!"

셈 선생님이 불안한 눈초리로 주위를 둘러봤다.

"이러고 있다 사람들이 몰려오면 큰일인데……. 우선 나는 이 집부터 고쳐야겠소. 토론은 그다음에 합시다."

"이왕이면 온갖 현대식 시설을 갖춘 쾌적한 집으로 만들어줍쇼, 제발!" 이고르가 간청했다. "여러분이 보내는 마법사들을 무조건 받고, 여러분의 존재에 대해 비밀을 지키겠다고 약속하겠습니다요."

이고르는 뻔뻔해 보일 정도로 막무가내였다. 드래곤은 한숨을 쉬었다. 이런 치사한 짓거리에 동조할 시간이 없지만 마불통들의 입막음을 확실히 해두는 것이 그리 나쁜 생각은 아니었다.

드래곤이 주문을 읊자, 시커멓게 그을린 벽들이 다시 세워지고 지붕이 올라앉았다. 숙련된 손놀림에 따라 최신 난방기가 곳곳에 설치되는가 하면 낡은 파이프들이 새것으로 바뀌었다. 벽은 밝은 그림으로 꾸며지고, 예쁜 새들이 그려진 커튼이 걸렸다. 가구도 바뀌었다. 쪽매붙임에다 조각장식까지 있는 고급 소파에는 푹신한 쿠션이 놓였다. 마법의 물결이 닿을 때마다 을씨년스럽던 성이 환해졌고, 전등과 커다란 촛대는 반짝이는 크리스털 샹들리에로 바뀌었다. 벌레들이 살 곳을 찾아 떠나야 할 정도로 습기가 사라졌고, 객실과 응접실마다 고성능 리모컨을 갖춘 평면 텔레비전 수상기가 설치되었다.

로빈은 고개를 끄덕였다. 모두들 드래곤들이 얼마나 강력한지 잊고 있다가 무슨 일이 생긴 다음에야 깨닫는 경향이 있었다.

"우와!" 기뻐서 어쩔 줄 모르는 이고르는 감탄사를 연발했다.

"굉장합니다요! 이 정도일 줄은 상상도 못했습니다요! 브라보! 정원도 싹 바꿔주신다면 정말 고맙……."

"나무와 부속건물은 복원하였소. 기회를 잡았다고 욕심이 과하면 화를 부르는 법!" 셈 선생님이 경고했다. "더는 아무것도 해주지 않을 것이오. 이 성의 혁신적인 보수만으로도 사람들에게 설명하기가 쉽지 않을 것이니 나머지는 당신이 해결하시오."

이고르는 순순히 말을 들었다. 에스메랄다는 황홀경에 빠진 미소를 지으면서 물었다.

"이게 오래갈까요? 마법으로 만든 것들이 튼튼합니까?"

"벽과 천장을 바꾸는 것으로 그치지 않았으니 염려 마시오." 셈 선생님이 설명했다. "돌과 가구는 그 형태와 색깔을 원래 상태로 보존하게 하였으니 더 이상 변하지 않을 것이오. 내가 떠나도 모든 것이 이 상태로 남을 것이오."

칼이 감탄했다.

"이런 일이 가능한지 정말 몰랐어요!"

"너희가 놀지 않고 좀 더 열심히 연구하면 터득할 수 있어!"

셈 선생님이 딱 잘라 말했다.

드래곤 승리! 할 말이 없어진 칼은 벌레 씹은 얼굴로 고개를 떨어뜨렸다.

"자, 모든 것이 정상으로 돌아왔으니 이제 내 남편과 마지스터에 대한 얘기로 넘어갑시다." 이사벨라가 끼어들었다. "마지스터가 어떻게 접촉해왔는지 정확하게 말해보시오."

에스메랄다가 만족스러운 얼굴로 대답했다. 남편 이고르보다는 발음이 정확하고 침을 튀기지도 않아서 훨씬 알아듣기가 수월했다.

"우리 응접실에 갑자기 나타났어요. 대고모가 물려주신 이 성을 막 상속받았을 때였죠. 정말 고마운 일이었지만 성을 유지하는 데 필요한 경제력이 없었습니다. 갓 결혼했을 때라서 이고르와 나는 숙박업을 하기로 결정했어요. 그래서 동업자를 구한다는 광고를 냈는데 그 남자는 그걸 보고 찾아왔다고 했어요. 그 사람은 돈이 많았고, 우리에게 마법사들의 존재에 대해 말하면서 런던의 마법 호텔에 연락하면 관광객들을 보내줄 거라고 하더군요. 그렇게 해서 우리는 마법 호텔에서 보내는 사람들을 우선적으로 받았고, 그때마다 그 사람이 주고 간 크리스털 볼로 그 사실을 알렸지요."

셈 선생님은 혼란스러운 얼굴로 중얼거렸다.

"정말 가관이로군! 그럼 대사가 공범이란 말인가? 하지만 대사는 나와 같은 드래곤인데…… 드래곤은 절대로 마지스터와 동맹을 맺지 않아! 돌아가는 즉시 조사해야겠군. 그자가 우리를 배신했다면……."

이고르는 공포에 사로잡혀서 뒷걸음쳤다.

"당신이 드래곤이라곱쇼?"

"네, 금방 증명해 보일 수도 있는데요." 칼이 짓궂게 끼어들었다. "원래 모습을 보고 싶으세요?"

"천만에!" 화들짝 놀란 이고르가 얼른 손사래쳤다.

"칼!" 셈 선생님이 눈을 부릅떴다. "조용히 있어! 당신이 했

424

소?"

"뭐를요?" 에스메랄다가 깜짝 놀랐다.

"우리가 온다고 그 마법사에게 알렸느냐 말이오?"

"네. 메시지를 보냈는데 답이 없었어요. 아무런 반응이 없기는 이번이 처음이에요. 매번 투숙객들을 감시하라고 했는데 이번에는 아무런 연락이 없었어요. 그래서 그 사람이 더 이상 우리의 사업에 관심이 없는 거라고 판단하고 사진을 이용했죠. 부인의 실종된 남편에 대해 우리가 알고 있는 것처럼 꾸미고서 대신 우리 집을 고쳐달라는 조건을 걸려고 했던 겁니다."

그녀의 말이 끝나자 긴 침묵이 흘렀다.

"그렇다면 마지스터가 왜 스톤헨지에 관심을 갖는 거지?"

셈 선생님이 의문을 던졌다.

타라는 생각에 잠겼다. 이고르 부부의 얘기에 일관성이 없단 말야.

"이번만은 하르퓌아 사건이나 할아버지 실종 사건에 마지스터가 직접적으로 연루된 것 같지는 않아요. 마지스터와 몇 번 부딪치다 보니 그에 대한 본능 같은 것이 발달했어요. 이 성의 주인들과 협약을 맺었다는 걸 보면, 게다가 무아노의 말대로 스톤헨지 유적지를 드래곤들이 세운 것이 사실이라면 마법사가 있는 곳마다 마지스터가 감시하는 것은 당연한 일이에요."

"그런 글을 읽기는 했지만 확신은 없어." 무아노가 말했다.

"마지스터가 감시하고 있다는 것은 네 말이 맞다는 증거야. 드래곤들을 섬멸하기 위해서라면 무슨 짓이든 할 정도로 강박관념에 사로잡힌 자니까. 그런데 내 생각에는 누군가가 완전히 다른 이유로 스톤헨지에서 우리를 만나고 싶어 하는 것 같아. 그 점에 대해 이고르가 아주 중요한 발언을 했어."

"무슨 말?" 파프니르가 눈이 똥그래져서 물었다.

타라의 적들은 왜 하나같이 음흉한 계략을 꾸밀까? 없애버려야 할 악당이 있으면 가차없이 도끼로 해치우면 되는데 이런 음모는 진짜 재미없단 말야!

"이틀 전에는 그 사진이 벽에 붙어 있지 않았다고 말했어. 우리가 떠난다고 말한 직후에 사진이 나타난 거야." 타라는 부부를 향해 말했다. "내 말이 맞죠?"

이고르와 에스메랄다는 당혹스런 눈빛을 주고받았다.

"난 아니오." 이고르가 고백했다. "우리는 정말 모르는 일입니다요."

그 순간 조던이 외쳤다.

"잠깐! 맞아요! 아침에도 사진은 거기 없었어요! 에스메랄다, 저에게 사진과 액자의 먼지를 털라고 하셨던 거 기억나시죠? 이 사진에 있는 사람들, 길을 잃고 헤매고 있어서 우리가 찾으러 나갔던 사람들이라서 똑똑히 기억해요. 무사히 돌아온 기념으로 나에게 사진을 같이 찍자고 했었어요! 그 사진이 아니에요!"

그들은 사진을 유심히 들여다봤다. 무리 속에서 메넬라스는 정면을 쳐다보고 있지만 사진에 조던의 모습은 없었다.

"위조된 사진이에요." 무아노가 지적했다. "부인의 남편을 아는 누군가가 감쪽같이 위조한 거예요."

이사벨라는 절망한 것 같았다.

"나에게 이렇게 잔혹하게 굴 사람이 누구지?"

"내 생각에는 이 속임수를 쓴 사람은 우리를 여기 붙들어두는 게 목적인 것 같아요." 파브리스가 말했다. "우리를 오게 하려고 이런 일을 꾸민 거예요. 하르퓌아들의 공격은 아무래도 함정인 것 같아요. 그 사람은 우리가 모두 스톤헨지에 모여 있기를 바란 거예요."

파브리스는 말을 중단했다가 무슨 생각이 떠오른 듯 눈을 반짝이면서 말을 이었다.

"내가 무슨 말을 하고 있는 거야! 하르퓌아의 독에 대해 면역이 된 사람은 타라밖에 없어요. 로빈이 공격받았을 때 우리 모두 죽을 수도 있었어요. 하지만 타라는 아니에요! 타라가 오무아 제국의 여제 후계자로 선언되었을 때 알려지면서 아더월드에서는 타라가 면역되었다는 걸 모르는 사람이 없어요. 정체불명의 사람이 여기서 만나고자 하는 사람은 바로 타라예요!"

모두들 눈이 동그래져서 파브리스를 쳐다봤다.

"그렇다면 그 계획을 좌절시켜야지!" 이사벨라는 단호하게 선언했다. "당장 떠납시다!"

그 순간 사진이 꿈틀거리더니 메넬라스가 초록빛 눈으로 이사벨라를 응시했다.

"여보, 당신이 마침내 나를 찾아낼 줄 알고 있었소. 당신이 나를 구해줘야 하오. 마지스터라는 이름의 마법사가 나를 억류하고 있소! 납치범은 당신에게, 내일 밤 자정에 타라를 데리고 스톤헨지로 오라고 요구하고 있소. 그렇지 않으면 나를 죽일 것이오! 부탁이오, 내 사랑 이사벨라, 나를 구해주시오!"

"메넬라스!" 이사벨라가 외쳤다.

그러나 메넬라스는 이미 사진 속의 이미지로 돌아갔고, 탄식도 그쳤다. 무거운 침묵이 흐르는 사이에 그들은 비장하게 느껴지는 구조요청을 곱씹고 있었다.

"너의 본능이 틀렸다, 타라." 칼이 마지못해서 말했다. "마지스터가 꾸민 일이었어! 그렇지만 나도 네 생각과 마찬가지로 이번 일은 마지스터와 관련이 없다고 확신하고 있었는데!"

"타라! 너는 내일 아침 당장 아더월드로 돌아가거라!" 이사벨라가 결연한 목소리로 말했다. "메넬라스를 사랑하지만 그렇다고 내 손녀가 사악한 힘의 노리개가 되는 것은 용납할 수 없어. 나 혼자 가겠다. 나를 설득할 생각은 하지 마, 그건 시간 낭비야!"

그렇게 말하고 나서 홱 돌아선 이사벨라는 방을 나가면서 문을 쾅 닫았다.

"그럴 수 없어요!" 타라는 닫히는 문을 향해 소리쳤다. "같이 오자고 한 사람은 할머니예요, 나는 떠나지 않을 거예요!"

"그렇지만 이성적으로 생각해야지." 마니투가 나섰다.

타라는 사냥개를 째려봤다.

"나는 이미 두 번이나 마지스터를 이긴 경험이 있어요. 그자는 아버지를 죽였고, 어머니를 납치했고, 또 지금은 할아버지를 억류하고 있단 말예요! 이번에는 끝장을 내겠어요. 내 가족에게 한 짓만으로도 마지스터는 죽어야 해요!"

"저기…… 마지스터가 누구야?" 제레미가 물었다.

"무시무시하고 고약한 우리의 적이야." 무아노가 말했다.

"타라의 할머니보다 더 무서워?"

설마 그럴 리가, 제레미는 믿어지지 않는 얼굴을 하고 있었다.

"훨씬 더!" 무아노는 제레미에게서 눈길을 떼지 않는 표범을 쓰다듬으면서 단언했다. 표범은 무아노가 송곳니에 갈퀴발톱, 번개같이 빠른 반사작용을 보이는 야수로 변신하게 된 뒤부터는 안심이 되지 않는 모양이었다.

무아노는 마지스터와 드래곤들의 전쟁, 마지스터의 타라 납치 사건, 데미데루스가 감춰놓은 악마의 힘을 지닌 사물 열세 개, 마지스터가 그 아티팩트들을 손에 넣으려고 기를 쓰는 것은 절대적이고 사악한 권력을 잡기 위한 것이라고 설명했다. 그리고 그 열세 개 중에서 실루르의 옥좌와 저주받은 왕홀은 파괴되었다, 마지스터가 악마들을 이용하여 호시탐탐 아더월드와 지구를 침략하기 위한 함정을 놓고 있다, 그가 저지른 악행은 상상을 초월하는 것들이지만 지금까지는 그의 계획을 좌절시키는 데 성공했다고 덧붙였다. 이야기를 끝내자 소년의 얼굴에 불안한 그림자가 드리워졌다.

"그럼 내게도 원한을 품고 있는 건가? 그래서 마지스터라는 자가 내 부모를 추격하고 양부모를 살해한 건가?"

"만약 그놈이라면 나도 같이 가겠어!" 조던이 주먹을 불끈 쥐면서 소리쳤다. "내 부모님을 죽인 자를 응징하고 말겠어!"

제레미는 생각보다 침착했다.

"하지만 그 사람에 대해 하는 얘기 들었잖아. 그자는 괴물이야. 인정사정없이 사람을 죽이고 양심의 가책도 느끼지 않는 흉악범이라고! 아더월드로 떠나서 무아 제국의 보호를 받아야 해."

"무아가 아니라 오무아 제국이야." 마니투가 한숨을 쉬면서 말했다. "지금은 어디로도 갈 수 없어. 너무 늦었고, 사건이 연달아 터지는 바람에 저녁도 먹지 않았다. 지금은 더 이상 아무것도 할 수 없으니까 뭘 좀 먹고 기운을 내야 해. 굶주린 채 기다린다고 메넬라스가 돌아오는 것도 아닌데!"

어이가 없지만 맞는 말이었다.

대접을 소홀히 한 것이 미안했는지 에스메랄다의 얼굴이 빨개졌다.

"죄송합니다. 요리사가 저녁식사를 준비해놨는데 내가 그만 깜빡했습니다. 식당으로 오세요. 바로 차리겠습니다."

타라가 사양하려는 순간 마니투는 고갯짓으로 제레미를 가리켰다. 하루아침에 부모를 잃었고, 자신이 위험한 자의 표적이라는 것까지 알았는데…… 소년에게 기운을 차릴 시간을 주어야 했다.

에스메랄다가 음식을 가져갔지만 이사벨라는 손도 대지 않은 채로 물렀다. 그녀는 남편의 위치 파악을 위한 주문을 보내는 데 열중해 있어서 먹을 기분이 아니었다.

그들은 침울한 분위기 속에서 양갈비고기, 양배추와 크림 푸딩을 먹었다. 마니투는 아더월드에 가서 제레미가 할 일에 대한 것으로 대화를 이끌어갔다. 조던이 부모의 죽음을 경찰에 신고해야 하고, 장례를 모시기 전에 밤샘을 해야 한다면서 나갔기 때문에 안젤리카는 샐쭉해 있었다. 마니투는 따라나서려고 하는 제레미를 안전을 이유로 붙잡아 앉혔다. 눈물을 흘리면서 복종하는 제레미를 보면서 타라는 꼭 안아주고 싶은 이상한 충동을 억제해야 했다.

로빈과 셈 선생님은 성의 도처, 특히 객실에 경보기를 설치했다. 악의를 가진 사람이 들어오려고 하면 즉시 마비가 되는 장치였다.

이사벨라와 셈 선생님은 메넬라스의 흔적을 찾을지도 모른다는 희망을 갖고 스톤헨지를 조사하러 나갔지만 아무런 성과 없이 돌아왔다.

그들은 포기하고 잠자리에 들었다. 마니투와 타라는 이사벨라와 얘기를 하고 싶었지만 굳게 잠긴 방문은 다시 열리지 않았다.

"전략은 내일 세우도록 하자." 마니투가 말했다. "지금은 모두 잠을 청하는 것이 좋겠어. 긴 하루가 기다리고 있으니까."

타라는 순순히 말을 들었다. 마법을 사용할 때마다 느껴지는 피로가 몰려왔다. 격분한 이사벨라에게서 친구들을 지키는 것이 그렇게 힘들었나? 지금에서야 그 후유증이 느껴지고 있었다. 타라는 하품을 하면서 무아노와 파브리스, 칼을 다정하게 포옹했지만 로빈 앞에서 머뭇거렸다. 그러자 로빈이 친절하게도 알아서 뺨을 내밀었다. 타라는 그 뺨에 입술을 대는 둥 마는 둥 하고는 제레미를 포옹하고 싶은 충동을 억누르면서 눈인사만 했다. 타라는 소년의 방이 바로 옆방이라는 걸 눈여겨보고 자기 방으로 들어갔다.

마법의 효과로 완전히 다른 방으로 변해 있었다. 커다란 창문, 닫집 달린 침대는 아주 폭신해 보였다. 타라가 칫솔질을 하자 페가수스는 타라가 바닥에 깔아놓은 담요에 자리를 잡았다(타라가 자면서도 계속 몸부림을 치기 때문에 갈랑은 침대에서 자는 걸 끔찍해했다). 타라는 쉽게 잠이 오지 않을 거라고 확신하면서 침대에 누웠다. 그러나 2분 후, 타라는 깊은 잠에 빠져들었다.

한편 로빈은 제레미의 방문을 노크했다.

"부탁이 있는데 나랑 방을 바꾸면 안 될까? 내 방은 복도 끝에 있어."

선잠이 들었다가 놀라서 깬 제레미는 머리를 긁적였다.

"왜?"

"마지스터가 이 방에 네가 있는 줄 알고 나를 공격하는 편이 나으니까. 설사 네 마법이 더 강력하다고 해도 너는 아직 사용할 줄 모르고 조절도 못하잖아. 타라를 지키는 일이기도 하고. 마지스터가 노리는 것은 타라라서 멀리 떨어져 있고 싶지 않아서 그래."

제레미의 눈초리가 날카로워졌다.

"타라를 사랑하는 건 아니고?"

로빈의 얼굴이 빨개졌다. 이런, 또 들켰어. 절반의 인간이 노골적으로 감정을 내보인 모양이군!

"그것 때문만은 아냐. 좀 복잡해."

"아, 그럼 둘이 사귀는 중이야?"

로빈은 그렇다고 대답할 뻔했지만 천성적인 정직함이 대답을 막았다. 한 번 입맞춤을 했다고, 더구나 상대가 절친한 친구로만 받아들이고 있는데 사귄다고 할 수 있을까?

"아니." 로빈은 겸연쩍은 얼굴로 대답했다.

"타라를 언제부터 알았어?"

"1년 반 됐어."

"난 몇 시간밖에 안 됐지만 대단한 애라고 생각해. 예쁘고 똑똑하고 정말 마음에 들어. 키워주신 부모님을 잃은 지 얼마 되지도 않은 내가 이런 말하면 안 되지만 아더월드인인 너에게 분명히 말해두고 싶은 게 있어."

제레미는 하프엘프의 코앞으로 다가섰다.

"너만 타라를 보호해주고 싶은 게 아냐!"

그렇게 말하고 나서 제레미는 문을 쾅, 닫았다.

로빈은 문을 부수지 않기 위해 이를 악물고 분노를 삼켰다. 그러고는 방으로 돌아와 제레미와 타라를 감시하기 위해 한쪽 눈만 감고 자기로 했다.

몇 시간 전부터 편안하게 자고 있던 타라는 둔탁한 소리에 놀라 눈을 떴다. 옆방에서 묵직한 물체 혹은 사람이 넘어지는 것 같은 소리였다. 타라는 귀를 세웠지만 더는 아무 소리도 나지 않았다. 신음소리나 비명소리 같은 것은 들리지 않았다. 지난번에 수상쩍은 소리를 들었을 때는 방심하다가 늑대인간으로 변신한 파브리스와 맞닥뜨리지 않았던가. 정신이 번쩍 든 타라는 체인지라인에게 옷을 갈아입히라고 명하고 페가수스를 깨우지 않으려고 조용히 방을 나갔다. 타라는 살금살금 옆방으로 다가갔다. 청각을 발달시키는 주문 덕분에 타라는 문짝 너머에서 잠든 제레미의 고른 숨소리를 들을 수 있었다. 타라는 방마다 귀를 기울였지만 아무 일도 없는 것 같았다. 자신의 노이로제 증상에 한숨을 쉬면서 다시 방으로 들어가려는 순간 서재에서 새나오는 불빛에 눈길이 갔다. 타라는 경계를 하면서 다가갔다.

그 순간 타라 뒤쪽에서 문이 소리 없이 열리고 로빈이 복도로 나왔다. 하르퓌아 독의 후유증 때문인지 잠이 들었던 로빈도 고리무늬가 심하게 뛰어서 퍼뜩 잠을 깼다. 그건 타라에게 무슨 일이 일어났다는 신호였다. 로빈은 웃통을 벗고 바지만 입은 상태였다. 침대에서 벌떡 일어난 로빈은 셔츠를 걸칠 생각도 않고 릴란드릴의 활만 집어들고 타라를 뒤따라갔다. 로빈은 그때 또 한 개의 방문이 열리는 것을 알아채지 못했다.

타라는 천장부터 바닥까지 온통 책으로 가득한 방으로 들어갔다. 그 불빛은 한 그림에 반사되는 달빛이었다. 타라는 자석에 끌리듯 그림 앞으로 다가갔다. 머릿속에서 음악소리가 울리고, 마치 타라를 위한 그림인 양 마음을 사로잡았다. 소용돌이 모양의 색깔 속에 시 같은 것이 새겨져 있었다. 어디선가 이미 본 듯한 느낌이 들었다. 타라는 비슷한 분위기의 다른 그림들도 살폈는데 어쩐지 낯설지가 않았다. 타라는 그림을 들여다보면서 그 시를 큰 소리로 읽었다.

Trace nu un écart

À révéler mon nom, mon nom révélera

Rions noir

À l' autel elle alla et le tua là

Déité tiède

Un roc cornu

Ni l'âcre si abrupt et pur baiser câlin

Car tel un aliéné il a nu le trac

Au sens ne sua

Ni avares ni âme humaine demain sera vain

"이건 아무 의미가 없는 말이잖아!" 타라는 화가 났다.

"타라, 무슨 일이야?"

타라는 소스라쳤다. 로빈이 윗몸을 드러낸 채 방으로 들어왔던 것이다. 타라의 눈이 왕방울만해졌다. 와, 몸짱이잖아! 내로라하는 보디빌더도 기가 죽을 정도로 복부근육이 장난이 아니었다.

"음, 저기…… 불빛이 보이기에 무슨 일인지 확인하려고 들어왔어." 타라는 가슴이 콩닥콩닥 뛰었다. "너는 왜 왔는데?"

"이 고리무늬 때문에." 로빈이 팔뚝을 가리키면서 설명했다.

"이게 너의 심장박동에 따라 뛰잖아. 그런데 너무 빨리 뛰어서 잠을 깼어."

"아! 미안해. 무슨 소리가 들리더라고. 그래서 아드레날린이 증가하면서 심장이 빨리 뛰었나? 내가 신경이 너무 예민해져 있었나봐."

로빈은 타라를 구하기 위해 싸워야 할 사람이 없다는 것에 약간 실망하는 것 같았다. 그림을 보고 다가서던 로빈은 눈살을 찌푸렸다.

"오, 내 조상들이시여! 이 그림이 어떻게 여기 있지?"

타라는 걱정스런 표정으로 로빈을 쳐다봤다.

"왜 그래?"

로빈의 얼굴은 심각했다.

"이 그림을 모르겠어? 랑코비트 궁전에 비슷한 그림이 여러 점 있었는데. 랑코비트의 왕이 단비우라는 재능 있는 화가에게서 산 그림들이야!"

"단비우? 나의 아버지 말야? 그래, 맞아! 아버지는 오무아에서 벽화를 그리셨어. 이 그림은 분명히 아버지의 화법이야! 그런데 어떻게 아버지의 작품이 지구의 이곳에 있지?"

"네 아버지에 대해서는 대답해줄 수 없지만" 등 뒤에서 한 목소리가 말했다. "그 시에 대해서는 말해줄 수 있지!"

로빈이 홱 돌아섰는데 어느새 활을 겨누고 있었다.

"오오오오, 진정해!" 파브리스가 자신은 무기도 없고 위험한 사람도 아니라는 뜻으로 두 손을 들면서 말했다. "나야 나! 너 왜 그렇게 '인체조직 더하기 성질의 준말'이냐? 다시 말해서 왜 그렇게 신경질이냐?"

"네가 우리를 속이려고 변신한 마지스터가 아닌지 어떻게 알아?" 로빈은 활을 내리지 않고 물었다.

"됐어, 로빈." 타라가 키득거렸다. "마지스터는 문자 수수께끼를 할 줄 몰라. 유머의 유, 자도 모르는 사람이야."

로빈이 활을 내렸는데 아무에게나 화살 세례를 퍼부으려고 할 때는 정말 마음에 안 드는 릴란드릴의 활에 몹시 실망한 얼굴이었다.

"한밤중에 여긴 왜 왔어?" 로빈이 물었다.

"너랑 똑같은 이유지. 타라를 뒤따라왔어. 타라의 방문 열리는 소리가 나더라고. 깨어 있었기 때문에 들었지. 네가 타라를 따라가기에 나도 너를 따라왔지. 혹시 도움이 필요할까 해서. 그건 그렇고…… 이 시는 아크로스틱 펠린드롬이야."

"뭐라고?"

"아크로스틱은 각 행의 첫 글자를 붙였을 때 시의 주요 단어나 작가의 이름이 되는 일종의 글자 수수께끼야. 그리고 왼쪽에서 오른쪽, 오른쪽에서 왼쪽으로, 어느 쪽에서 읽어도 같은 말이 되는 것을 펠린드롬이라고 해."

파브리스는 시를 유심히 살폈다.

"첫 행의 첫 글자는 T, 문장 'Trace nu un écart'는 오른쪽에서 왼쪽으로 읽어도 똑같아. tracé nu un ecart. 두 번째 행의 첫 글자는 A, 세 번째 행의 첫 글자는 R, 네 번째 행의 첫 글자는 A."

"오, 내 조상들이시여!" 로빈이 중얼거렸다. "그럼 TARA!"

"맞았어. 그거야. 그 아래 행들도 이런 식으로 다 맞춰보면 D.U.N.C.A.N! Tara Duncan!"

"그럼 펠린드롬이, 아버지가 나에게 보내는 메시지일까?" 타라는 너무 놀라서 숨이 막히는 얼굴이었다.

"가능성이 커. 그 경우라면 해독해야 돼. 마지스터와 메넬라스에 대해 좀 더 알려줄지도 모르고."

"함정이 아니라면 그럴 수 있지." 신중한 로빈이 지적했다.

타라는 기발한 방법에 감탄한 듯 고개를 끄덕였다.

"아니, 이 그림에서는 사악한 기미가 전혀 느껴지지 않아."

"내가 너라면 느낌을 믿진 않겠어. 마지스터의 수법은 상상을 초월해!"

"물론 알지만 이 그림은 분명히 아버지가 그린 거야. 그 누구도 아버지의 화법을 모방할 수 없어. 아버지는 회화의 마법을 창조해냈어!"

타라는 손을 내밀고 부드럽게 그림을 만졌다.

"안 돼!" 로빈이 소리쳤다. "만지지 마!"

너무 늦었다. 두 소년이 반응하기 전에 색의 소용돌이가 삼켜버릴 듯 타라에게 달려들었다.

소용돌이가 사라졌을 때 그들은 끔찍한 현실에 아연실색했다.

그림이 타라를 빨아들이다니!

26
단비우의 혼령
유령이 메시지를 전달하는 방법

*

    타라는 두려움을 느낄 겨를이 없었다. 동화처럼 화려한 풍경 속에 있었다. 타라는 조심스럽게 마법을 작동하려고 했지만 손에서 마법의 광선이 나오지 않았다. 그림에 잡혀들어온 타라는 마법을 쓸 수 없었다. 게다가 멍청하게도 머리맡 탁자에 살아있는 돌을 두고 왔으니!

    손가락에서 반짝이는 광채가 희망을 주었다. 아, 맞다, 가문의 반지! 반지에 연결된 에프리트를 호출할 수 있지, 참! 타라는 반지를 세 번 돌렸다. 구름 같은 붉은 연기가 물질화되었다. 호박색 눈, 초록색 턱수염, 나팔 모양으로 땋은 머리, 쫓겨난 멜루덴리파 쉬랄리반디르를 대신하여 가문의 노예로 자원한 제5서클의 공주

살렌비트레두릭셸바가 허리를 굽혀 절했다.

"마마, 무엇을 도와드릴까요?"

에프리트가 낮은 목소리로 말했다.

그렇게 말하고 나서 주위를 둘러보던 에프리트는 어지러운지 얼른 눈을 감았다.

"아이, 어지러워! 장난치려고 부르신 건 아니지요?"

"물론 아니지. 여기서 나가고 싶은데 무슨 방법이 없을까?" 하고 말하던 타라는 에프리트의 낯빛이 위험한 장밋빛으로 변하는 것을 보았다.

에프리트는 잠시 눈을 떴다가 속이 메스꺼워서 즉시 도로 감아 버렸다.

"어유, 끔찍해. 못 참겠어요! 어제 저녁 친구들이랑 짠물을 마시지 말았어야 했는데! 웩웩, 토할 것 같아요!"

타라는 얼른 물러섰다. 악마가 무엇을 토해낼지 정말이지 상상도 하기 싫었다. 그렇지만 에프리트가 방금 한 말에 깜짝 놀랐다.

"짠물? 너희에게 짠물은 우리의 알코올과 같은 것인가 보지?"

에프리트가 고개를 끄덕이는데 낯빛이 점점 창백해졌다.

"우리가 왜 인간들의 나라를 침략하고 싶어 했는지 알아요? 바로 바다 때문이죠!"

에프리트의 상태가 점점 나빠지는 것을 보며 타라는 단념했다.

"내가 알아서 나갈게. 어서 가!"

에프리트는 여전히 눈을 꼭 감은 채 손으로 입을 틀어막았다.

"고맙습니다, 마마. 죄송합니다!"

에프리트는 어찌나 거칠게 사라지는지 지나간 자리에 반짝이는 자국이 남았다. 타라는 어이가 없는 얼굴로 가문의 반지를 쳐다봤다. 기막혀, 진짜 눈물 나게 쓸모 있는 물건이네!

그 순간 뒤에서 들리는 목소리에 소스라치게 놀란 타라는 이번에는 사람이나 어떤 존재, 혹은 동물 등등…… 과 맞닥뜨릴 것이라고 예상하면서 심장마비가 일어나지 않게 마음의 준비를 했다. 그리고 돌아섰다.

아버지가 서 있었다.

"아빠?"

어리둥절한 타라는 비틀거렸다. 잠시 후 타라는 입가에 미소를 머금고 아버지의 품에 안기려고 했지만 꼼짝 않는 실루엣은 속이 빈 이미지에 불과하다는 것을 확인하면서 멈췄다. 당연히 그림 속의 이미지인데…….

"안녕, 네가 타라니?"

앞에 있는 아버지는 지난번에 유령의 모습으로 봤을 때보다 훨씬 젊어서 타라는 어리둥절했다. 아버지는 내가 두 살 때 돌아가셨어. 그렇다면 유령도 나이를 먹는다는 뜻인가?

타라는 가슴이 콩닥콩닥 뛰었다.

"네, 아빠의 딸이에요. 아빠가 나를 이 그림 속으로 들어오게 했어요?"

"이건 각색할 수 있는 녹음이란다."

아버지는 빙긋이 웃었다.

"내가 죽은 거니?"

"네, 불행하게도. 마지스터에게 살해되셨어요. 그자는……."

이미지가 말을 잘랐다.

"잠깐."

이미지가 고개를 숙였다가 다시 들었는데 타라는 화들짝 놀랐다. 얼굴이 변했어! 나이가 더 들었잖아.

"나는 여러 개의 녹음을 했지. 너의 대답을 고려해서 녹음해놓은 거야. 그러니까 내가 죽었단 말이지? 지금 몇 살이니?"

"열네 살이에요."

"네 살. 알았다. 그럼 각색해야겠구나."

타라가 열네 살이라고 수정할 겨를도 없이 실루엣은 환하게 웃으면서 몸을 웅크리더니 또박또박 말했다.

"안―녕 내 아―가. 나는 아―빠야. 무―서―워하지 마. 내 얘기를 엄―마에게 전―하―면 된단다."

"아니, 열네 살이라고요! 네 살이 아니라 열네 살이요!"

실루엣은 몸을 세웠고, 얼굴이 진지해졌다.

"열네 살? 그 나이라면 스톤헨지 부근에 네가 올 만한 곳마다 내 그림을 갖다놓은 이유를 설명해도 되겠구나."

"나를 이곳으로 유인한 사람이 아빠예요?"

실루엣이 반응하지 않았다. 오케이, 바보 같은 질문이었나 보네.

"내가 뭘 알아야 하는데요?"

실루엣이 대답했다. 예스, 좋은 질문!

"무엇보다도 내가 오무아 제국의 황제라는 걸 밝혀야겠다. 그리고 혹시 나의 누님인 여제에게 자식이 없다면 네가 후계자인데 알고 있니?"

좋았어. 대답하기 쉬운 질문.

"네."

"그렇다면 훨씬 수월하지. 몇 달 전부터 나는 메시지를 전하기 위해 규칙적으로 이곳에 왔다. 지금부터 내가 하는 말은 황실의 비밀이란다. 내가 오무아를 도망친 이유에 관한 것이야."

타라는 심호흡을 했다. 유령이 된 아버지는 타라를 처음 만났을 때 무슨 이유로 누나와 이복형에게 대신 나라를 다스리게 했는지 설명할 시간이 없었다.

"5000년 전에 한 드래곤이 데미데루스를 찾아왔다. 데미데루스는 악마의 힘을 지닌 사물들을 빼앗아서 악마들을 물리치는 데 성공한 최고 마구스 5인 중 한 사람으로 너의 조상이란다."

'네, 알고 있어요.' 이 말이 혀끝에서 맴돌았지만 타라는 삼켜버렸다.

"데미데루스가 아더월드에 훗날 오무아 제국이 되는 나라를 세웠을 때였어. 데미데루스를 찾아온 드래곤은 인간-드래곤 동맹을 주도하여 우리 세계와 악마의 세계 사이의 지각단층을 밀봉하는 데 앞장섰던 드래곤이었지. 드래곤은 악마들의 공격을 저지했으나 완전히 무찌른 것은 아니라고 설명했고, 데미데루스는 동의했어. 그 역시 조만간 위험이 닥칠 것이라고 생각하고 있었거든. 그들은 의기투합하여 두 가지를 결정했다. 하나는 데미데루스가 혈액순환이 정지된 상태로 잿빛 시간 속에 있다가 악마들이 공격해 올 경우를 대비한다는 것이었지. 또 하나는 우리 가문의 게놈을 변경하는 것이었어. 너 게놈이 뭔지 아니?"

다행히 타라는 지구의 학교에서 게놈을 배웠고, 아더월드의 과학 책들을 읽으면서 완전히 이해했을 뿐만 아니라 마법 덕분에 그 내용을 기억하고 있었다.

"모든 생명체가 지니고 있는 유전자 암호예요. 인체에 관련된 모든 정보는 DNA에 저장되어 있고, 인간, 동물, 식물은 각각 고유한 DNA를 지니고 있어요."

"아주 정확하게 알고 있구나. 드래곤들의 도움 없이도 악마와 싸울 수 있는 강력한 마법사를 만들 목적으로 우리 가족이 유전자를 조작할 대상이 되었지. 아이들이 태어날 때마다 그 드래곤에게 아이를 맡겼어. 네 살이 될 때까지 6개월마다 몇 시간씩. 그렇게 해서 새로운 게놈이 형성되자 드래곤은 데미데루스 후손들의 변천과정을 멀리서 관찰하는 것으로 만족했지. 우리 행성의 운명은 방어 능력에 달려 있다고 생각했기 때문에 우리는 유전자 조작에 동의했고, 악마들에게 그 프로젝트가 알려지지 않도록 극비에 부쳤어. 내가 드래곤의 목적을 알아챈 날까지는."

타라는 말똥말똥한 눈으로 잠자코 듣고 있었다.

"나와 리스베스 중 나의 마법이 더 강력했지. 드래곤은 자신의 프로젝트가 완성 단계에 이르렀다고 생각하고 내게 자기를 따라 지구로 가자고 제안했어. 내가 아직 황제가 아니었을 때였지. 막 스무 살이 되었을 때라 답답한 궁전을 벗어나게 되는 것이 나는 몹시 기뻤다. 리스베스는 물 만난 고기처럼 권력이 적성에 맞는 반면에 나는 권력에는 관심이 없고 예술과 그림에 빠져 있었거든. 나 혼자 가는 여행이 아니었어. 드래곤은 오무아 명문가의 젊은 여자, 알리아 발 트레온쿠르를 그 여행에 초대했지."

타라는 움찔했다. 저 이름! 제레미의 어머니 이름과 똑같잖아!

"드래곤은 알리아의 유전자도 조작했다고 말했지. 그는 우리 종족을 개량할 목적으로 두 혈통, 즉 강력한 최고 마구스의 후손과 평범한 마법사의 후손을 선별했던 거야. 알리아와 내가 능력을 시험해봤는데 그녀도 강력했어. 나보다는 좀 약하지만 그녀의 마법은 엄청난 잠재력을 지니고 있었다. 드래곤은 우리를 같이 있게 하려고 애를 썼지. 알리아는 매력적이었고, 나는 그녀의 담력과 의지력에 깊은 인상을 받았어. 그래서 자연스럽게 그 여자를 사랑하게 되었단다."

타라는 얼굴을 찡그렸다. 쓸데없는 의심을 갖지 않게 하려면 어머니에게는 전할 필요가 없는 얘기였다.

"약삭빠른 드래곤이 어느 날 불가사의한 유적지 스톤헨지로 우리를 초대하겠다고 약속했단다. 물론 우리는 찬성했어. 정말 어리석었지! 드래곤은 자정에 유적지 한복판을 산책하는 기분이 얼마나 로맨틱할지 상상해보라고 넌지시 우리를 유혹했어. 사실 드래곤은 미리 기계를 설치하고 우리를 관찰하고 있었거든. 아름다운 밤이었지. 우리는 거석으로 둘러싸인 원 안에서 눈부시게 아름다운 은하수를 바라보고 있었어. 그런데 그 기계가 우리의 마법에 반응하면서 갑자기 돌들이 우리의 몸에서 생명을 빨아들이는 느낌이 들었지. 그러더니 돌들이 윙윙 소리를 내며 꿈틀거리기 시작했어. 어떻게 빠져나가는지는 알 수 없었지만 돌들은 우리의 힘을 빨아들였고 결국 몸이 마비되면서 우리는 옴짝달싹할 수가 없었단다. 그 순간 이방인이 나타났어. 우리를 보는 순간 그 남자가 무작정 원 안으로 뛰어들었다가 감전이 되고 말았지. 기계가 믿을 수 없을 정도로 강력한 전자장을 만들어놓았기 때문이었어. 그 반동에 동행한 여자까지 쓰러졌지. 어둡기도 하고 마법의 빛에 눈이 부셨기 때문에 우리는 그들의 얼굴을 알아볼 수 없었고, 그들이 누구인지 어떻게 되었는지도 몰라.”

　타라는 그 답을 알고 있었다. 그것이 바로 메넬라스 실종 사건의 진상이었다! 두 마법사를 구하겠다는 일념으로 할아버지가 무모한 일을 감행한 것이었다. 타라는 걷잡을 수 없는 슬픔이 몰려왔다. 본 적도 없는 할아버지는 단비우를 살리기 위해 자기 목숨을 내놓았고, 그 충격이 너무 커서 할머니는 ‘기억상실’에 걸렸던 것이다. 그렇지 않았다면 어머니가 단비우를 소개했을 때 할머니는 남편이 살려준 남자를 알아봤을 텐데 말이다. 어머니의 말에 따르면 할머니가 사위를 이유 없이 싫어했다고 했는데 결국은 이유가 있었던 것이 아닌가.

　“알리아가 점점 쇠약해지자 그 드래곤이 나타났어. 우리는 도와달라고 소리쳤지만 그는 그냥 느긋하게 지켜보고만 있었지. 그러다 죽은 듯이 풀밭에 쓰러진 알리아를 경멸하는 눈으로 쳐다보면서 마법 능력의 수준을 평가했어. ‘너희 세대는 아직 내 기계를 작동할 만큼 강력하지 않아. 두 사람이 결혼하여 자식을 낳으면 나는 그 아이들을 촉매제로 만들 것이고, 사랑하는 내 여자의 죽음에 대해 복수할 것이다!'"

실루엣이 끔찍한 장면이 떠오르는지 잠시 중단했다.

"드래곤은 실험을 중단했고, 우리의 기억을 지우기 위해 민투스 주문에 이어서 우리를 결혼시키기 위해 아트락투스 주문을 걸었어. 그래서 우리는 즐거운 여행과 결혼할 연인을 만났다는 기억만 간직한 채 아더월드로 돌아갔지. 뭔가 석연치 않은 희미한 불안에도 불구하고 우리의 결혼이 선포되자 드래곤은 아주 흡족해했어. 그때 마지스터가 드래곤들을 공격하는 사건이 일어났다. 덕분에 그 흉측한 드래곤의 마법이 약해지면서 우리에게 걸렸던 민투스 주문이 사라지고 말았지. 안개 대양의 해적을 소탕하러 원정을 나가 있던 나는 한창 싸우는 중에 모든 것이 기억났어. 어쩌면 그 순간에 나와 대적하던 해적이 날린 주문 때문일지도 모르지만. 어쨌든 모든 기억이 아주 또렷이 되살아났어. 팅가푸르로 돌아온 나는 리스베스를 만나러 갔지. 나는 몹시 환멸을 느끼고 있는데 리스베스의 반응은 내 기대와는 달랐어. 리스베스는 치러야 할 대가는 아랑곳없이 드래곤이 우리에게 준 능력만 강조하면서 나에게 그 사실을 발설하지 못하게 했단다. 데미데루스 시대에 체결한 협상인데 내가 그 비밀을 폭로한다는 것은 말도 안 된다면서. 나는 불복했고 화가 나서 궁전을 나왔고 알리아에게 다 얘기했어. 진실을 알았기 때문에 우리는 아트락투스 주문을 풀었지. 우리는 서로 좋아하지만 그 이상은 아니라는 걸 깨달았고, 조작되었다는 사실에 몹시 기분이 상한 알리아는 나와의 결혼을 거절했어. 그녀는 자식들이 드래곤의 꼭두각시가 되는 걸 원치 않았어. 그래서 우리는 헤어졌다. 알리아에게는 자취를 감추는 것이 쉬운 일이었지만 나는 그렇지가 않았지. 나라를 다스리는 리스베스의 방식에 실망하고 그토록 거절했건만 나는 결국 일년 후 오무아의 황제가 되었기 때문에 궁전을 떠날 수가 없었단다."

타라도 고모의 통치 방식과 권력에 대한 욕심이 마음에 들지 않았다. 아버지가 얼마나 견디기 힘들었을지 짐작이 갔다.

"나는 4년 동안 탈출할 준비를 했다. 리스베스와 산도르는 마음이 잘 통했고, 산도르는 황제가 되길 꿈꾸고 있었지. 몽상가 단비우, 화가 단비우는 그들에게 성가신 존재일 뿐이었어. 그래서 나는 자취를 감췄고, 얼마 후 랑코비트 왕국에서 네 어머니를 만나 결혼하게 되었다. 그리고 나의 자랑이자 나의 귀여운 공주인 네가 태어났어. 너는 다른 아기들과는 달랐지. 몇 달밖에 안 된 아기가 마법을 사용하기 시작했을 때 드래곤이 우리의 흔적을 찾아냈다는 걸 알았다. 네 어머니가 그 비정상적인 상태를 알아채지 못하게 너의 마법 능력을 정지시켜야 했어. 하지만 너는 이미 나만큼 강력해져 있었단다!"

타라는 고개를 끄덕였다. 다른 마법사들보다 강력한 것은 그 때문이었어! 제레미가 알리아의 아들이라면 초보인데도 강력한 그의 능력 역시 유전자가 조작된 결과야.

"나는 절망에 빠졌고 어찌할 바를 몰랐다. 그래서 나는 그림을 이용하기로 했지. 일종의 경고처럼 스톤헨지 곳곳에 내 그림을 갖다놓고 네가 메시지를 들을 수 있게 아트락투스 주문을 걸었단다. 사랑하는 내 딸 타라, 스톤헨지에 가까이 가면 안 된다!"

타라는 경고 메시지를 감지하고 있었다. 스톤헨지는 불길하다, 스톤헨지는 위험하다…… 등, 단비우의 예상은 적중했던 것이다.

"경고 메시지를 설치한 다음, 나는 네 어머니 셀레나에게 내가 누구라는 걸 고백하고 오무아로 돌아가자고 했어. 쥐도 새도 모르게 납치될 수 있는 랑코비트보다는 내 누나의 보호를 받는 것이 더 안전하기 때문이었지. 그런데 네가 여기 있다는 것은 내가 그럴 겨를도 없이 살해되었다는 것이겠지?"

"네, 엄마는 오무아에 대해 모르고 계셨어요."

이번에는 실루엣이 반응하지 않았다. 예상 답안이 아니었던 것이다.

타라는 그 기회에 궁금해서 미칠 것 같은 질문을 했다.

"그 기계가 정확하게 뭐 하는 데 쓰는 거예요?"

실루엣은 혼란스러운 듯 고개를 저었다.

"악마들과 싸우는 데 필요한 것이지. 어떻게 작동하는 것인지는

452

전혀 몰라. 하지만 내가 아는 것은 그 기계가 네 능력을 이용해서 너의 모든 것을 빼앗으리라는 거야. 네 목숨까지도!"

타라는 소름이 끼쳤다. 마지막 질문이 남아 있는데 타라는 대답이 두려웠다.

"그 드래곤의 이름이 뭐예요?"

실루엣의 대답에 타라는 아연실색했다.

"셈 샤오비로다인트라쉬부!"

27
패밀리어
텔레파시는 그래도 편리하다

*

공포에 사로잡힌 로빈과 파브리스는 타라를 돌아오게 하려고 노력했지만 그림은 그들의 주문에 반응하지 않았다. 그림을 살짝 건드려보고 톡톡 쳐보기도 했지만 소용없었다. 단 한 사람에게만 작동하는 주문이 걸려 있는 것이 분명했다.

파랗게 질려 있던 로빈이 마침내 말했다.

"이 그림에 트란스미투스 주문이 걸려 있는지도 몰라. 마지스터가 이 함정을 놓은 거라면 우리가 그자에게 타라를 넘겨준 거나 다름없어!"

그들은 불안한 눈초리로 서로를 쳐다봤다.

"아직은 괜찮은 모양이야. 타라의 심장이 정상적으로 뛰고 있어." 로빈이 팔뚝에 있는 고리무늬를 살피면서 말했다.

"더 노력해보자." 파브리스는 단호하게 대꾸했다. "나의 베스트 프렌드를 모른 척 내버려둘 순 없어!"

진땀을 흘리면서 이것저것 다해본 후에 그들은 타라가 사라진 것을 인정해야 했다.

주인이 걱정되는 매머드 바룬이 뭔가 말하려는 듯 긴 코를 흔들면서 부산을 떨었다. 매머드의 불안이 마침내 파브리스를 에워싼 절망의 안개를 뚫고 들어갔다. 파브리스는 쭈그리고 앉아서 아주 작게 축소해놓은 매머드를 쓰다듬었다.

"아, 그래!" 패밀리어가 전하는 이미지를 받은 파브리스가 외쳤다. "바룬, 넌 천재야! 타라가 어디 있는지 알 수 있어!"

"어떻게?" 희망으로 가슴이 콩닥거리는 로빈이 물었다.

"너는 패밀리어가 없어서 알 수 없겠지만 타라에게는 있잖아!"

"갈랑!" 로빈이 외쳤다. "맞아! 갈랑은 타라와 텔레파시로 연결되어 있지, 참!"

그들은 후닥닥 뛰어나갔다. 과일이나 귀리를 먹는 꿈을 꾸는 걸까 아니면, 아름다운 페가수스와 사랑을 나누는 달콤한 꿈을 꾸는 걸까, 페가수스는 날개를 퍼덕이면서 자고 있었다. 흥분한 데다 겁까지 먹은 로빈과 파브리스가 요란하게 들이닥치는 소리에 페가수스는 잠을 깼다.

두 귀를 머리에 납작 붙인 채 벌떡 일어나던 페가수스는 타라의 빈 침대를 보고 두 소년이 무엇을 원하는지 대번에 짐작했다. 페가수스가 히이잉, 부드러운 울음소리로 진정하라는 신호를 보내자 두 소년은 흥분을 가라앉혔다.

갈랑은 타라의 이미지를 받기 위해 정신을 집중했다. 영혼의 동반자는 위험한 상태가 아니었고, 약간 불안하고 약간 놀란 기색이지만 행복해 보였다. 아, 말을 못하는데 이걸 두 소년에게 어떻게 전달하지? 패밀리어에 익숙해 있는 파브리스는 갈랑이 난처해하고 있다는 것을 알아차렸다. 간단한 신호 코드를 만들어서 의사소통을 해야겠군. 고개를 위아래로 끄덕이면 '예스', 좌우로 흔들면 '노'. 이 정도쯤이야.

"타라는 괜찮아?" 울상이 된 로빈이 먼저 물었다.

페가수스는 고개를 위아래로 끄덕였다.

"다쳤어?" 로빈이 재차 물었다.

말하는 능력이 있다면 페가수스는 '괜찮다는 것은 다치지 않았다는 뜻이잖아, 이 바보야!' 라고 대답했겠지만 못마땅한 얼굴로 고개를 좌우로 흔들었다.

"또 마지스터가 납치한 거야?" 이번에는 파브리스가 물었다.

페가수스는 고개를 좌우로 흔들었다. 두 소년은 긴장했다.

"그럼 누군데?"

페가수스는 눈을 굴리다가 화가 난 듯 프르릉, 콧김을 내뿜었다.

파브리스는 멋쩍은 미소를 지었다.

"미안해, 질문을 바꿀게. 타라는 그림을 그린 사람이 아버지라고 생각했어. 타라가 사라진 것이 아버지와 관련이 있어?"

영특한 녀석, 역시 기대를 저버리지 않는군. 페가수스는 고개를 위아래로 끄덕였다.

"그럼 그림 속으로 타라를 끌어들인 사람이 아버지였어? 타라의 아버지 단비우?"

또다시 끄덕이는 고갯짓.

"곧 돌아올까?"

페가수스는 어깨를 들썩였다. 그걸 내가 어떻게 알고 대답해?

"서재로 돌아가자!" 로빈이 말했다. "그림이 타라를 돌려보낼 때까지 거기서 기다리자."

페가수스는 고개를 끄덕였다. 그들은 복도로 나왔다. 모텔은 고요했다.

"이상하네, 우리가 이렇게 들락거리는데 아무도 못 듣고 있어." 로빈이 서재의 문을 열면서 속삭였다.

"다행이지, 뭐. 이사벨라 부인은 지금 걱정이 너무 많잖아. 제레미는 아까부터 아무 말도 하지 않고 있어. 겁에 질리고 슬픔에 잠겨 있어……."

아무 말도 안 해? 내 앞에서 타라가 마음에 든다고 얼마나 자신 만만하게 말했는데? 로빈은 제레미에 대한 생각을 입 밖에 내지 않았다. 방을 바꾸자는 말을 하러 갔는데 제레미가 매정하게 거절하면서 당당하게 라이벌을 자처했다는 것을 파브리스에게 고백할 필요는 없었다.

"그런데다 조던과 함께 밤샘을 할 수 없으니 얼마나 가슴아프겠어." 파브리스는 혼란스러워하는 로빈을 알아채지 못한 채 계속했다. "미지의 행성으로 떠나 낯선 사람들 속에서 산다는 생각만으로도 겁날 만하지! 나도 처음 아더월드에 도착했을 때 두려움에 떨었으니까. 아버지가 나에 대한 기대가 너무 커서 불안했어. 다행히 타라가 같이 있어서 망명이나 다름없는 그 생활을 견딜 수 있었지."

로빈이 파브리스의 얘기를 들으면서 불안한 마음을 떨치려고 노력하는 사이에 페가수스는 그림 앞에 놓인 소파에 편안하게 자리를 잡았다.

"적응하기 힘들었어?"

파브리스는 얼굴이 빨개졌다.

"너도 알다시피 얼마 전까지만 해도 나는 마법사가 아니었잖아. 그리고 지구에 베티라는 여자친구가 있었어. 가끔 걔가 미치도록 보고 싶었지. 나와 베티, 타라, 우리는 한 식구처럼 붙어다

넀어. 지구에 갈 때마다 베티를 만났는데 내가 뭔가를 숨기고 있다는 걸 느꼈는지 우리 사이가 멀어졌어. 정말 슬프더라고. 지금은 멋진 글로리아와 사귀니까 물론 베티를 자주 만나지 않는 것이 좋겠지! 글로리아가 질투하는 걸 원치 않아."

로빈은 빙긋이 웃었다.

"글로리아 얘기가 나왔으니까 말인데 그 의식의 춤을 용서해줬어?"

"야, 지금 꼭 그 얘기를 꺼내야겠냐? 너 그 얘기 언제까지 우려먹을 건데?"

"그걸 너한테 판 마법사에게 화를 내야지 왜 나한테 이래?"

파브리스는 인상을 썼다.

"더 강력해지기 위한 연구를 단념하겠다고 약속했어. 하지만 기간을 정한 약속이었지."

"좋은 협상이었네. 얼마 동안인데?"

"1년. 글로리아는 내가 아직 어리니까 마법 능력은 해가 가면서 커질 거라고 했어. 우리는 열두 달, 아! 아더월드 시간으로 하면 열네 달로 정했고, 그때까지 내 능력이 향상되지 않으면 다른 방법을 찾기로 했어."

"현명한 결정이다." 로빈이 찬성했다.

"난 선택의 여지가 없었어. 여자친구를 잃느냐 마느냐 둘 중 하나였으니까. 그 바람에 우리의 미래에 대해 충분히 얘기를 하게 됐지. 그러는 너는 타라와 어떻게 됐어?"

괴로움이 가득한 답변이었다.

"전혀. 타라는 자기가 왜 나를 좋아하지 않는지도 모르고 있어. 하지만 그건 사실이야. 그리고 타라는 제레미에게 관심이 많은 것 같아!"

"제레미를 안 지가 얼마나 됐다고? 몇 시간 되지도 않았는데, 에이 걱정할 거 없어! 사람들에게 친절한 건 타라의 천성이야. 그리고 제레미는 부모를 잃은 애잖아!"

"타라가 걔의 손을 잡고 있었어!" 로빈의 언성이 높아졌다. "내 손은 잡아준 적이 없단 말야!"

파브리스는 입을 열려고 하다가 친구의 얼굴을 힐끗 보고 단념했다. 맙소사, 화제를 바꿔야겠군.

"타라가 나타나지 않으면 이사벨라 부인에게 알려야 해!"

타라를 사라지게 한 책임이 없는데도 무서운 이사벨라와 마주할 생각을 하니 자연적으로 그들의 표정이 일그러졌다.

"당장 알리지는 말자." 파브리스는 도저히 자신이 없는 얼굴로 말했다.

그들은 손목에 박힌 인식패스에 떠 있는 시간을 봤다. 타라가 사라진 지 1시간 반이 지나 있었다.

한없이 길게 느껴지는 시간이 흐르고 있었고, 그들은 꾸벅꾸벅 졸기 시작했다. 새벽이 멀지 않았음을 알리는 새소리가 들릴 때 그들은 깜짝 놀라서 잠을 깼다. 타라는 돌아오지 않았다. 그들은 더 생각할 것도 없이 동시에 일어나서 이사벨라의 방으로 달려갔다.

"덩컨 부인." 파브리스가 문을 두드리면서 소리쳤다. "덩컨 부인, 일어나세요! 타라가 없어졌어요! 덩컨 부인!"

무아노, 이사벨라, 칼, 마니투, 제레미, 파프니르, 안젤리카까지 헐레벌떡 방에서 뛰어나왔다. 동시다발로 탄성이 터져나오는 바람에 두 소년이 하는 말을 알아들을 수가 없었다.

"다들 조용히 해!" 마침내 마니투가 고함을 질렀다. "모두 입 다물고 로빈의 말을 들어보자고!"

로빈은 그림, 아크로스틱, 펠린드롬, 그림 속으로 사라지는 타라, 얼마나 걸릴지는 모르지만 갈랑이 타라가 괜찮다고 확인해준 얘기를 했다.

안젤리카는 천장을 쓱 쳐다본 뒤에 타라가 어떻게 되든 상관없다는 얼굴로 홱 돌아섰다. 그러고는 잠이나 자야겠다면서 방문을 쾅, 닫아버렸다.

모두 이사벨라를 따라 황급히 서재로 들어가서 그림 앞에 섰다. 이사벨라는 깊은 생각에 잠겼다.

"이 작품을 여기에 갖다놓은 사람은 단비우가 확실해요. 내 사위의 화법은 금방 알아볼 수 있으니까. 그리고 자기가 믿는 두 사람만 접근할 수 있게 했을 거예요."

"리스베스와 타라?" 마니투가 코를 실룩거리면서 물었다.

"아뇨, 자기 아내 셀레나와 타라! 우리는 이제 달리 방법이 없어요. 셀레나를 오라고 해서 다 말해야겠어요. 타라를 찾게 되면 모두 떠나세요. 메넬라스를 구하는 일은 나 혼자서 할게요."

이사벨라가 주문을 읊자 크리스털 볼이 손에 나타났다. 그녀는 딸의 번호를 눌렀다. 그리고 크리스털 볼이 투사하는 헐레이션을 조절해서 이미지가 또렷해지게 했다. 그런데 이게 웬일인가, 아비규환의 광경 속에 얼굴이 시커멓게 그을린 셀레나가 나타났으니! 불붙은 나무들에 둘러싸인 딸의 손에서 번쩍이는 것은 전투의 마법 광선이 아닌가!

28
매복

힘쓰지 않고 적을 퇴치하는 기지

*

"뭐라고요?" 셀레나는 한 공격자에게 리지디푸스 주문을 날리면서 고함을 질렀다.

"대체 무슨 일이니?" 이사벨라가 물었다.

"문제가 좀 생겼는데 설명할 시간이 없어요!"

이사벨라가 뭐라고 말하기도 전에 셀레나는 크리스털 볼을 껐다. 상황이 좋지 않았다. 그들은 예정된 대로 한밤중에 집을 나섰다. 저택에서 공간이동의 문이 있는 브주아 지롱의 성까지는 1킬로미터도 되지 않았다. 그러나 정원을 나서자마자 갑자기 친위대원들이 뛰어내렸다. 세네의 부하 중 한 명이 동지들을 구하려다 즉사했다. 세네는 거친 욕설을 내뱉으면서 부하를 죽인 자를 처치했지만 놈들은 적어도 열 명이 남아 있었다.

"정원으로 후퇴합시다!" 크산디아르가 외쳤다. "이대로 있으면 안 됩니다!"

다행히 담이 높고 두꺼워서 마법 사격을 피할 수 있었다. 1시간 동안 치열한 전투를 벌였고, 두 진영 중 어느 쪽도 우세한 입장이 아니었다. 셀레나는 마을에 솜놀루스 주문을 걸어서 주민들이 이상한 소리에 나왔다가 다치는 일이 없도록 깊은 잠에 빠져들게 했다. 그들은 이제 마음놓고 싸울 수 있었다.

"지긋지긋한 놈들." 인내심이 한계에 이른 크산디아르는 투덜거렸다. "돌파를 시도하겠습니다."

"그건 안 돼요!" 셀레나가 반대했다. "만약 내 시누이가 이런 식으로 나를 제거할 생각을 했다면 자기가 자기 눈을 찌른 격이지요. 아주 좋아요, 크산디아르, 당신이 동기 부여를 해주었어요. 칼 뽑아들고 돌격하는 자살행위 외에 당신이 제안할 수 있는 전략은 어떤 것이 있을까요?"

"제가 항복할 수도 있습니다." 친위대장이 회의적인 몸짓을 하면서 제안했다.

"그건 아무 소용없어요." 크산디아르의 생각에 격분한 듯 세네가 단칼에 잘랐다. "저들은 당신을 죽일 것이고, 당신이 없으면 우리의 전력은 약해져요. 그러면 저들이 우리를 체포하는 일만 남는 거라고요!"

"어두워질 때 우리는 보이지 않게 움직일 수 있습니다." 세네의 부하가 제안했다. "그러니까 저들 모르게 빠져나가다 한 놈씩 제거하면 됩니다."

"그건 너무 뻔한 수법이지." 세네는 얼굴을 찌푸렸다. "저들은 아마 적외선 안경을 갖추고 있을 거야. 의례적인 미션이었기 때문에 내가 너희에게 불연성 복장을 입게 하지 않았다. 저들은 우리를 대번에 탐지할 것이다."

"문제는 지원군을 요청할 수 없다는 것입니다." 세네의 부하는 안타까운 얼굴로 말했다. "조국의 친위대원과 싸우게 될지 누가 알았겠습니까!"

'지원군'이라는 말이 셀레나의 머리에 꽂혔다. 그녀는 생각에 잠겨서 크리스털 볼을 응시했다. 그러고는 전화번호 안내를 눌렀다. 미소짓는 엘프의 이미지가 나타났다.

"안녕하세요." 그녀는 경쾌하게 인사했다.

"채널 1, 랑코비트 본부와 연결해주세요. 즉시 부탁합니다!"

"여기는 한밤중입니다, 부인. 지금 이 시간에는 아무도 없을 겁니다."

"닥쳐요!" 셀레나가 소리쳤다. "텔레크리스털리스트들은 절대 자리를 비워두지 않습니다. 오늘 밤 당직자는 나에게 감사할 거요. 일생일대의 특종을 잡을 기회니까!"

"알겠습니다, 부인!"

머리는 헝클어지고 얼굴에는 얼룩이 거뭇거뭇한 셀레나에게 걱정스러운 눈초리를 보내면서 엘프는 복종했다.

"뭐 하시는 겁니까, 부인?" 당황한 크산디아르가 물었다.

"이대로 당할 수는 없죠." 셀레나는 단호한 목소리로 대답했다. "쉿, 신호가 가요!"

이미지가 나타났다.

"여보세요?"

커피 잔을 든 갈색 머리 마법사는 짜증스런 얼굴로 물었다.

"안녕하세요, 나는 오무아 제국 후계자의 어머니 셀레나 덩컨입니다."

젊은 마법사는 부리나케 커피 잔을 내려놓으면서 머리를 가다듬고 허겁지겁 책상을 치우고 나서 차려 자세를 취했다.

"아, 예. 음…… 저는 틸러 두라라고 합니다. 음…… 그런데 무슨 일이십니까, 부인?"

그가 '음' 소리를 어찌나 많이 하는지 셀레나는 원하는 일을 시키기에 너무 굼뜨고 아둔한 인간이 아닌지 의문이 들었다.

"틸러 씨, 당직 크리스털리스트입니까? 당신은 〈최신 뉴스〉 텔레크리스털 방송에 특보를 내보낼 권한을 갖고 있습니까?"

크리스털리스트의 눈초리가 날카로워졌다.

"편집장이 동의하면 가능합니다. 왜 그러십니까, 부인?"

"내 딸이 자신도 모르게 유전자 조작의 희생양이었음을 증명하는 문서를 갖고 있습니다."

크리스털리스트는 침을 꼴깍 삼켰다.

"부인의…… 따님이라면? 오무아 제국의 후계자를 말씀하시는 겁니까?"

셀레나는 잠시 뜸을 들였다. 젊은이는 큰 충격을 받은 것이 틀림없었다.

"네, 맞아요. 여제는 아직 모르고 있습니다(거짓말이었다). 그 실험을 했던 학자가 불운한 사고를 당했기 때문이죠(진실이었다)."

'불운한 사고'라는 말에 직업의식이 발동한 크리스털리스트는 특종을 예감하는지 입을 다물지 못했다.

"'불운한 사고'라고 하셨습니까, 부인? 제가 뭘 하면 되겠습니까?"

"이 정보를 방송하세요. 나의 시누이에게 알려져야 합니다. 나는 현재 지구에 있는 내 딸과 합류할 예정입니다."

'시누이이신 여제에게 왜 직접 연락하지 않으십니까?', '행방불명된 후계자를 찾으셨습니까?' 틸러는 입 속에서 맴도는 여러 가지 질문을 꿀꺽 삼켰다.

"그 문서를 보내주시겠습니까, 부인?"

셀레나는 크리스털 볼 화면에 반짝이는 디스켓을 댔다.

"문서 전달 완료." 잠시 후 크리스털 볼이 알려주었다.

"받았습니다, 부인." 틸러는 문서를 읽으면서 눈이 휘둥그레지고 있었다. "행성 폭발이라니! 이건 중대 사건입니다!"

"네, 그렇죠. 내가 더 말할 필요도 없는 엄청난 일이지요. 범인을 체포하는 즉시 재판에 넘길 겁니다. 아더월드와 지구에 있는 무수한 인명을 위험에 빠뜨리는 것 외에도 게놈을 조작한다는 것은 뱀파이어의 나라를 제외하고는 엄격하게 금지되어 있는 일이죠. 따라서 당신이 지금 당장 그것을 방송해주리라 믿습니다."

"먼저 편집장에게 이 문서를 보고해야 하니까 끊지 마십시오." 크리스털리스트는 의자에서 벌떡 일어났다. "부인, 곧 돌아오겠습니다."

그러나 틸러는 문서를 인쇄해야 했고, 편집장을 깨워서 농담이 아니라는 걸 설득해야 했기 때문에 금방 돌아올 수 없었다. 덥수룩한 수염에 삐딱하게 쓴 안경, 파자마 차림에 웃옷을 걸친 편집장이 셀레나의 얼굴을 응시했다.

"자메스 렌브릴입니다. 장난일 경우 아주 비싼 대가를 치를 겁니다, 부인."

편집장은 불쾌한 어조로 말했다.

"장난이라니요! 나는 셀레나 덩컨입니다. 그리고 내가 방금 보낸 문서는 백 퍼센트 진짜란 말이오!"

"당신이 크리스털리스트가 맞습니까?" 참을 수가 없는 세네가 매몰차게 내뱉자, 편집장이 의심하는 듯한 얼굴로 눈살을 찌푸렸다. "어떻게 우리 후계자의 어머니를 알아보지 못한단 말이오?"

"마법을 사용하면 나도 눈 깜짝할 사이에 벨루릴 마리발(벨루릴 마리발은 생존해 있다는 것과 로빈처럼 하프엘프라서 죽지 않는다는 것만 빼놓으면 아더월드의 마릴린 먼로로 불리는 미의 심벌이다. 그녀를 싫어하는 여배우들에게는 아니꼽기 짝이 없는 경쟁상대다. 지구의 여배우들이 그녀의 존재를 알면 의문의 여지없이 히스테리를 부릴 것이다)로 변신할 수 있습니다." 자메스가 응수했다. "따라서 확실한 증거를 제시하십시오."

그렇게 말하던 편집장은 셀레나 뒤에 서 있는 크산디아르를 발견하고 눈초리가 바뀌었다. 크산디아르를 알아보았던 것이다.

"오무아의 친위대장과 같이 계십니까?"

"오무아의 카무플레 국장 세네 센스사스도 같이 있지요."

가슴이 두근거리는 셀레나는 찬바람이 도는 어조로 말했다.

크리스털리스트가 마침내 그녀의 말을 믿을까? 마치 역습을 간파한 듯 테러범들이 발사하는 불의 광선이 더욱 거세져서 셀레나는 머리를 숙여야 했다.

전대미문의 현장을 목격하게 된 편집장은 머리를 긁적였다. 방금 휙 지나간 것은 카르보누스 광선이잖아? 그는 화상으로 대면하고 있는 부인의 질겁한 얼굴을 찬찬히 살폈다. 위험한 상황에 처해 있는 것이 분명했다.

"부인, 저는 크리스털리스트입니다. 여러 왕국과 제국을 다스리는 군주들의 얼굴을 시각화할 수 있습니다. 황궁 밖에서는 친위대장 크산디아르의 얼굴을 아는 사람이 별로 없고, 세네 센스사스의 얼굴을 아는 사람은 더 드뭅니다. 진심으로 사과드리겠습니다. 부인께서 제 부하직원에게 중요한 사실을 밝히겠다고 하셨습니까? 부인의 따님에 대한 것입니까?"

편집장은 영악하게도 똑같은 이야기를 다시 하게 하면서 셀레나가 모순되는 말을 하지 않나 살피려는 것이었다. 그러나 셀레나는 진지했고 다급했다. 셀레나가 말을 끝내자마자 편집장이 벌떡 일어나서 틸러에게 무슨 지시를 내리는 걸 보면 감을 잡은 것이 틀림없었다.

"이보게, 이제 자네의 시대가 온 것이네. 나는 옷을 입을 테니 자네는 스튜디오로 달려가서 2분 동안 기사를 준비하게. 자네를 스타로 만들어주지. 드라마틱한 면을 강조하라고. 당장 치료하지 않으면 현재 후계자가 있는 행성은 폭발한다, 어쩌고저쩌고……. 그리고 아더월드 전체가 공황 상태에 빠지지 않도록 후계자가 지구에 있다는 것을 명확하게 밝혀야 하네."

낯빛이 하얘졌다가 빨개진 젊은 크리스털리스트는 인쇄한 문서를 들고 쏜살같이 달려갔다.

"부인, 우리에게 할 말이 많을 것이라고 생각하지만 지금은 뉴스에 신경을 써야 합니다." 편집장이 말했다. "부인의 크리스털 볼 번호를 알려주시겠습니까?"

셀레나는 기꺼이 번호를 알려주었고, 잠시 후 최종 확인을 위한 연락이 왔을 때 놀라지 않았다. 10분 후, 친위대원들과 한창 격전을 벌이고 있을 때 셀레나의 주머니에서 벨이 울렸다. 그녀는 크리스털 볼을 꺼냈고, 자메스가 나타났다.

"부인께서 방송을 볼 수 없는 장소에 계신 것 같아서 생방송을 보내겠습니다."

머리가 좋은 크리스털리스트는 나름대로 결론을 내린 모양이었다. 셀레나는 일행과 함께 크리스털 볼의 화면을 봤다. 급히 포마드를 발랐는지 머리가 단정해진 틸러가 화면에 나타났는데 눈빛이 살아 있었다. 틸러는 엄숙한 어조로 시작했다.

"방금 입수한 특보를 알려드리겠습니다. 현재 오무아 제국 후계자의 생명이 위태로운 상태입니다. 후계자의 어머니 셀레나 덩컨이 방금 후계자가 강력한 마법사로 만들기 위한 유전자 조작의 희생양이었음을 증명하는 문서를 보내왔습니다. 불행하게도 유전자 조작으로 인해 어린 후계자 타라 덩컨의 목숨뿐만 아니라 지금 후계자가 있는 행성도 위험에 빠져 있습니다. 늦은 시각에도 불구하고 흔쾌히 응해주신 그레오불 생물공학자와의 인터뷰를 이원방송으로 보내드리겠습니다."

이미지의 배경이 실험실로 바뀌고 잿빛 수염을 길게 기른 중년 남자가 나타났다. 셀레나는 감탄했다. 한밤중인데 학자를 찾아서 인터뷰까지 하다니!

"선생님, 방금 읽으신 문서에 대한 의견을 부탁드립니다."

틸러가 이어나갔다.

"우선 우리가 온 곳으로 추정하는 레안드라 행성의 폭발에 관해 블루르 마브리 선생이 내린 결론에 나는 동의하지 않습니다. 그것은 단계를 뛰어넘은 주장으로……."

"잘 알겠습니다."

틸러는 말을 잘랐다.

"제가 질문을 바꾸겠습니다. 그 문서에 대해서가 아니라 오무아 후계자의 유전자를 조작한 것에 대해 어떻게 생각하십니까?"

학자는 잠시 수염을 마구 헝클어뜨리다가 선언했다. 그가 말하는 데 따라 옆에 놓인 문서의 이미지들이 나타났다.

"유전자를 조작한 자는 강력한, 아주 강력한 존재입니다. 어린 마법사의 잠재적 에너지에 전력을 기울여서 기형적인 유전자를 피하는 데 성공했습니다. 하지만 그렇게 함으로써 위험천만한 모험을 감행한 것입니다. 혈액 속에 함유된 마법의 양을 너무 많이 증가시켰습니다. 어린 공주가 빨리 치료를 받지 않으면 폭발할 것입니다. 수명을 다하여 폭발하는 초신성(질량이 큰 별이 진화하는 마지막 단계로, 급격한 폭발로 엄청나게 밝아진 뒤 점차 사라진다 — 옮긴이)처럼 모든 물질을 태우고 폭발하기 때문에 어린 후계자가 있는 행성은 불길에 휩싸일 겁니다!"

이미지는 침을 꿀꺽 삼키는 크리스털리스트로 바뀌었다.

"확실한 정보에 따르면 어린 후계자는 현재 지구에 있습니다. 후계자가 제때에 치료되기를 기도합니다. 아니면 아더월드에 사는 모든 인간의 조상들이 살았던 곳이 불바다 속으로 사라질 위험이 있기 때문입니다."

폭발이 일어나는 끔찍한 지구의 가상 이미지를 보내는 것으로 뉴스는 끝났다. 크산디아르와 세네는 눈길을 주고받다가 셀레나를 응시했다.

"이제 어떡하실 겁니까?"

"기다려야지요."

불의 광선이 내던 폭음이 그치면서 저택은 정적이 감돌았다.

그때 또다시 울리는 크리스털 볼 소리에 그들은 소스라치게 놀랐다. 오무아 제국 여제의 이미지가 나타났는데 심각한 얼굴에 입술이 샐쭉했다. 여제는 셀레나 뒤에 있는 크산디아르와 세네를 발견하고 흠칫 놀랐다.

"방금 랑코비트의 텔레크리스털 채널과 우리의 모든 채널을 통해 국방 기밀을 폭로했다는 보고를 받았어요. 이게 사형을 받아 마땅한 죄라는 걸 알고 있는 거요?"

"가문의 유전자를 조작하고 그걸 비밀에 부치는 것은 어떤 형을 받아 마땅한 죄입니까?" 셀레나는 차분한 목소리로 응수했다.

"탈 바르미 압 산타 압 마루 가문의 왕조가 곧 법이오." 여제는 가슴을 펴면서 거만한 자세로 대꾸했다. "우리 조상들이 아더월드의 행복을 위해 결정한 것이었소."

"그 마법 때문에 내 딸과 지구가 폭발할 위기에 처했는데 아더월드의 행복을 위해서라고 주장하는 겁니까? 나를 바보 취급하는 것은 이제 그만두시죠! 오무아의 역대 여제와 황제들은 권력을 탐했고, 그 왕조는 아더월드의 모든 마법사들을 힘으로 제압했어요. 그건 공익이나 사익과는 아무 상관이 없습니다! 그토록 타라를 구하고 싶었다면 죽음이 코앞인 아이를 치료할 사람을 왜 보내지 않았습니까?"

크산디아르는 여제가 타라를 치료하기 위한 조처를 취했다고 분명히 말했지만 셀레나는 모른 체하고 있었다. 이렇게 해야 무슨 꿍꿍이가 있는지 알지!

여제는 날카롭게 외쳤다.

"당연히 누군가를 보냈지요! 치료하겠다고 약속하면서 이틀 전에 이미 지구로 떠났단 말이오! 위급한 상황을 넘겼다는 연락도 받았고요! 그러나 그는 유전자 조작에 대해 알려지면 타라를 가차없이 죽이겠다고 했단 말이오! 그런데 이런 바보 같은 짓을 저질렀으니 딸을 죽음으로 몰아넣은 것은 당신이오!"

그 비난에도 셀레나는 아랑곳하지 않았다. 리스베스가 크산디아르를 없애려고 했던 것이 그 때문이었군! 타라를 보호하기 위해서! 셀레나는 의심쩍은 눈초리로 여제를 쳐다봤다.

"그, 그가 누구죠?"

"드래곤! 모든 걸 꾸민 건 드래곤이오! 우리 어머니가 돌아가셨을 때 단비우와 나를 찾아왔었지요. 드래곤은 우리 조상들과 협약을 맺고 우리 가문을 위해 실행해왔던 일에 대해 설명했고, 우리는 그 비밀을 지키겠다고 맹세했소. 내 말을 믿지 못하겠다면 증거를 갖고 있소. 공개석상에서 만날 때마다 드래곤은 오무아의 여제라는 지위 외에는 나를 개인적으로 아는 사이가 아닌 것처럼 행동했지요. 그게 아무래도 이상해서 나는 그를 경계하게 되었고 몰래 스쿠프를 설치해놓고 녹화를 했소."

리스베스의 얼굴이 사라지고 자유롭게 날아다니는 카메라에 찍힌 이미지가 나타났다. 블루 드래곤이 리스베스와 단비우와 심각하게 대화하는 장면, 그리고 남매가 비밀을 지키겠다고 약속하는 장면이 보였다. 셀레나는 죽은 남편을 다시 보면서 눈물이 글썽했다. 그녀는 드래곤을 유심히 살피다 외쳤다.

"말도 안 돼! 셈 선생이잖아!"

"짐작했던 대로입니다!" 크산디아르는 만족스런 얼굴로 말했다. "키가 아주 크고 힘이 어마어마한 자만 블루르 마브리를 그렇게 처참하게 죽일 수 있다고 생각했거든요. 궁전에서 만났을 때 드래곤이 그래서 그렇게 불안해했던 겁니다! 내가 조만간 정체를 밝혀내리라는 걸 알고 있었던 거예요!"

몹시 흥분한 세네는 손가락 마디를 으드득 꺾었다.

"어떻게 폭탄을 손에 넣었을까 궁금했는데 이제야 알겠습니다! 우리가 만드는 모든 무기는 무조건 복제해서 드래곤들에게 보내어 공동으로 연구하기로 협약을 맺었어요. 그러니까 드래곤은 설명서를 훔칠 필요가 없었던 거예요, 우리에게서 이미 받았기 때문에!"

여제는 고개를 끄덕였다. 폭탄 사건을 빌미로 드래곤과 협상을 다시 할 수 있겠군!

"빨리 움직여야겠어요." 셀라나가 끼어들었다. "어머니에게서 셈 선생이 같이 있다는 연락을 받았어요. 지금 당장 스톤헨지로 떠나서 타라에게 알려야겠어요. 친위대원들에게 우리들에 대한 공격을 즉각 중단하라는 명을 내리시기 바랍니다!"

"이미 명을 내렸소. 올케가 생각하는 것처럼 내가 그렇게 무모한 사람은 아니오!"

"크사릴이 명령을 너무 제멋대로 해석한 것이 분명합니다, 폐하." 이번에는 크산디아르가 말했다.

"크사릴은 어찌 되었소? 그대가 그를 체포했다는 연락을 받았는데……."

"크사릴은 직무 수행 중 사망했습니다."

크산디아르는 천연덕스럽게 말했다.

여제는 한숨을 내쉬었다.

"크산디아르, 그대에게 복귀를 명하니 이제 휴가는 끝났소. 그대의 새로운 임무는 덩컨 부인을 수행하여 내 후계자와 부인을 무사히 오무아로 데려오는 것이오. 책임은 내가 질 것이니 드래곤 셈나샤오비로다인트라쉬부를 처치하시오. 그자는 우리 정부를 위협한 반역자요."

크산디아르는 아무 잘못도 저지르지 않은 듯이 처신하는 여제의 뻔뻔함을 모른 척했다. 이런 경우가 어디 한두 번 있는 일인가, 그는 이미 익숙해 있었던 것이다.

"알겠습니다, 폐하. 명을 따르겠습니다."

"친위대원들이 수행할 것이오, 덩컨 부인." 여제는 작별 인사를 했다.

"고마워요, 리스베스." 점점 더 화가 나는 셀레나는 칭호를 생략하고 가볍게 고갯짓만 했다.

그 순간 여제는 표정이 돌변했지만 한마디도 덧붙이지 않고 사라졌다.

"아유, 열 받아." 셀레나가 말했다. "내가 어머니에게 연락하는 동안 우리의 동태를 살피는 병사들이 있는지 확인해주겠어요?"

세네가 손짓을 하자 부하요원이 정원 철문 밖으로 조심스럽게 고개를 내밀었다. 그러나 불의 광선이 날아오지 않자 안심하고 몇 걸음을 떼다가 나무 뒤에서 어른거리는 시커먼 형체를 보고 깜짝 놀랐다.

병사는 복면을 벗으면서 말했다.

"친위대원 크소발입니다. 여러분을 모시겠습니다."

세네의 부하는 안도의 숨을 쉬면서 동지들과 함께 앞으로 나오라는 손짓을 보냈다. 무표정한 얼굴로 걸어나오던 친위대원들은 크산디아르의 눈과 마주쳤을 때 움찔했다. 죽는 날까지 황궁 마구간에서 말똥이나 치우며 살게 할 것 같은 매서운 눈초리였던 것이다.

크산디아르가 뭐라고 지시를 내리자 정찰병 둘이 쏜살같이 뛰어나갔다.

"숲을 청소하는 즉시 출발하겠습니다."

"청소한다는 것은 모든 위험요인을 소탕한다는 뜻입니다." 세네가 셀레나에게 말했다. "크산디아르는 이따금 민간인들에게 말하고 있다는 걸 잊어버리는 경향이 있거든요."

그 말을 들은 친위대장은 세네를 무섭게 쏘아봤다. 셀레나는 미소를 지으면서 크리스털 볼을 꺼내들고 번호를 눌렀다.

"어머니, 아까는 미안했어요."

이사벨라의 얼굴이 나타나자 셀레나가 말했다.

"괜찮아. 그런데 전투 중이었니?"

"얘기하자면 길어요. 지금 중요한 것은 타라가 유전자 조작의 희생양이었고, 그로 인한 엄청난 잠재력 때문에 지구가 폭발할 위험이 있다는 사실이에요. 타라는 지체 없이 치료를 받아야 해요!"

충격을 받은 이사벨라는 믿을 수 없다는 표정을 지었다.

"뭐라고?"

"타라와 마찬가지로 단비우와 리스베스의 유전자가 조작되었어요. 내가 보내는 문서를 보면 금방 이해하실 거예요. 읽어보시면 그런 일을 꾸민 자가 누구인지도…….."

갑자기, 이사벨라의 얼굴이 어찌나 불안한지 순진한 셀레나조차 알아챌 정도였다.

"어머니? 뭔가…… 알고 계시군요?"

"그가 나한테도 왔었다." 이사벨라는 주의 깊게 듣고 있는 이들을 휙 둘러본 뒤에 목멘 소리로 고백했다. "마법 능력을 증가시켜서 강력한 마법사로 만들기 위해 타라를 선택했다고 했어. 그는 타라의 유전자 조작을 허락해달라고 했지. 그 대가로 제안한 것이 어찌나 마음을 끄는지 내가 수락했다. 단비우나 네가 찬성하지 않을 것이 뻔했기 때문에."

셀레나는 질겁했다.

"어머니가 그러면 안 되죠!"

"나는 드래곤이 위치추적을 하기 위해 단비우의 혈액 속에 일종의 칩을 넣었다고 생각했다. 드래곤이 내 사위가 오무아 제국의 행방불명된 황제라는 것을 말해주지 않아서 나는 몰랐어! 너희가 타라를 나에게 맡길 때마다 드래곤이 시술했어. 너도 알다시피 그 때문에 타라는 여러 차례 목숨을 구했어. 타라가 강력하지 않았다면 벌써 오래전에 죽었을 거다."

"그걸 변명이라고 하세요?" 셀레나는 주먹으로 가슴을 치면서 소리쳤다. "타라가 엄청나게 강력한 마법사가 되었으니 어머니가 옳았다는 거예요?"

이사벨라는 쓰러질 것 같았다.

"아니, 너 몰래 한 것은 잘못이었다. 메넬라스를 잃은 것이 너무 고통스러워서 그 일을 막지 못했어. 그때는 내 손녀딸이 아더월드에서 가장 강력한 마법사가 되면 자기방어를 할 수 있다고 판단했으니까. 단비우가 살해되고 네가 행방불명되었을 때 나는 겁이 났다. 그래서 지구에서 마법사의 임무를 수행하겠다고 청했고 타라가 받는 시술을 중단했어."

셀레나는 이사벨라의 말을 잘랐다.

"어머니는 단비우가 죽기 직전에 피의 맹세를 했잖아요? 타라가 최고 마구스가 되면 어머니는 죽어요. 어머니는 선택의 여지가 없단 말예요!"

이사벨라는 고개를 떨어뜨렸다. 그녀는 오로지 타라의 행복을 위해 그랬던 것이라는 걸 보여주려고 했지만 그녀의 몸짓에서 지독한 이기심이 드러났다. 그녀를 잘 알고 있는 단비우는 절대로 타라를 최고 마구스로 만들지 말고 아더월드와 아주 먼 곳에서 살게 하겠다는 피의 맹세를 하게 했다. 그 죽음을 피하려면 유령이 그 맹세를 풀어주어야 했다.

이사벨라는 괴로운 얼굴로 말을 이었다.

"어쨌든 드래곤은 모습을 드러내지 않았고, 우리를 조용히 살게 두었어. 그러다 타라가 마지스터의 공격을 받았을 때 비로소 나타나서 타라를 지켜주었다. 그런데 마치 내가 유전자 조작에 대한 일을 잊어버렸다고 생각하는지 그가 전혀 언급도 하지 않아

서 사실은 나도 놀랐어. 그가 아무런 내색을 하지 않는 것에 안심
이 되어서 나도 똑같이 모른 척했지. 이윽고 타라가 피의 맹세를
푸는 데 성공했고, 그가 타라에 대한 일을 끝낼 거라고 생각했는
데 전혀 아니었어. 이틀 전 타라가 마법 발작을 일으켰을 때도 그
가 목숨을 구해줬어."

그 소식에 셀레나는 안도의 숨을 내쉬었다.

"그가 약속을 지켰다고요? 그러니까 이제는 타라가 위험하지
않단 말이죠?"

"응, 그가 타라의 마법을 제압했어. 이제 타라는 주위에 있는 것
들을 파괴하지 않고 마법을 사용할 수 있어. 그 일은 해결됐다."

"무엇보다도 그가 타라에게 가까이 가지 못하게 하세요. 그가
여제에게 유전자 조작에 대한 사실이 알려지면 타라를 죽이겠다
고 했대요. 불행히도 내가 방금 어머니에게 보낸 문서를 아더월
드의 모든 채널로 방송하게 했거든요."

이사벨라는 충격을 받은 얼굴이었다.

"네가 우리 가족사를 텔레크리스털에 폭로했단 말이니?"

"어머니가 그 일에 관련되어 있다는 걸 알았다면 다른 방법을
찾았을 거예요(사실은 선택의 여지가 없었지만 그녀는 언급도
하지 않았다)."

"그러니까 내가 셈과 맞서 싸우길 바라는 거니?"

타라의 친구들은 소스라쳤다. 어떤 드래곤이 음모를 꾸몄을 거라고 예상은 하고 있었지만 그들이 방금 들은 이름은 최악의 사태였다.

셀레나는 어머니의 얼굴을 뚫어져라 쳐다봤다.

"네, 손녀딸의 목숨을 지켜달라고 어머니에게 부탁하는 거예요. 무슨 문제가 있는 건 아니죠? 친위대원들과 몇 분 후면 스톤헨지에 도착할 거예요. 트란스미투스는 금지되어 있지만 할 수 없어요. 도착하면 내가 타라에게 모든 걸 설명할게요."

"좀 복잡하게 되었구나."

점점 더 피곤을 느끼는 이사벨라는 한숨을 쉬었다.

"왜요? 무슨 일 있어요?"

"네 남편의 그림이 타라를 삼켜버렸어!"

이사벨라를 대신해서 설명하는 로빈과 파브리스의 얘기를 들으면서 아연실색한 셀레나가 스톤헨지로 빨리 가기 위해 브주아지롱의 성으로 달려가고 있을 때, 브래드포드 메델루스는 크라이슬러 빌딩 꼭대기에 있는 미국 공간이동의 문에 이르렀다.

잃어버린 사랑에 울어야 할지, 믿을 수 없는 자신의 비겁한 행위에 울어야 할지 메델루스는 갈피를 잡을 수 없었다. 왜 미국에 왔지? 그는 엉뚱한 곳에 와 있다는 걸 깨달았다. 어떻게 사랑하는 여자를 살아 있는 방패로 삼을 수 있단 말인가! 그는 자신을 저주했다. 게다가 입에 담지 말았어야 할 말을 그것도 증인이 있는 앞에서 내뱉었으니 그건 어리석은 짓보다 더 나빴다. 그는 졸지에 처량하게 쫓기는 신세로 전락하고 말았다. 그는 황궁 이동의 문을 통과하면서 크산디아르가 체포 영장을 발부했을까 봐 가슴이 조마조마했다. 그러나 그를 체포하기 위해 출두한 친위대원이라곤 없었다. 여제의 지시로 시작한, 바다에 사는 침엽수 연구를 중단하는 것이 아쉽지만 그는 급히 짐을 꾸렸다. 그러고 나서 오래전부터 상그라브라고 의심하고 있는 사람을 만나러 갔다. 어차피 악인으로 전락한 이상 더 잃을 것이 없지 않은가.

메델루스는 티라니크 수상에게 사적인 면담을 청했다. 후계자의 어머니와 약혼한 사이라는 신분 덕분에 몇 분간의 면담을 허락받았다. 그는 씁쓸한 미소를 지었다. 끝까지 그 특권을 이용하게 되다니!

메델루스가 다른 사람에게 들리지 않게 나직한 소리로 면담을 청했을 때 대머리 뚱보는 놀랍기도 하고 미심쩍기도 했다.

"마지스터에 관한 일로 단 둘이서 해야 할 말이 있습니다, 수상님. 병사들을 물려주시겠습니까?"

티라니크는 잠시 그를 살펴보고 나서 고갯짓을 하자, 안기부장이 마지못해 복종했다. 접견실이 넓었기 때문에 이내 경비병들이 시야에서 사라졌다. 그들은 경비병들의 대열에서 한 명이 빠져나오는 것을 알아채지 못했다. 가냘픈 실루엣이 그림자 속으로 모습을 감추더니 기둥 뒤에 숨어서 엿들었다.

"고맙습니다, 수상님." 메델루스는 정중하게 허리를 숙였다.

"이제 수상님의 상그라브 친구들에 대해 조용히 말할 수 있겠습니다."

뜻밖의 말에 티라니크는 잠시 어떻게 반응해야 할지 생각했다.

"지금 나에게 상그라브의 친구라고 했소?" 티라니크는 고함을 버럭 질렀다. "구속시켜야 정신을 차릴 미치광이로군!"

"나는 미치광이가 아닙니다." 메델루스는 차분하게 대답했다.

"억측이라고 할 수 없는 이유가 있지요. 그 사냥꾼이 내 피를 빨면서 한마디를 남겼거든요. 그때는 중상을 당하고 누워 있는 바람에 그 의미를 파악하는 데 시간이 좀 걸렸지요. 셀레나에게 말할 생각도 했지만, 당신을 반역죄로 감옥에 보내는 대신 그녀의 딸과 대적할 동맹군을 만드는 것이 더 낫다는 결론을 내렸습니다."

티라니크의 얼굴빛이 변했다.

"무슨 말을 했다는 거요?"

"뱀파이어는 이렇게 말했지요. '수석이 피를 빨아먹지도, 어떤 흔적도 남기지 말라는 지시를 내렸지. 하지만 넌 너무 냄새가 좋아서 참을 수가 없어. 어쨌든 나는 내 주인님에게 복종하면 되지 대머리 뚱보 늙은이에게 복종할 필요는 없거든!'"

티라니크는 얼굴이 굳어졌지만 아무 말도 하지 않았다.

"'수석'이란 당연히 내각의 수석을 뜻하는 수상을 가리키는 것이고, 인물묘사 또한 의심의 여지가 없었지요. 그래서 상그라브인 당신은 나를 도와줄 수 있을 거라는 결론을 내린 겁니다."

"당치 않은 주장이오!" 티라니크는 항변했다. "수석이 어디 나 하나요? 궁전에는 수석 조수도 수백 명에 이르고 그중에는 늙고 뚱뚱한 대머리가 얼마든지 있소. 나는 상그라브가 아닐 뿐만 아니라 당신을 도와줄 이유도 없소. 덩컨 부인을 존경하는 뜻에서 그나마 2분을 허락한 줄 아시오. 지금 내가 경비병을 부르면 감옥에 갇힐 테니 살아나올 궁리나 하시오!"

메델루스는 한숨을 내쉬었다.

"나는 마이크로필름도 탈루디도 스쿠프도 지니지 않았고, 당신을 함정에 빠뜨릴 생각도 없습니다. 내가 사랑하는 여자의 딸을 죽이려고 했다는 걸 친위대장 앞에서 자백하고 말았으니 어차피 잡히면 죽을 목숨! 나는 마지스터를 만나야 합니다. 마지스터가 나의 마지막 희망이란 말이오!"

티라니크가 보인 유일한 반응은 눈살을 찌푸리는 것이었다.

"어떻게 된 일인지 어디 들어보기나 합시다."

메델루스는 상황을 설명했고, 유심히 듣고 있던 티라니크는 한

심하다는 얼굴로 말했다.

"위험한 일에 당신이 사랑하는 여자를 끌어들이고 그 여파로 부상을 당했다는 이유로 그 여자의 딸을, 더군다나 제국의 후계자를 죽이려고 했단 말이오? 그거 재미있군요."

티라니크의 얼굴에 동정하는 빛이 역력했다.

"상그라브들의 조직망에 잠입하는 것은 아주 위험한 일이오. 마지스터를 정탐하기 위해 우리가 파견한 스파이들은 하나같이 갈가리 찢겨서 돌아왔소. 그런데도 그런 위험을 무릅쓸 자신이 있소?"

대머리 뚱보는 간교했다. 그는 상그라브와 연루되어 있음을 부인하면서도 도움을 주는 것으로 메델루스의 항복을 받아내겠다는 의도였다.

"게다가 당신은 순진한 풋내기도 아니오. 마지스터는 의욕이 넘치는 강인한 사람을 좋아하지 한탄이나 하는 무기력한 인간을 좋아하지 않아요."

"나는 한탄이나 하는 무기력한 인간이 아니오." 메델루스는 발끈했다. "계속 그렇게 상그라브가 아니라고 부인할 겁니까? 나를 받아들일지 아닐지는 마지스터가 결정할 겁니다, 티라니크! 당신은 나에 대한 평가를 내릴 입장이 아닐 텐데요. 지난번 당신의 계획은 보기 좋게 실패하였소. 나는 마지스터가 실패한 자에게 호의적이지 않은 것으로 아는데요?"

티라니크는 신경질적으로 혀를 찼다.

"다시 한번 말하는데 나는 상그라브가 아니오. 하지만 상그라브들의 보스와 연결된다는 사람의 연락처는 알고 있소. 자살행위를 하든 말든 그건 당신 문제니까 알아서 하시오. 이게 그 사람의 주소요. 단 여제와 황제도 그 주소를 알고 있다는 걸 미리 말해두겠소. 누구나 다 아는 상그라브들의 은신처이지만 소탕하지 못하는 것은 증거가 없기 때문이니까."

티라니크는 주소를 읽으면서 종이에 적었는데 메델루스가 모르는, 팅가푸르의 오래된 도시였다. 종이가 메델루스에게 휙 날아왔다. 그는 수상에게 허리를 굽혀 인사를 한 다음, 한마디도 덧붙이지 않고 접견실을 나갔다.

수상은 메델루스의 뒷모습을 쳐다보다가 주문을 읊었다.

"디스크레투스의 이름으로 내가 하는 말을 아무도 듣지 못하게 할지어다!"

방음막이 자신을 에워싸자 티라니크는 주머니에서 빨간 크리스털 볼을 꺼냈다. 크리스털 볼에서 목소리는 흘러나왔지만 얼굴은 나타나지 않았다.

"누구세요?"

"후계자 어머니의 전 약혼자 브래드포드 메델루스를 보낸다고 당신의 보스에게 전해주시오. 그가 마음에 들지 않아서 죽일 경우에는 시체를 아주 깨끗이 처리하시오. 나에게 불똥이 튀는 걸 원치 않으니까."

상대는 메델루스라는 이름에 깜짝 놀라면서도 아무런 내색을 하지 않았다.

"알겠습니다."

티라니크는 빨간 크리스털 볼을 주머니에 넣고 생각에 잠겼다. 이것이 함정이라면 결백을 주장하면 돼. 메델루스가 진심이라면 마지스터는 그를 상그라브로 만들 것이고, 마음에 들지 않을 경우에는 처치하겠지. 메델루스에게는 안된 일이지만 어쩔 수 없어. 티라니크는 비웃음을 흘렸다. 사실 상그라브가 아니라고 주장한 것이 거짓말은 아니었다. 티라니크는 리스베스의 자리를 빼앗아서 제국의 수장이 되기 위해 마지스터와 동맹을 맺고 있었다. 계획이 성공하려는 순간 가증스런 후계자 때문에 수포로 돌아가고 말았다. 앞으로도 기회는 얼마든지 있을 것이다. 사실 그가 여제에게 조언하는 제안이 민심을 얻지 못할수록 여제의 권력은 약해지는 반면 그의 세력은 커지고 있었다. 그는 흡족한 표정을 지었다. 젠리스 티라니크 1세, 드디어 가문을 빛낼 영광의 날이 얼마 남지 않았어!

생각에 잠긴 티라니크는 기둥을 떠나 그림자처럼 스르르 사라지는 실루엣을 보지 못했다. 알아챘다면 불안에 떨어야 했을 것이다.

메델루스는 종이에 적힌 주소를 읽고 나서 오래된 도시로 향했다. 하늘을 나는 양탄자 택시가 한 술집 앞에서 멈췄다. '보르뉴 마법사의 집' 이라는 네온사인 간판이 걸려 있는데 마법 상태가 안 좋은지 지지직거리고 깜빡깜빡했다. 주변에 마법사들과 비마들이 서성거리고 있지만 술집을 살피는 것 같지는 않았다. 메델루스는 긴장했다. 여제의 스파이들이 틀림없었다. 술집으로 들어가는 사람은 대번에 포착되어 요주의 인물로 살생부 장부에 이름을 올릴 것이 분명했다. 메델루스는 재빨리 머리색을 밝게 하고 얼굴 생김새를 바꿨다. 스파이들이 일루전을 꿰뚫어볼 수 있는 렌즈를 끼고 있다면 그는 끝장이었다. 그렇지 않을 경우는 운좋게 술집으로 들어갈 수 있었다. 그가 들어가는 순간 수많은 눈길이 일제히 쏠렸지만 아무도 그를 체포하지 않았다.

실내는 어둡고 연기가 자욱했다. 빈자리를 구별하기가 힘들 정도였다. 머리가 댕강 날아가지 않으려면 아무 자리나 함부로 엉덩이를 들이밀지 말아야 했다.

궁전과는 분위기가 사뭇 달라서 그는 용기가 꺾였다. 트롤, 식인귀, 뱀파이어, 누런 이빨과 불결한 갈기머리의 살테렌스, 흉악범 같은 마법사들, 온갖 무기로 무장한 미련해 보이는 갑옷무사 여섯 명……. 두런두런 얘기를 나누는 사람도 있고, 홍정하는 사람도 있고, 술을 홀짝이면서 손님이 새로 들어올 때마다 주머니를 털 만한 사람인지 힐끔거리는 사람도 있었다. 튼튼해 보이는 원탁들, 그 밑의 바닥은 액체든 고체든 떨어지는 것을 모조리 삼키는 압소르부스 주문이 걸려 있었다. 보라색 엘프 둘이 초인적인 속도로 시중을 들고 있었다. 메델루스는 아름답지만 잔인하기로 이름난 보라색 엘프를 실제로 보기는 처음이었다. 키다리 엘프가 맥주 한 잔을 마셔놓고 돈을 내지 않으려는 비마 무사의 손에 가차없이 못질을 하는 것으로 몸소 그 소문을 증명해 보였을 때는 눈앞이 캄캄했다. 갑옷 입은 무사라는 것이 무색할 정도로 남자가 내지르는 고통의 비명소리는 동료들의 웃음소리에 묻혔다. 엘프가 칼을 뽑아서 목에 들이대자 무사는 얼른 크레디트-무트 한 닢을 내밀었다. 엘프는 크레디트-무트를 주머니에 집어넣고는 언제 무슨 일이 있었냐는 듯 미소를 머금은 채 다른 손님들의 시중을 들러 돌아다녔다. 대형 크리스털 전광판에서 천상의 폴로 경기를 중계하고 있었다. 메델루스가 보는 순간 기사 한 명이 페가수스와 부딪쳐서 으악, 하며 떨어지자 관중이 박장대소했다.

메델루스는 어찌나 긴장이 되는지 위가 뒤틀리는 것 같지만

'어디 누구든 덤벼봐, 쓰라린 후회를 하게 될 테니' 하는 표정으로 카운터를 향해 걸어갔다. 그러고는 종이에 적힌 이름을 읽었다. 식스 세오술. 술집 주인은 타트리스족이었다.

"안녕하세요……." 첫째 머리가 인사했다.

"…… 손님." 둘째 머리가 말을 이었다.

"무엇을……."

"…… 드릴까요?"

"사람을 찾소. 식스 세오술이란 이름의 남자를 만나려고 왔소." 메델루스가 대답했다.

"무엇을……."

"…… 드릴까요?"

무표정한 얼굴로 두 머리가 동시에 반복했다.

"크로그로세이유* 주스 한 잔 주시오."

두 머리 중 하나가 인상을 팍 쓰는 반면에 또 하나의 머리는 흡족한 미소를 지었다.

"탁월한 선택이십니다……."

"…… 나라면 다른 걸 선택했을 겁니다." 얼굴을 찌푸린 머리가 툴툴거렸다.

"…… 저 안쪽에 있는 왼쪽 탁자로 가십시오. 거기……."

"…… 자리가 있습니다."

메델루스는 대번에 이해하지 못했다. 이런 식의 불법 상업행위에 익숙해 있지 않기 때문이었다.

"나는 분명히 식스 세오술을 만나러 왔다고 했소!" 메델루스는 언성을 높였다.

"휘리릭, 휘리릭, 휘리릭⋯⋯." 머리 중 하나가 휘파람 같은 소리를 냈다.

"⋯⋯ 이 허섭스레기 같은 과일주스나 들고 저 자리로 가서 엉덩이를 붙이고 있으란 말이오!" 둘째 머리가 날카롭게 소리쳤다. 이것이 그 전설적인 타트리스 식의 예의인가? 말투부터 표정까지 거의 협박에 가까웠다.

떨떠름한 얼굴로 메델루스는 주스 값을 내고 문제의 자리에 가서 앉았다. 호기심이 동한 사람들이 그가 앉은 자리를 힐끔거리다 뭔가를 알아챈 듯 돌연 외면해버렸다. 만약 그가 다른 자리에 앉았다면 그의 모험은 여기서 끝났을 것이고, 그랬다면 셀레나와 타라도 더 이상 그에 대해 걱정할 필요가 없을 텐데. 불행인지 다행인지 그 자리는 특별석이었다. 거기에 앉는 사람은 가망이 없는 오만한 미치광이이기 때문에 접근하지 않는 것이 상책이라는 의미가 담겨 있었으니!

메델루스는 전혀 알아채지 못하고 있었다. 그는 터무니없이 비싼 값을 요구하는데도 감히 항의도 못한 채 크로그로세이유 주스를 몇 잔째 찔끔찔끔 마시면서 두 시간을 꼬박 기다렸다. 마침내 방광이 아우성을 치는 데다 울화가 치밀어서 자리를 박차고 나가려는 찰나에 그는 화들짝 놀랐다. 그림자 같은 실루엣이 맞은편 소파에 쓰러질 듯 앉는 것이 아닌가.

"거기, 친구! 누구를 찾는가?" 쉰 목소리가 말했다.

메델루스는 맞은편의 사람을 자세히 보려고 했지만 어두컴컴한 데다 두건을 푹 눌러쓰고 있어서 얼굴이 보이지 않았다.

"식스 세오술을 만나러 왔습니다. 기다리는 동안 크로그로세이유 주스만 마셨더니 더는 한 방울도 삼킬 수가 없네요."

"그렇겠지. 그건 위에 좋지 않으니까. 식스 세오술은 무슨 일로 만나려고 하는가?"

"마지스터에게 데려가달라고 할 겁니다."

"허허허." 상대는 너털웃음을 쳤다. "그랬다가 그가 오무아의 여제에게 끌고 가면 어쩌려고?"

"그건 헛수고가 될 겁니다." 메델루스는 응수했다. "잘 아는 사이니까요. 나는 여제의 올케와 사귀는 사이요."

그 말에 실루엣은 질렸다는 투로 말했다.

"좀 뻔뻔한 사람이로군! 마지스터는 무슨 일로 만나려고 하는가?"

"타라 덩컨을 생포하기 위해 그와 동맹할 생각이죠. 나는 그 아

494

이가 지금 어디서 뭘 하는지 알고 있거든요."

"당장 나가서 양탄자 택시를 타고 꺼져버려!" 실루엣이 거칠게 대꾸했다. "더는 상대할 가치가 없는 자로군."

그렇게 말하고 나서 일어난 실루엣이 순식간에 사라지자 메델루스는 닭 쫓던 개 지붕 쳐다보듯 멍한 표정을 지었다. 어떻게 이럴 수가! 하루에 두 번이나 퇴짜를 맞다니! 셀레나에 이어 상그라브까지!

울화통이 치민 메델루스는 허겁지겁 정체불명의 인간을 쫓아 나갔지만 두건 달린 망토 차림의 마법사가 어찌나 많은지 도저히 찾을 수가 없었다. 몇 분 동안 정신없이 찾아다니던 메델루스는 한 엘프의 두건을 벗겼다가 칼에 찔릴 뻔했다. 그는 때마침 보이는 택시에 재빠르게 올라탔고, 오무아의 숲 속 깊은 곳에 숨어서 셀레나를 되찾기 위한 계획을 짜기로 결정했다.

하늘을 나는 양탄자 택시가 다른 길로 가고 있다는 것을 그는 얼마 후에야 깨달았다. 택시는 도시를 벗어나 팅가푸르 외곽의 야생 숲으로 접어들고 있었다.

"어어! 이 길이 아니잖소! 이렇게 빙빙 돌아놓고서 내가 택시 요금을 낼 거라고 생각한다면 당신이 당신 눈을 찌른 것인지 아시오!"

택시기사가 돌아보는 순간 콤바인에 깔린 것처럼 상처투성이의 얼굴을 보고 메델루스는 소름이 끼쳤다. 왼손만 두 개인 남자가 금니를 드러내며 미소를 짓다가 말문을 열었을 때 메델루스는 좀 전에 만났던 실루엣의 억양이라는 걸 알아차렸다.

"걱정 말게, 정해진 코스니까. 상그라브 구역에 온 것을 환영하네. 안전벨트를 매고 입 다물고 있게! 잘 시간이니까! 한잠 푹 자게!"

최면 주문에 걸린 메델루스는 마음이 편안해지면서 스르르 잠이 들었다.

그가 눈을 떴을 때 젊은 여자가 머리맡을 지키고 있었다. 짧은 갈색 머리, 초록빛에 가까운 파란 눈, 예쁜 얼굴이 걱정스럽게 쳐다보고 있었다.

"마침내 깨어났군요! 보스가 벌써 두 번이나 당신을 불렀어요. 보스는 기다리는 걸 좋아하시지 않죠. 빨리 일어나서 갑시다!"

"보스?" 메델루스는 물었다.

"우리의 보스 마지스터. 당신이 만나고 싶어 하는 사람이 보스가 아닌가요? 당신은 소망을 이룬 거예요. 나를 따라오시죠!"

그렇게 말하고 나서 여자는 춤을 추듯 우아한 걸음으로 앞장섰다. 무희야? 여전사야?

힘겹게 일어나던 메델루스는 어지러워서 비틀거렸다. 밝은 색 목재로 세련되게 꾸민 널찍한 방은 무법자들의 은신처라고는 전혀 상상이 안 되는 곳이었다.

"당신은 누굽니까?"

그녀는 홱 돌아서서 대답했다.

"나는 데리아 부인이에요. 보스 마지스터의 조수지요. 당신은?"

"내 이름은 브래드포드 메델루스고, 삼림 기술을 연구하는 생명공학자입니다. 그리고 마지스터와 마찬가지로 타라 덩컨의 적이지요."

데리아는 긴장한 얼굴로 그를 유심히 살폈다. 그녀는 무슨 말을 하려다가 그만두었다. 예전에 타라를 지켜주려고 하다가 생각보다 훨씬 비싼 대가를 치르지 않았던가. 그런 고백으로 보스의 은총을 받을 거라고 생각한다면 이자는 엄청난 실수를 하는 거지……

"어디 갑니까?" 방문 앞을 지키는 경비병 중 하나가 물었다.

메델루스는 경비병의 얼굴을 빤히 처다봤다. 모르는 종족이었다. 무늬를 내어 멋지게 털을 깎은 붉은 늑대 같았다. 이빨에 이르기까지 말 그대로 온몸이 무기라서 위험하다 못해 잔혹해 보였다.

"보스를 만나러 가네." 데리아가 대답했다.

"어디든 반드시 우리와 같이 움직여야 합니다."

경비병이 말했다.

경비병 둘이 데리아를 따라붙었다. 그녀는 노려보다가 어깨를 으쓱하고는 성큼성큼 앞서나갔다.

으리으리한 실내장식, 화려한 가구, 거의 완벽하게 차려져 있는 식탁, 주인의 지시에 복종하기 위해 긴장하고 있는 궁인들…… 잠깐 본 것이지만 어디에 내놔도 빠지지 않는 궁전의 모습이었다. 거울 앞을 지나는 순간 메델루스는 얼굴과 머리가 원래의 모습으로 돌아와 있다는 걸 알아차렸다. 변장을 위해 걸었던 주문이 풀려 있었다.

마침내 데리아는 메델루스를 옥좌로 인도했다. 거의 검정에 가까운 짙은 잿빛 옷, 가슴에 그려진 주홍빛 원, 반사경 마스크로 얼굴을 가린 마지스터는 거창한 크리스털 받침돌 위, 보석이 박힌 황금 옥좌에 앉아 있었다. 그런데 옆에 서 있는 것들은 진실의 입이잖아? 산티보르 행성 원산의 텔레파시 능력이 있는 신비한 식물성 존재 둘과 그들의 목소리 역할을 해주는 파란 땅신령(진실의 입은 말을 못하기 때문에)이 부동자세로 메델루스의 머릿속을 뒤지라는 명이 떨어지길 기다리고 있었다. 메델루스는 딴 생각을 품지 않았기 때문에 불안하지 않았다.

메델루스는 겁먹은 토끼처럼 심장이 벌렁벌렁 뛰었다. 옥좌 뒤에서 나타난 사람을 보고 너무나 놀랐던 것이다. 금빛이 감도는 은발, 창백한 얼굴, 뾰족한 송곳니, 빨간 눈, 일명 '사냥꾼'으로 불리는 셀렌바가 아닌가! 마지스터의 집행관이자 뱀파이어 드라고쉬의 전 약혼녀가 미소를 지었다. 데리아와 상그라브 10여 명과 마찬가지로 셀렌바도 마스크를 쓰지 않고 있었다. 어쨌든 그는 기억 속에 악몽처럼 남아 있는 잔인한 사냥개 같은 가녀린 몸을 알아보았다.

"안녕, 음…… 냠냠." 여자뱀파이어는 입맛 다시는 소리를 냈다. "이렇게 빨리 다시 만나게 될 줄이야! 내가 그리우셨나?"

메델루스는 소름이 끼쳤다. 피를 빨아먹는 것으로 자신을 반쯤 죽여놨던 셀렌바가 도발적인 말을 하거나 말거나 눈길도 주지 않고 메델루스는 옥좌를 향해 허리를 굽혀 인사했다.

"마지스터 보스, 상그라브가 되려고 왔습니다!"

"아무려면 여길 놀러오기야 했겠나."

상그라브들의 보스가 대꾸했다.

메델루스는 당황했다. 마지스터가 이렇게 재치 있게 말을 받을 줄이야.

"상그라브가 되고 싶습니다."

메델루스는 말을 못 알아들었을까 봐 재차 말했다.

마지스터는 한숨을 쉬었다. 그는 자기를 두려워하는 추종자들을 보면 기분이 좋아졌다. 그러나 때로는 타라나 셀레나처럼 굴복은커녕 거칠게 반항하는 사람을 좋아했다. 그는 모녀가 그리웠다. 특히 셀레나가 보고 싶었다. 번번이 정복 계획을 방해하는 타라와 싸우다 보니 어느새 그들과 정이 들었나?

목숨을 내놓겠다는 자에게 마지스터의 눈길이 머물렀다. 메델루스는 신뢰감을 주지 못하고 있었다. 물론 마지스터는 아무도 믿지 않지만 눈앞의 남자는 더욱 신뢰할 수 없다는 눈치였다.

"누가 너를 내 군대의 병사로 받아준다고 하던가?"

마지스터는 물기가 어린 부드러운 목소리로 물었다.

두말할 것도 없이 남성적인 음색이라곤 없는 목소리, 그건 유혹하는 여자의 목청이라고 해도 믿을 수 있을 것 같았다.

"병사가 아니라 파트너로 받아주십시오!"

메델루스는 단호하게 응수했다.

밝은 회색에서 짙은 잿빛에 이르는 마법복, 노란색에서 빨간색에 이르는 원이 가슴에 그려진 궁인들이 동시다발로 웃음을 터뜨렸다.

"용기 한번 가상하군!" 마지스터는 너털웃음을 쳤다. "파트너? 난 너를 눈 깜짝할 사이에 없애버릴 수 있어…… 이렇게!"

마지스터가 손가락을 퉁기자 빨간 불꽃이 일어나면서 마스크가 기분이 좋다는 뜻의 파란색으로 물들었다.

"알고 있습니다." 메델루스는 얼른 말했다. "그러나 후계자에 대한 정보와 아주 중요한 문서를 가져왔습니다. 내 목숨과 바꾼 이 디스켓을 드릴 테니 보스의 작전에 참여하게 해주십시오."

그러면서 메델루스는 도망칠 때 셀레나가 미처 겨를이 없어서 빼앗지 못했던 디스켓을 흔들었다.

마지스터가 몸을 숙이는 순간 마스크는 성난 오렌지색으로 물들었다.

"이자의 몸을 아무도 수색하지 않았단 말이냐?"

마지스터는 착 내리깐 목소리로 물었다.

붉은 늑대 둘이 얼굴이 뻘게져서 한 걸음 물러섰다.

"미처 생각하지 못했습니다." 둘 중 하나가 자백했다.

마스크가 검은색으로 변하자 두 늑대는 고개를 떨어뜨리고 좀 더 뒷걸음쳤는데 회개하는 표시였다.

"운이 좋은 줄 알아라!" 마지스터가 외쳤다. "네놈들의 대장이 죽이지는 말아달라고 사정했고, 이것으로 우리의 협약은 파기되었다."

두 늑대는 안도의 숨을 내쉬었다.

"하지만 네놈들을 고문하지 말아달라는 부탁은 없었다!"

마지스터의 마스크가 파랗게 변했다. 예고도 없이 그의 장갑 낀 손에서 솟구친 번개가 늑대들을 정면으로 후려쳤다. 털이 홀딱 눌어붙은 늑대들이 비명을 지르면서 픽픽 쓰러졌다. 무거운 정적이 감돌았고, 신음소리만 간간이 들렸다.

"그래서 그 디스켓의 내용은?"

마지스터가 부드러운 목소리로 물었다.

몸이 뻣뻣하게 굳은 메델루스는 그 순간 두 가지 생각을 했다. '마지스터는 주문을 읊지 않고 마법을 쓸 수 있어.' 타라를 제외하고 그런 식으로 마법을 실행하는 사람을 본 적이 없었다. '내용이 마음에 들지 않거나 관심이 없으면 내 목숨은 바람 앞의 등불과 같아.' 그는 간절히 빌면서 정보가 담긴 금빛 디스켓을 내밀었다.

마지스터의 고갯짓에 따라 셀렌바가 디스켓을 낚아채면서 갈퀴손톱으로 손을 건드리는 순간 메델루스는 등골이 오싹했다.

마지스터는 디스켓을 들고 이미지를 불러냈다. 마스크가 분노의 검은색으로 변했다.

"안 돼! 타라가 죽을 위험이 있어! 타라가 없으면 악마의 힘을 지닌 아티팩트들을 손에 넣을 수 없어. 이건 아냐!"

펄쩍 뛰었나, 공중 부양을 했나, 번개같이 옥좌에서 내려온 마지스터는 메델루스의 멱살을 잡아서 들어올렸다.

"지금 어디 있어?"

"스톤헨지! 지구의 스톤헨지에 있습니다!"

숨이 막히는 메델루스는 째지는 소리를 냈다.

"빌어먹을!" 마지스터는 중얼거렸다. "모텔 주인이 마법사들이 묵고 있다고 말했는데! 도대체 스톤헨지에는 뭐 하러 간 거야?

드래곤들이 세운 거석이 얼마나 위험한지 모른단 말인가?"

마지스터는 숨이 넘어가게 생긴 것을 보고서야 메델루스를 놓아주었다. 얼굴이 벌게진 메델루스는 쓰러졌다.

"흥미로운 정보로군. 너를 받아주겠다. 출발하기 전에 마지막으로 알려줄 것이 있지. 데리아?"

"네, 보스?"

"나를 배신하거나 복종하지 않을 경우 어떻게 되는지 이 친구에게 보여줘."

"네, 보스."

데리아는 메델루스에게 다가서서 조끼를 벗었다. 메델루스는 딸꾹질을 했다. 젊은 여인의 상체에 끔찍한 흉터가 가득했다. 고문을 받아서 생긴 화상 흉터가 틀림없었다. 조금만 움직여도 흉터가 파열이 일어날 정도로 팽팽해졌다. 메델루스는 젊은 여인의 눈가에 자글자글한 잔주름은 웃음이 아니라 고통 때문에 생긴 것임을 알아차렸다. 그녀의 파란 눈동자에서 그는 엄청난 고통을 읽을 수 있었다. 그는 아주 오랜만에 자신만을 생각하지 않고 타인에게 동정심을 느꼈다.

"명심하겠습니다." 메델루스는 허리를 굽혔다.

그러나 그 순간 메델루스의 가슴속에서는 젊은 여자에게 이런 고문을 할 수 있는 존재에 대한 증오심이 싹텄다.

"좋아. 진실의 입, 이자에 대해 지적할 것은?"

"아무것도 없습니다, 보스." 진실의 입을 대신하는 땅신령이 대답했다. "우리를 고용하신 것은 보스를 배신할 사람인지 탐지하기 위해서입니다. 이자는 그럴 생각이 없습니다."

"그럼 이 디스켓은? 진실이오, 아니면 나를 잡기 위한 함정이오?"

"우리가 이 마법사의 머릿속에서 읽은 이미지에 따르면 이자와 같이 있던 사람들도 이 디스켓 때문에 하마터면 죽을 뻔했습니다."

메델루스는 안도의 숨을 쉬었다.

"고맙소." 마지스터는 정중하게 허리를 굽혔다. "더는 도움이 필요 없을 것 같소. 진실을 말한 것이기를!"

"진실이 당신의 삶을 밝혀주기를!"

땅신령이 공손하게 진실의 입들 특유의 인사법으로 화답했다.

"셀렌바!" 마지스터가 소리쳤다. "로크 새를 대기시켜라. 1시간 내에 출발이다."

"목적지가 어디입니까, 보스?"

상황 파악을 못한 셀렌바가 물었다.

"스톤헨지!"

29

셈 선생님

배반의 색깔은 블루

*

   그림 속의 색깔에 에워싸인 타라는 아버지의 실루엣이 폭로하는 놀라운 사실을 잠자코 듣고 있었다. 사실 셈 선생님이 범인이라는 것이 새삼 놀랄 일은 아니었다. 상그라브들의 보스 마지스터를 양성하고 훈련시킨 것도 셈 선생님이고, 권력에 미쳐서 살육을 서슴지 않는 자를 아더월드로 가게 내버려둔 것도 셈 선생님이 아닌가? 물론 그는 잘해보려고 한 것이었다. 수천 년을 살 수 있는 존재들이 권태를 최악의 벌로 여기는 심리를 보통 사람의 머리로는 이해할 수 없다는 것을 타라는 깨달았다. 드래곤이 애정을 보여주었고, 여러 차례 목숨을 구해줬는데도 계속 경계심을 늦추지 않았던 것이 이 때문이었을까?

"셈 선생님이 그 모든 사건의 배후자라는 거예요?"

타라는 잘못 생각하지 않았는지 확인하기 위해 물었다.

"그래, 블루 드래곤."

아버지의 이미지가 대답했다.

"이제는 내 메시지를 네 어머니에게 전하고 가능한 한 빨리 여길 떠나야 한다. 네가 거석들에 가까이 있을수록 너도 모르게 네 마법이 빠져나갈 위험이 커."

타라는 소름이 끼쳤다. 절대로 거석 건조물에 가까이 가지 않겠다고 다짐했다.

"알았어요. 가능한 한 빨리 떠날게요."

"그럼 됐다!"

이미지는 미소를 지었다.

"네가 내 딸이라니, 자랑스럽고 행복하구나. 네 어머니와 너와 함께 살았던 몇 달은 내 인생에서 최고의 순간이었다. 사랑한다, 내 딸."

"나도 사랑해요, 아빠." 타라는 가슴이 뭉클했다.

이미지는 미소를 짓다가 사라졌다. 색깔의 소용돌이가 타라를 에워싸서 거실 한복판으로 무사히 내보냈다.

모두들 초조하게 타라를 기다리고 있었다. 타라는 정다운 얼굴들 속에서 어머니의 얼굴을 발견하고 품에 안겼다.

"엄마!"

"내 딸!" 셀레나는 꼭 끌어안으면서 외쳤다. "네가 없어진 지 몇 시간이 지났어! 우리가 얼마나 불안에 떨었는지 몰라."

타라의 눈이 커졌다.

"어? 내가 그림 속에 있었던 시간은 겨우 10분인데!"

"그렇지 않아!" 로빈이 말했다. "파브리스와 나는 여기서 밤을 꼬박 새면서 네가 나오길 기다렸어! 모든 걸 다해봤지만 소용이 없더라고. 네 어머니가 그림을 만졌는데도!"

"아빠는 내가 알아야 할 것들을 다 말해주지 못한 것 같았는데…… 아마 그림 속에 있을 수 있는 시간이 정해져 있나봐요."

셀레나는 딸을 빤히 쳐다봤다.

"그림 안에서 아빠를 만났어?"

"네, 엄마와 나에게 보내는 메시지를 녹음해놨어요. 엄마가 나보다 먼저 그림을 만졌다면 아마 엄마가 그림 속으로 들어갔을 거예요. 하지만 내가 이미 그림 속에 있었기 때문에 작동하지 않았던 거예요. 근데 엄마가 어떻게 여기 있어요?"

타라는 어머니와 같이 온 일행을 발견하고 놀랐다.

"크산디아르와 병사들까지? 무슨 일이에요?"

셀레나는 타공의 집에서 일어난 사건을 얘기했다. 여제의 공격을 물리치기 위한 작전을 들으면서 타라는 미소를 지었다. 이 모든 사건을 일으킨 범인이 셈이었다고 말했을 때는 아무런 반응도 보이지 않았다. 마침내 셀레나는 타라의 유전자를 조작하는 데 이사벨라가 관여한 것에 대해 가차없이 비판했다. 모두들 크리스털 볼로 통화하는 내용을 들었기 때문에 셀레나는 구태여 이사벨라의 체면을 살려줄 필요가 없었던 것이다.

타라는 고개를 끄덕였다. 터무니없는 이기심에서 비롯된 것이라 방법이 좀 서툴러서 그렇지 할머니가 정말로 자신을 사랑하고 있다는 것을 깨달았다. 할머니는 유전자 조작이야말로 손녀딸을 지키는 것이라고 생각했던 것이다. 원망이 돌아올 것으로 예상하고 경직되어 있는 할머니와 눈이 마주쳤을 때 타라는 안심하라는 미소를 지어 보였다. 아더월드로 떠나기 전에 할머니의 태도를 매몰차게 비난할 수도 있지만 강력한 마법 덕분에 여러 번 죽을 고비를 넘겼는데 어떻게 할머니를 원망한단 말인가.

타라의 마음을 이해한 이사벨라는 고갯짓을 까딱하는 것으로 고맙다는 표시를 했다. 자존심이 강한 이사벨라를 굴복시키는 것은 어려운 일이었다. 아마 죽으면 죽었지 사과의 말은 하지 못할 것이었다.

셀레나는 계속 말하고 있었고, 한 이름이 타라의 귀에 꽂혔다.

"네? 브래드포드 메델루스?"

셀레나는 참담한 얼굴로 고개를 끄덕였다. 메델루스가 그녀를 배신했고, 타라를 죽이려고 했고, 자기가 살겠다고 비겁한 짓을 저지르고 도망쳤다는 말을 하게 된 심정이 오죽할까.

타라는 입술을 깨물었다. 어머니가 차마 말하기 괴로운 사건까지 다 털어놨으니 이제는 타라가 말할 차례였다.

타라는 아버지의 이야기 중에서 몇 가지 대목은 완화하면서 전했다. 그러고는 충격을 덜 받게 하려고 부드러운 어조로 할머니에게 말했다.

"할아버지는 정말 돌아가셨어요. 아빠와 알리아를 구하려고 거석으로 둘러싸인 원 안에 들어갔다가 당하신 거예요. 그러니까 사진의 메시지는 가짜였어요. 할아버지는 어딘가에 억류되어 있는 것이 아니에요. 제레미와 나를 스톤헨지에 붙잡아두려고 드래곤이 꾸민 함정이었어요."

이사벨라의 얼굴이 더 굳어졌다. 슬픔 때문에 초췌해지는 할머니의 얼굴을 보면서 타라는 가슴이 아팠다. 털썩 주저앉는 할머니는 나이가 더 들어 보이고 연약해 보였다. 하늘이 무너져내리는 것 같은 소식을 들으면서 이사벨라는 이를 악문 채 아무 말도 하지 않았다. 마니투가 딸의 허벅지에 다리를 대자 이사벨라는 개 모습의 아버지를 뜨겁게 포옹하면서 보드라운 머리에 뺨을 비볐다.

"메넬라스는 늘 의협심이 너무 강한 게 탈이었어요." 하고 중얼거리는 이사벨라의 뺨으로 마침내 눈물이 주르륵 흘러내렸다.

"그래도 나는 의문을 지울 수가 없어요. 내 복상기간은 지금부터 시작이에요."

"너 정말 하나도 기억이 안 나니?" 마니투는 딸의 얼굴을 핥고 싶은 개의 본능을 꾹꾹 누르면서 부드럽게 물었다. "그가 죽은 충격으로 너는 기억상실증에 걸렸어."

"오직 그 때문만은 아니에요." 세네가 끼어들었다. "그 원의 마법이 덩컨 부인의 기억력에 영향을 주었던 것이 틀림없어요. 아니었다면 부인은 벌써 오래전에 기억을 되찾았을 겁니다."

"내가 잘 이해한 것이라면" 입이 근질근질해서 참을 수 없다는 듯 칼이 나섰다. "셈 선생님이 사건의 범인이에요. 그 거석들로 뭘 할 생각일까요?"

"나도 그게 알고 싶어. 근데 셈 선생님이 왜 안 보이지?" 로빈이 지적했다.

이사벨라는 쓸쓸한 미소를 지으면서 눈물을 닦았다. 그녀는 손가락을 구부리면서 마법을 작동했다.

"확실히 해둘 필요가 있어. 자, 모두 나를 따라와! 타라와 제레미는 서재에서 나오지 말거라. 그자에게 너희를 해칠 기회를 주면 안 돼!"

이사벨라와 마찬가지로 모두 마법을 작동하자 서재에서 온갖 빛깔의 커다란 반딧불이 집회를 여는 것 같았다. 이사벨라의 마법은 보랏빛, 칼과 로빈은 초록빛, 무아노는 하늘빛, 파브리스는 타라의 마법 빛깔과 비슷한 짙은 파란빛이었다. 안젤리카는 드래곤과 싸울 생각이 없기 때문에 마법을 작동하지 않았다. 세네와 크산디아르, 그의 병사들은 주홍빛이었다.

이사벨라가 앞장섰다. 타라와 제레미는 문을 박살 내는 소리를 들었다.

"너의 할머니, 진짜 무섭다!" 제레미가 말했다. "드래곤의 신세가 불쌍하게 됐네!"

그들은 귀를 기울였지만 싸움하는 소리도, 불의 광선이 충돌하는 소리도 들리지 않았다. 이 방 저 방 방문이 쾅쾅, 닫히는 소리만 들렸다.

"타라, 궁금한 게 있어." 제레미가 갑자기 말했다.

타라는 제레미를 향해 돌아섰다. 제레미에 대해 느껴지던 매력이 약해져 있었다. 타라의 눈에 제레미는 이제 호감이 가는 소년으로 보일 뿐 더 이상 안아주고 싶은 충동 같은 것은 일지 않았다.

"뭔데?"

"네 아버지가 거석에 가까이 가면 안 된다고 말씀하셨지만 우리가 만반의 준비를 한다면 그 기계로 악마들을 물리칠 수도 있어. 악마들에게 그렇게 시달리고 있으면서 너는 놈들을 무찌르고 싶지 않아? 마지스터가 너보다 강력해지기 위해 악마의 힘을 지닌 마법을 원한다면서? 그러니까 악마의 마법, 그 원천을 없애 버리면 그자를 쉽게 쓰러뜨릴 수 있는 거잖아."

타라는 고개를 끄덕였다. 일리가 있는 추론이었다. 타라는 모든 위협에서 벗어나 자유롭게 사는 모습을 상상하면서 잠시 흔들렸다. 그러나 그 추론을 확인하기 위해 자신과 제레미의 목숨을 걸 수는 없었다.

타라는 잠시 망설이다가 한숨을 쉬었다.

"그건 너무 위험해. 우리가 사정거리를 벗어나는 즉시 할머니는 전문가들을 파견해서 스톤헨지를 분석할 거야. 그러면 거석들이 무엇에 사용되는 것인지, 왜 여기 있는지 이유를 알게 되겠지."

"하지만 이미 많은 사람이 거석 건조물에 대한 연구를 했어. 네 친구 무아노는 많은 학자가 스톤헨지를 조사했지만 아무것도 찾아내지 못했다고 했어. 우리가 직접 가야 해. 우리 둘은 아주 강력하기 때문에 둘이 마법 능력을 합치면 거석의 위협을 물리칠 수 있어."

타라는 얼굴을 찡그렸다.

"제레미, 넌 마법을 몰라. 운에 맡기고 모험할 수는 없어. 내가 아더월드에서 여러 번 위험을 모면할 수 있었던 것은 내 마법 능력을 절대적으로 믿지 않았기 때문이야. 난 스톤헨지로 가지 않을 거야. 특히 너와는 같이 안 가."

소년은 어깨를 으쓱하면서 소파에 몸을 웅크리고 입을 꾹 다문 채 이따금 타라에게 강렬한 시선을 던졌다.

마침내 이사벨라가 심각한 얼굴로 돌아왔다.

"방문과 창문이 모두 잠겨 있어. 어디로 갔는지 모르겠다. 성을 샅샅이 뒤졌지만 드래곤은 어디에도 없어."

"우리가 생각하고 있는 것을 확신시켜주는 거지."

칼이 지적했다.

"그게 뭔데?" 타라가 물었다.

"너의 셈 선생님은 배신자라는 것…… 그리고 도망쳐버렸다는 것."

30

하늘을 나는 택시

타이어를 사용하지 않는 방법

*

땅으로 꺼졌나, 하늘로 솟았나, 그들은 성 주위의 공원까지 샅샅이 뒤졌지만 드래곤은 어디에도 없었다.

"그 많은 함정에 음모, 치밀하게 계략을 짜서 여기까지 왔는데 드래곤이 이렇게 쉽게 포기했을 리가 없어." 마니투는 불안해했다. "아무래도 빨리 여길 떠나는 게 좋겠다."

"옳으신 말씀이에요." 제레미는 마니투의 생각에 동조했다. "짐을 싸겠어요. 타라, 나 좀 도와줄래? 그 드래곤이 언제 나타날지 모르는데 내 방에 혼자 있고 싶지 않아서 그래."

타라는 놀란 얼굴로 쳐다봤다.

"전화 통화…… 아니, 크리스털 볼 통화를 해야 하니까(타라는 여전히 아더월드의 용어가 익숙하지 않았다) 조금 있다 갈게."

타라는 옆방으로 뛰어갔다. 아무도 없는 곳에서 해야 될 이야 기였다. 타라의 크리스털 볼은 아더월드는 물론이고 그 밖의 모든 행성과 연결할 수 있었다. 오무아 제국에서 거금을 주고 구입한 최첨단 기계라서 누구와도 통화할 수 있었다. 통화하려는 사람의 이미지가 나타나자 타라는 셈 선생님의 배신행위를 폭로했다. 통화상대는 타라의 말에 고개를 갸웃했지만 반박하지 않았다. 그렇지만 타라가 방금 전해준 내용은 그 자신만 알고 있는 어떤 이유 때문에 도저히 있을 수 없는 일이었다.

"니아 니아 니아 그렘므므블를." 로빈이 유리문을 통해 서재를 지나 제레미의 방으로 가는 타라를 보면서 중얼거렸다.

"야, 너 뭐라고 중얼거리는 거야, 로빈?"

칼이 큰 소리로 물었다.

로빈은 칼을 흘겨봤다.

"혼자 가방도 못 쌀 정도로 자기가 어린애야?" 로빈은 마지못해서 제레미의 말을 흉내냈다. "'타라, 나 좀 도와줄래?' 흥, 너무 뻔한 수작이야! 타라와 단 둘이 있고 싶은 거야, 그게 다라고!"

"아, 난 또 뭐라고!" 칼이 씩 웃었다. "조만간 우리의 스타 타라의 마음을 사로잡기 위한 라이벌 전을 구경하게 되는 건가?"

"제레미는 두렵지 않아!"

갑자기 칼의 크리스털 볼이 울렸다. 엘레아노라의 얼굴이 나타났다.

"칼, 내가 뭘 알아냈는지 알아? 넌 믿지 못할 거야."

엘레아노라는 누가 들을세라 조심하는 듯 속삭였다.

목소리는 극도로 불안한데 소녀의 얼굴은 만족스러운 듯 아주 밝았다.

"뭔데 그래?"

칼은 엘레아노라가 연락해준 것만으로도 가슴이 두근거렸다.

"내가 받았다고 했던 브란디스의 죽음과 관련된 소포 말야. 그 소포에 관련된 단서를 찾으러 황궁에 가겠다고 했었지?"

"응, 그래서?"

"티그족으로 변장하고 조사를 하던 중에 우연히 티라니크 수상의 접견실에 숨어 있게 되었어."

"엘레아노라! 수상을 염탐했단 말야? 너 미쳤구나!"

"사실은 다른 고관을 미행하고 있었어. 그래서 접견실을 나가려는 순간…… 누가 들어왔게?"

칼은 호기심이 가득한 얼굴로 지켜보는 로빈을 힐끔 쳐다봤다.

"글쎄."

"브래드포드 메델루스! 후계자의 어머니와 사귀는 애인! 궁전에서도 여러 번 봤고, 크리스털리스트들이 셀레나 덩컨 부인과 인터뷰하는 뉴스에서도 몇 번 봤거든. 그런데 메델루스가 티라니크에게 상그라브라고 다그치는 거야."

칼은 하마터면 크리스털 볼을 떨어뜨릴 뻔했다.

"뭐?"

"거봐, 놀라운 뉴스지?" 엘레아노라는 몹시 흥분해 있었다.

"그러더니 자기가 타라를 죽이려 했다고 고백했어."

"그건 우리도 알고 있어. 셀레나 부인에게 그렇게 자백하고 도망갔대. 부인은 다른 문제가 생겨서 그를 추적할 수 없었지만 크산디아르 친위대장이 아더월드로 돌아가는 즉시 수배령을 내릴 거야. 티라니크에 대한 얘기로 돌아가자. 메델루스가 증거를 갖고 한 말이었어?"

엘레아노라의 표정이 어두워졌다.

"메델루스의 말로는 사냥꾼이 자기를 공격했을 때 의뢰인에 대해 언급하면서 이름만 말하지 않았지 인상착의가 영락없는 수상이었다는 거야."

"그것으로는 증거가 미흡해."

"그래, 티라니크 수상이 상그라브가 아니라고 잡아떼기는 했어. 하지만 면담이 끝날 즈음 그가 어떻게 했는지 알아?"

상대가 얼마나 머리가 좋은지 알아보기 위해 한번씩 알아맞혀 보라고 하는 엘레아노라의 버릇이 재미있다고 생각하면서 칼은 머리를 쥐어짰다. 엘레아노라가 저렇게 흥분해 있다는 것은 깜짝 놀랄 일이어야 했다. 칼은 알았다는 듯 씩 웃었다.

"마지스터와 접촉할 수 있는 사람의 이름을 알려줬겠지."

"거의 근접했어!" 엘레아노라는 두뇌회전이 빨라서 마음에 든다는 듯 미소를 지었다. "티라니크는 누군가의 이름과 주소를 알려줬어. 그리고 나서 메델루스가 나가자 크리스털 볼로 통화를 했는데 방음 주문을 걸었기 때문에 나는 들을 수 없었어. 어쨌든 굉장히 수상쩍은 사람이야. 티라니크에 대한 감시는 일단 그 정도에서 끝내고 메델루스를 미행했어. 무슨 일이 일어났게?"

"마지스터를 발견했어?"

"아니. 메델루스는 한 술집에 몇 시간 죽치고 있다가 양탄자 택시를 타고 도심을 벗어났어. 뒤를 쫓았는데 그 빌어먹을 택시가 어찌나 빨리 날아가는지 놓치고 말았어."

"차라리 잘된 거야." 칼이 안도의 숨을 내쉬었다. "마지스터는 미행하는 사람을 따돌리는 기술이 장난이 아냐. 괜한 위험을 무릅쓰다 큰일 나는 수가 있어. 웬만한 무기로는 마지스터를 공격하지 못해!"

"난 그렇게 어리석지 않아." 엘레아노라는 발끈했다.

"나는 절대 발각되지 않았어! 이거, 왜이래? 내가 얼마나 뛰어난 도둑인데!"

와, 성질 진짜 까칠하다! 칼은 엘레아노라를 들여다보면서 활짝 웃었다.

"알지, 네가 얼마나 대단한지! 메델루스가 마지스터와 손을 잡으러 갔고, 티라니크가 음모에 가담한 것 같다고 셀레나 부인과 타라에게 알려야겠어. 브라보, 엘레아노라, 진짜 큰 거 한 건 했다!"

엘레아노라는 얼굴이 빨개졌다가 표정이 어두워졌다.

"하지만 티라니크가 상그라브들과 내통하는 협력자라면, 그리고 너에 대한 허위증거를 내게 보낸 사람이라면 어떻게 그 가면을 벗기지? 그는 제국의 수상이고, 여제의 신뢰를 얻고 있어. 그런 사람을 내가 혐의만으로 고소할 수 있겠어?"

칼은 생각에 잠겼다.

"아주 신중해야 돼. 몇 시간 후에 돌아갈 거니까 만나서 의논해 보자."

"네가 도와주려고?" 엘레아노라는 놀란 얼굴로 물었다.

"물론이지! 우리 둘이라면 환상적인 팀을 만들 수 있어. 그러니까 약속해. 그를 공격하고 싶어도 나를 기다리겠다고. 나를 위해서 그래줄 수 있지?"

엘레아노라는 칼을 뚫어져라 쳐다보다가 미소를 지어 보였다.

"제법인데? 이제 나를 파악했구나, 도둑. 내가 명령을 싫어한다는 걸 알고 정중하게 부탁하는 걸 보니. 좋아, 기다리고 있을게."

엘레아노라는 칼에게 대답할 겨를도 주지 않고 크리스털 볼을 끊었다.

로빈은 눈썹을 활 모양으로 휘면서 다가왔다.

"한 점 의혹도 없이 자백해." 로빈이 비꼬는 말투로 다그쳤다.

"방금 너를 죽이려고 했던 그 여자아이와 통화한 거 맞지? 그런데 걔가 어떻게 네 크리스털 볼 번호를 알고 있어? 어떤 기적이 일어났기에 그 살인미수범이 너의 협력자가 되었는지 설명해 봐!"

이런, 선택의 여지가 없군. 아더월드에서 얼마나 바쁘게 돌아다녔는지 밝힐 때가 온 것이었다.

칼은 먼저 드르르르를 만나서 아슬아슬하게 목숨을 구한 이야기를 로빈에게 해주고 나서 덧붙였다.

"엘레아노라가 죽이려고 했는데도 내가 그애한테 미쳐 있었다는 건 너도 알지? 근데 있잖아, 사실은 그애도 나처럼 이용당한 거였어. 면허 받은 도둑이 감쪽같이 속아넘어갔다는 것이 세상에 알려지면 도둑조합의 평판이 땅에 떨어지는 거야. 그건 우리에게 아주 중대한 일이거든!"

"그래 알 만하다." 로빈이 야유했다. "그러니까 도둑대학의 명예를 위해 바빴다는 거잖아? 이해하니까 걱정 마라."

"그래, 고마워." 칼이 항복했다. "다시는 네가 타라와 같이 있을 때 방해하지 않을 테니까 너도 엘레아노라의 일로 나를 놀리지 마."

"쯧쯧쯧. 넌 벌써 진도가 많이 나갔구나. 하긴 물어보나 마나겠지. 어쨌든 덕분에 기분이 좀 나아졌다."

칼은 로빈의 짓궂은 말을 꾹 참아넘기면서 메델루스에 대한 정보를 이야기했다.

"덩컨 부인들에게 알려야 해!" 하고 말하는 로빈의 얼굴이 일그러졌다.

가방을 다 챙겼을 때 제레미는 타라의 눈을 지그시 쳐다보면서 손을 잡고 말했다.

"타라, 거석들과 싸워보지도 않고 떠나는 건 큰 실수라고 확신해. 아무것도 모르는 누군가가 가까이 갔다가 또 죽을지도 모르잖아!"

타라는 눈살을 찌푸렸다.

"이미 여러 마법사가 원 안으로 들어갔지만 별일 없었어. 거석 건조물은 드래곤의 유전자 조작 때문에 우리처럼 특별한 마법 능력을 가진 사람들에게만 반응하는 것이 분명해. 게다가 할머니는 만일의 경우를 생각해서 주변의 비마들에게 원 안으로 들어가지 말라는 경고 메시지 주문을 걸어놨어."

"어떻게 해야 너를 설득할 수 있을까? 나는 우리가 거기 가야 한다는 걸 느끼는데."

제레미를 쳐다보던 타라는 그 순간 이상한 느낌이 들어서 뒷걸음쳤다.

"너 너무 집요한 거 아냐? 그곳으로 무조건 가야 하는 주문에 걸려 있는 것 같아."

"너의 쪽빛 눈, 눈이 부실 정도로 황홀해, 타라."

타라가 막을 겨를도 없이 제레미는 입을 맞추었다.

바로 그 순간 방문이 열리고 조던, 칼, 파브리스, 무아노, 파프니르 그리고 로빈이 줄줄이 들어왔다.

"타라……."

그 충격적인 장면에 얼굴이 어찌나 창백해지는지 로빈은 그대로 기절할 것 같았다. 로빈은 방문에 의지하고 있다가 말없이 돌아섰다.

파프니르는 제레미 앞으로 다가가서 도끼를 휘둘렀다.

"내 친구들에게 나쁜 짓을 하면 넌 내 손에 죽어. 알았냐?"

제레미는 날카로운 도끼를 힐끔 보면서 눈을 깜박였다. 파프니르는 그걸 긍정적인 대답으로 간주하고 방을 나갔다. 로빈이 걱정된 무아노와 파브리스도 부리나케 쫓아나갔다. 칼은 로빈을 위로해야 한다는 생각에 마음이 급해서 엘레아노라를 찾았다는 말만 던지고 뛰어나갔다.

유일하게 남아 있던 조던은 팔짱을 끼고서 제레미를 관찰했다.

"잘 가라는 말을 하러 왔어. 아마 다시는 만나지 못하겠지. 제레미, 너는 착한 동생이었어. 안녕."

동생을 사랑했다는 말도, 헤어지게 되어 마음 아프다는 말도 차마 입 밖에 내지 못한 채 조던은 돌아섰다.

방문이 닫히자마자 제레미는 그 상황에 도저히 맞지 않는 의기양양한 미소를 지었다.

"이제 우리 키스도 했는데 나를 따라 스톤헨지로 갈 거지?"

그 순간 날아온 따귀를 맞고 제레미는 까무러칠 뻔했다.

"멍청한 놈!" 타라가 고함을 질렀다. "너 돌았어?"

아연실색한 제레미는 얼굴을 어루만졌다.

"나를 왜 때린 거야?"

"우리는 이런 식으로 키스하지 않아!"

제레미는 당황했다.

"아, 그래? 인간 청소년들은 이렇게 하지 않는다고? 나를 사랑하면서도 스톤헨지로 같이 안 가겠다고?"

"……!" 타라는 어이가 없어서 말이 나오지 않았다. 잠시 호흡을 가다듬으면서 소리쳤다. "맙소사! 누가 그래? 내가 너를 사랑한다고?"

제레미는 눈살을 찌푸렸다.

"주문! 주문 덕분에 넌 나를 사랑하게 되어 있어!"

그렇게 말하던 제레미가 제 머리를 주먹으로 쳤다.

"도대체 내가 무슨 말을 한 거야! 주문은 그 아이에게 작동하는 거지 내가 아닌데!"

타라는 깜짝 놀라서 한 걸음 물러섰다.

"무슨 주문?"

"아트락투스!"

"아트락투스? 아빠와 알리아도 같은 주문에 걸렸다고 했는데!"

타라는 온몸이 얼어붙는 것 같았다. 이건 인간이 아냐! 제레미가 아니었어!

"그럼 당신은……."

"미안. 자발적으로 따라나섰으면 좋았겠지만 할 수 없지!"

가짜 제레미는 방어할 틈을 주지 않고 순식간에 달려들어서 타라를 벽에 내동댕이쳤다. 타라는 의식을 잃었다. 페가수스가 울음소리를 내면서 공격했지만 방을 드나들도록 축소되어 있어서 힘을 쓸 수 없는 데다 마법의 광선에 맞고 말았다. 가짜 제레미는 한숨을 쉬면서 손 운동을 하듯 가볍게 손가락을 털었다. 인간의 몸은 종잇장이구먼. 그동안 얼마나 고생을 했는데 이런 가소로운 것들이 내 인생을 꼬이게 만들었단 말인가!

몇 분 후, 둥둥 떠오른 타라와 제레미, 갈랑과 그들의 가방이 멍한 얼굴로 비칠거리는 로빈을 지나쳤다. 로빈은 입술을 깨물면서 그들을 저지하지 않았다. 이젠 나를 거들떠보지도 않겠단 말이지? 그래, 마음대로 해라! 이런 때는 어떤 태도를 취해야 할지 모르는 파브리스와 칼, 무아노, 파프니르도 아무 말 하지 않았다. 타라와 친구들 사이에 흐르는 이상기류를 알아채지 못한 셀레나는 칼이 해준 말을 되새기고 있었다. 남편을 살해했고, 10년 동안이나 자신을 억류했던 철천지원수 마지스터와 손잡을 정도로 메델루스가 미친 인간이라는 것이 그녀는 믿어지지 않았다. 한편 불길한 장소를 떠난다는 것에 안심한 이사벨라는 입을 꾹 다물고 있었다. 그리하여 그들은 침묵 속에서 택시와 10인승 미니버스가 오기를 기다렸다. 크산디아르, 세네, 셀레나, 이사벨라, 마니투가 택시에 올랐고, 카무플레 국장의 요원들과 친위대원들은 미니버스 세 대에 올라탔다. 타라, 제레미, 로빈, 칼, 무아노, 파브리스, 파프니르도 또 다른 택시를 탔다.

그들은 수상쩍게 보이지 않을 모습으로 변신했다. 티그족 병사들은 팔 네 개를 일루전으로 감추고, 패밀리어들은 개의 모습으로 바뀌었다. 손을 흔들고 서 있는 이고르와 에스메랄다를 뒤로하고 성이 점점 작아지자 마니투는 긴장을 풀었다.

갑자기 타라와 친구들을 태운 차가 급선회를 하더니 도로를 벗어났다. 그런데 전복되기는커녕 차가 하늘로 날아오르는 것이 아닌가! 어디서 나타났을까, 엄청나게 큰 발톱이 택시 지붕을 찍어서 장난감 자동차처럼 찌그러뜨렸다. 질겁한 로빈이 창 밖으로 머리를 내미는 사이에 운전기사는 비명을 질렀다.

택시는 몸집이 너무 커서 날 수 없을 것 같은 새의 배 밑에 있었다. 그들의 눈앞에서 또 한 마리의 새가 셀레나와 이사벨라를 태운 택시도 들어올리고 있었다. 두 번째 새에 올라탄 사람은 바로 마지스터였다. 만족스러운 파란색으로 물든 마스크가 고개를 돌렸을 때 로빈은 마지스터라는 걸 대번에 알아봤다.

"로크 새야!" 노을빛 털을 발견한 무아노가 외쳤다.

아직 지상에 남아 있는 버스에서 정보국 요원들과 친위대원들이 뛰어나왔지만 속수무책이었다. 로크 새라고 불리는 자이언트 괴물 새들은 이미 사정거리를 벗어나 있었고, 하늘에서 마지스터가 새들을 지휘하고 있었다. 셀레나는 소스라쳤다. 마지스터의 이미지가 눈앞에 나타났던 것이다.

"이런, 이런! 나를 얼마나 오랫동안 피할 수 있다고 생각했소?"

셀레나의 얼굴이 굳어졌다. 네 앞에서 벌벌 떨던 그때의 내가 아냐!

"아직은 우리를 붙잡지 못했어, 이 미치광이야!" 셀레나는 부르짖었다.

"우리는 너무 높고 너무 빨리 날고 있어서 당신은 빠져나갈 수가 없는데 이걸 어쩌나?" 마지스터는 비웃음을 흘렸다. "공중 부양으로는 얼마 못 가서 으스러지고 말 텐데! 나는 당신을 잘 알아, 셸레나, 당신은 나에게 맞설 능력이 없어!"

"꿈 깨시지!" 셸레나는 입 안에서 우물우물 말했다.

그녀는 차의 문을 열고 뛰어내렸다.

마지스터의 이미지가 소스라치면서 고함을 질렀다.

"안 돼애애애, 셸레나!"

셸레나는 거리를 계산하고 뛰어내린 것이었다. 첫 번째 새의 등판에 무사히 착지한 셸레나는 새의 조종사를 가차없이 때려눕혔다. 그녀는 쓰러진 몸뚱이를 밀치다가 깜짝 놀랐다. 사냥꾼 셸렌바였던 것이다! 셸레나는 언짢은 미소를 지었다. 눈에는 눈, 이에는 이! 셸레나는 여자뱀파이어가 머리가 깨질 것 같은 두통을 느끼며 깨어나기를 바랐다. 나를 똑똑히 기억할 수 있게 아주 뜨거운 맛을 보여주지! 셸레나는 셸렌바를 내동댕이치고 싶은 욕망을 억누르고 주문을 읊었다.

"드레수스의 이름으로 로크 새는 내 말을 듣는 즉시 버스들 옆에 착륙할지어다!"

새는 머리를 흔들었지만 마지스터와 너무 멀리 떨어져 있어서 셀레나의 마법을 견뎌낼 수 없었다. 새는 성 쪽으로 방향을 바꾸더니 전속력으로 하강하기 시작했다.

"으아악!" 창문에 얼굴을 찰싹 붙인 채 파브리스는 비명을 질렀다. "그만큼 했으면 됐잖아!"

셀레나의 모습을 발견한 파브리스가 소스라쳤다.

"우리는 마지스터에게 납치된 거였어. 하지만 지금은 내가 제압한 새가 너희가 탄 택시를 끌고 가고 있으니까 걱정 마. 다른 새에게 쫓기고 있어서 병사들이 탄 버스 옆으로 착륙을 시도할거야. 마지스터가 데려온 상그라브는 많지 않아. 모두 꽉 잡아!"

택시 안에서 그들은 사정없이 흔들렸지만 제레미와 타라, 갈랑은 꿈쩍도 하지 않았다. 제일 먼저 이상함을 알아챈 것은 파프니르였다. 난쟁이는 운전석과 그들 사이에 있는 칸막이 유리를 깨뜨리면서 운전기사와 충돌했다가 다시 타라와 쾅, 부딪쳤다. 파프니르는 타라의 몸과 부딪쳐서 얼얼한 팔꿈치를 문지르면서 고개를 갸웃했다.

"이상하네, 나와 부딪친 사람이 아파야 정상인데! 타라, 너 보디빌딩 했어? 네 몸이 돌덩어리처럼 단단해!"

타라는 멍한 눈으로 파프니르를 쳐다보면서 힘겹게 말했다.

"아더월드로…… 돌아가게 되어…… 아주…… 기뻐!"

"너 그 옷 속에 강철갑옷 입었지?"

"아더월드로······ 돌아가게 되어······ 아주······ 기뻐!"

파프니르는 당황한 표정으로 로빈을 돌아봤다.

"로빈? 얘가 왜 이러지?"

처음에는 안 지 얼마 되지도 않는 소년과 입을 맞추는 현장을 들켰던 것이 너무 민망해서 타라가 말을 제대로 못하는 거라고 생각하던 로빈은 불현듯 공포에 사로잡혔다. 타라는 분명히 이상했다. 로빈은 타라의 눈앞에서 손가락으로 딱딱 소리를 냈지만 눈썹 하나 까딱하지 않았다. 로빈은 제레미와 갈랑의 눈앞에서도 똑같이 했지만 결과는 마찬가지였다.

그다음의 로빈이 하는 행동에 무아노와 파브리스는 경악했다. 번개같이 단검을 뽑아들고 제레미의 어깨를 찔렀으니!

단검은 챙, 소리를 내면서 튕겨나왔다.

"너 미쳤구나!" 칼이 소리쳤다. "네가 제레미를 싫어하는 건 알지만 그렇다고 칼로 찌르면 안 되지!"

"얘는 제레미가 아니라 우리가 광산에서 일꾼으로 쓰는 종족 중 하나야. 지칠 줄 모르지만 약한 종족이지!"

눈치를 챈 파프니르가 외쳤다.

"이건 남성 인격의 골렘(히브리어로 '형체가 없는 것'이란 뜻으로 생명을 불어넣은 진흙 인형을 가리킨다 ─ 옮긴이)이야!"

로빈이 단언했다.

로빈이 제레미의 귀를 건드리자 정수리가 쩍 벌어지면서 소년이 푹 쓰러졌다. 머릿속에 이상한 기호가 그려진 쪽지가 있었다.

"맙소사! 이건 고대 드래곤 언어야!" 무아노가 외쳤다. "넌 어떻게 생각해, 파브리스?"

파브리스는 쪽지를 해독했다.

"'나는…… 제레미…… 나는…… 소년…… 나는…… 아더월드로…… 돌아가게 되어…… 기뻐.' 그리고 정상적인 인간으로 행동하기 위한 설명서가 들어 있어!"

"오, 내 조상들이시여!" 본능적으로 야수로 변한 무아노가 중얼거렸다. "이건 타라, 제레미, 갈랑의 모습을 그대로 본뜬 조각상들이야!"

마지스터가 조종하는 로크 새가 갑자기 쾅 부딪치면서 차의 방향을 바꿔놓았다.

그러자 셀레나가 유리창 앞에 나타나서 외쳤다.

"마지스터를 제거해야겠는데 무슨 좋은 의견 없니?"

"부인, 우리가 속았어요." 로빈이 소리쳤다. "우리랑 같이 있는 건 타라와 제레미, 갈랑이 아니라 골렘이에요!"

"뭐라고?"

"셈이 그들을 납치했어요! 타라와 제레미와 같이 떠나는 걸로 우리를 속인 거예요. 애들은 생명을 불어넣은 조각상이에요!"

셀레나의 얼굴이 공포로 일그러졌다.

"즉시 스톤헨지로 돌아가야겠다!"

"마지스터를 유인할 방법이 있어요!" 이번에는 칼이 외쳤다.

칼은 계획을 말했고, 셀레나는 동의했다. 셀레나의 명을 받은 새가 갑자기 방향을 바꾸는 바람에 택시의 문이 열렸다. 밖으로 튕겨나간 타라와 제레미가 팔다리를 버둥거렸고, 갈랑은 택시 안에 그대로 있었다.

마지스터는 함정에 빠졌다. 하늘에서 뱅글뱅글 돌면서 추락하는 타라를 발견한 마지스터는 새에게 이사벨라와 크산디아르, 마니투와 세네를 태운 택시를 놓아주게 한 다음 급강하했다.

셀레나는 만반의 준비를 하고 있었다. 로빈과 무아노, 칼, 파브리스의 능력과 합친 그녀의 마법이 택시의 추락을 막는 사이에 이사벨라와 크산디아르, 세네도 그들이 타고 있는 택시를 병사들이 있는 지점에 무사히 착륙시켰다. 셀레나도 택시를 착륙시킨 다음 재빨리 내렸다. 칼, 파프니르, 로빈, 파브리스, 무아노는 기절한 운전기사를 차 밖으로 끌어냈다.

멀리, 마지스터가 조종하는 새는 타라와 제레미의 골렘이 땅으로 떨어지기 전에 낚아채는 데 성공했다. 골렘은 땅바닥에 떨어지면 가루로 박살이 나기 때문에 대번에 들통이 났을 텐데 천만다행이었다. 셀레나가 놓아준 새는 마지스터를 향해 쏜살같이 날아갔다. 마지스터는 투명 주문을 작동한 다음, 택시를 공격하는 자이언트 새들을 본 사람이 있을까 봐 그 지역에 민투스 주문을 날렸다.

셀레나 앞에 마지스터의 이미지가 나타났다.

"당신 딸을 만나고 싶으면 나를 찾아와야 한다. 당신은 졌어. 아더월드로 돌아가서 기다려. 내가 연락할 때까지."

그렇게 말하고는 웃음을 터뜨리면서 이미지는 사라졌다.

셀레나는 마지스터의 이미지가 완전히 사라지길 기다리고 있다가 몹시 불안한 얼굴로 물었다.

"타라가 너희랑 같이 있지 않다니! 그럼 대체 내 딸은 어디 있는 거지?"

31
드래곤의 배반

불을 내뿜는 동물과 대적하면서
꼬치구이 신세가 되지 않는 방법

*

타라는 눈을 떴다. 어두웠고, 턱뼈가 욱신거렸다. 타라는 턱을 살살 문질렀다. 꿈이었나 아니면, 가짜 제레미에게 얻어맞았나? 소년의 얼굴이 내려다보고 있었다.

"아, 타라! 깨어나서 정말 다행이다!"

타라는 황제에게 배운 대로 주먹을 꽉 쥐고 있는 힘을 다해 한 방을 날렸다. 소년은 벌렁 나가동그라졌다. 타라는 그 틈에 마법을 작동했고, 두 손에서 발사되는 광선으로 주위를 비춰봤다.

"너 왜 이래, 타라?" 공포에 질린 제레미가 외쳤다.

"아까 네가 나를 불시에 공격했잖아, 드래곤!" 타라는 으름장을 놓았다. "내 능력과 너의 능력 중 어느 것이 더 센지 어디 한번

겨뤄볼까?"

타라는 불을 발사했고, 제레미는 가까스로 피했다. 이번에는 제레미가 두 손을 흔들자 마법의 광선이 원을 그리면서 퍼져나갔다. 타라는 재빠르게 방패를 만들어서 간신히 막았다. 타라는 이를 악물었다. 어, 이 마법은? 드래곤의 마법은 이것보다 훨씬 강력한 데다 지금까지 원을 그리는 광선을 사용한 적이 없었다. 갑자기 경직되는 타라를 보면서 얼른 제레미가 외쳤다.

"타라! 나 제레미야! 내 말을 믿어야 해!"

타라가 아는 한 마법으로 동심원을 만들 수 있는 사람은 제레미밖에 없었다. 타라는 두 손을 내렸지만 마법을 끄지는 않았다.

"제레미? 너야? 드래곤이 아냐?"

"아냐. 드래곤은 너를 여기 데려다놓고 나갔어. 제발 마법을 꺼줄래, 타라? 겁나 죽겠어."

의심의 여지가 없는 제레미였다. 갑자기 머릿속을 울리는 목소리에 타라는 미소를 지었다.

'예쁜 타라 깨어났어? 소년과 나, 무서웠어, 예쁜 타라가 기절해 있어서! 이제 됐다, 나갈까? 여기 너무 깜깜해.'

살아있는 돌도 같이 데려왔잖아! 이상하다, 살아있는 돌이 있으면 마법 능력이 증가된다는 걸 틀림없이 알고 있을 텐데……. 그런데도 여기에 가둬놨다는 것은?

534

타라는 용기가 꺾였다.

그들은 흙바닥에 돌로 벽을 쌓은 방에 있었다. 냉기가 돌고 부식토와 곰팡이 냄새가 났다. 횃불 두 개가 가구도 없고 장식도 없는 빈 공간을 희미하게 비추고 있었다.

뭔가 허전한 것이 점점 더 불안해졌다. 어, 패밀리어? 갈랑이 보이지도 않고 머릿속에서도 느껴지지 않았다. 그러나 갈랑이 죽었다면 나도 반쯤 죽어 있어야 하는데! 드래곤이 페가수스를 어떻게 한 거지?

타라의 공포를 모르는 제레미는 마법을 껐다. 타라도 마법을 껐다.

타라는 제레미를 살폈다. 턱 오른쪽에 시퍼런 멍이 들어 있고, 왼쪽 눈두덩이 뻘겠다.

"누구한테 맞은 거야?" 타라는 제레미의 얼굴을 가리키면서 물었다.

"너한테 맞은 거 말고?" 제레미는 짓궂게 말했다. "드래곤한테 맞았어. 마법사들은 권투를 좋아하는 모양이지? 너희 세상에서 살아가려면 나도 그래야 되는 건가?"

아, 간밤에 옆방에서 들렸던 둔탁한 소리가 바로 셈이 제레미를 제압하는 소리였어. 그때 바로 확인했어야 하는 건데! 직관을 믿었어야 했는데! 제레미는 빤히 쳐다보면서 대답을 기다리고 있었다.

"다른 마법사의 주문을 막으려면 때려눕히는 게 제일 좋은 방법이니까." 타라는 난처한 얼굴로 궁색한 대답을 했다. "미안해, 난 네가…….

"내가 드래곤인지 알았다는 거지? 이해했어. 로빈의 제안을 받아들였으면 좋았을걸!"

타라는 이맛살을 찌푸렸다.

"로빈이 무슨 제안을 했는데?"

제레미는 한숨을 쉬면서 타라 앞에 책상다리를 하고 앉았다. 타라도 흉내를 냈다.

"간밤에 방을 바꾸자고 했어. 너를 지키기 위해 가까이 있고 싶다고 했는데 왜 그랬을까?"

"나는 이유를 알아!" 타라는 얼굴이 빨개져서 말을 잘랐다. "그냥 질투 때문이야. 드래곤이 우리에게 아트락투스 주문을 걸어 놨거든!"

"그게 뭔데?"

이런, 답변을 피할 수가 없네.

"우리가 서로 사랑에 빠지는 주문."

소년이 어이가 없는 얼굴로 쳐다보자 타라는 두 손을 들었다.

"드래곤이 그러는 이유가 뭔지는 나한테 묻지 마. 그렇게 해야 우리를 이용하기가 더 쉽다고 생각한 것일 테니까."

"아더월드 사람들은 정말 이상하다. 그런 일에 주문이 필요해?"

"우리는 아냐! 드래곤이 그렇다는 거야!"

제레미는 고개를 끄덕이면서 말을 계속했다.

"네 친구 로빈이 너무 예민하게 굴어서 내 방에서 내쫓아버렸어. 아트락투스 주문에 걸렸든 아니든 받아들이는 편이 나았을 텐데! 그러고 나서 한 시간쯤 후, 늙은 마법사 셈 선생님이 왔어. 나에게 거석과 악마에 대해 말하더니 5000년을 기다려온 일이 이제 끝났다고 했어. 그러고는 미안하다면서 미소를 짓더라고. 그러다 갑자기 미안하긴 뭐가 미안하냐면서 나를 때려눕혔어. 얼마 후 깨어나 보니 여기 갇혀 있었어. 그리고 또 얼마 후, 너를 데려왔기에 내가 마법을 작동하자 뒷걸음치더니 벽 속으로 사라져버렸어."

타라는 주위를 둘러봤다. 정말 문이란 건 없었다.

"몇 번 깨워봤는데 네가 정신을 못 차리더라고. 내 시계가 고장난 게 아니라면 우리가 갇힌 지 적어도 12시간은 됐어. 화장실에 가겠다고 했더니 벽 한 자락을 열어주긴 했어. 그런데 넌? 넌 어쩌다가 여기 왔어?"

타라는 설명했다.

"셈이 네 모습으로 변신해 있었어."

"뭐라고?"

"마법 덕분에 우리는 어떤 모습으로든 변신할 수 있거든. 너로 변신한 드래곤이 나를 스톤헨지로 데려가려고 별의별 말을 다하더라고. 그래도 통하지 않자 나를 기절시킨 거야!"

타라는 입을 맞춘 일에 대해서는 언급하지 않기로 했다.

"그 드래곤이 우리의 유전자를 조작하고, 내 양부모를 죽인 거지?" 제레미가 매서운 눈초리로 물었다.

타라는 고개를 끄덕였다.

"응. 우리도 그 이유를 간밤에 알았어. 그림이 나를 빨아들였을 때."

"뭐, 그림이 너를 빨아들여?"

"나의 아버지가 스톤헨지에 대한 경고 메시지를 남겨놨어. 그 메시지가 내게 전해졌을 때 드래곤은 이미 너를 납치한 다음 네 모습으로 변신해 있었어. 드래곤은 이유 없이 우리를 여기 가둬 놓은 게 아냐. 그 기계를 작동하려면 우리의 마법 능력이 필요하기 때문이지. 한 방울도 남기지 않고 우리의 마법을 다 짜낼 거야. 여기 이러고 있으면 우린 죽어!"

소년의 눈이 왕방울만해졌다.

"타라, 마법이 내 인생에 나타난 뒤로 정말 불안해 죽겠어. 계속 이렇게 살아야 해?"

타라는 활짝 웃었다.

"우리 클럽에 들어온 걸 환영해!"

"정말 이상해. 나는 그 드래곤이 너의 친구인지 알았거든?"

"나도 그렇게 생각했어!" 타라는 씁쓸하게 대답했다. "드래곤
이 돌아오기 전에 여기서 나가야 해. 너의 마법과 내 마법을 합해
야겠어. 우리 둘이라면 저 벽을 박살 낼 수 있어."

타라는 혼자서도 할 수 있지만 제레미의 마법과 결합했을 경우
그 힘이 어느 정도인지 측정해보고 싶었다.

제레미는 고개를 갸웃했다.

"그게 바로 드래곤이 바라는 것이 아닐까? 우리가 여길 나가기
위해 마법을 사용함으로써 우리가 그 기계라는 걸 작동시키는 게
아닐까?"

마법을 작동할 준비를 하던 타라는 얼른 멈췄다.

"아주 날카로운 지적이야. 음, 그렇다면 다른 걸 시험해봐야겠
어."

타라가 손을 들자 가문의 반지가 반짝거렸다.

"이게 도와줄지도 몰라. 지난번에는 쓸모가 없긴 했지만……."

타라가 가문의 반지를 세 번 돌리자, 제5서클 악마들의 공주 살
렌비트레두릭셀바의 이미지가 나타났는데 등을 돌린 채 공중에

둥둥 떠 있었다. 깜찍한 빨간색 우산을 씌운 칵테일 잔을 들고 있던 에프리트가 돌아서서 그들을 보고 미소를 지었다. 제레미는 시커먼 송곳니를 보고 몸을 움츠렸다.

"부르셨어요. 마마? 무엇을 도와드릴까요?"

머리가 순간적으로 사라졌다가 다시 나타났는데 이번에는 옆 구리에 붙어 있었다.

"어어, 왜 이러지? 어디 계신데 내가 물질화되지 않죠?"

"우리는 지구의 스톤헨지에 갇혀 있어. 나는 마법을 사용하면 안 되는데 네가 우리를 구해줄 수 있겠어?"

"그러려면 제가 지구로 가야 하는데 마마의 허락이 있어야 해요."

타라는 고개를 끄덕였다.

"분명히 허락하신 겁니다! 스파리담!"

에프리트의 이미지가 그들 앞에 나타나자 제레미는 질겁해서 좀 더 몸을 웅크렸다.

그러나 응축된 연기가 에프리트 형상으로 물질화하는 순간 살 렌비트레두릭셀바는 그림 속에서 몸이 안 좋았을 때처럼 낯빛이 빨개지기 시작했다.

"마마, 여기 뭔가가 있어요." 에프리트의 얼굴에 갑자기 경련 이 일었다. "뭔가가 내 마법을 빼내고 있어요. 여기 있다가는 마법 능력이 다 빠져나가서 우리 행성으로 돌아가지도 못하겠어요. 제발 그냥 가게 해주세요. 죽을 것 같아요!"

그렇게 말하고 나서 에프리트는 주저앉았다. 가슴이 철렁 내려앉은 타라는 에프리트가 의식을 잃기 전에 돌아가게 했다. 에프리트가 사라지는 순간, 타라는 가까스로 친구들과 어머니에게 알려달라고 소리쳤지만, 에프리트가 그 말을 들었는지는 알 길이 없었다.

"저건 뭐야?" 제레미가 물었다.

타라는 난감한 얼굴로 손을 내렸다.

"무슨 일이 생겼을 때 내가 부르면 나를 지키고 도와주는 일종의 흑기사야. 이건 실패했고……. 생각 좀 해보자. 좀 전에 너를 공격하려고 마법을 사용했을 때 나는 에프리트와 달리 아무 문제가 없었어. 에프리트는 뭔가가 몸에서 마법을 빼내고 있다고 했어. 그건 드래곤이 우리의 동의 없이도 우리의 마법을 사용할 수 있다는 뜻이잖아?"

"정확하다!" 등 뒤에서 목소리가 내지르듯 말했다. "네 몸에 있는 마법이지만 네가 사용할 수도 있고 아닐 수도 있지! 내가 그 마법을 빼낼 수 있거든, 어린 인간아!"

타라와 제레미는 벌떡 일어났다. 눈앞에 있는 것은 드래곤 모습의 셈 선생님이었다!

제레미는 겁을 먹고 뒷걸음쳤다. 영화에서나 봤던 드래곤! 키가 6미터에 날개를 펼치면 15미터는 될 것 같은 거대한 몸집의 파충류, 파란 비늘껍질, 날카로운 돌기가 울퉁불퉁 돋아 있는 등판, 갈퀴발톱……. 저게 낫이지 발톱이야? 아가리를 쫙 벌리면서 징그럽게 긴 이빨들을 드러내는데 두 아이를 맛있는 과자쯤으로 여기는 것 같았다.

그들은 드래곤이 들어오는 소리를 듣지 못한 이유를 대번에 알았다. 타라가 강력한 마법 능력을 믿고 번개같이 발사한 마법의 광선이 드래곤을 통과했지만 상처는커녕 돌벽을 맞고 되돌아오는 바람에 오히려 그들이 피해야 했다.

영화 〈스타워즈〉를 본 적 있는 제레미는 정확하게 알고 있었다.

"타라! 소용없으니까 멈춰! 저건 홀로그램이야! 실물과 똑같이 입체적으로 보이는 드래곤의 영상일 뿐이야!"

"제법이구나, 어린 인간아! 승리가 눈앞인데 내가 미쳤다면 모를까 나를 노출할 필요가 없지!"

타라는 그렇게 가까운 사이였는데 '어린 인간'이라고 부르는 것이 수상쩍었지만 너무 화가 나 있어서 깊이 생각하지 않았다.

"흥! 우리와 대적할 용기는 없나 보군요!" 타라는 날아가는 총알을 낚아채듯 마법의 광선을 거둬들이면서 외쳤다.

드래곤의 눈이 이글거리는 것을 보면서 타라는 한순간 드래곤이 함정에 걸려들 것이라고 생각했다. 그러나 드래곤은 이내 침착해져서 비웃음을 흘렸다.

"영악하구나! 나를 화나게 해서 허점을 노리려고 하다니! 너는 드래곤이 될 자격이 있어, 어린 인간아!"

"드래곤이 된다는 것이 친구들을 속이고 배신하는 거라면 사양하겠어요!" 타라는 당차게 응수했다. "현재의 내가 훨씬 나아요! 내 페가수스를 어떻게 했죠?"

"페가수스는 쓸모가 없어서 옆방에 가둬놨다. 어차피 너와 동시에 끝장이 날 텐데 굳이 미리 죽일 필요는 없지!"

"페가수스의 정신을 읽을 수 없단 말예요!" 타라는 물러서지 않았다.

"그건 정상이다." 드래곤이 벽을 가리키면서 대답했다. "너의 마법에 저항하는 주문이 에워싸고 있어서 페가수스의 생각이 그 장막을 넘을 수가 없거든. 네가 아더월드를 몰래 빠져나왔을 때처럼 네 친구들은 너의 위치를 파악할 수 없다."

"브라보, 대단하시군요! 우리를 잡아온 이유는 뭐죠?"

"어린 인간아, 너는 기념비적인 프로젝트에 참여하게 되는 거야! 일생일대의 걸작품이지!"

타라는 이제 두려운 단계를 넘어 격분하기에 이르렀다.

"과장이 좀 심한 거 아니에요?" 타라는 비아냥거렸다.

"성질 건드리지 마라. 내 기계를 작동하면 너는 왜 죽는지도 모르고 끝장나는 거야."

"타라, 제발 자극하지 마!" 제레미는 애원했다. "나는 알고 싶어요. 우리를 어떻게 할 겁니까?"

드래곤이 놀라는 것 같았다.

"왜, 너희를 당장 죽일까 봐? 천만에! 너희는 내게 아주 소중해! 너희 덕분에 악마들이 죽인 내 사랑의 원수를 갚게 될 텐데!"

타라는 어이가 없는 얼굴로 드래곤을 쳐다봤다.

"악마들이 5000년 전에 죽인 당신의 여자 때문에 우리를 희생시키겠다는 거예요? 제정신이에요?"

"당신의 여자? 건방진 것! 내 아내야. 내 아내는 드래곤-인간 연합군 부대를 이끌던 중에 마왕이 놓은 함정에 빠졌다. 지구를 사수하기 위한 치열한 전쟁이었지. 그런데 연합군 대장이 실수를 저지르는 바람에 내 아내가 그 대가를 치렀던 것이다! 내 기계가 작동하게 되면 악마는 절멸할 것이다. 이번에는 내 복수의 뜨거운 맛을 보여줄 차례야!"

셈이 결혼했었나? 한번도 그런 말을 한 적이 없었다. 타라는 드래곤이 한 말 중에서 또 한 가지 이상한 점에 주목했다.

"이해가 안 되네요. 연합군 대장은 셈 선생님, 당신이었잖아요?"

드래곤이 당황하는 것 같았다.

"내 위로 상관이 있었어. 아무튼 몇 분 후면 별들의 합이 이뤄질 것이다. 그러면 5000년 전에 내가 만든 기계가 우리 세계와 악마의 세계 사이에 시공간의 소용돌이를 일으킬 것이다. 악마들의 행성과 지구를 연결하는 지각단층과 비슷한 것이지. 그렇다고 악마들이 이곳으로 올 수는 없어. 내가 방출하는 초강력 마법이 악마들의 행성을 파괴할 때 끔찍한 연쇄반응이 일어나니까!"

타라는 공포에 사로잡혔다. 아버지는 드래곤이 악마들의 파멸을 원한다고 알려주었지만 그 터무니없는 계획이 이렇게 엄청난 단계에 이르러 있을 줄은 상상도 하지 못하고 있었다.

"뭐, 뭐, 뭐라고요?" 타라는 말을 더듬었다. "악마들을 절멸시키겠다는 거예요? 그들을 악마라고 부르고는 있지만 악마도 또 하나의 종족일 뿐이에요. 그들이 설사 우리를 정복하려고 해도 절멸시킬 생각을 하다니! 그건 극악무도한 학살행위예요!"

"반드시 그렇게 될 것이다!" 드래곤은 의기양양했다. "그 비열한 것들은 절멸될 것이다. 마법의 폭발로 우리가 있는 지구도 파괴될 것이다. 너희도 살아날 희망은 버려!"

그렇게 말하고 드래곤은 사라졌다.

타라와 제레미는 마주보고 앉았다.

"타라, 무슨 말인지 이해했어?"

"응? 응."

"여기서 탈출하지 않으면 우리의 마법 능력이 빠져나가서 폭발한다는 거지!"

"응."

"그렇다면 여길 빠져나가기 위해 우리의 마법을 합하자는 네 생각……."

"응?"

"그걸 실행에 옮기자, 지금 당장!"

타라는 픽 웃었다.

"내가 셈을 공격했을 때 어떻게 됐는지 봤지? 우리가 당할 위험이 있어!"

제레미는 불안한 눈길을 던졌다.

"타라, 뭐가 뭔지 잘 모르겠지만 무엇이든 해봐야지! 이대로 죽을 수는 없어!"

타라는 무슨 말을 하려다가 그만두고 깊은 생각에 잠겼다. 이윽고 몸을 숙이고 바닥을 살폈다. 타라는 뭐라고 중얼거리면서 제레미를 향해 공격하는 시늉을 하다가 불덩어리를 흙바닥에 발사했다.

제레미가 달려들 기세로 고함을 질렀다.

"타라! 뭐 하는 짓이야?"

그런데 놀랍게도 흙바닥이 불을 흡수하는 것이 아닌가!

"바로 이거야." 타라는 만족스런 얼굴로 말했다. "내가 방금 발사한 카르보누스는 너를 빗겨서 흙바닥을 뚫고 들어가버렸어. 우리에게 되돌아오지 않았다고! 하르퓌아들도 똑같은 실수를 저질렀지. 칼은 내가 불도저 같다고 했어. 내가 마법 능력을 믿고 강력하게 밀어붙인다면서. 그래서 칼의 말대로 불도저처럼 이곳의 방어 시스템을 한번 제압해봐야겠어. 물론 조심할게."

타라는 지체 없이 돌벽 아래의 흙바닥을 겨냥하면서 주문을 읊었다.

"*트란스포르무스의* 이름으로 흙바닥은 더 이상 고체가 될 수 없는 액체로 변할지어다!"

갈색 흙을 촘촘하게 다진 땅바닥이 변하기 시작하더니 벽의 한 부분 밑으로 흙탕물 웅덩이가 생겼다. 우지끈거리는 소리와 함께 벽이 기울어졌다. 드래곤은 타라가 지반을 공격하리라고는 생각지 못했던 것이다. 벽이 갈라지면 걸려 있는 방어 주문이 굴복할 것이고, 그러면 그들은 빠져나갈 수 있었다.

"됐어!" 타라가 소리쳤다. "이제 마법을 합해서 벽이 무너져내리게 방 전체를 액체로 바꾸자!"

제레미의 손에서 마법이 번쩍였다.

"살아있는 돌, 너의 힘이 필요해!"

'힘을 원해?' 타라의 머릿속에서 돌이 노래했다. '힘을 줄게!'

타라가 제레미의 손을 잡는 순간 번쩍 섬광이 일었고, 그들은 엄청난 에너지에 휩싸이는 느낌이 들었다. 눈이 새파래지고, 새까매진 타라와 제레미의 몸에서 똑같은 빛이 퍼지고 있었다. 놀라운 힘에 흥분한 듯 손을 잡은 채로 미소를 짓는 타라와 제레미, 그들의 머리 위에서 별처럼 반짝이는 살아있는 돌, 이윽고 셋의 능력이 합쳐진 마법이 바닥을 후려쳤다.

흙바닥은 버티지 못했고 고체 상태에서 시정거리가 10미터쯤 되는 짙은 안개 상태로 변했다. 지반이 붕괴되면서 벽은 마침내 와르르 무너졌다. 머리 위로 엄청난 돌과 점토가 쏟아져내릴 때 그들은 지표면 밑에 있다는 것을 알았다. 그 점은 예상하지 못하고 있었다.

반응속도가 빠른 그들의 마법 덕분에 돌덩어리들을 피할 수 있었다. 그러나 그들이 만든 방패로는 짓누르는 흙더미를 당해낼 수 없었다.

서로에게 결합되어 있기 때문일까, 그들은 동시에 같은 생각으로 대응했다. 방패는 닿는 것을 모조리 분쇄하는 무기로 변했다. 그들이 마법의 빛을 번쩍이면서 밖으로 솟구쳤는데 세 마리의 개똥벌레 같았다. 이사벨라와 셀레나, 마니투, 로빈, 조던, 파프니르, 칼, 무아노, 파브리스, 세네, 크산디아르와 병사들의 눈에는 적어도 그렇게 보였다. 그들에게 불쑥 나타난 에프리트가 이상한 곳에서 죽다 살아났다면서 타라는 어둡고 추운 지하에 갇혀 있다고 알려준 뒤로 가슴을 졸이며 몇 시간을 미친 듯이 찾아다녔는데 느닷없이 땅에서 솟구쳤으니!

타라와 제레미를 찾기 위한 긴급구조대에 억지로 끼어 있던 안젤리카는 살아서 돌아온 타라를 보자마자 앙칼지게 외쳤다.

"이제는 나 없어도 되죠? 나는 아더월드로 돌아가겠어요. 안녕!"

그렇게 말하고 나서 트란스미투스를 작동한 안젤리카는 피시시식 소리를 내면서 사라졌다.

셀레나는 안젤리카가 떠나거나 말거나 안중에도 없이 힘껏 소리쳤다.

"타라!"

"제레미!" 어둠 속에서 날아오는 동생을 보고 놀란 조던이 외쳤다. "어떻게 된 거야?"

"엄마? 도망치는 데 성공했어요! 우리의 마법을 합했는데 얼마나 강력했는지 엄마는 상상도 못할 거예요! 아빠를 돌아오게 할 수 있어요, 자신 있어요!"

"내 부모님도!" 제레미도 흥분해 있었다. "우리가 원하는 것은 뭐든 할 수 있어요!"

한순간 셀레나의 얼굴에 당혹스러운 빛이 스쳤다.

"뭐라고? 어서 내려와! 타라! 제레미! 잘 안 들려! 여길 빨리 떠나야 해! 서둘러야 해!"

그 순간 두 아이가 땅에서 솟구칠 때 났던 소리보다 훨씬 큰 소리가 응답했다. 거석들이 꿈틀거리는 것을 보면서 마법사들은 황급히 뒷걸음쳤다. 5000년 동안 수십 미터 지하에 숨어 있던 고인돌 300개가 일제히 땅에서 솟아올랐다. 고인돌들을 둘러싸는 우물 56개는 메워져 있었다. 그런데 파헤쳐진 흙에서 희끗희끗 드러나는 것들은? 유심히 살펴보던 마법사들은 질겁했다. 해골?

"맙소사, 유적지 전체가 묘지예요!"

쌓여 있는 뼈다귀들을 요리조리 피하면서 칼이 소리쳤다.

그 소리에 집중력이 깨진 타라가 발을 헛디뎌서 넘어지려고 하자 제레미가 얼른 붙잡아주었다. 그들은 눈이 동그래져서 해골밭을 쳐다봤다.

그사이에 거석들의 움직임이 멈춰 있었다. 평평한 돌이 올라앉아 3석탑 형상인 것들도 있고, 동그란 원을 이루는 것들도 있었다.

이윽고 거석들이 윙윙거리기 시작했다. 공포에 사로잡혀 있던 타라는 그 소리에 정신이 번쩍 들었다. 아버지가 이 소리에 대해 말해주지 않았던가! 그들은 그 거석들에서 일직선으로 몇 미터 떨어진 거리에 있었다.

"위험해요! 빨리 여길 떠나야 해요!" 타라가 외쳤다.

그렇게 말하면서 타라는 제레미를 잡아끌었다. 그러나 타라의 걸음은 그리 빠르지 않았다.

거석에서 발사된 검은 광선이 마니투와 조던을 제외한 모든 마법사의 몸에 닿았다. 마법사들은 동시다발로 비명을 지르면서 마비되었다. 패밀리어들도 그대로 마비되었다.

그때였다. 땅에서 거대한 돌 하나가 치솟았다. 그런데 평평한 돌 위에 서 있는 사람은? 셈 선생님?

"쯧쯧쯧! 꼼짝 마라! 너희 인간들은 정말 시끄럽구나! 두 꼬마가 탈출한 것을 보고 다 도망쳤을 거라고 생각했는데! 두 꼬마에다 너희까지 아직 이곳에 있을 줄이야!"

그렇게 말하고 나서 드래곤이 주문을 읊었다.

"무티스무스의 이름으로 인간들은 입도 뻥긋 못하게 할지어다!"

검은 광선에 휩싸인 그들은 격렬한 통증에도 불구하고 비명소리조차 낼 수 없었다. 강력한 마법으로 방어한 타라와 제레미에게는 무티스무스 주문이 통하지 않았고, 인간에서 제외된 티그족과 로빈, 파프니르, 마니투는 말을 할 수 있었다.

친위대장 크산디아르는 놀라운 행동을 했다. 몸을 에워싼 검은 광선 때문에 버둥거리면서 크산디아르는 하얀 깃털이 들어 있는 비밀봉지를 꺼내기에 이르렀다.

"*레아셈블루스의 이름으로* 깃털은 원래 있었던 몸으로 돌아갈 지어다!" 크산디아르는 고통스러운 목소리로 주문을 읊었다.

깃털은 지체 없이 드래곤의 오른쪽 앞발에 있는 제자리를 찾아갔다. 드래곤은 깜짝 놀란 얼굴로 크산디아르를 쳐다봤다.

"이건 무슨 수작이야?" 드래곤이 거만한 어조로 말했다. "나를 굴복시키려는 수작이라면 가소롭기 짝이 없구나!"

친위대장은 심호흡을 하고 선언했다.

"오무아 제국의 이름으로 당신을 블루르 마브리 살인죄로 기소합니다!"

이번에는 세네가 검은 광선에 휘감긴 몸을 비틀거리면서 말을 이었다.

"그리고 나는 시한폭탄을 불법 사용한 죄로 당신을 기소합니다. 아울러 테러를 목적으로 더군다나 폭탄을 훔쳐서 사용했을 경우, 종신형에 처한다는 것도 알려드립니다."

크산디아르는 범죄행위를 열거했다.

"첫째, 오무아 제국 후계자의 유전자를 조작한 죄. 둘째, 하르퓌아들을 통해 살인을 기도한 죄. 셋째, 비마들의 세상에 신화적인 동물을 침투시킨 죄. 넷째, 유괴죄. 당신은 응분의 대가를 치를 것이오!"

드래곤은 쩌렁쩌렁 웃음을 터뜨렸다.

"어리석은 것들! 이런다고 내가 항복할 것 같은가?"

"살인이라는 걸 밝혀내지 못할까 걱정했더니!" 크산디아르는 흡족한 어조로 응수했다. "당신의 유죄에 대해 확신이 없었는데 이것으로 확인이 되었군!"

드래곤은 입을 멍하니 벌리고 있었다. 티그족의 반응이 자신의 예상을 완전히 빗나간 모양이었다.

갑자기 드래곤이 뻣뻣해졌다. 트란스미투스로 이동하는 독특한 소리가 들렸던 것이다. 거대한 실루엣 둘이 유형화되는 순간 그들을 알아본 드래곤의 목구멍에서 숨넘어가는 소리가 새나왔다. 멋진 레드 드래곤 샤르맘니쉬라쉬바, 그리고 동행한 드래곤은 솀나샤오비로다인트라쉬부였다. 이게 어떻게 된 거지? 또 한 명의 솀 선생님?

32
샤름
약혼녀의 아버지와 맞서야 하는 괴로운 결투

*

어안이 벙벙해진 타라는 제2의 셈 선생님을 관찰했다. 그는 자신과 똑같은 모습의 드래곤에게 정신을 집중하고 있어서 타라를 쳐다보지 않았다.

샤르맘니쉬라쉬바와 그는 배반한 드래곤을 양쪽으로 에워쌌다.

"당신이 누구든 우리에게 대항할 수 없어요." 샤름이 냉랭한 어조로 단언했다. "항복하면 드래곤 심의회가 관용을 베풀 것이오!"

"샤름!" 드래곤이 외쳤다. "네가 여기 무슨 일로 왔니? 위험해! 어서 떠나거라!"

샤르맘니쉬라쉬바는 뚫어져라 쳐다봤다.

"나는 배반자에게 반말을 허락하지 않았소! 후계자로부터 셈이 끔찍한 음모를 일으킨 범인이라는 연락을 받았을 때 나는 셈이 저지른 일이 아니라는 걸 알고 있었어요. 셈은 나와 함께 유전자 조작 사건을 수사하고 있던 중이었으니까!"

"근데 왜 그때는 아무 말도 하지 않았어요?" 몸을 에워싼 검은 광선과 싸우면서 타라가 항의했다.

"셈이 원치 않았어." 샤름은 배반자에게서 눈을 떼지 않은 채 대답했다. "현장에서 배반자의 정체를 밝히고 싶어 했지. 그래서 우리는 때를 기다리고 있었어."

"샤름," 동행한 드래곤이 목청을 돋우면서 말했다. "드래곤 심의회의 규정과 관계없이 나는 이자와 대적하고 싶소. 이자를 구해주고 싶어도 일을 너무 많이 벌여놔서 그걸 다 은폐하려면 수습하기가……."

그러나 샤름은 단호했다.

"그건 절대 안 돼요! 이자는 재판을 받고 벌을 받아야 해요!"

"너를 위한 것이었어!" 가짜 셈이 아주 괴로운 목소리로 외쳤다. "네 어머니의 원수를 갚기 위해서였다!"

샤름은 깜짝 놀라서 가까이 다가섰다.

"말도 안 돼! 아버지?"

드래곤은 고개를 끄덕였다. 파란 비늘이 검은색으로 변하고,

온몸이 무지갯빛 깃털로 덮이면서 이상한 갈기가 나타나더니 샤름의 아버지이자 드래곤들의 왕, 샨도우바릴로우바쉬부가 위풍당당한 모습을 드러냈다!

샤름의 금빛 눈에서 눈물이 주르륵 흘러내렸다.

"오, 신들이시여! 아버지가 어떻게 이럴 수가?"

"네 어머니 샬렌드라쉬바는 이자의 잘못으로 죽었어!" 드래곤들의 왕이 갈퀴발톱으로 셈을 가리키면서 외쳤다. "셈이 네 어머니의 심장을 찍어 죽인 것이나 다름없어. 내가 너무 늙고 소심하다는 이유로 심의회에서 임명한 연합군 대장이 셈이었으니까. 물론 이 미치광이가 승리했어. 하지만 네 어머니를 포함하여 수천 명의 드래곤이 그 대가를 치렀단 말이다! 나는 셈 때문에 죽은 네 어머니와 병사들의 원수를 갚기로 결심했어. 그래서 5000년 전에 마법 능력이 있는 인간들의 유전자를 조작하기 시작했다. 그때마다 나는 그런 만행을 저질러놓고도 위대한 영웅으로 찬양받는 셈나샤오비로다인트라쉬부의 모습으로 변신했지. 일단 악마의 세계를 파멸시킨 뒤에 오무아의 여제와 최고 마구스들의 증언을 확보하면 셈을 고소할 수 있어!"

"아버지, 이건 터무니없는 생각이에요!"

"아니, 정당한 것이야! 나는 미개한 땅에서 납치한 인간들을 데리고 이 무기를 건조했어. 그들은 아메리카의 메사버드 고원에 사는 아나자시족 인디언이었다. 그들은 날개 돋친 뱀, 케차코아틀이라는 이름으로 나를 숭배했지. 나는 그들을 이곳으로 데려왔고, 그들이 이 건조물을 세웠다. 많은 사람이 죽고 이 땅에 묻혔어. 생존한 이들은 이 건조물에 대해 발설하지 못하도록 아더월드의 금지된 대륙으로 보냈다."

샤름은 소스라치면서 새파랗게 질렸다.

"금지된 대륙이라니요! 오, 아버지! 아버지는 그 사람들에게 죽음보다 더 고통스러운 형벌을 내린 거예요. 그 대륙에 무엇이 있는지 잘 알잖아요!"

마법사들은 어리둥절했다. 대체 이 드래곤들이 무슨 말을 하고 있는 거지?

"그 시절에는 아무도 없었어. 심의회에서 거기에 마법의 장벽을 세워 봉쇄하리라고는 예상하지 못했다. 사랑하는 내 딸아, 어서 이 행성을 떠나, 곧 폭발할 거야! 이 한심한 드래곤을 데리고 떠나, 나는 과업을 완수해야겠다."

샤름은 꿈쩍도 하지 않았다.

"어떻게 하려고요?"

"악마들의 행성을 파괴하려고 해요." 타라가 말했다. "제레미와 나의 마법을 이용해서."

타라의 말에 샤름은 혼란에 빠진 얼굴로 말했다.

"솔직히 말해서 이 행성을 위험에 빠뜨리는 일이 아니라면 아버지를 반대하지 않을 거예요. 악마들에 대한 아버지의 증오심은 모든 드래곤이 공감하는 것이니까요."

"하지만……." 타라가 반박하려고 했지만 샤름이 말을 잘랐다.

"그렇지만 우리의 복수심 때문에 수십 억의 무고한 목숨을 희생시킨다는 것은 생각할 수 없는 일이에요, 아버지. 셈의 말이 옳아요. 당장 그만두셔야 해요!"

블랙 드래곤은 격분했다.

"다른 사람들은 몰라도 너는 나를 이해하고 도와줘야지! 네 어머니의 원수를 갚고, 원수들을 짓밟아 잿더미로 만들어야 하는 것 아니니?"

"오, 아버지! 어머니의 원수를 갚는 일이라면 기꺼이 제 목숨을 내놓겠어요. 하지만 다른 사람들의 목숨은 안 돼요. 우리에게는 그럴 권리가 없어요!"

"네가 반대해도 나는 멈출 수 없어! 임모빌루스의 이름으로 내 뜻대로 다룰 수 있게 드래곤 둘을 마비시킬지어다!"

주문에 걸린 샤름은 입만 빼놓고 온몸이 마비되었다. 경계를 하고 있던 셈은 재빠르게 옆으로 구르다 하마터면 칼을 깔아뭉갤 뻔했다. 셈은 멀쩡한 상태로 일어나서 샨도우바릴로우바쉬부와 맞서 싸울 준비를 했다.

"아버지! 안 돼요!" 샤름은 발버둥치면서 외쳤다. "나를 풀어주세요!"

샤름이 몸부림치고 있을 때 셈이 결투 자세를 취했다.

"셈, 제발 부탁이에요. 싸우지 말아요! 내 아버지예요!"

셈은 사랑이 가득한 눈으로 샤름을 쳐다보다가 괴롭지만 어쩔 수 없다는 표정으로 머리를 흔들었다.

"내 사랑 샤름, 당신 아버지는 내가 믿는 모든 것, 내가 지키겠다고 맹세한 모든 것을 파멸시키려 하고 있소. 당신이 나를 이해해줘요. 난 가만히 두고 볼 수가 없소."

"아버지!" 샤름은 비통한 얼굴로 말했다. "내가 도울게요! 우리 같이 방법을 찾아봐요. 제발 부탁이에요! 그 사악한 계획을 포기하세요!"

"절대로 포기 못한다!" 블랙 드래곤이 고함쳤다. "감히 나에게 맞서다니! 내가 저놈을 반역자로 처단하겠다!"

"그렇게 하십시오." 셈이 중얼거리듯 말했다.

"셈!" 샤름이 외쳤다. "내 아버지를 건드리면 당신을 용서하지 않겠어요!"

"알았어요." 블루 드래곤이 중얼거렸다. "오, 내 사랑! 알았소!"

"소용없다!" 블랙 드래곤이 비아냥거렸다. "너무 늦었어!"

블랙 드래곤이 평평한 돌에 새긴 문양을 발톱으로 누르자, 타라와 제레미가 비명을 질렀다. 거석들이 번쩍거리더니 검은 광선에 포박된 두 마법사의 생명을 빼내기 시작했다. 친구들이 발버둥쳤다. 붕 떠오른 거석 세 개가 두 마법사 주위를 빙빙 돌기 시작했는데 속도가 점점 빨라졌다. 두 아이의 머리 위로 하늘이 비틀리더니 긴 통로가 형성되다가 쩍 갈라지면서 악마의 마법을 잔뜩 머금은 검은 태양과 별들이 보였다. 블랙 드래곤이 두 세계 사이의 지각단층을 여는 데 성공한 것이었다.

"안 돼애애애!" 솀이 고함을 질렀다.

그러고는 주문도 읊지 않고 블루 드래곤이 블랙 드래곤에게 달려들었다.

아가리 대 아가리, 발톱 대 발톱, 불길 대 불길…… 블루 드래곤과 블랙 드래곤이 혈전을 벌이고 있었다. 드래곤들이 불길과 피를 내뿜고 서로에게 끔찍한 상처를 입히고 있지만 어느 쪽의 우세도 점칠 수 없을 정도로 막상막하였다. 블랙 드래곤은 상처가 나는 즉시 아물게 해주는 딸의 도움을 받고 있는 반면에 온몸에서 피가 흐르는 블루 드래곤은 체력이 떨어지고 있었다.

그때 갑자기 이사벨라의 마비된 목구멍에서 공포의 딸꾹질이 새나왔다. 블랙 드래곤이 블루 드래곤을 거석들을 향해 내동댕이쳐서 자기 작용을 하는 원 안으로 밀어넣었던 것이다! 그런데 놀랍게도 블루 드래곤은 죽지 않았다. 블루 드래곤이 힘을 내서 다시 싸움을 시작했다. 원 안에 들어가도 드래곤은 안전하다는 것을 알아차린 이사벨라는 두 드래곤이 서로 죽이지 않기를 간절히 빌었다. 그들이 죽고 나면 샤름 외에는 아무도 기계를 멈출 수 없었다.

"너는 나를 이길 수 없다!" 블랙 드래곤은 기세가 등등한 데 반해 블루 드래곤은 힘이 다 빠져 있었다. "이제 곧 내 기계는 에너지가 충전될 것이다! 나의 방어 주문을 깰 수 있는 것은 검밖에 없지만 너는 검을 불러낼 시간이 없어. 그 전에 내가 너를 죽일 거니까!"

블랙 드래곤이 펄쩍 뛰면서 후려치는 꼬리에 얻어맞은 블루 드래곤은 비틀거리면서 가까스로 몸을 피했다. 블랙 드래곤의 발은 허공을 갈랐다. 블루 드래곤이 피하지 않았다면 심장이 뽑혀나갈 위력이었다.

셈은 선택의 여지가 없다는 걸 알아차렸다. 지구를 구하고, 자신의 목숨과 수십 억의 생명을 구하려면 방어만 할 것이 아니라 과감하게 선제공격을 해서 사랑하는 샤름의 아버지를 죽일 수밖에 없었다. 셈은 공격하기 시작했다.

눈앞에서 죽어가는 타라를 볼 수가 없어서 미친 사람처럼 몸을 비틀던 로빈은 손바닥에 뭔가 단단한 것이 느껴졌다. 주머니에서 삐죽 나와 있는 하얀 물체가 생명체처럼 그의 손에 부딪쳤던 것이다. 아, 검표원의 모자로 변하지 않았던 유니콘 뿔! 이걸로 뭘 할 수 있지? 블랙 드래곤의 두꺼운 비늘껍질을 뚫기에는 뿔이 너무 작아! 로빈은 기적이 일어나기를 간절히 빌었다. 유니콘의 뿔은 상황이 절박한 경우에만 사용할 수 있었다. 뿔이 그의 기도를 들은 것일까? 뿔이 반응하면서 점점 커지기 시작했다. 눈 깜짝할 사이에 창만큼 커진 뿔이 로빈의 주머니에서 떨어졌다.

희망으로 가슴이 두근거리는 로빈은 고개를 쳐들고 소리쳤다.

"셈 선생님! 빨리 이 뿔을 잡아요!"

무기를 보고 낯빛이 어두워진 샨도우바릴로우바쉬부가 잡으려고 달려왔지만 젊은 셈이 간발의 차이로 빨랐다. 셈은 창을 움켜잡자마자 번개같이 돌아서서 심장에 꽂았고, 예리한 뿔 창은 블랙 드래곤의 심장을 관통했다.

블랙 드래곤은 믿을 수가 없다는 얼굴로 자신의 가슴을 쳐다보다 셈을 향해 눈길을 옮겼는데 그 눈동자가 증오심으로 이글거렸다.

"너무 늦었어." 하고 중얼거리면서 블랙 드래곤은 쓰러졌다.

드래곤의 심장이 멈추자, 샤름을 마비시키는 주문이 풀렸다. 무티스무스 주문이 사라지는 순간 마법사들이 일제히 셈에게 풀어달라고 소리쳤다. 그러나 마법에 걸린 거석들은 계속 타라와 제레미의 생명을 빨아들이고 있었다.

샤름은 아버지에게 달려갔다. 피와 땀으로 범벅이 된 셈은 발을 질질 끌면서 다가와서 검은 광선에 휘감긴 마법사들을 풀어주었다. 그러나 거석들에 억류된 타라와 제레미를 구할 수 없었다. 기계는 이미 작동하고 있었다. 기계가 충전을 끝내는 즉시 방출하는 에너지를 빨아들일 준비를 하는 것일까, 두 아이의 머리 위에서 하늘이 찢어지고 비틀렸다. 그 너머에서는 폭발 순간이 임박해 있음을 느끼는 듯 사악한 태양들이 빠르게 회전하는데 그 광경이 무시무시하고 장엄하기까지 했다.

팔뚝에서 점점 느리게 뛰는 고리무늬를 통해 타라의 생명이 빠져나가는 걸 느끼는 로빈은 가슴이 터질 것 같았다.

"폭탄의 뇌관을 제거해야 돼요! 뭐든 해야 돼요!"

"우리는 원 안으로 들어갈 수 없어!" 이사벨라가 외쳤다. "메넬라스를 죽였던 것처럼 원 안에 우리를 죽이는 장치가 되어 있다. 셈, 저 기계를 멈출 수 있는 건 당신과 샤름밖에 없소! 중단시키는 장치가 분명히 있을 거요. 빨리 찾아야 합니다!"

그러나 창을 뽑아서 멀리 던져버리고 털썩 주저앉은 샤름은 깊은 슬픔에 잠겨 있어서 아무 말도 들리지 않았다.

기진맥진한 셈은 원으로 다가가서 좀 전에 블랙 드래곤이 건드렸던 문양을 발톱으로 눌렀다. 아무 반응이 없었다. 셈은 타라와 제레미의 마법을 빨아들이는 하늘을 절망적으로 바라봤다. 금방이라도 쓰러질 듯 셈이 휘청거렸다.

"셈! 정신 차려요! 셈!" 이사벨라와 셀레나가 동시에 외쳤다.

깜빡 정신을 잃을 뻔하던 셈은 머리를 흔들었다.

"셈!" 셀레나가 외쳤다. "샨도우바릴로우바쉬부는 유전자 전문이에요. 자기가 죽거나 부상당했을 경우를 대비해서 기계에 틀림없이 또 하나의 드래곤이 개입하는 걸 허락해놨을 거예요. 또 하나의 드래곤은 딸밖에 없어요! 셈, 샤름은 우리의 말을 듣지 않을 거예요! 당신이 설득해야 해요!"

"나는 방금 샤름의 아버지를 죽였소!" 셈이 한숨을 쉬었다.

"그래도 해봐야지요!" 로빈이 고함을 질렀다. "셈 선생님, 제발 부탁이에요. 포기하지 마세요!"

소년의 절규는 드래곤의 정신을 에워싼 안개를 뚫고 들어갔다. 원에서 나온 셈은 무거운 걸음으로 아버지의 시신을 안고 오열하는 샤름에게 다가갔다.

"샤름, 당신도 봤다시피 정말 어쩔 수가 없는 일이었소……. 당신 아버지가 이겼다면 이 배반행위 때문에 모든 드래곤이 파멸되는 것이오."

샤름은 성난 몸짓으로 눈물을 닦았다.

"자상하고 다정한 아버지였어요. 어머니가 돌아가시자 나를 강인하게 키우기 위해 온갖 정성을 다해 밤낮으로 돌봐주신 분이었는데……. 나는 다른 건 기억하고 싶지 않아요. 나의 반쪽은 오늘 아버지와 함께 죽었어. 나는 당신을 절대 용서할 수 없어!"

아버지를 죽였으니 변명의 여지가 없지만, 그 자신만의 일이 아니기 때문에 셈은 간청했다.

"폭탄이 터지면 끔찍한 범죄가 세상에 알려지는 것은 물론이고 수십 억의 무고한 생명이 죽는단 말이오. 당신의 도움이 필요해요, 샤름, 제발!"

'내가 사정했을 때 당신은 어떻게 했지?' 샤름은 원망스런 눈초리로 셈을 노려봤다. 그러나 로빈과 셀레나, 낙담해 있는 모든 이를 보는 순간 샤름은 그들을 저버릴 수 없음을 깨달았다. 지금 여기서는 저버릴 수 없었다.

아버지의 피로 붉게 물든 샤름이 원을 향해 걸어가서 평평한 돌 위에 발을 올리고 당장 작동을 멈추라고 기계에 명했다.

째깍째깍, 숨막히는 시간이 흐르고 있지만 아무 반응이 없었다. 기계는 끝내 복종하지 않을 것인가!

그때 둔탁한 소리가 나더니 갑자기 작동이 멈췄다. 그러나 너무 많이 진행된 상태였다. 땅이 떨기 시작하면서 보이지 않는 바람에 흔들리는 거대한 나무처럼 고인돌들이 꿈틀꿈틀하더니 엄청난 폭발이 땅을 뒤흔들었다. 마법을 과도하게 충전한 기계가 에너지를 방출한 것이었다. 마법사들과 티그족, 드래곤, 파프니르, 마니투와 조던은 순식간에 초강력 마법의 물결에 휩싸였다.

이윽고 덜컹거리는 소리가 나면서 3개의 거석이 속도를 늦추자 원이 소리를 멈추고 통로가 닫혔다. 시커멓던 하늘이 다시 환해지는 순간 셀레나와 이사벨라, 로빈의 마법이 가까스로 쓰러지는 타라와 제레미를 구했다. 칼은 박살이 나기 직전에 살아있는 돌을 낚아챘다. 이때부터 살아있는 돌은 칼에게 끝없는 찬사와 애정을 보였고, '멋진 칼, 친절한 칼'은 제일 좋아하는 말이 되었다.

고인돌은 모두 땅 속으로 들어갔다. 3석탑 밑에서 갈랑이 나타났는데 아직 살아 있는 것에 놀라는 눈치였다. 기계가 페가수스를 풀어주었던 것이다. 갈랑은 영혼의 동반자를 향해 달려왔다.

타라와 제레미는 아직 살아 있었다. 보기 딱할 정도로 쇠약해져서 혼수상태에 빠졌지만 그들은 살아 있었다.

에필로그

*

샤름은 아버지의 상처를 사라지게 한 뒤에 시신과 함께 드란보우글리스펜쉬르로 떠났다. 스톤헨지 사건은 비밀에 부쳐졌고, 언론 매체는 침통한 분위기 속에서 드래곤들의 왕이 심장마비로 사망했다는 슬픈 소식을 전하면서 애도를 표했다.

배반자 드래곤은 같은 장소에 동시에 나타나는 일을 교묘하게 피하면서 오랜 세월 셈 선생님으로 행세했다. 그는 로빈을 제거하고 마법사들, 특히 타라를 스톤헨지로 끌어들이기 위해 주도면밀하게 하르퓌아들을 고용했다. 런던 공간이동의 문에 나타난 셈 선생님은 셈나샤오비로다인트라쉬부를 사칭한 가짜였다. 그는 비정상적인 마법을 억제하는 것으로 타라를 치료했다. 이사벨라가 스톤헨지를 떠나려고 하자 그는 사진에 마법을 걸어서 메넬라스의 이미지를 나타나게 했다. 이어서 제레미를 납치한 다음 이번에는 소년으로 행세했다.

선견지명이 있었을까, 로빈은 기차에서 검표원의 모자로 바뀌지 않았던 유니콘의 뿔을 간직하고 있다가 아주 절박한 상황에서 유용하게 쓸 수 있었다.

마법의 폭발은 지구에 큰 피해를 주지 않았다. 아주 놀랍게도 그 지역에 상주하는 마법사들은 마법 능력이 커졌다는 것을 알아차렸다. 과학의 방해를 받던 마법의 흐름이 에너지를 공급받았던 것이다. 마법사에 대한 글을 쓰는 작가가 많아지면서 비마들이 마법 행위에 훨씬 더 민감해졌기 때문에 마법사들은 더 조심해야 했다.

파브리스는 흡족했다. 아침을 먹을 때 씨리얼과 발분의 젖이 담긴 사발이 코앞에서 박살 나는 순간 지구소년은 그 마법 폭발의 영향으로 마법 능력이 몇 배로 증가했다는 것을 알아차렸다.

친구들의 마법도 강력해져 있었지만 파브리스는 뜻밖의 선물을 받은 것에 만족했다. 칼이 강력해진 마법을 자랑했을 때, 안젤리카는 신경발작을 일으킬 뻔했다. 샨도우바릴로우바쉬부가 죽는 순간 봉쇄 주문이 풀리면서 공간이동의 문을 통과했기 때문에 안젤리카에게는 마법의 흐름이 이르지 않았다. 더 강력해질 기회를 놓쳤으니! 자신의 어리석음을 인정할 수 없기 때문에 안젤리카는 칼을 전보다 더 미워했다.

무아노는 그렇게 여러 번 드래곤에게서 이상한 점을 느꼈으면서도 전혀 의심하지 않았던 자신이 원망스러웠다.

드래곤의 위협에서 벗어난 뒤로 아더월드에서 살게 된 제레미는 친부모를 찾기 시작했다.

타라는 마법을 잃었다. 더 이상 살아있는 돌과 정신적으로 의사소통을 할 수 없었다. 아더월드의 샤먼들은 타라의 증세에 대한 예측을 보류했지만 후계자를 진찰할 때마다 눈빛에는 걱정이 가득하고 이마에는 주름이 잡혔다.

타라의 남동생 자르는 신이 났다. 타라가 완전히 마법을 잃게 되면 더 이상 오무아의 후계자로 남을 수 없었다. 그러면 자기가 후계자 신분이 되기 때문에 날아갈 듯 기분이 좋은 자르는 오무아를 상징하는 거만한 공작처럼 거들먹거리면서 궁전을 돌아다녔다.

엘레아노라와 재회한 칼은 함께 티라니크 수상의 가면을 벗기려고 노력했다. 그러나 늙은 최고 마구스는 어리석지 않았다. 그들은 티라니크를 치밀한 계획을 세워서 감시하기로 했다. 그러나 칼을 마음에 두고 있는, 타라의 여동생 마라는 칼과 붙어다니는 엘레아노라가 눈꼴시었다. 마라는 영악한 머릿속으로 칼과 엘을 떼어놓을 계획을 꾸미고 있었다. 오, 곤경에 빠진 불쌍한 칼!

아더월드로 돌아온 지 며칠 후, 그들은 하얀 가루가 담긴 소포 두 개를 받았는데 드래곤 언어로 쓴 마지스터의 메시지가 들어 있었다.

기막힌 솜씨였다. 일부를 돌려보낸다!

확인한 결과 그 가루는 하얀 진흙으로 밝혀졌다. 농락당했다는 것에 격분한 마지스터는 타라와 제레미 형상의 골렘을 원래 상태인 진흙가루로 돌려보냈던 것이다.

쓰러진 블랙 드래곤 옆에서 크산디아르는 젠드라의 별을 발견했다. 크산디아르는 그 별을 살해된 유전학자 블루르 마브리의 아들 불루르 마브리에게 전해주었다. 크산디아르는 국가기밀상 유전학자의 아들에게 사건의 전모를 알려줄 수 없었다. 사고사가 아니라는 것을 알고 격분한 불루르 마브리는 아버지의 뜻을 받아들여 연구에 일생을 바치기로 결정했다.

유전자 조작이 일어난 사건 경위에 대한 구체적인 수사가 벌어졌다. 여제는 그 음모에 가담한 사실을 은폐했고, 새로운 스캔들로 사건을 무마시켰다. 그러나 크리스털리스트들은 단념하지 않고 혹시라도 행성을 파괴하는지 살피기 위해 타라의 일거일동을 주시하고 있었다.

그러나 타라는 마법 능력을 잃었기 때문에 그런 일이 일어날 위험은 없었다.

그 사실에 여제는 아연실색해 있는 반면에 타라는 차라리 속이 후련했다. 이제 마법 능력이 없으니 마지스터가 못살게 구는 일이 없을 것 아닌가. 아더월드에서 살게 된 이후 처음으로 타라는 평화로운 나날을 보내며, 이 좋은 기회를 실컷 즐기기로 했다.

로빈은 타라가 냉정하게 돌아섰던 것이 아트락투스 주문 때문이라는 것을 알았다. 제레미가 타라를 많이 좋아하고 둘의 사이가 아주 좋기는 해도 사랑에 빠진 것은 아니었다. 그래서 로빈은 타라를 만나서 다시 한번 고백하기로 마음먹었다.

타라는 자기 방에 있었다. 지구에서 돌아온 지 한 달이 지났건만 눈에 띄게 창백하고 살이 빠진 타라를 보면서 로빈은 가슴이 오그라드는 것처럼 아팠다. 답답한 얼굴로 양피지를 꼭 쥐고 있던 타라는 로빈이 들어오는 순간 재빨리 내려놨다.

"안녕, 타라. 오늘 아침은 기분이 어때?"

타라는 미소를 지었다.

"오늘은 그래도 세 발짝이나 걸었어. 많이 좋아졌지? 열흘 전만 해도 침대에서 내려오지도 못했는데!"

"그래? 축하해. 이것 좀 봐!"

로빈이 깨끗하고 매끈한 팔뚝을 내밀었다.

볼 게 아무것도 없기 때문에 타라는 눈살을 찌푸리면서 물었다.

"뭘 보라고?"

"고리무늬! 없어졌잖아!"

타라는 얼굴이 빨개져서 팔을 걷었다. 자신의 팔뚝에도 고리무늬가 사라지고 없었다.

"어머, 난 모르고 있었어. 이것 때문에 너 신경 많이 썼는데…… 잘됐다."

로빈은 본론을 꺼내기로 했다.

"우리 다시 시작해도 될까?"

타라는 이제 마음의 문을 열 수 있었다. 로빈의 크리스털 눈에 매료되어 가슴이 콩닥콩닥 뛰는 타라는 수줍은 미소를 지으면서 대답했다.

"좋아."

그러자 로빈은 옆에 앉아서 타라를 품에 안고 장미꽃, 아니 아주 소중한 것에 입을 맞추듯 입맞춤을 했다.

이번에는 꿀과 실크…… 그 달콤한 사랑의 시가 타라의 머릿속에서 사라지지 않았다. 천국에서 헤매고 있을 때 진노한 목소리 때문에 타라는 눈을 번쩍 떴다.

"타라! 너 뭐 하는 거야?"

여제가 불쑥 들이닥쳤던 것이다. 타라는 대답할 겨를이 없었다. 리스베스는 얼굴이 새빨개져서 벌떡 일어난 로빈을 노려봤다. 대번에 선고가 내려졌다.

"하프엘프!"

여제는 냉랭한 어조로 명했다.

"내 후계자에게 접근을 금한다!"

5권에서 계속……

아더월드의 용어 해설

🪻 아더월드_ 아더월드는 지구 표면적의 1.5배에 이르는 마법 행성으로 태양 주위를 자전하며, 하루 26시간, 1년 454일, 14개월, 7계절(카일로스, 보탄트, 트레보, 파이초, 플루초, 모인초, 살탄)로 이루어져 있다. 위성으로는 두 개의 달 마딕스와 타딕스가 아더월드의 주위를 돌고 있으며, 춘·추분에 조수간만의 차가 몹시 크다.

아더월드의 산들은 지구의 산보다 훨씬 더 높으며, 채굴되는 광물은 대체로 마법의 폭발성이 있어서 추출하는 것이 상당히 위험하다. 지구(육지 29%, 바다 71%)보다 바다가 차지하는 비율은 적으며(아더월드: 육지 45%, 바다 55%), 그중 두 개의 바다는 민물이다.

아더월드를 지배하는 마법은 동물상과 식물상과 마찬가지로 기후에도 영향을 미친다. 그로 인해 계절은 예측하기가 아주 힘들다(아더월드에서는 한여름에도 폭설이 내려 1미터나 되는 눈에 덮일 수 있다!).

아더월드에는 인간, 난쟁이, 거인, 트롤, 뱀파이어, 땅신령, 꼬마도깨비, 엘프, 유니콘, 키마이라, 타트리스, 드래곤 등 수많은 종족이 살고 있다.

✳️그 밖의 다른 행성

🐉 드란보우글리스펜쉬르_ 드래곤들의 왕 샨도우바릴로우바쉬부가 통치하는 행성이다. 지능이 높은 거대한 파충류인 드래곤은 마법 능력을 타고나서 어떤 형상으로든 변신할 수 있으며, 대체로 인간으로 변신해 있다. 마법사들 편에 서서 림보의 악마들과 싸우고 있다. 세계의 영토를 점령하기 위해 악마들과 대립하면서 드래곤들은 지구의 마법사들과 충돌하는 순간까지는 알려져 있는 모든 세계를 정복했다. 끊임없이 악마들과 싸워야 하는 드래곤들은 지구인 마법사들과 전쟁을 벌인 뒤에 동맹을 맺는

것이 유리하다는 결론을 내렸다. 지구를 지배하겠다는 계획은 포기했지만, 마법사들이 지구를 지배하는 것도 인정할 수 없는 드래곤들은 지구의 마법사들에게 아더월드에서 더 많은 마법사들을 양성하고 훈련시키자고 제안했다. 수년 동안 드래곤들을 경계하면서 고심한 끝에 지구의 마법사들은 결국 그 제안을 받아들이고 아더월드에 정착하였다.

림보_ 악마의 세계로 악마들의 영역. 림보는 서클이라고 불리는 여러 세계로 나뉘어 있으며, 서클에 따라 악마들의 능력과 학식이 차이 난다. 제1, 2, 3 서클의 악마들은 거칠고 아주 위험하다. 제4, 5, 6 서클의 악마들은 마법사들과 정해진 조건에서 서로 도움을 주고받는다(마법사는 필요한 것을 악마에게서 얻을 수 있으며 악마의 경우도 마찬가지다). 제7서클은 마왕이 군림하는 서클이다.

림보에 사는 악마들은 저주받은 태양이 제공하는 악마의 에너지를 먹고산다. 다른 세계로 가기 위해 림보를 나갈 경우엔 생명력이 강한 존재의 살과 정신을 먹어야 한다.

전 세계를 침략하던 중 갑자기 나타난 드래곤들과의 전쟁에서 패배한 뒤로 악마들은 림보에 갇히게 되었고, 마법사나 마법 능력이 있는 존재의 긴급 요청이 있어야만 다른 행성으로 갈 수 있게 됐다. 악마들은 이런 활동범위 제한을 견디기 힘들어서 끊임 없이 해방될 방법을 모색하고 있다.

산티보르_ 텔레파시 능력이 있는 식물성 존재 진실의 입들 이 사는 얼음 행성.

지구_ 인간과 비밀 임무를 맡은 마법사들이 살고 있다.

아더월드의 나라들과 종족

간디스_ 거인들의 나라로 수도는 제오폴. 세력 있는 그로아 르 가문이 통치하며 흑장미 섬과 황무지 늪이 있다. 나라의 문장 은 '주문방지' 돌로 쌓은 벽에 아더월드의 태양이 올라앉은 형상 이다.

랑코비트_ 인간이 지배하는 가장 큰 왕국으로 수도는 트라 비아. 왕국의 문장은 은빛 초승달 아래 금빛 뿔의 하얀 유니콘이 다. 왕 베어와 왕비 티타니아가 통치하고 있으며, 타라와 어머니 셀레나의 조국이다.

🐾 **멘탈리르_** 보우 대륙 동쪽의 광활한 평원이며 유니콘들과 켄타우로스들의 나라. 유니콘은 생김새와 크기가 말과 같고, 이마에 나선형 뿔이 하나 있으며 발굽은 갈라져 있고 털은 흰빛이다. 지능이 떨어지는 유니콘도 간혹 있지만, 대부분은 영리하며 그 지능은 용들의 지능에 견줄 수 있다. 유니콘의 이 특성을 어떤 종족의 지능이나 동물의 지능으로 분류하기는 힘들다.

켄타우로스는 반은 남자나 여자의 형상, 반은 말의 형상을 하고 있는데 두 종류가 있다. 상반신은 인간, 하반신은 말의 형상을 한 켄타우로스와 상반신은 말, 하반신은 인간의 형상을 켄타우로스. 켄타우로스가 어떤 마법에 걸려 있는 것인지는 알 수 없으나 소금이나 향유 같은 생필품을 얻기 위해서가 아니면 다른 종족들과 섞이기를 싫어하는 까다로운 종족이다. 사납고 거칠어서 영역을 침범하는 이방인들을 발견하면 가차없이 화살을 쏘아댄다. 켄타우로스의 샤먼 부족은 평원에서 하얗고 파란 맹독성 개구리 플로프들을 잡아 그 등을 핥는 것으로 미래를 점친다고 전해진다. '찌르레기 대전'이 벌어지는 동안 켄타우로스들이 엘프들에게 몰살되었다는 것은 이 방법이 100퍼센트 믿을 만한 것은 아닌 듯하다.

🐾 **살테렌스_** 살테렌스들의 나라로 수도는 살라. 나라의 문장

은 파란색 투명한 소금을 물고 곧추서 있는 커다란 벌레. 왕은 없고 위대한 카샤라고 불리는 족장과 재상 일파봉이 통치하며 여러 부족으로 나뉘어 있다. 노예제도를 주장하는 종족으로 사자와 표범의 잡종인 두 발 동물이다. 침투할 수 없는 사막에서 숨어 지내다 마법의 소금광산을 약탈한다.

🏹 **셀렌다_** 엘프들의 나라로 수도는 세보른. 문장은 대각선으로 시위를 메긴 두 개의 활 위로 보이는 은빛 보름달.

엘프들은 마법사들과 마찬가지로 마법에 재능이 있다. 겉모습은 인간이며 뾰족한 귀와 고양이의 눈처럼 동공이 수직으로 움직이는 크리스털 눈, 은발이 특징이다. 아더월드의 숲과 평원에서 살며 가공할 만한 사냥꾼이다. 엘프들은 전투와 싸움, 상대를 유인하는 온갖 종류의 게임을 좋아하기 때문에 그들의 에너지를 적절히 이용하기 위해 경찰국이나 안기부에 고용된다. 하지만 엘프들이 옥수수나 마법의 귀리를 경작하기 시작하면 아더월드의 종족들은 불안해한다. 그건 엘프들이 전쟁을 시작할 거란 뜻이기 때문이다. 실제로 전시에는 사냥할 겨를이 없기 때문에 엘프들은 곡식을 재배하고 가축을 기르며, 일단 전쟁이 끝나면 예전의 생활로 돌아간다. 또 다른 특성으로 아이들이 걸어다닐 수 있을 때까지 수컷 엘프들은 배에 달린 육아낭 같은 작은 주머니에 아기를 넣고 다닌다. 여자 엘프는 남편을 다섯 명 이상은 가질 수 없다. 엘프는 거의 죽지 않기 때문에 아이들이 별로 없다. 하프엘프 로빈은 혼혈이라는 이유로 엘프들에게 따돌림을 받고 있다.

🐉 **스몰컨트리_** 땅신령, 꼬마도깨비 파보, 요정, 고블린의 나라로 수도는 스몰빌. 문장은 원 안에 도안한 꽃, 새, 거미. 땅신령은 파란색, 꼬마도깨비는 초록색, 고블린은 회색, 요정은 여러 가지 색이다.

땅신령은 작달막하고 단단한 체구며 털은 오렌지색이다. 돌을 먹고살며, 난쟁이들과 마찬가지로 광부들이다. 그들의 털가죽은 고성능 가스 탐지기이다. 털이 곤두서면 별 탈이 없지만, 털이 내려앉는 순간부터 땅신령은 광산에 가스가 있다는 걸 알아채고 도망치기 때문이다. 또한 알 수 없는 이유로 인해 땅신령들만 '진실의 입'들과 교감할 수 있다.

스몰컨트리의 익살꾼인 꼬마도깨비 파보들은 키디코이라는 막대사탕을 만들어낸 이들이다. 착시 현상을 일으키거나 일시적으로 보이지 않게 할 수도 있으며 금을 좋아해 비밀주머니에 숨겨둔다. 그 주머니를 찾아낸 자는 두 가지 소원을 빌 수 있고, 귀한 금을 회수하려면 반드시 그 소원을 들어줘야 한다. 하지만 꼬마도깨비들은 반대로 해석하는 데 선수여서 예측불허의 결과가 나올 수 있으므로 소원을 비는 것에는 항상 위험이 따른다.

🐾 **오무아_** 인간이 지배하는 가장 큰 제국으로 수도는 팅가푸르. 제국의 문장은 100개의 금빛 눈을 가진 주홍빛 공작이다. 타라의 고모인 여제 리스베스틸랑넴 탈 바르미 압 산타 압 마루와 삼촌인 황제 산도로 탈 바르미 압 마르치 압 브레비스가 통치하고 있다. 제국을 설립한 최고 마구스 데미데루스의 후손들이다.

🐾 **크라살비_** 뱀파이어들의 나라로 수도는 우를라. 나라의 문장은 천문관측 위에 무한을 상징하는 누운 8자와 별이 올라앉은 형상이다.

뱀파이어는 총명하고, 인내심이 많으며 학식이 깊다. 수명이 아주 길고, 수학과 천문학에 몰두하며, 대부분의 시간을 명상하는 데 보내면서 삶의 의미를 추구한다.

아더월드의 뱀파이어는 동물의 피를 먹고살기 때문에 가축을 키운다. 브르르르아아아, 모오오오우우우, 지구에서 수입한 말, 염소, 양 등. 하지만 몇몇 피는 금지되어 있다. 유니콘이나 인간의 피를 먹으면 미치게 되며, 수명이 절반으로 줄기 때문이다. 반면에 뱀파이어에게 물리면 독이 퍼지게 되며, 뱀파이어에게 물린 인간은 그들의 노예가 된다. 게다가 독성 피가 전이되면 뱀파이어가 되는데 이 경우의 뱀파이어는 파괴적이고 악독하기 때문에, 저주에 희생된 뱀파이어는 동족은 물론 아더월드의 모든 종족에 게 쫓겨다닌다.

🦎 **크랑카르_** 트롤들의 나라로 수도는 크리아. 나라의 문장은 나무꼭대기에 몽둥이가 걸려 있는 형상이다. 트롤은 거대한 몸집 에 납작한 이빨이 있는 초록빛 털북숭이로 채식주의지만, 고기를 흡수할 경우 식인귀가 될 수 있다. 먹고살기 위해 나무를 마구 죽 이며(이것이 엘프들의 울화를 치밀게 한다), 쉽게 자제력을 잃어 버리는 성향이 있어서 한 번 성질이 나면 닥치는 대로 짓뭉개버 리기 때문에 평판이 나쁘다.

🦎 **타트란_** 타트리스, 카흠보움, 타츠보움의 나라로 수도는 시 티빌. 문장은 양피지 위에 놓인 직각자, 컴퍼스, 크리스털 볼.
타트리스는 머리가 둘인 특성을 가지고 있다. 관리 능력이 뛰 어난 데다 신체적 특성 덕분에 행정관이나 정부 고위층에서 일하 고 있다. 타트리스들은 오로지 일을 중요하게 여기면서 헛된 꿈 을 꾸지 않는 현실주의자들이다. 타트리스들은 꼬마도깨비 파보 들이 즐겨 놀리는 대상 중 하나며, 이 장난꾸러기들은 유머가 결 핍된 종족이라는 소리를 듣지 않기 위해 수세기 동안 끈질기게 타트리스 종족을 웃기려고 애쓰고 있다. 게다가 파보들은 웃기는 데 성공한 자들 중에서 1등에게는 상까지 수여하고 있다.

카흠보움은 빨간 눈과 촉수들이 있는 노란색 덩어리 모습을 하고 있으며 주로 도서관 사서로 일한다. 타츠보움은 촉수로 놀라운 멜로디를 연주하는 음악가들이다.

🐾 **히믈리아_** 난쟁이들의 나라로 수도는 미나트. 대장장이 씨족이 통치하고 있다. 나라의 문장은 광산 지하의 전쟁용 모루와 쇠망치.

키와 몸통 폭의 길이가 똑같은 단단한 체구가 난쟁이들의 신체적 특징이다. 아더월드의 광부, 대장장이로 활동하고 있으며, 뛰어난 금속 가공업자, 보석 세공인도 거의 난쟁이들이다. 또한 성격이 몹시 까다로운 것으로 알려져 있으며, 마법을 싫어하며 아주 길고 복잡한 노래를 즐겨 부른다.

☀️ 아더월드와 주변 행성의 동·식물상 및 속담

🐾 **간다리_** 대황에 가까운 식물이며, 꿀처럼 단맛이 난다.

🐾**갬볼_** 마법에 흔히 사용되는 파란 이빨의 설치류 동물. 그 살 가죽과 피에 마법이 침투하지 못할 정도로 땅을 깊이 파고 들어 간다. 건조시키면 딱딱해졌다가 가루처럼 변하며, '갬볼 가루'는 마법을 실행하기 힘들게 만든다. 몇몇 마법사들은 갬볼 가루를 식용하는데 그것은 그 가루가 환각 증세를 일으키기 때문이다. 갬볼 가루 복용은 아더월드에서 엄격하게 금지되어 있으며 위반 할 경우 엄중한 처벌을 받는다.

🐾**글로우톤_** 털북숭이 동물. 길게 늘어나는 특성이 있어서 목을 조르는 밧줄로 사용한다.

🐾**글루룹스_** 머리가 아주 갸름한 초록색과 갈색의 도마뱀으로 호수와 늪에서 서식한다. 식욕이 왕성하며, 물 속에서 숨을 쉬지 않고 몇 시간을 견딜 수 있어서 목을 축이러 오는 순진한 동물을 잡아먹는다. 물가의 은신처에 굴을 파놓고 살며, 호수 바닥의 구 멍 속에 먹이를 숨겨놓는다.

🐾**드래코-티라노사우루스_** 뱀과 공룡의 잡종. 드래곤의 사촌 이지만 지능은 많이 떨어지며, 날개가 작아서 날지 못한다. 가공 할 만한 포식동물로 움직이는 것뿐만 아니라 움직이지 않는 것조

차 닥치는 대로 잡아먹는다. 오무아 제국의 따뜻하고 습한 숲에서 살며, 이 지역은 관광 개발이 불가능하다.

디스쿠타리움_ 지구와 아더월드, 드란보우글리스펜쉬르, 악마들의 림보와 관련된 모든 책, 영화, 예술작품에 관한 정보를 조회할 수 있다. 디스쿠타리움에서 나오는 목소리는 어떤 질문에도 답변을 못하는 경우가 거의 없다.

마누릴_ 마누릴의 하얀 싹은 즙이 많아서 아더월드 사람들이 즐겨 음식에 곁들여 먹는다.

모오오오우우우_ 뿔은 없고 머리가 둘 달린 고라니. 머리 하나가 먹을 때 다른 하나는 포식동물들을 감시한다. 이동할 때는 게처럼 옆으로 걷는다.

므르모움_ 나무들이 숲 모양으로 거대한 군락을 이루고 있어서 따기가 아주 힘든 과일이다. 므르모움나무는 접근하는 것이 있으면 괴상한 소리를 내면서 땅 속으로 파고들기 때문에 붙여진 이름이다. 아더월드에서 산책을 하다 보면 므르모움나무 숲이 통째로 사라지고 벌판만 남는 아주 놀라운 광경을 목격할 수 있다.

🐾 **미암_** 크기가 복숭아만 한 빨간 체리.

🐾 **버디 드라이어_** 바람의 원소를 이용한 무형물로 욕실에서
주로 사용한다.

🐾 **발분_** 거대한 고래로 붉은색이며 지구의 고래보다 두 배로
크다. 발분은 잊지 못할 멜로디의 노래를 부르며, 젖이 아주 풍부
하다. 발분의 젖으로 만든 버터와 크림은 영양가가 높은 인기 식
품이어서 물에 사는 트리톤과 사이렌들과 육지에 사는 거주자들
사이에 무역 교류의 대상이 되고 있다. 노래를 아주 잘 부를 때
'발분처럼 노래부른다'는 말로 칭찬한다.

🐾 **발로르키데_** 꽃이 아주 화려한 기생식물. 이름은 개화하기
전의 노란빛과 초록빛의 봉오리에서 따온 것이다. 성장속도가
아주 빨라서 몇 계절 만에 나무 한 그루를 죽일 수 있으며, 뿌리로
이동해서 그다음 나무를 공격한다. 그래서 아더월드의 나무들은
발로르키데들이 들러붙지 못하게 부식시키는 물질을 분비하는
것으로 생존경쟁을 벌이고 있다.

🐚 **베에에_** 아름다운 흰 털 양. 마법 행성의 변화무쌍한 계절에 대한 적응력이 뛰어나서 몇 시간 만에 털이 빠지거나 털을 자라게 할 수 있다. 그래서 털 깎는 시기에 사육자들이 그 특성을 이용해서 날씨가 갑자기 더워졌다고 하면 베에에들은 즉시 털을 홀랑 벗어버린다. 아더월드에서 '베에에처럼 순진하다'는 표현을 쓰는 것은 여기서 유래한다.

🐚 **벤드룩_** 림보의 여러 우상 중 하나인 벤드룩은 생김새가 어찌나 흉측한지 다른 우상들조차 그 끔찍한 모습에 두려움을 느낄 정도다. 벤드룩은 내장이 몸밖으로 나와 있어서 먹을 때 소화되는 과정을 구경할 수 있다.

🐚 **보벨_** 앵무새와 유사한 아더월드의 화려한 새.

🐚 **불사르딘_** 공격을 받으면 몸이 팽창하는 특성을 가진 일종의 정어리. 껍질은 칼이 들어가지 않을 정도로 아주 질기다. 그래서 아더월드에서 파괴되지 않는 것을 보면 '불사르딘 같다'고 말한다.

🐚 **브르르르아아아_** 거인들의 나라 간디스에서 생산하는 엄청

나게 큰 소. 털은 숱이 아주 많아서 거인들이 그 털가죽으로 옷을 지어 입는다. 몹시 공격적이어서 움직이는 것이 있으면 뭐든 덤벼든다. 제 그림자를 쫓다가 녹초가 된 브르르르아아아를 보게 되는 것은 그 때문이다. 흔히 고집불통인 사람을 '브르르르아아아 같다'고 표현한다.

브르리르_ 흰빛과 금빛이 어우러진 고양이과 동물로 다리가 여섯 개. 특히 브르리르를 사랑하는 오무아 제국의 여제는 이 동물들이 궁전에 갇혀 있다는 생각을 하지 않도록 주문을 걸어놨다. 그래서 브르리르들에게는 가구와 침대의자가 나무와 편안한 바위로 보인다. 브르리르에게는 궁인들이 안 보이며, 궁인들이 쓰다듬어주면 바람에 털이 살랑살랑 흩날리는 것이라고 생각한다.

브리양트_ 요정의 사촌으로 날개 달린 작은 인간의 모습을 하고 있다. 어둠 속에서 100와트 밝기의 빛을 발하며, 투명한 스탠드나 램프의 모습으로 아더월드의 모든 가정을 밝혀준다.

브릴_ 브릴의 싹 요리는 아더월드에서 아주 인기가 높다. 브릴은 히플리아에 있는 마법의 산골짜기에서 자라며 난쟁이들이 그 싹을 수확해서 아더월드의 상인들에게 비싼 값으로 판다. 게

다가 히블리아에서는 브릴을 잡초로 여겨 먹지 않기 때문에 난쟁이들은 이 불로소득에 즐거운 비명을 지른다.

🌿**블루릅스_** 갈색 가죽배낭 같은 모습으로 흙 속에 숨어 있다가 접근하는 곤충을 잡아먹는 식물. 어린 블루릅스들이 흰개미처럼 어미 블루릅스에게 물과 먹이를 공급하며, 다 크면 둥지를 떠나 다른 데에 뿌리를 내리고 흙 속으로 파고 들어간다. 아더월드에서는 궁지에서 헤어날 기회가 전혀 없을 때를 가리켜 '블루릅스 둥지에서 헤맨다'고 표현한다.

🌿**블를_** 대부분 물 속에서 생활하다 번식기에 물 밖으로 나오는 날개 돋친 물고기. 색이 아름다워서 수영장 장식용으로 쓰인다.

🌿**블리르_** 금빛 자두. 지구의 자두와 아주 흡사하며 더 달콤하다.

🌿**비마_** 비마법사를 축약한 것으로 비마는 마법 능력이 없는 인간들을 가리킨다.

🌿**비즈즈즈_** 빨간색과 노란색의 커다란 벌. 지구의 벌들과는 달리 비즈즈즈는 독침이 없다. 독극물을 분비해서 잡아먹으려고

달려드는 포식동물을 독살하는 것이 비즈즈즈의 방어수단이다. 비즈즈즈들이 아더월드의 마법 꽃에서 생산하는 꿀은 그 어떤 꿀에도 비길 데 없는 맛이다. 아더월드에서는 '비즈즈즈 꿀처럼 달콤하다'는 표현을 자주 사용한다.

🐝 **빠그락-땅콩_** 땅콩이 벌어질 때 나는 독특한 소리 때문에 붙여진 이름이다. 이 땅콩에서 짜내는 기름은 향이 좋아서 아더월드의 유명한 주방장이나 숙련된 가정주부들이 주로 애용한다.

🐝 **빨간 바나나_** 색깔을 제외하고는 지구의 바나나와 똑같다.

🐝 **뿌익_** 이 장소에서 저 장소로 자신의 몸을 물리적으로 전송할 수 있는 꼬리가 둘 달린 빨간 쥐. 천적은 같은 능력을 지닌 초록색 귀의 오렌지색 뚱보 고양이 므르르르이다.

🐝 **사카트_** 맹독성의 공격적인 빨갛고 노란 곤충으로 아더월드에서 특히 좋아하는 꿀을 생산한다. 미식가들인 난쟁이들만 사카트의 애벌레를 먹을 수 있다. 다른 종족이 먹었을 경우에는 애벌레의 딱지가 인간이나 엘프의 소화액에 용해되지 않기 때문에 뱃속에서 벌떼를 분봉할 위험이 있다.

샤먼_ 아더월드에서 의사 역할을 하는 치료사. 마법사는 누구나 다쳤을 때 레파루스 주문으로 상처를 아물게 할 수 있지만, 이 주문만으로 치료할 수 없는 병도 많기 때문에 꼭 필요한 존재이다.

샤트릭스_ 일종의 하이에나. 검은색이며, 독이 든 이빨을 사용하는 아주 공격적인 동물로 밤에만 사냥한다. 길들일 수 있어서 오무아 제국에서 샤트릭스들을 문지기로 이용한다.

소포르_ 향기로운 꽃들이 탐스러운 식물. 최면작용을 하는 꽃가루로 곤충과 동물을 함정에 빠뜨린다. 곤충이나 동물이 잠들면 꽃가루를 뿌려서 번식을 도와주는 매개체로 삼는다. 소포르 주변에서 육식동물이 보이는 것은 그 때문이다.

스너피_ 생김새는 여우 같지만 두 발로 걸어다니며 누더기를 걸치고 옆구리에 배낭을 달고 다닌다. 닭이나 스파슌을 훔치기 때문에 아더월드의 농부들이 아주 싫어한다. 제 몸을 복제하는 특성이 있어서 감옥에 갇혀도 탈옥할 수 있다.

스쿠프_ 아더월드의 기술로 생산되는 날개 달린 작은 카메

라. 스쿠프는 지능을 가지고 있어서 촬영한 영상을 크리스털리스트에게 전송한다.

스트리돌_ 지구의 메뚜기에 해당된다. 몹시 파괴적이어서 구름같이 떼를 지어 이동할 때는 삽시간에 농작물을 휩쓸어버린다. 스트리돌은 아주 풍부한 점액을 생산하기 때문에 마법에 널리 사용된다.

스파슈니어_ 닭장처럼 스파슌을 가두어두는 집.

스파슌_ 금빛의 자이언트 칠면조인데 시종일관 울음소리를 내면서 거드럭거리고 다니는 통에 사냥하기가 아주 수월하다. 흔히 '스파슌처럼 어리석다' 또는 '스파슌처럼 거드름피운다'고 표현한다.

스팔렌디탈_ 일종의 전갈이며 스몰컨트리가 원산지다. 땅신령들은 스팔렌디탈을 길들여서 말처럼 타고 다니며, 가죽이 아주 질기기 때문에 유용하게 사용한다. 새를 좋아하는(미각적 의미에서) 땅신령들은 스몰컨트리의 서식동물을 절멸시킴으로써 곤충과 다른 동물에게 생태적 지위를 열어주었다. 천적들에게서 해방된 스팔렌디탈들은 위험 없이 자라면서 그 개체 수는 점점 더 늘어났다. 땅신령들 때문에 스몰컨트리는 결과적으로 자이언트 전갈, 자이언트 거미, 자이언트 다족류에게 점령되었다.

🐾 **슬루릅_** 멘탈리르 평원이 원산지인 식물이며 그 즙은 신기하게도 후추를 친 쇠고기의 깊은 맛이 난다. 고기 맛이 나는 것은 초식동물인 유니콘 떼의 공격을 피하기 위해서다. 하지만 이 독특한 맛을 발견한 아더월드 사람들이 슬루릅 즙으로 요리하는 습관이 생겼다.

🐾 **아스토펠_** 며칠 동안 후각을 마비시키는 속성을 가진 장밋빛 작은 꽃. 아스토펠은 후각으로 초식동물과 포식동물을 탐지하는 능력이 발달되어 있다.

🐾 **에프리트_** 지각단층을 둘러싼 전쟁이 일어났을 때 인간들 편에 서서 악마들과 싸웠던 악마 종족. 감사의 뜻으로 데미데루스는 마법사의 호출을 받는 에프리트에게 아더월드로 오는 것을 허락했다. 아더월드에 온 에프리트들은 자기들의 능력을 인간을 돕는 데 사용하기로 결정했고, 대부분 하인, 전령, 경찰로 일하고 있다.

🐌 **원소_** 불, 물, 흙, 공기 등 여러 종류의 원소가 존재한다. 성질이 포악한 불의 원소를 제외하고 원소들은 대체로 다정하며 일상생활에서 아더월드 사람들을 도와준다.

🐌 **자이언트 거미_** 스팔렌디탈과 마찬가지로 스몰컨트리가 원산지이다. 땅신령들이 말처럼 타고 다니며, 그 거미줄은 아주 질긴 것으로 유명하다. 여덟 개의 발과 여덟 개의 눈, 전갈처럼 독침이 있는 꼬리가 달려 있는 것이 특징이다. 아주 영리하며, 잡아먹기 전에 먹이에게 수수께끼를 내는 것이 취미이다.

🐌 **젤리소르_** 림보에서 숭배하는 신. 입김이 어찌나 센지 향기가 나는 천으로 주둥이와 얼굴을 가려야만 신전으로 들어갈 수 있다. 악취 때문에 젤리소르의 신전에서는 파리도 살 수 없다. 다른 신들과 회의가 있을 때는 실내공기를 고려하여 송곳니를 깨끗이 닦고 들어가야 하며, 젤리소르 옆에서는 담배를 피울 수 없다.

🐌 **주르스탈_** 텔레크리스털이 방송하는 아더월드의 뉴스이며, 마법사와 비마는 크리스털 볼과 크리스털 전광판으로 받아본다.

🐌 **진실의 입_** 아더월드에서 가까운 얼음 행성 산티보르 원산

의 식물성 존재. 텔레파시 능력이 있어서 어떤 거짓말도 탐지할 수 있다. 말을 못하기 때문에 진실의 입들의 생각을 읽어낼 수 있는 파란 땅신령을 통해 의사소통한다.

🐾 **진흙먹보_** 간디스의 황무지 늪에 사는 털북숭이 동물이며 진흙에 들어 있는 영양소와 곤충, 수련을 먹고산다. 진흙먹보들의 원시족은 아더월드의 다른 거주자들과 거의 접촉이 없다.

🐾 **친파프_** 콜라, 사과, 오렌지 맛이 나고, 콜라처럼 거품이 나며, 상쾌하게 해주고 활력을 주는 청량 음료이다.

🐾 **카멜레_** 하트 모양의 식물로 잎은 식용한다. 카멜레 잎만 섭취하고도 생존한 여행자가 많아서 '여행자의 식물'이라고도 불린다.

🐾 **카멜린_** 이름은 환경에 따라 색이 변하는 특성에서 유래한 희귀종 식물. 멘탈리르 평원에서는 파란색이고, 살테렌스 사막에서는 금빛이나 흰색이다. 꺾거나 옷감으로 짜도 그 특성은 유지되기 때문에 활용 가치가 높다.

칵스_ 근육을 풀어주는 효능이 있는 약초로 달여 마시며, 잠자기 직전에만 복용하라고 되어 있다. 근육에 영향을 준다고 하여 아더월드에서는 '몰몰' 이라고도 부른다. '이런 칵스 같은 놈!' 이라고 말하면 아주 흐늘흐늘한 사람을 가리킨다.

칸타루프_ 공격적인 식충식물이며, 주로 곤충과 설치류 동물을 잡아먹는다. 꽃잎의 색은 다양하지만 항상 눈에 거슬리는 빛깔이며, 날카로운 가시를 사용하여 마치 작살로 찍듯이 먹이를 잡는다. 크기는 큰 개만해서 꺾기가 힘들고, 아더월드의 특선 요리에 들어가는 재료로 사용한다.

칼로르나_ 숲에 피는 매혹적인 꽃. 달콤한 장밋빛과 흰빛 꽃잎으로 아더월드의 초식동물과 모든 동물에게 특선요리를 만들어준다. 멸종을 피하기 위해서 칼로르나는 세 개의 꽃잎을 포식동물의 접근을 감지할 수 있는 탐지기로 만들었다. 커다란 눈 모양의 이 꽃잎들 덕분에 칼로르나는 재빨리 모습을 감출 수 있다. 그런데 불행히도 호기심이 많은 칼로르나는 그 꽃잎들을 세우고 있다가 포식동물을 제때에 피하지 못하는 경우가 종종 있다. 호기심이 많은 사람을 보고 '칼로르나 같다' 고 말하는 것은 바로 그 때문이다.

🐾 **켈트릴_** 가볍고 아주 단단해서 갑옷과 보호대를 만드는 데 사용하는 은빛 금속. 난쟁이들이 만들어서 엘프와 인간에게 아주 비싼 값으로 판다.

🐾 **크라크덴트_** 트롤의 나라 크랑카르 원산의 장밋빛 털북숭이 동물. 앞뒤가 분간되지 않지만, 세 배 크기로 늘어나는 입을 갖고 있어 무엇이든 거의 한 입에 덥석 집어삼키므로 상당히 위험하다. 아더월드를 방문한 많은 관광객들이 "어머 어쩌면 이렇게 귀여울까!" 하고 감탄하다가 목숨을 잃었다.

🐾 **크라켄_** 시커먼 발들이 위협적인 자이언트 문어. 엄청난 크기 때문에 아더월드의 바다에서 발견되지만, 민물에서도 살 수 있다. 뱃사람들에게는 위험한 존재로 널리 알려져 있다.

🐾 **크레크레크레_** 레몬빛 털의 설치류 동물로 생김새는 토끼와 비슷하다. 빛깔이 화려한 아더월드의 환경을 이용해서 포식동물들을 아주 쉽게 피한다. 고기는 맛이 없는데도 굶주린 여행가나 사냥꾼이 먹기도 한다. 아더월드에서는 크레크레크레를 사로잡아서 사육한다.

🐾 **크로그로세이유_** 갈증을 풀어주는 청량 음료. 아더월드 사람들이 즐기는 탄산 음료 중 하나다.

🐾 **크로쉬엥_** 살테렌스 종족 사막의 재칼. 크로쉬엥은 무리를 지어 사냥한다.

🐾 **크로아_** 두 가지 색의 개구리. 크로아는 글루릅스들의 주식이며, 신경을 거스르는 독특한 울음소리 때문에 쉽게 찾을 수 있다.

🐾 **크로크-르캥_** 아더월드의 바다 포식동물인 일종의 상어. 날카로운 이빨을 무기로 주저치 않고 크라켄을 공격한다. 크로크-르캥은 아더월드의 바다에서 크라켄과 함께 뱃사람들에게 위협적인 존재들이다.

🐾 **크루이크크크_** 빨간 상아가 돋친 파란색 잡식성 포유류 동물. 성질이 포악한 것으로 알려져 있으며, 고기가 맛있어서 사육한다. 야생 크루이크크크 떼는 삽시간에 밭을 황폐하게 만들어 놓는다. 그래서 아더월드의 농부들은 곡물을 지키기 위해서 크루이크크크 퇴치 주문을 사용한다.

🐛 **키디코이_** 장난꾸러기 꼬마도깨비 파보들이 창안한 막대사탕. 겉을 빨아먹으면 속에서 예언 글귀가 나타난다. 이 예언은 항상 실현되지만 그 순간에는 당사자가 이해하지 못하는 경우가 대부분이다. 모든 국가의 최고 마법사들은 그 기능을 이해하기 위해 신비한 키디코이를 연구하고 있지만 성과를 얻지 못했다. 파보들이 그 비밀을 잘 지키고 있기 때문이다.

🐛 **타로데르_** 자는 동물의 살 속에 유충을 넣어서 번식하는 벌레. 타로데르에게 물리면 통증이 심하므로, 유충이 몸속으로 퍼지기 전에 즉시 소독해야 한다.

🐛 **타오르미스_** 얼굴이 개미처럼 생긴 쥐인데 깨물면 굉장히 아프다. 개미집 하나가 이동할 때 숲 전체가 쑥대밭이 될 수 있다. 타오르미스는 아더월드의 동물이 좋아하는 꿀을 생산하지만, 그 꿀을 얻으려면 목숨을 걸어야 한다.

🐛 **타춤_** 노란색 꽃이며, 그 꽃가루는 아더월드의 후추로 사용된다. 자극성이 아주 강해서 타춤의 냄새를 맡으면 어떤 상태의 코든 뻥 뚫린다.

🦂 **타트롤_** 지구와 아더월드는 측량 단위가 서로 다르다. 타트롤은 킬로미터, 바트롤은 미터에 해당한다.

🦂 **트라둑_** 살코기와 털가죽을 얻기 위해 켄타우로스들이 키우는 동물. 악취를 풍기는 특성이 있어서 포식동물들로부터 자신을 보호한다. 그러나 트라둑의 냄새를 맡지 않기 위해 콧구멍을 막을 수 있는 늑대 크르르렉은 예외다. 아더월드에서 '병든 트라둑 같은 악취가 난다' 라는 표현은 모욕으로 받아들여진다.

🦂 **트리크로크_** 표적을 정확하게 찾는 마법의 무기로 3개의 치명적인 침이 달려 있다. 공격자가 표적을 죽이고 싶은가 잠들게 하고 싶은가에 따라 3개의 침에 독이나 마취제가 생성된다.

🦂 **트실_** 살테렌스 사막의 벌레. 모래 속에 숨어서 동물이 지나가기를 기다리다 동물에 들러붙어서 살갗이든 딱딱한 껍질이든 뚫어버린다. 그 알들은 혈관을 침투해서 숙주의 몸속에 퍼진다. 100시간이 지나면 알들이 부화하며, 새로 태어난 트실들이 숙주의 몸을 먹는다. 아더월드에서는 트실로 인한 죽음이 가장 끔찍한 죽음 중 하나다. 이런 이유로 살테렌스 사막을 여행하는 사람은 거의 없다. 일반적인 트실에 대한 해독제는 존재하는 반면에

600

금빛 트실에 대한 해독제는 없어서 공격을 받으면 죽음을 면할 길이 없다.

🐾 **페가수스_** 날개 돋친 말. 지능은 개의 지능에 가깝다. 발굽은 없지만 갈퀴발톱이 있어서 어디든 쉽게 올라앉을 수 있다. 야생 페가수스는 키가 무려 300미터까지 자라는 자이언트 강철나무에 거대한 둥지를 짓고 산다.

🐾 **푸프푸프_** 발이 여섯 개 달린 살아 있는 작은 상자로 아더월드의 청소기이다. 무엇이든 떨어지기가 무섭게 달려가서 집어삼킨다.

🐾 **프르루트_** 아더월드의 식충식물로 하이에나와 포식동물을 유인하기 위해 짐승의 썩은 고기 냄새를 피운다. 동물이 다가와서 촉수에 닿는 순간 꿀꺽 삼킨다.

🐾 **플로프_** 맹독성의 하얗고 파란 개구리로 멘탈리르의 평원에서 볼 수 있다.

🐾 **피크크크_** 이름이 가리키는 대로 피크크크는 흡혈파리처럼

피를 빨아먹고 사는 아더월드의 곤충이다. 피크크크의 독침에
쏘이면 트라둑이나 모오오오우우우, 베에는 몸속의 피를 다 토
해낸다. 다행히 피크크크는 늪 주위에 서식하면서 알을 낳는다.

🦟**흡혈파리_** 물리면 통증이 몹시 심하다.

랑코비트의 덩컨 가문 가계도

-5014년 파이초 25일(아더월드력)을 기준으로 작성-

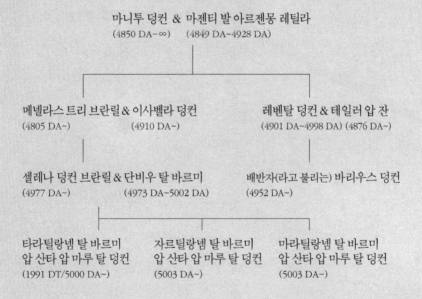

마니투 덩컨 & 마젠티 발 아르젠몽 레틸라
(4850 DA~∞)　　(4849 DA~4928 DA)

메넬라스 트리 브란릴 & 이사벨라 덩컨
(4805 DA~)　　　　(4910 DA~)

레벤탈 덩컨 & 테일러 압 잔
(4901 DA~4998 DA) (4876 DA~)

셀레나 덩컨 브란릴 & 단비우 탈 바르미
(4977 DA~)　　　　(4973 DA~5002 DA)

배반자(라고 불리는) 바리우스 덩컨
(4952 DA~)

타라틸랑넴 탈 바르미
압 산타 압 마루 탈 덩컨
(1991 DT/5000 DA~)

자르틸랑넴 탈 바르미
압 산타 압 마루 탈 덩컨
(5003 DA~)

마라틸랑넴 탈 바르미
압 산타 압 마루 탈 덩컨
(5003 DA~)

DA = 아더월드력
DT = 지구력

오무아 제국의 탈 바르미 압 산타 압 마루 가문 가계도

-5014년 파이초 25일(아더월드력)을 기준으로 작성-

'불의 주먹' 데미데루스, 오무아 제국의 시조
(−2984 DT~)

5000년 이후의 후손

오무아 여제
리스베스틸랑넴 & 다릴 크라투스
탈 바르미 압   (4950 DA~5005 DA)
산타 압 마루
(4970 DA~)

전 오무아 황제
단비우 탈 & 셀레나 덩컨
바르미 압   (4977 DA~)
산타 압 마루
(4973 DA~5002 DA)

**오무아 여제의 이복동생,
이복형제 단비우를 계승한
현 오무아 황제**
산도르 탈 바르미 압 마르치
압 브레비스 (4958 DA~)

타라틸랑넴 탈 바르미
압 산타 압 마루 탈 덩컨
(1991 DT/5000 DA~)

자르틸랑넴 탈 바르미
압 산타 압 마루 탈 덩컨
(5003 DA~)

마라틸랑넴 탈 바르미
압 산타 압 마루 탈 덩컨
(5003 DA~)

DA = 아더월드력
DT = 지

타라 덩컨에 쏟아진 세계 언론의 찬사

기발한 아이디어, 서스펜스, 유머, 판타지로 넘치는 소피 오두인 마미코니안의 작품은 분명 마법 같은 매력을 발휘한다. 흥행의 귀재 스티븐 스필버그도 지대한 관심을 갖고 영화 제작을 신중하게 검토하는 중이다. 타라는 초인적인 능력을 가진 괴짜 소녀지만 타라를 탄생시킨 작가 역시 평범한 인물은 아니다. 작가 자신이 바로 아르메니아의 왕위 계승자로 추대되는 공주이기 때문이다. 「마취 드 파리」

한 번쯤 생각의 힘만으로 사물을 들어올리는 꿈을 꿔보지 않은 사람이 있을까? 마법사가 되기를 꿈꿔보지 않은 사람이 있을까? 현실을 벗어나 다른 세상으로 도망치는 꿈을 꿔보지 않은 사람이 있을까? 평범한 소녀가 아니라 마법사라는 사실을 막 알게 된 타라 덩컨과 함께 그 꿈이 이뤄진다. 「르 몽드」

아르메니아의 왕위 계승자 소피 오두인 마미코니안이 창조해낸 타라 덩컨, 상상을 초월하는 매혹적인 아더월드를 탐험하러 떠나다. 책을 펼치는 순간 신 나는 마법의 세계에 빠져서 책을 손에서 놓으려면 강력한 주문이 필요할 것이다. 『렉스프레스』

타라 덩컨은 치마 두른 해리포터가 아니다. 어린 독자들만 매료시키는 것이 아닌 이 놀라운 책에 작가는 상상 세계의 영역을 확장했다. 「르 쿠리에 프랑세」

어린이들의 영상 세계(텔레비전, 영화)를 참조하면서 많은 공상소설에서 빌려온 수많은 요소를 뒤섞어놓은 듯한 타라 덩컨 시리즈는 어린 독자들에게 이보다 더 유쾌하고, 재미있는 기쁨을 줄 수 없을 것이다. 「피가로」

사건의 변화가 많고 유머러스하고 흥미로운 이야기들로 가득 찬 호감이 가는 작품이다. 첫 독자였던 두 딸들과 환상적인 커플이 되어 작가는 아더월드라는 마법 세계의 지도와 독특한 어휘와 함께 상상을 초월하는 세계를 펼쳐놓았다. 해리포터의 누이동생의 이야기를 읽는 것 같다. 하지만 프랑스 문화 속에서 성장한 작가는 닫힌 공간에 특권을 주는 영국의 완곡 어법보다는 미국 문학의 과장법과 광활한 공간에 매료되어 있다. 「라 리브르」

이 소설 십여 페이지에서 영화 3편을 찍을 수 있을 거라고 한 어느 감독의 말이 결코 지나친 과장은 아닐 듯하다. 10권 시리즈의 제1권은 어린 독자들을 서스펜스와 판타지, 유머, 우정이 마음을 사로잡는 공상의 세계로 유혹한다. 「프랑스 수아르」

마법사이자 모험가인 열두 살 소녀, 타라 덩컨. 해리포터와 반지의 제왕이 뒤섞인 듯한 손에 땀을 쥐게 하는 흥미진진한 소설, 이건 이제 시작일 뿐이다. 「라 리베르테」

❀ 소피 오두인 마미코니안
Sophie Audouin-Mamikonian

아르메니아 왕위 계승자인 소피 오두인 마미코니안은 파리의 아사스 대학에서 법학을 전공했으며, 두 딸을 둔 어머니이다. 할머니와 어머니에게 러시아의 독특한 이야기를 들으며 자란 그녀는 열두 살 때 복막염을 앓으면서 꼼짝할 수 없게 되자 시간 죽이기 요량으로 처녀작 「샹들리에, 황금 불사조」를 썼으며, 15,000여 권의 공상과학 소설을 읽은 독서광이기도 했다. 15년이라는 오랜 작업 끝에 1권이 출간된 『타라 덩컨』의 주인공 소녀는 두 딸의 성격을 합해서 만들어낸 캐릭터라고 한다. 캐나다, 일본 등 26개국에서 번역된 『타라 덩컨』 시리즈는 2015년 12권으로 완결될 예정이다. 그 외 작가의 주요 작품으로 『뚱보들의 저녁식사』, 『인디아나 텔러』 시리즈 등이 있다.

☾ 옮긴이 이원희

프랑스 아미앵 대학에서 「장 지오노의 작품 세계에 나타난 감각적 공간에 관한 문체 연구」로 석사학위를 받았다. 현재 전문 번역가로 활동 중이며 역서로는 아민 말루프의 『사마르칸트』와 『마니』, 앙리 지델의 『코코 샤넬』, 생텍쥐페리의 『야간비행』, 칼릴 지브란의 『예언자』, 다이 시지에의 『발자크와 바느질하는 중국소녀』, 장 크리스토프 뤼팽의 『붉은 브라질』, 안니 뒤페레의 『파티』, 기욤 프레보의 『시간의 책』(전 3권), 피에르 보테로의 『에윌란의 모험』(전 3권) 등 다수가 있다.